U0598347

中华译学馆立馆宗旨

以中华为根 译与学并重

弘扬优秀文化 促进中外交流

拓展精神疆域 驱动思想创新

丁酉年冬月 许钧撰 罗卫东书

羅衛東

中華譯學館·中世纪与文艺复兴译丛

许 钧 主持 郝田虎 主编

# 奥西坦抒情诗

## 欧洲诗歌的新开始

Occitan Lyric:
New Beginnings of European Poetry

李耀宗 著译

ZHEJIANG UNIVERSITY PRESS
浙江大学出版社

献　给

民　哲

# 致 谢

本书的中文繁体字版在台湾出版已十一年，经过修订后以中文简体字版本与大陆读者见面，来之不易，在此特地向促成这桩美事的人士与机构致以诚挚的谢意。

浙江大学外国语言文化与国际交流学院中世纪与文艺复兴研究中心主任郝田虎教授倡议将之收录于“中世纪与文艺复兴译丛”，并承担策划、筹款、联系和代理出版事宜，真是功德无量。

浙江大学人文学院蓝德彰学术基金会负责人吴艳红教授和老友范心怡女士的及时资助，使出版尽早付诸实现，真是雪中送炭。

浙江大学出版社包灵灵老师和田慧老师的专业协助，让编辑工作顺利完成，帮我把这份礼物送给大陆读者，真是如愿以偿。

除了感谢序言里提到的师友之外，还要特别感谢郝田虎、徐祁莲和孙康宜提出的宝贵建议，使序言更臻于完善。当然，书中仍存在不少缺陷，文责由作者自负。

# 作者对“Occitan”译名的说明

拙著《噢西坦抒情诗：欧洲诗歌的新开始》里的“噢西坦”（Occitan）是作者自创的译名，与常见的中译名“奥克西坦”不同，故特此说明作者为何不采用“奥克西坦”的译名。

拙著的中文繁体字版《诸神的黎明与欧洲诗歌的新开始：噢西坦抒情诗》是国内首部Occitan研究领域的学术专著，在此之前国内罕有这方面的研究与著作。作者在寻找Occitan的通用译名时发现，最常见的“奥克西坦”是常见工具书如《不列颠百科全书》（国际中文版）里的译名。作者对这译名并不满意，主要是它的音译不准确：元音[o]给译成 “奥”，而比较准确的译法应该是“噢”。于是决定自创新译名“噢克西坦”。

后来由于Occitan只有3个音节，于是省去辅音[k]，新译名为“噢西坦”3个字。省去辅音[k]的音译名极其普遍，如York为“约克”，而New York则为“纽约”，而不是“纽约克”。

“噢西坦”译名首次于2005年被国内重点学术期刊《国外文学》接受使用过，并列为关键词。又于2008年被出版拙著初版的台湾出版社采用。已有使用先例，而且通行两岸。

本书中的噢西坦人名、地名均按古噢西坦语音译，不按现代法语音译。

# “中世纪与文艺复兴译丛”序言

根据广为流传的线性历史观，中世纪孕育了现代性，文艺复兴开启了现代世界，而中世纪和文艺复兴时期是中西文化进行较深层次接触和交流的肇始期。唐代传入的景教久已湮灭，我们存而不论；明末清初之际，西方古典和中世纪的一些思想观念，包括宗教、道德、政治学、地理学、数学等，已经借由来华的耶稣会士传播过来，与中国固有的儒家思想发生了发人深省的交汇和碰撞。这些耶稣会士借用中国文献里的“中古”一语来指称欧洲的中世纪。在晚清，西方来华传教士创办了《东西洋考每月统记传》等现代期刊，介绍西方的“文艺复兴”。改革开放以来，我国中世纪研究的最大成绩在于，学界已达成共识，中世纪并非“黑暗时代”，相反，该时期十分丰富、活跃。自 20 世纪 90 年代以来，学界逐渐就欧洲中世纪文化、文学、历史、宗教等的丰富性和复杂性达成共识，对欧洲中世纪的重新发现成为新时期的基本学术成就之一。文艺复兴运动是在中世纪基督教文化基础上发展起来的，文艺复兴文学和艺术表现了基督教文化影响下所形成的人文主义思想，莎士比亚是其中的杰出代表。在 20 世纪 70 年代末的改革开放发轫期，人们刚刚走出“文革”，热烈肯定莎士比亚的价值和欧洲文艺复兴的划时代意义，喊出了弥尔顿式的“读书无禁区”的鲜明口号（文章发表于《读书》创刊号）。1978 年，人民文学出版社隆重推出被搁置了十五年之久的《莎士比亚全集》（十一卷，朱生豪等译），大家奔走相告，争相购买；1979 年，译制片《王子复仇记》放映后，一时间万人空巷。无论洛阳纸贵还是万人空巷，国人对于莎士比亚的空前热情激烈地释放出来，这代表着民众在久久的压抑后，对新的文艺复兴的恳切召唤。自那以后，经过几十年的努力，我国的中世纪和文艺复兴研究尽管存在不少问题，但在广度、深度、视野、方法、专业化、对外交流等诸多方面都做得越来越好。新世纪以来，相关研究达到了前所未有的水准，表现在研究队伍的扩大、研究领域的拓展、研究方法的多样化、专著数量和质量的提升、学术翻译的持续推进、国内外学术交流常态化等。2015 年是新文化运动一百周年，新文化运动的旗手胡适将这一运动名之为“中国的文艺复兴”（Chinese Renaissance），这一命名具有世界眼光，充满了中国情怀。在中国特色社会主义建设的新时代，近代以来饱经忧患的中华民族有望迎来伟大复兴，这不仅是文艺复兴，而且是伟大的民族复兴。新时代伟大的民族复兴离不开中西文化交流和新文化建设，离不开对西方优秀的文化遗产，包括中世纪和文艺复兴文化遗产的扬弃和汲取。小众的中世纪和文艺复兴研究，包括文学、历史、哲学、政治学、艺术史、科学史等方面，不仅具有重大的学术价值，而且有助于深入理解今天的中国和世界，将有力促进我国的新文化建设。因此，我们认为，“中世纪与文艺复兴译丛”的适时出版，是中西文化交流的必然需要，是新时代中国特色社会主义建设，尤其是新文化建设的迫切需要。读者朋友需要优秀的精神食粮，来丰富他们的头脑和文化生活。

西学研究离不开翻译，二者相辅相成。以文学领域为例，20 世纪外国文学领域的老一辈学者，如吴宓（1894—1978）、冯至（1905—1993）、钱锺书（1910—1998）、卞之琳（1910—2000）、季羡林（1911—2009）、杨周翰（1915—1989）、王佐良（1916—1995）、李赋宁（1917—2004）等先生，他们辉煌的实践告诉我们，研究和创作都离不开翻译，翻译和研究，翻译和创作，可以水乳交融，相辅相成。浙江大学外语学院从戚叔含、方重、陈嘉、张君川、索天章、鲍屡平等先生开始，即有从事早期英国文学研究的优良传统（这里所谓“早期”，包括中世纪和文艺复兴两个方面）。杰出的莎剧翻译家朱生豪 1933 年毕业于浙江大学前身之一之江大学，主修中国文学，以英文为副科。著名但丁研究专家田德望先生曾在浙江大学教授英国文学史和但丁，他也是享誉中外的但丁翻译家。朱生豪、方重、鲍屡平、田德望等先贤，乃至早期欧洲文学专家李耀宗先生和早期英国文学专家沈弘教授等学界中坚，这些学人的实践同样告诉我们，研究和创作都离不开翻译，翻译和研究，翻译和创作，可以水乳交融，相辅相成。因此，我们可以说，“中世纪与文艺复兴译丛”第一辑的及时出版，继承和发扬了浙江大学，乃至新中国优良的外国文学研究传统，将有力地普及和推进我国的中世纪和文艺复兴研究。改革开放以来，我国的外国语言文学研究取得了长足进展，但依然任重而道远，译丛的出版是新时代学术进步和“双一流”学科建设的需要。脚踏实地，仰望星空，我们瞄准世界一流是在立足中国大地的基础上进行的，“拿来主义”和文化自信相互补充，并行不悖。

西方文艺复兴发端于 14 世纪意大利的佛罗伦萨，逐步扩展到全欧洲，在艺术、科学、文学、宗教、政治、思想等诸多领域引发了革命性的变革，奠定了现代世界的基础。文艺复兴得以取得诸多成就有多种原因，其中一个重要因素是德国金匠谷登堡在 15 世纪中期发明了活字印刷术，对此伊丽莎白·爱森斯坦等书籍史学者多有阐发。西方中世纪的教育和传播媒介主要是手稿，在活字印刷术发明和推广以后，历史发展加速了，一个美丽的新世界脱颖而出。五百多年过去了，“中世纪与文艺复兴译丛”的出版亦得益于传统的印刷媒介，浙江大学出版社张琛女士和包灵灵女士等人的不懈努力为译丛的顺利面世提供了不可或缺的重要保障。作为译丛主编，我谨向她们及其同事表示诚挚的谢意。

“中世纪与文艺复兴译丛”经过了大半年的准备工作，计划分数辑出版，其中第一辑集中在文学领域，既有重要的作品选集，也有重要的批评著作。选题以学术水平和翻译质量为标准，同时兼顾中国图书市场的需要。第一辑的顺利推出，显然离不开各位译者的鼎力支持，尤其是胡家峦教授、李耀宗先生和沈弘教授三位优秀的前辈学者，他们对我的信任是我持续前进的动力。我在此向他们表示感谢和敬意。从第二辑开始，译丛将拓展疆域，涉及文学之外的其他领域，包括历史、哲学、宗教、政治学、艺术史、科学史等诸多方面。“Tomorrow to fresh woods and pastures new”——弥尔顿的名句激励我们将“中世纪与文艺复兴译丛”做成真正跨学科的高水平出版物。每一辑都包括文艺复兴的内容，也包括中世纪的内容，中世纪是这套译丛的特色。译丛的目标读者是专业研究人员和大学文化程度以上的博雅之士。

“中世纪与文艺复兴译丛”是著名翻译家许钧教授主持的“浙江大学中华译学馆”所推进的重要学术与文学译介项目。译丛的出版，尤其是第一本书《斯宾塞诗歌选集》（胡家峦教授译）的面世，直接受益于许钧教授的关怀、指导和帮助。

“中世纪与文艺复兴译丛”是许钧教授主持的意义深远的集体事业的一分子，也是光荣的一分子。这是需要向读者诸君说明的。译丛得以出世还有一个契机，即 2016 年 12 月 30 日浙江大学外语学院中世纪与文艺复兴研究中心的成立。中心的成立，得到了学院领导，包括两任院长何莲珍教授和程工教授以及褚超孚书记的直接关怀和大力支持。他们不仅勤勉敬业，堪为我辈楷模，而且是有视野有眼光的好领导。中世纪与文艺复兴研究中心是中国大陆高校第一家同类的研究机构，学院领导做出决策是需要学术眼光和破冰的勇气的。

正是在中心成立以后，在诸位同仁的持续努力下，才有了与浙江大学出版社的洽谈和合作，才有了“中世纪与文艺复兴译丛”这个可爱的孩子。他，是长子。

是为序。欢迎各位读者批评指正。

郝田虎

2017 年 11 月 8 日夜于求是村

# 著译者新序：我的“中世纪”之旅

近代文学批评家奥尔巴哈（Erich Auerbach）的名著《模拟》（*Mimesis*）卷首引17世纪英国诗人马维尔（Andrew Marvell）的诗句：“要是我们有足够的世界与时间……”他的另一部中世纪研究名著《但丁：世俗世界的诗人》（*Dante: Poet of the Secular World*）的卷首引语是古希腊哲人赫拉克利特（Heraclitus）的名言：“人的性格（ethos）是他的命运（daimon）。”我就借用这两句作为序言的引子。

奥尔巴哈借“性格即命运”来论证欧洲文学呈现或表征现实（特别是表征个人）的命题：希腊诗人如荷马创造的人物都显得浑然一体，因其身体和精神能统一为独立的个体。他称这种文学对现实的表征为模拟，与后来的现实主义大不相同。如果我们撇开它的希腊宗教原意，以现代人的观点来理解，命运（如天资、家庭、师友等，以及机缘际遇）对人生之旅的影响远远超过性格（包括个性、人格），两者并不等同。不过，性格有时的确会产生决定性的作用。我想从性格（或个性）与命运的角度来介绍我的“中世纪”之旅，说明本书的缘起与形成过程，同时也解释为什么我以“奥丁求符”开始，而以“我为奥丁”结束本书的论述部分。

我的旅程开始于一桩意外的幸运之事：美国哥伦比亚大学（以下简称“哥大”）的英语与比较文学系给了我四年全额奖学金，因为我有意攻读中世纪文学。为什么选中世纪时期呢？因为在中国台湾东海大学选过英语中世纪文学的课，碰到一个上课时总是穿件绿色夹克的英国老师，只记得他叫菲尔丁先生，我们称他为“绿衣骑士”，因为他教我们读过一首很有趣的英文诗《高文爵士与绿衣骑士》（*Sir Gawain and the Green Knight*），使我对中世纪文学留下了深刻的印象。当时我心想，如有机会，一定要读其原文，多多学习这个时期的文学。同时，天真无知的我还认为这是中国知识界研究最薄弱的领域，有待学者耕耘。当时人们对从古希腊、古罗马时期到文艺复兴时期之间约一千年的欧洲历史文化所知极其有限，一般学者以为那是个黑暗时代而不感兴趣，或者因为研究要求过高而知难而退。如今有幸到国外读研，我把握机会，除了满足个人的求知欲，也希望将来可以弥补这块知识界的空白。前一个目标纯属个人的兴趣，后一个目标的情况比较复杂，能否实现，全凭机缘巧合——本书的完成和出版并非偶然或必然之事。

我的“中世纪”之旅开始于纽约。读研真是件赏心乐事，除了受到中世纪研究的基本训练，还能据原文博览群书，不断发现有趣的作者和作品。而最大的发现是，中世纪不是欧洲历史上的一个过渡时期，而是一个新开始。“中世纪”的拉丁词（*medium aevum*）与作为历史分段的名称都首次出现于17世纪，从此变成西方史学界的标准用词，泛指公元5—14世纪这约一千年的历史。其实它是文艺复兴时期的人文学者如彼特拉克（Petrarch）、布鲁尼（Leonardo Bruni）和比翁多（Flavio Biondo）的发明，以之建立一个古代—中世纪—现代的历史分期模式，其中，中世纪变成一个黑暗时代，一个从古典到文艺复兴的过渡期。这个模式一直到20世纪还被广泛使用，甚至应用到中国历史分期。可是，更多的学者已意识到它的缺点，认为不适于用它来涵盖这约一千年的史段。因为从政治、社会、经济和文化等各个方面来看，这个时代都是个新生事物出现的时代。

如帝国被新兴后继王国替代，后者成为现代民族国家的前身；贵族阶层和封建社会开始建立；基督教独尊和教皇机制开始扩张；各种地方文化蓬勃发展，在拉丁文化的垄断下发展各自的方言文学，奠定了现代欧洲文化的基础。因此，使用“中世纪”一词指代这段时期弊多于利，成为考察这约一千年史实的障碍。我在序文题目里把它放在引号里，表示对它的保留态度。但是，这个词已成习惯用语，在本书中也只好随俗。关于中世纪的问题，我会在第一章进一步讨论。

我最感兴趣的题目就是欧洲诗歌的新开始——所有现代欧洲语言和文学的起点。而出现时间最早，对后世影响最长远的是罗曼语系（Romance languages）文学。中世纪文学的精华所在，不是以前我们所熟悉的晚期（14 世纪）著名诗人如但丁与乔叟的诗歌，而是还要早两个世纪的欧洲诗歌灿烂的新开始：噢西坦抒情诗与古法语叙事诗。在哥大，我有幸得到名师指导，尤其是汉宁（Robert Hanning）教授和费兰特（Joan Ferrante）教授在这方面都给了我宝贵的指点。汉宁除了带我深入古英语与中古英语文学，还引领我进入古法语罗曼史和认识到所谓“12 世纪的文艺复兴”的重要性。费兰特教我普罗旺斯语（现在通称为噢西坦语）与诗歌，教我读但丁，可以说是本书的“教母”。此外，杰克逊（W. T. H. Jackson）教授也指导我读中古高地德语文学、中古拉丁文学和阅读抄本必需的古文书学。其间，最幸运的是我选读了赛义德（Edward Said）教授的文学理论与批评课。这让我终身受用无穷，因为赛义德给我（一个非西方人和非基督徒）在一度被西方基督教观点垄断的中世纪文学研究迷宫里指出了一条“世俗批评”的出路。[①]我后来在北大教文学理论与批评，也要完全归功于他多年的栽培。

可是，读研很快呈现出一些知识与人生选择的基本问题。在学术分工越来越细的时代，学者的视界变得越来越窄，因为他必须在一个特

① 李耀宗，《重新开始：纪念赛义德》，《国外文学》2004 年第 1 期，第 21-23 页。

定的题目上或范围里（特定的作者、作品、时期等）做专家。对一个兴趣宽广的学生而言，这是很难以接受的限制。尤其是对一个偏爱读文学作品，不愿意把人生有限的宝贵时间花在阅读无穷无尽的学术专著上的年轻人，进入学界的代价就显得太高了。取得博士学位前后的教学经验证实，我不喜欢教书和改作业，进入学界不符合我继续研读中世纪文学的初衷。因此，我后来离开了学界，主掌家政，同时做个独立学人。我于国共内战时期被祖母带到台湾，自幼没有得到父母宠爱和家庭温暖。直到三十年后中美建交，我才回到家，此时父亲早已去世，我与母亲也仅有两次短暂的团聚，这成为我的终身遗憾。等自己有了子女，我强烈地希望亲自抚养他们，体验和亲子一起成长的过程。如今看来，我对命运的安排还是很满意的。海阔天空，让我一生任意翱游于西方文史哲书丛之中（也不再局限于中世纪），度过幸运的读书生涯。

我天性爱自由，以读书为第一乐事。身处学界之外的好处很多，其中最主要的是不必撰写或出版学术文章和专著。由于我兴趣广泛，读书的时间都嫌不够，哪有空闲写文章发表。尤其是在初学期间，我从不觉得对任何作者或作品有过人的见解，很少有写心得与人分享的冲动，几乎把全部时间花在阅读文学作品上，只有遇到疑难之处才查阅与其相关的研究专著。因此，从来不敢以专家自居，最多自称为文学生（a student of literature），以做书呆子自傲。我读书做笔记并不勤快，从来不为著书而读书。后来写点书评论文，也是为朋友办学术期刊（郑培凯先生的《九州学刊》）捧场而作。[1]

当然，任何研究都不能脱离学界，尤其是少不了资料充足的图书馆。何况，上图书馆是人生至高享受，在其中犹如身处仙境。我

① 文章题目如下：《道德戏剧式的政治理论》《理解狄尔泰》《时间与威列克先生》《阐释与批评》《阐释的隐喻》《阐释的寓言》。另一篇《理解中世纪与女人》发表在《当代》。

知道一旦身离学界，就不容易使用大学图书馆的藏书，尤其是原始材料如手抄本更是可望而不可即。因此，我尽量延迟毕业，除了阅读相关研究资料，还把自己未来需要的基本典籍复印下来，作为后来独立研究的“本钱”。虽然这些材料并不够用来著书，却满足了我研读的基本需要。命运的安排又让我的两处住所都有充分的图书馆资源，因此，虽然遇到不少困难，我仍然能够独立研究。

既然有了“欧洲诗歌的新开始”这个题目，我的自由容许我悠闲地浏览在研究院正式学过的东西以外的领域，取得对中世纪文学比较全面的认识。除了中古拉丁文学、罗曼语系和日耳曼语系的文学之外，我还广泛涉猎中世纪的凯尔特语系（威尔士与爱尔兰）文学、阿拉伯文学、波斯文学和拜占庭文学，打算将来写出一系列的文章，全面介绍欧洲中世纪文学。除了阅读和做笔记，为了准确地理解原文，我把重点作品逐字逐句地翻译出来，尤其是欧洲新兴的方言诗歌：噢西坦抒情诗和古法语叙事诗《罗兰之歌》（*La Chanson de Roland*）、克雷蒂安·德·特鲁瓦（Chrétien de Troyes）的五部罗曼史、玛丽·德·法兰西（Marie de France）的短篇故事诗（lais）等都有译稿。不过，这些只是用来做语文训练的，不是可以发表的翻译著作。这样，我沉醉于中世纪文学的浩瀚典籍里，完全没留意到奥尔巴哈引的马维尔诗句——“要是我们有足够的世界和时间”所提示的岁月不饶人的紧迫性，只觉得该学的东西无边无际，能学到多少就学多少。我有足够的世界有待探索，足够的时间尽情享受读书之乐。

我虽然不在学界，但是有幸结识了许多学界的书友，都是通过读书认识的朋友、同好，这些书友组成了我的另类“学界”。大学就认识的程一凡先生，当年在加州大学伯克利分校专治中国历史，但对西方历史文化也很熟悉，我们经常交流读书心得。温文尔雅的吴千之先生从北外来哥大英语与比较文学系攻读英国浪漫时期文学，比我晚到几年，成为我的系友和书友。后来郝田虎先生也到哥大英语系攻读文艺复兴时期文学，和我成为知心系友和书友。我还有幸在哥大遇见来自复旦的程雨民先生，他是语言学家，翻译过一些英语和俄语名著。后来，他邀请我去复旦做过演讲。此外，我还有些在纽约认识的外地书友。学贯中西而专治西方哲学的李幼蒸先生，翻译了多部重要的西方经典著作，写了许多讨论西方现代哲学的专著。我们有很多共同的爱好，我从他那里学到如何给中国读者介绍西方文化。我和周蕾女士结识的经过更是值得纪念：我偶尔读到她的一篇文章，觉得气味相投，遂冒昧给她去信，她很快回信，从此成为最志同道合的书友。她专治现代批评理论，一出书就送我一本，我拜读过她的大部分早期著作。我的书友大部分在纽约，后来还成立了读书会，每月聚会一次，讨论一本共同挑选的书。除我之外，成员个个都是学术领域里的佼佼者：数理逻辑哲学家王浩先生、文学家高友工先生、史学家和作家郑培凯先生、在哥大读研的哲学家吴瑞媛女士和谢世民先生。我记得有一次由我主持讨论《玫瑰传奇》，那是最枯燥的一场读书会，我无法说明为什么它是中世纪的畅销书，首次体会到把西方中世纪文学介绍给汉语读者的困难。

在纽约住过二十年后，我迁居普林斯顿，至今又是二十几年。这个大学小城有一所顶尖的高等学府——普林斯顿大学和一个顶尖的学术机构——普林斯顿高级研究院，真是个圣贤满街、群英聚会的地方。我有幸和许多著名的人文学者和科学家，如纳什（John Nash）和威腾（Edward Witten），结识来往。有位当地的德语翻译家——也是我的好友——菲莉煦（Shelley Frisch）女士，译过多部关于尼采、卡夫卡和爱因斯坦的书，得过翻译大奖。我有幸向她请教，花了两个下午，和她逐字逐句解析本雅明（Walter Benjamin）关于翻译家的那篇经典文章。我也有机会遇见从外地来访的学者。与廖炳惠先生结识，更是直接跟我后来出书相关。他是文学理论与比较文学专家，喜欢西方古典音乐，同样推崇我的老师赛义德（后者很欣赏他写的一篇与音乐有关的文章）。我们常常一起去读书会，逛书店，成为知己的朋友。他总是敦促我写点读书心得，后来也全靠他的奔波接洽，出书的事才得以实现。我和旅美舞蹈家江青女士在纽约就认识，后来她又创作著书，成为我的书友。近几年我还和生物学家兼作家徐祁莲女士结识，常常拜读她的有科学眼光的优雅散文小品，与她交流读书心得。通过与这些书友的交往，我得到他们持续的鼓励，让我更踏实地走我的中世纪路子。

能够交上这么多书友是我的福气，尤其是他们赠送的书装满了几个箩筐，给了我极大的鼓舞和挑战。我收到了这么多礼物，拿什么回馈呢？回馈书友成为我写书的主要动机。

20 世纪 80 年代，经过王浩先生的介绍，我有幸接到中国的西方中世纪研究先行者李赋宁先生的邀请，在北大教过一年书，结识了他的高足张隆溪、沈弘和冯象诸君。他们都成了我的“中世纪”之旅的良友，与本书的诞生结下不解之缘。北大一别，二十多年后我“复出”时，他们都已成知名学者。沈弘先生是李赋宁先生的关门弟子，在北大读完博士之后，曾多次到西方著名学府深造。他在北大和浙大教中世纪文学，教育、栽培了下一代中世纪学者。我有幸与他的高足郝田虎先生及张素雪女士相识，他们都是扎实认真地做研究的一流学者。沈弘先生关于中世纪英语文学的著作与翻译取得了斐然成果，也是有目共睹的事实，我不必赘言。

冯象先生也是李赋宁先生的得意门生（李先生亲口对我夸奖过他），他到哈佛大学研读中世纪文学，取得博士学位，首次把《贝奥武甫》从古英语翻译成中文。虽然后来改行到法学界，仍然勤奋研究中世纪文学，以中文写出第一部全面介绍亚瑟王故事的《玻璃岛》。他把亚瑟王文学放在整个西方文学三千年的传统里，以讲古和翻译的方式，叙述与亚瑟王相关的故事。尤其重要的是，他提供了许多以前未受重视的文学素材，如威尔士文学与古法语文学，他的这些研究成果是汉语中世纪研究的一个重要里程碑。我对这部博学的书主要的批评是，他“发明”的西方文学传统太过稀松，把神话传说，尤其是蒙默思的杰弗里（Geoffrey of Monmouth）的野史，当作真实历史，不够严谨。其次，他的翻译太过“汉化”，如把特里斯坦（Tristan）译作“哀生”，虽然颇有创意，原名却踪影全无。如此译文读来中国味十足，可是少了点异国情趣。不过，冯先生的独特才能和高超文笔是令人钦佩的，也是不可模仿的。由于我们有许多共同的文学兴趣，他是我“中世纪”之旅的良伴。记得多次在他的铁盆斋寓所品尝过他烹调的肴馔，而我只在呆子巷寒舍以一顿味如嚼蜡的感恩节火鸡餐回馈，十分自惭形秽。蒙他和诸位书友多次赠书，我如果想以书回馈，就得写本比较像样的书。

张隆溪先生与我对现代西方文学理论与批评有同好，我们一见如故，成为书友。我长年累月读书，渐渐有些读书心得。等子女都上了大学，觉得可以“出山”的时候，命运再次向我招手。他听见我有出山之意，即刻邀请我到香港城市大学的跨文化中心做研究。我重返学界时间虽短，却利用这个机会对汉译欧洲中世纪文学的情况做了初步的了解，也以行外人的身份苛刻地批评了学界的一些怪现象，这再度证实我不适于处身学界。[①] 在城市大学研究期间，除了做专题研究之外，我还在其“文化沙龙”做过一次关于基廉九世的诗的报告。从听众的反应我首次认识到，要介绍西方中世纪文学给汉语读者，必须先为他们做好基本常识的准备，光凭翻译是不够的。本书对噢西坦抒情诗歌介绍

① 李耀宗，《汉译欧洲中古文学的回顾与展望》，《国外文学》2003 年第 1 期，第 23-33 页。

得比较详细，应该感谢沙龙与会者给我的启示。回美之后，我开始认真考虑著书。张先生当然是本书的促生者，在此特地向他致谢。

我刚说过，写书的动机纯粹为回馈书友。可是，我当年只管读书，全不懂得出版事宜，订过一份大而无当的计划，希望推出一套翻译和研究并重的“欧洲中世纪名著译丛”，拟包括如下作品：噢西坦抒情诗；古法语叙事诗，包括演义歌（chanson de geste）《罗兰之歌》、克雷蒂安•德•特鲁瓦的五部罗曼史、玛丽•德•法兰西的短篇故事诗、《列那狐传奇》（*Roman de Renart*）、色情诙谐短篇故事诗（fabliaux）；中古高地德语抒情诗（Minnesang）、《尼伯龙根之歌》（*Nibelungenlied*）与高特非利德•冯•斯特拉斯堡（Gottfried von Strassburg）的《特里斯坦》（*Tristan*）；中古拉丁诗歌，包括《剑桥歌集》（*Carmina Cantabrigensia*）、《布兰那歌集》（*Carmina Burana*）、野兽史诗《伊森格利姆斯》（*Ysengrimus*）和蒙默思的杰弗里的《不列颠诸王纪》（*Historia regum Britanniae*）。这个计划后来逐渐缩减到译介罗曼语系诗歌，只专注一个具体题目，即欧洲诗歌的新开始。即使如此，后来证明这个计划也太大。除了范围仍旧太广，更主要的是出版的困难。

我返美之后，很快完成了噢西坦抒情诗研究的第一部分工作，因为它是整个西方现代诗史上的首要重镇、欧洲中世纪文学的冠顶明珠、欧洲诗歌名副其实的新开始。沈弘先生收到稿件，立刻把它交给《国外文学》发表。[①] 当我的噢西坦抒情诗研究与翻译初稿完成之后，廖炳惠先生自告奋勇替我解决出版的困难。他在中国台湾为我奔波接洽，几经周折，终于找到知识界知名的台湾允晨文化出版社给我出书。其负责人廖志峰先生建议我给噢西坦抒情诗加个比

① 即本书的第四章，发表于《国外文学》2005 年第 1 期，第 21-38 页；2005 年第 2 期，第 17-29 页。

较宽广的背景，以带领读者进入这个相当陌生而且有点专业的领域。我欣然同意，依据以前的读书心得，花了几个月时间，写出第二章“古凯尔特诗歌”和第三章“古日耳曼诗歌”。《诸神的黎明与欧洲诗歌的新开始：噢西坦抒情诗》，由廖炳惠先生作序，于2008年在台湾出版，我终于如愿以偿地以书回馈书友。我在该书“自序：采菊西篱下”这样介绍它的内容：

> 维吉尔之后，但丁以前，这一千三百多年里，西方文化发生了惊天动地的变化，最重要的莫过于欧洲诗歌的新开始。而这件文化史上的大事在汉语世界却鲜为人知，探索其内容就是本书的目的。因此，《诸神的黎明与欧洲诗歌的新开始：噢西坦抒情诗》本身也是个新开始，开辟重要的新领域，首次做出一些成果。

书友们收到书之后的反应令我十分快慰，也是意料中事，因为他们一直都在鼓励我著书。沈弘先生和郝田虎先生更是大力向他们的学生推荐，虽然《诸神的黎明与欧洲诗歌的新开始：噢西坦抒情诗》一书并不在中国大陆发行。郝先生还在文章里赞誉拙著，为它广做宣传。而令我意外的是，本不是我书友的汉学家孙康宜女士，通过出版社向我转达了对书的高度评价。我和她取得联系，蒙她赠书，又添了一位书友。大家都鼓励我再接再厉，把古法语叙事诗的部分早日完成。

可是，有了出书经验之后，我才知道出版这种书的困难，已不敢做此妄想，更不愿再为写书而读书。尤其是研究古法语叙事诗，原始材料的数量与种类都远远超过噢西坦抒情诗，与之相关的文体问题更加错综复杂，十分耗时费事。如长篇的演义歌和罗曼史都超过百篇，每篇从几千行到几万行不等，短篇的光是色情诙谐故事诗就有百余篇。虽然我可以把范围缩小到早期，但数量仍然非常可观。

出书次年，廖炳惠先生又热情邀请我到台湾三所大学讲学，做两次报告。于是我准备了两篇讲稿：一篇是《“宫廷爱情”与欧洲中世纪研究的现代性》，补充了书里提到的一个题目的内容，顺便谈点理论性的问题；另一篇《“从史诗到罗曼斯”与欧洲叙事诗的新开始》则提出当时对这个领域尚未成熟的部分想法。这两篇讲稿，尤其是第二篇，我原来并不想发表；三年后，应沈弘先生的催请，分别发表于《外国文学评论》与《国外文学》①，作为我的“天鹅之歌”。

虽然曾放弃著书，我并没停止过对古法语叙事诗的研读。只是“无债一身轻”，我可以继续探索其他领域。从中世纪往古追溯，尤其是阅读晚古时期与希腊化时期的典籍和专著，到这两个尚待深入的世界探索。我的“中世纪”之旅已近尾声，命运再次敲门。在一次偶然的通信中，郝田虎先生征求我出版《诸神的黎明与欧洲诗歌的新开始：噢西坦抒情诗》一书中文简体字版的意见，我乐观其成，全权委托他出版之事。因此写篇新序，向书友们做个交代。

在进一步简介本书内容之前，让我先列举得到的新成果。

- 首次全面评述欧洲诗歌的新开始。包括早期凯尔特诗歌（古威尔士与古爱尔兰诗歌）、日耳曼诗歌（古高地德语、古英语与古北欧诗歌）和罗曼语诗歌（噢西坦抒情诗与古法语诗歌）。
- 首次专门评述一种文体，噢西坦（Occitan）抒情诗，又叫作普罗旺斯（Provençal）抒情诗。除了深入研究它的存在方式、形式与内容、流传与接受史（history of reception），介绍诗人的生平与评价、文化背景等，还从全部诗歌里精选了 29 位诗人的 66 首诗，从 13 世纪的传记和笺注中挑出精华，把第一手材料译成中文。
- 首次提供研究中世纪的基本知识。从抄本的实存状况、形

① 前者发表于《外国文学评论》2012 年第 3 期，第 5-18 页。后者发表于《国外文学》2012 年第 2 期，第 31-41 页。

成与流传，到现代校正本的文本批评（textual criticism），都做了翔实的论述。以噢西坦抒情诗为实例，考察西方文本建立的理论、实践与历史，顺便讲一堂西方学术史的基础课。

● 首次提出对中世纪文学的世俗批评（secular criticism）。以存疑与批判的态度，掌握具体的第一手文献材料，重新检阅、解读早期欧洲诗歌。突破过去立足于宗教观点的诗歌批评，打破自文艺复兴时期以来以希腊罗马直通文艺复兴的正统文化史观，修正以地中海为中心的文化地理观，解构过分简单化的二元对立。

全书分为三部分。

第一部分以“奥丁求符”的神话开始，标示早期欧洲诗歌与宗教之关系的主题。首先讨论研究古代诗歌必须注意的诸多问题，然后对早期欧洲诗歌的概况做个鸟瞰。

第一章厘清一些由于时空与文化距离造成古诗隐晦的观点问题：提出可信的翻译标准与世俗批评的立场，再探索时间引起的“符文效应”、口头与书写、时代错乱等现象，指出传统的中心与边缘文化地理观对研究古诗的妨碍，最后检验两组我们非常熟悉的文化概念：“罗马”与“蛮族”、“基督教”与“异教”。如果不澄清这些根深蒂固的成见和笼统的概念，就很难清晰地观察古诗。

第二章开始讨论早期凯尔特诗歌，分成威尔士诗歌与爱尔兰诗歌两部分。以“蜜酒与鲜血”的主题来比较古威尔士的两组名诗——塔列森（Taliesin）的赞诗与《哥多廷》（*Y Gododdin*）的挽诗里恩主与扈从的关系，前者赞美生命，后者歌颂死亡。从丰富的早期爱尔兰诗歌里，我挑选“海上的马车”作为诗歌里人间与仙界对照和交汇的表征，探讨基督教诗人如何在《康拉出游记》（*Echtrae Chonnlai*）与《布兰航海记》（*Immram Brain*）里尝试转化传统题材与主题，以及得到什么成果。

第三章评述三种古日耳曼诗歌。以“枪尖对枪尖”一句话点出古高地德语诗《希尔德布兰之歌》（*Hildebrandslied*）的关键，用“贝奥武甫的耳朵”聆听古英语诗歌传统与基督教的弦外之音，再从“奥丁的面具”里外寻找古代诸神苟存于北欧诗歌的秘密，及其对诗歌本质的启示。除了《贝奥武甫》，我还讨论了主要的古英语宗教与英雄诗歌。至于北欧诗歌，除了《埃达》（*Edda*）之外，还介绍了比较不受重视的“宫廷体”（skaldic）诗歌。

第二部分对噢西坦抒情诗做了纵深的评述，也分为三章。

第四章先从希腊罗马文化与中世纪文化断裂和延续的关系勾勒出噢西坦抒情诗出现的文化背景，再以现代的观点分析它怎样在口头与书写、文字与音乐、拉丁与方言（宗教与世俗）、诗歌传统与个人才能四个层面建构欧洲诗歌的新范式。

第五章离开现代，重现过去，追溯噢西坦抒情诗从但丁的时代到 20 世纪的流传与接受史，发掘历代读者赋予它的各种意义，间接见证将近八百年的欧洲思想变迁史。然后把焦点集中于具体媒体，详细叙述诗歌抄本的形成与流传的情况，包括对一部重要抄本的考察报告。最后检验抄本如何被编辑成现代读者所依赖的文本，从历代编者遇到的理论和实践上的困难，认识到文本的不稳定性与揣测成分，同时也间接学习到一点西方文本批评的历史。这些都是阅读中世纪文学必备的基本知识，也是中世纪文学与现代文学的主要差异之处。

第六章带领读者进入诗歌的表演现场，从现代抵达 13 世纪诗人小传与诗歌笺注的世界，在那里就近观赏诗人的演出。笺注、小传作者是最接近诗人的听众，从他们最感兴趣的题目与诠释中，我们可以看见诗歌当时的意义。这些小传与笺注也是最早的噢西坦散文故事，不只是珍贵的文学史素材，还有点文学价值。

第三部分收集翻译了29位诗人（包括3位女诗人）的66首诗。每个诗人都有简介，每首诗都注明出处和诗格，译文力求信达。虽然明知诗不可译，却因信口谈诗，无词为证，对不起读者，只好勉强为之，只传达知识，与诗意无关。

可见本书不只俯瞰整个欧洲诗歌开始的局面，并挑选其中最重要的文体做纵深的研究；不只介绍中世纪诗歌，还提供阅读、理解古诗的基本知识；注重研究，也兼顾翻译。

回顾过我的“中世纪”之旅与本书的诞生，最后我想介绍本书的特色。仍从奥尔巴哈的马维尔引言“要是我们有足够的世界与时间……”说起。他的巨著《模拟》畅论从荷马、《圣经》到伍尔夫与普鲁斯特的西方文学，但没在书里说明为何引这诗句。除了写书的迫切性，我想这与他著作的时代和地点有关。他的“世界与时间”已不再是第二次世界大战以前的德国马尔堡大学，而是他被纳粹放逐到土耳其后所居住的伊斯坦布尔，不具备写学术专著的条件。因此，他的书里没有任何注脚和书目。可是，从他书的后记看，要是他有“足够”的条件，就不可能写出这本名著。虽然我们的处境有相似之处（如研究环境欠佳、涵盖面太广、学术形式不够专业等），但我绝对不敢和他相提并论，只是觉得这引语点出了本书有点奥尔巴哈的特色。如果我有足够的时间像专家那样去研究所有的早期凯尔特诗歌和日耳曼诗歌（像马维尔诗中情人那样花一百年称赞女友的眼睛，两百年赞其胸脯，三万年赞其其余），大概就写不出本书里的相关篇章。

我想借用公元前5世纪希腊诗人品达（Pindar）的名句（揣译如下）“蜉蝣之物，是什么？不是什么？人是梦中阴影，但每逢神赐光彩乍现，灿烂辉煌与美好人生就会来临”[①]作为结语。品达把人的出色表现（如运动会上胜出和诗人的诗歌戏剧得奖）归诸神赐的光彩照射。依我世俗的看法，神是诗人凭想象力创造的表征、符号和面具。我们不也常说作家的神思灵感和神来之笔吗？学者著书也需要有想象力，受惠于神赐的光彩，也就是多次提到的命运。我有幸遇见这么多书友，而最幸运的是于半世纪前结识民哲，她无怨无艾地陪我上路，全力支持我追求我的理想，即使活在“梦中阴影”的世界。没有她就没有这本书，谨把本书献给她。这是一部靠想象力研究诗人想象力的著作，其论述部分以“奥丁求符”开始，而结尾是：“以上就是我——奥丁——身悬知识之树几十年所见所闻，留下来的记录，与爱好诗歌的读者分享。”

2017 年 11 月 27 日于普林斯顿呆子巷

---

① 原文为：ἐπάμεροι: τί δέ τις; τί δ᾽ οὔ τις; σκιᾶς ὄναρ
ἄνθρωπος. ἀλλ᾽ ὅταν αἴγλα διόσδοτος
ἔλθῃ, λαμπρὸν φέγγος ἔπεστιν ἀνδρῶν καὶ μείλιχος αἰών.
Pindar, *Pythian 8*, 第 95-97 行，来自 Perseus Digital Library, www.perseus.tufts.edu.

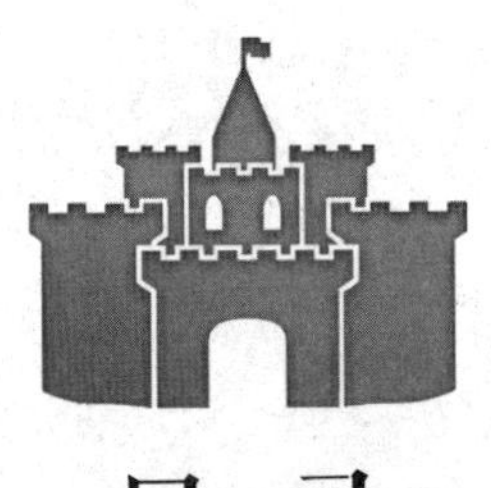

# 目录

## 第一部分　欧洲诗歌的新开始



## 第二部分　噢西坦抒情诗研究

## 第三部分　奥西坦抒情诗选译

第一部分

# 欧洲诗歌的新开始

我知道我吊在　被风吹打的树上
整整九个夜晚，
身负矛枪刺伤，　献给奥丁作祭品，
把自己献给自己，
在那棵树上，　没人晓得它的
根从哪儿长出来。

他们不给我面包　或牛角酒杯，
我朝下凝神扫视，
把符文捞起，　一声长啸记牢，
再从那儿跌下来。

《埃达·尊者言》，第 138，139 行[1]

① 译自 Neckel and Kuhn, *Edda*, “Hámavál”, 138, 139, p. 40。详细出处见引用书目第一部分。

# 引子　奥丁求符

北欧神话里的主神奥丁（Odin），一向不择手段地追求知识与权力。他曾以一只眼睛来跟巨人弥米尔（Mimir）换取一口增长智慧的泉水。由于诗歌蕴藏着远古的奥秘，奥丁酷爱诗歌，曾使出浑身解数，以魔法与性为手段，窃取巨人藏在奥德莱勒缸里的诗歌蜜酒，把诗歌的艺术传给亚西尔诸神。[①]这一次，在《埃达》（*Edda*）的《尊者言》篇里，奥丁冒着生命危险，以自己为牺牲品，取得符文（runar[②]）。符文是古代日耳曼人发明的一种字母，除了有实际记事的用途，在想象文学里，常带神秘意义，刻在木签上做成占卜的符签，或者雕刻在首饰与武器上做护身符，具有令人刀枪不入、解脱枷锁、克敌制胜和意乱情迷等魔力。《尊者言》篇接下来陈述了奥丁学会的十八般符咒，但并未提及符文的占卜功用。我们不禁要问，奥丁身悬树上九个夜晚，在黑暗中独眼凝神扫视树下，到底看见了什么？他一声长啸，是惊是喜，是惊喜交集，还是为了什么其他原因？

原来那树叫伊格德拉西尔（Yggdrasill），又称为世界之树，是北

---

① "Hámavál", 105—110, pp.33-34. Faulkes, trans., Snorri Sturluson, *Edda*, "Skaldskaparmal", pp. 61-62. Óðrerir 原意为"灵感的激发者"，在前者可能是诗酒的名称，在后者却成为装酒的缸名。

② 北欧语，单数为 run。英语中为 rune，有"秘密"的意思。我译成"符文"，取"符号"与"符签"之意，石娥琴音译为"罗讷文字"。

欧神话世界的中心。《埃达》的《女巫预言》说，从树上滴下的露水滋育得山谷常青。树下的命运之泉中有三位女神在木条上刻符，掌管世人的命运。有条树根蔓延到巨人弥米尔的水池，池底隐藏着奥丁当年换取智慧泉水留下的眼睛。[①] 关于这棵树，《埃达》的《格里姆尼尔之歌》还有更详尽的描写，说树是诸神开庭审判的场所，树根一直延伸到神、人与巨人三界，树顶有报警的老鹰，树身上有送信的松鼠，树旁有四只公鹿伸长脖子啃咬上头的树枝，下面有无数蛇蟒纠缠树身，地底下更有毒龙尼德霍在不停地刨挖树根，把世界之树折磨得奄奄一息。[②] 看来"树倒猢狲散"的日子也就是世界末日（Ragnarök，即诸神的命运）来临的时刻。从《埃达》的诸多篇章可以看出，奥丁最想知道的就是关于自己和诸神的终极命运。譬如，他和巨人瓦弗鲁尼尔问答斗智时，最关心的就是跟自己下场有关的问题。一旦从巨人口中探得自己将葬身于恶狼芬里尔腹中的答案，他就立即结束那场比赛。[③] 如此看来，奥丁舍命以求的符文应该是命运女神的符签，探测诸神陨灭的时辰恐怕才是他的终极目的。

奥丁追求知识与权力并不能改变诸神之黄昏降临的命运，可是，黄昏过后却出现了诸神的黎明。正如《女巫预言》里所描述的，在诸神与他们的敌人同归于尽，太阳变黑，大地沉落海中，全世界被一场大火烧毁之后，常青的大地重新从海里冒起，劫后余生的诸神重聚，回忆过去的辉煌事迹和奥丁的符文，重新刻制符签，重建起金碧辉煌的大楼，重新过着快乐的日子。[④] 显然，诸神的黎明与奥丁的符文有密切的关系。从符文中奥丁不只看见了末日的恐惧，也看

① Neckel and Kuhn, *Edda*, "Voluspá", 19, 20, 28, p. 5, p. 7. Snorri Sturluson, *Edda*, "Gylfaginning", p. 17.

② Neckel and Kuhn, *Edda*, "Grimnismal", 29—35, pp. 63-64.

③ Neckel and Kuhn, *Edda*, "Vafðrúðnismál", 44—54, pp. 53-55.

④ Neckel and Kuhn, *Edda*, "Voluspá", 46—64, pp. 11-15.

到诸神继续生存的希望。不过，《女巫预言》的结尾有点模棱两可，留给读者最后的景象是毒龙尼德霍划空而过，翼卷着丧生于末日的尸体沉落大海。有些人甚至认为奥丁悬树犹如耶稣钉十字架，世界末日的景象也映射基督教的最终审判日，新生天地的主宰乃是基督教之神。这样解读《女巫预言》虽然有问题，却有历史印证：北欧宗教的确被基督教消灭了，神树也给基督教教士砍尽，木材用来盖教堂，后来圣诞树取代了神树，而北欧诸神只能在诗人的诗歌里苟延残喘。

总而言之，奥丁在茫茫黑夜里看见了诸神的恐惧与希望。和其他被基督教摧毁的神祇相比，他还算万分幸运。正如被基督教征服过的其他古代文化，日耳曼神话几乎全部消失，只有北欧诗歌保存了绝大部分今天幸存的日耳曼神话，给诸神保存了一缕曙光。奥丁取得符文与诗酒，成为古代北欧诗人的典型。13 世纪的冰岛大文学家斯诺里 • 斯图鲁松（Snorri Sturluson, 1179—1241 年）在《英格陵萨迦》里就把奥丁当作瑞典历史上的上古人物，封他为北欧诗人的鼻祖。[①]因为北欧古代社会里懂得符文的人正是诗人，他们扮演巫师、视者（能洞察过去与未来的预言家）与史官的角色，属于社会的上层统治阶级，也是集体历史记忆的保存者与传授者，诗人作为诸神的后裔或化身，也是顺理成章的事。我以奥丁求符的故事作为第一部分，即欧洲诗歌的新开始的引子，并不是因为它的年代最古远，其实正好相反，它出现得最晚。正因为北欧是欧洲基督教化最晚的地域之一，古北欧诗歌才成为诸神继续生存的最佳见证。换句话说，如果诸神于黄昏隐退，他们将以诗人的身份于黎明复出。因此，诸神的黎明也代表欧洲诗歌的新开始。

欧洲诗歌的新开始指的是什么？人人都知道以荷马与维吉尔为

① Hollander, trans., Snorri Sturluson, *Heimskringla*, “Ynglinga saga”, p. 10.

代表的希腊、罗马文学出自欧洲大陆，可是，这两大诗歌传统使用的是古典语文，一般学者把它们归入西方古典文学。欧洲地域辽阔，历史悠久，除了以地中海为中心的西罗马拉丁文化和东罗马拜占庭希腊文化之外，还有其他文化，包括用现代欧洲语言创作的诗歌。其中至今尚有文物可考的主要有：罗马帝国崛起之前、发源于中欧并于公元前 3 世纪扩张到全欧洲的凯尔特文化；罗马帝国的北邻、终于取代西罗马帝国的日耳曼文化；长期蚕食罗马帝国的东邻波斯、斯拉夫、阿拉伯与中亚的文化。我当然不能讨论所有在欧洲大陆出现过的诗歌，只能集中于西欧与北欧的诗歌。主要包括：从拉丁语衍生的罗曼语系的古噢西坦诗歌、古法语诗歌，日耳曼语系的古高地德语诗歌、古英语诗歌和古北欧诗歌，以及凯尔特语系的古威尔士诗歌与古爱尔兰诗歌。因此，新开始指的是这些欧洲语言创作出的诗歌，也就是现代欧洲诗歌的开始。本书主要译介的是罗曼语系的噢西坦抒情诗歌，如有可能，将另以专书论述古法语诗歌。目前我先借第一部分对凯尔特诗歌与日耳曼诗歌做个简扼的介绍。

# 第一章　观点问题

除了作为古代诗人的表征之外，奥丁对现代学者还有什么启示？学者该怎样跨越千年长夜，迎接诗歌的黎明？

奥丁对知识的追求也可以作为学者的表征。如果我致力于研究欧洲诗歌的新开始，吊在知识的大树上几十年，凝神扫视十几个世纪以前渺茫隐晦的欧洲诗歌，我可能看见什么？是不是也是一些亟待解读的符文？当然，奥丁担心的是未来，我关注的是过去。他看见的是恐惧与希望，我找到的是狼藉残缺的遗迹和连篇累牍的阐释。更具体地说，古老的诗歌早已消失，极目所及尽是些几个世纪后才抄写在皮纸上的手抄本。想一窥其真相，必须依赖世世代代学者的整理与诠释。怎样才能拨云见日，重新建构已经消失的过去，把欧洲诗歌的新开始呈现给读者？很显然的，我以一连串与视觉有关的词汇来形容古诗隐晦，意味着我要先厘清由古诗与现代读者的时空、文化与跨文化距离造成的观点问题，然后才陈述所见诗歌的内容。既然这是一本以中文译介欧洲古代诗歌的书，我就先谈跨文化的问题。

研究欧洲诗歌的新开始必须探讨罗马与所谓“蛮族”、基督教与所谓“异教”的跨文化问题。中华文化与古代欧洲文化并没有多少直接的接触，因此，我关心的不是东西方跨文化的问题。不过，与后者相关的题目，如翻译与理论，仍然值得我们优先考虑，就先谈翻译的问题。

## 一、可信的翻译

由于早期欧洲诗歌的语文古奥，其中很多到了今天已成“死文字”，连现代欧美读者都需要翻译帮助才能理解。中文读者大多数不能读原文，更得依赖翻译。因此，读者有权利知道翻译是否可靠，翻译的诗歌与原诗有什么差异。换句话说，古诗的读者必须认识到：翻译可能引起隐晦。大家都知道诗歌不容易翻译，尤其是完全准确而又有诗意的翻译几乎不可能，只有在巧合的语言条件下才能做到。如果把古北欧诗歌完全汉语化和诗体化，翻译的跨文化问题就极其明显。我们不妨拿上文作为引子的诗句来说明翻译的问题，我的翻译力求接近原诗（现代版本）的形式和语意，而 2000 年出版的石娥琴与斯文汉译本是这样翻的：

我知道自己吊在树上，
被大风吹得旋转不停，
整整九个昼夜真漫长，
身上七穿八洞血如注，
每处伤口都是长矛刺，
奥丁我甘愿充当牺牲，
吊在擎天撑地大树上，
树根在何方无人知晓。

他们未曾给我吃面包，
亦不从牛角给我水喝，
我从树上凝神往下望，
但见罗讷文字在闪光，

我惊喜得几乎要狂喊，
赶紧把它记牢学到手，
可是我再也支撑不住，
栽下来一头跌在地上。[①]

为了说明的简便起见，我在现代版本原文里没有的字句底下画了线，并且为了方便比较，把我的译文重引一遍，并把原文录在脚注[②]：

我知道我吊在　被风吹打的树上
整整九个夜晚，
身负矛枪刺伤，　献给奥丁作祭品，
把自己献给自己，
在那棵树上，　没人晓得它的
根从哪儿长出来。

他们不给我面包　或牛角酒杯，
我朝下凝神扫视，
把符文捞起，　一声长啸记牢，
再从那儿跌下来。

---

① 《埃达》，石琴娥、斯文译，南京：译林出版社，2000 年，第 64-65 页。

② 138 Veit ec, at ec hecc　vindgameiði á
næstr allar nío,
geiri undaðr　oc gefinn Óðni,
siálfr siálfom mér,
á þeim meiði,　er mangi veit,
hvers hann af rótom renn.

139 Við hleifi mic sældo　né við hornigi,
nýsta ec niðr;
nam ec upp rúnar,　œpandi nam,
fell ec aptr þaðan.

只要把以上两份译文对比，翻译的问题就一目了然了。首先要声明的是，石、斯两位把如此重要而有难度的文学作品完整地翻译出来，很值得敬佩与赞赏。以下的讨论并不比较翻译的优劣，只是指出译文与原文的差异。这两种译文代表两种不同的翻译观念与方法：石、斯着眼于用汉语的表达方式译出诗歌，我注重原文的语意和表现形式。他们的译文每行九个字，每阕八行，方方正正像豆腐干，读起来也朗朗上口，有点中文诗的味道。我则保持原诗的长短句交错，前阕六句、后阕四句的原貌，并在汉语语法规范内尽量接近原文的语意，保留诗句的结构。光比较诗句的数目，就可看出石、斯汉译与原文的差异。他们把前阕从六句扩充成八句，后阕从四句扩充成八句，一共从十句增加到十六句。此外，为了维持每句字数统一，他们不得不使用很多补充语，如“旋转不停”“真漫长”“七穿八洞血如注”“擎天撑地”等，几乎所有我画过线的字句都属于补充语。当然，这些补充语并不是译者无中生有自创的，而是根据他们对原文的理解引申出来的。换句话说，他们为了使译文读来更像中文诗，把诗句润饰得更形象化。姑且不论这种译法的利弊，至少可说，原文的外观已经走样，其内容也发生了微妙的变化。

这种译法改变了诗歌的风格，扭曲了原来的表现方式。原诗用字简洁含蓄，译文则有过度引申发挥之嫌。奥丁求符，自悬树上，是《尊者言》篇的高潮，有点像耶稣被钉在十字架上的神像，可说是整个北欧神话中最独具风格的、有“神像性”（iconic）的篇章。为了呈现这个富于神秘性的景象，诗人故意语焉不详，意象模糊，不把话说明说尽，让听众去想象、参悟其中可能蕴含的意思。而奥丁得符最要紧的一句，语义特别朦胧。诗人并没直接描写符文，更没提到它“在闪光”。奥丁为什么号啕（我译作“一声长啸”），原文并未说明，有可能是“惊喜”，也有可能是“惊恐”，明说了反而削减它的不确定性与神秘性。原句重复动词“nam”，第一个强调动手拿取的动作，第二个有“学会”“记牢”等意思。可见奥丁的符文不只是眼看见的，更主要的是手拿到的东西。擅自给原文添加一个“闪光”的形容词，就像其他补充语一样，不只画蛇添足，还把话说死了，反而限制原诗多重意义的可能性。

石、斯译文不只扩充了原文，也缩减了原文。不幸的是，他们缩减的正是全诗的另一关键之处。我指的是奥丁“把自己献给自己”那句，可能因为汉语很少有这样的说法，所以被译者删掉。这下子，原文两句给浓缩成一句，而多出的空间就只好用“七穿八洞血如注”的补充语来填充。奥丁故作惊人的自我献祭的关键诗句也给血淋淋地形象化了。其实，这诗句即使在古北欧语中也是极不平常的表现法，它的重要性正在于凸现奥丁身兼祭师、祭品与受祭者三重身份。[①] 如果说奥丁影射耶稣，那么他们之间的关系是竞争、讽喻和有颠覆性的，可说是一种不友善的接收（hostile takeover）。把这句诗删掉，不能不说是很大的损失。总之，无论浓缩还是扩充，都改变了诗歌的面目。我们只能说石、斯译本给中文读者一个可读的《埃达》样本，可是，与原诗非常不一样。我的几句译文不敢说比他们的好，却比较接近原文，因此也比较可信。

我翻译欧洲古诗，只求信达，不敢奢言文雅。在此只提出一个建议：读者如果真想欣赏诗歌，就必须读原文，因为诗歌是绝对不可翻译的。我介绍古代诗歌的主要目的在于引起读者对原诗的兴趣，翻译力求可信，希望对他们阅读原诗有点帮助。接下来简单谈点与跨文化有关的理论问题，顺便表明我的学术立场。

---

① Clunies Ross, *Prolonged Echoes*（p. 225）中也注意到这点，做出不同的诠释。古印度教的因陀罗（Indra）也同时扮演这三个角色，见 Doniger, *The Hindus*, p. 400。

## 二、世俗的批评

我对文化与宗教的态度是存疑、批判的，对诗歌的解读是世俗的。“世俗的批评”这一表达来自我的老师爱德华·赛义德（Edward Said），他认为批评家必须与强势文化和一以贯之的（totalizing）批评体系保持距离。世俗的批评家以存疑的态度与实事求是的精神做试验性的尝试，因此，蒙田式的小品文是最理想的批评文体。[①] 由于种种历史原因，西方中世纪研究的强势文化一直是拉丁基督教。西方学者常把自己的信仰与宗教知识当作学术本钱，这类著作汗牛充栋，有的更是领域里必读的经典名著。此外，20 世纪以来，中世纪诗歌也成为各种批评理论的游乐场，经常给解剖得支离破碎，作为这种那种理论的佐证。我认为学者必须对这两大阵营的诱惑与偏见保持警惕，才能把注意力集中到诗歌本身。他不可能完全客观，却应该实事求是，言之有据，尽量避免把宗教信仰或主观愿望作为衡量诗歌的主要准则。

研究欧洲诗歌的新开始必须考虑基督教的影响，过去中世纪学者只强调基督教的正面贡献，掩饰或回避一些重要而“不方便讲”的事实。有位爱尔兰学者抱怨过，天主教会唯恐破坏传统神话，不鼓励学者研究早期中世纪的历史，真是学术上的丑闻。[②] 实事求是的学者必须兼顾正负两方面的历史事实，才能比较准确地理解古代诗歌。我提供些负面材料，诸如基督教缺乏宗教容忍、以武力强迫皈依、摧残本土宗教与文化等，并非反对基督教，而是恢复比较完整的历史真相，也是诠释早期欧洲诗歌的基本工作。世俗的批评并不反对宗教，只提出与宗教信仰无关或不同的观点。譬如，我的世俗解读

① Said, *The World, the Text, and the Critic*, pp. 1-30.
② O’Loughlin, “The Latin Sources of Medieval Irish Culture”, pp. 92-93.

将指出学者不假思索的基督教偏见与其造成的诠释偏差，强调跨文化的互动性和中世纪诗歌里宗教与传统间的“交混”（hybridity）与“拟仿”（mimicry）[1]。换句话说，在早期欧洲诗歌里，基督教与各地传统之间并非永远隔离对立，有时还会互通交流。诗歌作为语言艺术也常浮移流动，语义模棱两可乃至朦胧。因此，现代后殖民理论对帝国与殖民地之间文化关系的讨论，对欧洲诗歌新开始的整个问题都很有启发性。不过，我对各种过分自信的批评理论，从历史语言学确认诗歌年代到形形色色的历史考证与心理分析，也保持存疑的态度，因为现存的数据有时并不容许如此肯定的判断。我讨论早期诗歌必先掌握其实存状况，包括抄本、语言与语境，再讨论其形式与内容。早期诗歌有其可知与不可知之处，学者应该阐明可知处，尊重其不可知的奥秘。以下对凯尔特与日耳曼诗歌所做的鸟瞰，也只是一系列尝试性短文，不是一部早期欧洲诗歌的简史。

交代过跨文化的问题之后，在介绍早期欧洲诗歌以前，我还要厘清由时空与文化距离造成的诗歌隐晦的问题，如：时间的距离产生符文效应、口头与书写和时代错乱等问题；空间的距离牵涉到中心与边缘的文化地理问题，文化距离制造了罗马与“蛮族”、基督教与“异教”的对立问题。

## 三、符文效应

从奥丁求符与世界末日的神话故事可见，符文本身或作为表征都是非常有启发性的。今天幸存的古代诗歌都像奥丁的符文一样，历尽沧桑，万劫余生，神迹般重见天日，给人一种缥缈恍惚的神秘感，

① hybridity 和 mimicry 为 Homi Bhabha 使用的术语，这里采用了廖炳惠在《关键词 200》中的译法。

而且古色古香，令人不禁对它发怀古之幽思。因此，古诗抄本变成现代国家的珍贵“文化遗产”，备受学者的重视与大众的敬仰，收藏在各大博物馆和图书馆里。我们不妨把这种古代诗歌抄本古董化的现象称为奥丁的符文效应。除了引起人们对古诗的兴趣，它也有极富创意的一面。譬如，苏格兰诗人麦克弗森（James Macpherson）于 18 世纪 60 年代推出他所“采集发现”的关于古凯尔特传奇人物奥西恩（Ossian）的诗歌。这些假古董风靡一时，推动了浪漫主义的文学运动，还备受德国大诗人歌德的推崇。不过，过分崇古的心理对欣赏古诗不但没有帮助，反而制造了错误的印象。譬如，《埃达》德语译本（1777 年）的译者声称它是世界上仅次于《圣经》的最古老的书，作成于诺亚时代，约创世后 1700 年。第一个瑞典版本（1746 年）的编者号称，《埃达》一书于特洛伊城建造之前 300 年就已刻写在黄铜板上。[①] 由此可见，古抄本的符文效应会对诗歌时代的鉴定造成多大的偏差。即使今天，大多数研究欧洲古代诗歌的学者，明知缺乏确切和充分的证据，也宁愿把诗歌的年代尽量往古远的极限推，可说也受到了奥丁的符文效应的影响。

除了具有象征意义，符文本身即是一种文字。由于文字的出现对诗歌的创作与发展都产生过巨大的影响，符文还指向诗歌的存在方式与媒体变异等问题。人类的语言发展过程中，文字总比口语出现得晚。很多远古的欧洲民族并没有自己的文字，如果需要使用文字，就经常借用别人的字母。譬如，凯尔特人刻在内甘（Negan）头盔（约公元前 500 年）上的文字就借用出自意大利的伊特鲁里亚（Etruscan）字母[②]，后来许多凯尔特碑文、铭文还借用希腊与拉丁

① Fidjestøl, *The Dating of Eddic Poetry*, pp. 9-28.

② Ellis, *Celt and Roman*, pp. 40-41。说是公元前 6、7 世纪，与多数学者估计的出入太大，不取。

字母。无独有偶的是，最早的日耳曼文字（公元前 1、2 世纪）也用伊特鲁里亚字母刻写在另一些内甘头盔上。[①] 后来日耳曼人受到北意大利文字的影响，于公元 1 世纪发明了符文（取前头六个字母，称之为 fuþark）[②]，古爱尔兰人受拉丁文字的影响，于公元 4 世纪也发明了奥甘（ogam）文字。[③] 这些文字起初只适于刻在木条、金石与骨头上，并不便于书写，很少用来记录诗歌。关于早期符文的用处，因为不容易诠释和解读，学者有很多不同的看法。有的认为它起源于魔法，后来使用日广，逐渐失去符咒的魔法特性，变成日常的书写工具，主要用来刻纪念碑文，还可用来通信。譬如，1955 年在挪威卑尔根（Bergen）出土的 12 世纪符文木签上就有"亲爱的，吻我吧""想我吧，我在想你，爱我吧，我爱你"等情信。[④] 即使如此，用符文刻在石头上的诗歌，如著名的鲁斯维尔十字架（Ruthwell Cross）上的古英语诗《十字架之梦》（750—850 年）和卡尔勒夫石碑（Karlevi Runestone）上的北欧诗句（1000 年），尚属罕见。[⑤] 不过，由于这些石碑符文的年代都比抄本的要早，反而成为同类诗歌的最早样本，其价值也就不言而喻。

## 四、口头与书写

当然，没有文字并不表示没有诗歌。远古的凯尔特与日耳曼诗歌纯粹是口头的，全靠记忆背诵，完全没有文字记录。因此，最早的诗歌全没存留下来，只在希腊、罗马文献里留下点痕迹。例如，

① Wells, *The Barbarians Speak*, p. 108.
② Elliott, *Runes*. Page, *Runes*.
③ McManus, *A Guide to Ogam*.
④ Elliott, *Runes*, pp. 92-93. Page 反对符文的魔法起源说，认为最早的符文也是实用的。
⑤ Page, *Runes and Runic Inscriptions*, ch. 5. Jesch, *Ships and Men*, ch. 1.

恺撒（Caesar, 公元前 100—前 44 年）在《高卢战记》（*De Bello Gallico*）第 6 卷提到，高卢人（也就是凯尔特人）的祭师要求徒弟背诵数量可观的宗教诗句，有的要花二十年时间才全学会，却不准他们抄写下来。日耳曼人也以战歌闻名，罗马史家塔西佗（Tacitus, 约 56—120 年）在《日耳曼尼亚》（*Germania*）第 3 章说，日耳曼战士出征之前高唱歌颂英雄的赞歌。可是，罗马人把不识拉丁文的都称作野蛮人，并不鼓励他们使用方言。罗马帝国的扩张只刺激了符文和奥甘文的发明，并没有促使帝国内外的欧洲民族使用拉丁字母记载他们的诗歌。直到基督教兴起，为了便利传教布道，必须使用各地方言，欧洲人才于中世纪早期采用拉丁字母，开始把诗歌书写存留下来。因此，基督教的传入与拉丁字母的使用给现存欧洲诗歌划出时代的上限，并且改变了它的基本存在方式。

由于没有文字记载，古代诗歌荡然无存。虽然学者可以从幸存的文献里找到一些蛛丝马迹，却不能重现其庐山真面目。而有文字记载的诗歌，经过漫长岁月的传诵转抄，存留下来的版本也多半面目全非，不能不说是古诗隐晦的另一主要原因。其次，文字记载不仅改变了欧洲诗歌的基本存在方式，口头和书写还代表两种非常不同的思想方式、心态与文化，更根本地改变了诗歌创作与流传的方式。[①] 欧洲诗歌的开始既然处于这样的文化转型期，现代读者就必须面对这种文化转型产生的问题，不能把古代诗歌当作单纯的书写文本，还得体认它的口头文学特性。古诗无存的事实使得一切关于来源的议论沦为空谈，而我们说的“原诗”只不过是经过后人抄写下来和编辑过的文本，是口头和书写文化的混合产品。

从口头到书写还牵涉到原诗时代与抄本时代的距离，也是引起争议最多的学术问题。研究古英语诗《贝奥武甫》的学者都知道，

---

① Ong, *Orality and Literacy*, ch. 3. Acker, *Revising Oral Theory*.

两个多世纪以来，为了原作的年代打了多少笔墨官司。近几十年，由于学者怀疑过去用来鉴定作品年代的一些语言学和其他准则的可靠性与可用性，学界已无法取得一致的看法。这首史诗的创作时期因人而异，从 7 世纪下叶到单传孤本的 11 世纪初之间的年代都有支持者。① 而威尔士最早的诗歌与其最早抄本的年代差距比《贝奥武甫》的还要大得多，学者相信属于 6 世纪末到 7 世纪初的原诗，却只有 13 世纪中叶到 14 世纪上叶的最早抄本。其他欧洲古诗的情况也大致雷同，原诗古老，抄本晚近：古高地德语诗歌的最早抄本是 9 世纪的，古英语诗歌的是 10 世纪的，古爱尔兰诗歌的是 11 世纪的，而北欧诗歌的最早抄本则是 13、14 世纪之交的，也就是抄录《埃达》著名的《王者书》（Codex Regius）抄本的年代。这些抄本年代与诗歌原创年代的距离经常无法确定，也是古诗隐晦的主要原因之一。

一般说来，时代差距越大，保持原诗面貌的可能性就越小，也越不容易准确掌握其语言和语意。如果与诗歌同期的文献越丰富，就越有助于年代的鉴定和语义的确认。反过来，如果旁证的数据不足，诠释的臆想成分就一定非常大。即使如此，不少爱尔兰和威尔士学者仍会不厌其烦地告诉读者，他们祖先的语言多么保守，几个世纪的差别算不了什么，仍能保存诗歌的原貌，可见奥丁的符文效应多么大。当然，原诗与抄本的时代差距问题极其重要，因为牵涉到文本建立与历史语境等问题，直接影响甚至决定我们对诗歌的理解与阐释。厘清这类问题是理解古诗的先决条件，也是学者的主要任务。

## 五、时代错乱

西方学界对中世纪的历史文化的研究已经达两个多世纪之久，

① Chase, ed., *The Dating of* Beowulf. Staver, *A Companion to* Beowulf, ch. 8.

尤其近几十年来对古代晚期的研究，更取得了辉煌的成就，加深了我们对这两个相连时代的认识。可是，直到不久以前，受过传统西方文学教育的人，多数还是以希腊罗马直通文艺复兴的文化史观为正统，以地中海为文化地理的中心，忽视欧洲其他地方的古代文化，对古代晚期到中世纪（5 世纪到 14 世纪）这约一千年的历史视若无睹，不自觉地把地中海周围以外的文化边缘化。这种“文化修养”至今还普遍存在的最佳证据就是，大多数知识分子对中世纪文化的无知与漠视。他们把中世纪当作黑暗愚昧和封建落后的代名词。其实，真正的黑暗不在那段历史，而在多数现代人的脑子，这不能不说是认识欧洲早期诗歌的最大障碍和古诗隐晦的主要原因。研究欧洲诗歌的新开始正是对这种传统文化史观的质疑与修正，并且要开阔视野，打破根深蒂固的中心与边缘的文化地域架构。要知道，那一千年左右是欧洲各民族国家文化形成、基督教深植欧洲社会的创新时代，没有这一千年左右的历史，就没有今天的欧洲文化。

不过，最普遍的时代错乱发生于理解与阐释早期诗歌的过程中，也就是现代与古代观点交会的问题。现代人读古人的诗歌常以今人之心度古人之腹，那是再自然不过的事。可是，要准确地理解古人的诗歌，最好先弄清楚古人的意思，否则容易犯望文生义的毛病，把现代的或其他时代错乱的意义硬加在古诗上。从现代学术发展史来看，这个貌似简单的道理却很难完全付诸实现。因为每次我们用现代的词汇或观念来描述古代的现象与事情时，很难不把现代的标签贴在古人身上。即使用古来就有的词汇与观念时也难免有误，因为语言是历史的产物，意义随时随地在改变。为了尽可能避免犯这种错误，我们必须随时觉察语言的变化与其适用的范围。譬如，“欧洲”作为地理名词在希腊大史家希罗多德（Herodotus）的时代（公元前 5 世纪）指的只是希腊中部地区，作为历史名词就更因时而异，一般史家认为现代意义的欧洲要到查理大帝（又称查理曼）的时代（9 世纪）才出现。而作为文化名词就更具有种族意味，在西班牙有七百年历史的阿拉伯文化通常并不算是欧洲文化。如果连这么平常的词汇都有复杂的背景和意义，其他文化词汇如“蛮族入侵”“罗马帝国”“基督教”“异教”“拉丁”“方言”等，使用起来就得特别谨慎。因为这些并不是中性的话语，都隐含着一些二元对立而有等级差别的价值观：使用者通常不自觉地认为罗马、基督教与拉丁优于蛮族、异教和方言，以前者为中心，把后者边缘化。如何避免把现代人的观点硬套在古人身上是现代阐释学的课题，而对传统观念与词汇持批判态度也是现代学术研究的出发点。我认为现代阐释学的文学接受史方法，以诗歌在不同时代产生的意义作为参考指标，最有助于消减时代错乱，也是我介绍噢西坦诗歌的方法。

还有一种非常普遍的时代错乱发生于学者先入为主的预想。很多人以为一部经典出现过，就一定会影响到后世。以基督教的《圣经》为例，很多学者以为它无所不在，因此，对后世文化的影响也无远弗届。可是，古代的《圣经》版本繁多，造价昂贵，而且庞大沉重，不便携带，因此，并不是到处都有，人人都能参阅的。如果要说某部作品受哪段《圣经》的影响，就不能光凭笼统的假设，还得有作者接触过它的证据，才会有说服力。由于现存的欧洲古诗几乎全出自基督教修士学士之手，主张《圣经》影响一切论的学者还大有人在，这个问题将在下文进一步讨论。[①] 又譬如荷马的史诗，在中世纪西欧几乎不存在，没几个人能读到，更不用说能读得懂，对西方这一千年谈不上有什么影响力。还有些人以为希腊最早的诗歌是史诗，就把其他文学的早期英雄诗歌一律称为史诗。泛泛而谈《圣经》或

① 如 D. W. Robertson, Jr. 学派或 McCone, *Pagan Past and Christian Present in Early Irish Literature*。

希腊罗马文化影响的著作常犯这种自由联想的毛病，都缺乏说服力，也毫无价值。反过来，任何与诗歌存在方式及其历史语境有关的具体信息，如抄本的形成与流传、书籍的历史、古文字学和人类考古学等，都能帮助我们具体如实地理解古诗。

## 六、中心与边缘

正如我们得抛弃过时的文化史观，研究欧洲诗歌的新开始也必须抛弃过去以地中海为中心的文化地理观，因为从古代晚期到中世纪早期，欧洲文化的中心已不在地中海，早就转移到爱尔兰海、北海与波罗的海，最后才回到西欧大陆。虽然欧洲诗歌在西欧大陆的创新是本书的主题，我们却不能忽视以爱尔兰海与北海为中心的凯尔特诗歌与日耳曼诗歌。

以爱尔兰海为中心的爱尔兰与不列颠岛是古代凯尔特文化的最后重镇。公元前 3 世纪是凯尔特人领土扩张的鼎盛时期，从爱尔兰到小亚细亚都有他们留下的踪迹。许多地理名称都有凯尔特成分在内，如罗马帝国在高卢的首府（Lugdunum，即后来的里昂）之名，就取自凯尔特主神之名鲁格（Lugh）。他们于公元前 386 年攻陷罗马城和公元前 279 年抢劫希腊圣地特尔斐（Delphi）诸神殿里的宝藏，给希腊、罗马人留下极深刻的印象。他们在小亚细亚建立迦拉太国（Galatia），《新约全书》里的迦拉太人就是凯尔特人的后裔。可是，在随后的几个世纪里，凯尔特人逐渐被罗马人和日耳曼人征服、同化，最后只能逃到西班牙与高卢靠近大西洋的边缘地带苟延残喘，终于在不列颠与爱尔兰诸岛定居。不列颠的凯尔特人于公元 1 世纪也被罗马人征服，少数到威尔士与苏格兰山区避难。爱尔兰是唯一没被罗马帝国征服过的地方，也是保存凯尔特文化最长久的地方。基督教于5世纪传入爱尔兰以后，与当地文化结合成一种有凯尔特特色的基督教，并传播到不列颠、高卢、日尔曼尼亚乃至意大利。因此，爱尔兰海被宗教史家称为“凯尔特的地中海”。[①] 这种说法虽然肯定了爱尔兰文化的贡献，却仍保留以地中海为中心的残余心态。如果不以地中海与基督教为中心，我们会发现，爱尔兰存留下数量极其可观的以爱尔兰为中心的文化。它虽然受到基督教影响，却充分保存了凯尔特文化特色。因此，研究古爱尔兰与威尔士诗歌必须摆脱以地中海为中心的观点，从其本土观点着手。

日耳曼人一直是罗马帝国的心腹大患，两者之间有着非常活跃的贸易关系和紧张的军事关系。不过，帝国的军事与政治势力却不能跨越到多瑙河以北、莱茵河以东，因此，北欧和斯堪的纳维亚的日耳曼社会保存了更多自己的语言文化。过去西方史家把罗马帝国与基督教的扩张形容为两个传播文明的历史浪潮；把日耳曼民族的两次大迁徙称为破坏文明的两场大灾害，第一次叫作“蛮族入侵”（5、6世纪），第二次叫作“海盗或维京时代”（9—11世纪）。这种历史观点近年受到严峻的挑战，并且做了重大的修正。姑且不论罗马帝国与基督教的建树值不值得全面肯定，第一次日耳曼民族迁徙给帝国的后继王国奠定基础，后来发展成现代欧洲的民族国家，而第二次主要来自丹麦和斯堪的纳维亚的北欧人大迁徙更给它添增了无比的异彩。这些北欧人犹如变色龙，从挪威往西移民到冰岛，开创了独具特色的冰岛文学。从丹麦往南到英格兰与爱尔兰的殖民，很可能把《贝奥武甫》的故事带到那里去。登陆法兰西的就成为诺曼人，他们放弃了自己的语言，以古法语创造出大部分现存最早的古法语文学。他们不只征服了英国，还占领过西西里岛和意大利南部，

① Brown, *The Rise of Western Christendom*, pp. 16, 51, 129, 132.

为意大利诗歌催过生[①]，更从瑞典往东通商殖民直到今天的俄罗斯，并且给东罗马皇帝当佣兵（即有名的瓦兰吉御林军）。因为早期与他们接触的阿拉伯人和拜占庭帝国称他们为罗斯（Rus），他们建立的基辅王朝就是第一个俄罗斯王朝，因此，俄罗斯这名称也源自北欧殖民者。[②] 从冰岛到西西里岛，从都柏林到基辅，以北海与波罗的海为中心的北欧文化到处开花结果，形成了崭新而多元的欧洲文化，绝对不能视其为地中海的边缘文化而等闲视之。

由此可见，中心与边缘不只是地理上的对立，还是文化与文化观点的对立。而影响我们对欧洲诗歌的理解的最重要观点，就是“罗马与蛮族”和“基督教与异教”这两种中心与边缘的对立。在从古代文献到不久以前的现代论述中，古凯尔特人和日耳曼人都被称为“蛮族”，他们的宗教也成为“异教”，他们的文化被排挤到边缘位置。而罗马人的文化与基督教则以文明与纯正宗教自居，占据了中央位置。我们必须先拨开这两层传统观点的浓雾，才能比较清楚地看见早期欧洲诗歌，现在就先检验“‘罗马’与‘蛮族’”这个对立面。

## 七、“罗马”与“蛮族”

以罗马为中心的传统学术观点从20世纪60年代开始被质疑，近来学界对古典文献的态度比较审慎，具有批判性，以考古学的方法与成果补充或修正文献的不足与偏差。当然，19世纪学者也使用考古学，不过他们把罗马史家的记载当作客观的历史记录，只用出土文物来印证文献史料，有意无意地采取以罗马为中心的观点。近来学者不只以

① 因此，有位英国教授Howlett写了这本书，即*The English Origins of Old French Literature*。

② Franklin and Shepard, *The Emergence of Rus*, pp. 28-29.

考古学的发现来纠正文献记载的错误，还对学界使用的词汇和概念进行重新反思。譬如“罗马”与“罗马化”所包含的意义就很模糊，用来描写历史事实与过程也很僵硬、片面。有考古学家指出罗马帝国的扩张严重冲击邻近地域，加速了各民族社会的形成与军事化，带来了政治和经济上极大的变化。很多外省和罗马军团里的“罗马人”都是来自境外的移民和佣兵，因此，“罗马人”与“蛮族”不是有效的区分范畴。从考古挖掘的坟墓与葬物来看，两者之区别也极其模糊，很难鉴定是罗马人还是蛮族的坟墓或葬物。“罗马化”同时还意味着某种统一标准，可是，在帝国的外省，从罗马式的建筑物到陶器，都是当地人采用罗马的模式创造出的新生事物，其样式变化繁多，绝非单一的罗马风格可涵盖。①

同样地，学者也重新检讨“蛮族”与“蛮族入侵”等观念和理论，强调欧洲民族形成的过程极其错综复杂，而且与罗马帝国的扩张政策息息相关，两者的关系不是单方向的，而是长期互动交融的。换句话说，除了聆听希腊罗马史家的一面之词，也要让“蛮族说话”，才能确切地重现比较全面的历史。譬如，有学者不只批评蛮族入侵论毫无考古事实根据，还论证外族移民的过程是持久、和平而且合法的。② 也有学者把西哥特人“入侵”高卢和西班牙叫作“有管制的移民”。③ 经过几世纪的战争与和平，在边境两边广大地区的蛮族被罗马化和罗马人被蛮族化的程度相差无几，所谓入侵只不过是边界的消失。学者也认识到“凯尔特”和“日耳曼”都是罗马史家发明而为现代学者沿用的标签，希腊人最早以 Keltoi 称呼凯尔特人，这个名词泛指希腊西北方的异族，并不专指某个特定民族。希腊人并不区分凯尔特人和日耳

① Wells, *The Barbarians Speak*, pp. 127-129.
② Goffart, *Barbarians and Romans*, p. 36.
③ Brown, *The Rise of Western Christendom*, pp. 48, 102, 103.

曼人，直到恺撒征高卢时才以莱茵河作为两者（Galli 与 Germani）的分界线。当时西欧各民族并不以这两个名号自称，当然也不会自认为凯尔特人或日耳曼人。

关于欧洲民族早期的材料存留下来的并不多，可靠的文字记录极少，实在不够用来写他们的早期历史。有学者把近代多数凯尔特研究称为“神话的建构”，因为学者所依据的古代文献太笼统而且不可靠，现存凯尔特文献太少、时代过晚，研究的成果更多反映研究者重建现代凯尔特认同体的愿望，只建构出现代神话。[①] 其他学者也注意到这种批评，指出恺撒以莱茵河为种族界线的说法是站不住脚的。因为考古学家发现很多凯尔特人的遗迹（如村落、房屋、墓葬、陶器、铁器工具、青铜与玻璃首饰、钱币等）在莱茵河之东，而很多日耳曼人的遗迹却在河之西。也许两者的分别在于社会组织的简繁，或者不是分河东河西，而是分南北上下游。[②] 现代人类学家也质疑以语言学的定义来界定人种的方法，认为恺撒用这两个种族名称，只代表罗马政府对外人笼统的称呼与分类，并无考古学或人类学的内容。[③] 总之，考古材料呈现了相当复杂的景观，其本身也可以有不同的阐释，不容许过分简化的论断。

如上所说，凯尔特人早就被罗马人征服、同化或者驱逐到天涯海角。生存在帝国版图内的凯尔特人几乎全放弃了自己的语言，采用拉丁语，逐渐说起各种罗曼语。只有逃到海岛上的爱尔兰人从未被罗马人征服过，才保存下自己的语言文化。不列颠岛上的凯尔特人也被罗马人统治过四百年，可罗马帝国于公元 410 年一撤退，他们就马上恢复了自己的语言。可是接踵而来的英吉利（盎格鲁）人和撒克逊人又

① Chapman, *The Celts*.
② Wells, *The Barbarians Speak*, p. 112.
③ Roymans, *Tribal Societies in Northern Gaul*, pp. 12-14.

占领了中部和南部大部分土地，并且反客为主，把当地人（Cymry，威尔士人的自称）叫作外地人（Welsh）。[①] 从此，不列颠人被赶到西部山区，变成威尔士人，而不列颠岛南部就叫作英格兰，即英吉利人的领土。当时的爱尔兰人被罗马人叫作苏格人（Scoti），他们移民到不列颠北部，当地就被称为苏格兰。即使如此，凯尔特人与罗马文化和日耳曼文化都不断有接触，只不过他们孤立的地理位置，更有利于保存本身的文化。尤其是爱尔兰人，虽然经过基督教的洗礼，仍维持自己的社会结构与法律制度，留下极其丰富的文学传统，包括令人难忘的萨迦如《古岭劫牛记》（*Táin Bó Cúailnge*），并开创了与现世平行共存的另外世界。

帝国境外的日耳曼民族和爱尔兰人一样，也从未被罗马人征服统治过，保存了自己的领土和语言文化。不同的是，日耳曼民族的形成过程直接受到帝国的影响。依据学者分析，日耳曼民族的形成过程大致可以归纳成三种模式：以家族为中心的，如哥特人、伦巴第人和法兰克人；以杰出领袖为中心、多种族混合（包括中亚的匈奴人和阿瓦尔人）的，如阿兰人；还有组织散漫的民族，如阿拉曼人和巴瓦利人。[②] 这些民族大都以农耕、畜牧为生，为了生存竞争，社会逐渐军事化，对内和对外的战争成为生活的主要活动。譬如，为了应付罗马帝国的军事威胁，日耳曼部落缔结联盟，逐渐形成庞大的民族。而帝国也以合纵连横的外交政策来操纵和管理蛮族，很多日耳曼民族成为帝国的盟邦，日耳曼战士成为帝国的佣兵。罗马驻军与日耳曼佣兵都对帝国与日耳曼社会产生巨大的影响[③]，而最显著的后果是，以杰出军事领

① Williams, *The Beginnings of Welsh Poetry*, pp. 71-72. 书中指出 Cymry 意为“同乡”，是威尔士人的自称，撒克逊语中 Welsh 的意思是“外地人”，德国人还称意大利人为 Wälsch。

② Geary, “Barbarians and Ethnicity”, pp. 108-109.

③ 这是 Wells 的书的主要命题之一。

袖为中心的多种族群体逐渐成为主要的民族形成模式。换句话说，构成民族的主要元素不再是血缘关系，而是成员的自我认同。譬如，在意大利的伦巴第人就由各种日耳曼民族与罗马人组成，而在有名的卡塔隆尼战役（Battle of the Catalaunian，451 年），罗马和匈奴敌对双方的军队里有同样的日耳曼民族成员。而民族自我认同的元素除了共同的土地与生活经验之外，就是共同的祖先神话、文化传统和法律体制。譬如，长期受罗马文化洗礼的日耳曼人如法兰西人与诺曼人，就学罗马人制造了祖先来自特洛伊城的神话；而保存了自己文化的日耳曼人，如英吉利人、撒克逊人和北欧人，就把王室世家追溯到沃旦或奥丁。[①] 和凯尔特人一样，他们的神话和关于民族英雄的传说，都成为新兴欧洲诗歌的主要内容。此外，凯尔特与日耳曼民族和罗马帝国的关系也有不同之处，这影响到其社会结构。在海岛上的威尔士与爱尔兰人保存了更传统的部落社会结构，而与罗马人接触频繁的日耳曼社会就有更强烈的“去部落化”倾向。

如上所说，早期的凯尔特与日耳曼诗歌因为没有文字记载，都没存留下来，而有文字记录的诗歌都出自后来基督教修士之手，用拉丁字母写成。因此，欧洲诗歌的新开始与基督教的关系密不可分。不过，基督教对个别民族诗歌的影响并不一样，以下就讨论基督教与异教的关系，及其对诗歌的影响。

## 八、“基督教”与“异教”

基督教的崛起带来古代其他宗教诸神的黄昏，诸神的绝灭一直是基督教最关心的事。可是，诸神并没消失，还继续苟存于基督教文化中。当斯诺里・斯图鲁松把北欧诸神解构成古代史的人物，使

① Geary, “Barbarians and Ethnicity”, pp. 118-125.

用历史悠久的神话历史化（euhemerism）方法时，这个由公元前 3 世纪希腊人尤赫莫卢斯（Euhemerus）首创，被基督教早期护教士采用，成为基督教消灭其他宗教的标准方法，已经有一千多年的历史。比起基督教把诸神妖魔化的手段，神话历史化把他们人化，成为各民族的祖先，反而增加了他们生存的机会。[①] 无论是妖魔化还是历史化，诸神的形象已被丑化和喜剧化。不过，诸神还有其他继续生存的方法，尤其是隐退于诗歌和艺术品里。诸神被妖魔化与历史化并不是研究古代欧洲诗歌的主要障碍，人们对基督教会垄断欧洲文化的笼统印象才是。换句话说，要知道基督教在早期欧洲诗歌里扮演的角色，必须如实认识当时的基督教。

自从西罗马帝国瓦解，基督教逐渐取得教育的专利。到了中世纪，一切受过教育的人都出身教会学校。所有文化人，从诗人、学者到抄手稿的修士，都是基督徒。早期欧洲诗歌都经他们之手，难免受到基督教的影响。这些都是毫无争议的事实。可是，有一种相当普遍的泛基督教影响论忽视了另一个事实和两个重要课题：事实上，基督教的影响因人因时因地而异；因此，值得研究的两个课题是早期基督教教会史及基督教与其他宗教或信仰的互动关系。从教会史来看，基督教不只是一套神学、教义与教规的思想体系，更重要的是它在俗世发展出的社会、政治、经济与文化机制和它在历史上实际扮演的角色。它对诗歌的影响绝不限于思想文字，还牵涉到其他历史层面。其次，基督教也不是一成不变的，早期教会和后来的教会就很不一样。因此，不能拿现代的基督教教义与教规去理解古代的教会或解读古代的诗歌。从宗教互动的角度来看，基督教虽然取得压倒性的胜利，却不能不与其他本土宗教妥协，暗地吸收其中某些成分，使得诸神的黄昏转变为黎明。以下就以新神出现与诸神隐

① Seznec, *The Survival of the Pagan Gods*, ch. 1.

退两段，分别讨论早期基督教在欧洲的发展和它与其他宗教之间的互动情况。

## 九、新神出现

基督教和罗马帝国里各种宗教成长于相同的土壤，满足时人共同的心灵需要。基督教只是流行于帝国境内的许多东方神秘宗教中的一种，它的特色是普世一神论，不只不承认其他神祇，还视之为魔鬼，非将之赶尽杀绝不可。相形之下，信奉多神的其他宗教多半源自地方传统，每个城市有自己的神祇，各信各的宗教，和平共存，很少有宗教迫害的事件。[①] 基督教徒唯我独尊的信仰很快和其他宗教的教徒发生冲突，可是罗马皇帝在公元 250 年前并没通令迫害基督教会，多数迫害事件只是民间的冲突。后来有皇帝间歇禁教，戴克里先（Diocletian, 244—312 年）最后于 303 年正式明令禁止基督教。这场“大迫害”被后来的基督教宣传夸张渲染，学者认为，关于迫害波及的范围和实际情况，不能尽信基督教殉教者的传记。[②] 等到康士坦丁大帝（Constantine, 272—337 年）（又译君士坦丁大帝）于 312 年改立基督教为国教，赐给教会巨大财富，给予各种特权、优待；狄奥多西一世（Theodosius I, 347—395 年）更于 392 年立下各种法令废除罗马“异教”，基督教才在帝国里生根茁长。得势的基督教从受迫害者变成历史上最厉害的宗教迫害者，对后代的影响极大，也和欧洲诗歌的新开始有不可分割的关系。基督教以其统一的教义和严密的组织，与世俗君主密切合作，经过几个世纪，取得

① Nock, *Conversion*, pp. 210-211. Valantasis, ed., *Religions of Late Antiquity in Practice*.

② Lane Fox, *Pagans and Christians*, pp. 422, 592.

独尊天下的地位。可是，这个后来的结果遮盖了早期基督教会群龙无首与宗派丛生的局面。当时有很多关于耶稣的著作，其中有的后来给收入《新约全书》，也有不少未被收入，诸如各种口头传说和关于耶稣与门徒的故事和语录。在4世纪末以前，教会不只没有一套公认的经典，也没有统一的教义。[①] 经过与诺斯替派、马西昂派、孟他努派的互动与抗争，代表主流的"普世教会"也就是后来的天主教会于2世纪末才出现。从此，出现了正统与异端的派别之争，而教会打击异端比扑灭异教还要不遗余力。正统派疾恶如仇，除恶务尽，更像《旧约全书》的耶和华，不像讲博爱的耶稣，毫无宗教容忍的观念。最大的异端阿里乌派（Arian）给流放到帝国境外，却吸引了多数早期日耳曼信徒，给后来天主教会传教制造了很大的麻烦。另一支被流放的异端聂斯托利派（Nestorian）在唐朝一直传到长安，被人称为景教。这种不容忍异议的传统，使得新教革命以前的基督教会史成为一部打击异端史。

教义之争不易解决也跟教会林立有关。当时基督教有五大山头，号称"五教座"（pentarchy），即罗马、康士坦丁堡（又译君士坦丁堡，即今伊斯坦布尔）、安提哥、亚历山大与耶路撒冷五个牧首管辖区。其他教会虽然口头承认罗马教会的优先地位，实际上每个大教座都独立自主，轻易不容许他人干预内务。近来基督教史家也都强调早期教会的多元化，称之为"本土的"和"微体的"基督教，各地的教会有自己的典章仪式和传统。[②] 譬如，基督教最重要的复活节，各地教会就有不同的日期，于是，罗马和小亚细亚教会于2世纪争论过，爱尔兰与支持罗马的盎格鲁－撒克逊教会于7世纪又争论过。而康士坦丁堡因为是帝国的新罗马，不只与罗马教座平起平坐，有时更

① Brown, *An Introduction to the New Testament*, p. 15.

② 参见 Brown 的 *The Rise of Western Christendom* 的 p. 15 和全书各处。

因与皇帝接近，得近水楼台之利，地位还要高出一筹。教义与人事的争端也招来皇帝的仲裁，首开世俗君主干涉和领导教会的先例。基督教会于325年为了解决阿里乌关于耶稣身份的争论，在尼西亚（Nicaea）举行的第一次大公会议，就由康士坦丁大帝亲自召开主持。以后的世俗君主也都循此旧规，干预教会事务。此后三百多年，为了争正统和三位一体相关的问题争执愈演愈烈，终于导致7世纪罗马与康士坦丁堡教会破裂的局面，到了11世纪基督教东西教会正式分家。

基督教于7世纪从早期教会进入中古期，而造成东西分裂的主要历史因素是伊斯兰与查理曼帝国的兴起。伊斯兰的扩张占领了基督教五教座中的三座，只剩下罗马和康士坦丁堡的对立，使得教会内部的权力斗争益发尖锐。拜占庭受挫于阿拉伯帝国，引起了信仰危机。因为神像未能保佑帝国，有派系提出反神像的宗教改革，但是得不到罗马教会的同意。[①]教皇长期受制于东罗马皇帝，从教皇任命到教义争论的仲裁都得听命于皇帝，尤其是罗马城不断受到伦巴第人的侵扰，教廷的安全也全靠帝国驻拉文纳（Ravenna）总督保护。我们不妨以罗马教皇马丁和他的助手马克西莫（Maximo）的遭遇来说明当时教会与帝国的关系。罗马教廷于649年在拉特兰宫（Lateran）召开会议，通过了由马克西莫主笔的三位一志（Monothelete）教条，违反了东罗马皇帝康士坦丁二世终止讨论这教条的禁令。皇帝次年下令逮捕马丁，把他长途押解到康士坦丁堡，然后放逐远方。马克西莫被囚禁了6年，仍旧不肯认错，而且雄辩不懈，终于在82岁高龄，惨遭舌头被割、右手被砍断的酷刑。[②]罗马教皇想另谋生路，不过是早晚的事。等到查理曼的法兰克帝国统一了西欧，罗马教会就炮制

① Herrin, *The Formation of Christendom*, p. 338.

② Herrin, *The Formation of Christendom*, pp. 255-258.

出“康士坦丁的奉献”（Donation of Constantine）的假文件来巩固自己的权威，并且另投明主，于800年“突然”给查理曼加冕，封他为罗马帝国的皇帝。查理曼以“上帝的代理人”的身份保护罗马教会，积极参与和统领教会事务，除了掌握主教任命的批准权，还颁发诏书，宣布法兰克教会对神像之争的立场，毫不客气地点评拜占庭和罗马的观点。[①] 基督教会与帝国互相依存的紧张关系一直延续到11世纪，以教皇格列高利七世与皇帝亨利四世为主教授职的争执达到高峰，终于导致后来政教分离的新局面。

从以上简述可见，早期基督教会仍处于形成过程，一切并无统一规划，罗马教会尚未取得至上权威，各地教会相当独立自主。罗马教会也不重视帝国境外的传教工作，倒是境外的信众主动宣教，才引起罗马的注意和干预。埃及沙漠里的苦行僧和爱尔兰的流荡修士就是好例子。我们不知道基督教当初怎样传到不列颠，但是5世纪初的大异端伯拉纠（Pelagius, 约360—418年）就出自不列颠。他的影响极大，使得奥古斯丁（Augustine, 354—430年）对他口诛笔伐，也迫使罗马派高卢主教日耳曼（Germanus of Auxerre，约378—448年）到不列颠，派帕拉迪乌斯（Palladius，457/461年卒）去爱尔兰消除伯拉纠异端的余毒，[②] 促成罗马教会首次与帝国西陲海岛的接触。到了6世纪，不列颠修士吉尔达（Gildas，约500—约570年）在《不列颠之衰落》（*De Excidio et Conquestu Britanniae*）里批评当时“暴君”的虐政，也抱怨当地修士的腐败无能，可见当地基督教的势力还相当薄弱。而第一个主动派传教士去不列颠的罗马教皇是格列高利一世（Gregory I, 约540—604年，590—604年在位），据比德（Bede,

① Herrin, *The Formation of Christendom*, pp. 386, 427. 也见 Berschin, *Greek Letters and Latin Middle Ages*, p. 111 中指出诏书作者对拜占庭文件的误解。

② Charles-Edwards, *Early Christian Ireland*, p. 205.

约 672—735 年）《英吉利人教会史》（*Historia ecclesiastica gentis Anglorum*）（卷 2，第 1 章）有名的故事说，教皇在奴隶市场里看见一些天使般的金发少年，打听得知他们是英吉利人（Angli），觉得真是名副其实[①]，于是决定派人去向他们传教，拯救他们的灵魂，罗马教会从此才开始积极向北欧各民族宣教。以下先列出欧洲各民族皈依基督教的年代，给欧洲诗歌的新开始定个时间坐标，再以一二实例具体显示这时期基督教的多样性。

因为克洛维（Clovis，约 465—511 年）于 508 年皈依天主教，法兰克王国成为西罗马帝国灭亡之后最早接受罗马教会权威的后继王国。爱尔兰虽然于 431 年就有帕特里克（Patricius，Patrick，约 420—490 年）去传教，却发展出一种与罗马天主教不尽相同的，光从书本学来的基督教。[②] 爱尔兰的基督教以哥伦巴（Columba，约 521—597 年）于 565 年在埃欧纳岛（Iona）建立的修道院为中心，传布到苏格兰和英格兰北部。同时，“为上帝放逐”（deorad Dé）的哥伦巴努（Columbanus，约 543—615 年）则前往欧洲大陆建立修道院，为法兰克王国的教会奠定了基础。而更早的日耳曼民族信奉的基督教都是被视为异端的阿里乌派，譬如，西哥特人乌菲拉（Ulfilas，约 311—383 年）于 342 年被任命为哥特人的主教，就是阿里乌派的人物。他用希腊字母、拉丁字母和符文创造了哥特文字，翻译出哥特文的《圣经》，可说是最早的日耳曼文学作品。不过他深知哥特人天性好战，故意略去战事连篇的《列王记》，以免助长他们的夺掠之风。[③] 后来在西班牙“落户”的西哥特王国改信天主教之后，还把这部《圣经》

① 因 Angli 音近似 Angeli（天使）。

② Brown, *The Rise of Western Christendom*, p. 241. O’Rahilly, *The Two Patricks*. 书中指出 431 年去爱尔兰的 Palladius 的名字早被遗忘，后人将其与后来的 Patricius 混为一人，因此，实际上有两个帕特里克。

③ Fletcher, *The Barbarian Conversion from Paganism to Christianity*, p. 77.

烧毁。由于在英格兰北部的日耳曼人信的不是罗马的正版天主教，加上英格兰南部和北欧的日耳曼人都还保持着自己的宗教，教皇格列高利一世于597年派奥古斯丁到英格兰南部去传教，其后罗马教皇继续派人去纠正爱尔兰教会的非正统影响。

7世纪末到8世纪中期是盎格鲁－撒克逊传教士最活跃的时期，威利布洛德（Willibrord，658—739年）和卜尼法斯（Boniface，约680—754年）到萨克森（Saxony）和弗里西亚（Frisia）传教，遇到强烈的抵抗，后者还殉道成了圣人。当时弗里西亚王拉波德（Radbod，685—719年）在受洗的时候，打听未曾皈依的祖先能否得救，听说他们救赎无望，连忙跨出洗礼池，拒绝皈依基督教，宁可死后入地狱与祖先团聚，也不愿独自进入天堂。[①] 贝奥武甫临死也说死后要去见先人，可见古日耳曼人受这种传统信仰影响极深。撒克逊人经过查理大帝几次血洗之后才皈依基督教，日耳曼的传统宗教却仍继续存留了很久。至于其他北欧民族，皈依时间就更晚了，丹麦国王“蓝牙”哈洛德（Haraldr，约958—986年在位）自动信教，还为此给自己立个用符文刻的大石碑，就是有名的野陵（Jelling）石碑。挪威和冰岛都到了10世纪末、11世纪初才皈依基督教。从冰岛萨迦看来，地方宗教反对基督教异常剧烈，两位奥拉夫（Olaf Tryggvason，Olaf Haraldsson）国王强迫臣民皈依的手段也非常血腥残忍。北欧最后被基督教征服的是波罗的海边的文德人（Wends），这些斯拉夫人有组织地积极抵抗基督教，他们的宗教直到1168年才被丹麦人和撒克逊人消灭。[②]

凯尔特人和日耳曼人一样接受基督教，并根据自己的实际情况加

① Brown, *The Rise of Western Christendom*, p. 417. 祭祖也是天主教在中国明朝传教时遭遇到的困难。

② Fletcher, *The Barbarian Conversion from Paganism to Christianity*, pp.435-450. 其他波罗的海民族还继续反抗到14世纪。

以改造。以爱尔兰为例，帕特里克虽然和罗马派任高卢的主教有联系，却因为社会结构不同，未能落实罗马教会的主教制度。因为罗马帝国是一种“城市的联邦”，早期基督教也是城市的宗教。西罗马灭亡之后，各地城市没了帝国的官员，当地主教掌管城市，也就掌握了帝国的实权。[①]早期爱尔兰并没有城市，只有零星散布的村庄部落（túath）。从5世纪到12世纪的任何时期，都有150个上下称王（rí）的部落领袖。[②]每个部落大约有人口三千，王者负责征集兵勇，召开部落会议。与王者平起平坐的有智者或诗人（fíli，视者），掌管宗教、族史、法律等事务，后来又添加一位教会学者与其共事。[③]早期爱尔兰社会组织散漫，没有中央集权的政府，只按家族与部落利益，弱者向强者输诚投靠以换取其保护，形成等级分明的主从关系。因此，罗马教会以主教为中心的模式在爱尔兰行不通，倒是各大家族在乡下私设的修道院有如雨后春笋散布全岛。早期爱尔兰教会基本上是大家族的私产，其领导人都出身贵族。譬如，最有影响力的哥伦巴，被爱尔兰人尊称为“教会之鸽”（Colum Cille），就出身于北方新兴的欧尼尔（Úi Néill）王朝贵族。他在爱尔兰、苏格兰和英格兰北部设立的修道院，其主持人也多半是他家族的成员。这位有王者之风的修士，44岁时被放逐到苏格兰岸边的埃欧纳小岛，却尽其余生之力建立了一个精神帝国，尤其是在都罗（Durrow）与凯尔斯（Kells）设立的修道院，留给后世两部蔚为大观的书画抄本，更是欧洲早期中世纪艺术的瑰宝。只有南方的教会不愿接受北方统治，坚决走罗马教会的路线，把帕特里克推崇为罗马派来拯救爱尔兰的圣人，终于使整个爱尔兰教会于8世纪中叶归附于罗马教会。

---

① Brown, *The Rise of Western Christendom*, pp. 54, 78.

② Bryne, *Irish Kings and High-Kings*, p. 7.

③ Kelly, *A Guide to Early Irish Law*, p. 4.

爱尔兰教会，一度被称为凯尔特教会，与罗马教会的主要差异在于它采用比较古老的基督教教义与仪式，并且根据当地的风俗予以调整。例如，关于复活节日期的计算问题，爱尔兰教会采用以犹太人逾越节为准的老法，不知道或不遵照罗马教会以耶稣复活星期天为准的新法。这场纠纷当然不只是天文历法的争议，更牵涉到地方政治利益的冲突。除了爱尔兰南部教会提出改历法之外，盎格鲁－撒克逊教会也想摆脱爱尔兰教会的影响，多次派人去罗马取经，最有名的是本笃（Benedict Biscop，628—690 年）与威尔弗利德（Wilfrid，634—709 年）。前者在威尔茅斯（Wearmouth）与嘉娄（Jarrow）设立了北英格兰最有名的修道院，全部接受罗马教会的典章制度，并从高卢请来工匠，建盖罗马式的教堂，鲜明地举起罗马教会的旗帜。这家双子修道院藏书至丰，后来培养出 8 世纪欧洲最杰出的拉丁学者比德。威尔弗利德则在 664 年的惠特比（Whitby）会议上代表罗马教会发言，与爱尔兰教会的代表就复活节日期问题激辩。诺森布里亚国王阿斯维（Oswiu，约 612—670 年）听完双方的辩词之后，认为罗马的彼得权威高过埃欧纳的哥伦巴，裁定采用罗马的计算法。即使如此，会议决定后五十年，北方爱尔兰教会仍旧使用自己的历法计算复活节的日期。

除了复活节日期之争，爱尔兰教会和罗马教会还有其他对立面。从修士剃的发型到对婚姻制度的态度，双方都意见不合。罗马修士头顶光秃，剩下的头发像个圆环，而爱尔兰修士只剃光前额与双耳之间的头发。罗马教会反对近亲通婚与多妻制，爱尔兰人则以《旧约全书》为证据，辩称二者都是上帝准许的。爱尔兰人又根据本地犯法赔偿的法律观念制造出一套套细密的忏悔赎罪体系与手册，给后世基督教忏悔赎罪制度打下基础。爱尔兰人有悠久的学术传统，重视学问，认真学习拉丁文，却没放弃自己的传统，还创造了更方便阅读的拉丁字体、更古奥的拉丁文和新奇的书画抄本，把书写的新技术与抄本带到欧洲大陆，更是西方文化史上的一大贡献。[①] 在古代拉丁教育荡然无存的时代，欧洲各地的学生都到爱尔兰留学。爱尔兰教会最大的贡献就是把这种好学与苦行的精神散布到全欧洲，尤其是哥伦巴努和他的弟子从 6 世纪末到 7 世纪所设立的修道院，从法兰克王国的卢克煦尔（Luxeuil）、科尔比（Corbie）与圣加伦（St. Gallen）到伦巴第的博比欧（Bobbio），都是当时欧洲首屈一指的学术中心。他们的抄书坊与图书馆制造和存留下大量最早的古代抄本，代表当时欧洲文化的巅峰，可说是爱尔兰教会对世界文化最伟大的贡献。[②] 难怪哥伦巴努的传记与其他圣徒生传不一样，只记载他作为苦行僧与良师的事迹，极少提到关于神迹与圣人遗骸的事，崇尚知识也是当时爱尔兰基督教与罗马天主教的一个重大差别。[③]

法兰克王国的教会和爱尔兰教会一样，与罗马教会的期望相去甚远。教会几乎全是贵族的私人财产，主教也都是贵族。而法兰克教会世俗化得更加厉害，从克洛维于 508 年皈依天主教到查理曼称帝这三个世纪，基督教可说已经“本土化”为民间宗教。敬神纯粹是家族的事，崇拜的多是地方的圣人，因此，法兰克与日耳曼教会也被称为地方教会（Landskirche）或贵族教会（Adelskirche）。在图尔的格列高利（Gregory of Tours，538—594 年）所处的 6 世纪的高卢，到处都是招摇撞骗的神棍：从主教家里逃走后到处炫耀他的“圣人

① Brown, *The Rise of Western Christendom*, p. 23. 书中指出西方书写史上的三大里程碑：公元 300 年书取代卷，600 年爱尔兰字体使书易读，800 年加洛林抄本开始加标点符号。

② Eco 的小说 *The Name of the Rose* 就是以 Bobbio 修道院为背景的。Brown, *The Rise of Western Christendom*, p. 420 批评 Cahill 的 *How the Irish Saved Civilization* (1995) 一书毫无事实根据，并指出爱尔兰人没抢救过什么文明，却创造了新文化。

③ Charles-Edwards, *Early Christian Ireland*, p. 347.

遗骸”（其实是鼠骨和熊爪）的用人、神通广大的假基督和能以巫术侦查盗贼的女预言家〔《史书十卷》（*Decem Libri Historiarum*）第9卷第6章〕。这种现象不只说明传统宗教继续存在，还显示基督教仪式与神像已全被自命为好基督徒的异教徒拿来满足传统的宗教需要。[①]在比德所处的7世纪的英格兰，有钱的地主就可以向国王买地、建修道院和当院长，照样娶妻生子，过俗人家的生活。[②]基督教早就传入萨克森，可是，在组织松散的萨克森社会里，教会从来没人管理。卜尼法斯在8世纪的萨克森布道时，发现异教徒给基督徒洗礼，基督徒向图诺尔神（Thunor）献祭。在巴伐利亚（Bavaria），他遇见教士连“奉圣父与圣子之名”的拉丁文法都搞错，令他怀疑这样的祝福是否有效。在萨尔茨堡（Salzburg）有位爱尔兰修道院院长的讲道更令他吃惊——这位院长扬言地底下另有天地和人类，此公后来还当上萨尔茨堡主教。此外，还有个爱尔兰教士赞成寡嫂再嫁小叔，并说耶稣清除地狱时，释放了所有灵魂，连未信教的祖宗都得救赎。有个法兰克教士说耶稣亲自从天上把一封信扔在彼得的坟墓上，而他知道信的内容，因此，信徒不必忏悔，他都知道他们的罪过。卜尼法斯把这两位极受欢迎的教士打成异端，好不大煞风景。[③]不过，他为罗马教会立下不世之功：除了把法兰克教会罗马化，还在他有生之年，使日耳曼农村三分之一到一半的田地都变成教会和修道院的财产。也因为受到他的鼓动，加洛林王朝首位君王丕平（Pépin，约714—768年）下令，不管全国人民愿不愿意，每年都得交十分之一的农产品给教会，这就是天主教会什一税的滥觞。[④]

卜尼法斯对基督教异教化深恶痛绝，反映罗马教会对日耳曼基

① Brown, *The Rise of Western Christendom*, p. 161.
② Hillgarth, *Christianity and Paganism,* pp. 164-165.
③ Brown, *The Rise of Western Christendom*, pp. 413, 420-422.
④ Brown, *The Rise of Western Christendom*, pp. 443, 453.

督徒信仰的焦虑。半个世纪以后，他的盎格鲁－撒克逊同胞阿尔昆（Alcuin，735—804 年）担任查理曼的顾问与大学士，发动了影响长远的教会与教育改革。阿尔昆也和爱尔兰人一样，拉丁不是他的母语而是从书本上学来的语言，因此对拉丁的语音变化特别敏感，唯恐基督教教义和古典拉丁文一样给俗语化。他认为，要准确地传布福音，教会必须有正确的经典和受过严格训练的教士。教会使用的典籍，从《圣经》到弥撒经文都得严格校订，不容许有丝毫错误。于是他从文字与文书改革开始，以书本的拉丁文为标准，统一书写字体与发音，建立了中世纪拉丁文。[①] 一旦拉丁语音统一不变，日常口语和书写文字的差距就越来越大，终于导致罗曼语和拉丁语正式分道扬镳。阿尔昆的教育改革对欧洲文化发展的重要性自是不言而喻，光是加洛林时代留传下来将近九千部抄本就足以为证。而对欧洲诗歌的兴起更有意义的是：爱尔兰人和盎格鲁－撒克逊人因为母语不是拉丁文，学习拉丁文之后还加以改革，间接催促了罗曼语的诞生。

## 十、诸神隐退

从以上对基督教多元发展的简述可见，凯尔特人和日耳曼人与基督教接触，排拒与接受的程度因人因时因地而异。基督教与他们的宗教互动的情形，因为缺乏当时的纪录，只在后来的基督教文献里保存了点痕迹，给后代留下了非常片面的印象，而且全是胜利者的说法，极少有被征服者自己的看法。像罗马人以罗马诸神的名字称呼其他宗教的神祇那样，基督教徒也把凯尔特与日耳曼宗教和罗马宗教混为一谈，都称作“异教”（pagan），也就是乡下人的宗教。因此，我们对它们所知极其有限，只能从基督教文献，尤其是早期

① Wright, *Late Latin and Early Romance in Spain and Carolingian France*, pp. 104-144.

圣徒传记里，梳理出一个概略的情况。先看基督教如何驱逐诸神，再看诸神如何隐入基督教。

罗马帝国境内宗教繁多，各宗教和平共存，互相容忍，很少有宗教迫害的事件。基督教变成帝国国教之后，教徒挟着一神教的优越感与宗教热情，开始和基督徒皇帝一起迫害异教。我们可以从《狄奥多西法典》（Theodosian Code，438 年）第 16 卷里收集的皇帝的严刑峻法看见，帝国禁止异教，没收异教组织的财产，拆除神庙神像，驱逐、处死信徒等迫害异教的情形。宗教史家指出，当时的基督教狂热分子在帝国的乡下和城市里摧毁的建筑物和艺术品远比后来“蛮族入侵”造成的破坏要厉害。[①] 教会除了有更精密严谨的神学，还仿效帝国的政治体制，尤其是军队组织，具备更有效的统治机制。异教虽然顽强抵抗，却稀松散漫，毫无组织，自然无还手之力。从此以后，除了宣传福音，教会还使用官方和非官方武力强迫皈依。基督教建教的暴力史是当今教会不乐意回顾的，却在基督教功臣榜与圣徒传记里留下不少记录。

高卢图尔城的主教马丁（Martin of Tours，316/336—397 年）是所有英雄式圣徒传的典型。苏尔比斯（Sulpicius Severus，363—425 年）给他立的传记说，他到处摧毁古庙，焚烧神址，砍倒神树，砸坏偶像，甚至因误以为一队殡丧行列是在举行异教祭礼而闹出笑话（《圣马丁传》第 12 章）。教皇格列高利一世也主张使用暴力传教，不过建议保留神庙，“消毒”后可以当作教堂使用，砍下的树木也可以用来盖教堂。继马丁之后，阿曼（Amand，675 年卒）也以在高卢到处砍神树著称（《圣阿曼传》第 24 章）。这类暴力破坏的行动在 8 世纪的日耳曼更加严重，威利布洛德屠杀异教的牲牛，以浸礼亵渎异教拜神的水泉（《圣威利布洛德传》第 11 章）。卜尼法斯摧毁神庙无数，更以 723 年砍倒盖斯马尔（Gaesmere）的图诺尔橡树与查理

① MacMullen, *Christianizing the Roman Empire*, p. 119.

曼于772年砍倒伊尔敏素（Irminsul）的神树“比美”（《圣人卜尼法斯传》第6章）。[①] 基督教君王以武力强迫皈依的例子更是罄竹难书，查理曼于782年斩杀4500名投降的撒克逊异教战俘是其中最恶名昭彰的。北欧萨迦里的两位奥拉夫都是有宗教狂热的君主，迫害不肯皈依基督教的臣民，其手段真是无所不用其极，轻者没收财产和放逐，重者惨遭砍断肢体、割除舌头、挖出眼睛、从口放蛇入体内嚼食内脏、火烧、水淹、活埋等酷刑，却成为中世纪宗教读物的卖点。[②]

上文说过，基督教和异教成长在同一片宗教土壤上，满足人们相同的宗教需要，如对现世与来世的恐惧与希望、祈福禳祸与祈求心灵的平安满足。如果光从需要与满足需要的商业角度来看，基督教会是历史上最成功的“宣传企业”：它不只满足顾客既有的需要，还不断制造新需要和满足新需要的新产品。这些新需要就是原罪与罪恶感，新产品就是无数的赎罪品与庇护中介。因为人与神之间有绝对不可跨越的鸿沟，因此需要圣母、圣徒、圣礼、圣物、天使、教士等做中介，帮助世人得救，免下地狱而进天堂。正如罗马社会里，弱者投靠强者，取得后者的保护，信徒也得依靠圣人的庇护。因为信徒相信圣人的遗体和遗物也有保护作用，这些都成为他们的庇护中介。凯尔特与日耳曼社会都有类似的庇护人制度，只要有保护人的需要，就有满足它的中介产品。因此，对圣人遗骸与遗物的崇拜，一直是基督教的特色，也满足了广大信徒的需要。

另一方面，基督教也得满足新皈依信徒的传统宗教需要。和异教一样，基督教也相信超自然的神迹与鬼神，只不过把前者所信的

① Flint, *The Rise of Magic in Early Medieval Europe*, p. 209. 关于早期圣徒传，请参阅Hoare的*The Western Fathers*，Talbot的*The Anglo-Saxon Missionaries in Germany*和Hillgarth的*Christianity and Paganism*。

② 散见于Snorri Sturluson, *Heimskringla*, “The Saga of Óláf Tryggvason”与“Saint Óláf’s Saga”，尤其是pp. 214, 309。

神灵贬为邪神撒旦和魔鬼而已，而人世间从此变成超自然正邪双方的角力场所。在基督教的《圣经》和圣徒传里，耶稣和圣徒都能行神迹，也经常和魔鬼直接对抗，或者与异教的法师斗法。治病和赶鬼是两种最常见的神迹，直到今天赶鬼驱邪还是某些天主教教士的任务。譬如，图尔城的主教马丁就到处碰到魔鬼，被他赶走的魔鬼都脏得很，常常变成粪便，忙得他不亦乐乎（《圣马丁传》第 17 章与 24 章）。帕特里克与爱尔兰国王的法师斗法，后者引来一场大雪，却不能让它消失，帕特里克一祷告，雪就不见了。几场斗法下来，帕特里克大获全胜。[①] 既然世上到处都是魔鬼，保护天使与驱魔的教士也就应运而生，满足了传统应制超自然力量的需要，保障信徒心灵和身体的平安。耶稣与诸圣徒取代了诸神的地位，以英雄的姿态出现，他们与魔鬼的斗争就成为早期基督教文学的主题。

就像鬼神被分成正邪两派，操纵超自然力量的魔法也被基督教分成黑白两类。两相对照，颜色虽然有别，实质却是一般，也给诸神留下一条生路。为了迎合信徒的需要，基督教排斥部分异教的魔法，也吸收了另一部分。基督教如何排斥与吸收异教魔法在弗琳特( Valerie Flint ) 的《魔法的兴起》一书里有详细的论述。作者的命题也是基督教面对强烈的抗拒，不能彻底消灭根深蒂固的传统信念，只好把部分异教魔法以基督教的形式保留下来。[②] 她把基督教“谴责”与“抢救”异教魔法的工程分为天地人三个领域的：与天上有关的如占星术；地上的如拜神的树木、泉水、石头与占卜术；以及人间行使魔法的巫师。基督教与魔法的关系，饱受新教改革运动的抨击，她以比较同情的现代眼光重新检视这个题目，收集了丰富的材料，提出新颖的解说。以下就根据她的研究结果，挑几个最明显的例子来说明异

① Hood, *St. Patrick, His Writing and Muirchu's Life*, ch. 20.
② Flint, *The Rise of Magic in Early Medieval Europe*, p. 82.

教如何被基督教化，或者基督教如何被异教化，诸神又如何隐退。

基督教反对异教占星术的理由有二：人有自由意志，不应受制于魔鬼或受星座的影响；上帝的旨意主宰一切命运，不容许他人置喙。可是，古人相信星座运行影响到气节，占星术的知识当时仍有农业与医学上的价值，因此，基督教无法完全排除占星术，于是做出些许让步。除了容许用月亮的位置来诊断病人的症状（第134页），还扩大十字架的法力，用它来保护农业生产。譬如，为了预防坏天气损害农收，5世纪有位高卢主教每年于4月25日开始举行为期三天的祈祷与游行。这种游行源自罗马的罗比加利亚（Robigalia）风俗，是古代农民求雨的方法（第186-187页）。教会鼓励为农收祈祷游行，到10世纪还广泛存在，是基督教“抢救”这种异教天文魔法的好例子。

基督教铲除异教神庙神址、打砸神像的事迹已从上述圣徒行传得见一斑。可是，神址是新近皈依的信徒传统集会的地方，积习难返，历史记忆不易消除。于是，教皇格列高利一世决定在异教神址兴建教堂，一来就地取材，二来方便信众，既压制了异教，又“抢救”了其魔力，真是一举数得（第256页）。至于异教崇拜的木石泉水，基督教也有一套“翻译体系”予以变换，如用浸洗礼来取代到水泉献祭的风俗（第264页），或者把圣徒遗骸埋在异教徒的坟墓里，把异教神址变成圣洁之地（第270页）。在无以计数的魔法变换里，再举一个占卜的例子。基督教反对求神问卦，可是，面对积重难返的风俗，教会也容忍一种基督教式的占卜，即以用《圣经》问卦（Sortes Biblicae）来取代以前的用维吉尔诗歌问卦（Sortes Vergilianae）。问卦的人虔诚祷告之后，随意打开《圣经》，把立即映入眼帘的字句揣摩一番，就可得到问题的答案。用《圣经》问卦在奥古斯丁时代的北非就有（第222-224页），图尔的格列高利时代的高卢也很流行（《史书十卷》第4卷16章），这都是基督教变换本土魔法的例子。

基督教圣徒取代异教巫师、法师的位置也是变换魔法的另一例子，已在上面提到，不必再重复叙述。从以上的论述可见，基督教在第一个一千年与其他欧洲宗教互动的历史是复杂而多样的。基督教教会从一小撮犹太信徒发展到欧洲最大宗教，成功的因素很多，并不全靠上帝爱世人的教义感化世人，还有赖于优质的组织、热诚的信徒、灵活的政治运作、武力干预、强迫信教和与广大信众的传统文化妥协。这些都是欧洲诗歌新开始的背景，我们已做好准备工作，可以进入诸神从黄昏到黎明的正题。

# 第二章　古凯尔特诗歌

## 一、古威尔士诗歌：蜜酒与鲜血

亚瑟王是古威尔士文学遗留给后世最有影响力的传奇人物，可是，在现存最早的古威尔士诗歌里，他并不是风头最健的文化英雄，能当得起这个头衔的是诗人塔列森（Taliesin）。塔列森是内尼厄斯（Nennius）于9—10世纪编写的《不列颠史》（*Historia Brittonum*）中提到的五位6世纪下叶著名诗人之一[①]，其中三位的作品都没存留下来，只有塔列森和阿涅林（Aneirin）的诗歌今天还能够读到。前者以对尤连王（Urien）的颂歌与后者的《哥多廷》（*Y Gododdin*）齐名，而在后来的传说中，塔列森不只名列诗人之前茅，还是个神话人物。在托他之名的诗歌里，除了有预见未来的本领，他还曾投胎成各种鱼虫鸟兽，或者变形为轻风浪涛乃至刀斧与针线，令后来亚瑟王传奇的视者默林（Myrddin，即Merlin）都甘拜下风。同时，塔列森又是个基督徒，诗歌里充斥着上帝、三位一体和洗礼的口头禅。经过几世纪罗马帝国统治与基督教教化之后，威尔士诗歌出现时，

① Nennius, *Historia Brittonum*, p. 62; Williams, *The Beginnings of Welsh Poetry*, p. 42. 五位诗人是：铁眉 Talhaern，灵感之父 Neirin (Aneirin)，美眉 Taliesin，光头诗人 Bluchbard 与小犬 Cian。

塔列森可说是凯尔特诸神重现的最佳人证，一个激发想象力的诗人。他不只作诗，还在后人的诗歌里扮演巫师与鬼神的角色。

塔列森虽然生于6世纪，可是，以他的名义流传下来的诗歌却不一定那么古老。一来当时威尔士语刚从原始状态转变成古威尔士语，还是相当新的语言[①]；二来当时没有文字记载，诗歌是口头的。现存最早的威尔士文字是卡德凡石碑（Cadfan Stone）上的碑文（750年），最早出现于抄本的是8世纪《查德福音书》（*Chad Gospels*）上几行9世纪加上的眉批。现存的古威尔士文的材料稀少到不足以写一本文法书，仅够用来研究语音。[②]除了少数诗歌之外，早期抄本的内容都以法律、宗教、历史为主。抄本上最早的诗歌出现于拉丁基督教诗人尤温科（Juvencus）诗集的8/9世纪抄本边缘上，是12首三行一阕的英格陵体诗（englynion）[③]，而最早的散文故事《库勒赫与欧芬》（*Culhwch ac Olwen*）要到11世纪才出现。如果比较方言文学抄本的时代，威尔士最早的《卡马沁黑书》（*Llyfr Du Caerfyrddin*，1250年）比爱尔兰的《褐牛书》（*Lebor na hUidre*，1100年）晚一个半世纪。[④]《塔列森书》（*Llyfr Taliesin*）则于14世纪上叶才抄成，比《阿涅林书》（*Llyfr Aneirin*）还要晚半个世纪。虽然传统学者仍把他们的诗歌的年代确定为6世纪，越来越多的学者却认为年代没这么古远。由于塔列森歌颂的尤连王年代比《哥多廷》里的卡特立克之役早，学者认为前者早过后者。可是，他们也认识到从口头传诵到书写传抄的漫长过程，因此，至多只能说现存抄本依据9、10世纪的样本。[⑤]

现代学者直觉地把塔列森的诗歌分成纯属传说与有史可证两类，

① Jackson, *Language and History in Early Britain*, p. 5.

② Koch, "The Cynfeirdd Poetry and the Language of the Sixth Century", p. 17.

③ Williams, *The Beginnings of Welsh Poetry*, pp. 89-121.

④ Huws, *Medieval Welsh Manuscripts*, pp. 9-13.

⑤ 塔列森见 Williams, *The Poems of Taliesin*, p. xxviii。阿涅林见 O Hehir, "What is the *Gododdin*?", p. 79。

只承认后者中 12 首颂赞君王的赞歌为真品。颂赞君王恩主的诗歌在凯尔特与日耳曼文化里都有极悠久的历史，威尔士人吉尔达于 6 世纪咒骂在马尔衮王（Maglocunus/Maelgwn）身旁歌功颂德的人，把他们叫作“拍卖人”（praecones，在街头宣读公告的人）、“寄生虫”（parasitus）和“该被铁叉处死的囚徒”（furcifer）[①]。可见罗马帝国从不列颠撤退，各地的小王国出现之后，古代的部落诗人重新活跃起来，重建有千年历史的诗社。[②] 这些地方的头领和地主，以个人英勇善战与慷慨好客的名誉吸引追随者（包括战士与诗人）。战士可以帮头领打天下，诗人则替他做宣传。不过，诗人不再是古时与头领平起平坐的视者，更像投靠他的武士。如塔列森第五首诗里描写的情景：成群诗人围拢在头领家里的烤肉铁叉旁边，以赞诗换取烤肉、蜜酒和礼物。吉尔达是不列颠修士，却以罗马帝国为正统，称呼新兴君王为暴君，把他们比喻为狮豹熊龙等猛兽。他责备诗人不以优美的教会音乐歌颂新神，反而吟唱传统的神话和英雄诗歌。吉尔达抨击诗人歌功颂德，显然不合时宜。何况赞歌不只流行于不列颠，也是拉丁诗歌的主要文体之一。威尔士赞歌虽然与拉丁赞歌同时存在，却有自己的传统，诗格与听众都不一样，并没受到后者的影响。[③] 塔列森的赞歌时代最早，既有代表性，又极有特色，值得我们观赏。

塔列森的赞歌主要抄写在《塔列森书》里。这部 14 世纪抄本收集了许多古代威尔士诗歌，包括关于他的神话故事、多首挽歌和其他与亚瑟王有关的诗歌，尤其稀罕的是关于亚历山大和海格力斯的三首短诗。此外还有一些宗教诗歌，可能用来淡化抄本的异教色彩。[④]

---

① Gildas, *De excidio Britonum*, pp. 34, 35.
② Williams, *The Beginnings of Welsh Poetry*, p. 42.
③ Sims-Williams, “Gildas and Vernacular Poetry”.
④ Williams, *The Poems of Taliesin*, p. xx.

由于当时基督教在不列颠尚未成气候，而《塔列森书》的诗歌里到处弥漫着基督教气息，反而显得作成的年代比较晚，不像 6 世纪的作品。14 世纪抄本的来源相当复杂，抄者似乎不懂得样本内容，常把两三首诗抄成一首（如塔列森的第 7、8 首），或者擅自把原文现代化，把不懂的字改成地名。① 抄本的语言问题是任何尝试阅读原文的读者都会体会到的，在现代版本的批注里，几乎每行诗句里都会遇到难以解决的字词，语义经常仰赖学者的揣测与“订正”。如果只读翻译，很难意识到原文依赖臆想的程度。现代编者把塔列森的赞诗的年代确定为 6 世纪下叶，抄本的样本来自 10 世纪下叶，也都是揣测。②

学者依据塔列森歌颂的三位国王，勾勒出他的诗人生涯。这些都是 6 世纪不列颠新兴小国的君主。罗马帝国撤退后，威尔士主要的北方小王国集中于今天的英格兰与苏格兰的交界，也就是当年两条罗马长城之间的地区：西北方以格拉斯高附近的敦巴顿为中心的史特拉斯克莱德（Strathclyde），东北方以爱丁堡为中心的哥多廷（Manaw Gododdin），以及南方以卡莱尔为中心的瑞结德（Rheged）。盎格鲁－撒克逊人于 5 世纪下叶开始从东部大量侵入不列颠，逐渐把不列颠人驱赶到现在的威尔士与康沃尔。当时昆内达（Cunedda）率领部众从哥多廷南迁到德韦德（Dyfed），驱逐当地的爱尔兰移民，建立了长达九百年的威尔士格温内德（Gwynedd）王朝。除了这些幅员较广的王国，还有不少小王国散布其间。③ 因为塔列森把第一首诗献给波厄斯（Powys）的凯南王（Cynan），学者推论他于威尔士中部起家，后来去到北方瑞结德，为尤连王与王子欧文（Owein）作了九首赞诗。

① Williams, *The Beginnings of Welsh Poetry*, pp. 60-61.
② Williams, *The Poems of Taliesin*, p. xxviii.
③ Williams, *The Beginnings of Welsh Poetry*, pp. 70-72.

他虽然不是当地人，却以诗艺高超成为尤连宫廷里的首席诗人（Pen Beirdd）。后来他又献了两首赞诗给南方埃尔菲德（Elfed/Elmet）的郭劳赫王（Gwallawg），惹怒了尤连王，不得不作首赞诗（第9首）向他求情。这些都是从塔列森的诗歌推测出的结论，未必有历史证据，至多只能当作学者合理的揣测。[①]

诗人以诗歌歌颂君王来换取礼物是赞歌的本质，塔列森把这种交易清晰地呈现出来，是他有代表性之处。他的第1首赞诗开宗明义说："凯南大王，战士的屏障，你赐给我礼物，真值得赞扬！"然后炫耀他收到的优厚礼物：一百匹一色披挂银饰的快马，一百套同一尺寸的紫袍，一百个臂环，五十支饰针，一把宝剑，全是凯尔特人传统里的豪华珍品。接下来诗人追溯凯南王的家世，历数他的辉煌战绩，并号召全世界向他称臣。这种先"礼"后"兵"的赞歌格式很有代表性，反映所有追随君主的战士与诗人的生态：恩主长年以蜜酒、肉食供养侠客，后者以舍身沙场或歌功颂德来效忠报恩。《哥多廷》的挽歌也是这个格式的精心之作。

塔列森的赞诗却很有特色，他不只歌功颂德，还不时提醒君王自己的视者地位。他一面崇拜武力，另一方面以诗自重。譬如，在第12首诗里，他劝郭劳赫王要慷慨施舍，他才会像古时不列颠诗人（beird vrython），以智者视者（sywyd sywedyd）的歌艺歌颂他。他甚至警告国王得以礼相待，"你不犯我，我也不犯你"（nym gwnel nys gwnaf ec newic）。钱财乃身外物，生不带来，死不带去，进不了棺材，与其终日为之烦恼，不如慷慨赠送给诗人。在另一首著名的诗里（第8首），塔列森把作诗比喻为作战，自夸神圣的灵感（awen gwen）是他的矛枪，逐开的笑颜是他的盾牌，连英勇盖世的尤连王都无法抗拒他，赠送的礼物是他的战利品。前半首诗向恩主示威邀赏，

① Williams, *The Poems of Taliesin*, p. lix.

后半首诗则以至上的恭维回报：尤连的慷慨有如汪洋大海，他的战役也如诗歌。这下子，诗人倒成了施主，诗歌反而是他分给尤连的战利品。在这首诗里，诗人和恩主调换位置，歌颂君王实质上也歌颂诗人，把颂赞诗体提升到巅峰极致。

塔列森为尤连父子作过 9 首赞诗，对他们有相当深厚的感情，其中最戏剧化的是第 5 首。酒醉饭饱之余，扈从一起上马出征，去哥多廷劫牛。众人离开之后，留下来的诗人忽然担心起来："要是尤连死去，我会很悲伤。"于是他想象尤连满头白发沾满鲜血，躺在棺架上给人抬回来。尤连的妻子成了寡妇，国人失去领袖与安全保障。沉思中忽然听到一阵骚动。"来人，"他喊道，"快去门口瞧瞧！到底是地震，还是海啸。"不是，原来士兵在呼号："敌人在岗上，尤连叫他们发抖。敌人在谷里，尤连捅穿他们。敌人在山上，尤连杀得他们遍体鳞伤。敌人在坝上，尤连把他们全赶下来。"尤连又大获全胜，战胜而归。诗人以他惯用的收场诗句来表达谢天谢地的心情："除非生病，垂垂老矣，如不歌颂尤连，我永远不会快乐。"此情此景，收场诗句特别显得真挚而亲切。

以士兵的呼声歌颂君王的英勇事迹，也是塔列森描写战争的独到之处。他不只善于捕捉战场上突出的形象和声音，如第 2 首《格温伊斯特拉德之役》（"Gweith Gwen Ystrad"）的诗句"起来，卡特立克人，日出时和尤连一起出征"所展现的令人难忘的景象：清晨衣甲光鲜的战士转瞬间变成肉酱，血液喷涌咕噜作响，渡口激战时，浪水冲洗战马的尾巴。诗人还别出心裁，在第 6 首诗即有名的《阿尔埃特之役》（"Gweith Argeot Llwyfein"）里以对话形式开场。尤连和法拉姆敦的军队于清晨列阵相对，后者问道："人质到齐了吗？一切都准备好没？"要尤连称臣投降，交出人质和进贡财宝。尤连的儿子欧文回答说："他们没来，没有人质，没得准备。"昆内达的战士没那么窝囊，绝对不会交出人质。尤连接着高喊："谁要见面和谈？大家摆好阵势，端好盾牌，护住面脸，高举矛枪，往前冲杀法拉姆敦的军队。"顿时阿尔埃特遍地横尸，啄吃尸肉的乌鸦染得全身猩红。在追悼欧文的第10首诗里，塔列森说尤连击杀法拉姆敦和他的军队，有如狼入羊群。阵亡的英吉利战士眼睛发亮，死不瞑目。

我们不知道欧文是否丧生于这次战役，他后来成为亚瑟王传奇里的英雄人物——克雷蒂安·德·特鲁瓦（Chrétien de Troyes）的狮子骑士伊文（Yvain）。塔列森为他作了唯一的一首挽歌，以求主保佑他灵魂的诗句开始和结束。这种基督教的字句经常在赞歌里出现，譬如，第2首诗称尤连为基督王国的头领（rwyr bedyd），第3首诗夸奖他为最慷慨的基督徒（haelaf dyn bedyd），只要他活着一天，所有基督教徒诗人（beird bedyd）都会领受他的恩泽。值得注意的是，威尔士语bedyd借用拉丁文baptizo"洗礼"来泛指基督教和基督教徒，不以基督之名称呼，可见这个皈依仪式在早期凯尔特与日耳曼社会留下了多么深刻的印象。可是，基督教话语在早期威尔士诗歌里只是口头禅，与赞歌歌颂那种终年酗酒作乐、打家劫舍、血溅沙场的生活方式实在格格不入。不过，现存抄本的抄者与读者好像并不觉得有何不妥，用在写给欧文的挽歌里，基督教的神成为死者的恩主与保护人，给传统社会意义添加一层宗教意义，倒也非常合适。

塔列森诗里的尤连既是瑞结德国王，也是卡特立克之主（Ilyw Catraeth）。刚才已经提到他那首号召"卡特立克人，起来，日出时和尤连一起出征"保卫家园的赞诗。内尼厄斯记载他和郭劳赫等四位不列颠国王攻打入侵的盎格鲁－撒克逊人，把敌人包围在林地斯芳（Lindisfarne）三昼夜，不幸因同僚嫉妒而被谋害之事。卡特立克位于今天的约克郡里奇门附近，不久后也被英吉利人占领。虽然没有当时的历史纪录，《哥多廷》悲歌却纪念了三百名哥多廷勇士在那里壮烈牺牲、仅得一人生还的事迹。卡特立克成为塔列森与阿涅林诗歌的交汇点，和塔列森一样，阿涅林也成为威尔士萨迦里的传奇人物。他不只是卡特立克之役的幸存者，还被俘给关在土牢里受苦，直到恩主花钱把他赎出来。后来又有他和塔列森争首席诗人的位置和这位“诗王”被谋杀等传说。[①]《哥多廷》的抄本上还有散文标题说，诗集里有一篇长诗是塔列森的作品，其价值抵得上所有哥多廷挽歌。由此可见，这两位最早期威尔士诗人( cynfeirdd )的声誉也是密不可分的。

和对待塔列森的诗歌一样，现代学者也尝试把关于阿涅林的传说与历史分开。由于古哥多廷位于爱丁（Din Eidyn），即现代的爱丁堡，过去有学者曾把《哥多廷》称为“苏格兰最古的一首诗”[②]。又由于老式的文学史常把古代的英雄诗歌称为史诗，很多人把《哥多廷》当作一首史诗。可是，现代意义的苏格兰在阿涅林时代并不存在，《哥多廷》只是一部近百篇挽歌的集子，根本不是叙事的史诗。至于创作年代，虽然卡特立克之役缺乏确凿的历史证据，一般学者都假设它发生于公元 600 年，并以之为《哥多廷》年代的上限。经过近几十年对版本、语言与诗格各方面研究，学者取得以下共识：口头吟诵这场战役的诗歌年代可能很早，现存抄本使用的语言比较晚，从 9 世纪到 11 世纪都有可能，其诗格也不会早过 10 世纪。[③]近来却又有学者以卡特立克同时出现于塔列森与阿涅林的诗歌和其他理由，把卡特立克战役和尤连王挂钩，把《哥多廷》的年代推到 570 年，并重新建构出一种“原始不列颠语”版本，可见奥丁的“符文效应”

---

① Jarman, *Aneirin*, pp. xxv-xxvii.

② Jackson, *The Gododdin*. Dumville, “Early Welsh Poetry”, p. 4 . 文中称 Jackson 的历史介绍为“无稽之谈”（almost wholly a work of imagination)。

③ Jarman, *Aneirin*, p. xvi. O Hehir, “What Is the *Gododdin*?” , p. 79. Sweetser, “Line-Structure and Rhan-Structure”, p.41.

真是法力无边。[①]

《哥多廷》孤本单传于13世纪下叶的《阿涅林书》里，因抄者在标题上写着“这是阿涅林唱的《哥多廷》”而得名。这本小牛皮纸抄本只有38页，由两个帖子夹定而成，后面缺了6页。从字体可以看出有两位抄者，第一位抄者A在第一个帖子上抄了88阕诗，留下一页多空白，再继续在第二个帖子上抄下4首，包括一首塔列森名下的长诗（gorchanau）。第二位抄者B在第一个帖子的空白处抄了6阕诗，然后在第二个帖子上又另外抄录了36阕诗。两位抄者的样本不尽相同，主要差别在于部分B本使用古威尔士语，A本则全用较晚的中期威尔士语。B本有16首A本没有的诗阕，其他大致雷同的诗阕中，也有相当大的差异，不是单纯的“变体”。因此，《哥多廷》的原本为何，变成现代版本编者的棘手难题。由于篇幅有限，我们无法在此深入讨论，只能综合学者的研究成果。

《哥多廷》的A本可能有两个来源，88首诗可以分成两部分：1—51首；52—88首。[②]其中第一部分中的1—43首集中哀悼卡特立克阵亡的勇士，余下8首来源驳杂，有歌颂幸存的英雄和其他传奇人物的诗，有老者瑟瓦赫（Llywarch Hen）哀悼爱子的诗，还有些与卡特立克或哥多廷毫不相干的，庆祝打败盎格鲁－撒克逊人的诗。不过，在A45诗里，坐在土牢里的诗人说，“我是不是吟唱《哥多廷》的阿涅林，精通诗艺的塔列森晓得。”虽然这是后来附加的传说，却可能是卷首标题“这是阿涅林唱的《哥多廷》”的依据。第二部分第一首诗（A52），就是所谓“歌者前言”，提到阿涅林已长眠地下，可见不是这位诗人的作品。从另一条长标题的说明看来，有些诗也许是参加作诗赛会的诗人背诵的阿涅林诗，或者是以阿涅林口

① Koch, *The Gododdin of Aneirin*.
② O Hehir, “What Is the *Gododdin*?”, pp. 71-79.

气作的诗。另外有两首诗也与哥多廷无关，其中一首是儿歌。至于 4 首长诗，虽然涉及卡特立克战役，由于诗体不同，可能不属于《哥多廷》本身。B 本的情况同样复杂，学者也认为它至少有两个来源，在此就不再赘言。① 由此可见，这个集子包罗了来源复杂的诗歌，不全是阿涅林的作品，也不都与卡特立克之役有关。

虽然《哥多廷》不是叙事的史诗，只是一个挽歌的集子，但从抄本的抄写人到现代学者都以卡特立克战役为其“故事”的背景。三百名战士在哥多廷恩主家当客卿，终年畅饮蜜酒之后，随主出征到卡特立克，结果以寡敌众，不幸全军覆没，仅有一人生还。也有三百六十三人出征，三人生还之说。诗人阿涅林还以幸存者的身份，在地牢里作诗怨叹。战役之后，这些诗歌开始在哥多廷民间口头流传，哥多廷国于 638 年被盎格鲁 – 撒克逊人灭亡之后，难民把诗歌带到史特拉斯克莱德，然后辗转南传到格温内德。在流传的过程中，不只附加了更多篇章，还掺杂了许多不相干的材料。学者认为 A 本于 7 世纪已传到格温内德，B 本则于 9 世纪才传入，造成了两个文本的差异。② 以上对原本的原貌与流传的介绍多半基于学者臆想，并无确凿的历史证据。③

阿涅林与塔列森生活在同一个时代，对当时的社会和战争的描写极其类似。两位诗人都有高超的语言技巧，使用的诗格却非常不同。两人都几乎每行押韵，虽然用韵并不严格，大多数一韵到底，也有转韵和相当复杂的韵组。头韵经常用来连接长句的两个半句，内韵也很普遍。④ 塔列森的诗句（10—12 音节）与诗都比较长（约 30 行）

① Koch, *The Gododdin of Aneirin*, pp. lxvi-lxxx.

② Jarman, *Aneirin*, p. lxxii.

③ Dumville, “Early Welsh Poetry”, p. 7.

④ 举个塔列森的例子，第 8 首，16—18 行，不需要翻译都可以看出声音组合的格局：

nym gorseif gwarthegyd. godear
goryawec gorlassawc gorlassar
goriaga gordwyre.

而且不分阕，阿涅林的较短（每句7—11音节）而且以单阕为单元（大多数6—12行）。[①]《哥多廷》不歌颂活着的君王，只哀悼死去的英雄。塔列森诗歌的感情热线穿流于诗人与恩主之间，《哥多廷》则赞叹血与酒的交易，以一波接着一波的悲情冲击听众。塔列森的诗人崇拜生命与权力，阿涅林的歌者以无休止的悲伤歌颂死亡。

和尤连王的战士一样，哥多廷的三百壮士也对恩主效忠，以血洒沙场来报答在恩主家里终年畅饮的蜜酒。可是《哥多廷》对这位恩主只字不提，我们不知道这位哥多廷领袖是谁。虽然现代编者把 mynydawc mwynvawr 当作他的名字，把他称为“富有的 Mynydogg”，但不只历史上没有记录，诗里也没描写他在战场上的任何事迹。[②] 这是相当奇怪的事，因为诗人以诗阕替勇士们立纪念碑，留下80个流芳青史的名字，其中一位肯农（Cynon）有7首诗之多。除了留下名字以外，诗人还描写战士的武装、衣着与马匹，以及英雄行径与气概，表示对他们视死如归的敬仰与哀伤。此外，许多挽歌以同一诗句开头来纪念不同的战士，譬如，有4首以“扣上别针”（Caeog）开头和7首以“战士前往卡特立克”〔Gwy（r）a aeht Gatraeth〕开头的诗，向死者致敬。[③] 除了纪念个别阵亡战士，诗人还以这种程序性的诗句替他们塑造集体、典型的英雄形象。

《哥多廷》的英雄都穿金戴银，衣着光鲜，身披金紫丝袍和闪亮的深蓝软甲，襟前扣上精巧的别针，颈上戴着沉重的金项圈，臂上套着金环，骑在天鹅羽白的骏马上，腰佩碧绿嵌金的宝剑，纳入

① 塔列森的诗格见 Haycock 的“Metrical Models for the Poems in the *Book of Taliesin*”。《哥多廷》的诗格见 Sweetser 的“Line-Structure and Rhan-Structure”。

② Koch, *The Gododdin of Aneirin*, p. xlvi.

③ 前者为 A2 到 A5，后者为 A8 到 A14，另加 A6 与 A7“前往哥多廷”。此外，还有首句为“Ni wnaethpywd neuadd mor”的 A34, A35, A36, A57，“Disgynsid yn nhrwn”的 A37, A38, A39, B30，“Am drynn”的 A40, A41, B5, B6，“Angor”的 A62, B14, B15, B16，和“Erddlyedaf Canu”的 A63 到 A67。

深蓝的剑鞘，一手持着轻便的盾牌，另一手执着沉重的矛戟。他们在女人面前收敛羞涩，与战友则喧嚣欢笑，对主上尽忠，对手下大方。他们进攻时凶猛有如雄狮、野猪、熊罴与飞鹰，冲锋陷阵，人人争先，以一挡百，拿敌尸喂鸟兽。他们一起冲锋杀敌，声势有如霹雳雷电、洪水海啸，无声利剑杀人如麻，弹指间两百五十个敌人倒地，一个小时内两万人丧命；防守时，结盾成墙，坚守阵地，寸土不让，舍身做战友的屏障。他们以寡敌众，视死如归。只见绿茵茵的战场上尸横遍野，血流如河，淹及半身，满地残枪破盾，真是“血染征袍透甲红”，也染红了苍白的脸颊和食腐鸟兽的利爪与尖喙。诗人说他们赶赴血洗之场与渡鸦之宴的步伐比前往婚葬礼都要轻快（A1, A5），他们的笑声凄厉慑人，可是“一阵狂欢叫啸之后，只有沉默”（A8）。

诗人最强调勇士精忠报主，以鲜血换蜜酒，以性命换取不朽之名。学者说，金黄蜜酒滤净蜂窝渣子，酒性尤烈，初尝时甘美如饴，过后则口有余涩。[①] 哥多廷战士无论报恩还是求名，先甘后苦的蜜酒都成为极其恰当的隐喻。蜜酒代表恩主给的面子与荣誉，含的高酒精量也使他们精神亢奋。受到一年的供养，他们都愿意以自己或敌人的鲜血偿还蜜酒，把枪剑、盾牌和性命孤注一掷（A82）。醉酒轻生，渴望名誉，刀枪不惧，何况大限难逃（A83）。总之，蜜酒虽然甘美一时，苦涩余味却无穷无尽（A15）。经过对激烈战斗的描写，诗人从赞诗的大调转到挽歌的悲伤小调：无数妻子变成寡妇，儿子再见不到父亲，母亲泪水盈眶。他叹息英雄命短，悲伤漫长（A15, A32, A56）。萦怀逝者，令他忧心忡忡，潸然泪下（A84）。虽然诗歌里常有基督教词汇，如去教堂忏悔（lannau i benydu）、领圣礼（cymun）、三位一体（Drindod）、天堂之主（gwlad nef）等，并且于 A81 祝愿死者灵魂在“天堂之地，富裕之所”（gwlad nef, addef afneued）备

① Jackson, *The Gododdin*, p. 35.

受欢迎，这个天堂也有古凯尔特另外世界的影子，基督教色彩依然淡薄。《哥多廷》歌集虽然来源驳杂，追悼之情却始终如一，近百首挽歌留下的悲伤浓不可化，很有《战南城》里“野死不葬乌可食”和“思子良臣，良臣诚可思，朝行出攻，暮不夜归”的悲壮气概，不愧为古威尔士早期诗歌的极品。

对阵亡英雄的怀念与哀悼也是同期或稍晚的两组诗歌，即老者瑟瓦赫追悼儿子戈文，荷蕾德（Heledd）哀悼兄长肯德兰的诗歌的主题。学者认为这两组诗歌原属流传于波厄斯的散文萨迦，时代不会早于9世纪中叶。[①] 老者瑟瓦赫是尤连王的表亲，自怨过分爱惜名誉，害死了二十四个儿子，老年孤独无亲，晚景凄凉。荷蕾德也自责失言，害死了七个兄长和八个妹妹。他们用的是最古老的三行英格陵诗体（englyn），同为早期威尔士诗歌的感人杰作。关于亚瑟王与默林的诗歌，虽然惊鸿一瞥地出现于《哥多廷》，但学者认为都是后人附加之作。[②]《卡马沁黑书》有默林与塔列森的对话和亚瑟王与看门人的对话，《塔列森书》有亚瑟王抢劫仙境的故事。此外，默林发疯的诗歌（Myrddin Wyllt）与流行于12世纪爱尔兰的史维尼发狂（Swibhne Geilt）的诗歌极其类似，这些诗歌的时代都比早期诗人的年代稍晚。到了散文故事《库勒赫与欧芬》与四卷《马碧诺集》（*Mabinogi*）出现以后[③]，尤其是12世纪初高福瑞（Gaufridus Arturs, 即 Geoffrey of Monmouth，1155年卒）（署名亚瑟）[④] 用拉丁文写的《不列颠诸王

---

① Williams, *The Beginnings of Welsh Poetry*, pp. 126-150.

② B38提到亚瑟，A40、B5提到默林，附加之说见 Jarman, *Aneirin*, p. lxiv。

③ 冯象，《玻璃岛》，又译作“猪圈王子”与“童话”。前者意译甚佳，后者与一般理解的童话距离颇远。因故事主人翁皆为少年英雄，亦合 mabon 之义，也许可译为“少年行记”。

④ Wright, *The Historia Regum Britannie of Geoffrey of Monmouth, I. Bern, Burgerbibliothek, MS. 568*, p. x. 亚瑟可能是高福瑞自取的绰号。高福瑞即蒙默思的杰弗里。

纪》（*Historia Regnum Britanniae*，1138 年）更风靡全欧，亚瑟王传奇才广为流传。如上所说，亚瑟王传奇是威尔士文学对世界文学最主要的贡献，我将于译介古法语罗曼史的书里讨论。至于威尔士神话，因其零星散布于上述的散文故事里，就不在此继续讨论。

## 二、古爱尔兰诗歌：海上的马车

威尔士神话散见于后世的散文故事里，爱尔兰的神话却转入地下，自成另外世界，充斥于早期爱尔兰诗歌之中。如果威尔士文学首创了亚瑟王传奇，爱尔兰文学则给西方文学开拓了从《圣布兰敦航海记》（*Voyage de Saint Brendan*）到但丁的《神曲》这个另外世界的支流。经过基督教修士之手，爱尔兰诗歌的新神显然是基督教的圣人，可是，凯尔特诸神仍以新面目活跃于诗人的想象世界。早期爱尔兰诗歌反映新旧文化交替的情况，既有冲突，也有妥协与整合。

如上所说，由于地理因素，古爱尔兰从未被外族征服统治过，本土社会与文化得以保存，并且独立发展。基督教传入时，爱尔兰已有悠久的传统文化，尤其是诗人与视者所代表的知识体系。面对当地丰富的文化遗产，早期基督教士毫无文化优势可言，只好采取比较开明、温和的手段（如保留当地的神树）。除了压制明显的异教文化与其代表人视者，教会还保存了诗人的身份与社会功能，并将其纳入教会体制，利用他们去改写爱尔兰的历史文化（如把诸神变成历史人物）。[①] 而爱尔兰的传统知识分子（áes dana）也利用基督教带来的拉丁文化，尤其是用来书写的拉丁字母，首次把口头的传统记载下来。这种本土与外来文化互相适应调和的努力留下了极其可观的文献记录，也产生了欧洲最早和丰富的方言文学。

① Charles-Edwards, *Early Christian Ireland*, p. 24.

基督教于5世纪通过帕特里克传入爱尔兰，经过6世纪哥伦巴等贵族修士的积极推广，到7世纪时，基督教修道院院长（suí litre）已经取代传统诗人的地位，成为教育与文化界的领袖。从宗教到法律，一切文献都出自教会人士之手。因此，今天很难断定这些文献保存了多少传统文化的原貌，也产生了后来学者间无休止的本土派与外来派的争议。前者强调皈依基督教以前的爱尔兰特色，认为基督教成分只是皮相之物；后者则坚持基督教弥漫整个社会，一切文学作品不只受其影响，还都起源于基督教。[①] 过去学者比较偏向于本土派，近年主张基督教修正论的人越来越多。譬如，过去学者以为有些早期法律文献里的引诗使用了最古的诗体（rosc，只有头韵，不押尾韵，也不分阕），并用它来作为土法口传的证据。20世纪80年代有学者证明这些诗歌是从拉丁文的宗教法文献翻译过来的，因此不只口传之说不成立，还论证了本地法来自宗教法。[②] 不过，只凭这项发现就要全面推翻本土派，把一切都归功于基督教也未免太以偏概全了。

像其他欧洲方言文学的开始那样，最早的爱尔兰文学也出现于7到11世纪拉丁文抄本的边缘与字里行间，为拉丁宗教文学做批注。[③] 法律、家谱、地方志、历史、格言、历法、诗学、赞歌、讽刺诗、抒情诗等传统题材和圣徒传、圣诗、祈祷等基督教题材同时出现于诗歌与散文里。[④] 其中地方志（dindshenchas）最具特色，几乎每个地方都有当地独特的传说，诗人都以熟悉地方掌故而自豪，并常互相以之考问、一竞长短。可是，这些材料到11、12世纪之交才开始被收集起来，抄写在皮纸上，从而产生了创作、流传到写成抄本间

① 本土派可以 Dillon 与 Mac Cana 为代表，外来派以 Carney 与 McCone 为代表。

② McCone and Simms, *Progress in Medieval Irish Studies*, p. 20 引用 Breatnach, “Canon Law and Secular Law in Early Ireland”。

③ Ó Cathasaigh,“Early Irish Narrative Literature”, p. 59.

④ Flower, *The Irish Tradition*, p. 41. Breatnach, “Poets and Poetry”, p. 65.

的时差，造成不少作品年代难以断定的问题。譬如，叙述爱尔兰最有名的传奇英雄克虎林（Cú Chulainn）生平事迹的《古岭劫牛记》（*Táin Bó Cúailnge*），学者认为故事发生于公元 1 世纪，从 7 到 9 世纪就有文字记载，可惜都已失传，而最早的抄本《褐牛书》[①]要到 11 世纪末才出现。这个抄本只是个来自各方的、不完整的、未经整理的故事集，作为萨迦的第一个版本，还需要用 14 世纪的《勒坎黄书》（*Leabhar Buidhe Lecain*）和其他抄本上的材料来补充。到 12 世纪中的《莱恩斯特书》（*Lebor Laignech*）又有第二个修正版本，除了另加开头故事，还删减了重复与歧异的部分，扩充润饰其他部分。第三个版本出现于 15、16 世纪的抄本，到 18、19 世纪还流传着不同的《古岭劫牛记》抄本。[②]《古岭劫牛记》的版本史并非例外，其他古爱尔兰文学作品都有类似的问题。

与克虎林和乌尔斯特故事本末（Ulster Cycle）有关的萨迦主要以散文叙事，诗歌只占极有限的分量，虽然有很丰富的神话材料，但我不拟详加讨论。在此只指出，与威尔士诸神相比，爱尔兰诸神在早期文学里更加活跃。《古岭劫牛记》里的主要人物都带神话性：克虎林的父亲是凯尔特主神卢格，他到卢格的花园去向埃玛求婚；乌尔斯特王康愁富（Conchobor）是视者的儿子，除了淫人妻女，还享有全国女子的初夜权；与马相关的女神马查（Macha）下嫁给乌尔斯特人，怀孕临盆时和马赛跑，生下双胞胎，乌尔斯特的圣地（Emain Macha）因此得名。她的惨叫之声也使得所有乌尔斯特成年男人于危急之时感到难产的阵痛而浑身乏力，造成尚未成年的克虎林独自抵挡入侵的康纳特大军的危局。康纳特的王后美芙（Medb）更明显是地方女神的化身，除了确立夫君王位，还有面首无数，极其性感，

① 《褐牛书》即抄有《古岭劫牛记》的手抄本。

② Edel, *The Celtic West and Europe*, chs. 13, 14, 15.

不失其生殖女神之面目。[1] 此外，各种传统的宗教信仰，如视者通神、变形、符咒的魔法，人间与仙界的互通等，都成为早期爱尔兰萨迦的基本题材，丰富了诗歌的想象世界。虽然有个故事描写克虎林为了维护乌尔斯特人的名誉不惜屠杀亲子，《古岭劫牛记》对他作战时发狂的全身扭曲痉挛（riastradh）做极具幻想力的描述，但并未把他刻画成冷血的杀人机器，还赋予他相当深厚的感情底蕴。他面临的最大挑战是与同门师兄挚友的生死对决：他与费尔第亚（Fer Diad）亲切的诗歌对话与残酷的搏斗可说是整个萨迦的情绪高潮。这段篇章虽然可能是后来附加之作，却代表了早期爱尔兰诗歌与散文完美结合的一个高峰。[2]

除了北方的乌尔斯特故事始末之外，还有南方关于费昂（Fionn）的故事始末。前者由部落英雄当主角，后者以绿林好汉挑大梁。费昂既是强盗又是有法术的视者和诗人，咀嚼拇指即能知过去未来，更备受广大听众的欢迎，于12世纪以后取代了克虎林的当红地位，两者都是神话人物的化身。[3] 爱尔兰人对乡土的热爱，除了体现在刚才提到的地方志文学之外，还表现于《征服爱尔兰书》（*Lebor Gabála Érenn*）。一位12世纪修士收集古代传说，整理出这部神话与史实混杂的爱尔兰历史，并且溯源到《圣经》，以诺亚的孙女取代传统的地方女神，把她作为爱尔兰的首位征服者。有学者认为他把神话改写成历史，征服爱尔兰的"女神丹娜之族"（Tuatha Dé Danann）纯属虚构，意图为爱尔兰制造统一意识形态，消泯早期多次移民造成的种族差异。[4] 等到从西班牙移民的米尔（Mil）三子第六次征服爱

---

① O'Rahilly, *Early Irish History and Mythology*, p. 271. MacCana, *Celtic Mythology*, pp. 84-102.

② 《褐牛书》里缺这段。版本见 C. O'Rahilly, Táin Bó Cúalnge *from the* Book of Leinster 和 *Táin Bó Cúalnge*。 英译见 Kinsella, *The Táin*, pp.168-205。

③ Nagy, *The Wisdom of the Outlaw*, pp. 9-10, 22.

④ O'Rahilly, *Early Irish History and Mythology*, pp. 161, 194.

尔兰，击败“女神丹娜之族”，后者只好转入地下，建立仙界王国。于是大神达格达（Daghdha，好神）分给手下将领每人一个土堆，也就是传统神话里的仙冢（sid），从此过起神仙日子，其政治地理与社会组织与人间无异，两者之间也没有鸿沟，互相来往极其方便。这一下子，传统的仙人世界也就全都历史化了。[①]

古爱尔兰文学的数量与质量都非常可观，我只能从最早的抄本里挑些有特色的诗歌来讨论。以上提到的地方志、《古岭劫牛记》和《征服爱尔兰书》都出自《莱恩斯特书》，以下就讨论《褐牛书》里几首最早的诗，从仙人交会的角度来观察新旧文化交替的现象。这个集子不只时代最古，内容也极其驳杂，涵盖了几乎所有早期诗歌和故事的种类，如赞歌（amra）、见闻（scél）、劫牛（táin bó）、航海（immram）、出游（echtra）、梦幻（fís）、惨死（aided）、求爱（tochmarc）、孕生（compert）、战役（cath）、病卧（sergliege）、毁灭（togail）、宴会（fled）等，因此极有代表性。尤其难能可贵的是，集子收的都是同类当中的精品，虽然有时并不是最完整或最好的版本。[②] 这些作品大多数是散文与诗歌混杂，前者叙事，后者用诗句重述，或以诗为证，或做抒情的表述，不一而足，两者关系相当复杂。这种散韵交叉的文体（prosimetrum）不只流行于早期爱尔兰、威尔士与冰岛萨迦，更散见于世界文学。主张基督教修正论的学者又把这种非常普遍的文体溯源到《圣经》，如此单元文化论不只没有说服力，也毫无必要。[③] 以下的讨论将会注重其中的诗歌，考察本土与外来文化之间的紧张关系。

《褐牛书》收存了一首学者公认为最早的爱尔兰诗歌，即《奇

① Mac Cana, *Celtic Mythology*, p. 64.

② Best and Bergin, *Lebor na hUidre*.

③ Harris and Reichl, *Prosimetrum*. Mac Cana, “Prosimetrum in Insular Celtic Literature”, p. 123 批评了 McCone。

妙哥伦巴》（“Amra Choluimb Chille”）。哥伦巴是爱尔兰的第一位文化英雄，有凯尔特色彩的基督教领袖，其早期声誉远超过帕特里克。他去世不久就有很多颂赞他的诗歌出现，从 9 世纪到 11 世纪还有很多托他之名作的诗，有个 16 世纪抄本专门收了 153 首这种诗歌，可见爱尔兰人对他的崇敬从未减退。[①] 作于 7 世纪的《奇妙哥伦巴》备受世代信徒宠爱，取得圣人遗骸般的地位。[②] 这首诗歌颂哥伦巴的领导才能、学识与苦行，却没提到任何奇迹，作为第一首赞颂圣人的诗歌，这是相当奇特的。全诗从头到尾强调他的显赫世家，他不仅是修道院的院长，还是世俗的领袖，教会与国家的保护人。诗里称他为大学者（sui）、老师（fithir）、先知与视者（faith），值得注意的是，诗人用传统社会的称号来称赞基督教圣人，以同样语意暧昧的词汇描写天堂：那里只有音乐，没有死亡，有如下面就要讨论的凯尔特仙界。诗里还详列他读过的书，说他学过希腊文，通晓天文历法，掌握新旧经典，把知识的光明和福音带到北方（埃欧纳）与东方（苏格兰）。虽然学问内容是基督教的，他的好学精神却是传统的。诗人还给哥伦巴的苦行塑造了英雄形象（nía）：他与肉体长期作战（cath），不只摧毁（cuill）身体的欲望，还消灭嫉妒贪婪的恶念。保护家国、好学与苦行，这些早期爱尔兰的传统理想，不着痕迹地体现于基督教圣人身上，也是这首诗成功之处。

关于哥伦巴还有些值得一读的诗歌，尤其是他被放逐、离乡背井之事，引发出不少如“他灰蓝的眼睛最后回顾爱尔兰”和“他把自己钉在碧绿波涛上”的名诗，由于篇幅有限，只能到此打住。关于哥伦巴的传说也车载斗量，后来因为抬举帕特里克的罗马派得势，他的名声才给压低。两大圣人和布兰敦（Brendan）与布利姬（Brigit）

① Kelly, “*Tiughraind Bhécáin*”, p. 71. Adomnán, *Life of St. Columba*, p. 90.

② Clancy and Márkus, *Iona*, p. 96.

都成为爱尔兰诗歌的新神。帕特里克的《忏悔录》（*Confessio*）记事比较平实，自称一向诚实对待异教徒，绝不欺骗或迫害他们（第48节）。两百年后，他的两位7世纪传记作者开始制造神话，说他周游爱尔兰全岛，设立所有的教会，并与异教视者较量法力，把他们烧死、摔死、彻底消灭。以后帕特里克的神话弥漫了整个文化领域，从制定爱尔兰法律到与神话人物费昂对话，真是无所不至。这种神话化趋势使得同期的哥伦巴传记作者阿铎南（Adomnán），一反过去宣扬他的学识与苦行的传统，也强调他预言与行奇迹的特异本领。

布利姬的7世纪圣徒传把她描写成家畜女神，她的神迹几乎全部与牛羊、猪犬、庄稼、饮食（如牛奶、啤酒、火腿、奶酪等）有关，可见她"篡夺"了爱尔兰本土女神的地位。[①] 另一个南方女神也留下一首被称为最了不起的爱尔兰诗歌，即8、9世纪的《老妇贝丽之歌》（*Sentainne Bérri*，或 *Caillech Bérri*）。[②] 这位活过几个世代的枯槁老妇独自在海边凝听潮声，以落潮自喻。她以现在稀疏的灰发、干瘦的手臂、门可罗雀的窘态和当年衣服光鲜，穿金戴银，与多少君王、少年搂抱，饮酒作乐，车龙马水的盛况相比，感到无比的悲伤。从而叹息人生如海潮，潮涨潮落，而如今潮落，潮涨不再。学者认为这种今不如昔的怨艾代表传统宗教的衰败，而历尽沧桑的老妇其实是地方女神、君王配偶的化身。[③] 无论是否如此，这首诗的确凄怆华丽，称得上"怨深文绮"。

古代爱尔兰修士有寻找人迹罕见之地修行的传统，拉丁文的《圣布兰敦航海记》灵活地采用爱尔兰另外世界的文体，把这个传统更加发扬光大。这部充满着海外奇观的宗教故事到处备受欢迎，

---

① Connolly and Picard, "Cogitosus: *Life of Saint Brigit*". MacCana, *Celtic Mythology*, p. 34.

② O'Connor, *A Short History of Irish Literature*, p. 65. Murphy, pp. 74-83.

③ MacCana, *Celtic Mythology*, p. 93.

被翻译成好多种欧洲方言，对后代文学影响极大。早期埃及修士如安东尼到沙漠去独居修行，爱尔兰修士除了到山林野地隐居之外，还泛舟海上，寻找荒无人烟的孤岛。由于终日与大自然密切接触，并且相信大自然是上帝美好的造物，爱尔兰修士留下很多描写自然与隐居山林的精彩诗歌。他们把这种苦行称为“为神放逐”（deorad Dé）、“白色殉难”（ban martre）或者“为神爱而放逐（或朝圣）”（peregrinatio pro amore Dei）。到海外航行的特殊朝圣法在哥伦巴、帕特里克与哥伦巴努7世纪的传记里都有记载，而爱尔兰修士到海上寻找荒芜之地（terra deserta）修道最早的例子是《哥伦巴传》里的科尔马克（Cormac）。他北航十四昼夜，到达天涯海角，遭遇大群水怪袭击，几乎把所乘的牛皮船刺穿。幸亏哥伦巴早有预感，在老远替他祈祷消灾，才让他化险为夷，[①]可见当时出游与航海的故事诗歌已经盛行。《褐牛书》里的《康拉出游记》（*Echtrae Chonnlai*）、《布兰航海记》（*Immram Brain*）与《麦尔顿游船记》（*Immram Curaig Máele Dúin*）都是现存最早的这类作品，时代与《圣布兰敦航海记》相近，虽然都明显经过修士加工，却仍然保存了大部分原始面目。学者对本土与外来孰先，以及其中基督教含义等问题有截然不同的看法，我只讨论这些游仙与航海诗歌里新旧文化交汇的题目。[②]

从乌尔斯特故事本末与《征服爱尔兰书》可以看出，凯尔特的另外世界其实是人死后居住的仙界。仙人住在地穴或仙冢里、海湖或井泉底下、湖中或近海的小岛上，却很少定居于远离人间的海洋当中，因此后者可能是修士增添的项目。游仙客通常想从仙境取得什么珍贵宝贝或知识，或者帮助仙境国王击退强敌，或者和仙女私订终身而遁入仙境。在许多故事里，井泉更是仙境的秘密入口，探

① Adomnán, *Life of St. Columba*, II, 42.

② 主要相关论文见 Wooding, *The Otherworld Voyage in Early Irish Literature*.

寻宝藏、神秘智慧与灵感的快捷方式。[①] 这种对井泉的信仰当时非常流行，不只限于无知小民。帕特里克的传记里就有这么一个故事：有一天，圣人和一群主教在某个井边聚会，当地的公主们碰巧来到那里，把他们“误认为仙人、土地公或幽魂”（viro side aut deorum terrenorum aut fantassiam estimauerunt）。[②] 经过帕特里克释疑之后，她们都皈依基督教，受过洗礼之后就都死去。由此可见，连 7 世纪圣人传记的作者都相信仙境的存在，以及仙境与死亡的密切关系。

仙界与人间的频繁交往，尤其是仙女到人间招婿的情节也是传统的，威尔士与爱尔兰诗歌里都有。姑且不说《马碧诺集》里的仙界之王与皮尔交换身份与住所一整年，以及仙女为了逃婚来向他求援，《塔列森书》里的亚瑟王劫仙境，《褐牛书》里的《克虎林卧病与艾菲尔的嫉妒》（*Serglige Con Culainn ocus Oenét Emire*）与《向伊丹求爱》（*Tochmarc Étaíne*）都是最好的人仙交往例子。克虎林无故伤害仙女化身的飞鸟，在梦中被青衣、红衣二仙女鞭打得终年卧躺病榻。后来应仙女之请到仙境为仙王出战退敌，与仙女璠德结下姻缘，因而令原配艾菲尔嫉妒万分。克虎林因念旧情回到妻子身边，可是等到仙女也不得已随前夫归去，他又后悔得发疯。国王得找巫师用符咒制住他，喂他吃遗忘药才恢复过来。伊丹更与仙王密尔德有三生之缘，两次投胎相隔千余年，两度再嫁，仍能与他复合。第三位丈夫失去爱妻不甘心，率领军队到处去挖仙冢，把密尔德的仙境闹得鸡犬不宁，使他不得不答应放还妻子。不过仙王还是魔高一丈，送给丈夫五十个一模一样的伊丹，让他挑选。结果丈夫误选中自己的女儿，还跟她生下儿子。这两个故事里都夹有诗歌，克虎林那篇可能时代较晚，有许多长篇的浪漫抒情诗，20 世纪诗人叶芝根据它

① Mac Mathúna, *Immram Brain*, pp. 256, 271, 282.

② Bieler, *The Patrician Texts in the* Book of Armagh, B. Tírechán, 26, p.142.

写了一部有名的诗剧。这两个例子充分显示凯尔特神话里人间与仙境的密切关系，与游仙及航海故事同属爱尔兰的另外世界传统。

由于现存最早的游仙与航海故事都出自修士之手，爱尔兰传统文体与题材的原貌已模糊不清，但仍依稀可见。最初口头传诵的探险与航海故事都与游仙有关，差别在于前者不只泛舟海上，还深入地穴、湖池、井泉探险，而后者只划着船从一个岛划到另一个到处游历。哥伦巴努于 613 年给教皇卜尼法斯四世的一封信里有个著名的比喻：他把基督教传入英格兰形容为基督驾驭由彼得与保罗两匹战马拉的战车，“跃过海豚之背”，乘风破浪地穿过英吉利海峡。学者根据这点文献，认为哥仑巴努引用了早期爱尔兰的航海故事。[①] 后来航海的目的地从《哥伦巴传》的荒芜之地（terra deserta）变成 8 世纪《圣布兰敦航海记》的“应许圣徒之地”（Terra repromissionis sanctorum）或“快乐岛”（Insula deliciosa），而后者 12 世纪盎格鲁–诺曼语的译本干脆称之为“天堂”（parais）。[②] 游仙和航海故事从此逐渐产生分歧，前者偏向于追求仙界提示的梦幻生活，如长生不老、无忧无虑、没有疾病与死亡，以及不必劳动就能享尽人间福分的世界；后者则发展成一种罪与罚文学和观光文学的混合，航海既是赎罪苦行，也是搜奇猎异的文化之旅，如麦尔顿访问过 34 个海岛，哥伦巴的两个弟子在旅途中见过猪头、狗头和猫头人。毫无疑问，基督教修士挟持了爱尔兰的航海与出游文学，想消减其中的异教成分，并发展出一种宗教隐喻文学。修士作者的意图十分明显，可是，实际做出的成果却未必如此简单。以下就从《康拉出游记》与《布兰航海记》里的诗歌来分析这个既复杂又紧张的文化关系，看看意图

① Oskamp, *The Voyage of Máel Dúin*, p. 81.

② Barron and Burgess, *The Voyage of St Brendan*. Short and Merrilees, *The Anglo-Norman Voyage of St. Brendan by Benedeit.*

与成果是否吻合、对称。

《康拉出游记》最近的编者是基督教修正派的中坚人物，坚持游仙与航海故事都是修士发明的，实质上没多大分别，都宣扬基督教福音。他甚至断言《康拉出游记》与《布兰航海记》保存了8世纪的原始形式，同是最早的爱尔兰故事。故事里的仙女是教会的象征，游仙与航海的终点是上帝应许给圣人的天堂。他觉得这两部作品描写同一个主题的正反两面，因此相辅相成。前者较早，是后者的“主要动力”。他最后的结论是，修士用方言作诗、写故事，唯恐得罪院方，越早的作品宗教性越重，立场也越正统。后来风气已开，题材才逐渐多样，不再局限于宗教与正统路线。因此这两部是最早的爱尔兰游仙与航海故事，必然传播基督教思想。[①] 这种观点很有争议性，较晚的多数航海记，如《麦尔顿游船记》与《史内古与马克利格拉航海记》（*Immram Snédgusa ocus Mac Rigla*），内容都比这两部早期作品更加正统，与他的理论正好相反。在检验这两篇故事诗歌的正统性之前，我想先介绍它们的形式与内容。

《康拉出游记》比《布兰航海记》短得多，只有15段，其中6段有诗歌，全是人物的话语：仙女对康拉说话（第3段，4行；第9段，9行；第14段，3阕四行诗），对康拉的父亲说话（第5段，13行；第11段，8行），康拉父亲对视者说话（第6段，12行），总共只有58行诗句。除了康拉父亲的一段以外，只有仙女用诗句发言，强调了她扮演的主角地位。从以上诗歌分布的情况可见，她从不跟同一个人长篇大论，发言的秩序安排得很灵活，充分显示出各角色之间的关系。除了结尾3个诗阕，所有诗歌都不分阕，只用头韵，不押尾韵，诗句诗阕的长短也很不规则。其他段落只用简短的散文，

① McCone, Echtrae Chonnlai *and the Beginnings of Vernacular Narrative Writing in Ireland*, pp. 77-88, 109-119.

就把故事说明清楚。整体而言，诗歌的分量比散文重，却与散文共同带动故事情节，设计非常经济而复杂。

《布兰航海记》由三段散文和中间夹着的两大段诗歌组成，诗歌是全篇的重点，却与情节发展没多大关系。第一大段的28阕四行诗由仙女向布兰描写仙界，第二大段也有28阕四行诗，让海神马南农向布兰说明人仙分界的差异与对自己尚未出生（甚至受精）的儿子的预言。每阕有两个押韵的对句，每行诗有7音节，诗歌格律相当整齐。虽然以诗发言的人物只有两个，想象力却极其丰富，内容也相当精彩。前两段散文较短，第三段有它们的三倍长，里面还有布兰唯一的一阕四行诗。因此全部诗歌共有57阕四行诗，合计228行诗句。前面所有散文诗歌只给故事开个头，末尾散文才把故事讲完。由此可见，这部作品的诗歌形式讲求对称工整，却与散文部分无甚关系，故事结构也很不平衡。

这两部作品不只形式截然不同，内容也相去甚远，唯一相似之处是仙女来邀请主人翁前往仙境，以及作者在故事里掺和些基督教成分。故事开始时，康拉坐在父亲“百战之康”旁边，忽然看见一位奇装异服的女子来临。他称呼她为“幽女”（banscál），问她来自何方。她回答说来自“永生之地”（tir béo），那里没有死亡、罪恶与犯罪，不工作也有吃不完的酒席，大家和睦相处，从无纷争，住在一个“大仙冢”（sid）里，因此叫作“仙冢之人”（áes síde）。由于sid除了“仙冢”之意外还有“和平”之意，她自报的身份同时也有“和平之人”之意。修士作者和现代基督教修正论学者抓紧这个双意词，只强调后者的基督教含义，不理前者的传统意义。仙女的巫者身份体现于她的隐身术，只让康拉看见，其他人只闻其声不见其人。康拉的父亲听见，忙问儿子在跟谁说话。仙女以诗作答，自称年轻貌美，出身于长生不死的好人家，因为爱上“红人”

（Ruad）康拉，特地来请他共赴不朽之王博达格（胜利）的“快乐平原”（Maig Meld）。然后她邀请康拉出走，保证他的满头金发、年轻英俊的王者相貌，在“梦幻的”审判来临之前，永远不会衰老。康拉的父亲觉得事态严重，有人使出妖法，要拐走儿子和王位继承人，连忙请视者帮忙。视者当下念起符咒，使得康拉看不见、听不到仙女。仙女被符咒驱逐，临行抛给康拉一只苹果。从此康拉废寝忘食，只靠苹果维生，那苹果吃过会自动复原，永远也吃不完。他一心怀念仙女，整整一个月后，仙女再次来邀。父亲闻言知道视者法力已经失灵，忙遣人去找视者。仙女对他说，不要依赖视者之道，有位更厉害的大王就要来审判他，摧毁所有巫术、符咒和使妖术的魔鬼。父亲见康拉只跟仙女谈话，问他心窍是否已给迷住。康拉说他爱家人，可是万分想念那女人。在仙女再三催促下，他毅然跃入她的水晶船，跟她前往仙界，从此绝迹人间。

在这么简短的故事里，作者用了许多明显的基督教言辞与观念，企图把传统人仙私会的故事改写成有基督教意义的宣传品。以基督教妖魔化异教的一贯手法，修士诗人借仙女之口，谴责视者之道为魔鬼的妖术。可是，这些因素在故事里只制造了传统与新宗教的紧张，并没能改变原来文体的意义：年轻男子接受仙女的邀请，到仙界去过神仙生活。基督教的诠释把仙女当作教会的化身，“快乐平原”与“永生之地”隐喻天堂都有点牵强附会，还会引申出意外的后果。譬如，既然仙女抛苹果给康拉，我们也可以依据《圣经》的解释，把仙女当作用苹果诱惑亚当犯罪的夏娃。苹果是基督教与异教共通之物，于前者代表诱惑与犯罪，于后者则代表养生与长生。新旧宗教的紧张关系全集中在苹果上头：代表教会的仙女得用富于异教意义的苹果来号召康拉皈依基督教，而从异教父亲的立场看，康拉吃了苹果才迷恋上仙女、离家出走，苹果反而成为诱惑儿子堕落的根源。归根究底，异教与基督教对苹果的不同看法基于两种罪恶观，后者相信原罪，前者不信，只有做过坏事的人才犯罪，因此，仙界里没有罪恶是极其自然的事。倒是无罪的观念与基督教教义格格不入，把仙境当作天堂的诠释很难自圆其说。请问人类堕落之后，何来无罪的净土，作为圣徒信众等候末日审判的花园？爱尔兰人要到 12 世纪才发明炼狱，当时并不是没有这种候审室。[①] 何况审前无罪是后世的法律观念，并不适于古代社会或诗歌。因此，诗人（和现代基督教修正论者）虽然费了很大力气，却没能把两种不同的宗教观融会在爱尔兰文体里。《康拉出游记》的故事与诗歌饶有趣味，只能归功于其传统形式与内容，与基督教无关。

康拉出游，故事只写到出发，未及航海，《布兰航海记》则进一步描写其主人翁航行中的遭遇。现代编者认为诗歌是作品的核心，后来（10 世纪早期）才补上散文部分。[②] 现存的两大段诗歌各有 28 阕，与散文所说的仙女唱 50 阕，海神唱 30 阕不符，可能已是残存的作品。布兰的故事几乎全用散文写成：他有一天在城堡附近溜达，身后忽然有阵音乐，他听得昏然入睡。醒来时发现身旁有支盛开着白花的银树枝，便把它带回宫里。当时宫廷里诸王聚集，忽然看见一个奇装异服的女人站在大厅当中，却没人知道她来自何方，是如何进城的。作者说她来自“奇妙之乡”（tir ingnad），她开始向布兰唱歌，众人也一起侧耳倾听。她用 23 阕诗来介绍仙界，首先说明那根长满水晶花叶的银枝来自海外“伊曼岛”（Inis Emain）上的苹果树，岛上有千名妇女，所以也叫“女人国”（Tir inna mBan）。然后她详细描写伊曼海岛的情况：它有四根银柱支撑，

① Le Goff, *The Birth of Purgatory*.
② Mac Mathúna, *Immram Brain*, p. 295.

周围海浪筑成跑道让金光闪烁的海马赛跑；天空永远碧蓝，天气永远晴朗；岛上有棵古树终年开花，各色各样的飞鸟停歇其间，按钟点唱出美妙歌声；没有悲哀与欺骗，没有疾病、伤残、衰老与死亡；没有噪音，只有音乐；满地黄金珠宝，银地上撒遍水晶；日出把海水搅得血红，大群人划船去一块大石头那里听石头唱歌；除了音乐，还有其他娱乐，如赛马和各种游戏。仙女总结说，西方海上有 150 个这样的岛屿，每个都有爱尔兰的两三倍大，“都比皇冠还要华丽”。然后她用 3 阕诗来预言基督降生，这也许被修士作者用来宣布异教时代结束。最后仙女忠告布兰，向他透露智慧之言（econe），规劝他抛弃懒惰、酗酒的生活，到海上去寻找女人国。

仙女说完之后，召回银枝，飘然离去，不知所终。银枝从布兰手里飞回她那里，任何人都拦阻不住。他次日率领三十个同伴乘船上海，航行两天以后，忽然看见有人驾着战车在大海浪涛上迎面奔驰过来。那人唱诗自我介绍是李尔之子马南农（Manannán mac Lir），久别好几个时代，正在赶路回爱尔兰去。他的 28 阕诗可分成三部分：前 12 阕比照仙凡观点，不只是整部作品最精彩的部分，也是早期爱尔兰文学里最富于想象力的篇章；中间 4 阕讲从人类堕落到基督救世的历史；后 11 阕预言儿子的诞生与生涯，最后一阕与布兰话别，告诉他天黑以前就能抵达女人国。

马南农首先指出他和布兰所见的两个似乎不同的世界，其实不过是以仙凡不同的观点看到的同一世界。然后他做了如下仙凡对照：布兰以为他的小舟在风平浪静的海上航行，马南农的双轮战车却在开满鲜花的平原上奔驰。海浪对他是朵朵红色鲜花，银光闪烁的海马是流蜜的花朵，五彩缤纷的海洋是黄中带绿的陆地，跳跃出水的斑点鲑鱼是安静的小牛羊。布兰只看见单人战车，没看见还有许多战马，不知道他的小船在树林顶上飞翔，树上开花结果，散发出阵阵藤香。海底下有多少广大平原、银河与金阶，人群大开盛宴，吃喝玩乐样样齐全，男男女女在树下作乐，“无罪无过”（cen peccad cen immarboss），自创世以来从未衰老，永远保持青春，体力也未曾衰弱，因为“罪过从未沾身”（nín-táraill int immabuss）。宣布一个无罪的仙界是马南农对照仙凡观点的高潮，触及基督教最敏感的原罪问题。于是诗人笔锋一转（或者后人）补上一段基督救世史，自从亚当堕落，万恶丛生，人类骄傲，忘记上帝，于是死亡、疾病、衰老、疲倦与欺骗随之降临，一直讲到基督立新法拯救世人。这种修士安抚良心和解释世界为何朽坏的做法看似有理，其实是大煞风景的败笔，像古人把读书心得的眉批抄入正文那样无关宏旨。和仙女预言基督诞生那段诗一样，马南农的救世史只制造了宗教的不和谐与紧张，没达到文化融合的目的。

马南农接下来对未来儿子的预言与布兰航海毫无关系，只代表古代爱尔兰人对族谱文学的爱好，顺便和异教诸神历史化结合起来。马南农分明是海神，却去爱尔兰找女人传宗接代。他的儿子蒙甘（Mongán mac Fíachnae）是个历史人物，卒于629年，这段诗歌大概是恭维其家族之作。出自海神之口，使他的生涯变得富于神话性。马南农不只是他父亲，还担任他老师，调教出的儿子也是仙界之人，到处受仙人热爱欢迎。他像传说中的塔列森，也能化身为豺狼、海豹、银角公鹿、斑花鲑鱼和雪白天鹅。他经历无数时代，称王百年，战场上称霸，却被石头击中身亡，有点像北欧神话里古德隆恩的儿子哈姆迪尔的遭遇。这段诗歌相当有趣，可惜文不对题。

诗歌结束以后，开始用散文简单报告布兰的旅途。抵达女人国以前，船经“快乐岛”（Inis Subai）。当地人啥事不干，成天瞪着人嬉笑。有个船员到岛上去，立刻变成只会瞪眼嬉笑的傻子。船到女人国时，港口已有人等待。女王亲自欢迎布兰，他却不敢上岸。于是女王抛给他一个线球，布兰顺手接过，手就给线球粘住。女王抓住另一端，把船拉进海港。他们走进一栋大楼，在里面每人分配到舒服的床位，盘中有永远吃不尽的食物。他们在那里住了一年之后，终于有个成员想家，劝布兰返回故乡。女王劝阻不了，说他们回家一定会后悔，并警告他们千万不可登陆上岸。他们回到家乡，报过姓名，当地无人认识，有人只听说过古代的《布兰航海记》故事，想家的船员从船上跳到岸上，踏上陆地马上变成一撮灰土。原来仙界方一载，世上几百年。布兰作诗悲叹战友愚蠢，然后向众人讲述他的经历，并用欧甘文写下诗阕。他告别离开，从此音信全无，不知所终。

无论从形式与内容来看，还是从主人翁出游的动机与目的来看，《康拉出游记》与《布兰航海记》都非常不同。前者形式不规则却首尾相顾，内容也前后一致而带戏剧性。后者讲究形式对称，实则拼凑而成，内容更加驳杂。康拉出走与仙女的苹果引发的思念之情（gabais éolchaire）直接相关，内心有过剧烈挣扎。布兰出海纯属好奇，没有强烈的动机，故事里唯一为情所困（gabais éolchaire）的人是那位想家的战友，他的下场却很悲惨。前去招引他的仙女并没与他同行，接待他的女王与仙女也不是同一人。康拉前往的永生之地与快乐之乡，还勉强可以和基督教的乐园扯上关系。布兰的女人国则无论如何与基督教的应许之地沾不上边，对凡人都没有绝对的吸引力，住久了会患思乡病。女王的线球极有强制性，这点在9世纪的《麦尔顿游船记》里特别明显。麦尔顿一行也到过女人国，女王不只用线球拖船入港，还以之制止他们离开。最后麦尔顿不得不叫个手下替自己接过线球，然后砍断他的手，船才能顺利离开女人国。①

从现代的眼光看，仙凡之间的男女关系谈不上爱情。可是，从以上提及克虎林与仙女璠德的故事看来，早期爱尔兰文学虽然不注

① Oskamp, *The Voyage of Máel Dúin*, 28, pp. 158-159.

重却不缺乏浪漫爱情。尤其是女方通常比较主动，更可能受到仙女招婿传统的影响。除了克虎林与璠德、伊丹与密尔德，最著名的仙凡之恋还有德瑞儿（Derdriu）与诺以秀（Noisiu）的情奔（特里斯坦与伊索尔特的先驱），以及女诗人李雅丹（Líadan）因出家与奎利德（Cuirithir）造成的感情挫折。不过，现代爱情诗歌真正的新开始还要等到12世纪初的噢西坦抒情诗，也是本书的专题。

从以上关于早期爱尔兰诗歌的讨论可见，基督教的新神抢尽风光，古代诸神虽然隐退，却还非常活跃。爱尔兰修士尊重传统知识，保存了大量的古代文化。可惜他们改造旧文化的努力并不太成功，《康拉出游记》和《布兰航海记》就是很好的例子。凯尔特的游仙文学在13世纪古法语的圣杯传奇文学里有更长足的发展，直到14世纪但丁的《神曲》才完美地把基督教与异教文化结合起来。不过，但丁已非修士之流。

# 第三章　古日耳曼诗歌

## 一、古高地德语诗歌：“枪尖对枪尖”

爱尔兰仙界的海阔天空、多彩多姿的另外世界在古高地德语诗歌里已不存在，取而代之的是肃穆庄严的天堂与乌烟瘴气的地狱。由于罗马教会与查理曼的法兰克帝国对异教采取赶尽杀绝的政策，爱尔兰修士对本土文化的容忍态度在欧洲大陆的德语世界踪影全无。帝国的教育改革留给后代大量的手抄本，也是所有现存欧洲抄本中年代最早的手抄本，绝大多数是基督教文献，其中只有极少量古德语诗歌。日耳曼古代诗歌与文化几乎荡然无存，只有部分残存于同时期英格兰的古英语文学与几世纪后的古北欧文学。古高地德语诗歌绝大多数是基督教诗歌，古代的口头文学只有极少数偶然给抄录下来，几乎全抄在拉丁文宗教文献的边缘，名副其实地给边缘化了。与爱尔兰相比，日耳曼的新旧神交替过程相当残酷。

和所有古代诗歌一样，日耳曼诗歌全属于口头文学。用日耳曼语写成的最早的书是4世纪乌菲拉翻译的哥特文《圣经》，却因哥特语在西班牙和意大利都没法继续生存而成绝响。进入高卢的法兰克人逐渐放弃自己的语言，采用拉丁语，后来发展成古法语。留在莱茵河东的法兰克人仍保留自己的语言，说的是古代德语。在欧洲大陆上，与法兰克人为邻的其他日耳曼民族，尤其是撒克逊人，被法兰克人征服并且被强迫信奉基督教，他们的口头文化全没书写下来。因此，皈依基督教以前的日耳曼文化尤其是神话诗歌究竟如何，大部分只能在古英语与古北欧文献里窥见一斑。

基督教既然成为法兰克帝国的国教，基督也就顺理成章成为古高地德语诗歌中的新神。最早的古高地德语文献都跟教会教育与传教有关，因此，最早的德语书籍就是一本8世纪末的拉丁—德语词典（Abrogans）。主要的9世纪译作包括本笃会会规、西班牙学者伊西铎尔（Isidore of Seville）的《论天主教信仰》（*De fide catholica contra Judaeos*）与塔田（Tatian）的福音整合本，还有10世纪圣加伦修士诺特科（Notker）翻译的拉丁教学材料。此外，还有以耶稣为英雄的长篇诗歌，其中最早的是9世纪上叶用古撒克逊语写成的将近6000行的《救世主》（*Heliand*）与《创世记》（*Genesis*），以及稍后威森堡的奥特弗理（Otfrid von Weissenburg，约800—870年）的《福音书》（*Evangelienbuch*）。这些作者从《圣经》里挑选篇章情节，加上自己的注释与议论，以传统或自创的诗歌形式重述《圣经》故事，写下主要的古德语诗歌。他们仍然使用传统歌颂诸神与君主的语言来歌颂基督和上帝，譬如，《救世主》（第1279—1284行）就以日耳曼头领与扈从的关系来形容耶稣与门徒的关系：耶稣被称为君主（uualdan）、人民之主（thiodo drohtin）与地方牧长（landes hirdi），而门徒则为军队（uuerode）里挑选的扈卫（gesidos）。[①]古撒克逊语的《创世记》残篇里的撒旦也被描写成为英雄人物，他被上帝从天使长的位置打落到地狱的故事在同时期的古英语《创世记B》里有更充分的发展，他的反叛形象比弥尔顿的《失乐园》里的要早800多年。

① Schlosser, *Althochdeutsche Literatur*, p. 76.

奥特弗理是第一位知名的德语诗人，他的《福音书》在古德语文学史上占有特别重要的地位。古德语诗歌以头韵为主，他首次采用全篇 7600 行长诗押尾韵的形式，这确是划时代的创举。他还说明为什么用德语（theotisce）或法兰克语（frenkisgon）作诗，首次提出方言文学的理论问题。[①] 他在拉丁文序中自认为德语是种原始、粗糙、野蛮的语言（huis enim linguae barbaries ut est inculta et indisciplinabilis），无法达到拉丁文学的艺术水平，表现出强烈的文化自卑感。在德文诗的开头，他却指出法兰克帝国已经兴起，堪与亚历山大帝国和罗马帝国相比拟，唯独缺乏用自己的语言歌颂上帝的诗歌，是亟待弥补的缺陷。法兰克人智勇双全，是上帝的好扈从（gúate thegana）（I, 111），因此，应该用法兰克语称颂上帝。全诗分成 5 卷，从耶稣的家谱开始到他传道、受难、复活、升天与末日审判，一面叙事，一面注释讲解，一面发表个人感想与议论，并在篇章头上加上拉丁标题，指明文字之外蕴涵的灵性（spirituliter）、神秘（mystice）与道德（moraliter）意义。《福音书》并不是单纯的基督教英雄史诗，更是一部展示诗人个人灵修与学识的书。一般学者以为诗人在向拉丁文宣布独立，其实他想要打击并取代的是其他方言世俗文学，也就是他在拉丁文序里说的"刺圣贤之耳的无聊歌曲，有碍圣修的猥亵流行歌调"（sonus inutilium pulsaret aures quorumdam probatissimorum virorum eorumque sanctitatem laicorum cantus inquietaret obscencus）。[②] 以耶稣新神为主的《救世主》与《福音书》重新拉开古德语诗歌的序幕，奥特弗理只不过把既存的德语诗歌传统拿过来替基督教服务，教育不懂拉丁文的日耳曼贵族，否则他何必前（拉丁序）恭而后（德文诗）倨？可见当时德语民间口

① Haug, *Vernacular Literary Theory in the Middle Ages*, pp. 24-45.

② Braune, *Althochdeutsches Lesebuch*, p. 91.

头文学仍旧相当盛行，否则查理曼何必三令五申，以教会法规禁止靡靡之音？难道诸神还没完全隐退？

如上所言，诸神隐退于基督教徒也相信的魔法里。在9世纪抄本里有两条古高地德语以头韵诗句写成的符咒，即梅尔斯堡符咒（Merseburger Zaubersprücher），就是个稀罕的例子。出于好奇或者相信符咒的治病能力，日耳曼修士收集了不少异教符咒到医方集子里，和基督教符咒混在一起，平起平坐。因为符咒相当流行，存留下来的抄本数量比较多，时代也比较早。有学者指出，最早用德语写出成句的文字就是8世纪洛尔旭的蜜蜂符咒（Lorscher Bienensegen）[①]。梅尔斯堡抄本的第一条符咒是捆绑与释放的符咒：几个女人四处坐下，有的给犯人上枷锁，有的阻挠军队，有的替人打开枷锁，让他们跳出枷锁，躲开军队。结尾有个字母H，学者认为是奥丁的代号。这种符咒不只出现于后来的北欧《埃达》和萨迦，8世纪的比德在《英吉利人教会史》（IV, 22）也提到念弥撒有解绑的灵效。第二条是给马儿治扭伤的符咒：普尔（Phol）与奥丁到树林里，奥丁的儿子巴尔德（Balder）的小马扭伤了脚，三位神帮它念咒说，“骨对骨，血对血，腿对腿，全接上”。[②]在这个符咒里一共有七个日耳曼神名出现，在古高地德语文献里，可谓绝无仅有，让我们窥见日耳曼宗教信仰的一斑。

诸神的世界也很意外地出现于最早的德语祈祷诗，即8、9世纪之交的《威索布仑祷文》（*Wessobrunner Gebet*）。在这首颂赞上帝创造世界的诗里，首段9行描写创世以前的混沌境界。诗人描写这样的绝世奇观：“没有天也没有地，没有树和山，什么都没有，阳光不照，月亮暗淡，海洋无彩。”连空间与时间都不存在，因为“没有止境与流转”

① Edwards, *The Beginnings of German Literature*, p. xiii.

② Edwards, *The Beginnings of German Literature*, p. 79. 有抄本照片。

（ni uuas enteo ni uuenteo）。一位大神（almahtico coot）突然出现，他为人最仁慈（manno miltisto），带来众多神灵（cootlihhe geista）。这个景象是《旧约·创世记》里没有的，倒与流传到北欧的开天神话比较接近。诗人在后段6行向创造天地的大神求福，祈求赐他智慧与能力，抗拒魔鬼，避开邪恶，依神旨行事。这首基督教祈祷文给人以异教的感觉，没有提到基督，倒用了三个符文记号，也许诗人用古代日耳曼神话里的宇宙洪荒景象来诠释《旧约·创世记》。[①]

《威索布仑祷文》引用了日耳曼创世的神话，世界末日则出现于另一首古德语诗，即9世纪上叶的《穆斯皮利》（*Muspilli*）。[②]这首一百多行残篇的名称是现代编者取的，原意不明，只在古撒克逊语《救世主》里出现过两次，与世界末日或大地毁灭有关。在北欧神话里，穆斯皮利却变成烧毁全世界的巨人的名字。《穆斯皮利》开始的时候，天使与魔鬼的军队在争夺离开躯壳的灵魂，如果天使得胜，灵魂就可以"上天堂"（in paradisu），住在"天上之屋"（hus in himile），那个住所"没有悲伤"（selida ano sorgan），"只有生命没有死亡，只有光明没有黑暗"（lip ano tod lioh ano finstri）。如果魔鬼战胜，灵魂就得下漆黑的地狱，永受撒旦狱火焚烧的痛苦（pehhes pina）（第1—37行）。诗人接着笔锋一转，描写一场神魔末日交战的场景：先知伊利亚与敌基督的搏斗。伊利亚不敌阵亡，他的鲜血滴落地上，燃起一场风暴大火，烧毁了全世界："山陵着火，大地上树木无存，河流枯干，海洋烧成泥沼，天空被火烧熔，月亮坠落，"中土"（mittilagart）焚灭，连石头都烧尽，"审判日"（tuatago）来临，掀起暴火，惩罚世人，面临"世界末日"（Muspilli），夫妻都无法互相帮助，漫天炭火之雨烧毁一切，一片狂风暴火洗净一切（第50—60行）。"是时天上

① Edwards, *The Beginnings of German Literature*, p. 11. 有抄本照片。
② Schlosser, *Althochdeutsche Literatur*, pp. 70-74.

吹起号角，天使传召世人从地下复活，前往“法庭”（ding）受审，每人的手都会从实招供所犯的罪过，忏悔赎罪才能得救。诗人使用传统神话里世界毁灭的景象来描述基督教的世界末日，奉劝世人及时悔改行善。《穆斯皮利》成功地把个人和宇宙的命运结合为一，新旧文化得以统合，给古代日耳曼人和今人都留下深刻的印象。

更令人难忘的是《希尔德布兰之歌》（*Hildebrandslied*），它是古德语中仅存的也是最早的英雄诗歌。这首诗于9世纪上叶抄成，学者认为原本来自意大利北部伦巴第，抄者企图将伦巴第语改写成古撒克逊语。故事把主角希尔德布兰描写成5世纪末东哥特王狄奥多里克（Theoderich）的手下健将，诗里称他为第亚特立克（Deotrich）。因为主上得罪了奥都瓦瑟（Otacher，拉丁名为Odovacer），即历史上逼西罗马末代皇帝逊位的日耳曼大将。他留下怀孕的妻子，随主离家东奔，投靠匈奴王阿铁拉。像后来的《尼伯龙根之歌》那样，故事起源于日耳曼民族与匈奴互动频繁的时代，从东欧口传到西欧，于8世纪才给写成文字，几经传抄，原貌如何已不可知，现存的只是其中一段68行的残篇。[①] 即使如此，它比古英语史诗《贝奥武甫》的抄本早了两个世纪，作为现存最古的古德语英雄诗歌，有极高的历史价值，而它的文学成就更加出类拔萃。虽然最后的作者加上一层淡薄的基督教色彩，如呼求“在天上主宰一切之神”（irmingot obana ab hevane）和“主宰神”（waltant got），但全诗表现出的是日耳曼传统的英雄气概，主宰人生的不是基督教的上帝，而是高深莫测的“命运”（wurt）或“厄运”（wewurt）。

现存的《希尔德布兰之歌》缺行颇多，没有结尾，主要部分全是对话，有时说话者的身份不明，都增加了阅读的困难。诗歌的文

① Bostock, *A Handbook on Old High German Literature*, pp. 78-81.

字古奥而简洁，对话充满着戏剧性，以最经济的手法呈现出一个悲剧场景。诗人一开头说“如是我闻”，把听众带到口头表演的传统。接着希尔德布兰与哈杜布兰各自率领大军出场，他们披挂武装，摆好阵势，在开战的当口儿对话。年长的将军询问少年将军的姓名与家世，从后者的回答，希尔德布兰首次认出对方原来是他从未见过的儿子。听众也首次从儿子口中听说他父亲的辉煌生涯，哈杜布兰显然对从未谋面的父亲充满着对英雄般的敬意。希尔德布兰闻言大喜过望，连忙相认，并脱下臂上的金环当作见面礼送给儿子。没料到儿子认为父亲早已丧身海外，不信眼前的匈奴老将会是自己的父亲，不只拒绝收礼，还出言不逊，称他为“匈奴佬”（alter Hun），向他挑战，要“以矛枪接礼，枪尖对枪尖！”（mit geru scal man geba infahan/ ort widar orte！）希尔德布兰听了，满腔欢喜登时化为无状悲苦，只能徒呼奈何：“哀哉！主宰神明，厄运临头了！”（welaga nu, waltant got, wewurt skihit！）身为战士，“即使是最懦弱的东方人”（argosto ostarliuto）都不可能拒绝挑战。没想到自己三十载身先士卒，攻城陷阵，依然健在，如今却必须跟儿子兵戎相见，拼个你死我活。既然胜利者可以获得对方的武装，于是喊话：“儿子有本领就过来拿吧。”对话结束后，父子拔出刀剑，互相猛烈砍杀，双方的盾牌都给削得越来越小，残篇就此中断。① 后来有北欧故事以父亲杀死儿子收场，也有民谣让父子言和。无论结局如何，都无损于它的悲剧本质。

希尔德布兰父子交锋与克虎林杀子的故事相似，既是世代对抗，也是情义之争。《希尔德布兰之歌》虽是残篇，却言简意赅，将焦点瞄准于父子重逢的兵刃上，把一切过去与现在、相认与不认、理解与误解、期望与绝望、狂喜与悲痛、亲情与荣誉、生命与死亡、

① 文本据 Schlosser, *Althochdeutsche Literatur*, pp. 60-63。互联网上有抄本照片。

命运与奋斗，甚至日耳曼与匈奴的对立全集中在52行对话里。而对话的中心正是“枪尖对枪尖”那句拒绝礼物和挑战父亲的话，也是全诗悲剧性的转折点。不知下场，保持悬疑，虽非原作真相，却也许是最令人满意的结局。命运无常的人生观也没有给后来的基督教编抄者抹杀掉，保存了古日耳曼的精神面貌，更是难能可贵。

与《希尔德布兰之歌》相比，后来的历史英雄诗歌《路易之歌》（*Ludwigslied*）与《亨利公爵之歌》（*De Heinrico*）就相形见绌了。前者庆祝路易三世881年击退入侵的丹麦海盗的胜利，后者赞美鄂图皇帝（Otto）接见亨利公爵的盛会。路易三世被描写成上帝的养子，上帝用北欧海盗入侵来惩罚法兰克人的罪过，然后派路易三世前往援救。路易三世率军追赶海盗，两军对阵，法兰克军队开战前高唱“主啊，怜悯我们”（Kylie eleison）的赞美诗，大败北欧军队。诗人用传统英雄诗歌的语言来描写路易的战功，塑造了基督精兵的形象，为后来十字军出征诗建立新榜样。《亨利公爵之歌》抄录于《剑桥歌集》，是一首德语与拉丁语混杂的短诗，虽然继承了古代歌颂君主的赞歌传统，但时代已相当晚，内容也乏善可陈，只能当作一种奇特诗体的罕例。

同样乏善可陈的是古高地德语的抒情诗，究其原因，并不是这种文体不存在，或者数量不多，而是法兰克帝国与教会严厉查禁性爱诗歌的结果。从查理曼谴责的“淫秽之歌”（uuinileot）到特奥弗理排斥的流行歌曲可见，抒情诗是存在的，不过没给抄写下来。即使偶尔给抄下来，也是用来填空白或者抄在书页的边缘。譬如，《公鹿与母鹿》（*Hirsch und Hinde*）就抄在拉丁诗歌抄本一页的上端边缘，还配有曲调音符，只有三句：“公鹿在母鹿耳边细语，母鹿，你还要吗？”[①] 可见10世纪抄写这首诗的修士对性爱还是很感兴趣

① Edwards, *The Beginnings of German Literature*, p. 129 有此诗抄本的照片。

的，而且很能欣赏歌曲的音乐。古日耳曼修士不像爱尔兰修士那样，没留下歌颂自然的诗歌。古德语抒情诗要等到 11 世纪中叶以后，以中古高地德语创作的诗歌重新开始，结合本土与外来的罗曼语抒情诗歌传统，留下极其辉煌的德语抒情诗歌（Minnesang），但这已超出本文的范围。

## 二、古英语诗歌：贝奥武甫的耳朵

与古高地德语诗歌相比，现存古英语诗歌的质量与数量都更加优越，虽然多数抄本年代晚了一两个世纪。基督教的新神占据了诗歌的重镇，扮演主要的角色，而日耳曼古代诸神也被排挤得消踪灭迹。可是，基督教并不能根除日耳曼的英雄主义与宿命观，名誉与命运是贯穿《希尔德布兰之歌》《贝奥武甫》《埃达》和很多其他日耳曼诗歌的主题。由于传教的对象与诗歌的听众是武士阶层，在新旧神交替的过程中，基督教的新英雄都以日耳曼武士的形象出现，而日耳曼的英雄不时也被涂上基督教的色彩。因此，基督教与日耳曼传统同时存在于古英语诗歌中，它们之间时而松懈、时而紧张的关系给理解日耳曼诗歌的新开始提供了重要的线索。

现存最早的古英语诗歌被人用盎格鲁－撒克逊符文刻在（大英博物馆所藏）有名的法兰克宝盒（Franks Casket）与鲁斯维尔十字架上，前者正面有个关于盒子材料（鲸鱼骨）的谜语和解答，右面有几行意义模糊的诗句；后者则有著名的《十字架之梦》（*The Dream of the Rood*）的部分诗句。这两件 8 世纪上叶的重要历史文物也都是跨文化的产物，除了用符文刻出的古英语诗句之外，法兰克宝盒上还有拉丁文句子和多种神话的图画：正面并排着《新约全书》里三个术士（mægi）朝拜圣婴和日耳曼神话里的铁匠威兰（Weyland）报仇的两幅雕画，左面有母狼给建立罗马城的双胞婴儿喂奶图，后面是罗马皇帝提多（Titus）攻陷耶路撒冷图，右面有个失传的神话故事，盒盖上雕着另一个日耳曼英雄伊基尔（Egil）和一个女人被敌人围困在城里的画面。[①] 由于盒子现在的状况和失传的神话，我们无从洞察艺人的设计意图。显而易见的是，他可以同时使用不同的文字与文化——符文与拉丁文，日耳曼神话、《圣经》故事与罗马历史——来创造新的艺术品。鲁斯维尔十字架上，除了侧面以符文刻成的古英语诗句，还有正面的拉丁文与《新约全书》图像。有艺术史家指出这个盎格鲁－撒克逊十字架竖立在当时不列颠王国境内，雕像反映爱尔兰修士的苦行精神，凯尔特与日耳曼文化交汇于其中。[②] 这种折中精神也反映于另一件7世纪末的文物上：库斯伯特石棺（Cuthbert Coffin）。库斯伯特是哥伦巴教派在英格兰北方所设教会的主要人物，棺上刻字也同时使用符文与拉丁文。尤其值得注意的是，不只《新约全书》作者马太、马可、约翰的名字，连耶稣和他的代号（IHS XPS）都用符文刻写（路加的名字则用拉丁文）。可见这位圣人的信徒并不把符文当作亵渎圣人的异教之物，更不忌讳它的魔力。[③] 由这些跨文化与折中主义的艺术品可见，把基督教与本土宗教僵硬地对立起来既不符合事实，也不利于理解当时的诗歌。

口头传诵的古英语诗歌已不可考，有文字记录的都出自基督教修士之手。如上所言，爱尔兰修士对古代文化的态度比较开明，保存了相当多的神话传说。盎格鲁－撒克逊修士的态度比较严峻，留下的古代诗歌也就少得可怜。现存的古英语诗歌绝大部分集中于四部抄本里：10世纪下叶的《埃克塞特书》（Exeter Book）与《伟尔

① Page, *Runes*, pp. 40-41.

② Schapiro, "The Religious Meaning of the Ruthwell Cross".

③ Page, *Runes*, p. 42. Page, *Runes and Runic Inscriptions*, pp. 119, 315-325.

切利书》（Vercelli Book），11 世纪初的《朱尼厄斯抄本》（Junius Manuscript）与所谓《贝奥武甫抄本》。[①] 这些抄本本身也都由几部其他抄本组成，绝大部分是基督教诗歌，如《圣经》故事、圣徒生传、赞美诗、祈祷诗、布道诗、符咒，只有少数宗教性较淡的格言、谚语、谜语、英雄故事。除此之外，还有各种翻译诗歌和少数稍晚的英雄诗歌，如记录于《盎格鲁–撒克逊编年史》（*Anglo-Saxon Chronicle*）的《布鲁南堡之役》（*The Battle of Brunanburh*）。和古高地德语诗歌一样，所有古英语诗歌都几乎是孤本单传的，只有极少数，如《开德蒙赞美诗》（*Caedmon Hymn*）与《比德临终诗》（*Bede's Death Song*），才有诸多抄本。前者录于两部 8 世纪上叶抄本更属罕见，是现存手抄本中最古的古英语诗歌。虽然纯属盎格鲁–撒克逊古代的诗歌已不可见，我们仍可从几首短诗里窥见一斑。

如上所说，基督教虽然排斥异教的符咒，却相信其魔法，尤其是祈福、消灾与治病的功用。虽然现存符咒诗抄本的时代较晚，学者认为它们属于最早的古英语诗句，保存了些许基督教来临以前的异教信仰与习俗。譬如，有一条教人如何使田地肥沃的符咒，祈祷者一面念主祷文（Pater noster），求荣耀之主（mæran domine）、全能主宰（miclan drihten）与圣玛利亚降福，一面又呼吁大地之母尔茄（Erce）协助："人类之母，万福，愿你与神拥抱时多产，赐给人类丰富的食物！"[②] 另一条九味药草符咒，除了祈求众草之母（wyrta modor）保佑，防止中毒与感染，还把药草和沃顿（Woden）用九根枝子把咬人的蛇打成九段的故事联系在一起。[③] 虽然犹如惊鸿一瞥，在这些基督教与异教并存的符咒里，我们终于重见久违的奥丁。

① Krapp and Dobbie, *The Anglo-Saxon Poetic Records*, 6 vols 为所据版本，以下简称为 ASPR。

② ASPR, VI, pp. 117-118, ll. 13, 27, 51, 69-71.

③ ASPR, VI, pp. 119-120, ll. 7, 32-33.

另一首学者认为年代最古老（7 世纪末）的短诗叫作《远行者》（“Widsith”）。诗人先列举他听说过的君主，然后陈述游历过的国度与见过的君王、得到的礼遇与报酬，以及寻访过的显要。由于他列出的人物年代相差太远（相差 200 年），周游的地域太广（从爱尔兰到埃及），拜访过所有历史上有过或没有的国家，虽然诗人言之凿凿，说全是亲身经验，但显然只是他记忆中的古代诗歌题材。譬如，诗中提到东哥特王爱曼里奇（Eormenric）、丹麦王罗瑟迦（Hrothgar）与罗索夫（Hrothful）叔侄等十几位出现于《贝奥武甫》的人物。即使如此，他塑造了一个奥丁型的行吟诗人形象，诗人成为诗歌的主要人物。他听天由命（gesceapum hweorfað），周游世界，希望遇到热爱名誉的君主，于有生之年立下丰功伟业，愿意以优厚的礼物，换取他永垂不朽的赞歌。[①] 听天由命与热爱名誉正是日耳曼人的传统世界观与价值观：人生苦短，世事无常，唯有立下不世之功，才能流芳千古。在尚武的日耳曼社会里，武士的英勇事迹，还得依赖诗人传颂才能英名远播，因此，为君主歌功颂德的诗歌有极悠久的历史传统。

虽然学者称“远行者”为长期追随君主的宫廷诗人（scop），他却自称为行吟诗人（gleoman）。这两种诗人原有等级与性质的区别：前者的职责在于歌功颂德，身居视者与参谋的高级地位；后者居无定所，弹琴唱歌，是娱乐大众的歌手。当神权君主转变为军权君主，传统诗人的地位发生变化，两种诗人的分别也逐渐消失。另一首诗《第欧》（“Deor”）正好反映这种转变。[②] 第欧自叹是失宠的诗人（scop），最近君主把他的封地转送给新宠诗人，因此感到无限悲伤。他拿自己的不幸遭遇和他所吟唱诗歌里的五位悲剧性人物相比，在叙述每

① ASPA, III, pp. 149-153, l. 135. 采用冯象汉译《贝奥武甫》中译名。
② Opland, *Anglo-Saxon Oral Poetry*, pp. 207-216, 230-256.

人的悲情之后，都以“他过得去，我也行”的诗句自慰。这五位都是历史传说中有名的人物：被暴君囚禁并割断腿腱的铁匠威兰，被复仇的威兰强奸的公主碧杜希尔德，悲伤得无法入眠的美希尔德，被放逐西哥特王国三十年的提尔德力克和虐待妻儿侄子的东哥特王爱曼里奇。铁匠威兰与爱曼里奇出现于《贝奥武甫》，其他人物也都应该有诗歌故事传颂。从《远行者》与《第欧》所列的人物与事件，我们可以看见部分失传古代日耳曼诗歌的内容。

《沃尔德》（*Waldere*）是另一首古代英雄故事诗遗留下的两段残篇，原诗已不可考。9 世纪日耳曼诗人格拉德（Gerald）可能根据同样的历史传说写成拉丁文英雄诗《沃尔德》（*Waltharius*），讲述沃尔德与未婚妻希尔德恭（Hildegund）逃离匈奴的路上被法兰克王恭德（Gunther）拦劫的故事。英雄一人与追兵单打独斗，一连杀死 11 名武士，包括他的挚友哈根（Hagen）的侄儿。在最后的决战中，恭德与哈根合击沃尔德，结果三败俱伤，哈根瞎了一只眼，沃尔德断了右手，恭德断了条腿，三人才握手言和。[①] 古英语诗的第一段残篇里，希尔德恭鼓励沃尔德出战，坚信他的威兰宝剑所向无敌，命运（metod）虽然无情，他必须在性命与名誉（dom）之间做选择。第二段是沃尔德与一个身份未明的角色的对话，那人提到威兰宝剑，沃尔德回答说，谁想要他身上的宝甲，就尽管过来拿！[②] 除了已见过多次的铁匠威兰之外，沃尔德、哈根与希尔德恭都出现于 13 世纪的《尼伯龙根之歌》，可见原诗当年一定非常流行。

还有一段古代日耳曼英雄诗歌的残篇——《费恩斯堡之战》（*The Battle of Finnsburh*）——也与《贝奥武甫》有关。原诗已不可考，残篇讲述的一场激战属于哪段情节也难断定。残篇以传统形象展示日

① Kratz, *Waltharius and Ruodlieb*.
② ASPR, VI, pp. 4-6, I, ll. 10, 19; II. l. 9.

耳曼英雄气概：户外众鸟啼叫，甲胄铿锵，矛盾相撞，浮云蔽日，敌人突袭，大难（weadæd）临头，冤仇（nið）即将了结，[①] 屋里的扈从快醒来，奋勇作战，报答恩主蜜酒的时刻到了！登时人们赶紧守住几道门户，与入侵的敌人浴血激战。顿时盾牌劈裂，头盔刺穿，尸体遍地，食腐尸的黑羽渡鸦在上头盘旋，费恩斯堡到处刀光剑影，六十名武士苦守了五个昼夜，是诗人从未见过的好汉。短短48行诗句能把搏斗的场景、气氛、声光与行动全清晰地描写与烘托出来，表现出强烈的宿命悲情，是古日耳曼英雄诗歌里的精粹作品。这种弥漫着英雄悲情的战争诗歌在后来10世纪的《布鲁南堡之役》与《马尔顿之役》（*The Battle of Maldon*）中有更充分的发挥，但是已经超出本书的范围，下文只以《埃克塞特书》里的三首早期短诗——《流浪者》（“The Wanderer”）、《航海人》（“The Seafarer”）与《废墟》（“The Ruin”）为例，进一步探讨日耳曼诗歌里的宿命观。

《流浪者》可以分成两段，代表两种声音与态度：前者以流浪者口吻悲叹自己流落天涯、孤独无依的苦境；后者以智者（snottor）身份发表哲理反思。贯穿整首诗的主题是命运无情。诗人一开头就向“命运求情”（metodes mildse），接着多次抱怨“命运”（wyrd）太过“无情”（aræd），无可抗拒。死亡是世人的命运，他的“恩主”（金友，gold-winne）长眠于“地下阴间”，他必须离乡背井，走上“流放之路”（wræc lastas），另寻庇护人与“财宝施主”的厅堂。被社会放逐的流浪者不一定受欢迎，譬如，贝奥武甫一行抵达丹麦时，海防警卫先要确认来者身份，对可能带来麻烦的流放者心存戒惕。在冰冷的海洋里，流浪者梦见过去的美好时光：他如何拥抱亲吻恩主，坐在宝座旁边，把头和手搁在他膝头上。猛醒时只见海鸥振翼，在黑暗的浪潮中沐浴，漫天风雪夹着冰雹打下来，悲苦思情顿时重

① ASPR, VI, pp. 3-4, ll. 8, 9.

新涌上心头。这时智者以近乎波伊提乌（Boethius）的口吻规劝流浪者节哀：自古多少英雄好汉战死沙场，无数楼房城市只剩一片断垣残壁，战死的命运是“光荣的”（wyrd seo mære），“造人之主”（ielda scieppend）蹂躏大地，人世间充满着苦难，“命运的命令推翻”（onwendeþ wyrda gesceaft）全世界。经过对人生无常极生动的描写，智者最后奉劝世人向在天之父祈福。①

这首诗里有几个关于命运的古英语词汇，现代编者常把“metod”与“scieppend”的首字母大写，赋予过分明确的基督教之神与造物主的意义。这种做法当然合情合理，因为最早的古英语基督教诗人开德蒙在他的赞美诗里就把这些异教词汇基督教化过。不过，他是个文盲，更不会使用现代的大小写字体。如果我们不理会现代的大写字体，就会发现诗人呼求的“metod”实在模棱两可，既可能指基督教的上帝，也可以指异教的命运。至于造物主“scieppend”，在字源上与命运指令的“gesceaft”相连，被称为蹂躏大地的造人之主，应属无情命运无疑。在古英语诗歌里始终保留异教意义的词汇“wyrd”，诗人使用过四次，出现于前后两段，命运为全诗主题已无可置疑。智者的基督教信息，虽然很有技巧地附加于全诗之末，带给听众一点希望，并不能消减诗中古日耳曼宿命观的悲情。

《流浪者》里感叹造人之主蹂躏大地，只剩下古代“巨人之作”（enta geweorc），这个物在人亡的命运主题在《废墟》一诗里得到更充分的发挥。有些学者认为，诗里描写的废墟是一座古罗马城，因为提到城里有很多温泉，推测是巴斯城（Bath）。这种推论并无历史证据，却与一句古英语格言诗吻合：“城市从远方看，是巨人之作。”② 诗人也把罗马人留下来的建筑物当作“巨人之作”，一开始

① ASPR, III, pp. 134-137. 文本采用 Pope, *Seven Old English Poems*, pp. 28-32。

② ASPR, VI, p. 55, ll. 1—2.

就把怀古的幽思集中于“被命运摧毁的石墙，倒塌了的巨人之作”。当年神气活现的建造者都已被大地紧紧拥抱在坟墓里，上千个世代的人都已死光，几番改朝换代之后，唯有石墙依然矗立。当年城里多少灯火辉煌的宫殿，温泉畅流的澡堂，欢声畅饮的酒厅，纵情享乐的人群，全给“强大命运一扫而空”（onwende wyrd seo swiþ）。如今楼房倒塌，寒霜满地，只有蔓延着“灰苔赤斑”的废墟，久经狂风暴雨，仍然不为所动。诗人接着再拿眼前的断垣残壁，与当年衣帽光鲜、趾高气扬的人们所注视的金银珠宝相对照。《废墟》是古英语诗歌里的一颗明珠，本身也是残篇，有点像“巨人之作”，我们不知道诗的结尾，但诗人对命运无情的感慨却非常明显，完全出自古日耳曼宿命观，没有沾上一点基督教色彩。①

与《流浪者》类似的《航海人》则用基督教观点取代传统的宿命观。诗人首先以传统的流浪者口吻怨叹说，在城里享福的人不知道他在冰寒大海里漂流的苦楚，然后突然口气一变（也许另一个人接腔），说他内心有一股强烈的出海“欲望”（langung）：每当春光明媚，鸟语花香之季，他就想到浪涛汹涌的“鲸鱼之乡”去。然后话题一转，又说他对“主上的喜乐”（dryhtnes dreamas）比对“陆地上飞逝的黑暗生活”还要热衷。三件无常事，“病、老与刀剑仇恨”，将攫取“注定死亡”（fægum framweardum）的生命，在撒手人寰之前，人必须创造丰功伟业，留下让后世子孙永远称颂的英名。这本来是传统的英雄伦理观，也是贝奥武甫的人生观，却给诗人拿来宣扬基督教的来世观。他把打击魔鬼当作英雄事迹，把未来的声誉界定为天堂中的“永生之乐”（ecan lifes blæd）。不过他并没绝口不提命运，除了惋惜世风日下，今不如昔，古人高风亮节荡然无存，目前宵小之辈当道，他还警告听众，“命运”（wyrd）与“主”（metod）远

① ASPR, III, pp. 227-229.

比人想象的强大。与《流浪者》不同的是，这两个并排对照的命运词汇已不再模棱两可，前者仍属传统异教，后者则直指基督教之神。诗人规劝世人不要追求世上的虚荣富贵，要全心争取源自神爱的永生快乐。①

《航海人》的诗人以传统词汇来宣讲基督教道理，沿用新神取代旧神的策略，我们接下来简扼地考察一下这个策略在古英语诗歌里落实的情况。基督教诗歌占据了现存古英语诗歌的绝大部分地盘，其重要性当然不可忽略。为了讨论方便起见，我把它分成三类择要讨论: 第一类，以耶稣为英雄的《开德蒙赞美诗》《十字架之梦》《基督》《基督与撒旦》与《审判日》；第二类，《圣经》故事，如《创世记》（Genesis）、《出埃及记》（The Book of Exodus）、《但以理书》（The Book of Daniel）与《朱迪思记》（The Book of Judith）；第三类，以使徒与圣徒为英雄的《安德烈》（*Andreas*）、《朱丽安娜》（*Juliana*）、《埃琳娜》（*Elene*）与《古特拉克》（*Guthlac*）。

《开德蒙赞美诗》是现存抄本里最古的古英语诗歌，开德蒙则是第一位古英语基督教诗人。生活在 7、8 世纪的盎格鲁 – 撒克逊大学者比德在《英吉利人教会史》第 4 卷 24 章里记载了这位目不识丁、此前从未作过诗的修道院牧人的故事：他在梦中听见赞美神的诗歌，醒来之后背诵给修士听，从此以神赐的本领作出许多基督教诗歌。学者估计他作诗的年代大约是 680 年，收录此诗最早的《墨尔抄本》与《列宁格勒抄本》都抄成于 8 世纪上叶。比德把诗的拉丁译文写在正文里，抄写者以北方方言把诗抄在《墨尔抄本》正文下端边缘和《列宁格勒抄本》全文结尾之后。后者出自离比德不远的抄书坊，与作诗年代也相当接近。这首古英语基督教诗歌的开基之作至今存有 21 个抄本，除了拉丁抄本上的“补注”，还存在于两个世纪后《英

① ASPR, III, pp. 143-147.

吉利人教会史》西撒克逊语译本里的正文里。姑且不论神迹故事的真实性，这是少数能准确断定创作时间的古代作品。[①] 九行赞美诗使用了七种对神的称呼，几乎全部采用传统颂赞君主的词汇："天国与人类的守护者"来自"人民的保护者"；"大能之主"的"metod"，如上所说，来自"丈量性命的命运"；"荣耀之父"也是君主的称号；"永恒之主"的"dryhten"通常指带领军队的首领；"神圣的造物者"的"scieppend"，也如上所说，与"命运"的字源相连；"权威之主"的"frea"也是君主的称号，其根源可以追溯到日耳曼神弗雷（Frey）。现代编者习惯于用大写标明基督教之神，其实抄本上并无大小写之别，何况口头吟诵的诗歌听在耳朵里，怎能分得出大小写。当时的听众可能同时听见两种意义：基督教新义与背后的传统意义。值得注意的是，最常用的"god"一词却不见踪影。无论为何原因，《开德蒙赞美诗》把古英语诗歌里对君主、首领的美称全部接收，将日耳曼语言基督教化，同时也将基督教语言日耳曼化，为古英语基督教诗歌开了先河。

耶稣是古英语诗歌的新神，也继承了日耳曼军事领袖的形象。耶稣作为英雄最早出现于《十字架之梦》，因为有诗句雕刻在鲁斯维尔十字架上，成诗年代当属 8 世纪初。虽然抄本年代较晚，而且有些学者认为第 78 行以后乃后人附加之作，仍不失为最早的古英语诗之一。当时基督教从哥伦巴的修道院传到北英格兰才不过一百年，能够作出如此富于想象力的宗教诗歌，的确是极了不起的成就。《十字架之梦》也是最早的基督教梦象诗，诗人梦见十字架倾诉耶稣受难的经验，醒来时向十字架虔诚祷告，求它带自己上天堂。十字架本是钉挂罪犯的可耻"器具"（gealga），沾得一身血迹，却因耶稣

① ASPR, VI, pp. xciv-c, 105—106. O'Keeffe, "Orality and the Developing Text of Caedmon's *Hym*n".

被钉而成为“胜利之树”（sige-beam），从此全身覆盖着黄金宝石。它只见耶稣，“人类之主”（frean man-cynnes），赶向十字架，“少年英雄，全能之神”（geong hæleþ, god ælmihtig），一心想拯救世人，脱下衣服，奋勇跃上十字架。十字架被英雄紧抱得发抖，两个给钉在一起。天主经过一场大战，万分疲累，“胜利的统治者”（sigora wealden）被解下放置于石墓内。耶稣的门徒，“领袖的扈从”（dryhtnes þegnas），在废材坑里找到十字架，给它披金戴银。从此十字架取得玛利亚的地位，分别受到圣子与圣父的抬举。光从十字架自述，我们就可见耶稣形象的军事化。它两次提到自己的残酷命运（wraða wyrda），与耶稣一起受难之后，命运对它已经毫无影响力。换句话说，耶稣到来，异教的命运就此结束。①

顾名思义，《基督》更以耶稣为主角。学者把这首1664行的诗分成三段，这三段叙述了耶稣的三段生涯：诞生降临、传教与升天和末日审判。其中第二段末了有8、9世纪之交的诗人辛纽沃夫（Cynewulf）的符文署名，该段应属他的作品。第一段中有趣的是一场玛利亚与约瑟的对话，后者抱怨他该娶个处女，如今只得到“不知给谁弄过手脚”（gehwyrfed is /þurh nathwylces）的老婆。诗人插入这段极富人情趣味的对话，应该是讨论婚前怀孕问题最早的一段古英诗。他又形容魔鬼诱惑世人犹如恶狼驱散羊群，令人联想起日耳曼神话里的芬里尔，颇能引起当时听众的兴趣。第二段讲耶稣的传道生涯，诗人以君主与扈从来形容耶稣与使徒的关系：耶稣是“显耀的首领”（brega mære）与“荣耀之主”（þeoden þrymfæst），他的使徒是“军队扈从”（þegna gedryht）与“宠爱的军队”（leof weorod）。此外，耶稣还是他们的“师尊”（lareow）、“财宝的施主”（sincgiefan）与“荣耀的头盔（主上）”（wuldres helm）。天使赞扬他打败魔鬼的兵勇（deofla cempan），将

① ASPR, II, pp. 61-65, ll. 10, 3, 33, 39, 67, 74, 51.

“地狱搜刮殆尽”（helle bireafod）的英勇战绩。接着像《十字架之梦》那样，诗人描述耶稣英勇的“五级跳跃”：从天上跳到童真女腹中、诞生、被钉在十字架、圣墓复活、地狱再回到天堂。在第二段结尾时，诗人以《流浪者》与《航海人》里的航海形象来比喻惊险的人生，规劝世人恳求耶稣援助，“浪涛之驹”才能安稳抵达天堂。[①]

《基督》的第三段和《审判日》都描写末日审判的景象，虽然《新约·启示录》里有类似的描写，古英语诗人只采用与北欧神话里世界末日相似的大火劫难的题材。《基督》的诗人说，那场从未有过的大火把星辰、月亮和太阳都烧得从天上掉下来，城墙崩塌，山陵熔化。火焰如愤怒的战士，攫取所有生灵；海水如蜡般燃烧，水中怪物也难幸免。罪人无地自容，只好呼天抢地哀号，等待耶稣审判：得救的上天堂，永远年轻；罪人下地狱，永受狱火焚身的惩罚。《审判日》抄本年代更晚，对末日大火的描写大致雷同，除了到处烈火焚烧，还有大地震动，山陵崩溃，坟墓熔化，海啸怒号，天空一片漆黑，群星坠落，早上太阳昏暗，夜里月亮无光等景象。此外，地狱里的火焰还夹着冰霜，让罪人同时尝到两种极端痛苦。古日耳曼的世界末日神话，在基督教诗人手里，变成渲染末日恐怖的趁手道具。[②]

英雄耶稣的对手自然是撒旦。早期古英语诗歌里的撒旦有两种形象：《基督与撒旦》里哀怨的流放者和《创世记》里骄傲的反叛者。前者沿用许多《流浪者》的主题，如“流放之路”与今昔对比。譬如，撒旦怀念以前“骄傲者的酒厅”（wloncra winsele），世间的快乐，天堂里与天使为伍，大群少年围绕着圣子。如今住所漆黑，狱火炽烈，地狱门口有喷火毒龙把守，厅里不停刮风，到处都是魔鬼，只好频

① ASPR, III, pp. 3-49. 所引原文行数为 457—458，460—463，559—563。
② ASPR, VI, pp. 58-67.

呼“奈何”（eala）。[1] 上文已经提到《创世记B》与古撒克逊语的《创世记》的关系，撒旦在这里发表了有名的造反诗。他自问：“嘿！我干吗操劳？谁稀罕老板！我手能干活，就够资格登宝座，何必低声下气讨好，做他的下人，我跟他一样都是神。”然后招募“强壮同僚”（strange geneatas）、“大胆英雄”（hæleþas heardmode）、“英勇壮士”（rof rincas）做他“手下”（folcgesteallan），一起造反。上帝听见了，勃然大怒，把撒旦打入地狱，撒旦一连坠落了三天三夜，永远受冰雪与无光之火的折磨。撒旦也不是好惹的人物，到乐园里去引诱夏娃，导致人类犯罪堕落。[2] 由此可见，无论放逐还是反叛，撒旦和耶稣一样都以军队主帅的身份活跃于古英语诗歌中。

基督教新神日耳曼化与军事化的倾向一直延伸到其他《圣经》人物，从摩西到使徒安德烈与圣徒古特拉克，都以战士形象出现。《出埃及记》里“万军之主”（weroda drihten）给摩西“万能武器”（wæpna geweald）摧毁敌人，[3]《安德烈》里的十二使徒都是“显赫英豪”（tireadige hæleð）与“主之扈从”（þeodnes þegnas），[4]《古特拉克》的修士是“基督精兵”（Christes cempa）与“神圣士兵”（halig cempa）。[5]《出埃及记》《安德烈》与《朱迪思记》都像《贝奥武甫》一样高呼“听哪！”（Hwæt!），以英雄诗歌格式开场。战争场面也在基督教诗歌里层出不穷，特别是遍地尸体，引来日耳曼诗歌里的常客，如《朱迪思记》里的“林中瘦狼开心”（hanca gefeah/ wulf in walde），黑鸦贪婪地享用“必死之人的盛宴”（fylle on fægum），尖啄灰羽的老鹰饿得“唱起战歌”（sang hildeleoð），更是诗人喜爱

---

① ASPR, I, pp. 135-58, ll. 93—98, 120, 142—144, 163—167.

② ASPR, I, pp. 3-87, ll. 278—291.

③ ASPR, I, p. 91, ll. 8, 20.

④ ASPR, II, p. 3, ll. 2—3.

⑤ ASPR, III, pp. 54, 64, ll. 153, 513.

的诗歌程序。[①]

从以上对古英语基督教诗歌的考察可见，诗人为了吸引当时的听众，尤其针对军政阶层的口味，把基督教新神军事化与日耳曼化，使用传统诗歌的主要形式与主题，如颂赞恩主，描写战争、放逐出海、世界末日等。因为篇幅有限，我们不能一一讨论这些基督教长诗，只能以圣徒传《埃琳娜》为例，看基督教诗人如何全面使用传统题材。这首诗结尾有诗人辛纽沃夫的符文署名，一般学者认为是他的作品。像很多圣徒传，如《安德烈》，古英语诗通常根据拉丁文原作改写而成。埃琳娜是康士坦丁大帝的母亲，大帝看见十字架异象，一战功成，当了罗马皇帝，于是请母亲去犹太人的地方寻找十字架原物。埃琳娜渡海到耶路撒冷，当地的犹太人都不知道或者不愿意告诉她十字架在哪里。几经周折，她找到智者犹大，以高压手段逼他就范，终于找到十字架和钉子。[②]

这首诗有1321行，以战争场面开始，食腐尸的鹰、狼和渡鸦全都派上用场。康士坦丁变成日耳曼“头领的保护人”（æðelinga hleo）、“送手下金项圈的人”（beorna beaggifa）与“军队的首领”（heria hildfruma）。埃琳娜也是“好战之后”（guðcwen），乘着“海洋之驹”（sæmearh）渡海，率领大批“执盾之士”（lingwigend），越过“战场”（herefeldas），抵达耶路撒冷。这些诗歌表现法早已成为惯用程序，《埃琳娜》与其他圣徒传不同之处在于处理传统命运的手法。我们已经讨论过基督教与异教宿命观在古英语诗歌里的紧张关系，关于命运的主要词汇只剩下“wyrd”仍旧保留传统意义。如今诗人连这个最后的幸存者也要接收过来，纳入基督教词汇。对埃琳娜而言，“wyrd”已不是命运，意指秘密事件或神秘力量。她恐吓犹太人说

① ASPR, IV, p. 105, ll. 203—211.

② ASPR, II, pp. 66-102.

出他们隐藏的“秘密”（wyrd，第 583 行），否则把他们全体火葬，犹太人才说犹大知道那个“秘密的底细”（wyrda geryno，第 589 行）。找到十字架以后，她心里又想念那“光荣秘事”（mæran wyrd，第 1063 行）所用的钉子，请犹大帮她寻宝。所谓秘密意指三百年前耶稣受难之事，因此，命运不只变成秘密，还代表基督教的中心信仰。后来犹大皈依基督教，诗人说“命运决定”（wyrd gescreaf，第 1046 行）让他做个虔诚的基督徒和耶路撒冷的主教，所谓命运已失原意，成为基督教的奥秘。

《埃琳娜》中诗人只将命运基督教化，《人的命运》（“The Fortunes of Men”）则认为命运受神掌控，他“掌管每个人的命运”（gesceapo ferede）[①]。这种露骨地接收异教语言与信仰的做法有时也会遭到反弹，譬如，有句古英语格言（Maxims II）说，“基督权势大，命运最高强”（Þrymmas syndan Cristes myccle, wyrd byð swiðost）[②]。这句格言，从以下的讨论可见，也可以说是《贝奥武甫》的主题之一。因为传统的语言与信仰并不能轻易被掩盖抹杀，更普遍的是新旧文化使用共同的语言：基督教徒接收传统语言，赋予其新的宗教意义，而传统语言的用户不一定会接受或领会这些新意，甚至把它纳入传统意义。譬如，他们可以把基督教之神当作诸神之一，或者用之取代传统主神，做“混交”（hybrid）的基督徒。在阅读古英诗或其他欧洲早期诗歌时，这种共享语言的认识极其重要，也是我讨论《贝奥武甫》的出发点。

《贝奥武甫》是今天最有名的古英诗，曾被称为最古的日耳曼史诗。可是，在 18 世纪重新发现其孤本以前它却罕为人知，乔叟就没听见过这首诗。由于抄本年代较晚（11 世纪初），经过两世纪多的争论，

① ASPR, III, p. 156, ll. 95—96.
② ASPR, VI, p. 55, ll. 4—5.

今天学者对作诗年代已无共识，因此，最古的头衔已毫无意义。[①] 史诗也只是极其笼统的称呼，与荷马、维吉尔的古典史诗不能相提并论，不属于同一严格定义的文体。可是，作为古英语诗歌里最重要和最有创意的作品，《贝奥武甫》却当之无愧。因此，也得到无数学者与批评家的青睐。早期学者把它当作历史文献或语言学素材看待，近代“贝学”的开山祖就是近年风靡全球的电影《魔戒》（*The Lord of the Rings*）的原著作者托尔金，他的《〈贝奥武甫〉：怪物与批评家》（1936）首次提出从想象文学的角度来研究这首英雄诗歌，这篇经典文章至今仍有参考价值。[②] 除了作诗年代的问题，他的看法基本上得到大多数学者的认可，而他担心的事情也发生了，“贝学”“出品”的批评家比诗里的怪物更多、更难缠。虽然不少人研究诗的修辞、诗律等文学技巧，但是更多人把它作为基督教神学与其他文学理论的试金石。

在进一步探讨《贝奥武甫》里的共享语言之前，得先检视它的抄本，也就是所有学术研究的根据。由于抄本于 1731 年遭到一场祝融之殃，几乎每页靠近边缘的文字都受损坏。在情况恶化之前，有位冰岛学者于 1786—1787 年做过两个誊录本，与抄本同为现代版本的依据。因此，《贝奥武甫》文本真是满目疮痍，多靠编者补正，也产生了不少著名的“难题”（cruces）。绝大多数学者（更不要提批评家）都没直接接触过这份现在珍藏于大英图书馆的抄本，最近仔细研究过它的学者科尔南（Kiernan）认为，原本抄成于 11 世纪初，和四篇与怪物有关的作品合订成卷，又于 17 世纪上叶与另一部 12 世纪的古英语抄本合并成今日的抄本。《贝奥武甫》本身也是合订本，由 A 与 B 两位抄者根据两种样本抄下的两个本子合成。前者抄录贝奥武

① Chase, *The Dating of* Beowulf. Staver, *A Companion to* Beowulf, p. 136.

② Tolkien, “*Beowulf*”.

甫消灭葛婪代（Grendel）与葛母的情节，后者抄录他与火龙奋战身亡的情节。由于抄者B的字体比较古奥，贝奥武甫屠龙可能属于一个较早的独立故事，而他消灭葛婪代的部分原来可能也自成一篇。由于这两大部分衔接处有整页涂改过的迹象，科尔南认为抄者抄上（甚至补上）英雄还乡一段，把两者连接成一首诗。根据抄本里有很多抄者更改、订正之处，他断言成诗年代应当与抄本同时，现存抄本可能就是诗人尚未完成的修订本。[①] 虽然这是极具争议性的理论，未能得到学界一致的认可，但他对抄本的研究增加了我们对《贝奥武甫》的作者、年代、语言与产地的认识，即使很多方面至今仍旧是个谜。

《贝奥武甫》是个谜，主要问题在于多数学者把它当作眼观的文字，而不是耳闻的诗歌。抄本的诗歌本来没有大小写之分，现代版本的编者常把他们认为意指基督教之神的称号改成大写，因此，把他们的诠释也变成文本的一部分。虽然这是标准的现代编辑惯例，却把很多共享语言的双重意义单一化，而且偏向于强调其基督教意义。如果我们不理会这些大小写的区分，排除先入为主的基督教设想，留意诗人实际使用的词汇与其语境，《贝奥武甫》里基督教与异教的关系就会显得更加有趣，时而壁垒分明，时而混杂不清，相当有活动性。《贝奥武甫》的这种复杂性过去表现为所谓异教与基督教“色彩”之争：一方学者认为这是一首沾上了基督教色彩的日耳曼英雄诗，另一方则主张诗人用异教色彩点缀基督教诗。[②] 由于双方都缺乏共享语言的认识，只强调对立面，忽视了语言使用的流动性，把复杂的跨文化问题简单化了。[③]“色彩”之争并非毫无意义，基督教与异教

---

① Kiernan, Beowulf *and the* Beowulf *Manuscript*. “The Eleventh-Century Origin”.“The Legacy of Wiglaf”.

② 双方的代表参阅 Nicholson, *An Anthology of* Beowulf *Criticism*, Blackburn and Baker, *Beowulf* 里 Benson 的文章。

③ Orchard, *Pride and Prodigies* 也注意到语言暧昧的问题。

在《贝奥武甫》里的复杂关系是诗人刻意营造的，也是无可回避的问题，对古英语诗歌的新开始具有特殊的意义。

大部分研究《贝奥武甫》的西方学者都假设其作者与听众为基督徒，有的还言之凿凿地肯定他们是“虔诚的基督徒”[①]。由于缺乏充足的同时代资料，这些假设都未经证实，也无从证实。我的老师汉宁（Robert Hanning）说基督教作者用这部“诗史”（heroic history）向基督教听众展示他们传统文化的优点与缺点，也是相当具有代表性的看法。可是，他那篇卓越的论文也含有下意识的基督教成见，因此，有些基本问题并没摸着边。[②]譬如，他们是怎样的基督徒？他们的历史意识到哪里去了？我在诗里找不到任何他认为无所不在的基督教拯救史观的证据，也不能苟同贝奥武甫替丹麦人除害，消灭了“神的敌人”，就变成“神的工具”，有助于上帝拯救世界的历史大业。这种文化盲点普遍存在于西方学者当中，就像现代编者把“God”（神）的首字母大写那样普遍，完全忽视了“共享语言”的问题，好像皈依基督教的盎格鲁–撒克逊人的耳朵只听得见基督教的声音，古英语中神的词汇突然间全净化了，再没有传统宗教的杂音。我们当然无法确切知晓当时听众的心理状态，他们能同时听到现在和过去两种声音与含义的假设，至少应该不会比上述基督教假设更离谱。

贝奥武甫是位有超人力量的高特[③]英雄，前往丹麦为罗瑟迦王消除为患十二年的怪物葛婪代，并且杀死了为子复仇的葛母。后来他成为高特国王，晚年有火龙为患，经过艰苦奋战，终于与火龙同归于尽。《贝奥武甫》不只是英雄与怪物搏斗的故事，也是诗人以神与命运之

① Robinson, Beowulf *and the Appositive Style*, p. 11.

② Hanning, “*Beowulf* as Heroic History”.

③ 古英语 Geat，古北欧语 Gaut，因地在今日瑞典，故采用北欧音译。

争对英雄主义做的沉思。虽然诗人把贝奥武甫的英勇事迹讲得非常生动，他的三场激战都被大量的言辞包围住，其中大部分还是英雄自己的话语。譬如，大战葛婪代之前他与翁弗思（Unferth）的针锋相对，大战后庆祝宴会里宫廷里诗人吟唱的费恩（Finn）故事，屠杀葛母之后罗瑟迦的"训话"和贝奥武甫对搏斗的再三复述。换句话说，英雄的行动引来各种诠释、对比与评价，因此也产生了多层意义的冲突与交会。一般认为叙述者与罗瑟迦代表基督教观点，贝奥武甫则是彻头彻尾的异教英雄。这种看法大致正确，却差之毫厘，失以千里。从"共享语言"的角度来看，双方用语都有"流动"的迹象。要说明这种"流动"现象，让我们考察诗人使用神与命运的词汇的情况。

从表面看来，《贝奥武甫》里的人物都有鲜明的宗教立场。仔细观察就能看出实际情况比较复杂：不但每人使用的词汇不单纯，而且说自口里和听在耳里的同一词汇，意义亦未必一致。我们就先检视诗人、叙述者、罗瑟迦与贝奥武甫等主要发言人关于神和命运的词汇，确切了解其使用情形。诗人使用涉及基督教之神的词汇包括：神（god）、主（frea, metod）、君（drihten, wealdan，有多种拼法）、王（kyning），造物者（scyppend）、全能者（almihtiga, alwaldan）、父（fæder）、保护者（helm, hyrde）等。这些名词前面有时还附加上显示基督教特色的形容词，如神圣（halig）、天上（heofena）、永恒（ece）、真（soð）等，还有比较中性的如荣耀（wuldres）、大能（mihtig）、智慧（witig）与胜利（sigores）。从上文关于《开德蒙赞美诗》的讨论可见，这些基督教之神的词汇都来自对传统神祇与君主的称谓，在不同的语境可以有不同的语义。诗人表述基督教观点时，就让叙述者与罗瑟迦大量使用这类词汇。他表述异教观点时，就让贝奥武甫使用与命运有关的词汇：命运（wyrd, gifeðe, gesceaft）、注定（fæge, læne, weotian）与命定（metod-sceaft, forðgesceaft, heah-gesceaft）等。看来似乎两类词汇界限分明，实际上，这些神与命运的词汇也是共享语言，并不局限于特定的使用者，才产生“流动”的现象。

叙述者的基督教立场当然十分明显，一开始就把异教的英雄主义放在基督教的语境里。他时代错乱地把罗瑟迦与丹麦人描写成基督徒，“上帝”（god，27）赐给罗瑟迦战无不胜之功，并以赞美“全能”（almihtiga，92）与“光荣胜利”（sige-hreþing，94）之主的创世歌来庆祝“鹿厅”落成。[1] 然后把蹂躏丹麦人的怪物与《旧约全书》里杀弟的该隐挂上钩，从而把贝奥武甫与他们的斗争放在基督教的救赎史里。于是葛婪代母子成为该隐的后裔、与上帝敌对的仇人，参与魔鬼与上帝世代绵延的“血仇”（ferhðe，109）斗争，因此，也把基督教神话日耳曼化。叙述者从不放过机会，把贝奥武甫的胜利归功于上帝。“全能之父”（fæder alwalda，316）派他去保护丹麦人，“荣耀之王”（kyning-wuldor，665）送他来做鹿厅的卫士。他一再强调贝奥武甫相信自己的力气与“主恩”（metodes hyldo，670），与葛婪代激战时不忘神赐的力量与“全能之主”的恩典（1271—1272）。与葛婪代的母亲搏斗时，“神圣之神”救了他，“智慧之主”（witig drihten，1554）与“天上之主”（rodera rædend，1555）决定战斗的结果。叙述者始终坚信上帝才是统管一切的主宰，“万能之神”统治人类（701），“智慧之神”与贝奥武甫的勇气改变了幸存者的命运（1056），每个人的行为从古至今都要接受“神的判决”（dom godes，2858）。

可是，叙述者的基督教话语里也有宿命的杂音、无可避免的命运词汇与观念。譬如，叙述者说在鹿厅里为贝奥武甫庆功的武士对自己的命运茫然无知（1234）；葛婪代母子和一切巨人、幽灵都是“命

① 版本依Klaeber标准本，并参考Mitchell and Robinson，Wrenn，Dobbie与Chickering诸本。所引诗文的原文与诗行号均在括号中标注。

运”（geosceaftgast，1266）送来折磨世人的妖怪；与火龙搏斗时，命运不把胜利赐予贝奥武甫（2574），他只好与所有人一样，度完“命中注定的日子”（lændagas，2591），他的剑也“注定”（gifeðe，2680）失灵；而盖世英雄却不知道自己“命丧于何方的命运”（ende gefere/ lif-gesceafta，3063—3064）。有时叙述者避免使用命运的词汇，但表达了同样的宿命观念。譬如，刚建成的鹿厅已在等待未来战火焚烧的命运（82—83）；在庆功宴之前，他略带黑色幽默地说，人生在世，难免一死，盛宴之后都得长眠地下（1002—1008）。因此，想在多事之秋的世界长久过好日子的人，最好要小心谨慎，有深谋远虑（1060—1061）。果然宴后，葛母来袭，掠走罗瑟迦的宠臣艾舍勒（Aeschere）。更值得注意的是，在所有关于血仇斗争的故事中，诸多人物的悲惨命运里，叙述者从没让歌手提到神的存在，好像神只管和魔鬼无休止的血仇，对人间恩怨漠不关心。这比学者早就注意到《贝奥武甫》里只有《旧约全书》之神，从没提到基督或任何《新约全书》人物的特色更为根本和重要。①

罗瑟迦也经常使用基督教语言。和叙述者一样，他也认为贝奥武甫是“神圣之神”（381）派来的救星。可是，他承认“命运”（wyrd）让葛婪代残害他的武士，显然把命运和与神作对的怪物连成一气。当他看见葛婪代的断臂，连声感谢上帝，把功劳归于上帝，说贝奥武甫全靠“主上大能”（drihtnes miht，940）才立下大功。不过他说漏了嘴，羡慕贝奥武甫的母亲受到“古神”（eald-metod，945）的祝福，生出如此杰出的儿子。当葛婪代的母亲掠走他的宠臣艾舍勒，他悲痛欲绝地向贝奥武甫求救，居然把上帝忘得一干二净。等到贝奥武甫胜利归还，他除了感谢之外，还给英雄一番忠告，以海勒摩（Heremod）为反面教材，告诫其千万不可骄傲，忽略其“前程（命

① Nicholson, *An Anthology of* Beowulf *Criticism*, p. 12.

运）”（forðgesceaft，1750）与“主上（赐给）的荣耀”（wuldres waldend，1752）。除此以外，他的“训话”与基督教义无关，讲的是人生无常的道理，身体“注定”（læne，1754；fæge，1755）要衰弱而长眠地下。他并以自己为例，说自己一生一帆风顺，当了五十年国王，终于碰上葛婪代母子这对冤家。贝奥武甫应该避免血仇纠纷，当个好国王，才是正当前程。换句话说，罗瑟迦虽然满口上帝，底子里还是个英雄社会里的领袖，感恩得把贝奥武甫当作儿子，关心其在命运主宰的人世间的前程，而不是来世灵魂的救赎。结果一切如他所言，贝奥武甫也当了五十年国王，终于遇上火龙克星，逃不过血仇的命运。

贝奥武甫使用命运词汇次数最多，而且似乎前后立场一致，塑造了他的异教英雄形象。他首次向罗瑟迦自我介绍，请命出战葛婪代，声称生死全由“主上定夺”（dryhtnes dome，441）；然后请国王——万一他不幸丧生——将他身上那套威兰制造的盔甲送回给他的舅父赫依拉（Hygelac）；最后总结说：“一切全凭天命！”（gæð a wyrd swa hio scel，455）提到当年他在大海里杀海怪的事，他说“命运常救命不该绝的勇士”（wyrd oft nereð/ unfægne eorl，572—573），却称早晨升起的太阳为“神的火炬”（beacen godes，570）。他与葛婪代的搏斗，胜负全由“智慧之神”（witig god，685）与“神圣之主”（halig dryhten，686）决定。可见“智慧”与“神圣”并不是基督教专用的形容词，贝奥武甫也用得十分得心应手。他战胜葛婪代之后对罗瑟迦讲述战况说，他没能够逮住葛婪代，因为“主”（metod，967）不容许，“主”（metod，979）自会裁判葛婪代。前一个主应当意指命运，后一个则模棱两可。他杀了葛母之后，自称侥幸，得“神庇佑”（god scylde，1658）。他回到故乡向赫依拉细述此事时，没提到神，只说自己“命不该绝”（næs ic fæge，2141）。后来火龙烧毁贝奥武甫的住所和宝座，叙述者说他怀疑自己是否触犯了“主宰一切，永恒之主的古法”（wealdende/ ofer ealde riht ecean drihtne，2329—2330）。这些词汇都可以做双解，解释为命运之神或基督教之神。与火龙搏斗以前，他回想英勇往事，心知死期已近，“命运要来取他灵魂，性命与身体快分家”（2420—2423）。他想起养父去世，“选择了神的光明”（godes leoht，2469），因此昂然无惧，独自去屠龙，对部下说“让命运，众人之主决定胜负”（wyrd geteoð/metod manna gehwæs，2526—2527）。他自己的临终遗言是：“‘命运’（wyrd）扫尽我显赫家族，‘命该如此’（metod-sceaft），我随他们去也。”（2814—2816）由此可见，贝奥武甫使用命运（wyrd）一词，虽然前后一致，却也同时用了些对听众（与今日读者）而言模棱两可的其他词汇，包括叙述者偏爱的“神”（god）。西方学者一向认为，贝奥武甫浑身异教英雄本色，对罗瑟迦的基督教训诲无动于衷，或者充耳不闻。从共享语言的角度来看，贝奥武甫听见与使用（如神与命运）的词汇虽然来自传统，其意义并无基督教与异教之差异，他的听力与理解力都没有问题。

由此可见，对《贝奥武甫》里的人物而言，称呼神的词汇有时意义分明，有时模棱两可，并未严格区分基督教与异教意义。再举几个其他例子作为总结：戴着异教“野猪”（eoforlic，303）护颊的高特战士抵达丹麦时感谢“神”（god，227），看见首领贝奥武甫从水潭里杀死葛母后生还也感谢“神”（god，1626）。丹麦的海防卫士一面祝他“好运”（gifeþe，299），一面求“全能之父”（fæder alwalda，316）保佑他。和异教徒贝奥武甫以“神的火炬”与“天上蜡烛”（rodores candel，1572）一样，基督徒叙述者也以“黑羽渡鸦满心欢喜地预告天堂之乐”（oþ þæt hrefn blaca heofones wynne/ bliðheort bodode，1801—1802）来形容黎明的来临。正如诗里的异教徒满嘴感谢神恩，基督徒也不觉得奥丁的渡鸦与天堂之间有任何冲突。只有严格区分基督教与异教意义的学者才会觉得讶异。由此可见，在《贝奥武甫》里，异教徒与基督教徒使用共同的语言来称呼神，各自赋予其宗教意义，也依据各自的信仰体系去理解他。神的语言是共享的，不属于任何一方的专利，这是《贝奥武甫》最与众不同的地方。

从以上对"共享语言"的分析可见，叙述者对神与命运所做的区分，对贝奥武甫与当时的听众而言并无多大差异。如果真要把神与命运对立起来的话，最大与最后的赢家是命运。无论神赐给世人什么，命运全部照受不误。因此，全诗的主题应该是英雄与命运的挣扎。可是，命运是什么？不外死亡、无常与不可知的谜。先说命运带来的死亡与血仇：生老病死是人类的共同命运，血仇则是英雄社会以钱财偿命的体系（日耳曼的"wergild"与爱尔兰的"éraic"）崩溃的结果。罗瑟迦警告贝奥武甫小心谨慎，不要卷入血仇纠纷，自己却逃不出血仇的命运。贝奥武甫身为部族的保护人与军事领袖，不可能不涉及血仇纠纷。可是，这个主题在《贝奥武甫》里，却蕴含着极其令人意外的信息。贝奥武甫三场激战里的怪物都为报仇而战：葛婪代与罗瑟迦是桀骜不驯的扈从与主上的仇恨，也是该隐与上帝之血仇的延伸；葛母为儿子报血仇；火龙因宝藏被盗窃而报仇。围绕着三场与怪物的搏斗，与之对照或共鸣的是一连串日耳曼古代历史传说中最有名的家族或种族，如西蒙（Sigemund）、海勒摩（Heremod）、费恩与韩叶斯（Hengest）之间的血仇之战。意想不到的是，诗人利用这些世代连绵的血仇来暴露战争的残忍与非理性，使得《贝奥武甫》成为欧洲古代唯一严峻批判战争的"诗史"。

《贝奥武甫》与其他古英语诗如《流浪者》一样，都只描写从盛而衰的命运，不像拉丁诗人波伊提乌的命运之轮，讲盛衰轮转。

命运无常的主题在《流浪者》与《废墟》已出现过，在《贝奥武甫》里除了与血仇战争主题密切相关，还突出巨人之作与“古代宝藏”（ærgestreon）的另一主题。我已说过，古英语诗歌缺乏对另外世界的想象力，没有爱尔兰诗歌里的仙境，只有天堂、地狱与世界末日。巨人之作与古代宝藏是被妖魔化了的另外世界的遗产，成为欲望与恐惧的对象。巨人之作代表古代高度文明的遗迹，巨人则被妖魔化成该隐的后裔。可是，贝奥武甫全靠命运留下来的巨人之剑，才能杀死葛婪代的母亲。剑柄上还有巨人族被洪水灭绝的历史和用符文雕刻的主人名字。贝奥武甫看见火龙洞穴里有巨人之作，包括建筑与一千年前的古代宝藏。由此可见，留下“巨宝”（eormenlafe）的“高贵部族”（æþelan cynnes，2234）与最后的幸存者全是巨人。后者怨叹命运无常的挽歌有如出自《废墟》，也充满了厌战情绪。火龙与贝奥武甫为古代宝藏结仇，也因它而同归于尽。

《贝奥武甫》以谜开始，也谜般结束。希尔德（Scyld）幼年孤苦伶仃，泛舟海上，漂流到丹麦，不知来自何方。他开基立国，神赐他子嗣，“命运注定的时候一到”（to gescæphwile，27），就“回到主人”（to frean，26）那里。死后盛大舟葬，漂流海上，也不知所终（50—52），而贝奥武甫死后到哪里去也是个谜。我认为这个谜是有解的：他自言追随祖先而去，代表古日耳曼人的传统思想。[①]他的唯一帮手乌伊拉夫（Wiglaf）希望神君（waldend，第3109行）收留他，并遵从他的遗命，为他在海岬上建造传统的衣冠冢，与火龙的财宝合葬，变成火龙的替身。叙述者的评语也留下同样的线索：“他的灵魂追求为人正直的名誉”（sawol secean soðfæstra dom，

① 例如北欧《伏尔松萨迦》第12章里，西蒙死前最后一句话也是去和先人团聚。还有上文所说弗里西亚王拉波德拒绝洗礼也是为了死后能与祖先团聚。

2840）。[1]这句诗直译的意思是："灵魂追求坚持真理的定论"，强调他对真理的执着，显示他追求的是历史的评价。古英语"dom"有多种意义，第一义是审判、判决、决定与定论。可是，好的判决与定论也就成为声誉与光荣，因此也有荣誉与美称之意。后者更加符合诗人赋予贝奥武甫的人生观：人生苦短，"唯有死前赢得'声誉'（domes）"，才能流芳万世（1386—1388）。可见叙述者的最后评语与贝奥武甫对自己的期望与抱负是一致的。

贝奥武甫争取名誉、爱惜名誉是英雄主义的本质，可是，坚持真理的名誉又是什么？被后人称许为"正直之人"当然是其内容之一。人的声誉经常会讹传失真甚至无端受到毁谤，贝奥武甫刚到罗瑟迦的宫廷时，对翁弗思基于不实传言对他的诽谤立即做出强烈反驳，维护个人荣誉也可以拿来作为坚持真理的例子。真理或真实还有更加具体的内容，可以从罗瑟迦给模范君主下的定义中找到。他在有名的"训话"一开始先自我介绍为"以真实与正义对待人民的君主"（se þe soð ond riht/ fremeð on folce，1700—1701），真实指的就是明辨是非，诚心相待，是一种政治领导人的道德品格。因此，叙述者最后给的是政治评价：贝奥武甫不只想做英雄武士，还要当英明国君。他是否做到了呢？以个人能力与品格来衡量的话，他的确做到了。从政治的角度来看，他没能逃出罗瑟迦警告过他的血仇与命运，反而存心向"火龙寻仇"（færhðe secan，2513）。犹如乌伊拉夫最后的评语所言，高特人本来应该劝贝奥武甫放过火龙。可是，他的"厄星高照"（heah-gesceap，3084），"命运太过强大"（gifeðe to swið，3085），不可抗拒。结果不只是贝奥武甫与火龙同归于尽，整

① 冯象的《贝奥武甫》把这句翻译为："他的灵魂……去到正直人中间，接受末日的审判。"我采用了"正直人"的译法。他把 dom 当作末日审判，引申出叙述者一贯的基督教观点，自然有其道理。不过，把"secean"（追求）译成"接受"太过被动，主要为了与末日审判挂钩，因为贝奥武甫不可能追求审判。

个高特民族也面临绝灭的危机。换句话说，最终掌握一切的仍是命运，英雄能做到的就是追求真实与不朽的名誉。

那么，为什么有西方学者认为《贝奥武甫》的结局是个谜呢？关键在于全诗最后一句对他的评语：他“最热衷于名声”（lof-geornost）。因为这个词在古英语里带有贬义，有的学者认为贝奥武甫过分追求名誉，犯了骄傲之罪，因此诗人对他明褒暗贬。[①] 也有学者指出这个评语在北欧语里是个溢美之词，代表高特人对英雄的真诚称赞。她还说，诗人刻意让高特人最后以“基督教”的美德，如为人最慈善、和蔼可亲，来称赞贝奥武甫，一来要他和高特人划清界限，二来利用评语在不同语言里的两种含义，做基督教与异教的对比，提醒基督教听众要批判地看待异教英雄主义。[②] 这当然是极有见地的诠释，可是也犯了一个西方学者常犯的毛病：任意做出基督教与异教的区分，制造无端的对立。为什么“为人慈善、和蔼可亲”就一定是基督教专有的美德？异教徒就不能以此赞颂他们逝去的领袖？这种下意识的基督教预想极其普遍，常常把不合情理的前提当作天经地义的公理，然后引经据典，以之解读中世纪文学，结果无中生有，做出深含基督教奥义的诠释。只有从跨文化的角度出发才能避免这类偏见，看出《贝奥武甫》的结局并不是个谜，至少是个可解的谜，也和基督教与异教的对立毫无关系，因为诗人和贝奥武甫一样在“坚持真理”。

诗人坚持的“真理”是什么？他呈现了英雄社会的正反两面，塑造了贝奥武甫近乎完美的英雄形象，罗瑟迦宫廷里君臣分享财富的和谐社会，鹿厅的建筑与里头的诗歌、音乐与喜筵所表现的精致文化，都是英雄社会的成就。尤其是罗瑟迦与贝奥武甫之间发展出

① Orchard, *Pride and Prodigies*, p. 57. 他的根据是，《贝奥武甫》抄本里的其他“怪物”如亚历山大，都以骄傲出名。我觉得这是一种现代学者的“连坐”法，十分有学问，也非常冤枉。

② Frank, “Skaldic Verse and the Date of *Beowulf*”, pp.166-167.

的忠诚情谊，更成为全诗的感情高潮。可是，命运不可能让社会永远停留于高潮，外来的敌人与内在的纠纷很快就摧毁一切，尤其是由家族成员引起的冤仇，更非人力（如通婚、赔偿）所能调解。因此，诗人揭示的是命运的真理，也是人世间的真实。

《贝奥武甫》是一部极其精致复杂的文学作品，值得深入讨论的题目还有很多，我只抽出一条命运与英雄主义的主线。和其他古英语诗歌比较，它的英雄不是圣徒而是异教武士，它关注的不是来世而是现世，它把传统宿命悲情提升到更高的层次，以“共享语言”显示出基督教与日耳曼传统的复杂关系，这些都是古英语诗歌里前所未有的。而在基督教诗歌颂赞基督精兵、新神形象军事化的古英语诗歌里，一首英雄“诗史”居然批评战争，其反武斗与反战的信息才是真正的奇迹。

## 三、古北欧诗歌：奥丁的面具

《贝奥武甫》里没有直接提到奥丁，可是，这位北欧主神却呼之欲出。高特人以崇拜奥丁闻名，奥丁的诸多神名之一就是高特，这是任何听过、读过古北欧诗歌的人都熟悉的。这首古英语诗里许多惊鸿一瞥的古日耳曼诸神与英雄，如神匠威兰、海勒摩、西蒙与费提拉（Fetila）等，都在《埃达》与其他北欧诗人的诗歌里有更详细与充分的叙述。从古英语诗歌迈入古北欧诗歌，我们进入了一个既熟悉又陌生的世界，再次与被封杀的北欧诸神见面。命运之神虽然被人格化为三位仙女，却依然主宰一切，连奥丁都逃不出她们的掌心，她们依然是神话与英雄诗歌的重要主题之一。另外世界虽然难免世界毁灭的命运，却仍有再生之日，而且花样繁多，有如爱尔兰诗歌里的仙境，却没有基督教的地狱与天堂。北欧诸神与英雄之幸存，全靠天时、地利与人和。北欧地域，尤其是冰岛，离罗马最远，皈依基督教最晚，其知识分子维护传统文化最得力。因此，古北欧诗歌成了诸神的藏身之地，保存了成分最高、数量最多的古日耳曼文化，并与欧洲大陆诗歌发展的新方向遥遥呼应。虽然古北欧诗歌和其他早期欧洲诗歌一样出自基督教徒之手，北欧诗人爱惜传统文化的热诚远超过对“异教”的厌恶，并不像其他日耳曼基督徒（如查理曼的“文化部长”阿尔昆）那样掀起坚壁清野的文化圣战，把古代神话与英雄诗歌赶尽杀绝，而是留给后世宝贵的文化遗产。

除了上述古高地德语与古英语诗歌之外，古北欧诗歌里的神话与英雄故事还存在于更早的文物里。譬如，5、6 世纪的饰针上就雕着西古尔德（Sigurd）与奥丁的故事[①]，7、8 世纪作为首饰的金币（bracteate）上有代表弗雷（Frey）与弗蕾娅（Freyja）的男女金人（gullgubbar）[②]，上述 8 世纪上叶法兰克宝盒上有神匠威兰与伊基尔的故事，9—11 世纪间有许多描写世界末日托尔（Thor）钓寰宇巨蟒、西古尔德屠龙故事的石头十字架[③]。现存最早（9 世纪末与 10 世纪）的北欧诗歌的作者、宫廷诗人布拉吉（Bragi Boddason）曾描写盾牌上古德隆恩（Gudrun）的两个儿子去刺杀哥特王与托尔钓寰宇巨蟒的故事；狄尔多甫（Thjotholfr of Hvin）也描写过盾上巨人蒂阿兹（Thiazi）劫夺掌管长生不老苹果的女神伊敦恩（Idunn）与托尔钓寰宇巨蟒的故事；乌尔夫（Ulf Uggason）则描写了大厅墙上画的巴德尔（Baldr）的葬礼与其他神话故事。[④] 可见在兵器和墙壁上雕绘神话与英雄故事极其普遍，显示当时这种诗歌的流行状况。不过，

---

① Wood, “Transmission of Ideas”, p. 117.

② Magnus, “The Firebed of the Serpent”, pp. 199-200.

③ Lindow, *Handbook of Norse Mythology*, pp. 256-257. Davidson, *Gods and Myths of Northern Europe*, pp. 207-208. Byock, *The Saga of Volsungs*, p.7.

④ Turville-Petre, *Scaldic Poetry*, pp. 1-11, 67-70.

也有极大部分的神话与英雄故事没有文字记载，譬如，瑞典哥特兰（Gotland）岛上多块石头上有 8、9 世纪雕刻的图画，其中的 12 幅尚有文献可考。其中有块石头(Ardre viii)上有 7 幅，描述了以下故事：托尔钓寰宇巨蟒、洛基（Loki）遭擒被绑、创世、伏尔隆德（Volund，即神匠威兰）复仇、西格蒙德（Sigmund）与辛费厄特里（Sinfjotli），即古英语诗里西蒙与费提拉的故事。其他 9 幅已无文字可考。①

早期口头的北欧诗歌也已不可考，在 10 世纪末皈依基督教以前，只有极少数以符文刻在石头上的诗阕，如瑞典的吕克（Rök）石碑文与上文提到的卡尔勒夫石碑文。② 以拉丁字母书写的北欧诗歌只存在于 13 世纪中叶以后的抄本里，小部分集中于斯诺里的《埃达》与《王者书》（Codex Regius）抄本的诗体《埃达》中，大部分散见于以散文为主的萨迦里。今日幸存的北欧诗歌可说全是 13 世纪的产物，虽然其来源可能相当古老。不过，诗歌的创作时代与最早抄本之间至少有两三个世纪的距离，连学者都承认无从辨别 10 世纪诗人、12 世纪伪造者与 13 世纪萨迦作者之差异，很难确定诗歌的实际年代。③ 除了年代问题之外，由于 13 世纪的北欧已经大体被基督教化，研究北欧神话与诗歌还必须考虑基督教的影响。

近来很多学者主张两部《埃达》里的神话故事都被基督教教士改写过，不过，收集整理北欧神话最主要的学者斯诺里并不是教士，而是俗人。④ 古北欧诗歌的兴起大约与 9 世纪挪威王朝出现有关⑤，从帝王萨迦里可以看见，早期诗人投靠君王维生，除了作诗歌颂或讽刺君王，还干参谋、扈从、使者等的差事，君王需要诗人替他们

① Christiansen, *The Norsemen in the Viking Age*, p. 242. 译名多从石琴娥、斯文译本。

② Christiansen, *The Norsemen in the Viking Age*, p. 236.

③ Frank, “Skaldic Verse and the Date of *Beowulf*”, p. 174.

④ 下笔谨慎的大学者在这题目上也有打瞌睡的时候，居然说北方神话无一不出自教士之手。见 Peter Brown, *The Rise of Western Christendom*, p. 475。

⑤ Frank, *Old Norse Court Poetry*, p. 23.

编造和宣传家谱，把祖先追溯到古代神祇，因此，必须维持传统神话。挪威王朝的兴起逼迫大批不愿做其臣民的北欧人移民到冰岛，另建自由自治的家园。冰岛没有国王和城市乡镇，只有散布全岛的稀疏的农庄与定期的集会，却保存了传统的文化与生活方式。冰岛于1000年皈依基督教，虽然最早的冰岛诗歌与萨迦都与基督教圣人、君主有关，教会并未能控制冰岛人的精神生活，传统诗歌仍旧蓬勃生长。学者特别指出，本地诗歌在12世纪的学校课程里取得与拉丁文学平起平坐的地位，备受社会重视，得到各地方大家族的支持，而诗人更是社会精英与领导人物。[①] 也许因为这个缘故，10世纪以后的北欧诗歌几乎全为冰岛诗人垄断，从12世纪末与13世纪开始，冰岛出产的诗歌与萨迦无论数量与质量都堪与爱尔兰的比美。有些学者认为两者的形式有极其相似之处，譬如，数音节与押韵的诗阕和散韵并用的萨迦文体，因此，两者之间可能有因果关系。可是，没有更确切的历史证据，很难证明两者有直接影响的关系。[②] 倒是北欧学者受到拉丁文法与诗学的影响，写下了如斯诺里的《埃达》那样的诗论。

我认为外来影响是难免的，但是不像其他日耳曼诗歌那样，基督教对古北欧诗歌并没造成那么大的灾害。不过，由于出现的年代较晚，诸神形象失真的问题仍然值得我们关注。本文开头已提及斯诺里把奥丁演绎成为历史人物，他的《埃达》更把北欧神话系统化，并比照基督教的创世神话，给北欧神话加添个创世记。[③] 另一位年代比两部《埃达》稍早些的丹麦学者萨克索（Saxo Grammaticus，约1150—1220年）到法兰西留过学，用拉丁文写了部《丹麦人史》（*Gesta Danorum*）。

① Nordal, *Tools of Literacy*, p. 23.

② Turville-Petre, *Scaldic Poetry*, pp. xxvi-xxviii. Sigurðsson, *Gaelic Influence in Iceland*.

③ Clunies Ross, *Prolonged Echoes*, I, pp. 154-155.

他把诸神归类为魔法家，与懂得魔法的世人作战还吃败仗。他笔下的奥丁追求女子，还连番出丑。我们无从知晓这些故事是来自当时的口传诗歌，还是他自己的杜撰之作。不过他用拉丁文“翻译”了1715行北欧诗歌，包括两首相当长的英雄诗歌，《毕雅吉之歌》（*Bjarkamál*）与《英杰尔之歌》（*Lay of Ingellus*），都是北欧历史传说里最有名人物的故事。虽然后者是萨克索仿拉丁诗人贺拉斯之作[①]，他的拉丁“译文”仍可作为研究北欧诗歌与萨迦文学的最早佐证之一。

其实，诸神形象失真更主要的原因是学者把神话系统化。学者系统化的冲动可说源远流长，从斯诺里的《埃达》，到19世纪把神话当作自然神学的做法，如洛基即火神等，到20世纪杜梅兹尔（Dumézil）的社会“功能”说，都设法以各种其他思想体系把古代神话系统化。[②]学者忘记了神话本来是诗歌，不是古代新闻，它脱离了诗歌的语言就别无所指。尤其是如下文指出的，北欧神话与诗歌的一大特色正是其无系统性与反体制性，诸神的形象只能求诸诗歌本身。硬把外来的框架套在上头，美其名为神话学，就一定会失真。反讽的是，斯诺里比后来的神话学者更懂得神话离不开诗歌的道理。如果确实想认识北欧神话，最好的方法就是细读古北欧诗歌。由于现存的北欧神话相当一大部分集中于这两部13世纪学者编撰的《埃达》里，我们应该先明了它们的名称与性质。

过去学者把诗集称为《诗体埃达》或《老埃达》，把斯诺里的诗论称为《散文埃达》或《新埃达》。其实，后者比前者要早几十年，只是一场误会造成的结果。原来只有斯诺里的《埃达》，17世纪发现《王者书》抄本《埃达》时，布尔久甫（Brynjolfur Sveinsson）主教以为

---

① Friis-Jenson, *Saxo Grammaticus as Latin Poet*, pp. 120-147.

② Lindow, “Mythology and Mythography”, pp. 49-52. Dumézil, *Gods of the Ancient Northmen*.

它是塞门德（Sæmundr Sigfusson）失传之作，给它取名为《塞门德埃达》。后来这个纯属臆想的书名得以纠正，《埃达》之名却挥之不去，为了与斯诺里的《埃达》区分，才有老新或诗体与散文之别，都是引人误会的命名。如今以权宜之计，一般学者直称诗集为《埃达》，诗论则为斯诺里的《埃达》。斯诺里为什么把诗论叫作埃达，也有多种说法。过去一般以北欧语“edda”谓“曾祖母”，因此，书名意指其内容为古老传说。现在更多学者认为斯诺里借用拉丁语“edere”，意指“发言”或“出版”，说明他对传统诗歌的见解，因此，书名的意思应为“诗论”。[①]

斯诺里的《埃达》并不是最早的北欧语诗论，在他之前已有两种文法论文讨论北欧诗歌的文字与语音问题。游历过噢西坦尼亚的12世纪北欧诗人荣华德（Rognvaldr kali Kolsson）也模仿拉丁文法与诗论写过北欧语的诗论（Hattalykill），讨论诗歌格律与神话，是斯诺里诗论的先驱与榜样。[②] 斯诺里的《埃达》分成四部分：《序言》（*Prologue*）、《智取吉尔菲》（*Gylfaginning*）、《诗歌语言》（*Skadskaparmal*）与《诗格一览》（*Hattatal*）。各部分写成的先后秩序正好与现行版本里的顺序相反。《诗歌语言》常单独出现于抄本里，各本内容差异颇多，而且常与其他类似的诗论作品抄在一起。[③] 斯诺里在《诗格一览》里拿自己作的赞诗为例，用师生对话的形式介绍以“宫廷格”（drottkvætt）为主的各种诗格。《诗歌语言》详细解释并收集了许多套喻（kenning）[④] 与诗歌同义词（heiti），有六种不同的版本，可见是最受欢迎的参考书。《智取吉尔菲》则将北欧神话系统化，帮助学生了解套喻里的神话。《序言》再从基督徒

① Harris, “Eddic Poetry”, pp. 74-75.
② Nordal, *Tools of Literacy*, pp. 27-34.
③ Nordal, *Tools of Literacy*, p. 214.
④ 采用冯象极恰当的汉译。

的立场为写一本介绍异教神话的书辩白，并且把诸神历史化。譬如，他根据诸神的族名埃西尔“Æsir”，把北欧诸神的来源追溯到小亚细亚，说他们的祖先托尔是特洛伊城主的外孙，率领部族北迁的奥丁反而成为托尔的后裔。他还一再强调异教是种迷信，相信奥丁是神，就会像瑞典王吉尔菲那样受骗。由于他受到基督教创世记与拉丁诗学系统的影响，他的《埃达》并不是最可靠的北欧神话素材，他的诗论里摘录的许多失传诗歌倒非常有价值。

王者书抄本的《埃达》抄成于 13 世纪 70 年代，是编者收集绝大多数现存神话与英雄诗歌并编辑成的诗集，包括 11 首神话诗和 18 首与西古尔德有关的英雄故事诗。还有少数其他神话故事散见于别的抄本，譬如，抄本 A（AM 784 Ia 4to）里有 6 首诗，其中《巴德尔之梦》即非《王者书》抄本所有，而且各诗的前后秩序也不一样，显然另有所本。既然《王者书》抄本的《埃达》年代较早，而且囊括了绝大多数的“埃达体”诗歌，我们就以它为代表集中讨论。

首先要注意的是，《埃达》不是一首史诗，而是抄本编者拼凑成的一个大杂烩诗集。现存抄本只有 45 张牛皮纸，中间缺了 8 张，使得西古尔德故事系列中间漏了一大段。编者把不同来源的故事用散文叙事连接起来，勉强衔接的痕迹比比皆是。至于这 29 首诗的年代、出处与如何给收集起来的问题，学者并无定论。譬如，有学者认为《尊者言》出自英格兰的丹麦人区，其他大部分出自冰岛，但是挪威的影响也不可忽视。有个所谓“标准理论”大致如下：西古尔德故事大概在 1200 年前就已写定，海尔吉（Helgi）的故事是后来加上的；神话诗中只有《瓦弗鲁尼尔之歌》与《格里姆尼尔之歌》写成于斯诺里之前；斯诺里的《埃达》引起大众兴趣，从 1225—1240 年之间出现了更多（如抄本 A 样本那样）的抄本，最后由《王者书》抄本编者收集编订成书。[1]

① Harris, “Eddic Poetry”, p. 76, pp. 93-96.

不只《埃达》全书是个大杂烩，个别的诗歌也常由不同的故事片段、文体或诗格凑成。譬如，《伏尔隆德之歌》就由天鹅仙女与伏尔隆德复仇两段故事组成，《艾特礼之歌》由两种不协调的诗格混合而成[①]，《希米尔之歌》则是四段与托尔有关的故事连接起来的。此外，《埃达》也兼具诗论的性质：收集整理出神话故事的题材（从创世到末日）、文类（格言、挽歌、对骂）与题目（诸神、巨人、侏儒、仙女、人类祖先的名单）。最明显的例子是奥丁求符的《尊者言》，这首全书里最长的诗不只混用多种诗格，而且内容驳杂，包括好几种格言集子。其中所谓尊者之言包括：劝告奥丁不要太好奇，不知道命运反而可以不必担心（第 56 行）；牛羊会死，人也必死，只有名誉不朽（第 76 行），可说是贝奥武甫的格言；尤其是来自命运之泉的符文秘密，居然劝人夜晚少起来，除非得到外头撒尿（第 112 行），简直令人喷饭，实在看不出与接下来的奥丁求符有任何关系。随后所列十八种符咒也只是份清单，虽然勉强与求符一事搭得上边，实际上仍是两码事。正因《尊者言》是个“大拼盘”，编者未曾多事粉饰，反而显得奥丁求符这段精彩诗歌并未失真。

其实，古北欧诗歌里，诸神失真的问题并没那么严重，更重要的是诸神如何于诗歌中求生存。以下将观察诸神如何靠历代诗人与学者苟存于诗歌里。现代学者把北欧诗人传播的与学者整理出的诗歌分成两大类：以《埃达》为主的“埃达体”（eddic）诗与以“宫廷格”为主的“宫廷体”（skaldic）诗。前者作者为无名氏，后者诗人都有姓名；前者以远古神话与英雄故事为题材，后者歌颂或批评君主，也涉及神话、诗歌、战争、爱情与旅游等题目；前者以“古事格”（fornyrðislag）叙事，以“行歌格”（lioðahattr）对话与表述格言，后者以“宫廷格”抒情、描述与记事。“埃达体”诗虽然内容古奥，

① Hollander, *The Poetic Edda*, p. 285.

时代并不比现存的“宫廷体”诗早。卡尔勒夫石碑上刻的“宫廷格”诗反而要比所有“埃达体”诗早个二三百年，而且两者互相影响，很难说原来谁先谁后。诸神不仅苟存于诗人的传统诗材里，如上提及描写盾牌和墙壁上的神话诗歌，还隐形于复杂的套喻与繁多的同义词里，与诗歌语言本身合而为一。只要使用套喻作诗，就非得引用诸神的故事不可。因此，“宫廷体”诗是诸神生存的最佳媒介，最能保持本来面目。不过，由于这种诗以引喻为主，很少叙述神话故事，反而不如“埃达体”诗讲神话故事那么生动“完整”。后人多半宁可从两部《埃达》开始研究北欧神话，虽然经过斯诺里与《王者书》的编者加工之后，神话的内容有失真的问题。接下来我们就先考察“宫廷体”与“埃达体”诗里的神话世界，然后探讨诸神如何潜藏于“宫廷体”诗的诗歌语言中。

在冰岛皈依基督教以前，诸神一直生存于古北欧诗歌里。如上所说，已知最早的北欧“宫廷体”诗人中，布拉吉描写盾牌上古德隆恩的两个儿子去刺杀哥特王和托尔钓寰宇巨蟒的故事，狄尔多甫描写盾上巨人蒂阿兹劫夺掌管长生不老苹果的女神伊敦恩与托尔钓寰宇巨蟒的故事，乌尔夫则描写大厅墙上画的巴德尔葬礼与其他神话故事。10 世纪有名的诗人埃吉尔（Egill Skalla-Grimsson），同名萨迦中的英雄，以奥丁、尼奥尔德与弗雷之名诅咒仇人国王“血斧”埃立克与王后，而他悼念亡儿的 25 阕诗里有 20 个与诸神有关的引喻。随着基督教的来临，古北欧诗歌里出现了基督教诗歌，如现存最早的长篇“宫廷体”诗就是一首基督教诗，即《阳光》（*Geisli*）[①]。但这些诗歌也激起与之对抗的声浪，譬如，比埃吉尔年轻的埃纳尔（Einarr Helgason Skalaglamm）歌颂哈空大公（Jarl Hakon），称赞他修复被基督教国王破坏的神庙，重新向诸神献祭，庆贺诸神重返

① Frank, *Old Norse Court Poetry*, p. 30.

神庙，使得土地肥沃，年年丰收。哈空献祭时，有两只渡鸦从头上飞过，表示奥丁接受他的祭品。哈空得到诸神协助，出征连连得胜，奥丁笑纳阵亡的战士。女诗人史黛农（Steinunn Skaldkona）也作诗讥笑传教士，说托尔砸沉他的船，基督并不理会“海王的驯鹿”（船），保护不了他的性命。连挪威国王奥拉夫（Olafr Tryggvason）的御用诗人哈弗列德（Hallfreðr Ottarsson）奉命改信基督教后，在诗里仍旧表示无法仇视诗神奥丁。经过国王连番训斥之后，才决定放弃旧教，诚心信奉新教。[①]

诸神在“埃达体”诗歌里又是什么情况呢？如上所说，那是一个既熟悉又陌生的世界。命运之神依然主宰一切，连奥丁都逃不出他的掌心，仍是神话与英雄诗歌的重要主题之一。世界虽然面临毁灭之灾，却有再生之日。另外世界更多元化，有如爱尔兰诗歌里的仙境，没有不可跨越的界限，也没有基督教的地狱与天堂。换句话说，北欧诸神与英雄都受命运控制，他们的世界变化多端，没有明确界限，他们的身份游移不定，行为经常越轨与反体制。

北欧语发展出整套与日耳曼语系同源的命运词汇，如 urðr，ørlog，skop，rok，miotuðr。这套词汇贯穿全部《埃达》，从首篇《女巫预言》到末篇《哈姆迪尔之歌》，不分诸神与英雄：神有神的命运（ragnaroc），人有人的命运（alder roc）。“诸神的命运”以前被误译为“诸神的黄昏”，被瓦格纳用来做歌剧《尼伯龙根的指环》大结局的名称，后人将错就错，使用到最近才被纠正过来。它还有其他同义词：主上之命运（tiva roc）、诸神之瓦解（riufaz regin）与诸神之死（regin deyin）等。有学者以为这些命运词汇多出现于较晚期的“埃达体”诗里，如《女巫预言》，显然受到基督教的影响。[②]

---

① Turville-Petre, *Scaldic Poetry*, pp. 22-25, 59-63, 66-67, 70-73.

② Christiansen, *The Norsemen in the Viking Age*, p. 299.

其实在“宫廷体”诗里也有“诸神瓦解”一词，专用来赞美君主或贵妇，说“诸神瓦解之前”再不会出现如此佳美的人物，可说已成一种常用的修辞方法。[①] 如果说有何不同，那就是诸神的命运出现于英雄故事里的次数较少，而后者则以 skop 与 feigð（注定将死）为主要的命运词汇。古英语中的 metod 在北欧语中是 miotuðr，也是丈量的意思。《女巫预言》第二阕里用 miotvið 来称呼世界之树，也就是命运之树，怪不得在树下有三位命运女神守住。比起伊格德拉西尔（伊格为奥丁别名，树名意为奥丁之马），命运之树一名更加合适。

《埃达》前半部的神话世界以命运之树为中心，后半部的英雄世界也受命运支配。海尔吉与英烈仙女（valkyrie）西格隆恩的姻缘造成血仇，受害者全都归罪于命运与奥丁（《第二首海尔吉之歌》，第 28，34 行），因为英雄也无法与命运对抗（第 29 行）。西古尔德也像奥丁一般拼命向舅父格里泼尔打听自己的命运，可是得到的知识对他一无好处，预言仍将一一实现。由于奥丁与诸神的介入，命运主题又发展出一条受诅咒的宝藏的故事主线，霸占宝藏的巨人法弗尼尔变成毒龙，是恶咒的第一个受害者。随后的受害者，除了西古尔德与英烈仙女西格德里弗、布隆希尔德（二女实为一人），还有前者的妻子古德隆恩和她跟三位丈夫生下的子女。与 13 世纪德语诗歌《尼伯龙根之歌》里的克琳希德不同，古德隆恩不但没为报杀夫之仇谋害亲兄弟，反而警告后者切勿堕入现任丈夫艾特礼设的陷阱。可是，命运不可抵挡，贡纳尔与霍格纳豪爽赴宴，双双遇难，留下霍格纳剖心与贡纳尔在蛇窟里弹琴的英烈诗章。结果古德隆恩为兄弟报仇，杀死艾特礼与两个亲生儿子。命运还继续折磨她，不让她投海自尽，逼她第三度结婚生子。后来她和西古尔德生的女儿被丈夫东哥特王爱曼里奇冠以通奸罪的罪名并用马踩死。为了替女

① Turville-Petre, *Scaldic Poetry*, pp. 49, 71, 96.

儿报仇，她不惜牺牲最后两个儿子。儿子却不责怪她，只怨自己命运多舛。古德隆恩的命运是《埃达》的创新，把女人的苦难与哀怨提升到与英雄视死如归同等的地位，不能不说是一种体制性的突破。

反体制的现象也体现于诸神的形象里，我们只举三位最主要的代表，以奥丁、托尔与洛基为例。我们已见识过奥丁把自己悬挂在命运之树上求符的壮举，他一辈子栖栖惶惶不可终日，经常化名私访知识渊博的巨人与女巫，到处收集古代新闻，打听自己未来的命运。然而知道了也无济于事，只好培养一批英烈仙女，到处召集战死的英雄好汉的灵魂，到英烈堂（Valhall）里吃喝玩乐，好让他们在世界末日助他一臂之力。他又专横霸道，哪个仙女不听话，带回不合己意的英雄，就取消她的仙女资格，打发她到人间去尝男女恩怨的苦头。有时闲来无事，就到处惹是生非，去巨人苏童家里骗诗酒喝，顺便勾搭其女儿。或者跟老婆打赌输了，去找国王基罗德出气，将其置之死地而后已。又伪装为船夫，故意不给儿子托尔摆渡，逗儿子吵嘴，儿子夸口有杀巨人的本领，他就炫耀自己勾引妇女的风流韵事。北欧神话能创造出如此多变而且反体制的主神，表现出高度的想象力。只有他才够资格做真正的诗神，因为诗歌的本质也是反常规与反体制的。

这至少是13世纪的看法，有斯诺里的《埃达》为证。斯诺里把《埃达》诗里关于诗酒的引喻发展成一篇故事：诸神的敌对两族言和时，用唾沫与血混合成世上最聪明的造物，却被两个侏儒杀了。他们把他的血加蜜酿成蜜酒，就造成了诗酒。后来侏儒杀了巨人吉陵，以诗酒赔偿他的儿子苏童。奥丁又从苏童那里偷取诗酒，带回到诸神的世界。因此，奥丁成为诗歌之神、北欧诗人的鼻祖。从这故事可见，诗歌的来源与内容都牵涉到流血、杀人、诱惑、魔法、盗窃、抢夺、报复与赔偿等，都是反常规与反体制的行为。从今天的眼光来看，诗歌反体制的本质极其明显。再进一步申论之前，让我们继续观察托尔与洛基的反体制形象。

托尔是最受古代北欧人喜爱的神，以铁锤击杀男女巨人与钓寰宇巨蟒闻名。今天还存留下数百个以他的铁锤为式样的装饰品，以他的名字取的人名、地名更不胜其数，丹麦还出土过同时制造托尔铁锤与十字架的皂石模子[①]。可是，在《埃达》诗里，他也扮演过反常的角色。在《特里姆诗》里，巨人特里姆偷了托尔的铁锤，要诸神把女神弗蕾娅送给他为妻作为交换物。诸神听从海姆达尔的计策，叫托尔冒充弗蕾娅当新娘子，于是堂堂阳刚之神给打扮成出嫁女，头上戴着黄金首饰，脸上蒙块面纱，胸前戴串珠宝项链，身穿垂膝长裙，携带成串叮当作响的钥匙。颠倒性别当然是最有效的喜剧手法，虽然巨人全家因此丧命。问题以巨人贪图女神越界开始，以托尔男扮女装的另一种越界解决。在《阿尔维斯言》里，托尔一反大老粗的常态，居然学奥丁求知，向“精通人间命运”的侏儒请教起诗歌中同义词的问题。原来也是因为侏儒越界，想要他的女儿为妻，于是他将计就计，以一连串的问题来纠缠侏儒，直到旭日东升，把见不得太阳的侏儒变成石头。越轨的欲求就得以反常的办法处理。四肢发达、头脑简单的托尔居然会使计，而通晓世人命运的侏儒却不知道自己命在旦夕，也是意料之中的反讽。

洛基是整个北欧神话里最反体制的人物，打破了一切文化范畴。他的父亲是巨人，他却成天与诸神为伍，有时帮他们的忙，多数时候给他们制造麻烦，最后导致诸神的毁灭。他和女巨人安吉布达（Angrboda）生下三大怪物——寰宇巨蟒，恶狼芬里尔和掌管阴间的女神海尔（Hel），全都是反体制的产物。此外，他还为了帮助诸

① Christiansen, *The Norsemen in the Viking Age*, p. 191. Lindow, *Handbook of Norse Mythology*, p. 28.

神阻挠巨人完成建筑工程，化身为一匹母马，把巨人的公马诱走，结果与之交配居然怀孕，生下一匹八条腿的骏马，成为奥丁的坐骑，也是天下第一好马。可见洛基不只打破诸神与巨人的界限和男女性别的界限，还搞乱自然界的物种分类。在《洛基对骂》里，他独自与诸神进行“车轮骂战”，拿出对骂文体的绝招，指控女神全都生性淫荡（vergiorn），个个偷养汉子，男神全都懦弱，而且性变态、无能（argr）。他挖出每个人（真假莫测）的隐私，把诸神羞辱一番，只因害怕托尔的铁锤才悄然引退。《洛基对骂》颠覆了整个北欧神话体制，也代表古北欧诗歌的最高成就。洛基与诸神亦友亦敌的关系终于因洛基害死奥丁的宠儿巴德尔而结束，他被奥丁捆绑囚禁起来，直到世界末日才得释放。洛基是北欧想象力的极致表现，徘徊于正邪、男女、文野与治乱之间，一般文学里的恶作剧者（trickster）绝对无法与他相提并论。

上文提到，诸神藏身于“宫廷体”诗歌语言，隐形于复杂的套喻与繁多的同义词里，与诗歌语言合而为一，是最有效的求生存办法。其之所以能如此，全因为北欧诗歌的创新，打破了日耳曼的传统诗格。“埃达体”与“宫廷体”都保留了西日耳曼语诗歌的头韵诗格，不同在于采用的诗阕格式（譬如《贝奥武甫》就不分阕）：“埃达体”仍保持每短句二重音的西日耳曼语诗歌体系，“宫廷体”则采用新的数音节体系。“埃达体” 的“古事格”每阕有四长句或八短句，每短句有两个重音和一个头韵。“行歌格”每阕四行，长短句交错，长句如“古事格”，短句则有两个重音和两个头韵。“宫廷格”的诗格就更加复杂而且严格：每阕分上下半阕，每半阕四句，每句六个音节有三个重音，句末两个音节必须长重音在先，短轻音在后。单数句有两个头韵，必须与双数句第一个音节押头韵。此外，每句还有两个内韵，单数句押半韵（辅音不论），双数句押全韵（元音与辅音通押），而且只能押在指定的音节上。除此以外，还有其他的规矩，不能在此一一列举。“宫廷体”诗格已经比“埃达体”复杂得多，还特别讲究多层套喻，故意拆散语句结构，后来发展成语意极其朦胧的、只有行家才能欣赏的诗。

先从诸神藏身于“宫廷体”诗的套韵与同义词谈起。最简单的套喻以基础词加所有格的限定符来界定另一个不同的名词，如《贝奥武甫》里的“鲸鱼之路”指海洋，就是个大家都知道的例子。如果套喻本身作为基础词，再不断加上限定符，就成为多层套喻，也就是“宫廷格”诗的特色。譬如，“巨人颈项的伤口”也意指海洋，要了解这个套喻就得知道巨人伊米尔（Ymir）的神话：从他伤口流出的血变成海水。大地则是“巨人之敌的母亲之肉”，因为巨人之敌是托尔，托尔的母亲是尤尔蒂（Iord），即大地。汹涌的浪潮就是“哈吉黑土岸边的峭壁”，因为哈吉（Haki）是位海神，他的黑土就是海洋，排山倒海而来的浪潮就成为岸边的峭壁。[①]“宫廷体”诗的同义词更加不胜枚举，在斯诺里的《埃达》的《诗歌语言》里，光奥丁就有24个不同的名字，如“众人之父”“悬吊之神”“胜利之主（提尔）”“高特之主”“高特煞神”“弗丽嘉拥抱的独眼龙”等。而在《埃达》的《格里姆尼尔之歌》里，奥丁以格里姆尼尔（戴面具者）的化名向国王基罗德宣布自己的50多个名字。据现代学者统计，奥丁至少有150个化名。[②]

由此可见，套喻与同义词的本质也是反系统与反体制的，因为在诗歌语言里，所有名词都可以平等互换。譬如，大地是海洋，海浪是峭壁。几乎任何东西都可以是任何别的东西，没有任何范畴与界限。这本来就是比喻的特性，只不过“宫廷体”诗的套喻与同义

① Turville-Petre, *Scaldic Poetry*, pp. 29, 43, 48-49.
② Faulkes, *Snorri Sturluson*, pp. 66-69. Lindow, *Handbook of Norse Mythology*, p. 250.

词把它推演到极端，使得诗歌语言与想象力反系统、反体制的本质更加明显而已。以下用一个“宫廷格”诗的实例，具体考察这种诗体的运作和奥丁如何藏身到北欧诗歌语言里。

这是一首 11 世纪诗人瑞甫（Hofgarða-Ref Gestsson）作的诗，全诗每句都有两个全韵，是斯诺里在《埃达》的《诗格一览》里认为最优美精致的“全韵格”（alhent）。[①] 为了节省篇幅，我只讨论诗的下半阕，并用黑体标明头韵字母，在全韵字母底下划线。

**Þ**er eigum **v**er **v**eigar,
**V**al-Gautr, salar brautar,
**F**als, hrannvala **f**annar,
**f**ramr, valdi tamr, gjalda.

“宫廷格”诗是绝对不能翻译的，我只能说明这半阕诗的大意：奥丁，我们回馈你以“诗酒”（Fals veigar）。诗酒是侏儒法尔德的烈酒，本身就是个套喻，两个词用一行诗句隔开。奥丁的同义词是“高特煞神”或“英烈高特”（Val-Gautr），修饰他的形容词“高贵的”（framr）和名词也被另一诗句隔开。奥丁的套喻有五层：“波浪之马”（hrannvala）的“雪堆”（fannar）之“路”（brautar）的“厅堂”（salar）的“老练主管”（valdi tamr）。这可能是北欧诗歌套喻的极限，再多就会受到行家批评。波浪之马指船，船的雪堆指波浪，波浪之路指海，海的厅堂指天，天的老练主管就是天神，因此，整个套喻说的就是奥丁天神。短短半阕诗，满足了每句六音节、三重音、头韵与双全韵的格律要求，还拆散句子，把主词（ver）放在首句，动词（gjalda）摆在全诗最后一个字的位置，把同义词和套喻的组成部分隔行分开，再加上五层套喻，并将之砍成三段。打破正常句法是“宫廷格”诗的一大特色。

① Faulkes, *Snorri Sturluson*, pp. 66-69. Lindow, *Handbook of Norse Mythology*, p. 192.

斯诺里在《诗格一览》里列举了十几种这类反常句法，譬如，把一个句子插入另一个句子里（stælt），或者把与前面语意无关的而只能有五个音节的句子附加于诗阕末句，以之产生对比的效果（hiastælt），或者把几对反义字每句或隔句并排在一起（rehfvörf）等。[①]“宫廷格”诗人不只喜欢拆散正常语句，有时还会拆字（atridsklauf）。狄尔多甫的《漫长秋天》（*Haustlong*）里有四阕诗讲到巨人蒂阿兹劫夺掌管长生不老苹果的女神伊敦恩，虽然诗人没明说她被巨人强奸，却以拆字的方法来暗示这个可能性。他把伊敦恩的名字（Iðuðr）拆开，然后把巨人（jotunn）插入其间：“Ið—með jotnum—uðr”。[②]在尚无文字的10世纪，全凭耳闻，听众就能体会其中奥妙，显示他们对这段神话故事多么熟悉。从“宫廷格”诗歌里这些打破语言成规的手法，我们再次看见北欧想象力的特色。原来奥丁诸神是在诗人的语言游戏中度过漫长岁月的，难怪他们一点儿也不寂寞。

北欧诗人从诸神的形象到诗歌的语言都走反常的偏锋，使得诸神继续生存，也让诗歌蓬勃发展。和奥丁与其他英雄一样，他们深刻体验到世上有不可抵御的现实（更不用说语言规则与逻辑范畴），也就是命运，却凭着想象力开辟出另外世界，一种另类现实，也就是诗歌。想象力从现实出发，却不受现实的限制，甚至必须打破一切体制框架，才能不断创新，继续生存。奥丁在《格里姆尼尔之歌》里说：我是面具（Grimr），我是流浪者（Gangleri）、战士（Herian）与戴头盔者（Hialmberi），面具与戴面具者（Grimnir）。面具与游移不定的身份代表什么？面具背后有什么奥秘？我想北欧诗人是以面具与奥丁来说明诗歌的本质的：面具是诗人的语言，面具后头没有其他，只有诗人的想象力。诸神与诗人都是诗歌的话语功能，诗

① Faulkes, *Snorri Sturluson*, pp. 173-184.
② Turville-Petre, *Scaldic Poetry*, p. 11.

歌的内容可以变化万千，实质却只有一个，就是诗人的语言与想象力。这种见解于13世纪显得相当现代，可是，12世纪初第一位噢西坦大诗人基廉九世早已提出过。奥丁并没有越界到噢西坦尼亚，可是，罗曼语诗歌已经开始了一个多世纪，戴上新面具的是行吟诗人与他们歌颂的贵妇。

从以上对早期欧洲诗歌的简介可见，宗教并不是唯一的主题，却占据了最主要的地位。因为宗教与诗歌的关系值得我们重视，所以这第一部分才以诸神的黎明为题。宗教和诗歌都是人类对生活处境、对可知与不可知的期望与恐惧极有想象力的反应，满足智性与感情的需要。诸神只是人类想象力的产品，也是探索与表现人类集体经验的至佳工具。因此，早期诗歌的主角通常是诸神。随着历史发展，不同的经验引发更多样的想象力，新神取代旧神，新题材取代旧题材，诗歌的内容也跟着丰富起来。诸神的位置逐渐被其他人物取代，也可以说，他们以英雄和诗人的面目重现。我们会发现诗人的性质与种类也在演变，譬如，在爱尔兰社会里，诗人固然属于特权阶级，他们的任务是官方的、严肃的。可是，同时还有一批弱势艺人，包括弹奏各种乐器的乐手、翻跟斗的杂耍艺人、逗笑的放屁精（braigetóir）提供纯粹甚至下流的娱乐。[①] 这些娱乐艺人逐渐取代严肃诗人的位置，为欧洲诗歌开辟更新的天地，这也是本书的主要内容之一。

欧洲诗歌新开始的第一部分，从奥丁求符开始，以奥丁的面具告一段落。符文与面具都是想象力的表现，也就是诗歌。奥丁提出诗歌开始的问题，也在诗歌中找到答案。第二部分专门探讨噢西坦抒情诗，看看诗人提出了什么问题，找到了什么答案。

① Kelly, *A Guide to Early Irish Law*, p. 64.

第二部分

# 噢西坦抒情诗研究

# 引　子　罗曼语诗歌的新开始

诸神的黎明降临，11 世纪末、12 世纪初西欧大陆新出现了罗曼语诗歌，最早的是北方的古法语诗歌与南方的噢西坦诗歌。诸神在新诗歌里的位置逐渐被诗人取代，大批诗人开始吟诵诗歌、爱情与女人。地中海北岸，从巴塞罗那（Barcelona）到意大利北部的噢西坦尼亚（Occitania）出产的抒情诗就是这种新诗歌的滥觞。噢西坦抒情诗独领风骚两百年，对后世全欧洲的诗歌都产生了巨大的影响，也是本书的主要研究对象。在进入正题以前，我先就罗曼语和诗歌的开始说几句话。

西欧大陆上一度属于罗马帝国的当地人和后来移入的民族都说拉丁语，几百年后，各地口语逐渐与古典拉丁语产生分歧，先演变成所谓通俗拉丁（Vulgar Latin），再从通俗拉丁演变到各种罗曼方言，其过程极其复杂，不可能在此详细讨论。经过加洛林王朝的宗教教育改革之后，文书与口语在法兰克帝国境内正式分家。法兰克人属于日耳曼民族，本来说的是德语，入主高卢建立法兰西（Francia）王国后放弃母语，说起拉丁语。查理大帝建立了统领全欧的法兰克帝国，被教皇封为罗马皇帝，他去世后，儿子路易继承帝国。到了他的孙子辈，争夺领土的纠纷越演越烈。法兰西国王“秃头”查理（Charles the Bald）和兄弟日耳曼国王路易（Louis the German）于 842 年在斯特拉斯堡结盟，共同对付夹在两国之间属于长兄洛塔（Lothar）的洛塔林王国（Lotharingia）。由于法兰西人说的是罗曼语，而日耳曼人说德语，两位国王在发誓仪式里各自把誓言用罗曼语和德语向对方军队宣读。这位很可能不懂得罗曼语的路易王照本宣科朗诵的就是有名的《斯特拉斯堡誓言》（*Les Serments de Strasbourg*），是现存最早的罗曼语文献。

由于该誓言保留在尼塔的拉丁文《史书三卷》（*Nithardi Historiarum Libri III*）里，而其最早抄本为10世纪末，我们仍然无从确切认知它的原貌。[①] 历史语言学家认为从拉丁到罗曼语的演变过程相当漫长，而且因时因地而异。在西欧的意大利、高卢和西班牙，罗曼语出现的时间就有早晚之别。高卢罗曼语单字从8世纪开始出现于一些注解拉丁文《圣经》的词表中，如莱旭铙修道院的词表（Reichenau Glossary）与出自弗达（Fulda）修道院的卡尔塞尔词表（Karssel Glossary）。哲罗姆（Jerome，345—420年）的《圣经》拉丁译文显然对当时的修士而言已经有点难懂，才会有古今词汇对照表的需要，这些新词语就是高卢罗曼语。不过，近代学者对各阶段语言的界定和对词表的性质与其语言学意义提出质疑[②]，我们不必在此深入讨论，只注意单字出现的年代。

最早的罗曼语句子出现于8世纪初一个西班牙抄本中，该抄本传到意大利后当地人在上头添加了意大利语谜语眉批，该句子就在眉批里。这个所谓的维罗纳谜语（Indovinello Veronese）由一串70个字母

① Bloch, "The First Document and the Birth of Medieval Studies", p. 10 引 Ernest Muret 语称后代学者对誓言的诸多理解与诠释为"暗中闲话"。尼塔的《史书》有四卷，后三卷记当代史，誓言在第三卷，或称为《关于虔诚路易诸子之争》(*De dissensionibus filiorum Ludovici Pii*)。

② Wright, *Late Latin and Early Romance in Spain and Carolingian France*, pp.195-207.

组成，比《斯特拉斯堡誓言》早一个多世纪。[①] 意大利人的母语一直是拉丁语，文字与口语的分歧虽然在公元前一世纪就出现了，罗曼语的出现却相当晚。北部伦巴第人于 960 年在卡普亚（Capua）法庭里使用的一条法律成语（placitum）是最早的意大利罗曼语文献，拉丁文书传统和地方方言混杂其间。从其他当时的档案可见，方言经常出现于法律与行政文献。学者还指出，8 世纪教皇所在的罗马并不热衷于加洛林王朝的文书改革，因为对拉丁文与方言的差异并不那么敏感。罗马教士与主教的拉丁文经常有文法错误，就是很好的证据。[②]

西班牙曾经是西欧拉丁化最深的地区，西哥特王国于 6、7 世纪出产了如伊西铎尔（Isidore）等大学者，对中世纪文化影响极大。可是，西班牙的大部分领土于 8 世纪起被阿拉伯人征服、统治了几百年。整个阿拉伯统治地区、阿斯图里亚斯（Asturias）（10 世纪后成为莱昂（Leon））与加泰罗尼亚（Catalonia）西部和卡斯蒂尔（Castile）并没受到加洛林文字改革的影响，对拉丁文与方言的差别并不敏感。只有那瓦尔（Navarre）和北方的法兰西有较密切的关系，连同加泰罗尼亚东部与阿拉贡（Aragon），与法兰西南方原属帝国行省纳尔榜高卢（Gallia Narbonensis），也就是后来噢西坦语域的朗格多克（Languedoc）与普罗旺斯（Provence）两地，保持着政治地理与社会文化上的密切关系，成为噢西坦尼亚的一部分，受加洛林文书改革的影响较深，罗曼语出现较早。中古拉丁要到 1085 年以后才从北方传入西班牙，因此，一般以 977 年的埃米兰注释（Emilanense Glosses）为西班牙语诞生的说法，受到学者质疑。[③]

而在查理曼帝国内，像第一章里说过，盎格鲁－撒克逊人阿尔

① Everett, *Literacy in Lombard Italy*, pp. 130-131.

② 同上书，第 130-162 页，尤其是第 144-148 页。

③ Wright, *Late Latin and Early Romance in Spain and Carolingian France*, pp. 145-207.

昆于8世纪末发动了影响深远的教会与教育改革。拉丁文不是他的母语而是从书本上学来的语言，因此他对拉丁文的语音变化及语音与文字之差异特别敏感，而母语是拉丁语的人反而对之不知不觉。他从文书改革开始，以书本的拉丁文为标准，统一书写字体与发音，建立了中世纪拉丁文。一旦拉丁文语音统一不变，日常口语和书写文字的差别就“跃然纸上”，而其间的差距也越来越大，终于导致罗曼语和拉丁语正式分道扬镳。赖特（Wright）更指出，阿尔昆不仅“发明”了中世纪拉丁文，还“发明”了用拉丁文字来书写罗曼语。① 换句话说，加洛林王朝的文书改革，不只催促了罗曼语的诞生，还为罗曼语诗歌提供了生存的必需条件。《斯特拉斯堡誓言》与《圣欧拉丽赞歌》（*Séquence/Cantiène de sainte Eulalie*，约880年）就是用标准化了的拉丁文书写出来的，因此成为最早的罗曼语文献与诗歌。从这点可以看出高卢的罗曼语诗歌出现得比其他地方早的多种原因之一。以上只对罗曼语在西欧各地出现的年代做个交代，给其诗歌的开始划个时间的上限。

由于文化地理的差异，高卢罗曼语又发展出南北两种方言，北方人说古法语（langue d'oil），南方人说噢西坦语（langue d'oc）。最早的罗曼语诗歌就是以古法语与噢西坦语创作的。从现存诗歌作品和文体种类的数量与质量来看，噢西坦诗歌以抒情诗见长，古法语诗歌则以叙事诗见长。由于查理曼帝国教育改革的动机是宗教改革，其主要人物都出身自修道院。他们主持的圣阿芒（St. Amand）修道院与弗勒里（Fleury）修道院的抄书坊出产了最早的古法语诗歌，如前者的《圣欧拉丽赞歌》和后者10世纪的《基督受难》（*Passion de Christ*）。因此，最早的古法语诗歌都是宗教诗歌，其中最有名的是

① Wright, *Late Latin and Early Romance in Spain and Carolingian France*, pp. 104-144, 122-135.

11世纪上叶以噢西坦语讲述哲学家波伊提乌（Boethius，480—524年）生平及其名著《哲学的慰藉》（*De consolation philosophiae*）的《波伊提乌》（*Boeci*）（仅存残卷）与《圣弗瓦之歌》（*La chanson de Sainte Foi d'Agen*），以及同一世纪下叶古法语的《圣阿莱克斯传》（*La vie de Saint Alexis*）。值得注意的是，波伊提乌以俗人的身份受到圣徒传规格的待遇。是的，罗曼语诗歌的重点很快就从宗教转移到世俗，或者同时发展出世俗的支流。诗人以古法语改写拉丁史诗的故事，采用各地的历史传说和五花八门的题材，尤其是凯尔特关于亚瑟王的材料，创造出丰盛的叙事文学。作为诗歌的题材与中心人物，基督教与异教的冲突已被十字军东西征取代，家族血仇战事被诸侯与王朝之争取代，圣人被骑士取代，屠龙勇士被铁甲骑士取代，歌颂君主被称赞贵妇取代。世俗爱情成为最主要的主题，从噢西坦抒情诗到古法语叙事诗，都开了欧洲浪漫文学之先河。爱情也是两者沟通的媒介：南方诗人为北方抒情诗人（trouvères）开拓了新的诗歌道路，也影响到罗曼史的爱情主题；而北方的演义歌和罗曼史里的英雄与情人，如罗兰与特里斯坦，也频频出现于噢西坦抒情诗中，即使在本书极其有限的诗选里也俯拾即是。

在诗歌世俗化过程中，诺曼人1066年征服英格兰产生了决定性的影响。横跨英吉利海峡的盎格鲁－诺曼王朝成为早期古法语诗歌的主要发源地，创造和抄写了大部分最主要和最重要的诗歌。从现存的抄本看来，最早和最有名的古法语诗歌几乎全与盎格鲁－诺曼王朝有关。如《罗兰之歌》（*La chanson de Roland*）的牛津抄本、《圣阿莱克斯传》、演义歌《古尔蒙与伊森巴》（*Gormont et Isembart*）、《纪尧姆之歌》（*Chanson de Guillaume*）、《查理曼朝圣 / 东游》（*Pélerinage de Charlemagne*）的孤本都出自盎格鲁－诺曼誊抄者之手。而最早的古法语史书竟是杰夫雷·盖马尔（Geffrei

Gaimar）写的诗体《英国史》（*Estoire de Engleis*）。此外，最早的古法语诗体《野兽集》（或《动物集》）（*Bestiaire*）的作者菲利普•德•塔昂（Philippe de Thaon），作《特里斯坦》（*Tristan*）的不列颠人托马斯（Thomas）和中世纪首位女诗人玛丽・德・法兰西（Marie de France）都与盎格鲁–诺曼王朝有关系。玛丽・德・法兰西在英国居住过并采用布列塔尼人的故事进行创作，颇受英国宫廷欢迎。最早的也是唯一收齐她的 12 个故事和序言的抄本，就出自盎格鲁–诺曼誊抄者之手。尤其重要的是，亚瑟王文学的诞生与发展也与之有不解之缘，其肇始人蒙默思的杰弗里（Geoffrey of Monmouth）的《不列颠诸王纪》（*Historia Regum Britanniae*）和诺曼诗人韦斯（Wace）据此译成的《布鲁特》（*Brut*）更成为古法语亚瑟王罗曼史的起点，对后代的影响至为深远。盎格鲁–诺曼文学成为古法语文学的领头羊，无限丰富了罗曼语诗歌的内涵。[①]

诗人的注意力更从题材转移到处理手法，发展出五花八门的文体，各种新的诗歌文体如雨后春笋出现。主要的叙事诗体有：以长阕（laisse）押半韵（assonance）的长篇"演义歌"（chanson de geste），即所谓史诗；以八音节诗句、每两句押尾韵不分阕的长篇罗曼史（roman），或叫传奇；以及多种名目的中篇和短篇故事诗。这些文体之间的关系极其复杂，不像过去有些学者或教科书所说的"从史诗（演变）到罗曼史"——如从《贝奥武甫》与《罗兰之歌》到克雷蒂安・德・特鲁瓦（Chrétien de Troyes）的罗曼史——那么简单。[②]实际上，这两大文体出现时间虽有早晚，在漫长的发展过程中，却是平行并存而互相影响的。此外，拉丁文学，如史诗、圣徒传和史书，与罗曼语诗歌之间通过翻译的互动，对罗曼史文体的诞生至关紧要，

① Dean, *Anglo-Norman Literature*.
② Southern, *The Making of the Middle Ages*, ch.5.

其间并不是简单的承先启后和互为因果的关系，有待从更宽广的文学视界，以更精确的文体界定来重新考察古法语叙事诗。

古法语叙事诗歌的主体当然是长篇的罗曼史和演义歌，每种都存留下百余篇。我对它们之间的关系与前者的诞生曾做过初步的研究[①]，不必在此重复。而短篇叙事诗的重要性也是不可忽视的，在此简单说几句话。由于当时诗人并没有确切的文体定义或界限，短篇叙事诗常有不同的名称，如百余篇色情、诙谐叙事短诗（fabliau）（简称为色谑诗）的诸多作者就以各种名目（conte，estoire，geste，lai，dit，fabliau，exemple 等）称呼其作品。[②] 而援引布列塔尼人（Breton）口传故事（aventure）而转述或写成的短传奇诗（lai），其名称倒比较稳定，大概与其特定的出处和宫廷色彩有关。色谑诗和短传奇诗都是古法语叙事诗歌的精粹之作。

这些新文体各自发展出适合自身的题材，扩大了诗歌的视野。除了亚瑟王传说，还有不列颠人托马斯的《特里斯坦》和《圣布兰敦航海记》（*Voyage de Saint Brendan*）所依据的凯尔特题材。玛丽·德·法兰西既采用布列塔尼人的短传奇诗，又根据爱尔兰修士的拉丁传说创造出《圣帕特里克的炼狱》（*Le Purgatoire de Sainte Patrice*）。凯尔特的另外世界在她的故事和克雷蒂安·德·特鲁瓦的罗曼史里得到更大的发展空间，而玛丽·德·法兰西当时更流行的短篇《寓言》诗集（*Fables*），既继承了伊索寓言的拉丁传统，又发挥了她个人的创作力（她号称译自英译本）[③]，是现存最早的西欧语寓言集。她和克雷蒂安·德·特鲁瓦是古法语叙事诗歌的开山诗人。

① 李耀宗，《“从史诗到罗曼斯”与欧洲叙事诗歌的新开始》，《国外文学》，2012 年第 2 期，第 31–41 页。

② Eichmann and DuVal, *The French Fabliau: B. N. Ms. 837*, I, p. xiii.

③ 现代学者找不到任何古英语的寓言集，不知她的依据为何。关键恐怕跟玛丽的翻译观有关，譬如，她把伊索当作希腊寓言的拉丁译者。当时的翻译观相当稀松笼统，但对新诗歌的诞生却极其关键。

寓言本来因其简洁生动的动物故事和道德寓意被教会拿来做学校教材，由它衍生出来的其他文体却极具开创性。后来道德寓意被基督教化，重点不在讲故事，只专注于动物的宗教象征意义，如狮子象征基督、蛟龙象征魔鬼等，从中发展出菲利普·德·塔昂的野兽或动物（释义）集（bestiary）这一文类。[①] 同样地，动物寓言也可以被世俗化，发展出独特的《列那狐传奇》（*Roman de Renart*），借用动物行为来刻画腐败的宫廷与修道院生活，幽默地展现社会人的动物本性，成为欧洲讽刺文学的滥觞。此外，世俗化了的寓言（从 fable 到 fabliau）也发展出色谑诗，其人物、情节更超出修道院和宫廷的范围，扩大到城里人和乡下人的生活圈里，而传统寓言的道德说教则在一片喧笑声中给彻底地颠覆了。而长篇罗曼史的爱情主题，到了 13 世纪还由两位学院诗人——纪尧姆·德·洛里（Guillaume de Lorris）与让·德·门（Jean de Meun）——继承，他们先后撰写出独特的《玫瑰传奇》（*Roman de la Rose*）梦幻诗。他们保留了追求爱情的情节，但是更多地以人格化的抽象人物，如自然、理性、欢迎、抗拒等，发展成长篇议论多于叙事的讽喻诗（allegory），对后代欧洲文学的影响极大。这些种类繁多、数量庞大的长篇和短篇叙事诗歌是古法语文学的精华所在，对其研究的浩大工程有待后继学者的努力。本书只集中译介罗曼语文学的首要重镇、欧洲中世纪文学的冠顶明珠——噢西坦抒情诗。

噢西坦抒情诗的内容最丰富，艺术成就最崇高，对后世欧洲文学的影响最长远。它在文学史上开基的地位和重要性，都是研究西方文学的学者公认的。爱好西方文学的汉语读者对行吟诗人并不陌生，读过但丁的《神曲》与他的其他作品的人都知道他和这些噢西

① 野兽或动物（释义）集源自给动物的自然生态赋予基督教神学意义的《自然学者》（*Physiologus*）传统，间接受到寓言的影响，但不是寓言。

坦（普罗旺斯）诗人之间的深切传承关系。王独清在他译的《新生》（1934年）里，引用了19世纪德国著名的中世纪学者狄也兹（Friedrich Diez）研究行吟诗人的名著，提到但丁仿“卡白丝丹”（Guillaume de Cabestaing）之事，可说是华人中涉猎古奥西坦诗歌研究最早的一位。[①] 可惜几十年之后，在本书问世之前，他仍后继无人。西方文学研究领域里，不只极少华人学者做这方面的研究，译为中文的奥西坦抒情诗好像也不存在，使得这块文学瑰宝徒负盛名，汉语读者从没有机会接触到这种诗歌，对它的实际内容不了解，更不知道它的历史渊源和来龙去脉。我想以本书弥补这片空白，首次用中文深入介绍奥西坦抒情诗，并且翻译出具有相当分量的、有代表性的诗歌和最早的诗人传记与诗歌笺注。

这是一项筚路蓝缕的工作，因为想要全面和深入地介绍这个文体，除了研究还要兼顾翻译。本书把注意力集中于诗歌本身，只采用有助于理解诗歌的学术研究，给未来学者提供最基本的，而不是最新和最完整的二手资料。希望引起读者对诗歌而不是对其他学术领域或题目的兴趣之后，在一个扎实的基础上能够继续深入研读。因此，以下的篇章主要想阐明几个根本问题：奥西坦抒情诗是什么，为什么它值得研究与阅读（第四章），以及如何阅读这种诗歌，包括如何认识它的形成过程与存在形式（第五章）。

第四章说明奥西坦抒情诗歌在欧洲文学史上的地位和意义。由于罗曼语诗歌产生的土壤是高度基督教化的拉丁文化，罗马与蛮族、基督教与异教的文化冲突并不明显，它所面临的是文化断裂与延续的问题。所以，先从希腊罗马文化与中世纪文化的断裂与延续的关

① 但丁，《新生》，王独清译，上海：光明书局，1934年，第8页，注十四，引 Diez, *Leben unde Werke der Tourbadours*，但未注版本，该书1829年初版，1882年第2版。

系中勾勒出奥西坦抒情诗出现的文化背景，再从口头与书写、文字与音乐、拉丁与方言（宗教与世俗）、诗歌传统与个人才能四个层面建构奥西坦诗歌的新范式。第一部分里提到的一些观点问题，在这一章有更具体的讨论。

第五章对所译诗歌的文本做比较周详的介绍，从过去诗人、学者接受奥西坦抒情诗的历史，以及诗歌到抄本、抄本到现代文本的转化等角度讨论原文文本的问题。上文提到过，现代阐释学提出的接受美学最能减少时代错乱。把文本的来龙去脉搞清楚，更有助于我们理解奥西坦抒情诗诗歌。同时，通过考察文本建立的理论与实践，增加对西方现代学术传统精粹之一——罗曼语语言学（Romance Philology）——的认识。我还检阅过一份主要抄本，并在第五章做了比较详细的报告，如实掌握了诗歌的原状，应该也有点参考价值。

第四、五章介绍了现代和过去对奥西坦抒情诗的阐释与理解，第六章则翻译了一些13世纪的诗人小传和诗歌的笺注。回到诗歌最接近诗人的时代，聆听当时听众的反应，也就回到诗歌接受史的起点。文学史家认为这是最早的奥西坦散文故事，也是珍贵的第一手文学史数据，第一次翻译成中文，应该有点历史价值。同时，我也模仿行吟诗人或歌手在表演前做开场白，让读者在阅读第三部分的译诗之前做热身准备，对奥西坦诗歌的世界有一点感性的认识。

# 第四章　噢西坦抒情诗

我要作首纯属子虚的诗[1]

——基廉九世（Guillem IX）（GIX 4.1）[2]

基廉九世，阿基坦的九世公爵与沛投的七世伯爵（1071—1126/1127年）[3]，是12世纪初在西欧拥有领地最广袤的公侯，也是保存至今的最早的古噢西坦（普罗旺斯）抒情诗歌的作者。上文作为引子的诗句是他最有名的“子虚”诗的首句，接下来的首阕的诗句是：

既不关我，亦不关别人，
也无关爱情与少年头，
不关啥事，
诗作成于睡梦中，

① 原文为：Farai un vers de dreit nien.

② 诗人与所据版本及其代号，见引用书目第二部分。为了统一起见，各版本中诗的编码全以阿拉伯数字为准。

③ 欧洲中古人名地名在各种语言里有不同的拼写法。如基廉在古噢西坦语是Guillem或Guilhem，拉丁文是Guillelmo，现代法语则为Guillaume，意大利语为Guglielmo，英语为William，本文论及的诗人名称一律以古噢西坦语为准。阿基坦是Aquitania，沛投是Peitieu。各手抄本称呼基廉为Lo coms de Peitieus，即沛投伯爵。

在马背上。[①]

可以想象，当别人（那些如今作品已失传的噢西坦诗人）在吟诵爱情和其他题材的时候，而维吉尔史诗《埃涅阿斯纪》开宗明义的半句——“我歌唱英雄和他的武迹”（Arma virumque cano），仍是受过拉丁文教育的人作诗的楷模，基廉九世却大反其道，特地强调（dreit，即千真万确）他的题材是子虚乌有（nien），跟什么人和事都不相干，诸神与英雄早已踪影全无，诗人正式粉墨登台。而他作诗的过程更与众不同，几近滑稽荒唐（在“睡梦中”，“在马背上”）。换句话说，他谱成的是首无关宏旨，无中生有，也是自命前所未闻的诗。这首一副吊儿郎当、全不在乎模样的诗共有八阕，以揶揄的口吻，不只戏谑性地表现出基廉九世标新立异的风格与意境，还预示了后来古噢西坦诗人的创新意向与趋势：从此诗歌、爱情与女人成为诗歌的主题。诗人如伯纳特 · 德 · 文特当（Bernart de Ventadorn）嫉妒云雀振翼迎向阳光、乐极而忘情下堕的喜悦境界（BV 43）；阿诺特 · 但尼尔（Arnaut Daniel）以囤积清风、骑牛赶兔、逆潮奋泳比喻爱情的苦境或诗人的魅力（AD 10）；蒙陶顿修士（Lo Monge de Montaudon）跟上帝辩论妓女化妆与撒尿的问题（MM 14）；沛尔 · 喀典纳尔（Peire Cardenal）那个一城人都被雨淋得发疯的寓言（PC 80），都代表了欧洲诗歌的另一个新开始。

从基廉九世的时代开始到 13 世纪末约两百年之间，在今天的地中海北岸，从意大利北部往西延伸，经过法国南方到西班牙半岛北方的这个被称为噢西坦尼亚（也译为奥克西坦尼亚）的文化地域里，

---

① 原文为：non er de mi ni d’autra gen,
non er d’amor ni de joven,
ni de ren au,
qu’enans fo trobarz en durmen
sus un chivau.

出现了一种以通用的文学语言（koiné）[①] 谱写成的诗歌。这种从拉丁俗语演化成的方言，当时通称为罗曼语（romana）。这个地域相当于罗马帝国时代的纳尔榜高卢，其首府为纳尔博（Narbo，建于公元前 118 年），是帝国在阿尔卑斯山脉以北设立的第一个罗马行省（Provincia Romana 或 Provincia Nostra），该地居民被称为外省民或外省人（Provenciales），即普罗旺斯人，其语言也叫作普罗旺斯语（Provensals）。[②] 又因为早期的诗人来自勒末赞（Lemosin, 法语为 Limousin，即利穆赞），13 世纪初的学者雷蒙・维达尔（Raimon Vidal）称他们的语言为勒末赞语（Lemosi），与北方的法兰西语（parladura francesca）区分。[③] 一个世纪之后，但丁在《论俗语修辞》（*De vulgari eloquentia*, I. 8. 6）中依据各地人对“是”的不同说法，首次把罗曼语分成三类：西班牙人说的 oc，法兰西人说的 oïl 和意大利人说的 si。[④] 但丁很熟悉噢西坦诗歌，知道西班牙北方人说噢克语，也就是与之毗邻的噢西坦诗人使用的噢西坦语（Occitan）。长期以来，近代学者遵循罗马行省之古义，把它所涵盖的朗格多克（Languedoc）与普罗旺斯（Provence）两地的诗人使用的语言都叫作普罗旺斯语（Provençal）。可是，由于普罗旺斯地处罗纳河（le Rhône）以东，只占整个语域的一小部方，而大多数的诗人都来自罗纳河以西的朗格多克地域，因此，今天大多数学者把诗人的语言叫作噢西坦语，把它的诗歌称为噢西坦诗歌。[⑤]

保存至今的噢西坦诗歌包括多种文体，其中叙事的传奇、史诗、

① Bec, *La langue occitane*, p. 69, 称 koiné 为奇迹，Zufferey, *Recherches linguistiques sur les chansonniers provençaux*, pp. 312-313, 则认为 koiné 之说是个神话，是后来抄写者把各地口语标准化的结果。

② Bec, *La langue occitane*, pp. 64-67.

③ Marshall, *The Razos de Trobar of Raimon Vidal and Associated Texts*, pp. 4-5.

④ Shapiro, *De Vulgari Eloquentia*, p. 54.

⑤ 关于噢西坦尼亚，参阅 Paterson, *The World of the Troubadours*。

圣徒行传、宗教与世俗的教诲诗（ensenhamen）[①] 等不属于本书探讨的范围。抒情诗有2552首，其中约有250首还有乐谱。[②] 与中世纪很多文学作品的作者为无名氏不同，留下姓名的诗人多至460人，其中女诗人有20多位，她们的作品有三四十首。[③] 由于这些诗人与歌手周游各处大小贵族的宫廷演唱，他们的诗歌传遍欧洲。除了英语诗歌例外，噢西坦抒情诗对法语、德语、西班牙语和意大利语诗歌都产生了极大的影响，可说是执新兴欧洲抒情诗歌之牛耳。为了便利母语不是噢西坦语的人学作诗，从13世纪初开始出现了几种作诗指南、普罗旺斯语法与诗论。从13世纪中叶起，又有诗人小传（vida）与诗歌的笺注（razo）问世，成为以罗曼语写的文学批评的滥觞。同时也有人开始收集和抄写噢西坦诗歌集，几世纪抄写下来的手抄本就成为后代研究和欣赏噢西坦诗歌的基本材料。13世纪末出现了34000多行的《爱情精选》（*Breviari d'amor*），里头引用、收录了200多阕噢西坦诗。到14世纪初，噢西坦诗歌已经式微，在图卢兹（Toulouse）还有人为了弘扬作诗的传统，成立了诗社（简称为Consistori del Gay Saber），每年举行作诗赛会，并出版了三版百科全书式的《爱情令律》（*Leys d'amors*）。而令噢西坦诗歌名声不坠的，除了它本身的巨大成就，以及对意大利诗歌的启蒙之功，还有但丁和彼特拉克的赏识与推崇，肯定了它在欧洲诗歌史上的开基地位。

① Fleischman, "The Non-lyric Texts", pp. 167-184.

② Paden, "The System of Genres in Troubadour Lyric", p. 23. Rosenberg, *Songs of the Troubadours and Trouvères*, "Introduction", p. 4.

③ Paden, *The Voice of the Trobairitz*, "*Checklist of Poems*", pp. 227-237. Sankovitch, "The trobairitz", pp.113-126.

## 一、断裂与延续

随着西罗马帝国的衰亡，一度辉煌灿烂的古代古典中心文化逐渐在西欧大陆消失，取而代之的是基督教文化和各边缘民族的新兴文化。作为新兴文化之一的噢西坦诗歌，其兴起的历史背景就是古典文化的断裂与延续和新兴基督教文化的一统独尊。从公元 5 世纪到 14 世纪约一千年的中世纪里，各文化的变迁、互动、断裂、延续与创新的过程极其复杂。本书第一部分已交代过拉丁基督教与凯尔特、日耳曼文化的互动， 现在回到以地中海为中心的文化区，看古典文化断裂与延续的情形。西方学者从文艺复兴时期以来，大都强调现代欧洲文化与古典文化间的传承延续关系，着眼于希腊罗马文化的重新发现与其对欧洲文化再创造的奠基性贡献，较少注意前者的断裂与后者的创新。① 于是在意大利文艺复兴之前，他们找到了所谓“加洛林文艺复兴”“鄂图文艺复兴”和“12 世纪的文艺复兴”等复兴前驱。学者推崇 9 世纪查理大帝恢复罗马帝国的文化工程，虽然如昙花一现，却给后来的文化复兴奠下基础。② 12 世纪则被公认为欧洲文化真正的新开始，可是，最受关注的仍是古典拉丁诗歌文学的恢复与希腊哲学和罗马法的重新发现的基础性与重要性，而不是方言文学首次百花齐放的创新性。③

① 如 Colish, *Medieval Foundations of the Western Intellectual Tradition* 虽然突出了方言文化的奠基贡献，在讨论文化断裂与接续的问题上，还是偏重于传承多过创新。当然，建构“原始”日耳曼神话的民粹主义学者也强调断裂与创新，其扭曲历史的目的和方法与本文论证的是截然不同的。

② McKitterick, *Carolingian Culture*.

③ 如 Haskins, *The Renaissance of the Twelfth Century* 就只论拉丁文化与文学。Benson and Constable, *Renaissance and Renewal* 里绝大多数的文章都从复兴与转化的角度谈问题。

如第一部分所说，殖民的罗马文化和被殖民的西欧各民族文化经过数百年的融会，双方都逐渐产生了根本的变化。到6世纪，罗马社会经过长期持续的外族移民进入帝国境内，被“蛮族化”的程度并不下于日耳曼社会的罗马化程度，两者都变成了新生事物。[①] 罗马人所称的野蛮的民族瓜分了西罗马帝国的版图，变成西欧大陆的新主人。这些现代欧洲各民族国家的直系老祖宗所创造的文化取代了过去的希腊罗马文化，有中古学者甚至把从10世纪到14世纪之间的转变称为“欧洲的欧洲化”（the Europeanization of Europe）[②]，来说明老的希腊罗马文化如何被新的欧洲民族文化取代的文化断裂与延续过程。因此，对罗曼语诗歌新开始的讨论，文化史上的断裂与延续是个恰当的平台。当然，由于不同的民族文化在不同的时期、地区和领域，延续与断裂的关系都会有所不同，不能以偏概全，我们将以丰富的诗歌材料具体地重新建构这个新开始。现在就让我们看看噢西坦诗歌在一个怎样的新旧文化交替的环境中重新开始。

整体而言，西欧腹地的语言和文学发展过程中，断裂是逐渐却十分明显的，延续则是多元演化但比较隐蔽的。自罗马帝国晚期起，原采用希腊、拉丁双语教学的古典教育就不再教授希腊文，到了6世纪，在西欧已经没几个人能懂希腊文，极少数的学者也只为翻译和解释《圣经》和阅读早期基督教教父的希腊文作品才学习希腊文。放弃希腊文教学，使得罗马人的教育只注重文学修辞，把哲学的训练与科学的研究完全荒废了。[③] 奥尔巴哈（Erich Auerbach）在他研

① Wallace-Hadrill, *The Long-Haired Kings*, p. 2. Wells, *The Barbarians Speak*, p. 225. Riché, *Education and Culture in the Barbarian West*, pp. 62-77.

② Bartlett, *The Making of Europe*, ch.11.

③ Riché, *Education and Culture in the Barbarian West*, p. 6. Herren, *The Sacred Nectar of the Greeks*.

究拉丁文学语言与公众的著作中指出，罗马社会的精英阶层饱学希腊、罗马文学的“文艺社群”，于5世纪末、6世纪初已经完全消失。[①]

到了中世纪，希腊文学也几乎成为绝响，侥幸流传下来的作者已不多，作品更残缺不全，而且全为拉丁文译本。譬如荷马的史诗，中古流传的不是希腊文原著，而是假托达雷斯（Dares）与狄克提斯（Dictys）之名译成的两篇拉丁散文故事和一首一千余行的拉丁文诗歌《伊利亚特》（*Ilias Latina*）。柏拉图的《理想国》在中世纪失传，他的对话篇《蒂迈欧》（*Timaeus*），通过4世纪喀尔其底乌斯（Chalcidius）的拉丁译注本得以保留，对中世纪的宇宙论产生了极大的影响。亚里士多德的大量著作也只有少数通过波伊提乌的拉丁译本流传于中世纪，大多数著作都要到12世纪再从阿拉伯文译本转译成拉丁文，西欧人才有机会读到他的作品。古典希腊文化只剩下翻译成拉丁文的托勒密地理、新柏拉图和斯多葛派哲学、文法、修辞学、逻辑和音乐等基本教科书，因为能帮助极少数的修士学者注释《圣经》与写作布道而流传下来，反映了新崛起的基督教对希腊罗马文化采取的“拿来主义”，也就是奥古斯丁在《论基督教教义》（*De doctrina Christiana*, II, 40）所揭示的策略：基督徒也可以从希腊、罗马文化中吸取有助于宣扬基督教真理的知识。也可以说，在中世纪延续的古典希腊文化只是经过基督教筛检过的一小部分。[②]

在历时几个世纪的筛检过程中，很多古典文学的手抄本，因为没人能读得懂、没人感兴趣，或者不合基督教教义的标准，被修道院的修士当废物利用，他们把牛皮纸上的文字刮干净，再在上文抄写《圣经》和基督教的作品。文艺复兴以来，很多希腊罗马文学的早期手

① Auerbach, *Literary Language and Its Public in Late Latin Antiquity and in the Middle Ages*, p. 252.

② Berschin, *Greek Letters and Latin Middle Ages* 强调希腊文在拉丁中世纪的连续性，也只能称其为点线（dotted line, p. 4），不足以推翻希腊文化断裂的史实。

抄本，都是从一些没刮干净的皮纸（英文叫palimpsests）上收复过来的。作品被“刮”过又失而复得的古典希腊悲剧作家有索福克勒斯和欧里庇得斯，罗马作家则有维吉尔、奥维德、西塞罗、塞涅卡、普劳图斯和泰伦斯等十几位。[①]后世文学史家常推崇基督教修道院保存古代文化的功劳，但我们也不要忘记它们有意无意造成的破坏。

古典拉丁文的命运比希腊文的好得多，但也因教会的垄断与不同民族的使用而发生巨大的变化，演化成中古拉丁文和各种罗曼方言。由于罗马帝国的教育体系崩溃消失，基督教修道院与教会办的学校取而代之，凡是能读书识字的人都或多或少受过教会的拉丁文教育，拉丁文成为唯一通行西欧各地的语言。[②]中古拉丁文虽然不是西欧人的母语，却成了佐伊科夫斯基（Jan Ziolkowski）所称的“父语”，即教会和世俗等父权体系使用的“官方”文字，因此流传下来的中古拉丁文学比所有方言文学的总和都要多得多，举凡教会的经文、崇拜礼仪、神学、传教，以及世俗君主和地方诸侯的行政、法律、经济、文学、历史到日常生活的一般知识与日常用语都使用拉丁文。[③]

由于拉丁文是西欧基督教的官方语言，流传下来的罗马文学的数量比希腊文学的要多，却仍相当有限，尤其是和拉丁教父们的文学的数量相比，简直不成比例。奥古斯丁、哲罗姆、格列高利才是主要作者，而古典诗人如维吉尔、奥维德、思塔丘斯、西塞罗、贺拉斯、卢坎（Lucan）、塞内加、泰伦斯等人都只传下部分作品，许多诗人的作品只以选集、“集锦”（florilegium）的形式给保存下来，全部完整的原著尚属少数。影响罗马文学流传的主要因素是它的基

① Reynolds and Wilson, *Scribes and Scholars*, pp. 85-86, 192-195.

② Marrou, *The History of Education in Antiquity*, pp. 452-465. Riché, *Education and Culture in the Barbarian West*.

③ Ziolkowski, “Towards a History of Medieval Latin Literature”, pp. 505-506.

督教新监护人，他们把古典作者“消化”并改写成适合于基督教观点的学校教材，罗马的大诗人就以新的基督教面目出现。[①] 如维吉尔因他的第四首《牧歌》被解释为预言救世主的诞生而备受推崇，其《埃涅阿斯纪》成为中古最流行的史诗，他更以罗马帝国的代言人成为但丁的向导，可是，他也是传说中的魔法师。[②] 奥维德是12世纪以来流传最广的拉丁作家，意想不到的是，这位被皇帝以诲淫罪放逐的诗人竟被称为“扬善去恶的导师”（bonorum morum est instructor, malorum vero exstirpator）[③]，他的《变形记》和关于爱情的几首长诗竟被当作道德哲学解读，并引得后人以拉丁文和方言写成诸多“道德化的奥维德”（Ovid moralisé）和“反奥维德”（Antiovidianus）著作。[④] 西塞罗与托他之名写的修辞学论文，如《论构思》（*De inventione*）和《致赫伦尼》（*Ad Herennium*），与贺拉斯的《诗艺》（*Ars poetica*）也因有助于写作而成为中世纪修辞学的经典之作。在12世纪的《名家入门》（*Accessus ad auctores*）里，与古典诗人并列为“名家”的权威作者还有改写了《伊索寓言》的阿维阿奴斯（Avianus）、名言语录的作者卡拓（Cato）、以文法而知名的多纳图斯（Donatus）的文法和最受欢迎的晚古作家，如写《哲学的安慰》的波伊提乌和写《心灵交战》（*Psychomachia*）的普鲁登修斯（Prudentius）。[⑤]

罗曼语诗歌就在古代文学传统凋零、断裂与教会拉丁文学独自尊大的环境里，以新的语言、新的形式和新的内容重新开始的。如第一部分所说，新兴的民族在中世纪早期都先后以自己的语言开始创作诗歌，噢西坦诗歌虽然开始稍晚，存留下的作品数量与质量却

① Giles Brown, “Introduction”, p. 36.
② Spargo, *Virgil the Necromancer*.
③ Huygens, *Accessus ad auctores*, p. 30.
④ Dimmick, “Ovid in the Middle Ages”, pp. 284-287.
⑤ Huygens, *Accessus ad auctores*.

都首屈一指，它的地理位置与流传、影响更使它在欧洲诗歌史上占有开基的位置。由于语言不同，早期西欧边陲的日耳曼语诗歌和腹地的罗曼语诗歌没有太多直接的关系，凯尔特语的关于亚瑟王的故事与人物则以拉丁语和古法语诗歌为媒介零星出现于噢西坦诗歌中。倒是阿拉伯诗歌，因其文化地理位置和噢西坦尼亚接近，与噢西坦抒情诗歌的开始可能有更直接的关联。

从 8 世纪阿拉伯人征服西班牙到 12 世纪中叶，在阿拉伯人统治下的安达卢斯（al-Andalus），各种不同的宗教、文化与种族长期和平共存，发展出辉煌的文化，比同时期邻近的欧洲文化要丰富、精致得多。[①] 安达卢斯与邻近的噢西坦尼亚之间交流颇为频繁，而最早的罗曼语诗歌就产生于这个多元交融的文化区。一种叫作 “喀尔迦”（kharja）的诗歌不用拉丁字母而用阿拉伯或希伯来字母写成，一直到 1948 年才被斯特恩确认为罗曼语诗歌。[②] 喀尔迦是“木瓦沙哈”（muwashshaha）诗歌收尾的一阕，以方言的女性怨艾声调，应和前头古典的阿拉伯或希伯来语男声的情歌。虽然斯特恩和大多数西方现代中古学者因为缺乏文字证据，不承认喀尔迦与噢西坦抒情诗歌之间有直接影响的关系，我们却不能排除口头流传使两者有所联系的高度可能性。[③] 因此，阿拉伯诗歌应该是噢西坦诗歌产生的重要环境，也是值得注意的新因素。

新兴的欧洲诗歌有各自的传统题材，如各民族的神话、史诗、传说、民歌、历史、赞诗、挽歌、智语、打谜诗与情诗等，也有各自的形式与风格。古噢西坦诗歌也有史诗和圣徒行传，与其他方言诗歌不同的是它独领风骚的抒情诗歌，以其空前的创造力，新鲜的

① Menocal, *The Ornament of the World*.

② Stern, *Hispano-Arabic Strophic Poetry*, pp. 123-160.

③ Menocal, *The Arabic Role in Medieval Literary History*, p. 84 批评了 Stern 并在书中提出阿拉伯论的新证据与论点。

内容和变化多端的形式，以及广泛长远的流传影响，在西欧大陆腹地和欧洲诗歌史上树立了一个新范式。①

## 二、新范式

虽然范式这个观念来自库恩（Thomas Kuhn）对西方科学史的研究，不能硬套到文化史上使用，他界定范式的两个元素——社群与其一致相信、默认的模式——却可借来描述文化史上的大转变。② 因为在古代与中古时期受过教育的人只是一个人数不多的精英社群，虽然有个别的差异，却阅读过大致同样的书，思考谈论过类似的问题，写出过几种规格分明的文体，使用许多通行的言辞与概念，这些共同的文化财产经过长期使用逐渐形成一些模式或范式。中世纪学者库尔修斯（Ernst Robert Curtius）在他的名著《欧洲文学与拉丁中世纪》中，就使用这些通用而沉淀于文化底层的材料（topoi, 司空见惯的概念或表现方式）建构出一个拉丁中世纪范式，作为近代与古代欧洲文化的桥梁。③

从以上对西欧文化的断裂与延续的讨论可见，希腊罗马文化的古典范式到了中世纪已经逐渐被以基督教文化为中心的欧洲文化范式取代。这个新的欧洲范式在查理大帝的教育改革中初具雏形，并于 11 世纪末开始的一个多世纪，也就是所谓 12 世纪的文艺复兴时期逐渐建立完善，具体表现于所有的文化领域里：如教会与新帝国关系的重新界定，基督教对人民生活的全面控制，为未来的民族国家铺路的中央与地方争权的剧烈化，罗曼式与哥特式建筑的演变，中古大学制度的出现，宗教法和世俗法的体制化，十字军东征西伐，

① Paden, *Medieval Lyric*. Dronke, *The Medieval Lyric*.
② Kuhn, *The Structure of Scientific Revolutions*.
③ Curtius, *European Literature and the Latin Middle Ages*.

哲学与神学的更新，方言文学与历史的崛起等。这个百花齐放的新欧洲文化在过去一个世纪已经被西方学者彻底研究过，我们只从噢西坦诗歌兴起的角度看它与这个新范式的关系。当然，噢西坦抒情诗歌树立的新范式本身就是12世纪成熟的新文化范式的表现与组成分子，也就是说，它和许多同一时代其他文化领域里的创新开始有共同之处。因此，噢西坦诗歌范式的特色，也是整个欧洲诗歌新范式的特色。由于噢西坦抒情诗歌是一种有高度自觉性的创作，一种以母语吟唱的、其题材多数为世俗生活的表演艺术，我就从口头文学、音乐、方言与自觉创作等方面讨论口头与书写，音乐与语言，方言与拉丁、世俗与宗教，个人才能与传统的关系等新范式的内容。

### （一）口头与书写

噢西坦抒情诗歌崛起的12世纪是西欧从口头文化转为书写文化的关键时代，讨论诗歌的变异首先得考虑诗歌媒介本身的转型。随着社会和教育制度的转变，传统知识阶层消失，以文字书写为基础的古典文化逐渐转变成以口头传媒为主的新文化。这个说法却得稍做修正，因为取而代之的新知识阶层也注重书写，因为基督教是一种书本的宗教，其教士与修士的信仰与知识全建立在一部书上头，即《圣经》。可是，无论教会多么注重拉丁宗教教育，中世纪早期西欧一般大众不识拉丁文，连大多数帝王诸侯都不识字，不能阅读或书写拉丁文。研究中世纪口头与书写文化的学者司多克(Brian Stock)指出：从6世纪到11世纪，西欧的文化机制与传媒一般是口头而不是书写。例如，权力的依据是掌权者的口头命令，不是成文的法律；有效的交易是口头的承诺，不是书面的契约。到了12世纪，书写文化才逐渐复苏，这也就是中古拉丁文学复兴和欧洲方言文学崛起的时代，书写文化与口头文化重叠交替是当时所有文学共同的存在形式。[①] 因此，阅读这几个世纪的诗歌或文学，都必须注意到口头与书写在它形成过程中所扮演的角色，才能比较准确地掌握住它的意义。

从欧洲诗歌发展史的角度看，早期的诗歌大都先口头创作、吟唱和流传，后来才有书写的诗歌文学。荷马的史诗、古英语的《贝奥武甫》、古法语的《罗兰之歌》都是大家熟悉的例子。在中世纪，这种方言口头文学与拉丁书写文学共存。早期基督教的拉丁诗歌为宗教崇拜仪式和传教服务，题材、文字多立足于《圣经》的经文，并采用了古典诗歌的形式，但仍以口头吟诵为主，并且受到方言诗歌的形式和音乐的影响。这种口头与书写模式的混合最明显地表现于诗歌的形式与格律，如古典拉丁诗歌讲究长短音步的数量，少论声调节奏，尾韵几乎是一种忌讳；而新欧洲诗歌，包括中古拉丁诗歌（刻意仿古者除外），讲究音节数量，论抑扬节奏，不论音步长短，而头韵、内韵和尾韵更是诗人刻意经营之处。这些改变可以追溯到方言诗歌对教会拉丁诗歌的影响，如德隆克（Peter Dronke）就认为，早期教会拉丁诗人最常用的"sequence"诗体的起源，与崇拜经文的关系还不如与世俗方言诗歌的关系那么密切。[②]

世俗方言诗歌的特色却是，它是吟唱的口头文学，并非供人阅读的文字，后者有诗而无歌，前者则是一种连诗带歌、有文字和音乐、供人歌唱与耳目欣赏，有时连带着舞蹈的表演艺术。口头诗歌的内容来自世代相传的神话故事、英雄事迹、风俗传说等文化传统。为了方便吟诵者记忆，口头诗歌发展出各种传统主题、程序性的表达方式和上述形式上的特色。[③] 因此，口头诗人的创作材料是集体和

① Stock, *Listening for the Text*, pp. 33-37. 同作者的 *The Implications of Literacy* 有更详细的讨论和更丰富的历史材料。

② Dronke, *The Medieval Lyric*, p. 39。

③ Lord, *The Singer of Tales*. Acker, *Revising Oral Theory*.

传统的，他歌唱的题材、形式和音乐都已牢记在心里，在演唱时再朗诵或即兴编成。虽然书写的文学在西欧逐渐恢复，12 世纪口头诗歌与书写文学并存，但仍是口头诗歌占优势，直到 13 世纪中才开始有手抄歌本出现。书写文学在西欧与方言散文文学同时兴起，与爱尔兰与北欧的情况大为不同，也值得我们注意。[①]

噢西坦抒情诗歌的创作、表演与流传是典型的口头与书写混合模式，而在开创时期，尤以口头模式为主。过去学者多数只从文字上讨论噢西坦抒情诗，造成偏颇的理解。虽然我们今天只能读到诗歌的文字，却不能不注意其口头文学的本质。噢西坦诗人谈到作诗，所用的动词总是“faire，即造、做”，“cantar，chantar，即歌唱”，或是“trobar，即发明、寻找、创作”，而不是“escriure，即书写、写作、抄写”，他们要听众聆听而不是要读者阅读。因此，噢西坦抒情诗人就以他们的作诗行为被称为“trobador”，法语为“troubadour”，汉译“行吟诗人”并没译出原意。从诗人“发明、寻找”的创作，歌手的表演，到听众的接受，口头文学依仗记忆与理解，而非文字的记录，尤其是记忆决定了噢西坦抒情诗歌的存在形式。

13 世纪初首篇讨论噢西坦抒情诗歌的论文就注意到了记忆的重要性，雷蒙 · 维达尔如此描写当时诗歌风靡西欧的盛况：

> 所有人——基督徒、犹太人、萨拉森人、皇帝、君主、国王、公爵、伯爵、子爵、领主、次领主、文人教士、城市居民、农人——不分贵贱，整天都迷于作诗和唱歌：有的要作诗，有的想欣赏，有的要吟诵，有的想聆听，让你很难找到一处，无论多么隐蔽孤僻，不管人多人少，你会听不见此起彼落或齐唱的歌声。连山上的牧人，都以歌唱为最大的乐趣。行吟诗人把世界上的好事坏事全都记住，

① Spiegel, *Romancing the Past*.

而任何事情，无论好坏，只要给行吟诗人押上韵，就永远存留于记忆中，因为作诗唱歌是赏心乐事。①

这段记述显示，记忆是诗人和整个社会的知识来源，诗歌是大众传播的工具，可见记忆对噢西坦诗歌的基要性。关于记忆对诗人作（不作）诗的重要，当时还流传着一个有名的故事。以诗歌技艺高超而著名的诗人阿诺特·但尼尔有一次在英国国王理查的宫廷里遇见另一位诗人，后者嫉妒他的盛名，向他挑战并投下赌注，理查因此下令他俩作诗比赛，以十天为期，优胜者得奖。两位诗人回到各自的房间作诗，阿诺特气愤得诗意全消，作不出诗来。期限近了，他的对手问他诗作好了没，他虚应说三天前就作好了。那位诗人作好诗之后，为了准备次日演出，在赛前的那个夜里反复背诵。不料阿诺特在隔壁偷听，把他的诗背下，次日比赛时，竟把诗据为己有，抢先吟唱给理查听，一时传为笑谈。②可见早期诗人作诗和表演都靠记忆，并不用文字书写。当然，有的诗人作好诗之后，可能自己或请人写下来做记录，但是，写下诗来让人阅读或让歌手端着歌本演唱的说法是没有证据的。③早期诗人，如基廉九世、姚夫瑞·儒代（Jaufre Rudel）、伯纳特·德·文特当，作好诗之后，还特地要

---

① Marshall, *The Razos de Trobar of Raimon Vidal and Associated Texts*, p. 2. 原文为：Totas genz cristianas, iusieuas et sarazinas, emperador, princeps, rei, duc, conte, vesconte, valvasor, clergue, brogues, vilans, paucs et granz, meton totz iorns lor entendiment en trobar et en chantar, o q'en volon trobar o q'en volon entendre o q'en volon dire o q'en volon auzir; qe greu seres en loc negun tan privat ni tant sol, pos gens i a paucas o moutas, qe ades non auias cantar un o autre o tot ensems, qe neis li pastor de la montagna lo maior sollatz qe ill aiant an de chantar. Et tuit li mal e·l ben del mont son mes en remembransa per tobadors. Et ia non trobares mot [ben] ni mal dig, po[s] trobaires l'a mes en rima, qe tot iorns [non sia] en remembranza, qar trobars et chanters son movemenz de totas galliardias.

② Boutiere and Schutz, *Biographies des Troubadours*, p.62. 下文简称为 B/S。

③ Avalle, *La Letteratura medievale in lingua d'oc nella sua tradizione manoscritta* 主张的书写论缺乏早期证据。

歌手当面把诗学好，才让他把诗传带出去，唯恐把诗弄坏了（GIX, 7, JR 6.1a, BV 6）。有的诗人认为诗歌流传得越广越有价值，主张诗得作得易记易懂（leu），甚至鼓励歌手“改善”自己的诗（CM 6, PA 15, BV 21），歌手也常常随意改动诗歌，如诗阕的秩序，因此，对诗歌的态度是比较开放的。有些诗人，如兰波特·德·奥然迦（Raimbaut d'Aurenga）和沛尔·德·阿尔文涅（Peire d'Alvernhe），则强调诗歌的完整性，采用难韵和复杂的押韵组合锁定诗阕的秩序，或者以较长的诗阕来确保诗歌的完整不变，他们的诗歌就比较严密封闭（clus）。不过，后者还是居少数，大多数的诗歌都有许多不同的样本，诗歌的流传与表演远比诗歌字句的完整不变要重要得多。而每次诗歌的演出，演唱者的声音也混入诗人的声音，反映口头文学的特色。[①] 因此，以现代的文本观念去理解噢西坦抒情诗，从文本的建立到诗歌的诠释，不只有偏差，也太过简单化。譬如，诗歌的原貌，诗人的原意，诗人抒发的是私人的真情还是掺杂了表演者逢场作戏的诠释，都相当复杂，颇难定夺。[②]

诗歌除了创作与表演之外，还有一个流传的过程。由于现存最早的抄本要比诗歌创作的时代晚了一个半世纪，虽然可能有更早的手稿没保存下来，而更大的可能性是当时流传的方式以口头为主，诗歌的存在方式是诗人现场演唱和听众耳闻的声音，不是手写的供眼睛阅读的文字。这种世俗宫廷的娱乐，登不了当时修道院的拉丁书写文学之殿堂，也没有书写的必要。直到后来诗歌的语言发展得越发繁复，诗人为了巧妙的格律与押韵组合，歌手为了记录收集诗人的诗歌以扩充演唱的歌目，才需要书写。等到13世纪书写文化兴起，收藏家开始收集流散各地的诗歌，抄成歌本，才有书写流传的传统。

① Van Vleck, *Memory and Re-Creation in Troubadour Lyric*, pp. 191-195.

② Gaunt,"Orality and Writing".

当这些诗歌被抄录到皮纸上，抄录者常凭自己听觉的记忆、依自己的发音誊写下来，以后的抄录者又照自己的理解“修订”前人的抄本。因此，一首诗传至今天，经常有很多不同的样本，很多诗阕的秩序也显得混淆错乱，给现代编辑者增添无比的困难。可是，更多的学者认为这种杂乱不定的抄本状态——用祖默托（Paul Zumthor）的“浮动（mouvance）”概念来形容它[①]——正反映出诗歌的口头模式，不必执意追求已逝去的本源，也给读者开辟了更大的诠释空间。从诗人的“发明创造”到今天幸存的手抄本之间经过好几个中介人，充分显示噢西坦抒情诗歌是口头与书写模式混合的产物。

可以想象，在没有文字记载、没有音乐符号谱录的时代，诗人在一些贵族的厅堂里，当着主人一家上上下下，吟唱他脑子里“找到”的诗歌，以嘹亮的声音演唱，并依照场合或听众的反应，即兴变化口气、表情、姿态、字句与曲调，营造特定的效果。诗歌包涵了厅堂里的整个气氛，只存在于表演的片刻，真是稍纵即逝，不落痕迹，而且每次演出都因表演者、场合与听众之不同而成为独一无二的。这种活生生的表演，无论是情诗洋溢的性感还是讽喻诗尖酸刻薄的鞭挞，都因现场表演而显得更加逼真传神，其效果是文字无法表达的。[②]由此可见，当时的噢西坦抒情诗歌，无论是创作、表演和流传都以口头吟唱为主，文字书写为辅，不可把它当作纯粹文字性的文本。

### （二）音乐与语言

欧洲的抒情诗歌原本是边弹着七弦竖琴边唱的歌曲，语言和音乐

① Zumthor, *Essai de poétique médiévale*, pp. 65-72, 507. Cerquiglini, *Éloge de la variante*, p. 111 直称中古书文为异文，正因其书写下来的是未经标准化的口语文学 orature。

② Huchet, *L'Amour discourtois*, p. 29.

合一。古典诗歌发展到后来也和汉语中早期乐府诗词一样，语言与音乐逐渐分家，诗歌变成只有文字的诗词。可是，早期的方言诗歌里，语言和音乐却一直结合在一起。影响所及，连注重经文的基督教拉丁诗歌，不只吸收方言诗歌的格律，也采用它的音乐形式。因此，新兴的方言诗歌可以说又回到欧洲抒情诗歌的原始范式。为了简单地说明音乐与诗歌的新关系，我们不妨拿比噢西坦诗歌稍早些的中古拉丁诗歌——11 世纪的《剑桥歌集》（*Cambridge Songs, Carmina Cantabrigensia*, 简称 CC）作为范式转型的例子。[①] 这个出自修道院的手抄本收录的诗歌内容虽然驳杂，有各种宗教与世俗的主题，诗歌的形式也花样繁多，却特别注重音乐，有多首以音乐为题的诗歌（CC 12, 21, 30, 45），而且大多数诗歌都谱着音乐，可见这些诗歌都是用来演唱的。尤其引人注意的是其中摘录的悲歌，无论是拉丁诗人思塔丘斯（CC 29, 31, 32）、维吉尔（CC 34）、贺拉斯（CC 46）的诗句，波伊提乌的《哲学的安慰》韵文（CC 50—76），《圣经》的章句（CC 47），还是对玛利亚的赞诗（CC 83），都是为了给既有的音乐旋律填词而抄录下来的。也就是说，诗集的编者认为这些悲怨的诗文很适于配合那些曲调，无论来自教会音乐，还是民间世俗音乐。其实当时世俗与宗教的界限不严格，世俗的诗文常谱上宗教音乐的曲调，世俗流行的曲子也会填上宗教性的诗文。一支流行的曲子会吸引很多模仿者，填上多首不同的歌词；而同一首歌词也可以谱上不同的曲调。甚至可以这么说，诗人选配诗文与诗乐的标准，经常不依据文字的内容或曲调原先的词句，而依赖诗人的主观感觉，即文字与音乐的气氛是否相配。而且，无论先有歌词，还是先有曲调，文字与音乐终究要合而为一，成为一首诗歌。12 世纪欧洲的诗歌，

① Ziolkowski, ed. and trans., *The Cambridge Songs*. 简称 CC，后文中其后的数目是这个版本中的诗歌编号。

无论是拉丁诗歌、中古高地德语诗歌、古法语诗歌，还是噢西坦诗歌的范式，都是语言与音乐配合的表演艺术。

上文提到，作为一种演唱艺术，噢西坦抒情诗歌最初的创作、表演与流传都不借助音乐符号，完全不着痕迹。虽然歌声可以绕梁三日，但毕竟还是声音，总要销声匿迹，荡然无存。中古音乐学者范德维夫（Hendrik Van der Werf）称这种只凭心里琢磨、口中练唱、耳里品鉴的作曲方式为“无乐符文化”方式。[①] 12 世纪的歌声虽已不可恢复，音乐学者却可以据从 13 世纪开始抄录下来的古法语和古噢西坦语抒情诗歌曲调研究当时这些诗歌的音乐。也许因为噢西坦诗歌的“无乐符文化”比较悠久，只存留下 4 个有乐曲的歌本，其中在噢西坦尼亚当地抄录的只有两本（手抄本 R 与 G）。现存的 2552 首诗歌中，只有约十分之一还保存着乐曲，共有 256 支不同的曲子。相形之下，古法语诗歌留下了 15 种有乐曲的歌本，现存的 2200 多首抒情诗歌中，有乐曲的占三分之二，不同的曲子上千。更不巧的是，由于意大利人只对噢西坦抒情诗歌的文字有兴趣，对其音乐毫不理会，因此，出自意大利的噢西坦诗歌手抄本虽占多数，却连一首乐曲都没收录。[②] 噢西坦曲调的数目虽然比古法语的少，但因时代较早，流传较广，反而开了风气之先。

噢西坦抒情诗人也是作曲家，除了作诗，还得谱曲。到底先成诗再谱曲，还是先有了曲子再填上诗句？ 13 世纪初首次谈论方言诗歌的音乐理论家格罗奇欧（Grocheio）认为先有诗文，再谱上调子。[③] 13 世纪中的《作诗要义》（*De doctrina de compondre dictats*）要求几乎每首新诗都得谱上新曲。[④] 现代音乐学者有的因为歌本里收录的文

① Van der Werf, *The Chansons of Troubadours and Trouvères*, p. 70.

② Aubrey, *The Music of the Troubadours*, p. 50.

③ de Grocheio, trans. Albert Seay, *Concerning Music (De musica)*, pp. 18-19.

④ Marshall, *The Razos de Trobar of Raimon Vidal and Associated Texts*, pp. 95-98.

字远比乐曲多，显得当时的人比较注重诗歌的文字，所以认为很可能先作出诗句再谱上音乐。有的认为实际上正好相反，诗人先“找到”曲调，再填上词句。从上文讨论的《剑桥歌集》可以看出，后者是很普遍的做法，文字与音乐虽然于表演的瞬间天衣无缝地合而为一，在创作时却只有若即若离的关系，可以各有来处，一切由诗人凑合。就像口头诗人有丰富的传统材料任他表演诗时随心应用，噢西坦诗人也有丰富的曲调来源。他的灵感可以来自拉丁教会的单调颂赞曲或世俗歌曲，也可以取自民间流行的歌调，甚至来自安达卢斯的阿拉伯歌曲。这也是为什么噢西坦诗人用“trobar”（寻找、发现、发明）来形容作诗的行为：诗人在表演之前或演唱当时，从记忆中的诗文和曲调里找到最恰当的材料和最完美的结合。[①] 这也可以说明为什么同一阕诗文有时谱上几支不同的曲调，而同一支曲调又时常给填上不同的词句。后者叫作“contrafactum”，是诗人模仿、借用他人的曲子来填上自己的词句。诗歌的文字和音乐虽然可以有不同的来源，但两者于表演时合而为一又会是一种怎样的关系？歌词形式与曲调形式的关系到底是什么？由于现存的乐谱比当初演出时要晚一百多年，而且对曲调的节奏没有明确的提示，文字与音乐的关系仍是有争论的题目。有的现代学者认为文字当然该和音乐密切配合，这至少应是诗人作诗谱曲的理想，有的学者则认为二者之间关系并不那么密切。范德维夫就认为，除了极少数例外，噢西坦诗人并没有这种理想，诗韵组合与曲调短句之间也没有系统性的关联。因此，他主张音乐只是陪衬，诗歌的演唱应该比较接近于朗诵。[②] 史蒂文斯（John Stevens）则认为中古诗歌与音乐，如诗句的音节与曲调的音符，

① Van der Werf, *The Chansons of Troubadours and Trouvères*, pp. 70-71.

② Van der Werf, *The Chansons of Troubadours and Trouvères*, pp. 64-70. 同作者论音乐的短文，见 *A Handbook of the Troubadours*, pp. 121-146。

都与数目有关，如果声音是文字与音乐的物质材料，数目就是结合两者的形式，因此，两者有亲近的、实体的、平等的和平衡的关系。[①]司薇藤（Margaret Switten）以为抄本上无论诗文的音节和曲子的音符，还是诗句与调句的划分，都有严谨的对应关系，可是也不是一成不变的。她从诗歌里文字与音乐的重复形成的式样，对诗格扬抑与押韵组合（rima）、语句段落与语意（razo）、诗句与乐句的对称地位（son）——也就是沛尔·德·阿尔文涅所称完美诗歌的三元素（PA 11）——之间的关系做结构与意义的分析。结果她认为噢西坦抒情诗歌中，文字与音乐的关系是复杂而变化多端的，除了诗人的创意，也依赖表演者临场的应变。[②]

另一个与诗歌表演有关的是乐器伴奏的问题。以前学者的共识是，和其他欧洲早期歌唱艺术演出一样，噢西坦抒情诗演唱时应该有乐器伴奏。晚近的学者如范德维夫则认为，现存歌本里并没提到乐器伴奏，因此，抒情诗为人声独唱，没有伴奏的表演。裴吉（Christopher Page）考察过大量当时与音乐有关的诗歌，按其风格分成高低两类，并归纳得出：高格的抒情诗，如宣泄个人情思的"canso"和讽刺时政世风的"sirventes"，通常由单人独唱；低格的诗歌，如有听众起舞的"danza"和"descort"，则会由提琴或其他乐器伴奏。当然也有例外，如兰波特·德·瓦克拉斯（Raimbaut de Vaqueiras）有名的《五月时节》（"Kalenda maia"，RV 15）是13世纪以前存留下来唯一有乐器伴奏乐谱的抒情歌，它的古笺注说，表演时有两个提琴手伴奏，显示出诗人可以作首高格的"canso"，再配上一支舞曲"estampide"的调子。[③]由此可见，作为一种表演艺术，无论其文字与音乐的关系，

① Stevens, *Words and Music in the Middle Ages*, pp. 498-504.

② Switten, "Music and Words: Methodologies and Sample Analysis", pp. 14-28.

③ Van der Werf, *The Chansons of Troubadours and Trouvères*, pp. 19-20. Page, *Voices and Instruments of the Middle Ages*, pp. 134-138.

还是人声和乐器的关系，都是变动不定、变化万千的。

因为早期的抒情诗歌全靠心创记忆与耳闻口传，过了一百多年后才以文字乐谱记录下来成为歌本，成为我们认识噢西坦诗歌的唯一资料，这个流传的过程也特别值得注意。从诗人兼歌手首次演唱起，一首诗歌就可能有很多种版本：诗人每次演唱时可以对它有所改动，到了别的歌手口里，更难保证它不会走样，再落到抄录音乐的人手里时，可能产生的差异就更多了。因为像抄录文字的人一样，抄音乐的人记下他听见的调子，与所据的样本就已经有出入。何况每个抄录者都会有意无意地依自己的见解，变动、修改或更正他的样本，有的抄录者甚至对所抄的音乐毫不理解。较早的现代乐曲编者还把13世纪的新音乐理论硬套在12世纪的乐曲上，再次“改正”抄本上的“错误”。由于中古抄录者采用单调音乐的非节拍记法，调子并没有规律的节拍，而13世纪的新乐理用复调音乐的节拍记法，调子的节拍是规律的，所以现代乐谱以后者“改正”前者，反而对原来的音乐造成更大的歪曲。①

噢西坦抒情诗的音乐和文字都只存在于演唱的歌声中，它的文字意义还能部分存留下来，它的整体意义则已一去不返，因为我们无法直接感受到歌者的表情、动作与声音（如音质和音量、节奏与韵律）。当我们读噢西坦抒情诗时，无论是读原文还是翻译，或是听现代人演唱噢西坦抒情歌的录音时，有了以上的了解，虽然对恢复原来的真相没什么帮助，但至少可以让我们认识到，这些书本和录音缺少些什么。只有从文字与音乐同时着手，具体分析语意、诗格与曲调间若即若离、变化万千的关联，像司薇藤分析雷蒙·德·米拉瓦（Raimon de Miraval）的诗歌那样，才能透彻地认识到噢西坦抒

① Aubrey, *The Music of the Troubadours*, p. 65. Van der Werf, *The Chansons of Troubadours and Trouvères*, pp. 39-43.

情诗的创作技术。[①] 也只有像门诺卡（Maria Menocal）那样，从现代西方摇滚歌曲的角度去观察，才能深切体会到欧洲方言抒情诗歌所属的反叛性歌谣传统。[②]

## （三）方言与拉丁、世俗与宗教

除了作为歌唱的表演艺术之外，以母语创作的诗歌本身就是一种崭新的尝试和选择（如果不是全面公开的反叛）。上面已经谈到，方言文学一直以口传的形式与拉丁的书写文学并存，经过拉丁书写文化长期的渗濡，方言文学慢慢地也被书写记录下来。而中古拉丁文学也受到方言口头文化的影响，逐渐远离古典拉丁的范式。罗曼语诗歌开始时，诗人的母语直接来自拉丁俗语，受中古拉丁文教育，生活在基督教文化里，他们的诗歌环境是拉丁文的和宗教的，用罗曼语作诗的选择代表诗人对诗歌环境的反应与突破。由于这个环境是双重的，突破也是双重的：一是对拉丁范式的突破，二是对宗教范式的突破。前者可以说是通俗文化对学院文化的反动，后者则是世俗文化对宗教文化的反动。

### 方言与拉丁

由于拉丁文化自身已有新旧之分，对拉丁范式的突破得从古典与中古两方面讨论。噢西坦抒情诗和古典拉丁抒情诗有共同的爱情主题，虽然它们之间的关系断裂多于延续，作个比较就容易看出两者的异同。而与噢西坦抒情诗同时期的中古拉丁抒情诗，是诗人耳濡目染的环境，两相对照，更能彰显各自的特色。

① Switten, *The Cansos of Raimon de Miraval*.

② Menocal, *Shards of Love*, pp. 153-156.

西欧拉丁文化新旧范式替换首先来自其社会基础之变异：古典文化是城市文化，建立在雅典和罗马两个帝国的首都的基础上；新欧洲文化是宫廷与修道院文化，产生于帝王、教皇和散布各处的主教与大小贵族的宫廷和修道院里。既然噢西坦诗歌是宫廷产生的文学，我想以宫廷与城市的对比来讨论它对古典拉丁范式的突破，再以宫廷与修道院的对比来讨论它对中古拉丁和宗教范式的突破。

与噢西坦抒情诗的爱情主题最相近的是古典拉丁抒情诗，后者因为使用挽歌诗格而被称为爱情挽歌。[①] 可是，由于主要的四位拉丁抒情诗人中只有奥维德流传于中世纪，并于12、13世纪盛行于西欧，卡图卢斯（Catullus）、普洛佩提乌斯（Propertius）和提布鲁斯（Tibullus）在12世纪以前名不见经传，因此我说拉丁抒情诗的传统与噢西坦抒情诗的关系是断裂甚于延续。即使如此，古典拉丁爱情诗歌还是通过奥维德对中世纪产生了极大的影响。而由于奥维德对爱情的处理手法与噢西坦诗人的有类似之处，如爱神的箭射伤情人的心，情人把情妇当女神般崇拜、甘心做她的奴隶等，西方学者一直有人主张奥维德的爱情诗歌直接影响了噢西坦抒情诗歌。可是，由于无从证实早期噢西坦诗人读过奥维德的诗，晚近的学者只能论证比较间接的影响，如奥维德式的写作策略，或奥维德存在于诗人的“期望水平面”中。[②] 不过，如果不从影响的角度看，奥维德和噢西坦诗人如基廉九世对文体的高度自觉性，对当时流行的文体或社会风尚的颠覆性，都极其相似。但如果从城市与宫廷的角度看，两者却又大为不同。

奥维德抒情诗的世界是帝国的罗马，基廉九世与其他噢西坦抒情诗人的世界是噢西坦尼亚各处的大小宫廷。罗马是帝国的政治、

① Veyne, *Roman Erotic Elegy*.

② Cahoon, “The Anxieties of Influence”, p. 121.

经济和文化中心，朝气蓬勃的大都会。城市里，从广场、剧场到竞技场，从宏伟的公共与私人建筑到各种节庆、游行、赛马会、宴会、戏剧表演，都展现或炫耀帝国的成就。[①] 因此，罗马的大都会文化可说是公共的与炫耀的，维吉尔对奥古斯都歌功颂德、庆祝帝国国运昌盛的《埃涅阿斯纪》就是个好例子。罗马文学本来一直以希腊文学为楷模，因此，无论史诗、抒情诗、戏剧或其他领域的作品都带有浓厚的学究味，爱引用希腊神话与诗歌、戏剧里的人物与情节。帝国的诗人已不甘于模仿，还要超越希腊文学，和维吉尔超赶荷马的史诗一样，奥维德也要超赶卡里马科斯（Callimachus）的抒情诗。奥维德笔下的女人都是罗马城里的娼妓或性行为较随便的妇女，不是宫廷里的贵妇。因此，他的诗虽然写的是比较隐私、亲密的男女关系，并以女性的口吻道出爱情的哀怨，却用了极其公开炫耀而带学究味的手法，与众不同的只是他的玩世不恭的态度与诙谐的文笔。总之，奥维德玩的是大都会里的爱情与文字游戏。

噢西坦尼亚的宫廷与罗马大都会的相比，则是穷乡僻壤里的庄院或城堡，大小封建领主在大厅里和一家老小一起欣赏自家诗人或过访的行吟诗人的表演，他们吟唱来自各地的歌曲、有说故事的史诗和圣人生传；有比较大众化的民歌，如妇女织衣歌或表演时连歌带舞的歌谣；还有较高档的抒情诗。诗人想得到的奖赏已不是因皇帝垂青而飞黄腾达、名扬四域，只贪图些衣物、马驹、现钱或一两桩好差事。尤其是抒情歌，吟唱的题材多与当地的人和事有关，虽然有些较敏感的部分不便直指其名，当地人却都心里有数，知道影射的事实真相。[②] 因此，噢西坦抒情诗给人的感觉比较亲密，虽然场合公开。它的听众只有一小撮人，题目亦多为地方的流言。多数诗

① Hardie, “Ovid and Early Imperial Literature”.

② Paterson, *The World of the Troubadours*, ch. 5.

人不像拉丁诗人，提到太阳就必称阿波罗，说起月亮就径呼黛安娜，至多引用些大众耳熟能详的传说人物，如罗兰、特里斯坦、欧基或高文。他们丰富的词汇多来自当时封建、法律和商业等领域的行政术语[①]，还有来自民间的谚句俚语，更加生动活泼，尤其是对性的禁忌较少，以现代水平衡量，粗言污语不少，却有其自然天成的特色。因此，噢西坦抒情诗歌与古典拉丁抒情诗除了有中央与地方、公众规模的大小、诗歌传统、学究文化与通俗文化的差别之外，还有诗歌语言与媒介的不同。

### 世俗与宗教

产生于宫廷的噢西坦抒情诗歌是通俗的，也是世俗的。宫廷诗歌对世俗现世的关怀可说是对源自修道院的宗教拉丁诗歌的突破，因此，拿宫廷诗歌与修道院诗歌来对比更能看清方言诗歌的新范式。当然，世俗与宗教的区分不是绝对的，如第一部分所阐述，在欧洲的基督教化过程当中，宫廷与修道院并不是两个截然隔离、不相往来的文化中心。修道院的院长大都出身贵族，宫廷人员也不乏受过修道院训练的教士文人，两者之间的互动也是新诗歌的重要背景。宫廷和修道院之间最大的分别在其对性欲的态度，前者比较开放，后者特别闭塞，而两者都表现出同样的憎女观。[②]宫廷的抒情诗公然吟诵性爱的甜酸苦辣，修道院的抒情诗只能转弯抹角地借用《旧约·雅歌》里的爱情诗句来歌颂玛利亚，或者以性爱来形容灵魂与上帝或教会与基督的关系。不过，性爱越受压抑，修士对它就越敏感，作的情诗就流露出更强烈的性饥渴。因此，我用宫廷和修道院的关系比较俗人和修士的诗歌，来说明噢西坦抒情诗的世俗突破。

① Ghil, “Imagery and Vocabulary”. Cropp, *Le Vocabulaire courtois*.

② 见笔者的《理解中世纪与女人》，《当代》，2003（189），90-119。

早期基督教修道院是西欧教育转型的主要工具与场所、基督教文化的奶妈和古典文化的晚娘。[①]如第一部分所言，修道院虽然以出世为主旨，却与宫廷有着千丝万缕的关联，作为教会与帝国扩张的先行者，从6世纪爱尔兰（如哥伦巴）的修道院到9世纪的盎格鲁－撒克逊修道院，无论在本地还是外地，都和世俗君主贵族有密切的关系。很多主教和帝王的臣相顾问（如查理大帝的阿尔昆）都是修士，更多修道院的院长也是贵族。产生这种世俗与宗教混合现象的主要原因是罗马帝国崩溃后中央政权旁落，地方秩序全由地方权贵自理，而修道院院长与主教是地方贵族，负起治理地方的责任。因此，修道院虽然以出世修道、专事敬神为宗旨，却并不与世隔绝，反而直接参与一切世俗事务。

除了修道院，教会还设有主教学校，培训执行教会崇拜礼仪与行政的神职人员。主教学校虽与修道院共同垄断西欧的教育，因为注重教会业务，训练出的教士文士不像修道院出身的大学者那么饱学。经过查理大帝的教育改革，加上教会和世俗贵族的行政事务日趋复杂，需要越来越多受过教育的文士，这些人员主要来自主教学校，因此主教学校的重要性于12世纪已大大提高。最有名的像巴黎和夏赫特（Chartres）的学校出了如阿伯拉德（Peter Abelard，1079—1142年）和索尔斯伯里的约翰（John of Salisbury, 1120—1180年）等大学者，到13世纪，这些学校还发展出著名的经院哲学。主教学校的毕业生，无论加入教会当教士，还是受聘于世俗贵族的宫廷，都是上过学的书生文士（clericus）。因此，贵族宫廷并非完全世俗，宫廷文学大多出自受过教会教育的文士之手，其世界观也带着浓厚的宗教色彩。而教士、文士和俗人生活在一起，有牧世的职责，更易受到俗世的

① 是笔者对 Jean Leclercq, *The Love of Learning and the Desire for God* 一书嘲弄性的（parodic）诠释。

感染，作出俗世主题的诗歌也是顺理成章的事。为了传教，他们有时还模仿世俗歌手吟唱英雄史诗，把拉丁文的圣徒行传编成方言诗歌，吟唱给文盲占多数的信众听。[①] 由于基督教逐渐深入人们的日常生活，宗教与世俗的界限也逐渐模糊。主教学校和教区学校本来已经入世，宗教和俗世的关系太过紧密也带来不少弊病，如买卖圣职的腐败流行和主教与教士婚娶的糜烂风气，招致教会内有识之士的诟病。查理曼王朝已经立法纠正，到了11世纪末，教皇格列高利七世更发起了影响长远的政教分家改革运动，再次严格划清世俗与宗教的界限。即使如此，12、13世纪的修道院与宫廷仍然保持着十分密切的关系。

中古拉丁抒情诗多出自修士或受过修道院教育的诗人之手，带着浓厚的宗教气息。修道院原为出家修道之所，本与文学无关，只是一来修士空闲过多，清心寡欲，正好读书，二来抄书研经本是修道的正业，许多基督教修道院逐渐成为西欧的学术中心。由于古典文化对研经大有帮助，修道院藏书、抄书也逐渐引进世俗古典拉丁文学。至于来自俗世的影响，尤其是方言文学与民间音乐，教会虽然谨慎挑选引用，却又严加管制。不过，人非木石，内在冲动与外来的诱惑防不胜防，修道院有时也得照顾血气方刚的年轻修士，让他们被压抑的欲念通过音乐与世俗诗歌的文字得以宣泄。这种情况在上述的11世纪《剑桥歌集》已见端倪，其中有以女人口吻写的怨妇情诗（CC 40）和四首因过度香艳而惨遭教会审查者擦除的情诗（CC 27, 28, 39, 49）。不过，整体而言，歌集里的诗歌大多数与宗教有关，即使对世俗帝王的颂歌和挽歌也弥漫着宗教气氛。世俗文学渗入修道院的倾向也很明显，如在阿基坦的利摩日（Limoges）圣马修寺（St.

① Auerbach, *Literary Language and Its Public in Late Latin Antiquity and in the Middle Ages*, pp. 285-286.

Martial）里著名的音乐手抄本就有世俗诗歌（versus），其诗歌形式与音乐则完全模仿宗教诗歌。[①] 13 世纪的《布兰那歌集》（*Carmina Burana*，简称 CB）就更加复杂，很多诗歌是已经离开修道院或主教学校的学生的作品，世俗诗歌的比例也更大。他们写的拉丁诗学究气特别重，很多还有学堂习作的蜡版味道。[②]

《布兰那歌集》抄成于 13 世纪初，是前两世纪作的诗歌，与噢西坦抒情诗歌属于同一时期。歌集里有一半是爱情诗，其他是批评社会和教会的讽刺诗和反映学生生活的诗歌，最后还有些宗教诗歌和戏剧。从歌集里的爱情诗歌可以看出，拉丁诗人喜欢炫耀学问，搬弄大量的古典神话角色、星象学、鱼虫鸟兽的知识，并以学问作为追求女人的最大本钱。他们的爱情观虽然不能一言以蔽之，却显出一种群居光棍特有的色情心态。他们以高超的文艺手法写些不堪入耳的题材，如因强奸得逞而向爱神维纳斯高唱凯旋之歌（CB 72，露骨歌颂暴力强奸牧羊女的还有 CB 84, 158），把从奥维德学来的爱情手腕全用在勾引妇女身上，把修辞学教本里的描写程序拿来逐件数说女人身体的美好风光（CB 67，83）。有的写学生抛弃书本去追求女人（CB 162）或上妓院的经验（CB 76），有的写辩论诗论证书生比骑士更值得女人垂青（CB 82，92）。歌集里也有些歌颂情妇的诗歌，近似于当时流行于宫廷的方言诗歌。可是，诗人歌颂的是一般性的爱情，缺乏个人的感受，学堂里模仿奥维德习作的气息较浓（CB 70，74）。连以描写情人竟夜销魂之后的倦恹美梦而著名的《当黛安娜灿烂的火炬升起》（“Dum Diane vitrea”，CB 62）都夸耀肉体的满足甚于情意的缠绵。

噢西坦抒情诗人虽然有些曾受过拉丁教育，学过文法、修辞、

① Grier, “A New Voice in the Monastery”.

② Fischer, et al. trans., *Carmina Burana*. 简称 CB，其后数目为本版本的诗歌编号。

辩论、诠释和音乐的知识，他们的诗歌却与拉丁诗截然不同，多数情诗以熟悉的宫廷现象，如属下对主上的效忠、主上对属下的照顾，专一描写男性欲望的不满足，而女人是高高在上、可望不可即的目标，欲望与挫折感才是它的标记。虽然肉体的满足也是爱情的最终目的，奥西坦诗人对爱情的看法和态度却复杂得多，诗歌着重刻画情人追求女人过程中的心理状态。抒情诗里虽然夹杂着学院式的议论与辩论，奥西坦诗人却很少引用拉丁典故，从不掉书袋卖弄学问，至多只炫耀自己作诗的本领和追求女人的经验，而对男性欲望的专注，以及把女人当作沉思的唯一对象，几乎可以和对上帝或圣母的专注与虔诚相提并论，也可说是一种范式性的突破。如像基廉九世那样，诗人借用玛利亚赞歌的曲调和诗格来歌颂身份不高的世俗情妇，虽然显示世俗与神圣的密切关系，也是对宗教诗歌的嘲弄与颠覆。[①] 世俗与宗教、诚信与颠覆的并存，在稍晚的诗人如蒙陶顿修士和沛尔•喀典纳尔的作品中就越发明显。据两人的小传，他们都受过拉丁教育（B/S, 第 307-308 页，第 335-336 页）。沛尔作了很多抨击修士、教士、文士和教会的讽喻诗，不遗余力地揭发他们贪婪好色的腐败生活。可是，他也作了几首极虔诚的宗教诗，其中一首沉思耶稣在十字架上受难（PC 30），另一首里描写他准备在末日审判时和上帝算账，要求上帝敞开天堂大门，让在人世间吃尽苦头的众生得救，夺回魔鬼俘虏的灵魂（PC 36）。修士在修道院里仍以作诗出名，经常外出为贵族亲朋演唱，把所得的酬劳带回用以供奉修道院，并得院长准许，前往阿拉贡王的宫廷演唱，奉旨食肉、追女人和作诗，晚年重回修道院终老。除了情诗以外，他还有几首跟上帝开玩笑的诗，在一首里（MM 13）他向上帝抱怨说，在修道院里关了一两年令他亲朋离散。上帝也认为他在修道院里终日筹谋战事，与邻居争地，倒不如歌唱

① Kendrick, *The Game of Love*, pp. 140-156.

欢笑，让大家都高兴好些。修士回答说，他怕作诗撒谎触犯他老人家，还是回修道院为妥，不敢去西班牙演唱。上帝认为不可坐失良机，催他赶紧动身。另外两首（MM 14, 16）就对上帝和圣徒更加不敬。圣徒们因为妓女把胭脂涂漆全用光，使他们的神像无法重漆，向上帝告妓女的状。上帝认为妓女涂脂违反自然，而且她们如果青春永驻，岂非要像他一样不朽，形同造反。修士代妓女求情说，除非他让女人艳色至死不衰，否则就该废除涂料，谁都别使用。他跟上帝的谈判当然是歪扯瞎缠，尽说些女人撒尿和化妆的关系，几岁以上的女人准许涂脂等话题，最后一场官司不了了之，妓女照旧制作、涂搽胭脂。沛尔对教会的鞭挞、开上帝的玩笑和寻圣徒的开心，充分表现了世俗的噢西坦抒情诗歌向宗教诗歌极幽默的挑衅。

除了《布兰那歌集》，中古拉丁诗人还写了不少关于爱情和其他世俗主题的诗歌。可是，他们写得更多的是宗教诗歌，世俗诗歌只能算是旁支，修士受世俗环境与其诗歌影响的产品，显示当时社会里宗教与世俗的密切关系。很多学者在噢西坦尼亚的地方主教和修道院与贵族的关系中寻找宫廷文化的来源，贝佐拉（Reto Bezzola）曾把宫廷爱情的起源追溯到大贵族基廉九世与巡回宣教、建立修道院的罗伯特·德·阿布里塞尔（Robert d’Arbrissel）的抗争。[①] 虽然我对起源的问题没有兴趣，却承认基廉九世的生平事迹和诗歌的确是对宗教垄断的文化的反叛。耶格（Stephen Jaeger）则认为，12 世纪盛行的宫廷文化源自 10 世纪鄂图帝国的主教教廷，廷内修士把罗马政治家的理想风范传播到各个世俗君王贵族的宫廷里，文质彬彬的主教是世俗骑士的楷模。[②] 这种文化理想流传说，臆想推理成分较重，缺乏具体、实在的证据，虽能自圆其说，却无助于对实际历

① Bezzola, “Guillaume IX et les origins de l’amour courtois”.

② Jaeger, *The Origins of Courtliness*.

史的认识。由于当时的世俗君王贵族大多不识拉丁文，连鄂图皇帝的本家——日耳曼境内的君主都只对流行的法语文学有兴趣，对拉丁文学全没胃口。[①] 因此，很难确切地说，主教教廷的拉丁文化直接影响了世俗宫廷的方言文化。

唯一可以确信的是，受过教会的拉丁文教育的文人替世俗贵族（骑士阶级）服务，产生了中古欧洲前所未有的娱乐性宫廷文学，如用噢西坦语和古法语作的圣徒生传、抒情诗歌、罗曼史、演义歌等。因此，新兴的方言文学最早出现于像沛投、安茹、诺曼底等地方贵族的小宫廷里，然后再传播到西欧各地。[②] 至于早期的噢西坦诗人与歌手，受拉丁教育的本来就不多，他们也不把学到的拉丁诗歌与作诗法照本宣科地套用在方言诗歌上[③]，何况有许多人根本不懂得拉丁文，他们是口头文学的传人，继承了源自异教而逐渐被基督教化的世俗诗歌。噢西坦抒情诗虽然一直受拉丁宗教环境的影响，到了晚期，还产生了越来越多带宗教意识的抒情诗，如由歌颂贵妇转而赞美圣母玛利亚的颂歌，有些诗歌更令人分辨不出诗人歌颂的是圣母还是世俗女人。可是，从噢西坦抒情诗的开始到鼎盛期，它的主流的确是世俗的 。

## （四）个人才能与传统

对噢西坦诗歌开始的环境做过鸟瞰后，我们必须回到诗人本身，因为他们不只是旧范式的使用者，更重要的，他们是新范式的建构者。对每个诗人而言，每次作诗的冲动，每首诗的创作过程，无论

① Bumke, *Courtly Culture*, p. 435.

② Kay, *Courtly Contradictions*, pp. 1-37. Bezzola, *Les Origines et la formation de la literature courtoise en occident*, Pt. II and Pt. III.

③ Paterson, *Troubadours and Eloquence*, p. 112.

感受到多大的“影响的忧虑”，都是一个新开始。就像赛义德说的，“开始”涉及作者的意向与方法，“‘开始’是**做出或产生差异**”（作者加的强调）。[①] 夸张点说，“语不惊人死不休”该是诗人做出差异的目标，上引基廉九世的开场诗句，就很有点这个味道，也是噢西坦诗人中佼佼者的共同意向。如沛尔・德・阿尔文涅就认为和别的诗歌相似的诗歌毫无价值（PA 4）。过分强调传统规范影响的研究，常常忽视个人才能在诗歌创作过程中决定性的角色与贡献。这也是德隆克对库尔修斯搜集通用材料（topos）之方法论的主要批评：它“整体而言正确，但其体系不可能完整”[②]。不完整的原因正是对诗人个人才能的忽视。因此，我要从个人才能与传统的关系来看噢西坦抒情诗歌最具开创性的新范式。

从现存最早的噢西坦诗歌的作者基廉九世的诗歌可以见到，噢西坦抒情诗当时已经有自己的传统，尤其是以爱情为主题的抒情诗，无论形式与内容几乎都已有成规，才会成为他揶揄的对象。虽然过去学者对这个传统的来源有多种揣测，我认为它主要是噢西坦诗人长期集体创造出来的，无论当初受到什么外来的影响，那些影响已经被诗人消融于无形。基廉九世的例子同时也代表噢西坦诗人的独特个性、对诗歌创作的高度自觉性，以及诗人与诗人之间因竞争而在形式与内容上的刻意求新。因此，我就从噢西坦抒情诗歌所投射出的极具独特个性的诗人面貌、显现出高度自觉性的诗歌，以及在形式与内容上的创新等方面来讨论诗人们如何共同建构一个新传统。

① Said, *Beginnings*, p. xiii.
② Dronke, *Poetic Individuality in the Middle Ages*, p. 21.

**诗人的独特个性**

大多数中古俗语文学，如史诗、罗曼史、圣徒行传、色谑诗和各色各样的其他通俗文学，其诗人或作者的姓名都没存留下来。噢西坦诗歌却保留了460个诗人的名字，其中有三十几个在诗中“签名”[①]，如阿诺特·但尼尔几乎在每首诗中都挂上自己的名字。诗人虽然没留下太多生平事迹的记录，他们的性格和面目却跃然纸上，令读者深刻感受到他们的独特风格与气象。诗人多彩多姿的个性引发了13世纪诗人传记和笺注的产生，诗人特立独行、不守成规的个人主义倾向也颇为现代学者激赏。[②]现在就先看诗人如何在诗歌里表现自我。最引人注目的是诗人的自尊自大，他们作情诗时特别喜欢夸耀自己作诗和做爱的本领，自我吹嘘几乎成了一种诗歌的惯例（topos）。从基廉九世开始，噢西坦诗人都或多或少、有意无意地流露出自己的诗歌高人一筹的优越感，以下就举几个较突出的例子。

基廉九世爱标新立异，几乎每首诗都流露出诗人的傲气，有时称道自己的诗作得多么好（GIX 6），有时撩逗性地夸大诗中之“我”的床上功夫（GIX 5）。马克布鲁（Marcabru）自命善辩，判断力高人一等（Mb 35），他的诗无人能删减一字（Mb 9），用字之晦涩，有时连他自己都搞不清楚（Mb 37）。沛尔·德·阿尔文涅爱王婆卖瓜，自赞自弹（PA 5），自称是作成完美诗歌（vers entiers）的第一人（PA 11）。伯纳特·德·文特当坚信诗歌源自人心，他的诗比别人高明，因为他的心爱得比别人诚（BV 15, BV 31）。兰波特·德·奥然迦以晦涩深奥的诗风自豪，但经常作些轻快明朗的诗逗惹同行，说多难的诗他都作得，简单的诗岂能难得倒他（RA 16）。基柔特·德·伯尔内尔（Giraut de Bornelh）则反唇相讥，说作难诗并不难，要作好

① Kay, *Subjectivity in Troubadour Poetry*, p. 146.

② Topsfield, *Troubadours and Love*, p. 1.

明快的诗，还须有他那一流的头脑才行（GBo 33）。阿诺特·但尼尔自夸精通爱情之道，力能止息狂涛，他的牛跑得比兔还要快（AD 16）。沛尔·维达尔（Peire Vidal）自诩武艺和房中术都精通（PV 36, 29），“编织”诗文的功夫，没人赶得上他的脚后跟（PV 3），他人才出众，从不打诳（PV 24）。诸如此类的自我表扬，在噢西坦诗人中可真是俯拾皆是。

诗人自夸当然也是自我宣传的手法，诗人的圈子本来就很小，尤其是职业行吟诗人之间的竞争更加激烈。譬如，沛尔·德·阿尔文涅自夸为作完美诗歌的第一人，引起伯纳特·马尔提（Bernart Marti）的攻击，说他离开教会的神职，对上帝都不守信用，还敢奢言完美，不如去替别人作的诗谱曲（BM 5）。基柔特·德·伯尔内尔则认为诗如果真有价值，诗人自夸又有何不可（GBo 65），只要诗歌受人欢迎，他并不介意唱他的歌的人嗓子多么粗（GBo 33）。不领情的沛尔在他有名的“诗人榜”诗中，讥笑基柔特唱起歌来，哼哧有如挑水的老太婆（PA 12）。蒙陶顿修士学沛尔也作“诗人榜”诗，嘲笑阿诺特·但尼尔尽说疯话，“骑牛赶兔、逆潮游泳”之后的诗歌，连一朵野花都不值（MM 18）。又如马克布鲁在诗里痛批流行的爱情观，伯纳特·德·文特当作诗反击，讥讽他无知（BV 15），沛尔·德·阿尔文涅则为马克布鲁辩护，嘲笑伯纳特出身微贱（PA 13）。

当然，诗人之间不只相轻一道，诗人以诗歌互动也相当普遍。过去中古学者比较重视噢西坦诗歌与其他诗歌如拉丁教会的赞美诗或阿拉伯的喀尔迦之间的关系，比较不注意诗人之间的互相呼应。现代文学理论关于文本之间互动的讨论，简称为互文性（intertextuality），打破窄狭的影响观念，帮助中古学者更深入细腻地发掘噢西坦诗人之间的互动状况。如梅妮葛蒂（Maria Meneghetti）列举诗人互相引用诗句，采用相同的诗格、押韵组合、曲调或主题作出不同的诗歌的例子，来说明诗人间的对话、评论和争议。[①] 葛鲁博（Jorn Gruber）的《作诗的辩证法》也从诗歌开场和押韵用字到曲调的互相借用，以丰富的材料详细分析诗人互动的关系。由于诗人的词汇、题材、表现法颇多雷同之处，有的学者诗读多了，觉得好像千篇一律，平淡无奇，还得仔细比较，才能体会出每首诗都是精通此道的诗人与诗人间、诗人与听众间针锋相对的对话。[②]

就拿基廉九世自命空前的“子虚诗”作为例子，从这首诗招来的反应可以窥见奥西坦诗人互相较劲的一斑。兰波特·德·奥然迦也作了首“子虚诗”，他不只自称不知道诗的内容，连所作的诗叫什么名堂也不知道，而且每阕六行诗句之后都以一段散文收场，在奥西坦抒情诗中自成一格（RA 24）。与他同时期的基柔特·德·伯尔内尔则以情场失意、精神错乱为由，作了一首苦乐备尝而自相矛盾的诗，诗人自称不知所云，记忆全失，不懂得如何作诗而强作诗，还叫不会唱歌的人去唱这首歌（GBo 54）。稍后的爱美利克·德·裴基兰（Aimeric de Peguilhan）更进一步，作了一首没有题目的辩论诗（tenso），给他的辩论对手出个子虚的难题，对方必须作答，而且不能无言以对，因为无言不算是答话（AP 6）。可见奥西坦抒情诗歌所呈现的诗人，都极其好强、有侵犯力、竞争性强、创新、不墨守成规。他们也常常以各种题目，如爱情、战争、政治、社会风气等，互相唱和、对话与辩论，特别是对诗歌本身如诗歌难易的争论，引发了可以说是欧洲方言文学的第一场文艺论战。

### 自觉的诗歌与难易之争

由于诗人之间交往频繁，且常以诗歌互相较量，因此，诗人作

① Meneghetti, *Il pubblico dei trovatori*, ch. 3.

② Gruber, *Die Dialektik des Trobar*, p. 256.

起诗来非常自觉，常于诗中讨论诗歌的性质和创作的问题，把诗歌本身当作一个主要的题目。譬如，除了伯纳特·马尔提以接吻时舌头的交缠比喻编织的文字与精炼的曲调的关系（BM 3）之外，诗人最爱用刨磨琢锲的建筑意象来形容他们作诗的过程：马克布鲁携带燧石、火绒和钢条作诗（Mb 33）；沛尔·德·阿尔文涅要磨净字锈，刨光诗句（PA 15），使歌词字字锁紧（PA 8）；基柔特·德·伯尔内尔要刨尽难字，让光滑的诗歌到外地溜荡（GBo 31），或者把轻快机智的字句焊接（GBo 36）和编织（GBo 33）起来；兰波特·德·奥然迦把晦涩的文字交织成章，再磨净上文的恶锈（RA 1）；阿诺特·但尼尔以凿琢字，刨平裁定后，爱情再把歌磨光镀金（AD 10）；沛尔·维达尔要把诗词和曲调优美地交织成一种雍容华贵的风格（car ric trobar，PV 3）。从刨磨（aplanar）、琢锲（limar）、焊接（soldar）、交织（entrebescar）、锁紧（serrar）、镶镀（daurar）、精炼（afinar）这些描述建筑和手工艺的动词可见，噢西坦诗人对诗词的材料，尤其是文字的感受是具体实在的，认为文字是可以用手触摸、玩弄的东西，像小孩玩的泥巴，供诗人捏搓出各种奇异的花样。这种“雕章镂句”的文字感在当时还很新颖，诗人把文字当作玩具做文字游戏也是噢西坦抒情诗歌的一大特色。[①]

以诗歌论诗最有名的例子是诗歌难易之争。无论是为了显露作诗的本领，或者卖关子，故弄玄虚，还是为了保密，以免泄露情人的身份，有些噢西坦诗人使用艰涩的词汇、韵字或典故，创出一种只有深知内情的行家才能欣赏的封闭式风格（trobar clus）。马克布鲁的诗就以晦涩出名，他虽然没自命为晦涩诗人，却是后者模仿的典范。他提倡自然诗法（trobar natura, Mb 32），反对矫揉造作，可是，自然对他也是一种道德秩序，因此，他的诗歌愤世嫉俗。后来

① Kendrick, *The Game of Love*, p. 17.

的诗人说他笔法粗犷（trobar braus，RM 31），不喜圆滑失真、谄媚欺骗的作风，他的诗歌充斥着刺耳的声音和色情暴力的字眼和形象。沛尔德·阿尔文涅是首先用“clus”（封闭、锁牢）来形容诗歌文字的诗人（PA 8），他理想中的完美诗歌，每个字都给恰到好处地“锁牢”起来。他所强调的不是道德而是艺术的完美，不是意义的朦胧，而是风格的优雅。基柔特·德·伯尔内尔则认为诗歌应该娱乐大众，得明白易懂，而且易学易唱，是轻易风格（trobar leu）的发明者。[①]他和化名为“林奥尔”（Linhaure）的兰波特·德·奥然迦的辩论诗（GBo 59=RA 31）成为难易之争的经典之作。所谓“封闭”的风格指以艰涩的字眼、奇险的韵脚、出人意表的意象、隐晦的典故与影射，作成意义朦胧、有待行家推敲琢磨才能领会的诗歌。兰波特认为听众当中必有愚钝和没受过教育的人，诗人不可能迁就他们，讨好所有的听众。他作诗纯为自我娱乐，从不理会别人懂不懂得他的诗。基柔特承认诗人该按自己的才情、爱好作诗，可是，雅俗共赏的诗更受人欢迎和热爱，何必作些没人能懂、毫无价值的诗。兰波特反驳说，只要能作出最好的诗，他就心满意足，因为阳春白雪像金子一样比下里巴人的盐巴更珍贵。

噢西坦诗人以诗论诗，却没有留下诗论文章（雷蒙·维达尔除外），诗歌难易的争论仅散见诗人诗中，除了晦涩的“封闭”与明朗的“轻易”之外，讨论诗歌的词汇还有讲究意义分明而形式复杂、技术难度高的“ric”“car”“sotil”“prim”，讲究明易的“leugier”“plan”“levet”。和拉丁修辞论文把风格分成上中下三级相比，噢西坦诗人论诗的词汇更加具体，与生活经验直接相关，更有创新性，从不囫囵吞枣，接受来自古典的修辞学理论。[②]尤其有趣的是，诗人的理论和他们实

① Paterson, *Troubadours and Eloquence*, p. 101.

② Spence, "Rhetoric and Hermeneutics", pp. 176-177.

际作的诗并不一致，主张作难诗的常有明易的佳作，主张作通俗诗的也会作出朦胧的诗歌。基柔特·德·伯尔内尔就认为，难与易是同一个高尚风格的两面，前者容许诗人发挥作诗的本领，后者兼顾到听众接受的需要。[①]不过，学者常以晦涩与明朗来区分诗人的风格，阿诺特·但尼尔为前一种风格的极致，伯纳特·德·文特当则是后一种风格的典型人物，他也是最受欢迎的噢西坦抒情诗人。

早期晦涩诗人多出身贵族，柯勒（Erich Köhler）认为兰波特·德·奥然迦代表高层大贵族，基柔特·德·伯尔内尔则代表低层小贵族，他们以封闭诗格作为联合大小贵族的一种宫廷文化理想。[②]不过，讲求限于少数社会精英的高级艺术，标榜南方宫廷文化特色的晦涩诗，到底曲高和寡，难以为继。[③]后来的诗人大多争取越发广大的听众，包括新兴的中产阶级，走普及明朗的路线。帕特森（Linda Paterson）认为以爱情为主题的诗歌"canso，chanso"或情诗取代早期的"vers"作为抒情诗歌的通称，与明易风格的崛起有关，因为"canso"的特色就是轻快明亮的风格。[④]这个有高度自觉性的诗歌形式流行于西欧各地，在北方有古法语的"chanson"和中古高地德语的"Minnesang"，在西方有西班牙语的"cantigas"，在东方有意大利语的"canzone"，是但丁和彼特拉克抒情诗的样板。噢西坦诗人无论在诗歌的题材、形式和音乐上都挖空心思，刻意求新，产出丰盛的成果，也成为欧洲诗歌的主流传统。如今且看他们在形式与内容上的新尝试。

---

① Paterson, *Troubadours and Eloquence*, p. 114.

② Köhler, "Observations historiques et sociologiques sur la poésie des troubadours".

③ Pollina, "Obscure Style", p. 171.

④ Paterson, *Troubadours and Eloquence*, pp. 115-116.

**形式与诗律**

纯粹就诗歌的形式而言，噢西坦抒情诗歌的创新在欧洲诗歌史上是空前的。[①] 如上所说，噢西坦抒情诗是文字与音乐的结合，讨论它的形式就得兼顾诗律与乐律的配合。噢西坦诗律不讲求拉丁诗律里的长短音步，只讲究音节与诗句数目、重音节奏和韵律组合的准确，而且大多数诗都谱上新曲调。它的主要创新有二，一是高度发展的押韵技巧，二是确定讲求节奏格律的阕节（coblas）为诗歌的基本单元。一首诗可以由一阕到多阕组成。开头的诗阕决定全诗的格律，结尾的诗阕叫“tornadas”，通常只有半阕长，但保持前阕的韵律组合，有时可有两三个结尾诗阕。构成诗阕的主要因素是格律、韵脚与韵律组合，格律指对诗阕里诗句数目和每行音节数目的设定，韵律组合指韵脚在诗阕里与诗阕间的安排。一首诗的格律取决于诗句数目、每句的音节数目和韵脚的安排。噢西坦诗人挖空心思，用这几种元素创造了变化万千的形式。

诗阕格律的变化在于诗句音节的数目是否同一，同阕各句的音节数目相同的叫作同律（isometric），如果同阕诗句有不同数目的音节就叫作异律（heterometric）。韵脚有阴阳之分，重音在最后一个音节的是阳韵，否则是阴韵。险韵包括难押的韵脚（rims cars），从同一字引出，如不同文法词类的字眼（rims derivatius），或者只跟不同阕里相对诗句押韵的韵字（rims estramp）。而噢西坦诗律中最引人注目的也是技术上最难的是韵律的组合，14 世纪的《爱情令律》提供的一些术语至今尚为学者采用。组合单纯的形式中最难的是同一个韵律组合通用于全诗各阕，叫作“一声阕”（coblas unissonans），每阕各有不同韵律组合的叫“单阕”（coblas singulars），韵律组合每两阕一变的叫“双阕”（coblas doblas），

① 噢西坦抒情诗诗格总览见 Frank, *Répertoire métrique de la poésie des troubadours*.

隔阕换韵组的叫“换阕”（coblas alternadas）。“封闭式”的诗人采用更复杂的形式，通常以韵脚连锁诗阕，难度就更高。一阕最后的韵字必须出现于下一阕的首句而非韵脚的叫“首尾字阕”（coblas capfinidas），[①] 一阕的结尾韵脚成为下一阕的首句韵脚的叫“首尾韵阕”（coblas capcaudadas），后者每阕韵组的韵脚秩序颠倒的就叫作“连环阕”（coblas retrogradadas），其中以阿诺特·但尼尔用六个韵字轮流换转的六韵诗（sestina）最为著名（AD 18），但丁除了仿造了一首名为《正当白日短促，阴翳之圈漫长》（“Al poco jiorno e al gran cerchio d’ombre”）的六韵诗，还更上一层楼，写了一首每阕 12 韵字的双重六韵诗——《爱情，你明见这位佳人》（“Amor, tu vedi ben che questa donna”）。彼特拉克也受阿诺特的影响，写了 9 首六韵诗。

阿诺特以形式奇绝得到但丁的青睐，除了六韵诗外，他现存的 19 首诗中有 14 首不同的“一声阕”诗。其他诗律创新最有成就的噢西坦诗人是较早期的马克布鲁、沛尔·德·阿尔文涅、兰波特·德·奥然迦（38 首诗中有 30 种独特的形式）和基柔特·德·伯尔内尔（77 首诗中有 61 种单一形式）。马克布鲁还留下最早的讽喻诗、辩论诗、牧女诗和十字军出征歌，兰波特·德·瓦克拉斯则扩充既有的形式，将辩论诗中的二人对话增加到三人（RV 9）。有的辩论诗以不同的语言对话（RV 3，21），其中一首竟以五种方言写成，每阕谱上不同的调子（RV 16），都极有创新性。诗人又经常借用别人的格式与曲调，或者以同一格律唱和或辩论，来显示自己的诗才或考验别人的本领。借用的动机也很复杂，唱和应酬、模仿效法、批评讽刺、恶言相向兼而有之。诗人互相策动的结果就是给欧洲诗歌留下丰富的遗产，为欧洲诗律开辟了大片新天地。而现存的 2552 首诗歌，就

① 曹植《赠白马王彪》第二阙到末了也用了同样的技巧。

有 1575 个不同的诗格与韵律组合，其中有 1200 个是单传孤例。884 个韵律组合里有 541 个只在一首诗中出现过，可见噢西坦抒情诗人多么注重形式的新奇。[①] 有些抒情诗体的形式来自民间歌曲，如踩踏歌“estampidas”和其他舞曲“dansa”“baladas”“retroenchas”等。可是，大多数诗体分类的名目取自抒情诗歌的内容，与形式无关。例如专事吟诵爱情的情歌“canso”和讽刺社会道德、批评时政、教育世人的讽喻诗“sirventes”在形式上并无差异。[②] 早期诗人作诗并没有明确固定的文体概念，也不墨守成规。诗人虽然常给诗歌分类命名或提及各种名目，却不像后来修辞学家区分得那么严格，因为噢西坦抒情诗歌的文体概念并非源自拉丁修辞学，而是从诗歌自身的创作与演化过程逐渐发展出来的。[③]

**内容与文体**

一般人以为噢西坦抒情诗歌的唯一主题是爱情，其实它有浓厚的个人色彩和丰富多样的题材，并不局限于谈情说爱。它的内容驳杂的情形，可从其文体分类与分布情形略见端倪。据帕登（William Paden）的统计，2552 首噢西坦抒情诗中，约有 1000 首（约 40%）情诗（canso），500 多首（约 21%）讽喻诗（sirventes），不到 500 首（约 19%）短诗（cobla），500 多首（约 20%）少数文体诗歌如辩论诗（tenso 与 partimen 各占约 4%）、宗教诗（约 3%）、挽诗（planh，约 2%）、讽喻诗 - 情诗（sirventes-canso，约 2%）、牧女诗（pastorela）、黎明诗（alba）、十字军出征歌及与舞蹈有关的诗歌和其他边缘诗体（后

① Chambers, “Versification”, p.107.

② Burgwinkle 的 *Love for Sale* 认为前者自创新曲，后者沿用旧曲（p. 261, note 21），二者的内容也不是泾渭分明的（p. 16）。

③ Paden, “The System of Genres in Troubadour Lyric”.

3 种各约 1%）。[①] 情诗的数量虽然最多，作讽喻诗的人数却比作情诗的多得多（107 ∶ 58），讽喻诗的题材与拉丁诗歌传统比较接近，它的重要性更不容忽视。[②] 同样不受现代学者重视的是占总数五分之一的单阕诗。虽然大多因其题材未能登大雅之堂而受轻视，但这些 12 世纪末兴起的一至二阕的短诗却备受广大民众的欢迎，连低下阶层的诗人、歌手、妇女、外地人都可参与，在社会和文学上都发挥了交流、教育、宣传、批评、娱乐和诗歌平民化的作用。许多主要的抒情诗人，如福克特 · 德 · 马赛（Folquet de Marseilla）、高森 · 法以第（Gaucelm Faidit）、兰波特 · 德 · 瓦克拉斯、沛尔 · 维达尔甚至用它来做人身攻击的工具。[③]

传统学者依内容把讽喻诗分成道德和政治批评、宗教战争、人身攻击、“诗人榜”、教养诗（ensenhamens）、挽歌等类。[④] 由于诗人和宫廷的关系密切，对当时的人物与事件都有亲历的感受与认识，几乎所有诗人都留下了几首讽喻诗（伯纳特 · 德 · 文特当例外）。12 世纪的主要大事（如王朝与安茹王朝的斗争、十字军东西征）和大人物（如法国国王路易七世与腓力二世，英国国王亨利二世、王后依莲诺和他们的几个儿子，包括鼎鼎有名的狮心理查）都在噢西坦抒情诗里留下了不可磨灭的痕迹，诗人中伯特兰 · 德 · 伯恩与他们的关系最密切。这位小贵族诗人天性好战，唯恐天下不乱，专爱挑拨是非，好让他从中取利。他大多数的诗歌都在歌颂战争，他最欣赏有勇无谋的理查，最瞧不起以智取胜的腓力，爱夸耀理查以兔子猎取狮子，讥讽腓力以猎鹰来抓小麻雀（BB 35）。依莲诺因早年与她叔父的乱伦谣言受到瑟克蒙（Cercamon，Cm 5）和马克布鲁

① Paden, “The System of Genres in Troubadour Lyric”, p. 23.

② Léglu, “Moral and Satirical Poetry”, p. 47.

③ Poe, “Cobleiarai, car mi platz”.

④ Jeanroy, *La poésie lyrique des troubadours*, II, pp. 174-246.

（Mb 15）的谴责，后者还影射她为“安茹荡妇”（cecha anzuvina，Mb 37, 57）。伯纳特·德·文特当的小传则称他是她的情人（B/S，第20-28页），并为她作情诗（BV 33）。讽喻诗对时事人物的议论批评，是相当有价值的历史见证，也是它的一大特色。

讽喻诗中不乏对人心不古、世风日下的感慨（PA 15, GBo 47），而被抨击最多的是败坏的社会风气和腐败的特权阶层。马克布鲁对宫廷里流行的婚外情深恶痛绝，以直率粗野的言辞大张挞伐，斥责丈夫追求别人的老婆、妇女的性关系太随便，造成贵族血统的混杂不纯，动摇了家族权力延续的基础。他攻击的诗人可能包括基廉九世（Mb 2，4， 8，11，12，17，18，24，29，34，38，40，41，42，44）。不过，他十几二十首讽喻诗反对向已婚情妇献殷勤的诗歌，却引起伯纳特·德·文特当的反击（BB 46）。另一个遭他非议的现象是金钱腐蚀了爱情的纯真和贵族的身份，接受金钱的情妇犹如娼妓，看重金钱的贵族有失骑士之风（Mb 5，7）。谴责特权阶级腐败最全面的诗人是沛尔·喀典纳尔，他有几十首诗专门讽刺强权贵族和教会人士的腐化生活，从帝王公侯攻城略地，手下官员搜刮民脂民膏，到修士教士吃喝玩乐、淫人妻女（PC 60），无不受到他的抨击。整个社会一片黑暗，好像一座城的居民全被一阵怪雨淋疯了，只有诗人一个人在屋里没淋着，还保存了理智，却被城里人当作疯子，几乎给群众打死（PC 80）。从马克布鲁到沛尔·喀典纳尔，噢西坦诗人无论出自宗教信仰还是基于传统价值，都很关心社会上不公平的现象，表现出高度的正义感，可以说是噢西坦诗歌的另一特色。

介于讽喻诗和情诗之间的辩论诗，虽然受到拉丁辩论诗的影响，其辩论的题目却更加新颖。拉丁辩论诗是学校课程之一，在中世纪相当流行，较著名的有《春天与冬天的辩论》（*Conflictus Veris et Hiemi*）[1] 与《菲利斯与弗罗拉的辩论》（*Altercatio Phyllidis et Florae*, CB 92）。前者争论哪个季节最受人欢迎，后者是两位女郎各自为骑士与文士情郎争优劣。噢西坦辩论诗则是宫廷里极流行的游戏，辩论的题目范围更加广泛，但大部分仍以爱情为主。有的就一个问题交换意见；有的就问题的正反，双方各执一词，进行辩论（partimen）。前者如上述关于诗歌难易的辩论，或商量如何与情人重拾旧欢（GBo 57），以及富人与穷人的辩论（MM 17）。后者的题目花样就更加繁多，试举几个爱情的难题：爱情能够没有性的乐趣吗（Pr 28）；做过一次爱就得离开，还是不做爱而整晚睡在一块儿（Pr 30）；情妇爱你却不让你快活，还是她让你快活，但是她有其他情人（FM 15）；该向情妇表明爱意，还是唯恐冒犯而保持沉默（PV 21）；爱一个不爱你的女人，还是让一个你不爱的女人爱你（AP 3, 19）；和情妇睡觉，遵守还是违反不侵犯的承诺（AP 37）；情妇知道你的真心，还是你知道她的真心（Sd 16）。正因为辩论诗带点学究味，比较容易看出噢西坦抒情诗的游戏本质，提醒听众别对情诗里的情话太过认真，因此，也可说是对情诗的一种嘲弄的模仿。

最后要讨论的是为数最多的情诗。噢西坦情诗是欧洲爱情文学的一个新起点。这种以男性观点专门吟诵性爱的诗歌，从数量和所占的比例看都是欧洲文学史上空前的，而其流传广泛所造就的文学风格与社会时尚更加影响深远。把对女人的爱情提升为最重要的主题，也是一种范式性的转变与突破。当然，现存的抒情诗里有女诗人的作品，可是她们的观点和当权的男性观点并没多大差别。[2] 虽然现存的情诗从表面看相当一致，诗人对爱情主题却有各自不同的观点、态度与表现手法。19 世纪末帕黎斯（Gaston Paris）在两篇讨论

① Goldman, *Poetry of the Carolingian Renaissance*, pp. 144-149.
② Kay, *Subjectivity in Troubadour Poetry*, pp. 102-110.

古法语传说中兰斯洛特（Lancelot）的罗曼语文章中使用了“宫廷爱情”或“典雅爱情”（amour courtois，courtly love）一词，该词后来发展成一个用来界定中世纪宫廷文学里爱情观的词语。[①] 这个以偏概全的观念风行一时，且留待下一章再讨论。在此只要指出噢西坦抒情诗歌里，诗人的爱情观更多彩多姿，因为每人都有独特的个性和观点，虽然使用了一些共同的语言和成规，却爱标新立异，不肯落于俗套。

他们谈论爱情的词汇就非常丰富，形容男女之间的爱情（和同性的情谊）最常用的名词是amor（s），其次是接近友谊的amistat（z）和恋情的drudaria。名词加形容词的花样更加繁多，宫廷爱情cortez' amor只出现过一次，是情人要抛弃而转向神爱的情孽（PA 10）。最常见的是纯真的爱情fin' amor，其他还有美好的爱情bon' amor，宝贵的爱情amor valen（JR 1），真实的爱情amors veraia（Mb 32），有教养的爱情amor enseigniada（Cm 4），诚心的爱情amor coral（BV 28），高贵的爱情ric amor（Pr 10），亲密的爱情amor privada（PV 25），美好纯洁的爱情bon' amor ni pura（BV 24），美好可羡的爱情bon' amors encobida（BV 30），纯真自然的爱情amor fin'e natural（BV 41），纯真诚实的爱情fin' amor e veraya（Pr 19），美好高贵的爱情amor ben e gen（Pr 26），纯真的情谊fin' amistatz（RA 18），完全的情谊amistat entieira（GBo 55），忠诚的恋情leial drudaria（Pr 23），美好的恋情bona druda（GBo 31）。以上是正面的词汇，反面的又以虚假的爱情fals' amor（DA 4）为最，其他还有易变的爱情amor piga（Mb 25），庸俗的爱情amors communaus（BV 15），懦弱的爱情amor volpilha（RA 2），徒劳的爱情van' amors（GBo

① Paris, “Études sur les romans de la table ronde, Lancelot du Lac”, p. 519; “Études sur les romans de la table rounde”, p. 490.

75），虚假的情谊 fals' amistat（Mb 6），无聊的情谊 daufas amistatz（GBo 56）。其他描写爱情的动词和情人的词汇就更加复杂繁多，不再一一列举了。[①] 现在多数学者采用 fin' amor 作为讨论噢西坦抒情诗中爱情的术语。值得注意的是，使用这个专词的诗人虽多，它的含义却因人而异，并非一套体系完备的概念，有的诗人，如兰波特·德·奥然迦更刻意回避它。

正如谈论爱情的词汇繁多，噢西坦诗人对爱情的看法与表现手法也相当复杂。虽然他们有共同的题材、词汇和章法成规，他们的诗歌却不像"宫廷爱情"理论家所描写的那样普遍和刻板一致，诸如情人追求的都是别人的老婆，尊奉情妇为主上，爱情可以改善情人的品格，宣扬一种文质彬彬的社会道德和升华的精神境界等。其实，大多数情诗的最终目标并不在于"情人在天性善良、德行与品格各方面的进步与成长"[②]。理论家忽略了个别诗人对爱情的不同看法，也无视诗人的反讽手法和诗歌游戏倾向。[③] 这种手法与倾向从基廉九世的诗歌开始就极其明显，这位被现代学者称为两面诗人（trovatore bifonte）的大贵族，为人放荡不羁，虽然粗中有细，作了几首比较斯文典雅的诗歌，有"爱情反复，如山楂枝，通宵在风雪中打哆嗦，翌日乍见晨曦"的妙喻（GIX 10，第 13—18 行），但他的诗歌常带着嘲讽的口吻，有一种青少年讲黄色故事时起哄的气氛，对妇女毫不尊重，如那首以第一人称作的艳遇诗（GIX 5），很难想象他真的会"爱得斯文，谦恭卑下，低声下气，唯唯诺诺，彬彬有礼，不说粗话"（GIX 7，第 25—36 行），看来"典雅爱情"不是他恭维而是嘲讽的对象。

---

① Cropp, *Le Vocabulaire courtois des troubadours de l'époque classique*.

② 如 Denomy, "Courtly Love and Courtliness", p. 44.

③ Gaunt, *Troubadours and Irony*.

又如很多噢西坦抒情诗人标榜对爱情专一，情人无论受到多大的挫折，都不会也不能背离爱人。可是，也有不少诗人大唱反调，如马克布鲁诗里的情人就毫无所谓，情妇不理睬他，他自有好去处，另寻新欢（Mb 28）；连歌颂纯情最得力的伯纳特·德·文特当诗里的情人都因情妇移情而翻脸成为骗子（truans），去爱其他更漂亮、肯施舍的女人（BV 19）；沛尔·维达尔的情人情场失意，吃尽苦头，觉得还是另谋出路方为上策（PV 27）；雷蒙·德·米拉瓦则批评情妇折磨情人极其不智，只会赶走至善情人，引来大群心术不正的登徒子（RM 35）；兰波特·德·瓦克拉斯主张公平交易，此地不留君，自有留君处（RV 7）；爱美利克·德·裴基兰诗中的情人向新情妇示爱时，抱怨自己如何被旧情妇出卖（AP 14）；沛尔·喀典纳尔则把早先抒情诗里的爱情规章全颠倒过来，主张以牙还牙，做欺骗爱情的骗子是理所当然的事（PC 1，2），只有神爱才是美好的爱情（PC 54）。从这些主要的噢西坦诗人对爱情专一的不同看法可见，宫廷爱情诗歌并不全都典雅，不雅的抒情诗占了相当重要的地位。

基廉九世并不是唯一作嘲讽和色情诗的噢西坦诗人，贝克（Pierre Bec）收集了50首这类诗歌，还不包括主要诗人诗里的色情诗句。[①] 以拨乱反正为己任的马克布鲁，谴责风行于宫廷的爱情不遗余力，却作了十首充斥着色情的讽喻诗（Mb 4, 11, 12, 17, 24, 31, 38, 41, 42, 44），和基廉九世一样，毫无忌讳地称呼和描写男女性器官（如 con, vit）与性行为（foutre）。[②] 其他有色情诗的著名诗人还包括兰波特·德·奥然迦（RA 24）、基廉·德·伯贵达（Guillem de Berguedan, GBe 4, 5）、阿诺特·但尼尔（AD 18）、兰波特·德·瓦克拉斯（RV 23）、爱美利克·德·裴基兰（AP 13）、蒙陶顿的修士（MM

① Bec, *Burlesque et obscénité chez les troubadours*.
② Harvey, *The Troubadour Marcabru and Love*, pp. 197-198.

11, 14）和沛尔·喀典纳尔（PC 34）。其实，不只噢西坦诗歌有这种“自然主义”的手法，13 世纪以降的古法语色谑诗（fabliau）、淫污诗（fatraisie）和胡诌诗（sottes chansons）都是以人体生殖、排泄器官及其功能为话题而引人发笑，对既存的社会秩序（如教会与婚姻）和文体（如高档的抒情诗和罗曼史）大肆讽刺、以颠覆取乐的文体。虽然噢西坦诗人如马克布鲁的动机相对严肃，以色情语言达到讽刺与颠覆的效果却一致，是和高格调的“理想主义”并行的旁支。过去学者为了种种个人的缘故压抑或不重视这种诗歌，其实，大多数诗人毫不隐瞒情人的动机，肉体的性爱才是噢西坦情诗的基线，崇拜妇女和完善个人人格及社会道德的属于少数，只是诗人诗歌游戏的部分规则而已。

大多数情诗对性爱的表达方式比较含蓄，咏叹情人不得欢心的苦境，却又欲罢不能，而欲望与其（不）满足之间的张力正是噢西坦情诗的原动力。如上所说，虽然情人信誓旦旦，声称永做情妇的奴仆，但遇见毫不理睬他或朝三暮四的女人，也会觉得受骗而怨声载道，扬言要以牙还牙，另结新欢。纯真的爱情本身也并不纯洁，除了以上说脏话的诗人，从姚夫瑞·儒代（JR 4）、瑟克蒙（Cm 4,5）、基柔特·德·伯尔内尔（GBo 9, 11, 27, 34, 35, 39, 44, 45, 47, 48, 50, 54, 58）、伯纳特·德·文特当（BV 13, 24, 26, 27, 28, 30, 35, 36, 39, 40, 42, 44）、沛尔·维达尔（PV 12, 29, 36, 40）、伯特兰·德·伯恩（BB 6, 7, 13）、裴柔尔（Pr 12, 13）到索代罗（Sd 3, 5, 9, 10, 12），诗里的情人都向情妇提出不同程度的性要求，从饱餐秀色、拥抱亲吻到上床睡觉、成全好事都有。虽然学者认为中古爱情的五个阶段——眼观（visum）、交谈（allocutio）、手触（tactum）、亲吻（osculum）与成事（actum/factum）中，噢西坦诗人只谈前几项[①]，无可否认的

① Akehurst, “Words and Acts in the Troubadours”.

是，正如沛尔 · 德 · 阿尔文涅说的，不要肉体的爱情（carnal amar）必难持久（PA 13）。爱美利克 · 德 · 裴基兰诗中的情人宁可要亲吻和躺着玩乐的半个爱情（mej' amor），认为其胜过对全部爱情（tota）的梦想与叹息（AP 3），噢西坦情诗的基调是肉体和现世的，不只是抽象或形而上的。如果噢西坦诗人真正发明了浪漫爱情，树立了一种斯文的范式，那么这个新范式也同时是有血有肉、野性毕现的。斯文与野蛮的共生才是噢西坦抒情诗歌树立的新范式。

噢西坦抒情诗人着重描写情人的欲望心境，发展出各种探索内心的艺术技巧，其中最有创意的就是内心的独白与对话。虽然这些技巧可从奥维德处学得，诗人却能灵活运用一连串的问答短句，表现和自己、爱情、情人或听众的对话，创造出一种交谈式的风格，产生极富戏剧性和幽默感的效果。大多数把对话和独白穿插使用，如沛尔 · 罗吉页（PR 4, 7）、兰波特 · 德 · 奥然迦（RA 4, 16, 19）、高森 · 法以第（GF 20, 21, 32）、沛柔尔（Pr 1），有的从头到尾都是对话，如基柔特 · 德 · 伯尔内尔（GBo 5）。以后者为例，有一首诗是这样开始的："哎呀！我要死啦！""朋友，你怎么啦？""我给出卖了！""为什么缘故？""因为我爱上了向我示爱的她。"这种自我对话的手法和同时期的古法语罗曼史如《埃涅阿斯传奇》（*Roman d'Enéas*）里的拉文娜爱上埃涅阿斯、克雷蒂安 · 德 · 特鲁瓦的《克立杰》（*Cligés*）里的莎德默尔爱上亚历山大时的内心独白与对话极其相似，同是整个 12 世纪探索个人内在生活的新范式的表现，也显示出抒情诗对罗曼史的影响。[①]

噢西坦诗人还特别关注爱情与诗歌的关系这个自我指涉的主题，爱情和诗歌对诗人而言是同一回事，都是表现自我的形式，也都是一种游戏。唯一不同的是，诗歌虽是诗人个人的文字游戏，却为宫

① Hanning, *The Individual in Twelfth-Century Romance*.

廷听众而作；爱情虽是情人和情妇两人的游戏，却是诗人自我的独白。[①] 从基廉九世开始，噢西坦情歌的发言人兼扮诗人和情人的角色。伯纳特·德·文特当就称自己因爱得最真诚而作出最好的诗（BV 22），他的诗作得比别人好，因为他的心更贴近爱情（BV 31），如果心里没有真爱，就不会涌现出诗歌，唱歌也就一无是处（BV 15）。基柔特·德·伯尔内尔也说爱情如不教人歌唱，诗歌就没有价值（GBo 50），可是爱情骗了他，令他口出狂言，自夸作诗求爱都高人一等，害得他失去爱情的喜乐（GBo 7）。阿诺特·但尼尔则以爱情的艺术制造、琢磨文字（AD 2），涌自心头的爱情为他安排诗句和曲调（AD 8），给他的诗歌镀金（AD 10）。雷蒙·德·米拉瓦的爱情因诗歌而与日俱增，把情侣烧得越发炽热（RM 17）。诗人作诗歌颂（无名的）情人，祈望取得她的爱情，诗歌和爱情是情人之间的交易。爱情也是诗人作诗的灵感与借口，以之取得名声和报酬，因此，爱情和诗歌也是诗人与社会之间的交易。诗人突出作诗与做爱的深层关系，加强了诗歌的自觉性，可说是噢西坦抒情诗歌的另一大特色。

从以上对噢西坦诗人的独特个性、自觉的诗歌与难易风格之争、诗律形式、内容与文体的讨论可见，他们的抒情诗最有开创性的主题就是诗歌本身。基廉九世的“子虚诗”是个原型，他提出一个空前的抒情诗歌内容——子虚乌有。可是，子虚（nien）并非空无，还有“微不足道”或“芝麻小事”的意思。排除过一切内容的范畴之后，诗人终于宣布他作成一首诗，也意味着这首诗有内容，它的内容就是诗歌本身。因为诗歌可以不必指涉诗外的世界，可以有一个自足、完备的封闭宇宙，是语言与音乐锁定的意义、形象和声音，对于注

① Van Vleck, *Memory and Re-Creation in Troubadour Lyric*, pp. 17-25. Meneghetti, *Il pubblico dei trovatori*, ch. 4.

重实际权势、利益的人世间，只能算是微不足道的芝麻小事。可是，对诗人和他们的听众，这个诗歌世界是想象乐趣的来源，也是值得大书特书的题目。大多数噢西坦诗人都在诗里讨论诗歌的本质、风格、来源、作用、创作的动机和技巧，无论吟唱的主题是什么，都一再引领听众的注意力到诗歌的语言与音乐，也就是诗歌本身。这种自我指涉的诗歌，比众所周知的爱情主题，更可说是噢西坦抒情诗中极具新意的内容。

噢西坦诗人自称作诗是一种发明与发现（trobar）的过程，从以上关于范式转变的讨论可见，噢西坦抒情诗的最大发明或发现就是诗歌本身。换句话说，作为欧洲诗歌的肇始人，他们重新发明了诗歌。

# 第五章　重现过去

用俗语作诗的名人中，
伯特兰·德·伯恩以战争，
阿诺特·但尼尔以爱情，
基柔特·德·伯尔内尔以正义为主题。

——但丁，《论俗语修辞》，II, ii, 9[①]

当但丁于 14 世纪初为意大利文学寻找诗歌的模范，列举上述三位噢西坦诗人为三大文学主题的表率之时，噢西坦抒情诗歌已经式微。

噢西坦诗歌没落的原因相当复杂，过去学者认为主因是北方的法兰西王朝于 13 世纪开始的军事扩张和与之配合的扫荡南方宗教异端的教会行动，也就是所谓十字军征阿尔比（Albigensian Crusade，1209—1229 年）。近年有学者以战争波及的地区有限，战后诗歌的产量也并未减少等理由提出异议[②]，强调南方诗人受到政治打击，反

① “Illustres viros invenimus vulgariter poetasse, scilicet Bertramum de Borio arma, Arnaldum Danielem amorem, Gerardum de Bornello rectitudinem”, *De Vulgari Eloquentia*, II, ii, 9.

② Paden, “The Troubadours and the Albigensian Crusade”.

而激起反抗与更大的创作力，产生更多反法兰西和反教会的诗歌[①]。可是，这场连绵 20 年的战火与随之而来的宗教迫害和政权转移，如罗马教廷雷厉风行的异端审判，以及奥西坦尼亚的心腹地区——图卢兹伯爵的广袤领土于 1271 年被纳入法兰西王国版图，从此被称为朗格多克（Languedoc，即说奥克语地区），南方大小王朝相继被并吞、消灭，诗人赖以为生的南方传统社会与文化被逐渐摧毁，迫使诗人大量往奥西坦尼亚的"大后方"——西班牙半岛北部和意大利北方与西西里"疏散"，确是不容否认的致命打击。

奥西坦抒情诗从此离乡背井，走进了后世诗人学者的著作里，一次又一次以新的面目重现。经过七八个世纪，不但诗人的歌声早已沉寂，遗留下的歌集手抄本也蒙上了无数后人的诠释和臆想的面纱。我在第四章说明过它在欧洲文学史上的重要地位，回答了它为什么值得阅读和翻译的问题。本章我要厘清本书第三部分选译的诗歌来自何方，所依据的原本是什么。正如第四章所述，奥西坦抒情诗歌是一种由语言文字和音乐组成的表演艺术，其实质只存在于一次次的现场演唱中，每次表演都有其特色。因此，严格地说，追求原本是徒劳无功的，也是没有意义的。而作为流传媒介的歌集手抄本更非透彻玲珑，因为早期奥西坦语尚未定型，各地口音、书写字体、拼法和语法也不统一，后人读抄本时有时连笔画都难定夺，语意经常若隐若现，加上同一首诗的诸本文字、章句颇多歧异，从编辑到阅读都不能避免主观判断。几个世纪下来，从手抄本衍生的版本、诠释和其他学术研究的成果，都已成为理解奥西坦诗歌的必经途径。如果还要译成中文，就更须跨越语言、文化、诗歌传统的鸿沟。由于奥西坦抒情诗歌是中世纪文学，译诗者必须将所据文本的特性，如第四章提及的口头与书写的诗歌传统、中世纪抄本抄者与现代编

① Ghil 的 *L'Age de parage* 是关于这个主题的重要著作。

者的习惯和成规等交代明白，所以我打算从过去诗人、学者接受它的历史，以及从诗歌到抄本、抄本到校订文本的转化等方面来讨论原文文本的问题。

## 一、声誉的流传

在备受但丁推崇以前，噢西坦诗歌已经有两个世纪的兴衰史。基廉九世作诗与为人都放荡不羁，在修道院史家中的口碑一向不佳。幸存的10或11首诗，除了那首“红猫”谐谑诗（GIX 5）还较受欢迎，其余的也并不太流行，多数是单本孤传，在他过世后不到半世纪就鲜为人知，诗歌流传的范围非常窄小。一般说来，12世纪70年代以前，噢西坦抒情诗流传不广，只局限于勒末赞、阿尔文涅（Alvernhe，法语为Auvergne，即奥弗涅）与加斯科尼（Gascony）一带。12世纪60年代有位诗人基柔特·德·喀伯列拉（Guiraut de Cabrera）在《歌手卡伯拉》（*Cabra Juglar*）里列举流行的行吟诗人和吟唱歌目时，只提到4位早期噢西坦诗人（没有基廉九世），对同时期沛尔·阿尔文涅的“诗人榜”诗（PA 12）上提到的12位诗人似乎一无所知。这种情况于12世纪70年代大为改观，噢西坦抒情诗歌开始进入为期将近半世纪的黄金时代，从噢西坦尼亚西北隅流传到各地的宫廷：从北到南，传遍加斯科尼、图卢兹到西班牙北部的阿拉贡和加泰罗尼亚；往东南经过阿尔文涅、普罗旺斯，直到伦巴第和以威尼斯为中心的威尼托（Veneto）地区。加泰罗尼亚诗人和作诗指南的作者，雷蒙·维达尔，在他的长诗《四月已逝》（*Abril issia*，1213年）里和一个过访的歌手共同回忆往日吟游盛况，感叹世风日下，人心不古，行吟诗人的黄金时代已经结束。[1] 诗人念旧也许言过其实，因为当时

① Meneghetti, *Il pubblico dei trovatori*, ch. 2.

噢西坦诗歌正处于巅峰状态，仍在继续发展，而且流传得越来越广，在大小宫廷里备受欢迎，对北方的古法语和中古德语诗歌也产生了巨大的影响，形成了一种国际性的宫廷诗歌风格。

可是，到了13世纪末，噢西坦抒情诗歌已成明日黄花，其影响也从直接变成间接，流传后代的不再是创作与演出的诗歌传统，而是它在后代诗人、学者中的口碑和昙花一现的复兴。13世纪中叶在意大利首次出现了诗集手抄本，噢西坦抒情诗开始以书写方式流传。收藏家（其中不乏新兴的中产阶级人士）与其雇用的抄书坊（scriptorium）赋予它固定的存在形式，直到18世纪还陆续有人传抄，抄本成为后人阅读与鉴赏它的唯一材料。因此，噢西坦抒情诗歌流传后世得归功于历代诗人持续的推崇、歌集手抄本的保存与学者对它的兴趣。而这几百年的沧桑流传史，也是我们今天认识它不可或缺的历史背景。

从基廉九世到阿诺特・但尼尔，噢西坦抒情诗歌已发展得如日中天，无论是诗体的变化万千，还是主题的挖空心思，都已达到巅峰极致，13世纪以后的诗人都有难以为继的“影响焦虑”。后来经过十字军征阿尔比的挫伤与其后遗症如异端裁判的审查，以及其他社会文化上的新发展如贵族庇护人的消逝、中产阶级主顾的出现、书写文化逐渐取代口头文化等，诗歌随之产生重大的转变。比较明显的迹象是歌颂纯情的公式化和与日俱增的商业文化影响[①]，越来越多情诗歌颂的对象从俗世的贵夫人转变为处女玛利亚，主题从人间男女爱情升华为对圣母的爱慕，自称“最后的行吟诗人”的基柔特・利基叶（Guiraut Riquier）的诗歌就是典型代表。虽然情诗日趋乏味，针砭时弊的讽喻诗却显得更加生机勃勃，尤其是对罗马教会消除异己与教士腐败的抨击，对北方法兰西武力侵略的谴责，都是后期诗

① Burgwinkle, *Love for Sale*, pp. 40-44.

人如基廉·德·蒙坦那格（Guillem de Montanhagol）、唐密尔与帕来兹（Tomier e Palaizi）、基廉·费基拉（Guilhem Figueira）和沛尔·喀典纳尔的诗歌的鲜明主题。

随着13世纪中叶手抄本和散文文学的出现，噢西坦诗歌逐渐转变成书写文学。收藏家开始搜集诗歌，抄写成诗集后又辗转传抄。13世纪末马符瑞·洱门杲（Matfré Ermengaud）近35000行的长诗《爱情精选》（*Breviari d'Amor*）企图把世俗爱情基督教化，最后的7000多行摘引了将近80位诗人的200首诗，可说是一种有特定主题的诗集。[①] 到14世纪上叶，基廉·摩利尼耶（Guilhem Molinier）为学作噢西坦抒情诗者撰写了一部百科全书式的诗法与文法书——《爱情令律》（*Leys d'amors*），作为图卢兹诗社为了振兴噢西坦诗歌而举办的一年一度的作诗赛会的评判准绳。[②] 这个由中产平民创办于1323年的简称为Consistòri del Gai Saber的诗社，维持了将近两个世纪，于1513年改名为"法语文学与修辞学院"，原来诗社的使命早已告终。当它于1554年把首奖——一支银野蔷薇颁给法语七星派领袖诗人龙萨（Pierre de Ronsard）的《爱情集》时，可说是给噢西坦诗歌在本土的生存画上了反讽的休止符。当然，噢西坦语并没有从此消失。虽然弗朗索瓦一世于1539年下诏令规定一切法律文件只能使用法语，在法国南方16、17世纪仍出现过几位噢西坦诗人，而现代首位噢西坦诗歌的大学者瑞努亚（François Raynouard）就是普罗旺斯人。19世纪中叶有7位普罗旺斯诗人成立了"婴社"（Félibrige）提倡用现代噢西坦语写作，其中最有名的是1904年的诺贝尔文学奖得主米斯特拉尔（Frédéric Mistral），可见法国南方一直保持着独特

① Ricketts, *Le breviari d'armor de Matfre Ermengaud*. 书名也可译为《爱情祈祷书》，因为它其实是一部基督教爱情百科。

② Anglade, *Les leys d'amors*. Kendrick, *The Game of Love*, pp. 85-93 对早期版本 *Flors del gay saber* 与 *Lays d'amors* 进行区分。

的语言文化。[①]

噢西坦诗歌在本土虽已衰落，却在西班牙和意大利落地生根。噢西坦尼亚和西班牙不只地理上毗邻相依，在政治和文化上也远比它和北方法兰西王国的关系要密切。比利牛斯山脉两边的王公常以通婚作为缔结同盟与扩张势力的手段，如诗人基廉九世 1094 年娶的妻子菲莉葩（Philippa）就是阿拉贡国王之遗孀，基廉九世的两个姊妹，一个嫁给阿拉贡国王佩德罗（Pedro），一个嫁给卡斯蒂尔国王阿方索（Alfonso）六世。加泰罗尼亚和阿拉贡于 12 世纪上叶合并，巴塞罗那公爵娶了阿拉贡国王的女儿和王位继承人，因 1137 年国王引退，公爵登基为阿拉贡国王，他的儿子就是诗人阿方索二世，于 1164 年又得普罗旺斯公爵头衔，把部分噢西坦尼亚也并入其版图。阿拉贡吸引了不少行吟诗人，保持着悠久的噢西坦诗歌传统，到 15 世纪仍有诗人用噢西坦语写诗。再往西的那瓦尔、卡斯蒂尔与里昂，虽然当地诗人（卡斯蒂尔王阿方索十世就是个诗人）用自己的方言作诗，却以噢西坦诗歌为榜样，深受其影响。而前往西班牙各王朝的噢西坦诗人真如过江之鲫，不可胜数，从瑟克蒙、马克布鲁开始，多数主要诗人都在诗里提及他们的西班牙恩主。西班牙的王公也懂得诗歌的政治效用，利用诗人提高自己声誉，为自己做政治宣传。如阿拉贡的阿方索二世就提倡用噢西坦语作诗，并且身体力行，去赢取他在普罗旺斯的臣民的爱戴，以诗歌作为扩张政治势力的手段。[②]

加泰罗尼亚本地的著名诗人有类似于伯特兰・德・伯恩的基廉・德・伯贵达和富于创新的瑟威利・德・吉隆纳（Cerveri de Girona），以及基廉・德・喀贝斯坦（Guillem de Cabestaing）。后者的心被情妇的丈夫挖出来烧给她吃的虚构故事更轰动一时，被薄伽

① Paden, *An Introduction to Old Occitan*, ch. 32.

② Riquer, “La littérature provençale à la cour d’Alphonse II d’Aragon”.

丘收入《十日谈》（第4天，第9个故事）而流传后世。为了方便加泰罗尼亚人学作非母语的噢西坦诗，雷蒙·维达尔于13世纪初写成了西欧第一部方言作诗指南（*Las razos de trobar*）。雨克·法以第（Uc Faidit）于1240年更上一层楼，仿拉丁文法家多纳图斯为意大利人写成一部附有韵书的《普罗旺斯文法》（*Donatz proensals*）。这两部“工具书”经常给抄录在同一个手抄本上，满足外地人学诗、读诗的需要，也是后世学者研究噢西坦抒情诗歌的滥觞。难怪但丁在《论俗语修辞》里把说噢克语的叫西班牙人，因为当时噢西坦尼亚和西班牙北部在政治和文化上的确有水乳交融的关系。而加泰罗尼亚诗人于15世纪更活跃于那波里宫廷，把噢西坦诗歌再次输入意大利。

噢西坦尼亚和意大利北部的关系也同样密切，虽然去意大利行吟的诗人人数较少。可是，噢西坦抒情诗歌与意大利诗歌有更深的血缘关系，意大利反而首先产生手抄本诗集和诗人小传与笺注，使噢西坦抒情诗歌流传得更加广泛长远。十字军征阿尔比以前就有噢西坦诗人如沛尔·维达尔（Peire Vidal）、兰波特·德·瓦克拉斯（Raimbaut de Vaqueiras）去意大利吟游，受到蒙费拉托（Monferrato）、马拉斯平那（Malaspinas）和艾斯提（Este）等贵族宫廷的欢迎。不少噢西坦诗人来往于图卢兹、加泰罗尼亚与伦巴第之间，如爱美利克·德·裴基兰（Aimeric de Peguilhan）、索代罗（Sordello）、沛尔·雷蒙·德·图卢兹（Peire Raimon de Tolosa）和雨克·德·圣西尔克（Uc de Saint Circ）。现代学者考证过，后者于1220年到意大利时带去不少诗歌和诗人生平的材料，后来写下大部分现存的小传（vida）与笺注（razo），留下了最早的抒情诗被接受的记录。[①] 这些诗人的传记和浪漫故事也是噢西坦诗歌声誉不衰的一个因素。

这些来往于两地的诗人——有的（如爱美利克）出生于图卢兹，

① Burgwinkle, *Love for Sale*, chs. 2, 3.

却老死在伦巴第，有的（如索代罗）生于意大利，却以普罗旺斯为家——成为噢西坦诗歌与意大利诗歌交流的媒介。可是，和噢西坦抒情诗歌在卡斯蒂尔的命运一样，阿方索十世决定采用加利西亚－葡萄牙语让西班牙诗歌另起炉灶，神圣罗马帝国皇帝弗里德里希二世（Frederick II, 1194—1250 年）也要求宫廷里诗人用西西里方言模仿噢西坦情诗写诗，因此，意大利最早的诗歌诞生于南方西西里的宫廷里。即使如此，噢西坦诗歌仍是刚萌芽的意大利诗歌——从西西里诗派到清新体诗派（dolce stil novo）——模仿与超越的对象。但丁和彼特拉克所接触到的噢西坦诗歌大体来自流放诗人携带到意大利的作品与传统，他们是噢西坦诗歌余荫的受益者，也是使之扬名后世的大功臣。

但丁在《论俗语修辞》里以“正义”诗人基柔特·德·伯尔内尔为榜样，自命为写主持正义主题的意大利诗人。可是在《神曲》里，基柔特却比不上“爱情”诗人阿诺特。噢西坦诗人在但丁的三界里扮演着各种重要的角色，他们的声誉也因此得以远播：如以香艳情诗著称且半途出家的，后来当图卢兹主教的福尔克·德·马赛（Folquet de Marselha），因其诗歌被推崇为从性爱升华到神爱的样板而高居《天堂篇》（第 9 颂）。维吉尔的同乡索代罗和以诗艺出众的阿诺特·但尼尔都仅得跻身于《炼狱篇》（依次于第 6—9 颂和 26 颂）。索代罗以一首悼亡诗批评当时诸侯的割据政治，赢得在炼狱里当但丁和维吉尔的向导那份差事；阿诺特则赢得最佳诗匠（miglior fabbro）之美誉，并开创了意大利诗歌的新风格；而好战的伯特兰·德·伯恩因为挑拨英国国王亨利二世父子不和，被贬到《地狱篇》（第 28 颂）做无头鬼，像提灯笼般提着自己的头颅向但丁怨诉。这都是令这些诗人不朽的诗篇。[①] 整体而言，阿诺特的六韵连环诗（sestina）给意

① Barolini, *Dante's Poets*, ch. 2.

大利诗人留下了极深刻的印象，但丁和彼特拉克都有仿作，阿诺特率领噢西坦诗人在后者的《爱情之凯旋》（*Triumphus cupidinis*, IV, 第 40—57 行）里参加爱神的游行队伍。[①]

文艺复兴时期的人文主义者发明了“中世纪”这一概念和名词，把中世纪文化贬低到腐败愚昧的不堪地步，对其诗歌自是不屑一顾。只因但丁与彼特拉克取得了经典作家的权威地位，成为诗人模仿的典型与学者研究的对象，噢西坦诗歌的声誉才苟存于两大诗人诸多作品的注释中。但丁在《论俗语修辞》（I. x. 3）中已推崇过噢西坦语是写抒情诗歌的最佳语言，可是他在世时该书并未出版，到 16 世纪应学者讨论罗曼语问题之需要才首次问世（意大利文译本于 1529 年出版，拉丁文原本于 1577 年出版）。在这场辩论中，意大利学者枢机主教本博（Pietro Bembo）首倡噢西坦语是一切罗曼语之源头的学说，认为噢西坦诗歌保存了最精纯的原始罗曼语。这个说法流行于 17、18 世纪，连大学者瑞努亚都对之笃信不疑，直到 19 世纪初才被浪漫主义文学家施莱格尔（A. W. von Schlegel）与罗曼语文学（Romanische Philologie）创始人狄也兹（Friedrich Diez）彻底推翻。[②] 由此可见，噢西坦诗歌的声誉流传于后世代的第一个原因就是它古老的诗歌语言，成为历史语言学研究极其宝贵的原始资料。难怪从文艺复兴期到 20 世纪初大多数学者并不欣赏它的诗歌，只对它的语言与历史价值感兴趣。

到了 16 世纪，除了少数宫廷诗人还继续写噢西坦诗，法国、西班牙和意大利诗人都已用自己的语言作诗，古噢西坦诗歌在法国北方更鲜为人知。直到南方普罗旺斯于 1481 年被正式纳入法国版图，

① Francesco Petrarca, *Trionfi*. 除了 Arnaut Daniel, 彼特拉克还列举了 14 位噢西坦诗人。

② Boase, *The Origin and Meaning of Courtly Love*, pp. 8-9.

激起了强烈的地方意识，才引起学者对普罗旺斯历史文化研究更加浓厚的兴趣。这时出现了一个立志要让本地诗人名传万世的普罗旺斯人诺特丹（Jean de Nostredame），他根据一些中古手抄本里的诗歌和诗人小传与笺注，以丰富的想象力撰写了一部《最有名的古普罗旺斯诗人生平》（1575 年）[①]。他把这些笺注、小传改头换面，写出一部极其成功的“传记”，并与意大利文译本同年出版，被后世奉为权威之作。连 19 世纪大学者瑞努亚和小说家司汤达（Stendhal）的《论爱情》，都把他书中虚构的故事（如立法和司法的爱情法庭）当作历史事实。这本书的成功是其后三世纪奥西坦诗歌声誉不衰的另一原因。现代学者指出，作者在书中捏造了不少材料和“事实”，发明些“失传” 的抄本和来源，如“金岛修士”，制造许多暗藏友人姓名的“中古权威”，把亲友安插到诗人的生平里，借诗歌为题，杜撰些喻世论文，把自己的诗假充古人的诗，窜改诗人的姓名和年代，让他们成为普罗旺斯人，恭维南方的家族，把他们说成是诗人的庇护人。[②] 这些“骗局”到 19 世纪晚期才被巴奇（Karl Bartsch）、夏班努（Camille Chabaneau）和盎格拉德（Joseph Anglade）彻底揭穿。可是，诺特丹并没存心骗人，因为他开的玩笑瞒不过时人，受他暗地恭维的乡亲朋友更会沾沾自喜，只有不明就里的后人，才会对他的虚构故事信以为真或大动肝火。诺特丹玩笑也许开得太大，热爱乡土文学太过分，但是，无可否认，对于奥西坦诗人声誉的流传而言，这部“传记” 还是极其成功的。

从诗歌欣赏的角度看，奥西坦抒情诗歌的形式，特别是押韵的特色，于 16 世纪引起过一些辩论，并从此发展出关于奥西坦诗歌起源的主要议题：意大利学者巴比埃里（Giammaria Barbieri）认为阿

① Nostredame, *Les vies des plus célèbres et anciens poètes provençaux*.

② Kendrick, “The Science of Imposture”, p. 98.

拉伯人发明了押韵诗体，噢西坦诗人从西班牙学会押韵，首次提出噢西坦诗歌的阿拉伯起源论。由于当时持此观点的学者一般都不懂阿拉伯文，也不晓得古典与通俗阿拉伯诗歌的区别，他们的论证纯属臆想，受到拉丁起源派的反驳。后者从晚古拉丁到加洛林时代的基督教颂赞歌里找到拉丁诗歌用韵的例子，论证噢西坦诗歌源自拉丁文学与教会诗歌。阿拉伯起源论于 17 世纪销声匿迹，于 18 世纪末复兴到 19 世纪中期再创高峰，除了押韵以外，还主张噢西坦诗歌里对妇女的崇拜和骑士精神也都来自阿拉伯诗歌。可是，这些理论经不起严格考证而再度衰退，直到 20 世纪才有用新材料和论据论证的，比较精致细腻的阿拉伯影响论出现，早期噢西坦诗歌与安达卢西亚（Andalusia）的关系又重新受到重视。①

就噢西坦诗歌内容的欣赏与理解而言，文艺复兴时期鄙夷中世纪文学的态度一直延续到启蒙时期。在浪漫主义兴起以前，噢西坦诗歌还被一般学者视为一种半开化文明的产品。17 世纪学者只对图卢兹诗社每年举行作诗竞赛的“花会”（les jeux floraux）比较感兴趣，除了作为一种日益流行的法国宫廷节庆活动，学者如卡瑟纳夫（Pierre de Caseneuve）和于埃（Pierre-Daniel Huet）对花会的来源也做出各种猜测。而在噢西坦诗歌从不流行的英国，莱默（Thomas Rymer）居然出人意表地于 1693 年提出现代诗歌发源于普罗旺斯的说法②，是少见的例外。随着 17 世纪骑士风尚的流行，噢西坦诗歌里的爱情被演绎为骑士精神的表征，骑士精神反过来也被确认为噢西坦诗歌的内涵，还引起一场骑士精神来自阿拉伯还是日耳曼或凯尔特文化的论战。从 16 世纪弗朗索瓦一世（Francis I，1494—1547 年）加强法国民族意识到 17 世纪文艺界的“古今之争”，法语文学从独尊古

① Menocal, *The Arabic Role in Medieval Literary History*.
② Boase, *The Origin and Meaning of Courtly Love*, p. 14.

希腊、罗马文学的崇古派中争得一席之地，作为现代文学之肇始的中世纪文学（包括噢西坦诗歌）也得到新的评价。

法国18世纪启蒙运动提倡理性，反对中世纪的封建腐败和迷信愚昧，对噢西坦诗歌自无好评。可是，作为考察普遍人性和社会规律的课题，中世纪社会文化和来自世界各地（如中国和印度）不同的社会文化一样，仍是极有价值的研究项目。噢西坦诗歌被认为是出现于欧洲最早的世俗文学和贵族文化，更得到一些反教会蒙昧与王权专制的新贵学者的青睐，逐渐在当时的法国文学史中占得一席之地，而现代噢西坦诗歌学术研究就从圣帕耶（La Curne de Sainte-Palaye）参与史文学士院（Académie des inscriptions et belles-lettres）的法国史研究大工程中的普罗旺斯诗歌史部分开始。18世纪法国文学史家大都依赖意大利学者的研究成果，圣帕耶却是第一个真正以现代史学精神、从第一手资料着手研究噢西坦诗歌的学者。虽然他并不特别能欣赏其诗歌，却不像丰特奈尔（Bernard Le Bovier de Fontenelle）那样讥笑它“天真无邪，全无章法”（sans art, sans règle）[①]，而是一味扎实地做打基础的工作。他以人文主义学者对待希腊、拉丁手抄本的严谨态度去处理噢西坦手抄本，除了搜罗在法国的手抄本，还亲自或托友人到意大利各大图书馆去探访、检阅、抄录手抄本，几乎看过所有主要的现存手抄本，收集到数量空前的2000多首诗歌。经过仔细校对、摘录与翻译，他整理出10大卷诗文和4卷词汇。根据这些材料，他的助手米约（Abbé Millot）编成《行吟诗人文学史》共3卷于1774年出版，成为当时最权威的著作。夏多勃里昂（François-René de Chateaubriand）在法国掀起恢复中古热潮的《基督教之真谛》（1800年）就很受其影响。圣帕耶的文学史于1779年被译成英文，连同他关于中世纪骑士与狩猎的论文，成为

① Gossman, *Medievalism*, pp. 225, 302.

英国作家如司各特（Walter Scott）和骚塞（Robert Southy）描写中世纪的主要依据。不过，他和18世纪其他学者一样，觉得噢西坦诗歌只有历史文献价值，不足以登文学的大雅之堂，更不值得原封不动地出版，必须经过翻译“改良”过才能面世。这是当时的流行观点，大史家也未能免俗。可是，他对后代噢西坦诗歌学术研究做出奠基性贡献，现代第一部噢西坦抒情诗歌选集——瑞努亚的《行吟诗人原本诗歌选集》（6卷，1816—1821年，简称《选集》）和第一部现代噢西坦诗歌字典（1838—1844年），都默默地大量采用了他整理出来但并未出版的材料。

启蒙运动以法国大革命达到高潮，可是，随之而来的恐怖与混乱也激起强烈的反动，如帝制复辟与文化怀古，文学的浪漫主义取代了古典主义等。而以前被认为略带先民纯朴遗风但已不合时宜的噢西坦诗歌，在浪漫主义时期，和神话、传说、史诗、民歌与童话一同变成民族国家的宝贵文化遗产。于是，噢西坦诗人被推崇为浪漫主义的先行者，研究他们的诗歌也开始变成一门政府支持、整理国故的学问。值得注意的是，受到地方主义的影响，在法国文学史著作中，出身南方的学者一向比较关注噢西坦诗歌。而拿破仑的帝国战争激起了德国民族主义思潮，在普鲁士发起了影响深远的政治和教育改革，19世纪的德国学者反而比法国学者率先有系统地研究噢西坦诗歌。

当德国大诗人歌德晚年接见狄也兹，他向想当诗人的少年推荐一部新近读过的噢西坦诗集——瑞努亚的《选集》。狄也兹诗人没当成，《选集》却引起他对噢西坦诗歌的兴趣，后来他创立了罗曼语文学这门学问。他生逢19世纪德国大学改革之际，正值德国学者研究印欧比较语言学的兴盛期，因此深受施莱格尔（A. W. von Schlegel）的影响。他认为要理解罗曼语诗歌，必须先掌握其文法，而要建立文法又要靠对手抄本的整理，因此，罗曼语文学的核心工作就是语言研究和版本的编辑与出版。除了批评瑞努亚的罗曼语起源于普罗旺斯的理论，他对《选集》的格式也颇有微词，觉得不够专业，主张以实证方法把所有噢西坦诗歌重新编辑出版。[①] 虽然这个愿望并没实现，但在他的巨著《罗曼语文法》中，诗歌也只是作为说明文法疑难的例证。可是，他依据手抄本研究写出的《行吟诗人诗歌》（1826年）和《行吟诗人的生平与作品》（1829年）都成为19世纪噢西坦诗歌研究的指南，其基本格局与内容到20世纪仍为法国学者让鲁瓦（Alfred Jeanroy）沿用，至今还有参考价值。改制后的德国大学设立了许多罗曼语文学教席，培养出大批学者，编纂出至今还有用的字典、百科全书等工具书，并吸取了拉赫曼（Karl Lachmann）编辑希腊、拉丁作品的实证方法，编辑出版了不少噢西坦诗人的诗集校订本，使德国执19世纪噢西坦诗歌学术研究之牛耳。虽然有些诗歌版本以今天的标准看来相当简陋，但因一个多世纪以来并无更新版本取代，仍是唯一可用的版本。

在法国的情况则大为不同，一贯讲究普遍人性（以法国人为标准）的启蒙精神仍弥漫于19世纪的人文科学（science de l'homme）中，一般法国学者对德国新兴的语文学感到枯燥烦琐而嗤之以鼻。只有首席中世纪学者帕黎斯（Paulin Paris）闻到“从德国刮来的微风”（un souffle d'Allemagne），才送儿子加斯东（Gaston）去波恩大学拜狄也兹为师。从瑞努亚的《选集》初版（1816年）到加斯东子承父业，并继任法兰西学院法国中世纪文学讲席（1866年）的半个世纪，法国的噢西坦手抄本研究与出版几乎不存在。而受到德国浪漫主义的史诗来源论影响，法国的首席中世纪文学史家福瑞尔（Claude Fauriel）于1830年讲授普罗旺斯诗歌时，也专讲史诗、罗曼史，不

① Gumbrecht, “Un souffle d'Allemagne ayant passé”, p. 20.

讲抒情诗。[①] 直到1870—1871年普法战争法国战败后激起民族主义情绪，由加斯东·帕黎斯领头建立法国的罗曼语文学，研究机构、刊物和出版物才如雨后春笋般出现，要迎头赶上德国的学术水平。即使如此，在法国罗曼语文学领域里，和古法语文学的地位相比，噢西坦抒诗歌只是个童养媳。

于现代噢西坦诗歌研究肇始之际，被认为最能代表中世纪文化的哥特式大教堂和骑士精神也风靡全欧洲，在谈论普罗旺斯诗歌的文人圈子里，再度引发关于骑士精神起源的辩论。譬如，斯塔尔夫人（Madame de Staël）相信普罗旺斯诗歌诞生于基督教与骑士精神，并且影响了阿拉伯诗歌。可是，更多的学者则主张阿拉伯起源说，如司汤达的《论爱情》（*De L'Amour*，1822年）不只赞同阿拉伯起源说，还认为普罗旺斯诗歌语言精妙，充分表现出普罗旺斯人的快乐天性，不受基督教教会拘束。他谴责摧毁南方文化的十字军为野蛮人，还根据手抄本"翻译"了诗人喀贝斯坦与鲁西隆伯爵夫人的爱情故事，附录了"十二世纪的爱情法令"。至于噢西坦诗歌与基督教的关系，从19世纪开始出现了两种不同的说法：一种认为噢西坦诗歌源自基督教的一支异端喀塔教派（Cathar），从罗塞蒂（Gabriele Rossetti）到德·鲁日蒙（Denis de Rougemont）是这一派的代表；另一派则认为噢西坦诗歌的爱情来自对圣母玛利亚的虔敬，从西蒙兹（John Addington Symonds）到20世纪的亚当斯（Henry Adams）也吸引了不少追随者。无论这些作者的论点多么不同，他们写成的畅销书都使噢西坦诗歌越发受到重视。而在英语世界，更因诗人庞德（Ezra Pound）的翻译与介绍如《罗曼史之精神》（*The Spirit of Romance*，1910年）和学者刘易斯（C. S. Lewis）的名著《爱情的名喻》（*The Allegory of Love*，1936年）而广泛流传起来。

① Graham, "National Identity and the Politics of Publishing the Troubadours", p. 69.

噢西坦抒情诗的内容中，爱情是最热门的话题，尤其是所谓的“宫廷爱情”更是最有争议性的题目。第四章已经提到，噢西坦抒情诗歌主要是中世纪宫廷的产物，带着浓厚的封建宫廷文化色彩，所吟诵的爱情也逐渐发展成一种宫廷时尚，我的普罗旺斯诗歌老师费兰特（Joan Ferrante）就认为把诗中爱情称为宫廷爱情无可厚非。[①] 不过，诗人处理的手法变化万千，绝非千篇一律，来自同一个体系完备的意识形态。可是，自从 19 世纪末法国学者加斯东·帕黎斯偶用“宫廷爱情”一词以后，20 世纪学者就常把它当作解读噢西坦抒情诗的不二法门，宫廷爱情变成欧洲中世纪的标准爱情观，是所有中世纪爱情文学作品的精神内涵或时代景观。任何选读过欧洲中古文学的学生都受过它的洗礼，连当代哲学家如兹泽克（Slavoj Žižek）都对它发表过意见。其影响力之大，更从学院扩张到社会大众和通俗文化。例如，1999 年得奥斯卡奖的电影《莎翁情史》（*Shakespeare in Love*）里，有位伊丽莎白女王的朝臣就漫不经意地提到“宫廷爱情”，电影剧本作者似乎觉得，不用这个词儿就不够古色古香似的，用了定能赢得上过大学文学课的观众一阵会心的微笑。

由于太多笔墨已经浪费在这个题目上，我就不再复述近百年关于它的学术著作，有兴趣的读者可以参阅博亚斯（Roger Boase）的《宫廷爱情的起源》[②]。他虽然持西班牙－阿拉伯起源派的观点，却能相当全面地介绍其他学派的内容。这本书常被作为关于宫廷爱情的主要论述，不过，作者的动机却在反制 20 世纪 60 年代开始质疑宫廷爱情的存在与可用性的新动向，立场并非完全中立。美国的中世纪学者从历史记录与基督教思想等不同角度论证中世纪社会从没有过什么“宫廷爱情”，至多承认它是一种文学修辞的俗套。他们

① Ferrante, “Cortes’ Amor in Medieval Texts”.
② Boase, *The Origin and Meaning of Courtly Love.*

重新检验被宫廷爱情提倡者奉为《圣经》的作品——安德烈阿斯·卡培兰（Andreas Capellanus）的《论爱情》（De amore，1186—1190年），认为该书作者并没在玛莉·德·香槟（Marie de Champagne）的宫廷里供过职，作者意向暧昧，书中不乏反讽手法，不能只照字面意思去理解。① 博亚斯反对这种否定立场，为了证明宫廷爱情从中世纪起就一直存在，直到今天，书的第一章综述了16—20世纪的噢西坦抒情诗接受历史。这是全书最有价值的部分，可是很不巧，他所罗列的早期资料恰可证明历来诗人学者从未关心过“宫廷爱情”，要到20世纪它才变成一个热门论题。换句话说，他事先已假设这个观念存在，再以这种眼光去看材料，才会得出宫廷爱情是“一种全面的文化现象：一股文学潮流，一种意识形态，一个伦理体系，一种生活方式，一种文化里游戏元素的表现”的结论（第129–130页）。这种先入为主的观念对今日阅读噢西坦抒情诗歌或欧洲中世纪文学不仅没有帮助，反而会剥夺每首诗或作品的新鲜独特品位，消减阅读与理解的乐趣。②

尽管“宫廷爱情”一词是19世纪的产物，无论这个观念是否正确地描述了中世纪的社会与文学，它的确引起了近一个世纪的学者对噢西坦诗歌的持续兴趣，使得后者誉满天下或声名狼藉。

## 二、抄本形成与流传

就像销声匿迹的诗歌一样，现存的噢西坦诗集手抄本的来源也

① Benton, “The Court of Champagne as a Literary Center”. Robertson, “The Concept of Courtly Love as an Impediment to the Understanding of Medieval Texts”. Donaldson, “The Myth of Courtly Love”.

② 李耀宗，《“宫廷爱情”与欧洲中世纪研究的现代性》，《外国文学评论》2012年第3期，第5-18页，对这个问题有更详细的讨论。

几乎不可考。从基廉九世的时代到现存最早的抄本的时代之间有将近一个半世纪，其间诗歌从什么时候开始给抄写下来，抄本原来是什么样子，经过哪些过程才写成现存的抄本，都已经不可确切知晓。当然，时代越远古，情况就越模糊，只能凭空臆想。离抄写时代越近的诗人和诗歌就越可能留下比较明晰的痕迹，让学者做合情合理的揣测。因此，研究从诗歌到抄本的过程，包括诗歌与抄本的流传，都含有相当大的臆想和揣测成分。

如第四章所说，噢西坦抒情诗歌是一种表演艺术，诗人与歌手靠记忆不靠文字，早期诗歌主要以口头方式流传，但也不排除书写方式的可能性。后来由于流传日广，诗人和歌目的数量剧增，诗格韵律越发复杂，有必要以文字补记忆之不足，因此逐渐发展成口头与书写并存的状况。等到诗歌以文字形式出现，有人开始收集诗歌，编成歌本，也是顺理成章的事。不过，虽然诗歌里关于口头表演的章句俯拾皆是，偶尔也提及文字书简，但问题不在于诗歌流传靠不靠文字，而在于依靠到什么程度。等到诗集抄本出现以后，抄本的流传就完全以书写传抄为主了。

在讨论手抄本流传的情况之前，为了方便论述，我先把现存主要的噢西坦抒情诗集抄本（chansonniers）与其代号列出。巴奇在他1857年编辑的沛尔·维达尔诗集导论里给手抄本编了代号，经过添补修改之后，在他权威性的手册《普罗旺斯文学史纲要》（1872年）里正式确立。他的代号系统被让鲁瓦的《概要书目》（1916年）和皮耶（Alfred Pillet）与卡斯滕斯（Henry Carstens）的《行吟诗人书目》（1933年）两部基本目录典籍沿用，从此广为学者采用。皮耶与卡斯滕斯于巴奇的《普罗旺斯文学史纲要》出版60年后更正补充了他的目录，添加上新发现的抄本与残卷，还给每位诗人和每首噢西坦诗歌编了号码，他们的代号与号码都成为学者采用的标准。最近祖斐瑞（François Zufferey）的《语言学研究》（1987 年）对抄本做语言学分析后重新调整过，但也只做了些微变动。[①] 下列的抄本主要依照祖斐瑞的代号，唯一例外的是他不考虑的三部北方法兰西抄本 W，X，Y 仍依从皮耶与卡斯滕斯的代号。因此，他的 Y 是他们的 Kp，他的 Z 是他们的 Sg，还有他的 d 是他们的 N2（因为这是个纸本）。除了代号，下文还注明了抄本的存处、编号、出处与年代。（大写代号为皮本，小写为纸本）[②]

A 罗马，梵蒂冈使徒图书馆，Latin 5232；意大利，13 世纪

B 巴黎，法国国家图书馆，f.f. 1592；奥西坦尼亚，13 世纪

C 巴黎，法国国家图书馆，f.f. 856；奥西坦尼亚，14 世纪

D 摩德纳，埃斯特图书馆，α, R.4.4；意大利，1254 年

E 巴黎，法国国家图书馆，f.f. 1749；奥西坦尼亚，14 世纪

F 罗马，梵蒂冈使徒图书馆，Chigi L.IV.106；意大利，14 世纪

G 米兰，安布罗斯图书馆，R 71 sup.；意大利，14 世纪

H 罗马，梵蒂冈使徒图书馆，Latin 3207；意大利，13 世纪

I 巴黎，法国国家图书馆，f.f. 854；意大利，13 世纪

J 佛罗伦萨，国家中央图书馆，Conv. Sopp. F.IV.776；奥西坦尼亚，14 世纪

K 巴黎，法国国家图书馆，f.f. 12473；意大利，13 世纪

Kp/Y 哥本哈根，皇家图书馆，Thott 1087；法兰西，14 世纪

L 罗马，梵蒂冈使徒图书馆，Latin 3206；意大利，14 世纪

M 巴黎，法国国家图书馆，f.f. 12474；意大利，14 世纪

① Bartsch, *Grundriss zur Geschichte der provenzalen Literatur*, pp. 27-31. Jeanroy, *Bibliographie sommaire des chansonniers provençunx*, pp. 1-33. Pillet and Carstens, *Bibliographie der Troubadours*, pp. vii-xliv. Zufferey, *Recherches linguistiques sur les chansonniers provençaux*, pp. 4-6.

② 再参照 Gaunt and Kay, *The Troubadours*, "Appendix 4" 与 Paden, "Manuscripts", pp. 328-329。

N　纽约，皮尔篷特·摩根图书馆，M. 819；意大利，13 世纪末

O　罗马，梵蒂冈使徒图书馆，Latin 3208；意大利，14 世纪

P　佛罗伦萨，劳伦兹安图书馆，XLI.42；意大利，1310 年

Q　佛罗伦萨，里奇亚蒂图书馆，2909；意大利，14 世纪

R　巴黎，法国国家图书馆，f.f. 22543；奥西坦尼亚，14 世纪

S　牛津，牛津大学图书馆，Douce 269；意大利，13 世纪

Sg/Z　巴塞罗那，加泰罗尼亚图书馆，146；加泰罗尼亚，14 世纪

T　巴黎，法国国家图书馆，f.f. 15211；意大利，13 世纪末

U　佛罗伦萨，劳伦兹安图书馆，XLI. 43；意大利，14 世纪

V　威尼斯，马尔西安图书馆，fr. App. cod. XI；加泰罗尼亚，1268 年

W　巴黎，法国国家图书馆，f.f. 844；法兰西，13 世纪

X　巴黎，法国国家图书馆，f.f. 20050；法兰西，13 世纪

Y　巴黎，法国国家图书馆，f.f. 795；法兰西 / 意大利，13 世纪

Z　巴黎，法国国家图书馆，f.f. 1745；奥西坦尼亚，13 世纪

a　佛罗伦萨，里奇亚蒂图书馆，2814；意大利，1589 年

a1　摩德纳，埃斯特图书馆，Campori γ. N.8.4; 11, 12, 13; 意大利，1589 年

b　罗马，梵蒂冈使徒图书馆，Barberiniani 4087；意大利，16 世纪

c　佛罗伦萨，劳伦兹安图书馆，XC 26；意大利，15 世纪

d/ N2　柏林，国家图书馆，Phillipps 1910；意大利，16 世纪

f　巴黎，法国国家图书馆，f.f. 12472；奥西坦尼亚，14 世纪

最早对现存抄本所据原本提出合理猜测的是 19 世纪德国学者格罗博（Gustav Gröber）。在他给抄本分类研究奠基的一篇论

文中，他推断这些原本是诗人的诗歌活页（Liederblätter）和歌本（Liederbücher），这些活页与歌本给人收集抄录后成为现存抄本的模本。[①] 这个猜测假设诗歌和抄本全靠文字流传，引起后来的书写与口头流传之争。虽然这些假设的模本都已失传，主张书写流传的学者从格罗博到阿瓦勒（D'Arco Silvio Avalle）都坚持原本弗存并不证明口头流传说，从诗人的字里行间可见文字书写的痕迹，而现存抄本之间的关系和一两位诗人留下的诗集更显示这些原始歌本可能存在过。如抄本 CR 中基柔特・利基叶的诗集就由诗人亲自编订成，拉托尔（Miquel de la Tor）抄写沛尔・喀典纳尔的讽喻诗是另一个例子。[②] 主张口头流传的学者则批评这种猜测拿不出实质证据，基柔特的诗集出现于 13 世纪末，已在抄本流行、书写文化兴起之后，而且只是用来表演的本子，不是个读本。现存抄本中同一首诗的异文繁多，更证明口头流传的普遍存在。[③] 无论早期诗歌流传的主要方式是口头还是书写，无可争议的是，一旦抄写之后，抄本的主要流传方式是书写，不再是口头的。不过，抄写也不是个简单或机械的过程，仍与抄写人的耳感和口音有关，这类问题留待下节讨论。

虽然原本的庐山真面目不一定像格罗博揣测的样子，现存抄本却不可能无中生有，对于早期抄本流传的情况，学者大体上能取得共识，在细节上则难免分歧颇多。由于抄本的年代和地点的鉴定并不是一门精确的科学，不同学者可以从相同的材料得出截然不同的结论。如祖斐瑞断定抄本 B 出自阿尔文涅，但与产自意大利的抄本 A 同源，而佛连纳（Gianfranco Folena）却断定它在威尼斯抄成再输回噢西坦

① Gröber, "Liedersammlungen der Troubadours".
② Avalle, *La Letteratura medievale in lingua d'oc nella sua tradizione manoscritta*, pp. 83-84.
③ Van Vleck, *Memory and Re-Creation in Troubadour Lyric*, pp. 58-65.

尼亚。因此，所谓共识也只代表多数学者的意见而已。① 以下就依据祖斐瑞研究的成果略述奥西坦抒情诗抄本流传的情况。

据布鲁内尔（Clovis Brunel）的书目统计，现存的奥西坦手抄本有 376 部记载文学作品，其中 95 部有抒情诗。② 这 95 部手抄本里，依出产地分为意大利 52 部，奥西坦语区 19 部，加泰罗尼亚 10 部，北方法兰西 14 部。抄成时代为 13 到 18 世纪。除去重抄本和一些残本，主要的抄本有 40 来部。可见早期抄本多数出自意大利，意大利抄本编者的品味与诠释从根源决定了后世对奥西坦诗歌的阅读与理解。可是，意大利抄本所依据的模本却来自奥西坦尼亚，祖斐瑞分析过抄本的字体、拼写与发音，确定出自奥西坦尼亚人之手的主要抒情歌集有 40 部，包括 34 部皮本和 6 部纸本，其中完整的皮本 24 部，10 部皮本是残本，4 部纸本抄录了已失传的皮本。③ 他的语言学分析还勾勒出抄本流传的情况：奥西坦抄本分南北两个传统。北方传统以阿尔文涅为中心，抄本 ABa 流传到意大利的威尼托一带，与抄本 DIKO 等属同一系统；南方传统则分成东西两支：东支（抄本 EbJ）从贝兹叶（Béziers）、蒙彼利埃（Montpellier）、尼姆（Nîmes）流向伦巴第的曼托瓦（Mantua，抄本 LNPSU）；西支（抄本 CR 体系）从图卢兹和纳博讷（Narbonne）流传到伦巴第的帕维亚（Pavia，抄本 MGQ）。此外，还有普罗旺斯出的抄本 f 和加泰罗尼亚出的抄本 VSg/Z。

现存最早的抄本 DAIK 出产于威尼托地区的抄书坊，来源却是奥西坦尼亚。上节已经提到，奥西坦诗人很早就到意大利北方的宫廷吟游，到了 13 世纪，由于伦巴第与神圣罗马帝国皇帝对抗，加上

① Burgwinkle, "The *chansonniers* as books", p. 260, note 2.

② Brunel, *Bibliographie des manuscripts littéraires en ancien provençal*, pp. xiv-xvii. 与 Paden, "Manuscripts", p. 308。

③ Zufferey, *Recherche linguistiques sur les chansonniers provençaux*, p. 4.

地方各大家族之间的争权夺利，当地贵族都欢迎行吟诗人前来为自己宣传助阵。同时，伦巴第与威尼斯都因商业发展较早，资本主义经济的雏形已经出现，伦巴第的银行家和威尼斯的商人一样出名，噢西坦抒情诗歌抄本也成为热门的“文化资产”①，有生意眼光的诗人于是蜂拥到意大利。爱美利克·德·裴基兰和兰波特·德·瓦克拉斯都是在北意大利诸宫廷中扬名立万、封官拜爵的噢西坦诗人，后者的《史诗信札》对他在马拉斯平那宫廷里受到的礼遇做了精彩的描述。无论噢西坦诗人为何理由外流，他们不只把诗歌，还把本土的诗集歌本带到意大利，作为意大利抄本的模本。

噢西坦诗歌北方传统的中心是位于克莱蒙（Clermont）与蒙特佛兰（Montferrand）的达尔菲·德·阿尔文涅（Dalfi d’Alverhne）小王朝。这位王公本人也爱作诗，以礼遇诗人之盛名成为《四月已逝》里的理想东家，到他宫廷里吟游的诗人不计其数。他的小传（B/S，第284页）对他用尽最佳的赞语，说他天纵英才，文武双全，慷慨解囊，酬唱应对无不举世无双。曾在他宫廷停留过的诗人雨克·德·圣西尔克（Uc de Saint Circ）可能就是多数小传的作者，后来去意大利投靠威尼托区内特雷维索（Treviso）恶名昭著的达·罗马诺（da Romano）家族，参与现存最早的噢西坦诗集手抄本D的制作，还收集、整理和撰写噢西坦诗人的小传和笺注。祖斐瑞揣测抄本D是阿尔文涅抄本传统在威尼托抄书坊的产物，雨克在其中扮演了相当重要的角色。近来学者越来越肯定雨克的历史地位和对抄本流传到意大利的贡献。抄本保存了噢西坦抒情诗歌的命脉，他的诗人传记和笺注也影响后人对它的理解与诠释。②

① Burgwinkle, “The *chansonniers* as books”, p. 247.

② Zufferey, *Recherche linguistiques sur les chansonniers provençaux*, p. 62. Burgwinkle, *Love for Sale*, p. 115.

据雨克的小传或自传（B/S，第 239 页），他出身低等贵族，家境清寒，在蒙彼利埃上学时不喜读拉丁课文，偏爱学作噢西坦诗，广见洽闻古今名人言行，立志当行吟诗人。蒙彼利埃当时是个文化中心，诗人必经之地，雨克于学生时代可能已开始收集诗歌和诗人的材料。在 1220 年移居意大利之前，他游遍噢西坦尼亚和西班牙，包括达尔菲・德・阿尔文涅和普瓦图（Poitou）的萨沃里克・德・马利昂（Savaric de Malleon）宫廷，并在后者长住过。萨沃里克从 1213 年到 1231 年是阿基坦公爵管家，与安茹王朝关系密切，对诗人伯特兰・德・伯恩与亨利二世父子过从的掌故必然相当熟悉，雨克很可能从萨沃里克那里取得伯特兰的材料。因为达尔菲与伯特兰有旧，雨克过访阿尔文涅宫廷时，也许受达尔菲之托，开始给伯特兰的讽喻诗写笺注。[①] 这组笺注如果在雨克去意大利以前就已写好，应该比现存的任何小传都要早。

他游历过马拉斯平那和其他伦巴第宫廷之后，于 1228 年前后抵达阿尔伯利克・达・罗马诺（Alberico da Romano）的特雷维索，在当地成家立业，直到 1258 年达・罗马诺两兄弟身败名裂之前的两年才从历史记录上消失。在这 30 年间，除了作诗、打杂以外，他很可能还教阿尔伯利克作诗，并以化名雨克・法以第（Faidit，意为被放逐者或外地人）写了第一部噢西坦语文法。[②] 1254 年威尼斯抄书坊制成一部噢西坦诗集时，抄本 Da 上有一条说明："以下是来自阿尔伯利克大人书里的诗歌，以及这些诗歌作者的姓名。"[③] 它的模本大概是出自雨克之手的诗集初本。这初本应该也是阿尔文涅传统抄本 ABIK 所据的模本，因为除了抄本的设计安排，如情诗—讽喻诗—辩

① Poe, "*L'Autr' escrit* of Uc de Saint Circ", p. 135.

② Burgwinkle, *Love for Sale*, p. 116.

③ "Hec sunt inceptions cantionum de libro qui fuit domini Alberici et nomina repertorum eorundem cantionum". Meneghetti, *Il pubblico dei trovatori*, p. 249, note 44.

论诗的秩序，以沛尔·德·阿尔文涅或基柔特·德·伯尔内尔领衔等特色外，抄本 IK 和 14 世纪抄本 F 都有雨克从噢西坦尼亚带到意大利的那组 17 条伯纳特·德·伯恩的讽喻诗笺注。这组笺注没染上意大利文的特色（如以 con 取代 ab），保持了比较纯正的噢西坦字形、语法，而且数量比其他诗人的笺注多得多，也没有提到 1219 年他抵达意大利以后的人和事，应该是个独立的集子。因此，学者推论雨克的初本是一切早期抄本的模本，现存的其他小传和笺注大部分也是他编写的。学者从法瓦提（Guido Favati）和坡（Elizabeth Poe）等人根据雨克的诗歌和他在伯纳特·德·文特当的小传里具名为作者及其他历史旁证，建构出以上结论，还相当合理可信。

如果这些猜测可信，我们可说，但丁给达·罗马诺三兄妹身后名誉一种诗样的报应。艾采利诺（Ezzelino）以残酷暴君的恶行被但丁打入第七层地狱，在沸腾的红汤里被烹煮得惨痛地尖叫（第 12 颂）。妹妹库尼萨（Cunizza）因被情人（即诗人）索代罗从夫家拐走引人非议，后来抛下诗人和一名骑士私奔，情人不幸去世后，她一连出嫁过三四次，连雨克都忍不住作诗点名揶揄她一番（UST 42）。可是，她晚年释放家奴，受人称道，但丁把她抬举到天堂的维纳斯星座，与前噢西坦诗人福尔克·德·马赛平起平坐（第 9 颂）。阿尔伯利克虽学作诗，人品却极坏，残暴好色，淫人妻女，终于和哥哥惨死于威尼托起义民众手中，但丁并没把他打入地狱，难道是感念他造噢西坦歌集抄本之功而高抬贵手？

除了雨克，还有另一位 13 世纪末的收集家把北方的阿尔文涅抄本传统带到意大利，他是出生于圣弗罗尔（Saint Flor）的伯纳特·阿摩拉斯（Bernart Amoras）。他的原始抄本已经失传，只存留下于 1589 年在佛罗伦萨抄写的纸本 a。在一段罕见的前言里，他简述收集和编辑诗歌的经验。最引人注意的是他在行吟诗人众多的普罗旺斯长期游历，“看见和听到很多好诗”（ai vistas et auzidas maintas chanzos），可见在 13 世纪末已有书写的歌本在普罗旺斯流传。他收集歌本后，开始做订正讹误的编辑工作，并警告编者如果对诗不理解，千万不可凭臆想，轻易改动文字。① 因为伯纳特诗集的部分原本也给抄写在抄本 O 的后半部 O2 上，祖斐瑞断定抄本 aO2 模本的字体应属阿尔文涅，可是，被 16 世纪末的抄写人改动过。② 抄本 a 虽然是晚近纸本，却因其模本源自 13 世纪的阿尔文涅，收有许多他本所无的诗歌，所以对现代编辑的重要性并不比最早的皮本逊色。

噢西坦抄本的南方传统源自图卢兹、纳博讷（西支）与蒙彼利埃、尼姆（东支），西支抄本 CR 从未离开过本土，其传统流传到伦巴第的米兰、帕维亚地带，与抄本 MGQ 同源；东支抄本 bEJ 的传统则传到曼托瓦地带，和抄本 LNP 同属一系。与北方抄本传统以沛尔·德·阿尔文涅与基柔特·德·伯尔内尔领衔相比，南方抄本较多以马克布鲁或福尔克·德·马赛为首。南方抄本时代稍晚，数量较小（CREJb），可是，所录诗歌数目最大的抄本 C（1200 首）和 R（1090 首）都出自南方西支传统，比北方抄本 A（626 首）和大型抄本 IK（860 首）要多出不少。抄本 CR 开头有目录，不以文体（情诗、讽喻诗、辩论诗）分类，只依诗人姓名顺序排列，抄本 C 还有第二个以诗歌首句开头字母秩序编排的目录，也是南方传统的特色。这些南方主要抄本和意大利抄本一样有字母彩绘和小插图，可是，南方抄本插图比较生动活泼，有时甚至不雅之至，如抄本 R 有以诗人的鼻子或阳物做指示记号，不像意大利插图那么端庄。③ 一般说来，南方抄本处理小传与笺注的手法也和北方不同，抄本 CJ 完全没有散文的小传或笺注，

① Van Vleck, *Memory and Re-Creation in Troubadour Lyric*, pp. 31-32.

② Zufferey, *Recherche linguistiques sur les chansonniers provençaux*, pp. 84-96.

③ Kendrick, *The Game of Love*, pp. 101-104.

传到意大利的抄本 LMNSU 也没小传、笺注。抄本 RE 把少量二十几则抄录在一起，放在抄本前头或后头，不像北方意大利抄本 AIK 那样把每个诗人的小传和笺注放在诗人的诗歌前面作为介绍。此外，抄本 R 的 160 首诗有乐谱，南方传统传至伦巴第的抄本 G 有 81 首诗有乐谱，所有其他意大利抄本完全没有乐谱，反而北方法兰西的抄本 WX 受到古法文诗集抄本普遍带乐谱的风气影响，抄下了乐谱。

北方传统有雨克、阿尔伯利克和伯纳特提供线索，南方传统的东支则与米皆尔・德・拉托尔失传的诗集有关。米皆尔和雨克是仅有的在诗人小传署名的两位作者，前者在沛尔・喀典纳尔小传（B/S，第 336 页）结尾时说，沛尔活到近百岁才过世（1272 或 1278 年），他的讽喻诗抄录于尼姆。沛尔的讽喻诗也自成一个单元，被收入抄本 D（Db），是现存最早的噢西坦个人诗集，很可能依据了米皆尔的初本。据此抄成的还有 AIKMJRTa[①]，其中抄本 J 出自尼姆，也以沛尔的诗开始，应该与米皆尔的抄本直接有关系。与 J 相近的抄本 E 在贝兹叶抄成，诗歌以作者为单元，除了小传、散文笺注，没沾上意大利语法。抄本 E 与抄写于蒙彼利埃的抄本 b 字体相同，抄本 b 也以作者为单元，是 16 世纪意大利学者巴比埃里抄自一部已失传的诗集的，上文注明"来自阿尔文涅的克莱蒙的米皆尔・德・拉托尔师傅（Maistre）在蒙彼利埃抄写的书"。[②] 米皆尔有师傅头衔，当是学院出身的学者。13 世纪末收集的诗集，到 16 世纪仍为意大利学者抄录，既给诗人专集的存在留下罕见的痕迹，也显示出噢西坦诗歌抄本流传的南方路线。

刚才提到，噢西坦诗集抄本在意大利成为"文化资产"，拥有这

① Zufferey, *Recherches linguistiques sur les chansonniers provençaux*, pp. 293-310.

② Avalle, *La letteratura medievale in lingua d'oc nella sua tradizione manoscritta*, pp. 87-88.

种资产的大多是贵族，也有少数中产富人。威尼斯抄书坊制作的抄本 AIK 更装饰得琳琅满目，珍贵精良。一部上好的皮抄本不只是座诗歌宝库，也是一件艺术品和主人社会地位的标志。最早的抄本 D 就是特雷维索侯爵阿尔伯利克·达·罗马诺订造的，16 世纪给收入艾斯提家族的图书馆。抄本 E 于 15 世纪已为艾斯提家族所有。最豪华的抄本 A 被 14、15 世纪的威尼斯历任头领（Doge）收藏，16 世纪为收藏家欧尔西尼（Fulvio Orsini）收得，他出身名门望族，还收藏过抄本 HKLO。意大利最显赫的美第奇（Medici）家族也收藏了抄本 P 和 U，至今仍藏在佛罗伦萨的劳伦姿安（Biblioteca Laurenziana）图书馆。抄本 N 在 14 至 16 世纪为曼托瓦公爵所有，后来几经转手，现在纽约市的皮尔庞特·摩根（Pierpont Morgan）图书馆[①]。奥西坦本地抄本 C 从未离开奥西坦尼亚，为地方贵族富瓦（Foix）伯爵收藏，到 17 世纪被法国摄政马扎然（Jules Mazarin）购得，收入皇家图书馆。抄本 R 也和 C 一样，从南方贵族于尔非（Urfé）家中转入皇家书库。另两部豪华抄本 IK，抄本 I 于 16 世纪已被弗朗索瓦一世收入皇家藏书，抄本 K 几经转手，从学者本博手中到威尼斯头领蒙切尼哥（Alvise Moncenigo）中，再经欧尔西尼进入梵蒂冈图书馆，最后成为拿破仑 1797 年出征意大利的战利品，连同原属西西里国王斐迪南二世之首相的抄本 M，一起带回法国。经过拿破仑的搜刮，法国国家图书馆现在拥有半数主要的奥西坦诗歌抄本。此外，抄本 HTd/N2 的收藏家好像是中产富人，虽然所用材料与抄写手工比较差，但有独特的内容，也是十分珍贵的抄本。收藏家中不乏饱学之士，如文艺复兴期文评家卡斯特尔维特罗（Lodovico Castelvetro）就收藏过抄本 H，本博是一位枢机主教，拥有过抄本 KLO 和使用过 DEN，并在抄本上留下评

① 现已更名为摩根图书馆与博物馆。

语眉批。[①]

以上依据祖斐瑞的猜测，对噢西坦诗歌抄本流传的大致情形做了扼要的描述，实际的情况必定更加复杂。因为抄本不只是单方向的流传，意大利抄本给噢西坦诗歌添点意大利文色彩，自不在话下。反过来，噢西坦抄本里也不乏从意大利抄本传回来的诗歌和笺注、小传。因此，以上的描述只是个合理的猜测，被大多数学者接受的共识。从手抄本的流传史看来，由于抄本是为数不多的私藏品，能够接触到噢西坦诗歌的读者极其有限。这种情形自 19 世纪瑞努亚的《选集》面世开始大为改观，学者开始编辑和出版诗人的作品，尤其自从巴奇采用拉赫曼的编辑方法，于 1857 年出版沛尔・维达尔的诗集以后，各种现代版本的诗集陆续出现，读者人数大量增加，噢西坦诗歌的流传又从手抄本时代进入印刷本时代。

## 三、抄本概况

从抄本到校订文本，噢西坦抒情诗歌面目一新，是个划时代的转变。要了解这个转变过程，我们得具体比较这两种存在形式和其所依存的文化模式。以上已经简略介绍过抄本的形成与流传的情形，现在就对现存抄本先做个概括的描述。

从外形看，13、14 世纪的抄本都抄写在用动物皮做的皮纸上，到 16 世纪才出现纸抄本。皮本一般由若干帖（quarterni）装订成书（codex），一帖通常用 4 张（片）皮纸对折成 8 对开页（folio）16 页，前页叫右（recto），后页叫左（verso）。大型抄本每页约长

① 本段取材自 Zufferey, *Recherches linguistiques sur les chansonniers provençaux*, pp. 65-69. Brunel, *Bibliographie des manuscripts littéraires en ancien provençal*. Paden, "Manuscripts", p. 311.

三十几厘米，宽二十几厘米，包括抄本 ACDIKOPRWY，其中最大的是抄本 R（43cm × 30cm）。如果对折两道就裁成 16 对开页 32 页，这种中型抄本（长二十几厘米，宽十几厘米）占大多数（BEFGHKp/YMNQSg/ZUV）。还有对折三次的，页数加倍，页面更小，长宽均只有十几厘米，抄本 LSTZ 属于这类。用几百张皮纸的大型抄本有抄本 C（397 片），A（217 片），D（260 对开页），I（199 对开页），K（185 对开页），R（148 对开页）。16 世纪的主要纸本 a 有 616 页，前面加 3 对开页，后面加 40 对开页，从所容诗量来看，相当于大型抄本。大型抄本 CDR 抄录 1000 到 1200 首诗，抄本 AEIKMN 收录 400 到 900 首，其他抄本只收录 100 到 400 首诗。

抄本每页通常分成两栏，也有单栏的。每栏可容几十行，数目多少全看字体大小与页面设计而定。每页边缘与栏间通常留下相当宽裕的空间，有时用来画插图，有时用来加眉批、按语、异文或指示记号等。比较讲究的抄本如 ACEIKMNPR 有彩绘和插图，抄本 AN 的大写字母与小画像还用金叶镶底。抄本 AIKMN 有诗人肖像，尤其稀罕的是抄本 H，它有 8 幅女诗人的小画像。如上所述，只有 4 部抄本谱上音乐，即抄本 G（81 首）、R（160 首）、W（51 首）和 X（24 首），其中后两部出自北方法兰西。诗歌每阕一段，每段开头的大写字母通常都放大并加上绘饰。诗前通常有诗人姓名，诗文用黑墨，诗人名多数用红墨或蓝墨，少数还用镀金。抄本设计人也用红墨加上标题或评注，如诗人小传和诗歌笺注，因此，标题（rubrics）一词来自所用的红色墨汁。整体而言，13、14 世纪抄本大都采用宫廷使用的哥特体小楷书（gothic minuscule textura），例外的是抄本 TH，前者全部、后者部分使用草书，大概与是中产人家私人藏品有关。[①]

现存抄本大多数由不同时代的、经过不同抄者之手抄成的片段

① Paden, “Manuscripts”, p. 311.

组成，因此，学者给片段与抄者另加编号，以示区别。有时，抄本上写明抄写年月，如抄本 D（1254 年）、V（1268 年 5 月 30 日）、P（1310 年）。可是，因为不知现存抄本是原抄本还是再抄本，仍然无从确定它们的年代。此外，同一诗人的诗，甚至同一首诗都可能有几个来源，抄本很少直接把整个模本全盘抄下，大多数是来路不明的混合本。几经传抄，一首诗可以有好几种样本，甚至归属于好几位诗人名下。这种版本混杂、异文丛生的现象，令现代编者十分苦恼，他们编的诗人专辑里也因此总备有存疑诗歌一栏。格罗博依来源把抄本分成单一（einheitlich）与混合（zusammengesetzten）两类，后者他仅列抄本 RHOLP。事实上，绝大多数抄本的来源很难确定，混合的可能性比他揣测的大得多。

就内容而言，大多数早期抄本，尤其是威尼斯一带的抄本，都以诗体类型分类，每类依次抄录诗人的诗歌，有的最后以无名诗人的诗歌收尾。以情诗—讽喻诗—辩论诗的顺序录诗的有抄本 BDEGMOPV，以情诗—辩论诗—讽喻诗的顺序录诗的有抄本 AIKL。在同一文体内再依抄本主人或抄书坊总编的爱好排名。上文提过，北方传统以沛尔·德·阿尔文涅或基柔特·德·伯尔内尔居首位，南方传统则以马克布鲁或福尔克·德·马赛列前茅。当然，由于早期诗体定义含糊，界限并非泾渭分明，异类杂处的现象也很普遍。有时抄本会缺一种文体（抄本 BPV），有时另一种次要文体或笺注、小传介于两种文体之间（抄本 EM）。有的抄本则专录一种诗体，如抄本 FT 只收辩论诗，抄本 U 只收情诗。出自奥西坦尼亚的抄本 CGRSg/Z 则不分文体，只按诗人顺序依次排列。为了方便检阅，有些抄本还冠以目录或索引，抄本 ABCDIKNMR 有诗人姓名目录。如上所说，抄本 C 则有两个目录，第一个列举诗人姓名，第二个依字母秩序列出诗歌首句。不过，有时目录与实际所录不符，如抄本 B

并没抄录目录上列出的辩论诗。抄本内容的安排如此驳杂，再次反映其繁复的来源。

抄本内容复杂还反映了抄本原主的不同爱好，他们的兴趣表现于有些抄本收录的诗歌集锦、诗人专集和各种其他文体的作品。集锦出现得很早，其实是一种浓缩的歌集，不同之处在于所录的不是全诗，只收集编者喜欢的片段、章句。抄本 Dc 就有意大利诗人费拉利·达·费拉拉（Ferrari da Ferrara）编的录有 223 首噢西坦诗歌的集锦，抄本前头有篇费拉拉的小传，说明他如何编这部集锦："他从世上最佳的行吟诗人的情诗里摘录成集（estrat），从每首情诗或讽喻诗里抽出文字完美、蕴含精华的一到三阕。"（B/S, 第 581 页）类似的集锦还可见于抄本 FJ。

诗人专集的情况可从上述抄本 Db 的沛尔·喀典纳讽喻诗集中略见一斑，他的诗集还散见于抄本 KTY。伯纳特·德·伯恩的笺注、小传和诗歌也自成单元，收入抄本 FIKSg/ZU 中，抄本 J 有阿诺特·但尼尔的专集，抄本 O 专收福尔克·德·马赛的诗歌，抄本 Sg/Z 以加泰罗尼亚诗人瑟威利·德·赫罗纳（Cerveri de Girona）的专集开头，选录了 8 位诗人的诗歌和一些图卢兹地区的诗人的作品。在所有抄本里，抄本 H 最能反映原主的口味，它不录著名诗人的诗，专收名不见经传的诗人，包括一组罕见女诗人的诗歌和 8 幅她们的小画像。如今仅存 8 篇含有整首诗的笺注，有 7 篇保存于抄本 H，其所录的诗三分之二是孤本。此外，它还把专收的短诗按主题分类，以红标题说明并加笺注。[①]

除了收录抒情诗歌以外，很多抄本还收录其他文体的作品，如抄本 Pa 就附录有雨克·法以第的文法，雷蒙·维达尔的诗法和普罗旺斯—意大利语对照的词汇（抄本 O 只有词汇），抄本 LNT 则夹带

① Burgwinkle, *Love for Sale*, pp. 125-129.

着一些叙事诗，抄本 GNV 还包括一些教诲文学。更重要的是 11 部皮抄本（ABEFHIKOPRSg/Z）和纸抄本 d/N2 里有 101 条小传和 81 篇笺注，这些笺注、小传是时代最早、数量最多的噢西坦散文。小传一般置于诗人歌选前头，比较简短，以寥寥数语交代作者来自何方、出身、相貌、所爱情妇、所作诗歌与死于何地，有点学拉丁文名著导读（Accessus ad Auctores）的样子。早期小传可能是诗人或歌手表演时的开场白，在唱歌以前先介绍诗人的身份和生平。笺注通常也放在所注诗歌前面，讲个故事当开场白，说明诗人为何作那首诗，篇幅比较长，最长的多达 2500 字。笺注讲的多半是爱情故事，偶尔也有其他的话题，材料通常取自诗歌本身，或者把诗中隐喻照字面解释改成故事。如伯纳特・德・文特当最有名的云雀诗（BV 43），诗人仰视云雀迎着阳光振翼翱翔，乐极忘我下坠的诗句，被解释为一位名叫云雀的夫人一见名叫阳光的情人，就乐得往床上一躺（B/S, 第 29 页）！不过，笺注、小传里也有很多细节，如地名、年代都相当正确，可见来自作者的实地知识。这种想象和现实混合的文体使笺注、小传广受欢迎，而以诗人传记介绍噢西坦抒情诗歌的方式更广为后世学者使用，从诺特丹的《最有名的古普罗旺斯诗人生平》、圣帕耶的《普罗旺斯文学史》到狄也兹的《行吟诗人的生平与作品》都有采用，对噢西坦抒情歌流传后世贡献巨大。

上文已提到意大利抄本比噢西坦抄本重视笺注、小传，意大利读者对诗人伯特兰・德・伯恩政治意味浓厚的讽喻诗最感兴趣，他的笺注可能比任何现存的小传的年代都要早。小传主要收录于早期的主要抄本 ABIK，IK 有 87 个小传。大部分的笺注则存留于稍晚的抄本 EHPRSg/Zd/N2，其中抄本 PR 的笺注比小传多，篇幅也比较长。如上所说，抄本 H 的笺注、小传似乎为特定主顾的口味编写。抄本 P 的 14 篇笺注把诗人的爱情生活写得荡气回肠，情节错综复杂。这个文体流传日广，在意大利发展成如收集于《短篇故事集》(*Novellino*)的短篇故事、薄伽丘的《十日谈》和但丁的散文与诗歌交替的《新生》。有些学者认为这些故事是意大利读者对已消逝的噢西坦诗歌世界的怀念，把噢西坦诗人提升到了国际“明星”的地位。[①]

抄本编者不只以文字满足读者对诗人生平事迹的浓厚兴趣，还在抄本（如 AIKN）上给诗人描绘肖像，给诗歌插图示意，这些图像就成为诗歌的延伸。有些学者认为以多媒体的抄本来重现过去，证明噢西坦诗歌已经一去不返。[②] 纽约市皮尔庞特·摩根图书馆所藏的抄本 N 就是这样一部歌集，经过以上对现存抄本的概括性描述，我就以抄本 N 为实例，对抄本进行具体的介绍。

**抄本 N（Pierpont Morgan, M. 819）**[③]

抄本 N 写成于 13 世纪下叶，大约出自威尼斯附近帕多瓦（Padua）的 5 位普罗旺斯抄者之手，是一部比较早的歌集。外形大小为 26 厘米 ×19 厘米，共有 293 对开页（其中 3 对开页空白），每页两栏，每栏 27 行，是一部比较大的中型抄本。因为皮纸质优，字体工整，且 33 个彩绘的大字母和 17 个页面边缘的彩绘插图都用金叶镶底或镀上金字，可说是一部比较豪华的抄本。 14 到 16 世纪收藏于曼托瓦公爵贡萨加（Gonzaga）的家族图书馆，几乎所有研究噢西坦诗歌的文艺复兴期意大利学者如伊奇克拉（Mario Equicola）和枢机主教本博都使用过它。19 世纪初流落到图卢兹的一位贵族手里，再被转卖给英国菲力普（Thomas Philipps）爵士，藏入他的私人图书馆，编

① Burgwinkle, “The *chansonniers* as books”, p. 251.
② Meneghetti, *Il pubblico dei trovatori*.
③ 除了抄本，我还使用了馆内目录，包括 Selby Schwartz 的补充目录（Catalogue Supplement）。抄本的图像可参阅摩根图书馆与博物馆网站（http://ica.themorgan.org/manuscript/thumbs/147160）.

号是 Cheltenham, 8335。皮尔庞特·摩根图书馆于 1946 年从菲力普遗产拍卖会购得，编号为 M. 819，次年在美国中世纪研究协会的官方刊物正式宣布，并发表所录诗人与诗歌的代号。①

抄本 N 录得 73 位诗人的 465 首诗，其中 47 首所列诗人名字与今日标准噢西坦诗人目录不符，至少 31 位诗人的诗归到“错误”的作者名下，可见当时诗歌的浮动性还相当大，不只异文颇多，诗阙的数目和秩序有异，连作者是谁有时都难以定夺。全本分成 3 部分，前 54 对开页收录一些教诲诗和叙事诗的选段，中间 55—274 对开页是情诗，275—293 对开页收录了 34 首辩论诗。情诗部分以诗人为单元划分，通常冠以用红墨或金粉写的名字，诗首和每阕开头都有稍大的花饰字母，而且红蓝相间，把诗和诗、阕和阕清楚分开。情诗以福尔克·德·马赛领衔，原来可能是个独立的本子，应该属于南方抄本传统。抄本没有讽喻诗和小传、笺注，却收录了很多到意大利行吟的诗人的作品。主要诗人依所抄诗歌数目列举如下：基柔特·德·伯尔内尔（39 首）、伯纳特·德·文特当（26 首）、高森·法以第（26 首）、爱美利克·德·裴基兰（24 首）、沛尔·维达尔（24 首）、裴柔尔（23 首）、雷蒙·德·米拉瓦（21 首）和福尔克·德·马赛（19 首）。其他主要诗人也有相当多的诗收在抄本 N：基廉九世（5 首）、马克布鲁（11 首）、沛尔·德·沛尔文涅（5 首）、阿诺特·德·马如尔（10 首）、兰波特·德·奥然迦（10 首）和阿诺特·但尼尔（9 首）。可是从插图数量多少来看，抄本收集人或首位主人最喜欢的诗人是福尔克·德·马赛（37 首）、基柔特·德·伯尔内尔（13 首）、修士诗人高伯特·德·伯西波（Gausbert de Poicibot）（9 首）和庞斯·德·喀普杜尔（Pons de Capdueil）（8 首）。

① Buhler, “The Phillipps Manuscript of Provençal Poetry Now Ms. 819 of the Pierpont Morgan Library”.

抄本 N 的最大特色是它的彩绘大字母和插图。33 个彩绘大字母里有 29 个饰有诗人画像；37 个页面的边缘有插图，其中 17 个页面的边缘是彩绘插图。第一部分即教诲诗、叙事诗部分有 10 个彩绘字母，其中有 5 个妇女和 5 个诗人的画像。第三部分即辩论诗部分只有开头的一个诗人高森·法以第的彩绘大字母（fol. 275v）。其他彩画和插图全在第二部分即情诗部分。情诗部分的首位是身穿主教红袍头戴冠冕、手持十字权杖的福尔克·德·马赛的全身画像（fol. 55v），这部分有 18 个以诗人彩像装饰的大字母。除了福尔克，还有理查·德·伯贝姿尔（Richart de Berbezilh）的画像是全身的，画中他和情妇跪在火炉边，她右手有只白戒指（fol. 71v），其他诗人都只画半身，个个正襟危坐而神情各异，其中 12 位左手还执着一根细长的棍杖，有如权威人士的权杖。有的双臂交叉在胸前，有的做朗诵诗歌状。这些画像中诗人的衣着打扮都很时髦，反映当时读者对他们的尊敬态度。

如上所说，彩绘大字母和插图集中于少数几位诗人的诗，福尔克主教的第一首诗（FM 1）就有 6 幅彩绘大字母像，他的其他诗也有不少插图： FM 5（3 幅）， 8（4 幅），11（5 幅），17（5 幅）。基柔特·德·伯尔内尔的诗有插图的是：GBo 19（4 幅），48（3 幅），19（4 幅）。很多插图旁边有指示记号（signes de renvoi），对应的记号写在所描写的字下面，显示文字和图画的关联。以福尔克的第一首诗（fol. 56r）为例，一排 5 个彩绘大字母像在页面下方空白处，另一个黑白插图竖在右上方边缘。下方从左边开始画的是坐在椅子上扶脸流泪的诗人 / 情人，眼睛旁的记号可以在“眼睛”一词下方找到，相关诗句是：“我的眼睛好骗人呀，把我和自己害死了，与我同声痛哭吧！” 因为诗人抱怨“爱神”，接下来的是爱神的画像，他头戴金冠，有三张脸面向三方，还有六扇合拢的深蓝翅膀，分成上中下三对。诗人埋怨爱神逼他追求“拒绝”他的情人，下一幅插图画的就是诗人想从后面拥抱一个拒绝他的女人。诗人说爱神“催促”他逃避追求他的人，图中爱神就振开两双翅膀，做出催赶情人的样子。诗人接着说，他追求的情人“躲避”他，画的就是诗人挥手追赶前面奔逃的情妇。右上方的黑白插图画着一个骑士和五个骑士马上交锋，描写诗中情人以一当五的勇气。

抄本 N 中三脸六翼的爱神相当特殊，一般中世纪爱神的画像画的是男人（丘比特）或女人（维纳斯），这个爱神却像六翼天使（seraph），在抄本里出现过 8 次。有时头戴金冠，身上的 T 形服饰也镶金，神气非凡。据学者黎格尔（Angelica Rieger）的解释，六扇翅膀象征六项美德，三个脸面向过去、现在和将来，说明他是时间之神，代表永恒与三位一体。[①] 我认为她言重了，这个来自拜占庭宗教绘画的天使在抄本里是个折磨情人的精灵，有时用双翼挟持住情人：令他动弹不得；有时用长线牵着他，把他当傀儡玩要（fol. 61v）；有时用银头长矛刺伤情人的心（fol. 64），还跟妇女弄刀使盾；无论如何谈不上什么美德或三位一体的象征。

其他诗的插图虽然没这么多，也没这么精细，抄者或原主用插图来诠释诗歌的意图则一样明显。除了极少数例外，如有幅画画着一个头长在两条大腿之间的蓝毛妖怪，和两个人为了抢一把刀而大打出手，这幅画不见对应的诗文，其他都是有诗为证的图画。几乎每幅插图都可以在诗句里找到依据，例如：上帝坐在天上的宝座上，手里拿本书，看天使给诗人基柔特・德・伯尔内尔加冕，或者看两个诗人把水变酒倒进几个大壶里；太阳照射着化雪的山岭和捧镜顾盼的情妇；地上的高楼大厦或城堡与围城的营帐；头戴镶金王冠的狮心理查；诗人朝见尤朵西亚（Eudoxia）皇后；骑士提剑持盾独挡几个举着长枪刺他的士兵；形形色色的情人，有的心口印着情妇的

① Rieger, “Ins e·l cor port, dona, vostra faisso”, pp. 402-403.

肖像，有的和情妇在花园私会，有的跪在情妇面前求爱，有的在床上做白日梦，幸运的和情妇睡在一起，不幸的等待末日审判，还有个爬树爬到一半，不甘（放弃爱人）下来，又没勇气往上继续追求，他们的情妇有的如上帝一般坐在宝座上，对他们的请求爱理不理，可是也有位女郎一手抓紧情人的手臂不放（诗文只说她遥远的微笑让他入迷），还有位女士提棍持盾与爱神对抗；有些情人像蠢人，唯恐猎鹰飞走，紧抓它的尾巴不放，结果把鹰弄死了，或者想点石成金；有的像赌徒上了瘾不能自已；有的借钱时什么都答应，看见债主走近，连忙转身开溜；有的像匠人用磨石机磨刀；还有大自然里的动植物，如扑火的蝴蝶（飞蛾）、树上唱歌的小鸟、草地上的鹿、吼醒小狮的母狮、开满了花的树和结着红果子的树、水里的鱼群，以及表示如鱼得水的情人和海上扬帆的小舟。

这些精彩的插画是 13 世纪读者对诗歌的诠释，也是诗歌的延伸，中世纪和现代的读者都可以从这些图画进入诗歌的世界，抄本 N 可说是一种多媒体文本。

## 四、现代文本的建立

从以上对诗集抄本的简介可见，现存抄本本身已是经抄者编辑过的版本。除了抄本上留下的明显迹象之外，还有汇编者自己的见证，如上文提及的米皆尔·德·拉托尔、费拉利·达·费拉拉和伯纳特·阿摩拉斯都对编辑做过说明，后者对勘正诗文的态度与现代编者的十分接近。例如，为了编辑诗集，他周游诗人出没之所，以增广见闻，除了勤搜诗歌，还精学文法诗艺，力求“押韵、语格与动词使用正确”。他认为抄诗时应该依正确的语言更正模本上的错误，但从不轻易更动文字，“除非是明显的笔误”。他特别强调要正确理解诗人的本意（entencion），切忌不懂诗意而乱改一通，平白增添伪误，把好诗改坏。遇到诗意难懂的诗，他决不肯做任何改动，唯恐把诗糟蹋了。他特别推崇基柔特·德·伯尔内尔，说只有“聪明睿智”（prims e sutils）的读者才能懂得大师（maestre）的诗。[①]可见13、14世纪的抄本编者已有相当发达的编辑方法，不是19世纪编者的假想敌——错误百出、笨手笨脚的抄书匠。

既然抄本已被编辑过，现代编者的工作是什么？从抄本到校订文本牵涉到那些问题？这显然是一项把抄本文本变成印刷文本的工作，从口头与书写混杂的文化转换到书写、静读文化的问题。我想中世纪抄本给现代人的第一印象最能说明这种文化转型，那么我就从这个印象开始谈现代编辑的问题。

以现代人的眼光来看，抄本的文字有点怪异，哥特体小楷笔画看起来既熟悉又陌生。虽然大多数字体都很端正，有的却很难辨认，如果字迹模糊，一笔一画（如m，n，i和u，即minim）就很难明辨。即使个别字母能够认清，字与字之间经常没分隔，连成一串。刚才提到，写在抄本上的噢西坦诗并不像现代版本那样一句一行地排列，让读者对诗的格律、押韵都一目了然，而是一阕一段，像散文一样，只有句点把诗句分开，有时分句也很不规则。抄者又从拉丁文抄本学来使用缩写符号的习惯，而现代版本必须把缩写展开才能顺利阅读。和拉丁抄本一样，噢西坦诗抄本也缺乏各种附着词素（clitic）和其他标点符号。譬如，如果邻近两个字前后以元音相连，念成一个字得省略一个元音时，现代编者得在左边（enclitic，即前接）或右边（proclitic，即后接）被省略的元音处加上逗点或连点。乍看之下，抄本上的一首诗歌的文字好像一条条意大利通心粉排列成一块块拉桑尼亚方饼，有待编者以合理的猜测，用现代标点符号重新断字断句，

① Van Vleck, *Memory and Re-Creation in Troubadour Lyric*, pp. 31-32.

切断连在一起的音节，梳整出清晰的纹（文）理，编排成方便现代读者使用的文本。可是，什么才是合理的猜测呢？这是现代编辑方法的核心问题，在进一步讨论它之前，我们得先了解为什么抄本文本像通心粉。

印刷术在欧洲广泛使用以前，书写文化只是口头文化的助手，文字的声音比形象重要。古代拉丁文是彻底的拼音文字，字母和音节的声音而非字形才是文字的基本单元。写作阅读时，口耳比眼睛重要，全靠朗声念出字母才能会意，很难做到望文（字形）生意。拉丁作家大多数口述文章，由秘书把听见的声音用字母拼写下来。而读者也得朗声逐次读出字母和音节，听见声音才懂得文章的意思。因此，拉丁文抄本自古不只不断句，连字与字都不分隔。9世纪以前的拉丁文抄本里，字词不分隔，没有句读，只有一长串字母。由于查理大帝的教育改革，从9世纪起拉丁文抄本开始分字，到11世纪才有完善的分字规范。至少在13世纪以前，抄本只用来朗诵，不便于静读。①

方言抄本以拉丁文抄本为样板，拼音文字重音轻形的倾向更加明显。可是，方言文本和拉丁文本性质很不同，有点像汉语的白话文与文言文之分。依照弗莱西曼（Suzanne Fleischman）简明的说法，用拉丁文写作是“文本控制人声”，而用方言写作则是“人声控制文本”②。拉丁文早已发展成书写文化，方言则仍无书写传统，早期欧洲方言文学可说是一种白话文学，更接近口语。抄本抄写和写作阅读一样，也以字音传声为主，以字形为辅。正如肯德里克（Laura Kendrick）所说，13、14世纪的抄本是一种“视听文本”，抄者看

① Saegen, “Silent Reading”.
② Fleischman, “Philology”, p. 24.

见模本上的文字，口念成声后再转到手写的文字。[①] 因此，最基本的抄写动作已经容许异文出现，因为不同口音和背景的抄者会以不同的发音写下不同的字母。尤其是当时字母的发音和代表声音的字形都没统一标准，同一个字经过几个抄者就可能大有差异。分字的情况也就更加复杂，抄者经常拿不定准则。因此，一行诗句，不同的分字和加逗点，常常可以有多种合理的读法。加上噢西坦语同声字很多，容易一语双关或多义，正合诗人玩文字游戏的口味。肯德里克对这种现象特别有研究，我就借用她的一个例子来说明。抄本 N 和抄本 C 的抄者一样，使用与现代标准不同的拼音分字法，如抄本上一句“daquesta mor suy cossiros”通常被编成“d'aquest' amor suy cossiros”，意思是“我向往这份爱情”。可是，爱情 amor 在抄本上被拆成 a 和 mor，念起来就可以是“死亡” 或“叮咬”，因此诗句听起来就好像“我为她忧伤欲死”“我给她烦死了”或者“我恨不得咬她一口”等。[②]

如果同一行诗句在不同的抄本里有好几串不同的字母，问题就更加复杂。这却是抄本文本的正常现象，因为一首诗经常因抄本而异，一旦编者挑选其中一串为正文，其他的就被归类成异文（variants），只有少数陈列于页面底下或后头的异文注里。异文泛滥是口传文学的必然现象，一首诗从诗人到抄本要经过多人之手，每次转手（remaniement）都会有所变动。诗人本身会因地制宜，在不同的场合或对不同的听众，调整自己的诗歌，而抄者传抄的过程则产生了更多的异文。我就借用坡林纳（Vincent Pollina）的一个例子来说明异文的现象，他列出马克布鲁的一行诗文（Mb 32, 2）的异文如下：[③]

① Kendrick, *The Game of Love*, p. 31.
② Kendrick, *The Game of Love*, p. 34.
③ Pollina, *Si cum Marcabrus declina*, p. 227.

| | |
|---|---|
| 抄本 A（目录） | El somoil son antic |
| A | El someill son antic |
| C（目录） | Ab so noel antic |
| C | Ab son novelh / antic |
| I | Ason someill antic |
| K（目录） | Ason semeill antic |
| K | A son semeill antic |
| N | Asson se / meill antic |
| R | Asson senullantic |
| d | A son someill / antie |
| z | Asson seme / ill antic |

德容恩（Dejeanne）的 1909 年版本是“a son veil, sen antic ”，意思是“老调古意”，岗特诸人（Gaunt, Harvey, Paterson）2000 年的版本则是“e son so vieill antic ”，意思是“陈年老调”。只要把两个版本和抄本异文相对照，现代编者在最基本的文本建立上都得依赖合理的猜测就一目了然了。

抄者经常变动文本之处还有诗阕的秩序，造成同一首诗在不同抄本里有不同的秩序。显然，抄者对一首诗的诠释，决定了他对诗阕先后的安排。如果见到不合他意的秩序，就会加以改动。岗特分析过伯纳特 · 德 · 文特当的云雀诗在现代版本里的诗阕秩序，我借来当作例子。伯纳特这首中世纪最有名的诗的现代版本都依循阿沛尔（Appel）1915 年的版本，后来的编者大都采用他的秩序，可是阿沛尔的诗阕秩序却与绝大多数抄本不同。如果按照他的版本秩序为准，这首诗在抄本里的秩序如下：①

| | |
|---|---|
| 12345678 | QU |

① Gaunt, “*Discourse Desired*”, p. 98.

| | |
|---|---|
| 12347568 | C |
| 12345768 | O |
| 1243576 | MR |
| 124357 | Na |
| 143675 | I |
| 1243675 | K |
| 1243756 | V |
| 12456738 | E |
| 12467358 | AGLPS |
| 124673 | D |
| 12 | WX |

岗特认为阿沛尔选作底本的抄本 QU 时代较晚，错误较多，在正常情况下不会被用来作底本。编者选中它，因为这个秩序最适合他心目中诗人和宫廷情人的形象：全诗以祈望爱情开始，因为情妇不领情，诗人以绝望悲怆之下自我放逐收场。而中世纪最受欢迎的秩序，如抄本 AGLPS 和 D，呈现的诗人 / 情人形象却是个所求未遂、怒气冲天、破口大骂、诅咒女人、拂袖而去的大老粗。可见不只中世纪的抄者凭主观愿望调整诗阕秩序，现代的主要编者也这么做。

从上面的例子我们还可以看见，同一首诗在不同抄本里阕数也不一样。有 6、7、8 阕的，也有 2 阕的。这种现象极其普遍，一般除了首阕大致雷同，诗阕的秩序和数目可以有大幅度的差异。有时一首诗的头 2 阕给砍掉，以第 3 阕为首而归入另一诗人名下，如抄本 N（fol. 214b）就把基廉·阿德玛（Guillem Ademar）被砍的一首诗录在高伯特·德·泊西波名下。此外，同一阕里的诗句在不同抄本都有很大的差异，有时几乎完全走样，简直是另一阕诗。

从抄本里异文充斥的现象可见，中世纪抄者不是复印机或只会犯错的机器人，他在书写文化里扮演相当于诗歌演唱者在口头文化里的角色。就像歌手表演时对诗歌做出诠释一样，抄诗者也对文本有所诠释，会依他的理解去“改正”“润色”和变动模本的文字、章句乃至于歌阕的秩序。如果每次歌手吟唱一首诗歌，他的诠释就是一个新的样本，不同抄本里的诗也同样是那首诗的不同版本。此外，作为抄本的编者，他可能有很多来源，可从多种模本里挑选他认为最好的本子。这样写成的抄本来路并不单纯，本身就是个大杂烩。

现代编者如何对待抄本文本的分歧呢？18 世纪的编者通常凭经验从最早或公认最好的抄本里挑选最合己意的文本，不只对异文出处没交代，有时还会不动声色地擅自加以“改良”或“现代化”。19 世纪的编者对这种做法十分不满，发展出一套讲究客观科学的编辑方法，可是，他们大都把那些变化万千的异文当作亟待摒弃的次等或劣等货色。但 20 世纪开始有编者和批评家相信，所有的异文对诗歌都是有意义的，不可轻率剔除，形成一种新的经验派。这两种相反的态度反映于罗曼语文本编辑的两大阵营，一般根据其各自的代表或开山人物称其为拉赫曼派与贝迪埃（Joseph Bédier）派，简称为拉派与贝派。[①]

前者设想抄者容易犯错，而且经常窜改原文，使原著失真。清除错误和恢复原文是这派文本编者的首要目标，从文艺复兴的古籍编辑到德国的罗曼语文学编辑，都以此为编辑任务，求真复原是他们的野心。为了恢复作品的原貌，18 世纪的古典文学与《圣经》文学学者发展出一套“科学”“实证”的编辑方法。19 世纪学者拉赫曼虽然不是创始人，却是这套方法使用得最成功的代表人，他的方法被罗曼语文学学者广泛采用，虽然受到贝迪埃派的批评而做过重大修正，但至今仍为多数中世纪文学文本编者采用，对噢西坦诗歌

① Foulet and Speer, *On Editing Old French Texts*, pp. 1-39.

的版本学影响极大。[①]

拉赫曼并没编过噢西坦诗歌，他以编订希腊文《新约全书》起家，编辑过罗马诗哲卢克莱修（Titus Lucretius）的《物性论》（*De Rerum Natura*）和中古高地德语史诗《尼伯龙根之歌》。他的方法分成两部分：一是版本批判（recensio），把现存的版本分类整理，分析其间的从属关系，从而建构一个诸本系谱（stemma codicium），再据以重建作者的原本；二是语文订正（emendatio），务求校勘过的文本符合原作者的语言。版本批判的主要方法是“共同错误”，如果两部抄本里有相同的错误，他们之间就有从属关系，因为错误只可能发生于二者互抄或者来自同一个模本的情况。这些设想的模本又有更早的原型，如此层层上推，直到一个接近作者的原本。当所有抄本都在这个系谱上定好位，它们之间的关系就一目了然。在噢西坦抒情诗的领域里，格罗博根据不同抄本里的“共同片段” 和一些诗歌组群有相同秩序的现象来鉴定抄本关系，对拉赫曼的方法做出了补充。抄本的系谱建成之后，编者再从中选一部最好的抄本当作底本，然后参照其他抄本勘正词句衍夺、文字增减的错误，删除伪文，补充脱漏文字，编成一部最接近原本的版本。语文订正则依据罗曼语文学揭示的语言与诗法标准，纠正拼字、文法、韵字，乃至于逻辑上的错误，最后的成果就是一部校订本。

首次应用这套严谨“客观”的方法来编辑噢西坦诗歌的是巴奇于 1857 年出版的沛尔·维达尔诗集。这套方法立刻成为领域内的新标准，在法国受到帕黎斯的大力推崇。后者使用这套方法编成的古法语《圣阿莱克斯传》于 1872 年出版，也取得经典地位。拉派的编辑方法风行欧洲半个世纪后，受到贝迪埃的严峻挑战。贝迪埃于

① Timpanaro, *La genesi del metodo del Lachmann*, p.72 称他为伟大的简化者（un grand semplificatore）。

1913 年重编自己近 25 年前编过的古法语故事诗《影子歌》（*Lai de l'ombre*），在导论中指出现代编者建构的系谱绝大多数（八十分之七十八）只分两系，由编者挑选一系为主干，因此，有相当大的主观性。他认为从同一组抄本可以建构出好几种系谱，不同的编者也常建出不同的系谱。至于编成的校订本，那只是一种从没存在过的虚构物，和任何既有的抄本都不一样，常有抄本上没有的字句。因此，他建议选择最好的善本，剔除其中明显的笔误，那样至少还能保存部分实存的中世纪文本。他同意考古学家狄德隆（Adolphe Didron）的名言："必须保存最有可能的，修改最不可能的，千万不可复原。"[①] 贝迪埃相当保守的立场基本上回到了 18 世纪的经验派编辑方法，却成为 20 世纪 30 年代之后的半个世纪里编辑罗曼语文本的主流。以他的方法编辑噢西坦诗歌最有名的是皮肯斯（Rupert Pickens）的《姚夫瑞·儒代诗歌》（1978 年）。经过抄本分析之后，编者认为诗人的原意已不可考，也没有一个单一的"真本"。因为所有抄本里的每首诗都是个完整正确的样本，他把姚夫瑞 6 首诗歌的 32 个样本全编出来。不过，一本收录 6 首诗的诗集需要 280 多页的篇幅太不实际，难怪皮肯斯后继无人。[②]

拉派对贝派的批评是，"轻编"最佳抄本是偷懒的做法，异文繁多并不表示"真本"不存在或不可求，何况"有关紧要的"异文实际上数量不多，因此放弃对原意的追求等于让抄者篡夺作者的地位。[③] 而所谓最佳抄本，正因加工最多，常是最不可靠的版本。如笔法工整的抄本 C 被马歇尔（J. H. Marshall）称为"不贞的美女"

① "Il faut conserver le plus possible, réparer le moins possible, ne restaurer à aucun prix." See Bédier, *Le lai de l'ombre*, p. xlv.

② 电子版与互联网的出现令此情况大为改观。

③ Avalle, *La letteratura medievale in lingua d'oc nella sua tradizione manoscritta*, pp. 43-82.

（belle infidèle），因为它有很多无关紧要的异文，抄者有“更正”不寻常诗格的习惯，常擅自删减诗句音节的数目，以求诗格规律化。还有些抄者，如抄本 L 的第二个抄者，遇到一首残缺不全的诗，会自己胡诌几句补上。[①] 要发现这类文本窜改还得靠拉赫曼的方法。建立文本之前必须确定抄本间的关系，抄者的错误也该改正，编辑是实际工作，不是理论空谈。拉派着重实用，编者先得认清抄者的错误，才能辨伪辑佚，建立正确可靠的校注本。如文纳维尔（Eugène Vinaver）列举出 6 种抄写时常犯的错误：（1）认错字，包括误读缩写或缩略词；（2）擅改模本上不解之词；（3）跳字、跳行、跳句等造成文字脱漏；（4）词句衍误；（5）误植字体或词句；（6）眼、手与大脑配合上发生失误。[②] 大体而言，意大利的编者如阿瓦勒继续改良拉赫曼的方法，而法国和英美编者则多为亲贝派。为了竞争，两种方法都有所改善，而越来越多的编者采取折中方法，因抄本而异，不同的抄本使用不同的编辑方法。

不过，这场方法论之争尚未平息，尤其是如何看待作者、抄者和异文等基本问题很难解决。拉派通常把作者奉若神明，认为抄者只会犯错败事。如文纳维尔就认为编者的任务是当抄者与作者间的仲裁，目的在减少抄者造成的破坏，以求恢复部分原著。他针对贝迪埃的名言提出另一种编辑原则：不可能的字句必须改正，不太可能的则必须保留。[③] 马歇尔甚至觉得抄者不可太过聪明，否则会自作聪明擅自窜改原文，或者遇到疑难，只选简单明易的读法（lectio facilior），像“劣币赶走良币”一样，把较好但是难懂的字句淘汰掉。因此，他说：“不聪明并非抄者的缺点而是优点，如果目光如豆，

① Marshall, *The Transmission of Troubadour Poetry*, pp. 16-19.
② Vinaver, “Principles of Textual Emendation”.
③ Vinaver, “Principles of Textual Emendation”, pp. 157-159。

硬把阳春白雪改成下里巴人，才是天大的罪过。”[①]

这种歧视抄者的观点越来越不受学者欢迎，如浩尔特（David Hult）批评这种文本编者的意识形态说：他们把抄者的积极主动当作恶习，机械愚蠢反而成为美德。[②]法兰克（István Frank）在他《论抒情诗文本的编辑艺术》一文中重申中世纪抄者也是编者，所据文本已经混杂不纯，很难以之建构抄本的系谱，所谓“作者的抄本”纯属谬误，编者的视野应该开放，以更大的弹性处理抄本。[③]肯德里克认为早期行吟诗人的审美观比较开放，抄者的异文反映一种游戏的态度，更能充分表现诗歌的游戏本质。因此，被称为“不贞美女”的抄本 C 反而是“最佳”文本。[④]

近年关于异文的讨论，一反过去编者过分窄狭的视野，在比较广阔的范围内进行：从对“作者”“文本”“主观性”等概念的重新检讨，到对整个欧洲中世纪文化的反思。如塞尔吉里尼（Bernard Cerquiglini）批评传统语文学者，从拉赫曼、帕黎斯到贝迪埃都只顾个别字形字义的差异，忽视了意义是由整个句子和整段话语产生的，理解异文应该从句法着手。13 世纪以前的中世纪方言文学的特色是异文，每部抄本都是一种版本，如《罗兰之歌》就有 7 种，克雷蒂安的《珀西瓦尔》（*Perceval*）给一续再续，加上改写也有 7 种，异文就是文本、语言和意义洋溢着创作喜悦的表现。因此，他宣布“中世纪写作并没产生异文，它本身就是异文”[⑤]。岗特也认为，无论拉派还是贝派都在文本之前预设作者为其来源，两派都尝试用校订本的权威来固定和控制浮移不定、变化多端的中世纪文本，并将所有

① Vinaver, “Principles of Textual Emendation”, p. 13。

② Hult, “Reading It Right”, p. 123.

③ Frank, “The Art of Editing Lyric Texts”, pp. 135-138.

④ Kendrick, *The Game of Love*, pp. 45-51.

⑤ Cerquiglini, *Éloge de la variante*, p. 111: “L’écriture médiévale ne produit pas des variants, elle est variante”.

其他活生生的样本打成碎片，散布或埋葬于异文注的边缘位置。而所谓“较好”的抄本只是一些接受 14 世纪语言和诗法的标准而抄写成高度规律化的文本，并不代表 12 世纪的语言和作诗场景。[①]

这种反权威的见解当然引起尖锐的反驳，古法语文本编辑专家史比尔（Mary Speer）就很不客气地谴责塞尔吉里尼，说他夸大其词，以偏概全，热衷于除旧布新，以现代主义否定过去。她又分析了皮肯斯编的姚夫瑞·儒代诗集，说他的理论与实践不符。他虽然主张每首诗都是独立完整的样本，可是还有等级之分，越有可能经诗人之手的样本就列在越前头，越在后面的字体也越小。可见还保存了作者意向的观点，文本浮动并不排除诗歌有特定意义。无论理论家说得怎么天花乱坠，编者面对的中心问题仍是文本权威与编者判断的凭据。编者的工作是解决实际文本问题，空谈理论于事无补。[②] 我们无须继续报道这场论战，却应该从中吸取教训，帮助我们认识现代文本的本质。

其中最重要的教训是，从中世纪抄本转移到现代版本，有如从杂草丛生的园林（arboretum）走进呈几何图形的小花园。抄本的园林里有古树和年轻的树，有的枝叶繁茂，有的残枝断杆，粗看每棵树一个样子，细看却千态万状。树上有唱歌的鸟儿和诗人的画像，还有人在爬树。地上有情人追求情妇，向爱神求助，诗人弹琴唱歌，赌徒在赌博，还有其他野兽妖怪出没其间。天上有太阳，水里有游鱼。现代版本有如花园里的温室，打扫得一干二净，几乎一尘不染，反映出园丁的洁癖。每首诗都像一座盆景，一枝一叶都是精心栽培的结果，花园里修剪下的枝叶全丢到垃圾桶里。园丁还会在每座盆景前放张标签，在入口处有更周详的全景图。现代文本编者的工作

① Gaunt, “Orality and Writing”, pp. 236-238.
② Speer, “Editing Old French Texts in the Eighties”, pp. 7-25.

就像把园林改造成花园，把野树移植到温室培养成盆景。现代版本是一般学者和译者的依据，这就是它们的来历和本质。

以上就是我——奥丁——身悬知识之树几十年的所见所闻和留下来的纪录，与爱好诗歌的读者分享。

# 第六章　小传与笺注选译

我们离开但丁，走进雨克·德·圣西尔克和其他13世纪小传与笺注作者所呈现的奥西坦诗歌世界。经过第四、五章学术性的讨论，本章选译了主要的小传与笺注，让读者直接观赏那个当时已逐渐消失的世界。我在第五章已提到，早期小传可能是诗人或歌手表演时的开场白，在唱歌以前先介绍诗人的身份和生平。笺注通常也放在所注诗歌前面，讲个故事作为开场白，说明诗人为何作那首诗，笺注篇幅比较长，最长的多达2500字。笺注讲的多半是爱情故事，偶尔也有其他的话题，材料通常取自诗歌本身。这些用奥西坦语写成的早期散文作品，代表13世纪歌手与诗歌收集者的看法，其目的在于引起听众的兴趣，想象虚构常与现实事迹混杂一起，有时把诗里的比喻按字面意思演绎成故事，把抒情诗当作叙事性的诠释。虽然最早的现存抄本比12世纪的诗歌晚了一个多世纪，这些小传和笺注却与抄本同时期，仍是我们观察那个世界最接近的窗口。

当然，这些散文作品并不是唯一的窗口。从12世纪60年代基柔特·德·喀伯列拉（Guiraut de Cabrera）的《歌手卡伯拉》（*Cabra Juglar*）、13世纪初雷蒙·维达尔（Raimon Vidal）的《四月已逝》（*Abril issia*），到基柔特·德·喀兰松（Guiraut de Calanson）的《歌手法爹》（*Fadet Joglar*）和基柔特·利基叶（Guiraut Riquier）1274年写给卡斯蒂尔国王阿方索的《陈情表》（*Supplicatio*），这些长诗对当时奥西坦诗歌的世界，从诗人出入的宫廷到演唱的歌目，都有细腻和深刻的描述。[①] 由于篇幅的限制，我们不能翻译他们的作品，只从小传和笺注里挑选较传神的景观，像为当时的听众做热身准备那样，给读者阅读奥西坦抒情诗歌做热身的准备。

一般说来，小传简单介绍诗人的生平，笺注则说明特定诗歌的来历与意义，可是，二者之间并无明确的界限。小传、笺注所呈现的诗歌世界也是想象与现实的混合，除了突出诗人的形象，还描述12、13世纪的重大历史事件与社会状况。

先看小传、笺注里反映的现实世界。奥西坦抒情诗流行的时代最重大的历史事件是卡佩王朝与金雀花王朝的斗争和十字军东西征。前者是西欧中央集权与地方分权的主要冲突，后者是基督教与伊斯兰教和异端的冲突。我们在笺注里可以看到诗人与一些重要历史人物的交往和他们在一些事件里扮演的角色。如伯特兰·德·伯恩诗的笺注里有很多关于亨利二世与诸子、狮心理查与腓力二世的斗争。除了描述动人的故事，如诗人怎样挑拨亨利二世父子不和，并于战败之后凭机智不但免了杀身之祸，反而赢回失去的城堡和财产，笺注还显示了当时各自为政的混乱政治局面。不只亨利二世与理查不肯向路易七世与腓力二世称臣，亨利二世的儿子都不愿意服从父亲的命令，兄弟阋墙更是司空见惯，等而下之的诸侯贵族就更不守封建规矩，人人为自身利益而纵横捭阖。其他笺注则提到十字军东征与征阿尔比，如兰波特·德·瓦克拉斯诗的笺注提到诗人随从第四次东征领袖人卜尼法斯·德·蒙特弗拉，征服了其他信奉基督教的

① Guerau de Cabrera, *Cabra Juglar*, Guiraut de Calanson, *Fadet Joglar*, in Pirot, *Recherches linguistiques sur les chansonniers provençaux*, pp. 543-595. Raimon Vidal, *Abril issia*, in Field, *Poetry and Prose*, vol. 2. Guiraut Riquer, *Supplicatio*, in Linskill, *Les Épîtres de Guiraut Riquier*, pp. 167-189.

王国，打下一片江山；又如雷蒙·德·米拉瓦诗的笺注记载了阿拉贡国王佩德罗二世应诗人之请去给图卢兹伯爵助阵，参加十字军征阿尔比的一场主要战役，结果连同带去的1000员骑士全军覆灭于穆瑞尔城下这场历史悲剧。

我们也可以从小传、笺注里诗人的出身和背景看见当时社会的流动性，尤其是歌手的地位变迁。在101位有小传的诗人里，18位是高级贵族（从国王到男爵都有），39位是低层的贵族（堡主、小领主、骑士），超过半数的诗人属于贵族阶级。44位平民诗人里，有21位职业歌手，6位教会人士，6位城市居民，5位商人，3位工匠，3位出身于用人之家。而这3位出身最低微的诗人恰好是最优秀的早期职业歌手（马克布鲁，伯纳特·德·文特当，基柔特·德·伯尔内尔）。歌手的社会地位本来非常低微，相当于走江湖的耍杂艺人乃至优伶娼妓之流，经常受到教会卫道之士的攻击。后来由于贵族诗人的提倡，诗人和歌手成了一种好职业，一些贵族（5位）、商人（3位）、教士（2位）、城市居民和工匠（各1位）转行当歌手。也有歌手改行为商人致富而成为城市居民，甚至被封为骑士〔如沛迪贡（Perdigon）〕。从这些数目可见诗人和歌手职业化的过程，噢西坦小传和笺注也是很好的中世纪社会史材料。

不过，小传、笺注作者最着力塑造的是诗人的情人形象，诗人的情史是小传、笺注的焦点。与诗歌里的形象相比，笺注对诗人做了比较戏剧性的夸张，而最夸张的莫过于“狂人”沛尔·维达尔和容忍他的恩主。诗人偷吻了恩主正在熟睡的妻子，她对他的不轨行为极其愤怒，她的丈夫反而责备她大惊小怪，认为诗人的狂态风趣极了。沛尔的另一次疯狂表演是，为了讨好情妇罗芭（母狼之意），他故意打扮成狼，让猎人和猎狗追捕扑击，害自己被打得、咬得半死，逗引情妇与丈夫开心。这种容忍诗人追求已婚妇女的作风却是例外。另一个夸张的极端例子则是基廉·德·喀贝斯坦的故事：情妇的丈夫不只杀了他，还剖出他的心来烧熟喂给妻子吃，最后逼得她跳楼自杀。学者考证过，这位夫人不但没自杀，还于丈夫去世后改嫁。小传、笺注作者还把用情专一的情人夸张为愚不可及的自虐狂，而高不可攀的情妇则变成诡计多端的虐待狂。基廉·德·圣列第叶和高森·法以第的情妇都设法在他们的床上和别人睡觉，雷蒙·德·米拉瓦则被情妇欺骗而休妻，结果妻子和情妇都嫁给各自的情夫，让雷蒙两头落空。欺骗与报复常是爱情的基调，雷蒙·佐旦与情人真诚相爱反而是例外。

从以上简述可见，作为对诗歌最早的诠释，小传与笺注虽然是一面窗口，它所展现的诗歌世界却与诗歌本身有很大的差别，最主要的是从抒情诗歌到叙事散文的转变。譬如，诗歌的音乐消失，现在时态、第一人称的抒情诗变成过去时态、第三人称的故事，内向的诗歌给翻译成外向的小传、笺注，诗里暧昧复杂的爱情被简单化为几种陈旧、老套的宫廷游戏。① 很显然，小传、笺注“夸张、歪曲”了诗歌世界的形象，反映出后来诠释者的观点。这些以爱情为主题的故事既是 13 世纪作者与听众的幻想与欲望，也显示了雏形期资本主义社会的意识形态和具体现实。例如，小传、笺注里诗人与恩主，情人与情妇所做的经济交换：诗人以诗歌谋求物质的奖赏，情人以提高情妇的名声、地位换取她的恩赐，突出了新兴商业社会的人际关系。② 因此，小传、笺注里的情场如商场，到处是尔虞我诈、见异思迁、朝三暮四的情人，诗歌里歌颂的纯情（fin’amor）并不多见，“典雅爱情”连影子都没有。

另一个主要差别与这两种文体发展的阶段有关。噢西坦抒情诗到了 13 世纪中叶已成强弩之末，笺注的散文体却是个方兴未艾的新

① Poe, *From Poetry to Prose in Old Provençal*, pp. 16, 65.
② Burgwinkle, *Love for Sale*, pp. 167-184.

文类，写作技巧仍然比较原始简单，风格古拙，更加接近口语，程序性的重复语句多，读起来比较乏味。譬如词汇单调，情妇一定年轻漂亮、高贵可爱。不过，较晚的抄本（如 P）就插入较多细节和对话，故事也比较生动。笺注沿袭诗歌里含义暧昧的爱情词语，也继承了日益形式化和公式化的诗歌语言，语意却不再含蓄。譬如，诗歌和笺注里情人向情妇求爱，要情妇“给他爱情分内的快乐”（plazer en dreit d'amor）或者 “干爱情的乐事”（far plaser d'amor）。诗歌里这些求爱辞令有如法律术语，dreit 意指某种权利或义务，虽是情人之间的默契，却点明爱情的契约关系：男方替女方服务，也期望某种报酬。不过，报酬的方式可以有相当大弹性，从公开承认对方是最好的诗人或朋友到程度不一的性关系，因此，词意还相当暧昧。可是，到了笺注作者笔下，却成为露骨的性要求。再举个类似的公式化和具体化的例子，抒情诗里推崇 “高贵品德”（pretz）和“荣耀显贵”（honor）的社会价值，这些词语除了抽象的道德含义之外，还有实质的内容，前者指个人的社会名誉，后者指封官拜爵、取得职位和领地。在笺注里，实质的名声与地位就成为许多情妇追求的唯一目标。阅读以下译文的时候，不能不记住这些诗歌与笺注的差别。

为了给读者阅读噢西坦诗歌做热身准备，我从布提埃（Boutiere）与舒兹（Schutz）的行吟诗人传记集（*Biographies des troubadours: texts provencaus des XIIIe et XIVe siecles*, B/S）里选译了一些篇幅较长而富于故事情趣的主要小传和笺注，在下文中按照诗人的年代先后依次列出。所笺注的诗歌附有皮耶与卡斯滕斯的编码。本章未收录的短篇笺注，部分将出现于第三部分的诗人简介里。由于笺注的散文比较古拙，为了译文的可读性，对堆砌重复的词句做了适度的缩减。

## 理查·德·伯贝姿尔（Richart de Berbezilh）

### ◎ 小传

理查·德·伯贝姿尔来自圣通治的伯贝姿尔城堡，属于圣提斯主教区。他是个贫穷的小领主和善战的武装骑士，长得一表人才，作诗比唱歌要高明些。他在大庭广众之下有点木讷，见到越多贵人就越紧张畏缩，总是需要别人给他打气。不过，他唱起歌来，字正腔圆，作诗的文辞曲调都很悦耳。

他爱上一个女人，是当地一位贵族姚夫瑞·德·陶奈大人的妻子。这位夫人高贵美艳，活泼可爱，热衷于名声地位，是布莱王子[诗人][①]姚夫瑞·儒代的女儿。当她得悉他爱自己，就向他假意传情，鼓励他追求自己。她希望诗人为她作诗，便装出对他钟情的样子，欢迎、聆听、接受他的恳求。他于是为她作诗，在诗里称她为“最佳夫人”。他非常喜欢在诗里用鸟兽、人物、星星和太阳打比方，来描述最新鲜的题材。他长期歌颂她，可是，一般认为她从没和他做过爱。夫人去世后，他去西班牙投靠贵族第耶哥大人，在那里过活，死在当地。（B/S，第149-150页）

### ◎ 笺注

诸位已听过理查·德·伯贝姿尔是谁，他怎样爱上一位年轻漂亮的贵妇，即姚夫瑞·德·陶奈大人的妻子。他全心爱她，称她为“最佳夫人”，她对他很有礼貌。理查请她大发慈悲，求她赐给他爱情的快乐。夫人回答说，任何能增进她荣誉的事，她都乐意奉陪。如果他真像他说的那么爱她，就别再逼她谈这件事，或者让她为他

① 方括号[ ]里为所补充的脱漏的或注释性文字。

做任何她已对他说过或为他做过的事。

事情就这样僵持了很久，直到当地有位夫人，一位富裕堡主的妻子，邀请理查面谈。这位夫人对他说：她对他的行为备感惊讶，他已爱那位夫人那么久，她却从没给他爱情分内的快乐。她还说理查大人长得一表人才，又那么能干，所有贵夫人都会乐意给他快乐。如果理查肯离开那位夫人，她会给他随心所欲的快乐。她还说自己比他追求的夫人更漂亮、更高贵。

由于她确切承诺，理查答应去和情妇分手。这位堡主夫人吩咐他去断交，否则休想和她享乐。于是理查告辞，去对追求已久的夫人说，他爱她甚于世上任何女人和自己，可是她不给他爱情的快乐，他决定跟她分手。她觉得很悲伤痛惜，请理查不要离开她，说虽然她过去不给他快乐，现在她肯了。理查回答说他不便久留，说完撒手就走。

和情妇分手后，他来见叫他绝交的夫人，告诉她已办妥她吩咐的事，请她施恩履行她的诺言。夫人说，没有女人会肯跟他这种人谈情做爱，他是世界上最不老实的人，因为他听信别的女人的话，和那么漂亮可爱又爱他的夫人绝交，他能抛弃那位夫人，也会抛弃下一位。理查听见她的话，登时变成世上最悲伤、最可怜的人。他离开她，想回头向先前的夫人求饶，可是，先前的夫人已不肯收留他。他伤心地走到树林里，在那里盖间房子，住下隐居，扬言从此足不出户，除非夫人原谅他。因此，在一首诗里他说：

最佳夫人，我两年前离开你……（421，2）[①]

后来当地的贵妇和骑士看见理查悲苦无措，便来到他隐居的地方，请他出来，离开那地方。理查说，除非最佳夫人原谅他，他决不跨出大门。夫人对向她请求的人说，除非有一百对诚心相爱的贵

① 括号中为B/S中的诗人与诗歌代号，前者为诗人代号，后者为诗歌代号。后文同。

妇和骑士到她面前，向她下跪，双手合十，求她施恩原谅理查，如果他们能办得到，她就原谅理查。消息传到理查耳中，于是作了这首诗，诗云：

好像大象那样子

摔了跤爬不起来……（421，2）（见诗歌选译部分）

当贵妇和骑士们听说，如果有一百对诚心相爱的贵妇和骑士去求夫人原谅理查，他就能得恩赦，所有的贵妇和骑士便聚集起来，一起去为理查求情。于是夫人原谅了他。（B/S，第153-155页）

## 伯纳特·德·文特当（Bernart de Ventadorn）

### ◎ 小传

伯纳特·德·文特当来自勒末赞的文特当城堡，出身贫穷，是个用人的儿子，[父亲]是个面包师傅，给火炉添火，替城堡里的人烤面包。伯纳特英俊能干，擅长作诗唱歌，人很有礼貌和教养。他的主人文特当子爵很喜欢他作的诗和唱的歌，很喜欢他，并重用他。

文特当子爵有个年轻、高贵、快活的妻子，她也喜欢伯纳特大人和他的诗歌。他和夫人相爱，作各种情诗歌颂她和她的美德，表达对她的爱意。他们的爱情持续了很久，终于被子爵和其他人发现。子爵察觉恋情，就把伯纳特赶走，把妻子幽禁起来严加看管。夫人辞别了伯纳特，准他离去。

他离开之后，前往诺曼底公爵夫人[依莲诺]那里。她当时还年轻，万分尊贵，热衷于名声、地位与恭维、赞美。她很喜欢伯纳特大人的诗歌，热烈欢迎接待他。他在她的宫廷里住了很久，他们彼此相爱，他作了许多优美的情诗歌颂她。他们在一起时，英格兰国王[亨利二世］娶她为妻，带她离开诺曼底到英格兰去。伯纳特大人伤心悲痛地留在当地，后来前往好客的图卢兹伯爵雷蒙那里，一直住到伯爵去世。伯纳特大人为之悲恸不已，加入达隆修道院，在那里度过余生。

我，雨克·德·圣西尔克大人，抄录下他的事迹，全是文特当子爵依伯大人告诉我的，他是伯纳特大人爱过的子爵夫人的儿子。他作了这些情诗，就抄写在下面，诸位请听。（B/S，第20-21页）

◎ **笺注**

……伯纳特称她为“云雀”，她称一位爱她的骑士为“阳光”。一天，骑士来到公爵夫人的卧房，夫人看见他，掀起大衣一角，披在他的颈上，然后和衣仰身倒在床上。伯纳特看得分明，因为夫人的一位侍女私下指给他看了。为了这个缘故，他作了首情诗，诗云：

当我看见云雀振翼……（70, 43）（B/S，第29页）（见诗歌选译部分）

伯纳特·德·文特当爱上一位美丽的贵妇，殷勤服侍她、服侍推崇她，她终于让他如愿以偿，他们忠诚快乐地相处了很久。后来夫人移情别恋，另结新欢，他知道了非常痛心，想要和她分手，因为觉得难与情敌共事。深思之后，他被爱情俘虏，认为与其全部输光，不如捞回一半。后来他去见她，有情敌和其他人在座，他觉得她朝自己顾盼得最频繁。他常怀疑自己多心，因为纯真情人不该相信任何对情妇不利的事。因此，伯纳特·德·文特当作了这首诗：

现在给我出点主意，大人……（70, 6）（B/S，第30页）（见诗歌选译部分）

## 基柔特 · 德 · 伯尔内尔（Giraut de Bornelh）

### ◎ 小传

基柔特 · 德 · 伯尔内尔是勒末赞人，来自艾斯度尔地区一个属于勒末赞子爵的富裕城堡。他出身低微，却懂得拉丁文，天资聪敏，是前无古人、后无来者的最佳诗人。因此他以前被称为诗人中的师傅（maestre dels trobadors），至今仍被真正懂得诗歌奥妙与其表达的爱情真义的人如此称呼，受到懂得爱情的贵人和欣赏他诗歌里巧妙词句的妇女推崇。

他的生活方式是，整个冬天在学校里教拉丁文，整个夏天带着两个歌手演唱他的诗歌，吟游于各地宫廷。他从不肯娶妻，把赚到的钱全分给他的穷亲戚和故乡的教堂。那教堂以前叫作圣杰威，至今仍是这个名字。

以下抄有大量他的诗歌。（B/S，第 39-40 页）

### ◎ 笺注

基柔特 · 德 · 伯尔内尔爱上一个以才智、身份和美艳著称的加斯科尼女人，名叫阿喇曼妲 · 德 · 艾斯坦克。她让基柔特大人殷勤追求她，因为这可以大大提高她的名声地位，也因为她喜欢他为她作的情诗，也懂得其中诗意。

他追求她很久，她报以甜言蜜语、珍贵礼物和美好承诺，却礼貌地拒绝他的求爱。她从未和他做爱，除了一只手套，没给过他任何快乐。他为了手套开心快乐了好久，后来手套丢了，他为之伤心透顶。阿喇曼妲夫人见他追得紧，催她做爱情的乐事，一知道他丢了手套，便趁机责备他，说他太不小心保管，以后再不给他礼物，也不和他干爱情的乐事，并且收回对他做过的承诺，因为她看出他离她的要求还差得远。

基柔特听见新的指控和夫人的逐客令，非常伤心悲苦，到夫人的一个侍女那里，她和夫人一样也叫阿喇曼妲。这姑娘很聪明有礼，懂得作诗和欣赏诗。基柔特告诉她夫人对他说的话，请姑娘给他出主意，告诉他该怎么办，他说：

我请教你，可爱的朋友阿喇曼妲……（242, 69）（B/S，第 43-44 页）

基柔特・德・伯尔内尔大人为英国国王理查之死感到伤痛，也因为阿喇曼妲夫人的欺骗行为，放弃歌唱、作诗和交际。雷蒙・伯纳特・德・罗文尼亚大人是加斯科尼的大贵族，是他的挚友，和他以“出众”相呼，力劝他宽心、快乐，于是他作了这首诗，诗云：

要不是我的“出众”……（242, 73）（B/S，第 53 页）

基柔特・德・伯尔内尔离开好客的卡斯蒂尔国王阿方索的宫廷，国王赐给他一匹上好的灰色坐骑和许多其他礼物，宫廷里全体贵人都以重礼相赠。基柔特前往加斯科尼，路经那瓦尔国王的领土。那瓦尔国王知道基柔特行囊甚丰，会经过卡斯蒂尔和阿拉贡与那瓦尔的交界处，便派人去抢劫，夺走所有行李，把灰马据为己有，把其他财物分给打劫的强盗。因此基柔特作这首诗说：

一只鸟儿甜美的歌声……（242, 46）（B/S，第 55 页）

勒末赞子爵贵抢劫了基柔特・德・伯尔内尔家里的书籍和行头之后，基柔特眼见男女情人名誉扫地，社交低迷，情事已死，英勇灭绝，礼节全失，教养没落，欺诈横行，于是奋起想要恢复 [ 他们的 ] 社交、欢乐和名誉，作了这首诗说：

要让社交复苏……（242, 55）（B/S，第 57 页）

# 基廉 · 德 · 圣列第叶（Guillem de Saint Leidier）

## ◎ 小传

基廉 · 德 · 圣列第叶是来自维莱的富有堡主，属于普依的圣玛利亚主教区。他受人尊敬，是个善战的骑士，慷慨施舍钱财，很有教养和礼貌，也是非常纯真的情人，很受人爱戴、称赞。

他爱上玛可萨·德·波隆那[绰号侯爵夫人]，她是达尔非·德·阿尔文涅夫人和萨意 · 德 · 克劳斯特夫人的妹妹、波隆那子爵的妻子。基廉大人为她作诗，真心爱她，称她作“伯特兰”。他也称他的朋友雨克·马尔沙大人为“伯特兰”，后者知道基廉和侯爵夫人的恋情。他们三人互相以“伯特兰”相呼，相处得非常愉快。可是，基廉后来很伤心，因为那两个“伯特兰”做了很对不起他的事。（B/S，第271 页）

## ◎ 笺注

我已说过基廉·德·圣列第叶是谁，来自何方，情妇是谁，雨克·马尔沙大人和他的关系，以及基廉大人、侯爵夫人和雨克大人三人怎样以“伯特兰”互相称呼。基廉大人敬爱侯爵夫人时日越久，爱情弥坚。他们举止适当，毫无瑕疵，做事谨慎，善于保密，从不泄露隐私。人人都羡慕他们的爱情，因为情侣的言行都很得体。

当时在维安有位以美丽、有教养闻名的罗斯隆伯爵夫人，所有贵族都推崇敬仰她，尤其是基廉大人。他盛赞她，吹捧她，很想去见她，说起她来就那么快乐，人人都相信他是她的骑士。世上那么多骑士，那夫人也最乐意与他见面，和他相处得最开心。他快乐得疏忽了侯爵夫人，侯爵夫人心生嫉妒，以为他真是伯爵夫人的情人，因为大家都这么说。

她唤来雨克·马尔沙大人，向他强烈抱怨基廉大人，说她要报复：“我要你做我的骑士，因为我认得你，我不能找到比你更合适的骑士，而且最能激怒他的莫过于你。我想去维安的圣安东尼朝圣，你陪我去。我要在圣列第叶投宿，住在他家，睡在他的房间里和他的床上，我要你和我在那里睡觉。”

雨克大人听见夫人这么说，喜出望外，对侯爵夫人说：“夫人，你太抬举我了，这是骑士能得到的最大的快乐，我一切听你使唤。”夫人做好前去圣安东尼的准备，带了她的侍女和许多骑士上路，来到圣列第叶投宿，在基廉大人的住所下马。基廉不在城堡，夫人反而受到更殷勤的招待，更受尊敬，服务得更周到，一切都令她满意。当晚她和雨克大人在基廉大人的床上睡觉。

这消息传遍整个地区，基廉大人伤心悲痛得不得了。可是，他不肯流露出对侯爵夫人和他的“伯特兰”的丝毫不满，也不愿因此失和，假装不信有这回事。不过，他更殷勤地服侍服侍罗斯隆伯爵夫人，他的心从此远离侯爵夫人。他作这首情诗，诗云：

> 既然全能的爱情催我投入……（234, 16）

各位请听下去。在叠句里他这么说：

> 伯特兰，朋友，伯特兰真该挨骂，
> 如果谎言是真的，我就另起炉灶……（B/S，第274-275页）

我已说过基廉大人是谁和来自何方。各位也听见，他爱上波隆那子爵夫人，又叫玛可萨[侯爵夫人]，她很精明而有教养。基廉大人敬爱她，为她作诗已经很久，她却不肯收他为骑士，或者给他一点爱情分内的快乐。反而给追急了后对他说：“基廉，我不会要你当我的骑士或跟班，除非子爵——我的丈夫命令我或者求我那么做。”

基廉大人听见侯爵夫人的答复十分伤心悲苦，想方设法让她丈夫子爵请她收自己为骑士。他决定以她丈夫的名义作首诗，丈夫在诗里替他恳求夫人。子爵——夫人的丈夫一向喜欢他的情诗，也很擅于歌唱。于是基廉大人作诗，诗云：

夫人，我受命给你带信，

从词句你就懂得来自何人……（234, 7）

他作好诗拿给夫人的丈夫波隆那子爵看，告诉子爵作诗的原因：夫人告诉他，她不会爱他，除非她丈夫求她那么做。子爵听说、知道作诗的缘由之后，非常喜欢那首诗。他很热心地学会、背好，然后唱给妻子听。夫人听见诗的内容，想起她对基廉做过的承诺，自语道："此后我不能对这人说不了。"

过了好一阵子，基廉大人去见夫人，向她说明他怎样执行她的命令，怎样求她丈夫请她收留他 [ 为骑士 ]，她应该遵从她丈夫和他的请求。于是她收他为骑士和跟班。我在以前的笺注已说过他们的爱情波折。各位请听这首诗：

夫人，我受命给你带信……（B/S，第 280-281 页）

## 雷蒙·佐旦（Raimon Jordan）

◎ **笺注**

圣安东尼的子爵来自喀和尔主教区，是圣安东尼的城主。他爱上一位贵妇，彭纳·德·艾伯塔大人的妻子。他的城堡很富有、坚固。夫人出身高贵，美丽贤惠，非常受人尊敬推崇。他名叫雷蒙·佐旦，英勇善战，很有教养而斯文，作得一手好诗。他们男欢女悦，纵情相爱。

一天子爵披挂上阵，侵入敌人的领地。经过一场激烈战争，子爵受伤，性命垂危。他的敌人扬言他已死去，他“阵亡”的消息传到夫人耳里，她听见了伤心悲痛不已，立刻出家，进入异端［喀塔］教派的修道院。

全凭上帝的旨意，子爵的伤得到治疗，健康状况逐渐好转。没人愿意告诉他她已出家，等他完全康复前往圣安东尼，才有人告诉他，她听见他的死讯已经悲伤得出家了。他听见了，从此不苟言笑，不爱交际娱乐，成天悲叹流泪，闷闷不乐，不参与骑士和上流社会的活动。

他这样悲苦了一年多。艾莉斯·德·蒙特弗夫人——基廉·德·顾尔敦大人的妻子、图任子爵年轻貌美且贤良知礼的女儿——派人邀请他，和蔼地求他为她的爱情重新快乐起来，不要再伤心痛苦，还说她要把自己的身心和爱情当作礼物送给他，补偿他所受的痛苦。她求他大发慈悲，屈尊来看她，或者让她去见他。子爵听见高贵的夫人如此尊重他的请求，心里开始感到一股甜情蜜意，渐渐觉得开心快乐起来，开始打扮外出，和朋友交际，重新披挂武装。他打扮得整齐体面，前去探访艾莉斯夫人。她很高兴地欢迎他，很尊敬地接待他。他得到礼遇和喜乐，十分开心，她也喜欢他的善良、豪勇、才智、知识、礼貌。她没有违背给他快乐与爱情的承诺，他也多方感恩致谢，求她继续爱他，让他相信她是出于善意才主动给他可喜的邀请。他说他已将邀请铭记在心。她精明能干，接受他为她的骑士，并接受他的效忠，乐意当他的情妇，亲吻拥抱他，把手指上的戒指送给他作为定情的证物。

子爵就此满心快乐地离开她，重新作诗、歌唱和交际起来。他为她作了这首诗：

我向你低头，我的爱意全交给你……（404, 12）

在作这首诗之前，一天晚上他睡觉时，看见爱神作诗攻击他：

雷蒙·佐旦，我要向你打听……（404, 9）（B/S，第161-163页）

## 福尔克·德·马赛（Folquet de Marselha）

◎ **小传**

福尔克·德·马赛是个热那亚商人的儿子，父亲名叫阿方索大人，去世后留给福尔克大笔家产。他追求名声和地位，为名门贵族服务，与他们结交来往，送他们礼物，帮他们做事。他得到国王理查、图卢兹伯爵雷蒙和马赛城主巴拉尔的恩宠与尊敬。

他作得一手好诗，长得一表人才。他爱上主上巴拉尔大人的妻子，向她求爱，为她作情诗。不过，他的请求和情诗未能打动她的芳心，她从未给他任何爱情分内的好处，他因此在情诗里向爱神抱怨。不幸夫人去世，她的丈夫和礼待他的主上巴拉尔大人、好客的国王理查、图卢兹伯爵雷蒙与阿拉贡国王阿方索也都相继逝世。他为夫人和上述君王之死感到悲伤，于是遁世出家，携带妻子和两个儿子加入西投派修道院。他当了一个很有钱的修道院的院长，院名叫土容德，位于普罗旺斯。后来他当上图卢兹主教，死在当地。（B/S，第470-471页）

◎ **笺注**

福尔克·德·马赛爱上主上巴拉尔大人的妻子阿喇彩·德·罗克马丁夫人，为她歌唱和作情诗。他尽量小心，不让人家发现，因为她是主上的妻子，一般认为那是大逆不道的事。因为他殷勤称赞夫人，夫人接受他的求爱和情诗。

巴拉尔大人有两个很富有、高贵的妹妹，一个叫罗拉·德·圣佐兰夫人，另一个叫玛贝利亚·德·彭第夫夫人，两人都住在巴拉尔大人家里。福尔克跟他俩都很要好，有点像在向她们求爱。

阿喇彩夫人以为他向罗拉夫人求爱，于是怨恨他，托许多骑士和其他人传话给他，对他下逐客令，再不肯听他恳求、陈情，叫他离开罗拉夫人，而且以后休想得到她的好处和爱情。

福尔克被夫人驱逐，非常伤心悲痛，放弃社交、歌唱和嬉笑。很长一段时期，他痛苦万分，悲叹自己命途多舛，为了一个纯属为了应酬而交往的、他并不爱的女人，失去了世上最爱的夫人。

由于以上的痛苦，他去见皇后——基廉·德·蒙沛叶大人的妻子、[拜占庭]皇帝伊曼纽尔的女儿。她是一切尊贵、礼节和教养的模范和导师。他向她怨诉自己不幸的遭遇，她竭力安慰他，请他不要过分忧心绝望，劝他为她的爱情作诗歌唱。

应皇后之请，他作了这首诗，诗云：

我的诗歌涌现于彬彬有礼
的源头　我不会失败……（155, 23）（B/S，第474-475页）

## 阿诺特·但尼尔（Arnaut Daniel）

### ◎ 小传

阿诺特·但尼尔和阿诺特·德·马瑞尔来自同一地区，属于沛利古尔主教区一个名叫利贝拉克的城堡。他出身贵族，学过拉丁文，却喜欢作诗。他放弃拉丁文去当歌手，发明一种用险韵的作诗方法，因此，他的诗不容易懂，也很难学会。他爱上一位来自加斯科尼的贵妇——基廉·德·布维拉大人的妻子。不过，没人相信夫人给过他爱情分内的乐事，因此，他说：

我是囤积清风，

骑牛赶兔，

逆潮游泳的阿诺特……（29, 10）（B/S，第 59 页）（见诗歌选译部分）

◎ **笺注**

有一次，他在英国国王理查的宫廷里，另一位诗人向他挑衅，说自己用的韵比阿诺特的还要险。阿诺特大人不以为然，和他打赌，并由国王仲裁，谁诗作得比较好，就赢得对方的坐骑。国王把他们一人关在一个房间里。阿诺特大人气愤过头，一个韵都押不成，那个诗人却轻而易举把诗作好。他们的期限是十天，再过五天就得向国王交卷。那诗人问阿诺特大人诗作好了没，阿诺特说三天前就作好了，其实他全没主意。那位诗人为了熟记诗句，整夜吟唱他的诗，阿诺特大人却想到开他玩笑的办法。傍晚到了，那位诗人在练唱，阿诺特去把词句曲调全背下来。他们来到国王面前，阿诺特说他要先唱，然后很优美地唱起那位诗人作的歌。那位诗人听见，瞪眼望着阿诺特说那诗是自己作的。国王问到底是怎么回事，那诗人请国王查明真相。于是国王问阿诺特大人实情，阿诺特大人说明事情真相。国王听了大乐，以为是妙极的玩笑，于是他取消赌注，给每人优厚的礼物，把诗交给阿诺特大人。诗云：

我从未占有过她，她却占有我……（29, 2）（B/S，第 62-63 页）

## 伯特兰·德·伯恩（Bertran de Born）

### ◎ 小传

伯特兰·德·伯恩是来自沛利古尔主教区的堡主，堡名叫奥塔福。他跟所有的邻居——沛利古尔伯爵、勒末赞伯爵、沛投伯爵理查连年打仗。他是个好骑士、好战士、好情人、好诗人，聪明而且能言善辩，好事坏事都能干。

他一心挑拨国王亨利与其儿子不和，想要他们父子交战，又不停怂恿法国国王和英国国王打仗。他们一停战媾和，他马上作讽喻诗尽力去破坏和平，宣传和平如何对每个人都不荣誉。他也因此遇到大凶和大吉的事。（B/S，第 65 页）

### ◎ 笺注

伯特兰与杰弗里·德·布列塔尼以“拉萨”相称，他是王储 [ 亨利 ] 和普瓦捷伯爵 [ 狮心 ] 理查的兄弟。理查大人和杰弗里大人，还有阿拉贡国王阿方索和图卢兹伯爵雷蒙都在追求伯特兰·德·伯恩的情妇——麦尤·德·蒙坦尼亚克夫人。她为了伯特兰拒绝所有人，只收他当情人和教师。为了让别人知难而退，他向杰弗里伯爵透露他追求的女人是谁，称赞她有多漂亮，他怎样和她赤裸搂抱。他公开声明麦尤是他的情妇，而她拒绝过的人 [ 中 ] 普瓦捷伯爵指的是理查大人，布列塔尼伯爵是杰弗里大人，萨拉钩萨城主是阿拉贡国王，图卢兹城主是雷蒙伯爵。伯特兰大人如是说：

> 拉萨，她对富人不赏脸……（80, 37）

这就是我向各位说明他作那首讽喻诗的原因，他在诗里还责骂富人太吝啬，心肠坏，爱诽谤，无端告状，从不饶人，为他们做事收不到报偿，有些人只会谈论放鹰飞翔的事，彼此之间从来不提爱情和征战。他要理查伯爵去攻打勒末赞子爵，也要子爵英勇自卫。为这些原因他作讽喻诗说：

拉萨，她声誉步步高升……（同诗）（B/S，第72-73页）

伯特兰·德·伯恩是位年轻高贵、颇负名望的贵妇的情人，她名叫麦尤·德·蒙坦尼亚克夫人，是沛利古尔伯爵的兄弟塔莱然大人的妻子、图任子爵的女儿、玛利亚·文特当夫人和艾利斯·德·蒙福特夫人的妹妹。如他诗里所说，她跟他断交，把他赶走，令他很伤心生气。他估量不能重修旧好，而且再找不到像她那么漂亮、善良、可爱、有教养的女人。既然这样的情人无处可觅，他决定向其他美夫人各借一项优点，拼凑出个美人：借来这人的表情，那人的热情欢迎；借来这人的婉丽词语，那人的端庄仪容；借来这人的适中身高，那人的完美身材……他这样去向所有好夫人乞求，每人给他一样上述的礼物，让他重构失去的夫人。在那首以《借来[或虚构]的美人》（“la domna soissebuda”）为题的讽喻诗里，各位将听见他求援过的诸位夫人的名字。诗是这样开始的：

夫人，既然你不再理睬我……(80, 12）（B/S，第75页）

（见诗歌选译部分）

伯特兰·德·伯恩是麦尤夫人即塔莱然之妻的情人，我在那首借来的美人讽喻诗的笺注已提及她。正如我说的，她跟他断交，把他赶走，责怪他和基思咖妲夫人有染。那位夫人是康伯尔尼子爵的妻子，来自勃艮第的贵妇，基思咖妲·德·波究大人的妹妹。她很可爱又有教养，姿色完美，他说话唱歌时都称赞她。伯特兰未见过她，但在她嫁给康伯尔尼子爵以前，已听到她的美名，想跟她做朋友。因为她的来到，他高兴得作了这阕诗：

唉，勒末赞，高贵斯文之土……（80, 1）

为了这位基思咖妲夫人，麦尤夫人打发他走，因为她相信他爱基思咖妲夫人胜过自己，对方已把爱情给了他。为了这场分手，他作“借来的夫人” 和这首讽喻诗说：

我抗议，夫人，别让我遭殃。（80, 15）（B/S，第 78-79 页）

伯特兰被他的情人麦尤夫人下逐客令，束手无策，发誓声明自己是清白的，但他的辩解和歌唱都不能令她相信他不爱基思咖妲夫人。

于是他到圣通治去见蒂波·德·蒙陶西叶夫人，她的艳丽、名望、见识都最受全世界尊敬的。这位夫人是蒙陶西叶城主沙利·德·贝伯姿尔的妻子。伯特兰大人向她抱怨麦尤夫人，说她下逐客令，不理他的发誓，不肯相信他并不爱基思咖妲夫人。他请夫人收他为骑士和仆人。蒂波夫人是个聪明人，这样回答他说：“伯特兰，你为这事来找我，我觉得很高兴、很荣幸，又觉得很不高兴。你来看我，叫我收你做骑士和仆人是份荣誉。我很不高兴，因为你这么说和做，只是因为麦尤夫人赶你走、生你的气。不过，我深知男女情侣容易恩移情变，你如果真没对不起麦尤夫人，我会很快查明真相，如果属实，你当会和她重拾旧欢。如果过错在你，我和其他夫人都不会欢迎你或收你为骑士或仆人。我会尽力帮你的忙，让你和她重修旧好。”伯特兰对蒂波夫人的答复非常满意，向她保证，要是他不能与麦尤夫人重修旧好，就只会爱和服侍她一个。蒂波夫人也答应，如果不能让麦尤夫人收回他，她就收他为骑士和仆人。

不久以后，麦尤夫人知道伯特兰大人没犯错，听取替伯特兰大人求情的说项，准许他回去见她，听他求情。他向她汇报蒂波夫人给他的协助与承诺。麦尤夫人叫他去向蒂波夫人告辞，解除他们之间的约定。伯特兰以这题目作了一首讽喻诗：

如果四月，叶子和花朵……（80, 38）

在一阕诗里，他回想起向蒂波夫人求援的事和在她家里受到的招待，诗云：

夫人，如果我求你帮忙……（80, 38）

在其他诗阕里，他谴责一些有钱的贵族既吝啬又想出名，却没人敢批评他们做的坏事：有些人有点钱就爱充阔，蓄养鹰犬；有些人只管打仗，放弃少年的欢乐和爱情；还有些人在比武赛会摆排场，却专门剥削贫穷骑士，不争取光荣事迹。为此缘故，他作这首讽喻诗。（B/S，第 81-82 页）

英国国王亨利把伯特兰・德・伯恩大人围困在奥塔福城里，用轰城机攻打城堡，对他痛恨至极。因为他相信伯特兰怂恿儿子少王对自己开战，因此兵临奥塔福城下，要剥夺他的产权。阿拉贡国王也来到亨利军中，在奥塔福城下。伯特兰得悉阿拉贡国王在军中，十分高兴，因为他是自己的密友。阿拉贡国王派使者入堡叫伯特兰给他送面包和酒肉，伯特兰叫送重礼去的使者带口信，请国王设法把轰城机移到别处，因为城墙已给轰得摇摇欲坠。阿拉贡王国却贪图亨利的重赏，把伯特兰传来的口信全告诉他。亨利于是在城墙弱点多加轰城机，轰垮城墙，攻下城堡。

伯特兰大人和他的手下人全被押到亨利的帐前，见面时，国王亨利不怀好意地对他说："伯特兰，伯特兰，你说过只要用半点心机就能应付一切，如今你可得使尽全部心机喽！"

"主上，"伯特兰说，"话我说过，句句真实。"

国王说："我看这次可不灵光了。"

"主上，"伯特兰大人说，"这次是不灵了。"

"为什么呢？"国王问道。

伯特兰大人说："主上，你的儿子、英勇的少王死去那天，我的心神、本领和才智全丢光了。"

国王听伯特兰大人边哭边说儿子的往事，心中眼里涌起伤心怜悯，禁不住悲痛得昏倒过去。他苏醒过来时，流泪高呼说："伯特兰君，伯特兰君，你完全没错，你为我儿子丧尽心智是应该的，在全世界他最爱你。我为他放过你本人、你的家产和城堡，以恩爱待你，赐你五百马克银子补偿你的损失。"

伯特兰大人拜倒国王足下，向他道谢称臣。国王率领全军离去。

伯特兰大人知悉阿拉贡国王出卖自己的大罪，对阿方索大人极其愤怒。他探听充当亨利王佣兵的阿拉贡国王 [ 的家世 ]，知道他来自罗德伯爵卡拉的城堡，出身于穷户。堡主沛尔・德・卡拉凭英勇武功娶了继承了遗产的阿蜜姚女伯爵为妻，生了个英勇善战的儿子，征服了普罗旺斯郡。他的儿子中有一个名叫雷蒙・伯仁杰。他又征服了巴塞罗那郡与阿拉贡王国，成为首位阿拉贡国王。他去罗马加冕，却于回程路上死于圣多马城。他身后有三个儿子：阿方索继承阿拉贡王位，陷害伯特兰大人，还有一个叫桑丘，另一个是伯仁杰・德・贝缫敦。伯特兰大人也知道他 [ 阿方索 ] 如何背叛 [ 拜占庭 ] 皇帝伊曼纽尔的女儿 [ 尤朵西亚 ]：皇帝送她去和他成亲，带来优厚的嫁妆财物和陪嫁人员，阿方索却抢夺她和她的希腊随同的钱财，把伤心忧虑、束手无策的她遣送海上。伯特兰大人还知道他弟弟桑丘如何占据普罗旺斯全境，他 [ 阿方索 ] 怎样为了亨利给他的钱财发伪誓，出卖图卢兹伯爵。为这一切，伯特兰・德・伯恩大人作了首讽喻诗，诗云：

自从花开清新季节……（80, 32）（B/S，第 107-109 页）

当年英国国王理查和法国国王腓力 [ 二世 ] 作战，双方人马扎营对阵。法国国王麾下有法兰西人、勃艮第人、香槟人、佛兰德人和贝瑞人。理查麾下有英国人、诺曼人、不列颠人和沛投人，还有的来自安茹、图任、缅因、圣通治和勒末赞。他们在色拉河流经尼噢山脚处，在岸边各自驻扎军队，相持了十五天。他们每天披挂武装，准备冲锋陷阵。可是，大主教、主教、修道院院长等人士都要求他们和解，禁止他们打仗。

一天，理查的军队披挂武装，摆好阵势，准备渡过色拉河，法军也装备齐全，严阵以待。教会的好人拿着十字架在场，恳求理查和腓力不要打仗。可是，法国国王说这仗不能再延期，除非理查承认他是海峡这边所有领土的主人，包括诺曼底公爵封地、阿基坦公爵封地和沛投伯爵封地，并且归还理查以前夺取的要塞。理查听完他的要求，十分自信，因为他在香槟人中花了大把银钱，他们答应不会和他兵戎相见。他骑上战马，戴上头盔，下令吹起喇叭，在河边招展旗帜，准备渡河。然后下令诸将摆好阵势，过河到对岸战场。腓力见他前来，也跨上战马，戴上头盔。腓力的军队全都骑上战马，端好武器，准备厮杀，除了香槟人——他们没戴上头盔。

腓力看见理查和军队来势汹汹，又见香槟人不出战，觉得胆怯心惊，立刻唤来所有以前请他议和的大主教、主教和众修士，请他们去跟理查商量，缔结和约。他答应接受、遵守和约，不再要求归还要塞，也不再要求理查向他称臣。圣人们捧着十字架迎着理查而来，流泪求他可怜战场上势必丧生的大好众生。因为人人都想要和平，敦请[法国]国王放弃要塞和对他领土的主权。诸侯听见腓力提出的优厚条件，都到理查那里，劝他接受和议。被教会人士和手下诸侯恳求、敦促，理查决定议和修好，只要腓力把要塞无偿让给他，称臣一事搁置如前，法国国王撤军离开战场[认输]，让理查[得胜]留在当地。

他们发誓维持十年和平，解散军队，遣散佣兵。两位国王从此变得小气吝啬而且贪婪，不愿花钱养军队，只花钱在猎鹰和隼鸟、玩狗和猎犬上，搜刮地皮和财产，损害诸侯的利益。腓力和理查的随从诸侯都为此很愤怨不快，看来和平使两位国王变得吝啬无礼。伯特兰 · 德 · 伯恩大人比其他诸侯都要气愤，因为他再不能从自己或别人的战争或者两国国王之间的战争得到乐趣。只要两位国王打仗，他就能从理查那里得到一切财物和荣誉，两国国王都怕他那条利舌。因此，眼见其他诸侯也有同样的心意，为了重挑国王间的战事，他作了这首讽喻诗，开头是：

既然诸侯都气愤懊恼……（80, 31）（B/S，第121-123页）

讽喻诗告诉腓力，说他会失去五个公爵封地中的三个，还有要塞的税收和利益；克尔西还有战事，安古廉地区也未平定；法兰西人和勃艮第人贪婪而不顾荣誉；腓力怎样到河边去求和——他未穿上武装时不肯讲和，可是穿上了就勇气和体力全失，真没种；他一点也不像［古法语史诗里的］格列克，饶乌·德·康布瑞的叔父，未穿武装时要侄儿饶乌和阿尔伯的四个儿子讲和，披挂武装上战场就不再和解修好；如果他为争回被夺的领地向别人开战，还没打败对方，收复领土，就停战讲和，所有国王都会感到羞耻和受辱，认为他应给扫地出门。他也羞辱香槟人一番，说他们为了分到些银钱就不肯作战。所有沛投和勒末赞的贵族［听了］都觉得很痛快，和平令他们不乐，因为他们获得的奖赏和他们对两位国王的重要性都大大减少。

理查因和约而心高气傲，开始在封地邻近的法兰西边境上为非作歹。腓力去向媾和的人控诉，理查却不肯改过从善。他们为此召开会议，双方在图任和贝瑞之间见面。腓力对理查提出多项指控。理查反驳，讥笑腓力为下贱懦夫。他们激烈争吵，恶言相对，互相挑战，不欢而散。

伯特兰·德·伯恩听见他们不欢而散，非常开心。这事发生于初夏，因此，伯特兰作这首诸位就要听到的讽喻诗：

在清新、雪白的新季……（80, 2）

在这首讽喻诗里，他力劝腓力对理查展开浴血火并的战争。他说腓力比修士还爱和平，而理查（他们以“是与否”相称）比任何阿尔盖兄弟都好战。（B/S，第127-128页）

## 高森・法以第（Gaucelm Faidit）

### ◎ 小传

高森・法以第来自雨色佳镇，属于勒末赞教区，是个城市居民的儿子。唱歌世界倒数第一，却作出许多优美词曲。他因赌博荡尽家产而去当歌手，身体肥胖，一向暴饮暴食，以致臃肿不堪。他长期郁郁不乐，财物礼遇都没有，徒步周游各地二十年，人和诗都不受欢迎，也没人爱听。

他娶了个妓女（soldadera，或歌女），带她出入各地宫廷。她名叫基莲玛・蒙佳 [ 修女，“蒙佳”的意译 ]，容貌十分漂亮，但和他一样肥胖臃肿，很有见识。她来自阿勒斯镇，在普罗旺斯境内，伯纳特・德・安度萨大人的领地。

卜尼法斯・德・蒙特弗拉侯爵给高森金钱和衣服，对他和他的情诗大加夸赞。（B/S，第 167 页）

### ◎ 笺注

诸位已听过高森・法以第是谁，来自何方，什么长相。他热情洋溢，爱上了玛利亚・德・文特当夫人，当时再没有比她更美好的贵妇。他歌颂她，为她作诗，以歌唱追求纠缠她，赞扬她的尊贵地位。她任他大力奉承，却从不跟他做爱。他的爱情持续了七年，其间他从没尝到爱情分内的快乐。有一天，高森向她摊牌说，她要么给他爱情分内的乐事作为报偿，要么就放弃他，让他去伺候其他肯送他爱情大礼的女人。说完之后，他非常沮丧地走开。

玛利亚夫人请高贵美丽的奥地雅特・德・麻拉摩特夫人来，告诉她关于高森的事，商量怎样答复高森的要求，才能留住他而不必跟他做爱。后者说留不留他她管不着，不过她能设法让他毫无怨尤地放弃爱情而不与她为敌。玛利亚夫人听见非常开心，请她依计行事。奥地雅特夫人离开玛利亚夫人，派一个宫廷使者带信给高森大人，劝他爱惜手中的小鸟，好过天上的飞鹤。

高森听到信息，立刻骑马去见奥地雅特夫人。她很热情地接待他，向他解释为什么送给他小鸟与鹤的信息，并告诉他，她很同情他，因为她知道他爱玛利亚夫人而玛利亚夫人并不爱他，只以宫廷应酬换取他的赞扬，使夫人名声远播全世界。“你该知道，她是天上的飞鹤，我是你掌中的小鸟，和你谈心，做你爱做的事。要明白，我出身高贵，家产富裕，年纪又轻，有人说我漂亮，从未许配过人，没骗过人，也没受过骗。谁带给我名誉、美德、地位和友谊，我就乐意接受他的尊敬和爱情。我相信你就是能让我得到这一切的人，我会报偿一切令我增光的事。我要你做情人、用人和主人，只要你答应离开玛利亚・德・文特当夫人，我就把自己和爱情当作礼物送给你。你作首诗委婉地批评她说，既然她不要你，你另谋出路，已找到另一位高贵、诚恳、忠实、温柔、大方收容你的夫人”。

高森・法以第大人看见她的娇娆模样，听见她愿献出心爱的快乐，提出诱人的请求，应许诸多好处，又见她娉婷袅娜，仙肌玉骨，登时爱得视听觉全失。等他视听觉恢复之后，赶紧向奥地雅特夫人道谢，说要尽全力照她吩咐办事，从玛利亚夫人那里收回他的心和爱情、祈求和诗歌，依约全转移过来，好服侍心爱的奥地雅特夫人。高森满心快乐，兴高采烈地离去，思量怎样作诗通知玛利亚夫人，与她绝交，因为他的新欢答应让他称心如意。因此他作了这首诗，诗云：

我吃尽苦头，至今已久……（167, 59）

这首歌传到玛利亚夫人耳中，她快活极了。奥地雅特夫人和玛利亚夫人一样得意，因为她知道他的心和诗已离开玛利亚夫人，他相信了她为这首诗对他作的虚假承诺。

这首诗作成唱过之后不久，高森・法以第兴高采烈地来见奥地雅特夫人，以为可以长驱直入她的卧房，她会热烈欢迎他。高森大人在她跟前向她汇报，他怎样照她的指示离开玛利亚夫人，把心与脑、才识与诗歌都献给她，随她爱怎么说，怎么享用她答应过的而他也当之无愧的欢乐。奥地雅特对他说："高森，你真值得尊敬，你爱的女人收你为情人和仆人，从没不满意的。你快乐，她不会不快乐，你悲伤，她不会不悲伤，因为你是尊贵与斯文之父与主宰。我对你做的承诺不是出于爱情，而是为了救你脱出牢笼，脱离那个捆住你已七年的妄想。因为我知道玛利亚夫人的用心，她以空头承诺引诱你，并没诚意兑现。除了做你的情人，无论你要我做什么都行。"

高森听见这话，伤心难过，苦着脸求夫人别害死他、出卖或欺骗他。她说她没害他，也没骗他，反而救了他，免得他受骗而死。高森见求情乞怜都没用，便起身离去，神情绝望，心知受骗了。她怂恿他离开玛利亚夫人，然后说爱他只是为了骗他。他考虑回去向玛利亚夫人求情，因此作了下面这首歌，诗云：

没有诗歌和鸟鸣能够

令我愤怒的心畅快……（167, 43）

可是，无论祈求或诗歌，都不能让夫人原谅他或聆听他的请求。（B/S，第170-173页）

高森・法以第中了奥地雅特夫人的计，停止追求玛利亚・德・文特当夫人，像刚才说的，他为上当受骗伤心懊恼了好长一段时间。可是，玛加莉塔・德・阿布苏夫人，也就是阿布苏伯爵任诺特大人的妻子，让他重新感到歌唱的乐趣，因为她跟他说了许多好听的话，频频向他献殷勤。他终于爱上她，向她求爱。既然他那么推崇歌颂她，她也接受他的祈求和爱慕，答应和他做爱情分内的乐事。高森大人追求玛加莉塔夫人很久，极力称赞她，用话语和行动乞求她。虽然给他奉承得飘飘欲仙，她却一点也不爱他，更无意和他干爱情分内的乐事。不过，有一次告辞时，她怜爱地让他吻了下脖子，为了那点快乐，他高兴了好一阵子。

可是，她爱的是雨克·德·拉辛尼亚大人——马许伯爵雨克·罗·布鲁大人的儿子、高森大人的要好朋友。夫人在阿布苏城堡里，不能见雨克大人，也不能与他作乐。于是她假装患了不治之症，立愿去罗克马度的圣母玛利亚教堂朝圣。她传话给雨克，叫他去高森住的小镇雨色佳，秘密到高森的旅店投宿。她也会住在那里，和他做爱情分内的乐事，并跟他约好日期。雨克大人听见消息，开心快活极了，于她指定的日期动身，到高森的旅店下马，高森大人的老婆看见，热烈欢迎他，非常开心，十分细心地照他的吩咐办事。夫人随后来到，在同一家旅店下马，发现雨克已在旅店，藏身在她睡觉的房间。她见到他，十分开心快乐，在那里住了两天，然后上路去罗克马度，他留下等她回来。果然，她回程又住了两天，他们每晚睡在一起，享尽无穷快乐。他们离开没多久，高森大人回家，老婆告诉他一切。高森听见，伤心得要死，因为他原先以为玛加莉塔夫人不爱别人只爱自己。她在他的床上睡觉，令他更加痛心。为此缘故，他作了这首“麻辣”情诗（mala chanso），开头是这样的：

> 任何人要是有这般好心肠……（167, 52）（B/S，第180-181页）

高森·法以第爱上一位来自加普和以布伦（以布伦是伦巴第的一个城市，在普罗旺斯边界）的夫人，名叫佐旦娜·德·以布伦。她出身高贵，长得美极了，非常有礼貌和教养，出手也很大方，更热衷于沽名钓誉。高森殷勤地服侍、推崇她，把她吹捧成最受尊敬的夫人。佐旦娜夫人非常开心快乐，言行都很得体，尽量符合他对她的赞语，免得别人说高森大人撒谎。她的名声远播，凌驾一切，维安与普罗旺斯的所有贵人都以未能一亲她的芳泽为憾，贵夫人也都嫉妒她的美艳与盛名。我告诉各位的都是亲见耳闻的事实。

佐旦娜夫人有意给高森大人一点爱情的乐趣，一天晚上，邀请他到她房里聊天，说得他乐呵呵地离去。正当他得意之时，蒙特菲拉侯爵参加十字军，叫高森也参军渡海东征。因此高森作这首诗：

那可敬可喜的傍晚……（167, 33）（B/S，第 185 页）

有好长一段时间，高森·法以第爱着佐旦娜·德·以布伦夫人，她是个美丽、高贵、和蔼、有教养和礼貌的夫人。他作诗歌颂她，推崇和服侍她，求她施恩，直到她也爱上他，接受高森大人做她的骑士和情人。在他的诗里，他们以“美好的希望” 相称，像他为她作的一首诗这样，诗云：

我懊恼极了……（167, 40）

正好普罗旺斯的阿方索伯爵也爱上她，为她做了许多善事，为了爱她去比武和花大钱。夫人有礼貌地欢迎他，满脸笑容地接待他，和他有说有笑，因此，大家相信伯爵是她的情人。有人告诉高森大人，伯爵从她那里得到所有乐趣而心满意足。出于对她的厌恶、伤心和失望，高森离开她，远避宫廷，带走他的歌唱、诗歌和赞美她的话。他悲痛欲绝，不愿听任何人说起她。他远离她好一阵子，不再开心歌唱或嬉笑。

后来他确切得悉传言不实，只是造谣者中伤的谰言，后悔自己误信不实的指控和对夫人的无礼，也后悔自己的愚蠢。如今他深信传言不实，想重新得到夫人的恩宠，作了一首各位就要听到的诗，向夫人求情，原谅他的过失，说要是她原谅他，仍肯爱他，他永远会比高尔菲·德·拉斯托尔大人 [ 十字军史诗《安提哥》的主角 ] 的狮子更忠心，对她百依百顺。他提出两个她该原谅他的理由：一是他打算持十字架去罗马，如果他与人不和，或怀恨别人，或者有人怀恨他，不肯原谅他，他就不能合法地去朝圣；二是她应该原谅他，因为上帝会原谅原谅别人的好人。下面就是那首诗：

歌唱和娱乐、喜悦、求爱和交谈……（165, 15）（B/S，第 187-188 页）

## 兰波特·德·瓦克拉斯（Raimbaut de Vaqueiras）

### ◎ 小传

兰波特·德·瓦克拉斯是普罗旺斯一个穷骑士的儿子，来自瓦克拉斯城堡，[ 父亲 ] 名叫沛柔尔，人家认为他是个疯子。兰波特大人改行做歌手，长期跟奥然迦公子和基廉·德·波在一起。他擅长唱歌和作短诗与讽喻诗。奥然迦公子帮他很多忙，很尊敬他，提拔他，介绍他和上流人士结识。

他去蒙特弗拉的卜尼法斯侯爵那里，在侯爵宫廷里待了很久，见识、武艺和诗艺都有长进。他爱上侯爵的妹妹，她名叫贝德丽姿，是亨利·德·喀列特的妻子。他为她作了许多优美的情诗，在诗里称她为“美骑士”，一般认为她也以爱情优待他。

侯爵远征罗马尼亚 [ 拜占庭帝国 ] 时，携带兰波特同行，封他为骑士。侯爵在萨隆尼加王国赐给他广袤封地和巨额税收，[ 兰波特 ] 死在当地。（B/S，第 447-448 页）

### ◎ 笺注

他去蒙特弗拉的卜尼法斯侯爵那里，在侯爵宫廷里待了很久，见识、武艺和诗艺都有长进，受到大家敬重。侯爵封他为骑士，当他的扈从武官，并为他治装。后来他爱上侯爵的妹妹，她名叫贝德丽姿，是亨利·德·喀列特的妻子。他为她作了许多优美的情诗，称她为“美骑士”　。

这称号有个来历：兰波特大人运气好，只要贝德丽姿夫人人在卧房里，他就可以通过一面窄窗任意观赏她而不会让人察觉。一天，侯爵打猎回来，走进卧房，把剑搁在床边，再走到外面。贝德丽姿留在卧房里，脱下外套，只穿内衣，捡起剑来，学骑士把剑系在腰带上。拔剑出鞘，高举起来，左挥右舞一番，然后纳入剑鞘，从腰带解下，再放回床边。

兰波特·德·瓦克拉斯大人从窄窗看见我刚描述的一切，后来在诗里称她为“美骑士”，像这首诗的第一阕里说的：

我从没想到会目睹……（392, 20）

一般人认为她也真爱他。他留在侯爵那里很久，和他一起开创大好事业。侯爵去罗马尼亚时，携带兰波特大人同行。

因为兰波特大人爱夫人，留下她和我们一伙人令他非常伤心，他巴不得也留下来。可是，由于他对侯爵的爱和从侯爵那里得到的极大恩宠，他不敢推辞，只好跟随出征。他在战场上永远身先士卒，表现出众，立下汗马功劳，备受赞扬，获得极大的奖赏和财富。不过，尽管如此，他忘不了那伤心事，像这首诗的第四阕说的，诗开头是：

冬天和春天都不叫我开心……（392, 24）

这就是兰波特·德·瓦克拉斯的生平，一如诸位听说的，他外表显出的快乐比内心感受的要多。他在萨隆尼加王国有侯爵赐他的大量产业，他死在当地。（B/S，第451-453页）

诸位已听过兰波特·德·瓦克拉斯是谁，如何以及从谁那里得到荣誉。现在我要说他被蒙特弗拉好客的侯爵封为骑士之后，怎样爱上贝德丽姿夫人——侯爵与阿拉彩·德·萨鲁姿夫人的妹妹。

他热爱、渴望她，却小心地不让她和别人知道。他宣扬她的声誉和美德，为她赢得许多爱慕她的男女的心，她因此很尊敬、礼待他。他惶恐、爱慕得要死，只是不敢向她求爱或表示爱意。

有一天，他终于不堪爱情折磨，来到她面前，对她说，他爱上一位年轻高贵的夫人，和她有很亲密的关系。可是，碍于那夫人的高贵出身和崇高地位，不敢向那夫人提起这件好事，表示爱意或求爱。他求她看在上帝的面上，大发慈悲，给他出点主意，他该向那夫人倾诉衷情，还是隐藏着爱意，满心忧虑地死去。

尊贵的贝德丽姿夫人听见兰波特的话，心知兰波特大人想求爱，她早已注意到他给爱情的欲望折磨得要死，便起了怜悯之心，对他说："兰波特，任何爱上贵妇的纯真情人都该献上荣誉与恐惧之心，才能表示对她的爱意。与其死亡，我建议他不如向她倾诉爱意，求她收作仆人和朋友。我向你保证，如果那夫人有见识和礼貌，她不会觉得难堪或受侮辱，反而会更尊敬他，认为他很有风度。我建议你对你爱的夫人说明心事，告诉她你对她的情意和愿望，求她收你做仆人和骑士。你是出众的骑士，世上没有女人会不肯收你作仆人和骑士的。我见过阿拉彩夫人、萨鲁姿伯爵夫人收沛尔·维达尔，布尔拉姿伯爵夫人收阿诺·马儒尔作情人，玛利亚夫人收高森·法以第作情人，玛茄拉收福尔克·德·马赛作情人。"兰波特大人听见她的意见和保证，得到她的允许，告诉她他爱的就是他现在请教的夫人。贝德丽姿夫人对他表示欢迎，勉励他言行都要力求上进，她愿意收他为骑士和仆人，他得好自为之。于是兰波特言行都很谨慎，尽力提高贝德丽姿夫人的地位。他作了这首情诗，抄录如下：

她［爱神］向我征收关税……（392, 2）（B/S，第456-457页）

有一次夫人和他上床睡觉。侯爵也很关爱她，发现他们在睡觉，十分生气。他很机智，不想惊动他们，脱下自己的大衣，盖在他们身上。然后拿起兰波特大人的大衣，把它带走。

兰波特大人醒来，明白是怎么回事。他拎着大衣衣领，直接去了侯爵那里，在侯爵面前跪下，求侯爵施恩宽恕。侯爵见他知错，想起兰波特在许多场合给自己的乐趣，为了不让人知道他为什么求恕，便语意暧昧地对他说，既然他把偷走的东西归还就算了。侯爵原谅他，叫他不要再偷东西，旁听的人以为说的是他拿着的大衣，其实只有他俩懂得真相。

这事发生以后，侯爵率领所有军队去罗马尼亚，得到教会鼎力相助，征服了萨隆尼加王国。兰波特大人因战功辉煌被封为骑士，在那里得到广大领地和大量税收；后来他死在当地。（B/S，第462页）

诸位已听过兰波特是谁，来自何方，蒙特弗拉侯爵如何封他为骑士，他怎样爱上贝德丽姿夫人——因为她的爱，他活得很快乐。

如今请听，他怎样在很短一段时间里尝到极大的悲伤。因为有些人不老实，嫉妒别人，不喜欢爱情和追求女人。他们当着其他夫人面前对贝德丽姿夫人说："这个兰波特·德·瓦克拉斯是什么人，侯爵才封他为骑士，他就追求起像你这么尊贵的夫人？小心这样会损坏你和侯爵的名誉。"那些邪恶小人到处说他的坏话，贝德丽姿夫人听多了也对兰波特感到厌烦。兰波特向她求爱，请她施恩，她都不理睬，反而说他该追求别的女人，不要烦她，以后休想听见她说话。兰波特因此短期内非常悲伤，正如我在笺注开头告诉诸位的。

他为此不苟言笑，放弃歌唱和一切其他赏心乐事。这场大灾难全由散布谣言的口舌引起，就像他在一首舞诗（stampida）里的诗阕所说的，诸位等下就要听见。当时宫廷里有两个从法兰西来的歌手，拉得一手好胡琴。一天，他们在拉一支侯爵、骑士和夫人都很喜欢的舞曲。兰波特大人听了闷闷不乐，侯爵注意到了，就对他说："兰波特君，你听见胡琴美妙的曲调，看见在座有像我妹妹那么漂亮的夫人——她是世上最尊贵的夫人，还收你为仆人——你为什么不开心地唱歌？”兰波特大人回答说他对什么都不感兴趣。侯爵知道内情，对他妹妹说：“贝德丽姿夫人，为了我的爱和在座所有贵宾，请你发慈心施恩，屈尊叫兰波特打起精神来，如往日一般开心歌唱吧。”贝德丽姿夫人很有礼貌，欣然答应。她安抚他，请他为她的爱情重新快乐起来，作一首新歌。

因为上述原因，兰波特作了一首舞曲，歌词如下：

五月的佳节……（392, 9）（见诗歌选译部分）

这首舞曲的词是依据歌手拉的胡琴曲子填成的。（B/S，第 465-466 页）

## 沛尔·维达尔（Peire Vidal）

### ◎ 小传

沛尔·维达尔来自图卢兹，是个皮货商 [ 或皮毛加工人 ] 的儿子，歌唱得比谁都好。他是前所未有的大狂人，以为一切他喜欢或想要的东西都是真的。他作起诗来比谁都轻快 [ 容易 ]，作的曲子更加优美，尽说些有关战争、爱情和诽谤别人的疯癫事。有件事倒是真的：有个叫圣基尔的骑士割伤他的舌头，因为骑士相信沛尔是他妻子的情夫。雨克·德·伯噢大人找人给他疗伤。

他复原之后，渡海到外地去。从那儿他带回一个希腊女人，是他在塞浦路斯娶的妻子。他夸口说她是康士坦丁皇帝的侄女，因此他有资格当皇帝。他把赚到的钱全用来造舰艇，准备征服全世界。他戴着皇帝的徽章，称自己为皇帝，称妻子为皇后。

他还追求所有遇见的女人，向每个女人求爱。她们全对他说，他爱怎么说、怎么做都行。因此，他自以为是她们的情夫，人人都爱他爱得要死。他永远骑匹骏马，穿着华丽军装，坐在皇帝宝座上，自以为是世上最好的骑士，最受女人宠爱。（B/S，第 351-352 页）

◎ **笺注**

在他的情诗前头，我已经告诉诸位沛尔·维达尔是谁，什么模样。现在我要告诉诸位，他爱上阿拉彩·德·罗克马汀纳夫人，即马赛城主巴瑞尔大人的妻子，巴瑞尔大人和沛尔·维达尔以“兰昵儿”相称。

巴瑞尔大人喜欢他胜过世上任何人，特别欣赏他的情诗和癫狂，不介意他爱上自己的妻子，认为这十分有趣。阿拉彩夫人也逗着他玩，让他追求自己，以换取他的情诗带给她的娱乐。巴瑞尔大人留沛尔在宫廷里，给他和自己一模一样的衣服、盔甲，打扮得和自己一样。

一天，沛尔碰巧得知巴瑞尔大人已起床离开卧房，夫人还在床上睡觉。他走进她卧房，来到床边，一把搂住她狂吻起来。她醒过来，看见是沛尔，放声尖叫。侍女、侍从纷纷赶来，他仓促逃窜。夫人把她丈夫巴瑞尔大人找来，气急败坏地告诉丈夫，那个疯子沛尔吻她，她要把他毁了才甘心。巴瑞尔大人反而责备她，叫她别大惊小怪，因为他本来就是个疯子。

沛尔心里害怕，担心要是阿拉彩夫人有机会，一定会设法陷害他。因此胆战心惊地离开当地到海外去，像他诗里说的：

十分明显 她要我……（364, 2）

他在外很久，作了许多情诗。回想从夫人处偷得的香吻，他这么说：

我会比任何人都体面……（364, 48）

在另一处，他说：

爱神用我捡到的棍子打我……（364, 36）

还有一处，他说：

因为我诚心伺候……（364, 2）

普罗旺斯的贵族巴拉尔和雨克·德·艾宝大人听见这首诗，多次敦请夫人召回沛尔。她怒气已消，差人送信问候他，邀他回到普罗旺斯。他立刻上船，前往普罗旺斯，到雨克大人处。巴拉尔大人听见沛尔在艾宝，立刻骑马赶到，接他去马赛。阿拉彩夫人很高兴地欢迎他，让他亲吻，如他所说的：

我久等之后……（364, 37）（B/S，第 356-358 页）（见诗歌选译部分）

沛尔因为好客的图卢兹伯爵雷蒙逝世非常悲伤，深切哀悼。他穿上黑衣服，把所有马匹的尾巴和耳朵都扎起来，把自己和仆人的头发都剃光，却不剪胡须和指甲。很长一段时期，他悲伤得像个疯子。

这时候，阿拉贡国王阿方索恰巧来到普罗旺斯。陪他同来的有 [ 八位历史人物，人名略 ]。他们发现沛尔那么悲伤哀恸，穿着打扮像个伤心到发疯的人。国王和所有其他诸侯、他的密友都劝他应该节哀，开心地唱歌，作首情诗让他们带回阿拉贡。在国王和诸侯的力劝之下，他说他不再悲伤，要开心地作一首国王喜欢的情诗。

前阵子他爱罗芭·德·普恩噢第叶和来自瑟旦尼亚的斯蒂凡妮夫人，现在他又爱上兰波妲·德·碧瑶，即碧瑶城主基廉·罗斯坦大人的妻子。碧瑶在普罗旺斯，处于伦巴第与普罗旺斯之间的山区。罗芭 [ 母狼 ] 来自喀加西，沛尔为她自称罗普 [ 公狼 ]，他的戎装佩戴着狼的徽章。在喀巴列山区，为了让猎人把他当作狼，放猎狗追捕他，他穿上狼皮。猎人和猎狗果然以为他是狼，拼命追赶他，把他打得半死，抬到罗芭的住所。

当她发现原来是沛尔，他的疯癫令她开心得捧腹大笑，她的丈夫也大笑不已。他们很高兴地招待他，她的丈夫把他抬到个隐秘的地方，找医生来给他疗伤，尽力医治他，直到他痊愈为止。

我在开头告诉过诸位，沛尔答应为国王与诸侯歌作一首诗，等他伤愈之后，国王为自己和沛尔添置衣服和戎装。他打扮得很神气，然后作了这首情诗，诸位且听着，诗云：

我已放弃歌唱……（364, 16）（B/S，第 368-369 页）

## 爱美利克·德·裴基兰（Aimeric de Peguillan）

◎ **小传**

爱美利克·德·裴基兰大人来自图卢兹，是城里卖布商人的儿子，学会作情诗和讽喻诗，歌唱得并不好。他爱上邻居市民的妻子，爱情教唆他作诗，他为她作了好几首诗。她丈夫与他冲突，侮辱他一番。爱美利克大人报复，用剑砍伤对方的头，因此被放逐，离开图卢兹。

他前往加泰罗尼亚，基廉·德·伯贵达大人收留他，他作诗恭维作为回报。基廉请他当歌手，给他马匹和衣服，还把他介绍给卡斯蒂尔国王阿方索，帮他赢得更多的财物和奖赏。他在那里住了很久。后来他去了伦巴第，当地所有贵人都很尊敬他，他老死于伦巴第。（B/S，第 425-426 页）

有一次，正好妇人的丈夫伤愈到圣雅各布朝圣，爱美利克大人得悉，就想到图卢兹城里去。他向国王告辞，说他想去拜会蒙特弗拉侯爵。国王批准，赐给他各种财物。爱美利克告诉国王他想路过图卢兹，国王知道内情，看出他惦念情人，派人陪同他去蒙彼利埃。爱美利克告诉同伴真情，请他们帮他装病，设法会见情人，他们答应倾力相助。

他们来到图卢兹，他的同伴打听到他原先邻居的家，找到夫人，告诉她有位卡斯蒂尔国王的亲戚患病，想朝圣时到她家小住。她答应好好招待他。爱美利克天黑来到这里，同伴把他安顿在一张漂亮的床上。第二天爱美利克请夫人见面，夫人走进房间，认出是爱美利克大人，十分惊讶，问他怎能混进城里。他说全靠爱情，便把真相告诉她。夫人假装替他盖被，和他亲吻。后事如何，我无可奉告，反正爱美利克大人在那里“养病”，住了十天才离开，然后去侯爵那里作客。这儿有些他的作品。（B/S，第 429 页）

## 雷蒙·德·米拉瓦（Raimon de Miraval）

◎ **小传**

雷蒙·德·米拉瓦是来自喀加西的穷骑士，只拥有不到四分之一个喀加西城堡，城堡里的人手也不到四十员。不过，由于他作得一手好诗，能言善道，精通向女人求爱之道，懂得情人之间流行的赏心乐事与甜言蜜语，所以深受图卢兹伯爵尊敬与推崇。他们彼此以“奥第雅姿”相称。伯爵给他所需的马匹、武装和衣服。他对伯爵和他一家都有影响，他也影响了阿拉贡国王佩德罗、贝姿叶子爵、伯特兰·德·赛萨克大人和当地所有的大贵族。

整个地区的贵妇没有不希望或者不设法让他追求的，或者不私底下爱他的，因为他比任何人都更能给她们带来名声和赞誉。因此，如果不和雷蒙做朋友，女人就会觉得不体面。他追求过很多女人，为她们作了许多优美的情诗。一般认为，他从没得到任何爱情分内的好处，她们全欺骗他。他在勒利达的西投派修女的圣克拉拉女修道院去世。（B/S，第 375-376 页）

◎ **笺注**

诸位已经通过他的情诗之前的笺注听说雷蒙·德·米拉瓦大人是谁，来自何方，我就不再重复。这次他爱上了一位喀加西的夫人，夫人名叫罗芭·德·普恩噢第叶，是雷蒙·德·普恩噢第叶大人的女儿。她的丈夫是喀巴列一位有钱有势的骑士，拥有部分喀巴列城堡。

罗芭的姿色、礼貌和教养都很出众，热衷于名声、地位。当地和外地的贵族见过她的都追求她，包括富瓦伯爵、噢利维·德·赛萨克、沛尔·罗杰·德·米拉培、爱美利克·德·蒙瑞尔、沛尔·维达尔等诸位大人，后者还为她作了许多优美的情诗。

雷蒙·德·米拉瓦大人比其他人都真心爱她，为她作了许多情诗，以歌唱与赞语提高她的名誉和地位。他比世上所有骑士都更精于此道，以最优美的言辞说最好听的故事。罗芭让他追求自己，答应给他快乐，因为心知他能提高她的名声，也比谁都能贬低女人的声誉。她以亲吻欢迎他，可是并不爱他，除了哄骗他，从未和他说过或做过让他快乐的事。她最爱富瓦伯爵，收他为情人。他们的爱情和私通之事传遍喀加西全地，她的名誉和地位因此下降。她失去了男女朋友，大家都认为勾搭高等贵族的女人该死。

米拉瓦听见她干坏事的消息和大家说她的坏话，连沛尔·维达尔都作首麻辣情诗骂她，那首名为《我长期以来》的诗有一阕这么说：

> 我心鄙夷她……（364, 21）

米拉瓦比所有人都伤心，也想骂她，让她名誉扫地。后来他觉得以欺骗报复欺骗比拂袖而去更高明，于是到处为她辩护，掩饰其他关于她与富瓦伯爵的情事。

罗芭听见米拉瓦为她辩护，想到虽然她重创过他的心，仍替她遮掩她做的大丑事，因此为米拉瓦的辩护感到特别宽慰，因为她最怕他。她请他来，流着眼泪，为他给她的支援和辩护向他道谢。她对他说：

“米拉瓦，我得到有教养和礼貌的名声，以及赞誉、地位和朋友，这全归功于你，都是你赐予的。我从未和你做爱情分内的乐事，不是因为我爱别人才每晚克制住自己［不和你做爱］，而是因为你在一首诗里的话阻止我那么做。那首名为《爱情令我歌唱欢欣》的诗说：

“好夫人不该放弃爱情，

也不能轻易施舍爱情……（406, 4）

“我想在合适的时机给你最大的快乐，让你更珍惜它。我不愿草草了事，因为我以亲吻欢迎你至今才两年五个月，像你的情诗里说的：

“自从我收你为我服务，

已经有两年又五个月……（406, 27）

“我现在清楚地看见，你并未因我的敌人对我的不实指控和谎言遗弃我。因此，我对你说，既然你独排众议支持我，我也为你放弃所有其他人，把身心都给你，任你随心所欲地做和说什么。我把自己交给你，一切听从你发落，只求你保护我，对付我的敌人。”

米拉瓦很高兴地接受罗芭的礼物，很长一段时期内，他从她那里得到一切喜乐。

不过，在此之前，他已爱上米内芭伯爵夫人，她名叫珍·艾斯基雅·德·米内芭，是米内芭伯爵的妻子。她从不撒谎或骗人，也从未受骗或给出卖过。米拉瓦为了这位夫人离开罗芭。米拉瓦将这事作成一首情诗，诗云：

如果我经常不在意……（406, 38）（B/S，第 384-386 页）

诸位已经听过雷蒙·德·米拉瓦大人怎样欺骗罗芭，后来又能和她和平相处的经历。现在我要告诉诸位，埃拉彩·德·波萨佐夫人怎样欺骗他，后来还有一位她的邻居——艾门佳妲·德·喀斯特拉夫人，大家称她为“阿尔比美人”——如何欺骗他。两位都来自阿尔比教区，埃拉彩夫人来自一座名叫伦伯特的城堡，是伯纳特·德·波萨佐大人的妻子。艾门佳妲来自名叫喀斯特拉的城市，丈夫是个有钱却上了年纪的小领主。

雷蒙爱上了埃拉彩夫人——一位年轻貌美，热衷于名声、地位和赞誉的贵妇。因为她知道米拉瓦大人比世上任何人都能带给她名声和地位，见他爱上自己，感到十分快乐。她对他脉脉传情，说尽女人讨好骑士的话，献尽殷勤。他也以歌唱和赞语尽力推崇她，为她作了许多优美的情诗，赞扬她的美德、荣誉和礼貌。他把她吹捧得当地所有诸侯贵族都追求她，包括贝姿叶子爵、图卢兹伯爵、阿拉贡国王佩德罗。米拉瓦向国王大力称赞她，使他与她未谋面就迷恋上她。国王派使者带信和礼物给她，想要见她想得要死。因此米拉瓦安排国王去看她，他还在他的情诗《如今以一股冷锋》中，以这事作了一阕诗，诗云：

如果国王在伦伯特求爱……（406, 8）

于是国王去阿尔比，来到伦伯特的埃拉彩夫人那里。米拉瓦大与国王同行，国王请他向埃拉彩夫人说项。国王备受推崇而显得神采飞扬，他如愿见到埃拉彩夫人。国王在她身旁坐下，向她求爱，她立即答应让他如愿。当天晚上，国王从她那里得到他爱的一切。第二天，整个城堡和国王的宫廷都知道这事，热心替国王求情的米拉瓦也听见这消息，伤心悲痛地离开国王出走。他长期抱怨夫人的恶劣行为和国王不讲信义，因此将这件事作成一首诗，诗云：

我在两种欲望之间苦恼……（406, 28）

我说过埃拉彩夫人如何欺骗和出卖米拉瓦。现在我要说艾门佳妲夫人怎样欺骗和出卖他，我在其他地方已说过，她又叫作“阿尔比美人”。

艾门佳妲夫人得悉埃拉彩夫人欺骗并出卖了米拉瓦，便差人请米拉瓦来，对他说她对埃拉彩夫人的流言，和他为她的罪过受苦感到心痛，她真心诚意要补偿埃拉彩夫人对他造成的伤害。他见她神情亲切，听见要补偿他的损伤的甜言蜜语，就信以为真，欣然接受她为埃拉彩夫人对他的伤害做的补偿，于是她收他做她的骑士和仆人。米拉瓦开始称赞、感谢她，提高她的名誉和地位，推崇她的高贵和青春美貌。

夫人聪明能干，彬彬有礼，懂得奖赏男女朋友。当地一位高贵的男爵，噢利维·德·赛萨克大人追求她，她想要嫁给他。米拉瓦见她声誉日隆，想得到报酬，于是求她和他做爱情分内的乐事。她告诉他，她不愿以情妇身份和他做爱，他先得做她的丈夫，这样他们的爱情更永久，他得先休了妻子，他妻子名叫考代然佳。

米拉瓦听说她要自己做丈夫，真是喜出望外。回到家里对妻子说，他不要会作诗的老婆，一家人有一个行吟诗人就够了，她得收拾行李回娘家去，他再不要她做妻子。她正在追求基廉·布勒蒙大人，为他作过舞曲，听见米拉瓦的话，装出很生气的样子，说要找亲友来接她。她把基廉大人找来，要讨他做丈夫。基廉听见消息，非常高兴，召集了一批骑士，骑马直奔到米拉瓦的城堡，在大门前下马。考代然佳夫人得讯，告诉米拉瓦大人她的亲友已来接她，要跟他们走。米拉瓦非常高兴，他的妻子更加高兴。夫人准备好出门，米拉瓦领她到外面，发现基廉大人和他的同伴正在热烈欢迎他们。夫人上马时对米拉瓦说，既然他主动要和她分手，他该把她交给基廉大人为妻。米拉瓦说他欣然同意，基廉大人大步跨向前，接过结婚戒指。米拉瓦把夫人给他为妻，让他把她带走。

米拉瓦大人送走妻子之后，赶去艾门佳妲夫人那里，告诉她自己已遵命休妻，让她嫁人，她得履行应承过的事。夫人说他干得好，叫他回城堡准备停当再来迎亲，她很快就会通知他前来。米拉瓦回去做好迎亲的准备，然后再来接她，举行盛大婚礼。她却召唤噢利维大人，他连忙赶到。她对他说，她真心乐意让他如愿以偿，要他做她的丈夫，让他做世界上最快乐的人。他们安排妥当，当天晚上他就带她到他的城堡，第二天成婚。他们在城堡里举行盛大的婚礼。

夫人嫁给噢利维大人的消息传到米拉瓦大人耳中，他非常伤心悲痛，因为她叫他休妻，答应和他结婚，而且他已做好婚礼的准备。他也为埃拉彩夫人和阿拉贡国王的丑事伤心，他失去一切快乐、幸福和娱乐，不再歌唱作诗。一连两年，他像个无家可归的人。由于夫人造他的谣，许多骑士、诗人都嘲笑他。

可是，有位名叫布伦内松·德·喀巴列夫人的年轻贵妇，是沛尔·罗杰·德·喀巴列大人的妻子，热衷于名声和地位，派人去向他问候，安慰他，求他为她的爱重新开心快乐，说如果他不来看她，她也要诚心诚意去见他，和他做爱，直到他相信她无意骗他。为了这原因，他作了这首情诗，诸位请听：

祝福使者……（406, 15）（B/S，第 392-395 页）（见诗歌选译部分）

当图卢兹伯爵被教会和法兰西人剥夺领土，失去阿根萨和贝尔开尔，法兰西人占领圣基尔、阿尔比与喀加西，贝姿叶也被摧毁，贝姿叶子爵阵亡，当地的善良百姓都被屠杀或者逃亡到图卢兹。米拉瓦和图卢兹伯爵在一起，他们互相以“奥第雅姿”称呼。他悲伤度日，因为臣属于伯爵的善良百姓、妇女和骑士，如今都已死亡或者被扫地出门。诸位已听说过他失去妻子，他的情妇欺骗出卖他，如今他又失去城堡。

当时阿拉贡国王来图卢兹和伯爵议事，顺便探望他的妹妹依莲诺夫人和散妩夫人。他竭力安慰他的妹妹和伯爵，还有教子和图卢兹的好百姓，答应帮伯爵收复贝尔开尔和喀加西，替米拉瓦收复城堡，努力恢复善良百姓失去的幸福。

米拉瓦大人很高兴，因为国王应承他和伯爵，夏天来临时会收复他们失去的一切。他早先曾决定，在收复失去的米拉瓦城堡之前不再作情诗，现在因为他爱上伯爵的妻子依莲诺夫人——世上最美丽善良的夫人——他尚未对她表示爱意，作了这首情诗，诗云：

我喜欢歌唱　真快活

清新空气　欢乐季节……（406, 12）

诗作好之后，他差人送去阿拉贡给国王，因此国王率领一千名骑士去给图卢兹伯爵助阵，遵守收复失土的承诺。结果国王和他的一千名骑士在穆瑞尔城前全被法兰西人杀死，没有一个生还。（B/S，第 404-405 页）

## 基廉·德·巴隆（Guillem de Balaun）

◎ **笺注**　　[以抄本 H 为底本，方括号内为抄本 R 异文]

基廉·德·巴隆是来自蒙彼利埃巴隆的高贵堡主，是技艺高强[的骑士]，很有教养，作得一手好诗。他爱上一位来自加沃达主教区的贵妇，她名叫基廉玛·德·姚亚克，是姚亚克城主沛尔大人的妻子。他很爱她，用诗歌推崇她，为她服务。夫人也爱他，让他享受一切爱情的权利。

基廉大人有个朋友名叫沛尔·德·巴尔雅克，勇敢能干，善良英俊。沛尔爱上姚亚克堡里一位年轻貌美的夫人，她名叫维尔内塔。她收他为骑士，他从她那儿得到他想要的一切。基廉和沛尔两个各有各的情人。可是，沛尔和他的夫人争吵，她不客气地下逐客令，他从没那么痛苦过，悲伤地离去。基廉安慰他，劝他不要绝望，等他回到姚亚克就去为他们调解。很久之后基廉才回去，一到姚亚克就为维尔内塔和沛尔调解，使其重修旧好，他[沛尔]感到前所未有的快乐。

基廉听见沛尔说复合比初恋还要快乐，十分讶异，也要尝试，看和夫人修好的快乐是不是大过初次赢得的快乐。他假装生基廉玛夫人的气，不再送信给她或提起她，也不要听别人提及她或去她家。她派使者带一封很热情的信给他，对他久未来访表示讶异，不知他为何音信全无。他像个发了疯的情人，不肯听她的信息或者读她的信，粗鲁地把使者赶出城堡。使者悲愁地回到基廉玛夫人那里，报告发生的事。

她为此非常伤心，叫城堡里一位心腹骑士去基廉那里，问他为什么生她的气。如果她的言行有得罪他的地方，她愿意听基廉说明，按他的意愿补偿他。骑士来到巴隆，基廉大人接见他，对他很不礼貌。骑士传过基廉玛夫人的话，基廉回答说他不能告诉她分手的原因，又说她该知道一切已无可补救，也不可原谅。骑士回去向基廉玛夫人报告基廉大人说的话。夫人从此绝望，说再也不给他信息、请求或解释。夫人这样子悲痛了好久。

[有一天]基廉大人开始对自己的疯狂感到后悔，因此失去快乐与幸福。他骑马去姚亚克，投宿于一个市民家，不住在城堡里，假意说他上路朝圣。[基廉玛夫人听说他在城里，]到了晚上，人人都已就寝，基廉玛夫人从城堡里出来，带个妇人和侍女，来到他睡觉的地方，叫房东太太带她到基廉睡觉的房间。她走到床前，在他面前俯身下跪，放下面纱吻他，请他原谅她并没犯的过错。他不肯和她重修旧好，也不原谅她犯的过失，反而打她，掌掴她，把她赶走。夫人伤心、悲苦地走回自己的住所，下决心从此再不见他或跟他说话，后悔爱情促使她做的事。

他也同样为自己做的蠢事忧伤，他起床后来到城堡，请人通报说他想见基廉玛夫人，向她解释他做蠢事的缘由，希望她原谅他的疯狂。夫人不肯接见他听他陈情，下逐客令，[很不客气地]把他赶出城堡。他像疯子、傻瓜，不住地哀求、边流泪边叹气地离开。夫人也后悔对他过分谦恭卑下。

基廉悲苦了一整年，夫人坚决不肯见他或听人提起他。因此他作了首“绝望诗”，诗云：

诗歌不断向你求情……（208, 1）

当地最有名望的贵族伯纳特·德·安度萨是基廉和基廉玛夫人的朋友，[他骑马来到巴隆和基廉大人面谈，打听底细，想帮他和夫人修好。基廉把自己的蠢事全盘托出，伯纳特大人听见缘由，觉得是个天大的玩笑，说他能替他们和解。基廉听见他肯做调解人，开心极了。

伯纳特大人告辞，前往姚亚克，把基廉发疯的原因全告诉夫人，说他事后多么悲伤痛苦。他还告诉她，整个事件原是个玩笑和实验。夫人回答说，她对自己低声下气感到羞耻。伯纳特大人说，她应该先原谅他，因为她完全无辜，过错全在基廉大人。]他把抄下的诗交给她，恳求她施恩原谅基廉，[如果她高兴]请她先行报复。

夫人说，既然他有请，她要报复过才原谅基廉。报复的方法是：基廉大人得拔下他最长的手指甲，把它[连同那首后悔做蠢事的诗]交给她。伯纳特回到基廉大人那里，告诉他夫人要报了仇才原谅他。[当基廉大人听见宽恕有望，]他快乐得不得了，[马上请来师傅]扎紧手指，拔下指甲[，这令他疼痛万分]。

[他作好诗，]骑马和伯纳特大人去姚亚克见基廉玛夫人，[她出来迎接他们，]两人拜倒在她身下，向她求恕，[基廉大人跪在她跟前求她施恩赦免，]献上指甲。[她很感动，亲手搀扶他起身，]和他重修旧好，原谅他的疯狂。[他们三人一起走进房里，她在那里拥抱

亲吻他、原谅他。他拿出诗来，她听得快乐极了。此后他们比以前更加恩爱。]

人在福中自找麻烦，自食其果是应该的，就像基廉·德·巴隆那样。蠢人自作孽，从吃苦中吸取教训。（B/S，第 321-328 页）

## 基廉 · 德 · 喀贝斯坦（Guillem de Cabestaing）

◎ **小传**（有四种版本，选最短的 A 本和最长的 D 本）

**A 本（依抄本 Fb IK）**

基廉 · 德 · 喀贝斯坦是来自加泰罗尼亚和纳博讷边境的罗西隆地区的骑士，英俊潇洒，武艺出众，服务殷勤而且有礼貌。

当地有位贵妇名叫莎莉蒙妲，是雷蒙 · 德 · 卡斯特尔 · 罗西隆大人的妻子。雷蒙大人很富有，出身高贵，却邪恶、粗暴、残忍、傲慢。基廉爱上夫人，为她歌唱、作情诗。夫人年轻、高贵、貌美、风流，爱基廉甚于世上一切。流言传到雷蒙大人耳里，他像个愤怒、嫉妒的丈夫调查事情，知道情况属实后，下令严厉监视他妻子。

有一天，雷蒙发现基廉路过，而且没带几个同伴，就把他杀了，把他的心肝从身体里剖出来，叫人拿去交给家里的侍从煮熟，加上胡椒，端去给妻子吃。夫人吃完基廉的心肝，雷蒙大人才告诉她那是什么。她听见了，登时失去视觉和听觉。她苏醒过来后说："主上，你给我吃过这么好的东西，我从此再不用吃别的了。"他听她这么说，持剑奔过来要砍她的头，她跑到阳台，纵身跳下，坠楼而死。（B/S，第 530-531 页）

**D 本（依抄本 P）**

大家知道，雷蒙 · 德 · 罗西隆大人是个有身份的贵族。他的妻子玛加莉妲是当时最美的女人，以善良、贤惠、有礼著名。基廉·德·喀贝斯坦是个穷骑士的儿子，来自喀贝斯坦城堡，碰巧来到雷蒙大人的宫廷，向他谋个侍从的差事。雷蒙大人见他长得清秀文雅，像个良家子弟，欢迎他留在宫廷里，他就住了下来。他为人处世都很得体，贵族平民全都爱他。他晋升得很快，雷蒙大人派他做妻子玛加莉妲夫人的侍从，基廉遵命上任，言行更加力求上进。

可是，爱神以一贯作风驾临，决定大举袭击玛加莉妲夫人，在她心里煽风点火。她很喜欢基廉的相貌言行，有一天禁不住对他说："老实告诉我，基廉，如果有女人向你表示爱意，你敢爱她吗？"基廉心中早已有意，坦白回答说："我敢，夫人，只要感情真实。""奉圣约翰之名，"夫人说，"你回答得很老实，我要考验你，看你能不能分辨出感情的真假。"基廉闻言回答说："夫人，一切请便。"他当下沉思，爱情在他心里引起争论，爱神给信众的心思已深植于心中。他从此成为爱神的仆人，开始创作、歌唱轻快悦耳的短诗、舞曲和情诗。他为她作很多诗，唱给她听。爱神高兴时会奖赏他的仆人，便决定给他们报酬。他把夫人折磨得情烦意乱，使她昼夜不停地思念基廉的优异天分和本领。

一天，夫人趁便抓住基廉说："老实告诉我，基廉，你注意到我的感情没？到底是真还是假？"基廉回答说："夫人，上帝佑我，从我当你的仆人那刻开始，只有最美好的心思和最真实的话与感情进入我心中。我深信如此，一生一世永远相信。"夫人回答说："基廉，我跟你说，上帝佑我，我永远不会欺骗你，你的心思也不会落空。"她张开双臂，亲密地吻他。他俩到房间里坐下，在那里开始私通。

过了不久，上帝憎恶的谣言散布者开始说他们的闲话，不断猜测基廉为谁作诗，说他在追求玛加莉妲夫人。他们到处传说，话终于传到雷蒙大人耳中。他极其难过，勃然大怒，因为他失去了心爱的好同伴，更因为妻子令他蒙羞。

一天，基廉恰好只带着一个随从出去放鹰打猎。雷蒙大人打听他的去处，有侍者说他去放鹰打猎，另一个告诉了他在什么地方。雷蒙私下带着武器，叫人牵过战马，上路前往基廉去的地方。奔驰了一阵子后，终于找到他。基廉见雷蒙大人到来，十分惊讶，心里觉得不妙，硬着头皮上前迎接请安说：“主上，欢迎驾到，怎么独自前来？”雷蒙大人回答说：“基廉，因为我想找你散散心，你打到什么？”

“噢！我？主上，没有，什么都没打着。你知道谚语说，见不着，收获少。”

“那就别谈这个，”雷蒙大人说，“凭你对我的忠诚，老实回答我要问你的事情。”

“奉上帝之名，主上，”基廉说，“不管什么事情，我都会告诉你。”

“你不要否认或强辩，”雷蒙大人说，“要老实回答我问的每件事。”

“主上，请问吧，”基廉说，“我会坦白回答你。”

于是雷蒙大人问基廉：“愿上帝和信仰保佑你，你有没有为情人歌唱，受她的爱情折磨？”

基廉答道：“主上，爱情不折磨我，我哪能歌唱？主上明鉴，爱情把我完全控制了。”

雷蒙问：“我当然明白，否则你的歌怎会那么优美。不过，我想知道，告诉我你的情人是谁？”

“噢！主上，奉上帝之名，”基廉说，“别问我这种问题，你说，要我泄露爱情应不应该？你知道伯纳特·德·文特当大人说过：‘有件事常识帮过我忙……’”

雷蒙大人说：“我向你保证，我会尽力帮你的忙。”

几经雷蒙怂恿敦促，基廉对他说："主上明鉴，我爱你妻子玛加莉妲夫人的妹妹，我相信她也爱我。现在你知道了，请你帮忙，至少别阻挠我。"

"我们握手为约，"雷蒙说，"我发誓保证尽力帮你的忙。"

答应帮忙之后，雷蒙对他说："我们一起到她那里去，她就在附近。"

"遵命，"基廉说，"奉上帝之名。"

于是他们上路到她的城堡去。

他们来到城堡，受到罗伯·德·塔拉松大人和妻子艾妮夫人的热烈欢迎，艾妮夫人是玛加莉妲夫人的妹妹。雷蒙大人牵着艾妮夫人的手，带她到卧房里，两人在一张床上坐下。雷蒙大人说："老实告诉我，妹妹，凭你对我的信心，你是不是在谈恋爱？"她回答说："是，老爷。"

"他是谁？"他问道。

"这个绝对无可奉告。"

我何必跟大家多说？经过他一番苦求，她终于告诉他，她爱基廉。她这么说是因为她见基廉心事重重，她知道他爱姊姊，因此怕雷蒙会谋害基廉。雷蒙听见了万分高兴。夫人把这事全部告诉丈夫，她丈夫说她做得对，准许她尽力帮基廉脱离困境。夫人立即照办，把基廉叫到房间里，和他单独在一起待了好久。雷蒙认为他一定从她那儿得到了爱情的乐趣，一切都令他开心，渐渐觉得传闻不实。还用多说吗？夫人和基廉从卧房出来，晚餐已经准备好，他们很快乐地吃晚饭。饭后，夫人在卧房门口附近给他们两人铺好床，装模作样，让雷蒙以为夫人当晚跟基廉在一起睡觉。第二天，他们在城堡里快乐地用早餐，饭后，他们有礼地告辞，回去罗西隆。雷蒙一抛下基廉，就迫不及待地去告诉妻子，他看见基廉和她妹妹的事。

夫人一整夜为此伤心透顶，第二天把基廉唤来，对他板着脸说他是骗子和叛徒。无辜的基廉向她请罪，把事情经过一字不漏地说给她听。夫人把妹妹找来，请她证实基廉无罪。因为这事，夫人命令基廉一定得作首情诗，表明他只爱她，不爱别的女人。因此，他作了这首情诗，诗云：

爱神时常赐给我的……（213, 5）

雷蒙听见基廉这首诗，认为是为妻子作的，于是找基廉到城堡外面谈，砍下他的头，放在皮囊里，再从他身体里挖出心肝，和头一起放在皮囊里，然后回到城堡，叫人把心烤熟，捧到妻子的饭桌上，叫她食用。她毫不知情地吃完之后，雷蒙起身告诉妻子，她刚才吃的是基廉的心肝。他还把头拿给她看，问她滋味可好。她听见问题后，一眼认出基廉大人的头，回答说，滋味太好了，没有其他饮食能消除基廉大人的心留在她口里的美味。雷蒙持剑向她冲去，她逃到阳台门口，纵身下跃，折断了脖子。

这件丑闻传遍加泰罗尼亚和阿拉贡国王的领土，阿拉贡国王阿方索和当地所有贵族都听说了。大家对基廉大人和夫人之死极感悲愤，认为雷蒙杀死他们太过卑鄙。基廉大人和夫人的亲戚，连同当地宫廷里所有骑士情人，一起对雷蒙发起战争。阿拉贡国王阿方索知悉夫人与骑士之死，也来到当地，一举擒获雷蒙，夺过他的城堡和领地，把基廉和夫人的遗体安置在一座纪念碑里，把碑建在沛平南的一座教堂大门前面，沛平南位于阿拉贡王国的罗西隆与瑟旦尼平原。此后好长一段时期，罗西隆、瑟日旦尼、康弗廉、日普尔、沛尔拉达和纳博讷的骑士每年为他们举行逝世周年纪念会，男女情人都为他们的灵魂祷告上帝。阿拉贡国王擒获雷蒙，抄收他的家产，把他处死在监牢里，将他的财产全分给基廉大人和为他而死的夫人的家属。基廉和夫人合葬的城市名叫沛平南。（B/S，第 544-549 页）

## 高伯斯·德·波西伯（Gausbert de Poicibot）

### ◎ 小传

修士高伯斯·德·波西伯是来自勒末赞主教区的贵族，是波西伯堡主的儿子。自幼被托养于圣伦纳的修道院当修士，学会[拉丁]文字、擅长唱歌作诗。因为贪恋妇女离开修道院，前往以好客而众望所归的萨沃里克·德·马利昂大人那里。他给高伯斯全套歌手行头、衣服和马匹。于是他周游各地宫廷，作了许多优美的情诗。

他爱上了一位美丽高贵的姑娘，为她作情诗。她不肯爱他，除非他受封为骑士，再娶她为妻。他告诉萨沃里克大人姑娘如何拒绝他，萨沃里克大人当下封他为骑士，赐他领地。他娶得姑娘为妻，十分敬重她。

他有事去西班牙，留下夫人在家。有个英格兰骑士追求她，对她甜言蜜语，大献殷勤，把她拐走，让她长期做他的情妇，然后阴险地抛弃她。高伯斯从西班牙回来，在她流落的城市投宿过夜。到了晚上，他外出寻花问柳，走进一个穷妇人家里，因为有人告诉他里头有个漂亮姑娘，却发现原来是自己的妻子。他们面面相觑，非常难堪，万分羞愧。他和她过夜，第二天把她带走，送去一个女修道院，叫她出家。因为这件伤心事，他不再作情诗或唱歌。（B/S，第 229-230 页）

# 雨克・德・圣西尔克（Uc de Saint Circ）

## ◎ 小传

雨克・德・圣西尔克大人来自喀尔西一个叫作特格拉的城镇，是个穷爵士的儿子，[父亲]名叫阿尔曼・德・圣西尔克大人……

雨克大人有多位兄长，他们要他去当教士，送他去蒙彼利埃上学。他们以为他学习拉丁文，他却学各种诗歌、情诗、讽喻诗、辩论诗、短诗，还有世上古今名人的事迹和语录。凭这些知识，他转业为歌手。罗德伯爵和图任子爵与他交换辩论诗和短诗，大大提高了他的歌手地位，好客的达尔菲・德・阿尔文涅也跟他唱和。

他在加斯科尼度过很长一段穷日子，有时徒步[吟游]，有时骑马。他和本奥埃布尔伯爵夫人一起很久，通过她的关系，赢得萨沃里克・德・马利昂大人的友谊、行头与衣物。他和萨沃里克在沛投与附近住了很久，然后去加泰罗尼亚、阿拉贡和西班牙投靠好客的卡斯蒂尔国王阿方索、莱昂国王阿方索和阿拉贡国王佩德罗，然后到普罗旺斯投靠当地贵族，最后去到伦巴第和[特雷维索]边区，在那里娶妻生子。

他乐于向他人请教，也乐意传授知识给别人。他作的情诗特别好，曲调很优美，短诗也不错。他作的情诗不多，因为从未认真爱过女人。不过，他懂得花言巧语，假装爱她们，在诗里描述和她们的关系，抬举或者贬低她们。他娶妻以后，就不再作情诗。（B/S，第 239-240 页）

第三部分

# 噢西坦抒情诗选译

# 关于选译的几点说明

（1）我的译文力求可信，对原诗留下的痕迹做“最合理的揣测”，不是诗歌。虽然我尽量琢磨原诗的意思，也努力保存它强调的词汇、意象和语气，却不能传达它原来的音乐感和声音，只能逐句翻译，使读者感受到它的外在形式与内在结构。译文力求口语化，如果偶有诗意，那是纯属意外。

（2）选诗以创新性为标准，因此，早期诗人的诗歌占的比例要比晚期的偏高。选集里虽然有很多经典之作，但选译的依据主要还是我个人的偏爱。很多精彩的原诗译成之后完全走样，只能忍痛割爱。由于篇幅有限，超过100行的长诗通常不收录。

（3）诗人依年代早晚排列。唯一的例外是，女诗人的作品（W）集中于首位女诗人之后，以便读者检阅。绝大多数诗人的生卒年代未能确定，本书以利克尔（Martín de Riquer）的《吟游诗人》（*Los trovadores*）3卷本选集里的秩序和估计的年代为准，括号内若未注明为生卒年代者即为作诗年代。

（4）原诗无题，沿惯例以首句原文为题，并冠以引用书目里的代号，括号内附加皮耶（Pillet）与卡斯滕斯（Carstens）的编号，以便学者检阅。限于篇幅与版权，选译部分不附上原文，只注明所据的主要版本与其所据抄本，除少数例外，也不列出异文与不同的诗阕秩序。

（5）噢西坦诗人以格律变化取胜，为了让读者一窥原诗格律，列出法兰克（*István Franck*）的《格律目录》（*Répertoire métrique*）里的格律和韵组资料。字母代表韵音，数字为每行的音节数目，撇号(’)表示该行最后一个音节不是重音，不算作一个音节。

（6）大多数噢西坦抒情诗附有叠句，其数目不定，行数通常为诗阕的一半，用来向特定的人物，如庇护人、情人、朋友，或其他诗人或歌手传递信息，因此常有真实人物出现其间，诗人更多以昵名（senhal）称呼这些人物。叠句诗格与全诗一致，韵组通常减半。

# 基廉九世

（Guillem IX，1071 年生，1126/1127 年卒）

## ◎ 小传

基廉九世是阿基坦的九世公爵与沛投的七世伯爵，出生于全世界最高贵的家族之一，他专门勾引妇女，是个骁勇骑士，追求女人出手大方，作诗演唱都很在行。他长期周游世界，欺骗妇女。他有个儿子，娶得诺曼底女伯爵为妻，生下的女儿是英国国王亨利的妻子，王储亨利、理查和布列塔尼伯爵杰弗里的母亲。（B/S，第 3 页）

## ◎ 简介

阿基坦公爵兼沛投伯爵是法兰西国王之下最大的诸侯，拥有的领地比王畿大得多。基廉九世的父亲 45 岁时娶了 20 岁的第三任妻子，并生下诗人。因父母的婚姻未经教会认可，诗人出生时是个私生子。他后来放荡不羁，专门和教会作对，还在诗里嘲弄两位虔诚的姑妈，大概跟他早年的经验有关。①

当代史籍大多反映修道院史家对诗人的恶劣口碑。维塔利斯（Ordericus Vitalis）说他大胆（audax）而风趣（jocundus），妙语如珠胜过职业演员（histriones），常以作诗、唱歌解闷，他妻子去向教皇告他遗弃罪和通奸罪。另一个修道院史家马姆斯波利的威廉（William of Malmesbury）说他放任狡猾，无法无天，花言巧语，尽说些引人发笑的无聊话。他盖了间小屋子，取名为妓女修道院，在歌里说他从著名的妓院里请妓女来当院长，还为了弃妻和通奸的

① Lejeune, “L’Extraordinaire insolence du troubadour Guillaume IX d’Aquitaine”, pp. 499-502.

事与普瓦捷主教冲突，扬言要砍主教的头。相关的材料可参阅邦德（Bond）版本的附录。

基廉九世留下 11 首诗，录在 10 部抄本里，其中有非常色情的诗句，也有非常优雅的诗章，因此学者称他为两面诗人。也有学者认为优雅的诗是文特当子爵艾伯二世失传的诗，被误认为基廉九世的诗。[1]

**GIX 1** Companho farai un vers [qu'er] covinen(183, 3)

版本：Pasero 本，2 抄本，底本 E

诗格：11a 11a 14a，9 阕

1 哥儿们，听我作首好诗，
说的全是废话，没正经，
杂七杂八的爱情和青春快乐。

2 谁听不懂我的诗，不学会
牢记在心里，就是乡巴佬，
热衷于爱情的人，一定乐此不疲。

3 我鞍下有两匹骏马，
都是惯战沙场的良驹，
只因她们不和，我不能兼容并蓄。

4 要是我能驯服她们，
我的鞍具从此再不旁落，
因为世上没人有更好的坐骑。

5 一匹是山林里的快马，
可惜浪荡无羁已太久，

① Dumitrescu, "Èble II de Ventadorn et Guillaume IX d'Aquitaine".

野性难驯，再不肯被人驾驭。

6 一匹养在柯弗林附近，
我从没见过更俊俏的，
谁拿金银来买，我都不肯出让。

7 我把她从小寄养在外，
和她的主人订下契约，
他占有一年，我至少享用她百岁。

8 骑士们，帮我出点主意，
我从没遇上这样的难题，
我该留下安妮夫人还是雅森夫人？

9 在金麦我有城堡和领地，
在尼欧我更是威风八面，
因为两地都向神发过誓，效忠于我。

**GIX 4** Farai un vers de dreit nien (183, 7)[①]

版本：同上，2 抄本，底本 E

诗格：8a 8a 8a 4b 8a 4b，每阕 a 韵不同，b 韵全同，8 阕

1 我要作首纯属子虚的诗，
既不关我，亦不关别人，
也无关爱情与青春快乐，
　　不关啥事，
诗作成于睡梦中，
　　在马背上。

① 即“子虚诗”。

2　我不知生于什么时辰，
既不开心，也不抑郁，
与人不疏远，也不亲热，
　　无可奈何，
都因为夜里中了邪道，
　　在山顶上。

3　如果没人指点，我不知道
何时睡着了，何时醒过来，
为了一件伤心事我的心
　　几乎碎了，
说穿了不值得一只老鼠，
　　去圣马修的！

4　我病得恐怕快要死了，
知觉全失，只听见人说
我得找个中意的医生，　情人
　　不知是谁，
能治好我的病就是良医，
　　不然可糟了！

5　我有个情妇，不知她是谁，
我敢发誓，从没见过她，
她不讨我喜欢，也不讨厌，
　　都无所谓，
反正没诺曼人和法兰西人
　　住在我家。

6　从未谋面，却深深爱上她，
我和她没情义，也没怨仇，

不见她，我也过得挺快活，
　　管她个鸟，
我认得一位更高贵漂亮的，
　　宝贝得多！

7　我不知她人在什么地方，
在高山，还是在平原上，
我不敢说她曾对不起我，
　　拉倒算了，
留在这地方才真倒霉呢，
　　不如归去！

8　我的诗作好了，不知所云，
且把它寄去给那位仁兄，
请他托另一位再转寄到
　　沛投那里，
向她讨回打开她箱盒的
　　复制钥匙。

**GIX 5**　Farai un vers pos mi sonelh (183, 12)[①]
版本：同上，3 抄本，底本 V
诗格：8a 8a 8a 4b 8c 4b，14 阕加叠句

1　我要作首诗，在太阳底下
拼命打瞌睡，放马儿漫行；
有些女人爱听坏人教唆，

① 即“红猫诗”。

且听我说，
她们把所有骑士的爱情
都糟蹋了。
2 爱上忠诚骑士的女人
可没犯啥不赦的死罪，
要是爱上修士或教士
才真没理性，
可以法办，抓到柴堆上
活活烧死。
3 在阿尔文涅，朝勒末赞方向，
我扮成朝圣者独自行走，
遇见了佳林君的妻子和
伯纳君之妇，
她们奉圣里欧纳之名与我
端庄地作揖。
4 其中一位用土话跟我说：
"噢，上帝保佑你，朝圣先生，
依我看来，你的出身似乎
还顶不错，
不过，我看世上奔波的多是
傻瓜笨蛋。"
5 且听我怎么回答她，
我既不说"巴"和"不"，
也不提什么铁杆和木头，
只管嚷着：
"巴巴利欧，巴巴利欧，

巴巴利安！”
6 安妮夫人对娥媚生夫人说，
“妹子，真是天赐良缘呢，
上帝爱人，我们留下他吧！
他是哑巴，
绝对不会把我们的秘密
泄露出去。”
7 于是一位用斗篷围兜住我，
领我进屋，到火炉旁边，
可知道，我多开心快活，
熊熊烈火，
我乐得挨近炙热煤炭，
正好取暖。
8 她们接着请我吃阉鸡，
要知道，两只下肚还不够，
没有厨子和用人在旁，
只我三人，
面包顶白，酒也上等，
辣椒真多。
9 “妹子，看来这家伙滑头，
在咱们面前装聋扮哑，
现在赶快去把家里的
红猫取来，
看他还能不从实招来，
休想蒙混！”
10 安妮夫人去取过那恶兽，

庞然大物，满嘴长胡须。
我见它来与我们做伴，
　　着实惊心，
搞得我几乎勇气全消，
　　无力支撑。

11 大伙儿酒醉饭饱之余，
我应她们之请，剥光衣服，
她们把猫放在我背后，
　　不怀好意，
拿它凑住我腰身往下
　　挪到脚跟。

12 突然间，她们猛抽猫尾，
登时弄得猫爪乱舞，
刹那间，抓得我伤痕
　　有百余道，
我咬紧牙根，纹丝不动，
　　死不吭声。

13 “妹子，”安妮对娥媚生说，
“他分明是个哑巴，
妹子，咱们去洗个澡，
　　准备行乐。”
不止八天，我就住在
　　那楼房里。

14 且听我干了她们几次，
一共一百八十又有八，
几乎折断了我的道具和

　　吃饭家当，
其中滋味，不足与外人语，
　　好痛（快）哟！
其中滋味，不足与外人语，
　　好痛（快）哟！[1]

**GIX 7**　Pos vezem de novel florir (183, 11)

版本：Pasero，3 抄本，底本 E

诗格：8a 8a 8a 4b 8a 4b，7 阕加上 2 叠句

1　既然又见新花初现，
草地园林再度新绿，
小溪寒泉流水清澈，
　　凉风徐来，
人人也该随心所欲，
　　及时行乐。

2　本该只说爱情的好话，
无奈我从未得他好处，
我也许不该贪多无厌，
　　他会慷慨
赐大喜乐给循规蹈矩
　　的好信徒。

3　我生下来就是这个命，
没福气享受我所爱的，

[1] Rita Lejeune 指出，安妮和娥媚生是基廉两位姑妈的名字。

过去没有，将来也没份，
　　虽然立志
力求上进，心里却明知：
　　白费力气！

4 我从此郁郁寡欢，
全因为所求不遇，
但有谚语明白说明
　　这个道理：
要有耐性，勇气十足，
　　定会成功。

5 对爱情真诚的人，
得向他俯首称臣，
碰到生张熟李，逢人就
　　低声下气，
对她周围的人一律
　　唯命是从。

6 向往爱情的人必须
对所有人唯唯诺诺，
言行举止应该做到
　　彬彬有礼，
进出宫廷，千万小心，
　　别说粗话。

7 越懂得欣赏这首诗的人
受益越大，越该受赞扬，
诗从头到尾每个字都
　　切合格律，

诗的调子，我引以为豪，
　　颇为优雅。
8　我不能亲自去纳博讷，
　　把我的诗
作礼物，但愿它能保证
　　我得褒扬。
9　我的史蒂夫，我不去那儿，
　　把我的诗
作礼物，但愿它能保证
　　我得褒扬。

**GIX 10**　Ab la dolchor del temps novel (183, 1)

版本：同上，3 抄本，底本 N

诗格：8a 8a 8b 8c 8b 8c，5 阕

1　时在芬芳新季节，
树林都长出叶子，
鸟儿用各种方言
鸣唱新谱的歌曲，
人们也应该如此
各自及时去行乐。
2　从那至善的居所，
不见来使或书信，
我身失眠，寡言笑，
又不敢动身前往，
除非结果有分晓，

是否能如愿以偿。
3 我们的爱情反复，
有如一条山楂茎，
通宵在树顶上给
雨打雪冻得哆嗦，
翌日乍见太阳光
透过绿叶和新枝。
4 还记得一天早晨，
我们刚停止争吵，
她赐我莫大礼物：
她的恩爱和指环。
愿上帝益我年寿，
我手重入她衣里。
5 我不愁流言蜚语
拆散我与我芳邻，
我有能言善道和
长话短说的本领，
让旁人空谈爱情，
我们有肉和刀叉。

# 姚夫瑞·儒代

（Jaufre Rudel，1125—1148 年）

## ◎ 小传

姚夫瑞·儒代是位大贵族，也是布莱的王子。因为他听见从安提哥回来的朝圣者赞扬特利波里伯爵夫人的美德，所以与她从未谋面就深深爱上她，为她作了多首旋律优美、词汇不丰的好诗。因为很想见她，他提十字架渡海 [ 朝圣 ]，在船上患了重病。同船的人都认为他快死了，把奄奄一息的他抬到特利波里的一家旅店。消息传到伯爵夫人耳里，她来到他的住所，在床边用双臂拥抱他。他心知她是伯爵夫人，登时恢复了视觉 [ 另作听觉 ] 和嗅觉，赞美上帝，感谢上帝留他性命直到和她会面。就这样，他死在她怀抱里。她在圣殿里为他举行隆重葬礼，然后，由于对他逝世感到的悲伤，她当天出家为修女。这里抄写了几首他的诗。（B/S，第 16 页）[ 抄本 AB]

## ◎ 简介

以上的小传是根据姚夫瑞诗中主题“遥远的爱情”虚构的故事，特利波里伯爵夫人并无其人。学者猜测可能是依莲诺·德·阿基坦或耶路撒冷王后之妹梅莉森德。姚夫瑞王子之称虽真，地位并不崇高，只是个小地方的小领主。马克布鲁在诗中提到他渡海，学者认为他参加过第二次十字军东征，熟识当地东征的贵族。他的 6 首诗录在 18 部抄本。

**JR 1-1** Quan lo rossinhols el folhos (262, 6)

版本：Pickens 本，抄本 ABDIKdSg

诗格：8a 8b 8a 8b 8b 7'c 8d，5 阕，比抄本 CE 少一阕

诗阕秩序：与抄本 CE 不同，后者把诗的主题改为东征歌

1 当夜莺在叶丛里
求偶，相亲相爱得
快乐地唱起歌来，
频频顾盼他的伴侣，
溪流清澈，田野青绿，
　　青春的气息
夹着狂喜袭上心头。

2 我为爱情心急如焚，
追赶她起来总觉得
好像在倒退着奔跑，
一拐弯她就不见了，
我的马太慢条斯理，
　　万难追赶上，
除非爱神叫她慢下等我。

3 我心爱慕的佳人美得
我不敢向她倾诉衷情，
凝望她的浓艳容貌已
令我全身战栗惶惶，
连向她求情都没胆量，
　　哪里来勇气
敢对她说我向她称臣？

4　啊！她的话语多么甜美，
举止多么亲切愉快，
我们当中谁都没有
她那样的尊贵玉体，
娇娆婀娜，亭亭玉立，
　　我不相信有
比她更高贵可爱的女人。

5　爱情，我乐得离开你，
奔向更好的前程，
我实在太幸运了，
因为我很快就会享受
庇护人给我的大恩典，　上帝
　　他爱我，召唤我，
接纳我，赐给我新希望。

**JR 2-1** Quan lo rius de la Fontana (262, 5)
版本：同上，抄本 ABDIK
诗格：7’a 7b 7’c 7d 7’a 7’c 7’e，5 阕

1　每逢春令好时光，
清澈的泉水潺流，
野蔷薇花在怒放，
夜莺都在枝头上
婉转地施展新喉，
唱出清新的曲调，

我也该谱首新词。
2 来自远方的爱情，
我身心为你憔悴，
灵丹妙药无处觅，
除非听见他召唤
我以爱情的馨香，
让我和心爱情人
在花园里，帘帐下。
3 既然丹药全无效，
难怪我热火中烧，
上帝不容许有比
她高贵的基督徒、
犹太或萨拉森人，
谁赢得她的爱就
尝到天赐的玛那。 《圣经》里神赐给以色列人的食物
4 我心对钟情之物
的欲望没有止境，
只怕被肉欲蒙哄，
因情欲而失去她，
比荆棘刺得还疼，
唯有欢乐能治疗，
不用别人可怜我。
5 手头没牛皮短笺，
托菲罗用普通的
罗曼语唱这首诗，
寄送给雨果·布伦，

愿它能博得沛投、
伯里、布列塔尼和
圭延地诸君一粲。

**JR 5-1** Lanquan li jorn son lonc en may (262, 2)
版本：同上，抄本 AB
诗格：8a 8b 8a 8b 8c 8c 8d，7 阕加叠句

1 每逢五月昼日炎长，
我爱远方鸟声悦耳，
当我离开此地他去，
回想起远方的爱情，
欲望令我垂头沉思，
诗歌与山楂花不如
冰寒冬天令我开怀。
2 我再不能享受爱情，
除非是那遥远的爱，
我不知道远近何方
有更高贵优雅的人。
她的美德如此真实，
如有她与我相陪伴，
到萨拉森王国都行。
3 我忧喜参半地出门
去见那遥远的爱情，
不知何时才能见到。

我们两地相隔千里，
大路小径倒还不少，
为此缘故，不敢预言，
一切全看上帝旨意。

4 当我凭神之爱追求
遥远的爱，我真快乐，
只要她肯让我就近
住下，既然来自远方。
那时交谈多么自在，
远方情侣那么亲近，
甜言蜜语快乐交谈。

5 谁能让我见远方的
情人，我奉他为真主，
可是，喜事换来双倍
灾难，全因离她太远。
唉！但愿做个朝圣者，
让我的衣裳和拐杖
反映在她的妙目中。

6 古往今来的创世主
给遥远的爱做担保，
赐我能力，一心一意，
不久就能够在美善
之地看见遥远的爱，
让卧房与花园永远
如皇宫出现我眼前。

7 说我贪婪渴求遥远

的爱情一点也没错，
没有别的乐趣会比
它给我更大的快乐。
可是，我爱的人恨我，
我的教父注定如此： 命运
我爱人家，她不爱我。
8 可是，我爱的人恨我，
真该诅咒那个教父，
他注定不让人爱我！

## 马克布鲁

（Marcabru，1130—1149 年）

### ◎ 小传

马克布鲁来自加斯科尼，是贫妇人马克布伦娜的儿子，如他诗里说的：

马克布鲁，布伦娜的儿子，
出生的月份让他
晓得爱情如何惹祸，
且听！
他从没爱过女人，
也从没女人爱过他。

他是记忆中最早的一位诗人，以不堪的诗章和讽喻诗毁谤女人与爱情。[ 抄本 K]（B/S，第 10 页）

马克布鲁 [ 婴儿时 ] 被遗弃在某富人家门前，没人知道他的来历，阿德利克・德・维尔拉大人抚养他成人。后来他与行吟诗人瑟可蒙来往，开始作诗，曾以“潘百度”（Panperdu）[ 失去面包或财产 ] 为名，后来改名为马克布鲁。当时吟唱的诗歌不叫香颂（chanson），叫作诗章（vers）。他的名声远播，言辞令人生畏。由于他常道人之短，终因诽谤圭延堡主惨遭杀身之祸。[ 抄本 A]（B/S，第 12 页）

### ◎ 简介

学者认为马克布鲁和瑟可蒙都是诗人的艺名，两人并非师徒。马克布鲁出身也不低贱，因为与他结交的都是高官贵爵。庇护人可能包括诗人基廉九世的儿子基廉十世、图卢兹伯爵和西班牙诸王朝的帝王。[①]

马克布鲁是首位最有影响力的噢西坦诗人，他的诗体富于创新，格律富于变化，词汇最丰富，抨击时弊措辞最激烈，词句猥亵恶毒，虽未必惹来杀身大祸，却给时人与后代读者留下极深刻的印象。欧洲诗歌里很多文体，如讽喻诗、辩论诗、牧女诗、十字军出征诗，都可在马克布鲁的作品里找到最早的例子，因此他在文学史上占有相当重要的地位。

马克布鲁留下 44 首诗，另有 2 首作者存疑，录在 15 部抄本。

**Mb 1** A la fontana del vergier (293, 1)[②]

版本：Gaunt, Harvey & Paterson 本，抄本 C

诗格：8a 8a 8a 8b 8a 8a 8c，6 阕全同

1 就在果园的清泉旁边，
芳草一直绿到沙石岸，
在一棵果树的阴影下，
到处开满了皓白小花，
鸟儿如往日唱起新歌，
我看见她独自没伴侣，
可是，她不想跟我搭腔。

2 这位姑娘的体态袅娜，
她是城堡主人的千金，
我以为她在游春作乐，

① Harvey, “The Troubadour Marcabru and His Public”.
② 牧女歌变体，讽十字军出征歌。

趁着大好春光新季节，
欣赏芬芳绿野和鸟雀，
会乐意听我倾诉衷情，
她的神情却陡然大变。
3 她在泉水边双眼掉泪，
打心底里幽怨地叹息，
耶稣，她说，世界的君王，
全怪你令我忧心忡忡，
你受耻辱，我就该倒霉，
因为世上的英雄豪杰
都遵命去为你服兵役。
4 我那位英俊、体贴、善战、
高贵的朋友为你出征，
留下我在此无限辛酸，
无尽单思与绵绵泪水。
唉！路易王真该受诅咒，
自从他下令到处招兵，
这份忧伤就进我心房。
5 我听见她这样子怨诉，
就走近泉边，到她身旁。
美人，我说，过多的泪水
会损坏你的艳丽容貌，
你大可不必如此绝望，
让林木长出叶子的主
也会赐给你莫大欢喜。
6 先生，她说，我完全相信，

上帝对我和其他罪人
来世会一样大发慈悲，
可是，他夺走现世唯一
令我快乐的人，甩下我，
他匆匆地高飞远走了。

**Mb 7** Ans que·l terminis verdei (293,7)
版本：同上，抄本 E
诗格：7a 7a 7a 7a 7a 7a 7a，7 阕加 1 叠句，或 6 阕加 2 叠句

1 在时季转绿之前，
我实在应该歌唱。
别人享受到爱情，
我从没沾着半分。
谁向女人献殷勤，
我不必诅咒他们，
受爱情折磨的人
都死于饥寒交迫。
2 我不再贪图爱情，
他专门招摇撞骗，
为此事一言相告：
我无法享受爱情，
实在讨厌憎恶他。
想起来都要难过，
我因爱情做过假，

如今我们拆了伙。
3 我曾天真地爱过，
以后再也不上当。
有个女人欺骗我，
我从此抛弃爱情。
被爱情迷惑的人
挑着愚蠢的担子，
天主上帝，过愚蠢
日子的人真窝囊！
4 只因爱情诡计多，
为了钱财常变心，
翻脸不认忠厚人，
坏人反捷足先登。
没银两大可不必
追女人自讨苦吃，
专搞买卖的爱情，
我叫他去见魔鬼！
5 我对爱情的看法：
即使你贵如侯爵，
一旦倾家荡产了，
就别摆斯文架子，
礼物殷勤都献过，
你就不值一分钱，
既然你手头拮据，
休想得到好待遇。
6 让我忠告献殷勤

梦想着爱情的人，
别露出一副馋相
反而对你有好处。
对爱情不感兴趣
的人算他运气好，
热衷于爱情的人
只吃梗子没菜吃。

7 这首小诗作完了，
不必对沛马多说，
替爱情看管城堡
的人容易受蒙混，
为爱情冒充巴赞 被萨拉森人斩首的法兰克大使
的情人才发神经。

8 受爱情愚弄的人
不该用手画十字！ 参加十字军

**Mb 28** Lanquan fuelhon li boscatge (293, 28)[①]

版本：同上，抄本 C

诗格：7’a 7’b 7’a 7’b 7’c 7’c 7’d，6 阕加叠句

1 每逢树林长出叶子，
花朵出现在草地上，
我喜欢听绿叶丛中，
树枝底下的阴影里，

① 本诗为戏仿姚夫瑞•儒代之作。

小鸟唱的优美歌声，
自从天气日渐好转，
它们全都喜气洋洋。

2 如今因为寒冷冰霜，
它们不再开心快乐，
我却习以为常，此时
兴致来了，才不管他
天气冷热，照样歌唱，
爱情喜乐，对我而言，
什么气候都是一样。

3 我心里越渴慕爱情，
爱情就离得我越远，
我吃苦哪能不抱怨？
要不是我命运太好，
喜乐与好运总会把
沉积在心头的怨气
一干二净地消除尽。

4 该从家乡送信给我
的那位女人也许是
因为害怕自降身份，
或者在发我的脾气，
还是不情愿、没耐性？
傲慢与冷漠轻易地
在我们之间蔓延开。

5 她再不会乐意施舍
我向她恳求的恩典，

如果我因她放荡而
离开她。我看中别人，
她雍容华贵又纯洁，
让人体验到最稳当、
纯粹和喜乐的爱情。

6 我爱她连她一家族
和所有称赞她的人，
她从不把我当外人，
一见到我就很亲热。
既然我对她不虚假，
她对我殷切的请求
应该不会模棱两可。

7 你大可把我当傻子，
如果看中她还抱怨，
她答应和我更亲爱。

**Mb 31** L'iverns vai e·l temps s'aizina (293, 31)
版本：同上，8 抄本，底本 a1
诗格：7'a 7b 7'a 7b 1c 7c 7c 1d 7'a，9 阕加叠句

1 冬日已逝，天气渐佳，
草木又是一片新绿，
山楂枝上冒出鲜花，
鸟雀也都欢欣鼓舞，
唉咦！

它们为爱情兴奋呀！
各自忙着寻找伴侣，
是呀！
随心所欲、尽情享乐。

2 温和季节来临之际，
寒冷冰霜不再严峻，
在矮树丛和林子里
我听见争吵的歌声，
唉咦！
于是我也着手作诗，
数说爱情如何运作，
是呀！
我要讲他多么跋扈。

3 邪恶之爱招摇撞骗，
煽动青年淫荡之心，
贪图一时阴部之快，
惹得邪恶欲火烧身，
唉咦！
从来没人身陷其间，
无论认真还是好玩，
是呀！
毛发不会给烧焦的。

4 他设陷阱，躲在一边，
专门等待傻子上当，
他以叹气，是或不是，
夹缠不清，向人挑衅，

唉咦！
惹出白、棕、栗色欲望，
嚷着“我干！”“我不干！”
是呀！
把傻子的背脊都磨光。

5 善良之爱带来良药
给他的朋友们治病，
邪恶之爱扰人心智，
送人走上灭亡之路，
唉咦！
只要有钱，爱情就会
对着傻子笑脸相迎，
是呀！
钱花光就请他上路。

6 主妇爱上家里下人，
太不懂得纯真爱情，
像灰母狗和杂种狗
一样发起淫兴杂交，
唉咦！
生出来的势利贵人
既不好客，也不慷慨，
是呀！
就像马克布鲁说的。

7 那人上钩，待在厨房，
用棍捅拨煤炭生火，
痛饮她桶里酿出的

名牌好酒，“主妇优待”，
　　　唉咦！
我知他多从容自在，
把麦粒和糠麸分开，
　　　是呀！
作践了主人的宗谱。
8　与善良之爱做邻居
的人受他接济度日，
得到地位、尊敬、名声，
互相点头，从不争吵。
　　　唉咦！
让他尽兴说真实话，
完全没有半点忌讳，
　　　是呀！
不怕安吉林娜啰唆。
9　我以后作诗再不走
依伯大人那条路子，
因他不肯从善如流，
固执自己愚蠢见解。
　　　唉咦！
我过去、现在、永远说
他吝啬，他诋毁爱情，
　　　是呀！
批评爱情，尽说痴话。
10　我过去、现在、永远说
他吝啬，他诋毁爱情，

　　是呀！
批评爱情，尽说痴话。

**Mb 35** Pax in nominee Domini (293, 35)

版本：同上，9 抄本，底本 K，乐谱在 W

诗格：8a 8b 4a 8c 8d 8c 8d 8e 8f，8 阕。每阕第 6 句最后一字为 lavador（澡堂），指十字军出征地，因教会宣传浴血牺牲可以洗清罪恶，救赎灵魂。这首诗号召十字军西征西班牙。

1 奉主之名，各位平安！
马克布鲁作诗编曲，
　　且听他说，
天上之主出于慈爱
怎样在我们附近为　　西班牙
我们建造了洗澡塘，
除了在海外耶萨法　　东方
那个，就只有这一个，
我要以它劝勉大家。

2 我们人人按照道理
每天早晚都该洗澡，
　　我敢担保。
个个都有机会洗澡。
趁身体还健康无恙，
都应该到洗澡塘去，
因为那是灵丹宝药，

要是死前不去，来世
没有高楼，只有低屋。 天堂、地狱

3 可惜贪婪和不信神
折散了一大伙少年，
　　唉，多可悲，
成群结党投奔他处，
地狱是他们的报酬！
如果还不去洗澡塘，
谁在口眼闭合之前
能够那么自信，以为
死时不会遇见对头。 魔鬼

4 因为知道现在、过去
和未来一切的天主
　　应许我们
皇冠与皇帝的头衔，
发出智慧的光辉在
洗澡塘上大放光芒
远远胜过鸡鸣之星，
只要为他在此地和
大马士革受伤报仇。

5 世上第一个大坏人
该隐的后裔有很多
　　还在此地，
他们全不懂得敬神。
且看谁是他的挚友，
耶稣会以洗澡塘的

奇迹与各位领圣礼，
把迷信占卜和星象
的无知草民都驱逐。
6 只有淫荡好饮之徒，
狼吞虎咽、煽风点火、
　　游手好闲
宵小之辈才留下来！
神要在他的洗澡塘
考验勇敢健康的人，
别人只管把守房子，
用犁深耕自家庄园，
我偏谴责羞辱他们。
7 侯爵在西班牙和此地 普罗旺斯侯爵
所罗门圣殿骑士团
　　挑起骄傲
异教徒的沉重负担，
挽回堕落少俊名声。
海外洗澡塘的丑闻
浇淋得至尊的领袖
威信扫地、垂头丧气，
离群索居，兴致索然。
8 法兰西人违反人性，
如果对神的事说不，
　　我很明白，
安提哥、圭那和沛投
为你的名誉在悲哭。

愿神领伯爵到他的　　　　沛投伯爵基廉八世

澡堂，让他灵魂安息。

愿从坟墓复起的主

保佑普瓦捷和尼欧。

## 瑟可蒙

（Cercamon，1137—1149 年）

### ◎ 小传

瑟可蒙是个来自加斯科尼的歌手，用古体作诗章和牧人诗。他周游世界上能去的地方，因此自称为瑟可蒙（即 cerche-monde，意为寻找世界）。（B/S，第 9 页）

### ◎ 简介

瑟可蒙和马克布鲁传说有师徒关系，一般认为他受马克布鲁的影响，如谴责婚外情。诗歌以爱情的甘苦为主题，如 Cm 4 里“爱情来时甜蜜去时苦，让你时而流泪，时而欢笑”等诗句。从小传可见，早期歌手也作诗，瑟可蒙对诗歌流传的态度也相当开明，如 Cm 6 末阕说的，诗已作成，十分完美，不过，“如果有人演唱得好，还可以继续改善”。其牧人诗已失传，只留下 8 首诗，其中一首作者不明，录于 9 部抄本。

**Cm 3** Qant la douch’aura s’amarcis (112, 4)

版本：Wolf & Rosenstein 本，7 抄本，底本 LD

诗格：8a 8b 8a 8b 8c 8d，9 阕加 2 叠句

1 当清香的空气日渐苦涩，

叶子从树枝上纷纷下坠，

鸟儿叽叽喳喳地在乱叫，
我在这里吟哦叹息，感慨
那紧牢捆绑住我的爱情，
因为我从来没掌握住她。

2 唉！除了受尽折磨之外，
我从没得到爱情的好处，
世上没有像我渴望追求
的东西那么难以得到的，
也没有什么比得不到的
东西更能激发我的欲望。

3 我为一颗珍珠欣喜若狂，
从没如此爱过任何东西。
和她一起时，我瞠目结舌，
不知如何向她倾诉衷情。
离开她时，觉得好像心智
和知觉几乎完全消失了。

4 别人认为最漂亮的女人
比起她来不如一只手套。
每当黑夜笼罩着全世界，
她在的地方却大放光芒。
恳求上帝哪天赐她给我，
或者让我看她怎样就寝。

5 为了她的爱，我白天夜里
都胆战心惊，全身在发抖，
我那么患得患失，连想都
不敢想该怎样向她求爱，

还是先侍候她两年三载，
也许她最后会明白真意。
6 我不死不活，病也治不好，
不觉得疼痛，却苦楚难当，
全怪她的爱情难以捉摸，
不知何时或者能否如愿，
因为让我超升还是堕落，
一切全看她肯不肯施恩。
7 我喜欢给她耍弄得发狂，
整天目瞪口呆，做白日梦，
高兴让她尽情冷嘲热讽，
在人前人后把我当笑话，
因为很快就会苦尽甘来，
如果这样能讨她的欢心。
8 要是她不要我，我还不如
在她收我为奴那天死去，
哎呀！那样死法多么甘美，
那时候她对我脉脉含情，
把我锁在美好的牢笼里，
令我再不想见其他女人。
9 我诚惶诚恐，也十分快乐，
全看我怕她，还是恭维她，
我对她真心，或者假情意，
忠心耿耿，还是诡计多端，
做庸俗小人，或彬彬君子，
艰苦倍尝，还是如愿以偿。

10 莫理他几家欢乐几家愁，
收不收留我一切全由她。
11 瑟可蒙说：对爱情绝望
的人很不适宜出入宫廷。

**Cm 7** Ab lo pascor m'es bel q'eu chant (112, 1a)
版本：同上，抄本 a
诗格：4a 4b 8c 4a 4b 8c 8d 8d 8e，7 阕加叠句，讽喻诗

1 复活节日，
我爱唱歌，
季在初夏，五月降临，
树枝上头
冒出叶子，
唐菖蒲草重泛新绿，
宫中日子与我何干？
我从没靠近过快乐，
宾客也不值得称赞。
2 惹人厌的
坏人、粗人
从爱情处争取到福分
跟好人和
贵人一样，
青春乐事盛况不再，
全被卑鄙下贱取代，

说爱情，情人没人爱，
情妇也没同乐伴侣。
3　我很明白，
已婚男人
还兴致勃勃追女人，
做人情夫，
真太下流，
他们会有什么报应？
就如乡下人俚语说：
弄刀弄剑的人难免
砍伤自己，甚至丧命。
4　负义情人，
依我看来，
吃亏是你，事实如此，
尔虞我诈
互相欺骗，
大伙一窝蜂发神经，
既然你们自找麻烦，
但愿情人和夫妻俩
三人同科被判死罪。
5　末日审判
的法庭里，
你将会受烈火焚烧，
不老实的
恶人骗子
都会尝到万世痛苦，

所有好人坏人都要
受审，对情人不忠的
女人不必向我求饶。

6 和两三个
男人睡觉，
女人从此一文不值。
哎呀！我心
为她忧伤；
神造过最负心的人，
宁愿她从没出生过，
免得做出这种馊事，
让人闲话说到沛投。

7 神圣救主，
让我投宿
于我女主居住之地，
让至尊的
女人和我
以吻缔结忠诚誓约，
愿她赐我承诺过的，
到天明，我满载而归，
气坏那帮嫉妒贱人。

8 朋友，见她时转告她，
她如逾期背约，我就
死定，奉圣尼古拉之名！

# 伯纳特·马提

（Bernart Marti，12世纪中叶）

## ◎ 简介

伯纳特·马提没有小传，其诗以语言丰富、意象奇特见长。受马克布鲁影响，他作诗抨击偷情的丈夫，并且批评沛尔·德·阿尔文涅自夸“完美诗章”。留下9首诗，录在3部抄本。

**BM 9**　Lancan lo douz temps s'esclaire (104, 2)

版本：Beggiato本，抄本a'

诗格：7a 8b 7a 8b 8c 8d 8e，7阕

1　鲜花盛开的季节，
春光明媚、气象开朗，
我听见在树枝上
鸟儿唱起清新歌曲，
向往名誉地位的人
都该谨慎挑选没被
谣言中伤的对象。

2　我挑中一位女郎，
自认从东到日落之西
出自娘胎的从没
有她的相貌身材，
她长得美丽、和蔼可亲，

我爱她爱得快死了，
……[缺行]
3 我从情人处偷得好处，
不觉得做的是坏事。
在她家里赤身裸体
搂抱，爱抚她的腰肢，
觉得皇帝都没有
比我更大的特权
或更纯真的爱情。
4 那些囤积钱财，满口
脏话，刀唇剑舌的人
一心要我离开爱情。
要是上帝听我的要求，
那些听马克布鲁警告，
免受地狱苦楚的人就
没有一个会去洗澡塘。 参加十字军
5 我本来是个纯情爱人，
虽然只是个微贱歌手，
我的情人却没有意思
换人，去另外找个情夫，
她专心一意地爱我，
忍受一切嫉妒恶人
对我做的可恼攻击。
6 我这罪人觉得今年
像只有三天那么短，
想到树林里当隐士，

只要情人与我同去。
我们会以树叶遮身，
在那里度过余生，
不理一切其他事情。
7 唉！求爱的人不该
错过任何月份，因为
一月并不比四、五月
青绿清新逊色丝毫，
爱情对季节一视同仁，
他随时会赐予好运，
人人都该开怀畅快。

## 沛尔 · 罗杰

（Peire Rogier，1150—1175 年）

### ◎ 小传

沛尔·罗杰来自阿尔文涅，是克雷蒙的牧师，人品高尚，英俊潇洒，懂拉丁文，天资聪敏，擅于作诗唱歌。他脱离牧师会，改业为歌手，周游各地宫廷，诗歌颇受赞扬。

他前往纳博讷，到当时很有名声、地位的洱门佳妲夫人的宫廷。她热烈欢迎他，很礼待他。他爱上夫人，为她作各种诗歌，她欣然接受。他称她为“你错了”　。

他在宫廷里住了很久，一般认为他从她那里得到了爱情的快乐，她因此受当地人的批评。因怕人说闲话，她请他上路离开她。他满怀忧思、垂头丧气地去兰波特 · 德 · 奥然迦大人那里，像他作的一首诗说的：

兰波特大人，我来观瞻
你的风采……[ 下略 ](356，367)

他在兰波特大人那里待了很久，也在西班牙好客的卡斯蒂尔国王阿方索、阿拉贡国王阿方索、图卢兹伯爵雷蒙处住过。他活在世上时很受尊崇，后来加入格兰蒙的修道院，在那里逝世。（B/S，第 267-268 页）

### ◎ 简介

沛尔 · 罗杰的诗歌风格明快，内容保守，歌颂谦虚忍耐的美德，诗中之“我”的内心对话是他的一大特色。留下 8 首诗，录在 18 部抄本。

**PR 7** Entr'ir'e joy m'an si devis (356, 3)

版本：Nicholson 本，10 抄本，底本 C

诗格：8a 8b 8b 8c 8d 8e，7 阕加叠句

1 忧愁和喜乐瓜分我，
忧愁夺走睡眠饮食，
喜乐令我欢笑玩耍，
忧愁过去，令我欣慰，
只剩下喜乐，我为
倾慕情人兴奋鼓舞。

2 “我有情人？” “没有！” “肯定有！”
“没有，因为不能跟她玩！”
“任她忸怩，你自己玩吧！”
“是呀！ 太简单，过错在她！”
“她错？ 我说啥？ 嘴巴，你胡说，
敢对娇贵主上如此不敬？”

3 “好夫人，你为什么害死我？”
“你干吗尽说谎给我听，
我没做过得罪你的事！”
“你没？ 我差点死翘翘！”
我真笨，脑子发神经啦，
说这种话，她还要我吗？

4 “我好爱她，向她投降！”
“投降？” “是呀！ 我说过啦！”

“她没发誓，信得过她吗？”
“当然，只要她同意合作，
履行和我的一切约定，
日子就会比以前好过。”

5 我因她快乐、游戏、欢笑，
也因她抱怨、流泪、叹气，
令我难以忍受的痛苦
反而变成双倍的喜乐，
我并不在乎苦多乐少，
因为我嬉笑多于悲伤。

6 我远离亲密的芳邻，
没有人能拆散情侣，
只要我们两情相悦。
无论如何我都爱她，
只爱从她处吹来的风，
虽然就近有人欢迎我。

7 见过她的人都说我
选中了最美的女人，
人人见到她都羡慕，
正视她的人都觉得
在她艳光四射之下，
黑夜变成光天化日。

8 请人把诗带给我主，
下次和她见面以前，
能带给她一点娱乐。

# 理查·德·伯贝姿尔

（Richart de Berbezilh，1141—1160年）

## ◎ 简介

小传和笺注见第六章。现代编者 Varvaro 称他的名字为 Rigaut，并提出不同的作诗时代（1170—1210年）。绝大多数抄本都收有他仅存的9首诗，另有6首也归他名下而作者身份未明，可见极受中世纪听众欢迎。他的故事除了有小传、笺注记载外，还被人用意大利文改写成短篇故事，收入最早的《短篇故事集》。

理查的诗用许多奇特的比喻来表达日趋公式化的情诗内容，如以圣杯传奇的主角珀西瓦尔看见矛枪和盘碟不知发问的失误来比喻诗人望着情妇入神而哑口无言的窘态，他的诗大多值得一读。

RB 2　Atressi con l'orifanz (421, 2)

版本：Varvaro 本，23 抄本，底本 I，乐谱在 GWX

诗格：7a 7b 7b 7c 7c 10a 10a 10d 10d 10e 10e，5 阕加 1 或 2 叠句

1　好像大象那样子，
摔了跤爬不起来，
直到众人齐吆喝，
才把它搀扶起来，
我也学它的模样，
因为我的过失沉重无比。
要是普夷宫廷的排场
和忠诚爱侣的恳请都

扶不起，我永无翻身之日，
我求饶已完全没用，
愿他们去替我求情。

2 要是我不能快乐地
重返纯情爱侣之伍，
我会永远放弃歌唱。
既然一切都已成空，
不如去当隐士度日，
离群索居、任性而为吧！
生命对我只是烦恼痛苦，
喜事让我忧心，乐事令我伤神，
不能像野熊那样，
挨人无情恶打虐待之后
还能康复痊愈，越长越胖。

3 我深知爱神宽大，
定能从轻发落我
爱得过分的错误。
我不像德达鲁斯
扬言自己是耶稣，
异想天开地想飞上天堂，
神却压下他的高傲气焰。
我自傲的不过只是爱情，
因此怜悯一定要帮我忙，
虽然理智经常胜于怜悯，
有时理智道理全不济事。

4 我向全世界公开

谴责自己太多话，
要是我能学世上
唯一的凤凰那样，
自焚之后又复活，
我就自焚；我痛苦极了，
我说过骗人的谎言，
但愿我能叹息流泪，飞升
到青春、美丽、华贵之所，
那里从不缺乏怜悯，
是众善聚集的地方。

5 我以诗代我发言，
去我不敢去的地方，
不敢正眼望见她，
我多么束手无措，
没人能替我说项。
最佳夫人，两年前我躲避你，
现在我悲伤流泪地回来，
像只走投无路的公鹿，
于猎人喧嚷声中等死。
夫人，我也面向你求情，
你却不理睬，忘记往日恩爱。

6 我有位主上，那么仁慈，
在他面前我永不会犯错。

7 美丽的绿宝石……[2 行，只存于 2 抄本，从略]

# 沛尔 · 德 · 阿尔文涅

（Peire d'Alvernhe，1149—1168 年）

## ◎ 小传

沛尔 • 德 • 阿尔文涅来自克拉蒙主教区，人很聪明，精通拉丁文，是个城市居民的儿子。他长得英俊潇洒，作诗唱歌都内行。他是跨过山头外出的第一个好诗人，给这首诗谱的曲调也是最优美的：

时在昼短夜长的季节……（323, 15）

他没作过香颂（canson），因为诗歌当时叫作诗章（vers），不叫香颂，而基柔特 • 德 • 伯尔内尔大人是第一位作香颂的人。他受到所有贵人、贵妇的敬重与推崇，被公认为基柔特 • 德 • 伯尔内尔之前世界上最优秀的诗人。他在诗里极力夸耀自己，却批评其他诗人，像他在一首讽喻诗的一阕里说起自己：

沛尔 · 德 · 阿尔文涅声音嘹亮……（323，11）

他在世上活了很久，都和上流人士来往。达尔菲 • 德 • 阿尔文涅与他同年，以上都是根据达尔菲说的话。他忏悔后去世。（B/S，第 263-264 页）

## ◎ 简介

沛尔 • 德 • 阿尔文涅是最主要的噢西坦诗人之一，自视甚高，以第一位作成“完美诗章”的诗人自居。他的爱情观比较理性，欣赏马克布鲁的节制，不喜过度热情奔放的伯纳特 • 德 • 文特当。有些现代学者认为他借歌颂爱情来歌颂自己，中世纪抄本常把他的作品放在首位，显示他的崇高地位。PA7 是他最有名的诗，也是留下的 20 首诗里唯一存有乐谱的诗，他名下另外 4 首作者未明，主要录在 13 部抄本。

**PA 7** Deiosta·ls breus iorns e·ls loncs sers (323, 15)

版本：Del Monte 本，12 抄本，底本 A，乐谱在 RX

诗格：8a 8b 8a 8b 10c 10d 10c，7 阕加 2 叠句

1 时在昼短夜长的季节，
苍白的天空一片灰暗，
我要费心思发枝放苞，
让新鲜的喜乐开花结果，
因为我见林中密叶落尽，
夜莺、画眉、喜鹊、啄木鸟
无处藏身，挨冻受苦。

2 与此相比，远方爱情的
出现令我欣喜，听我说：
意中人不在身旁时，
上下床都兴致索然，
爱情渴望喜乐，厌弃悲伤，
依我看来，人苦中作乐
一定想和爱情打交道。

3 我眼见心知、深信属实：
爱情令人发胖和消瘦，
欺骗这个，讨好那个，
叫这人啼哭，那人欢笑，
让人发大财或当乞丐，

因此我安分守己，不当
苏格兰或加里西国王。
4 除了忍受，我不知怎么办，
因为使喜乐复苏、
美德降生的人征服了我，
令我在她面前全身发抖，
紧张得无法开口求爱，
唯恐丢了精华，捡到渣滓，
越爱就越发愁，何不放弃？
5 唉！要是她尊贵之心能
猜透我的心意有多好！
我的夫人却剥夺了我
向她求爱的至上能力！
而我又不会拍马奉承，
从来不表露内心情意，
到我老死，她都不知情。
6 她看来多么优雅悦目，
给我心里带来的喜悦，
尤其是给我的好希望，
已让我感到心满意足，
无论多么的窝囊懦弱，
只要看她一眼，我就能
从赤贫一下变成富翁。
7 这是她颠倒众生的
快乐、喜悦和乐趣，
她的声誉日益高涨，

她的欢悦至高无上，
教养、美艳做她后盾，
追求爱情因她增光，
绿的清香，白的如雪。

8　我愿向她称臣，永不离开
她给我加冕的地方，
即使路易把法兰西送给我。

9　乡下人奥德利克从诗中学到，
阿尔文涅人说，人不追求爱情
还不如一串好看的空穗。

**PA 12** Cantarai d'aquestz trobadors (323, 11)[①]

版本：同上，8 抄本，底本 A

诗格：8a 8a 8b 8a 8a 8b，14 阕加叠句

1 我要批评几位诗人，
唱起歌来五花八门，
极差劲却自以为了得，
到别的地方去唱吧，
听来像上百牧人在比赛，
没有一个分得出高低音。

2 沛尔·罗杰专犯这毛病，
就拿他做第一位被告，
他到现在还在唱情诗，
不如回到教堂里捧本
圣诗篇或者端盏燃着
大根蜡烛的灯台好些。

3 第二，基柔特·德·伯尔内尔，
像太阳晒干的山羊皮，
没声没气地呜呜哀鸣，
唱着挑水老妇人的歌，
去照下镜子就会发现
自己还不如朵野蔷薇。

4 第三，伯纳特·德·文特当，
比伯尔内尔略矮一掌，
他的老爹是个好用人，

① 本诗为“诗人榜”诗。

拉得一手好金炼花弓，
他的老妈给火炉加火，
还要到野外搜捡柴枝。

5 第四，来自布利瓦的勒末赞人，
从此地到本尼文之间
的歌手中，他最有乞丐相，
这潦倒汉唱起歌来
真像生病的朝圣者，
连我都差点儿同情他。

6 基廉·德·利巴君，第五，
他的内在外表都猥琐，
沙哑地朗诵自己的歌，
难听得简直就是噪音，
连狗吠都要好听得多，
眼睛好像银币的肖像。 只见眼白

7 第六，格林毛特·高斯马，
本是骑士改行当歌手，
上帝诅咒奖励他、给他
五颜六色衣服穿的人！
因为见到他这身打扮，
有上百人也想当歌手。

8 沛尔·德·蒙佐，第七，
自从图卢兹伯爵给他
一首优美小调叫他唱，
偷他诗的人做了件雅事，
唯一的差错是没裁掉

诗句里多出来的音步。

9　第八，伯纳特·德·赛萨克，
他没有半点好本事，
还到处向人讨小礼物，
我认为他不如块泥巴，
居然向伯特兰·德·喀代拉克
讨件发汗酸的旧大衣。

10　第九位是兰波特大人，
自以为诗作得好极，
我却认为毫无价值，
既不轻快，也没温情，
只能把他当作吹笛
卖艺讨钱的江湖郎中。

11　艾伯·德·散那君，第十，
在情场上颇不得意，
歌倒唱得蛮有味道，
满身俗气、趾高气扬，
人说这讼棍为两分钱，
这里投靠，那里卖身。

12　第十一，贡扎哥·罗以兹，
成天吹捧自己的诗，
还冒充骑士身份，
从没使过刀枪用力
出击，也未穿过武装，
显然只会抱头鼠窜。

13　第十二，是个伦巴第佬，

他叫邻居做胆小鬼，
自己却害怕得要死，
作起小诗倒勇气十足，
词汇的来源驳杂不纯，
人家还叫他做科森真。 恰到好处

14 沛尔·德·阿尔文涅声音嘹亮，
唱高唱低都婉转自如，
在人人面前夸耀自己，
既然要做大家的师傅，
字句最好平易些才好，
否则几乎没人能听懂。

15 诗作成于风笛声中，
在普夷维特，哄笑中戏作。

# 伯纳特·德·文特当

（Bernart de Ventadorn，1147—1170 年）

## ◎ 简介

小传与笺注见第六章。伯纳特·德·文特当是中世纪最有名的诗人之一，以风格明丽见称，歌颂纯情的甜酸苦辣，极受宫廷贵族欢迎，是宫廷诗人的典型人物。留下 45 首诗，全都以爱情为主题，还有很多托他之名的诗，收录于所有主要抄本。

**BV 6** Era·m cosselhatz, senher (70, 6)

版本：Appel 本，15 抄本，底本 ABDEIKQ，乐谱在 GR

诗格：7a 7b 7a 7b 7c 7c 7d 7d，7 阕加 2 叠句

1 如今请诸位贤达
君子给我出主意，
有位夫人给我爱情，
我爱她时日已久，
现在才明确知道，
她另有秘密情人，
与他一起做陪客
真令我无法忍受。

2 我为这件事心烦，
为它伤透了脑筋，
如果同意这种安排，

只会延长我的痛苦，
如果跟她开口抱怨，
我的损失定会加倍，
无论动不动声色，
对我都没半点好处。
3 要是我爱得没体面，
人人都会瞧不起我，
大多数人都会认为
我纵容她，额上长角，　　戴绿帽子
要是放弃她的友情，
我又确实觉得爱情
被剥削了，愿上帝再
不容许我作诗唱歌。
4 既然我给逼得发疯，
如果不两害取其轻，
我就真是个大傻瓜。
依我看来，分到一半
已划得来，总要好过
傻兮兮地全盘皆输。
我从没见过吃醋的
情人得到爱情好处。
5 既然夫人想要另结
新欢，我也不反对她，
心存顾忌只好迁就，
倒不是为其他原因；
如果不情愿的服务

都能得到报酬，在下
原谅她这么大过错，
实在应该得到奖赏。

6 她明媚闪烁的眼睛
一直对我脉脉含情，
如果同样注视别人
她的过错就太大了；
不过，我已非常荣幸，
因为在座成千嘉宾，
她对我比对周围的
其他人都更加眷顾。

7 我以流下来的泪水
写了上百首问帖，
寄给那位最优雅、
最迷人的美人儿。
我后来经常回想
分手时她的表情，
只见她蒙着脸，不知
该对我说是或不是。
夫人，公开爱别人，
私底下爱我吧！
只要我得到所有好处，
让他尽听些好听话！

8 加西尔噢，如今为我
唱这首歌，替我传带给
我在他乡的“使者”，

请他给我出点主意。

**BV 15** Chantars no pot gaire valer (70, 15)

版本：同上，抄本 ACDGIKPa

诗格：8a 8b 8a 8c 8c 8d 8d，7 阕加 2 叠句

1 诗歌一点也没价值，
要是不打心底唱起；
诗歌无法来自心底，
除非有真心的纯情；
我的诗歌高人一等，
因为我身心嘴眼全
专注于爱情的喜乐。

2 愿上帝千万别赐我
不渴望爱情的能力，
即使我从没有收获，
每天只带给我痛苦，
至少有颗善良的心，
因为我心忠诚热爱，
将获得更大的喜乐。

3 蠢人出于无知批评
爱情，却损害不了他，
因为爱情不怕破坏，
除非是庸俗的爱情。
那不是真正的爱情，

只是唯利是图之辈
有名无实的假货色。
4 如果要我说明事实,
我知道欺诈的来源,
全是那帮贪爱财物、
出卖色相的婊子。
我宁愿撒谎造假也
不愿说出可耻的事,
不撒谎令我好为难。
5 纯情爱侣之爱在于
两相情愿,和睦相处,
要是志不同、道不合,
什么好事都办不成,
只有天生的大笨蛋
才责怪爱情的欲望,
对他提非分的要求。
6 我最向往想见的佳人
对我笑脸相迎的时候,
我就满怀美好的希望;
她华贵、亲切、诚恳、忠贞,
连君王都因她得保障,
她美丽大方、体态婀娜,
使我从赤贫变成巨富。
7 我最爱她,也最怕她,
天下没事难得倒我,
只要能讨我主的欢心。

她以明眸柔情注视我
的日子就有如圣诞节，
她频频眷顾我，让我
觉得一天有如百日。
8 对懂诗的人，这首诗真
完美、自然，作得真好，
对向往喜悦的人就更好了。
9 伯纳特·德·文特当作诗，
吟诵成章，希望以此寻乐。

**BV 23** La dousa votz ai auzida (70, 23)

版本：同上，抄本 CDGIKRVX

诗格：7’a 7’b 7’a 7c 7’d 7’d 7c 7’b，7 阕加叠句

1 来自荒野夜莺
清新的啼声
涌入我的心头，
减轻了爱情给我的
焦虑与虐待，
让我感到温香。
我在忧伤中仍旧
需要另一种喜乐。

2 不沉醉于喜乐，
不把心和欲望
指向爱情的人
全属卑鄙下流之辈，
万物纵情欢乐之时，
草地、牧场和果园，
平原、田野和森林，
到处洋溢着歌声。

3 哀哉！我远离正途
而且被爱情遗忘，
仍想分享点喜乐。
无奈我满腔怨愤，

不能顺季节行乐，
也不知何处藏身。
我如果口出谰言，
请不要怪我轻率。
4 有个虚伪的泼妇，
出身低贱的骗子，
欺骗我也受欺骗，
拿鞭子抽打自己。
别人问她缘由时，
过错全怪在我身上，
最窝囊的人都比我
耐心等待更有收获。
5 我殷勤地服侍她，
她却对我有二心，
既然她对我无情，
服侍她可太愚蠢，
光做没报酬的事和
不列颠人的盼望一样， 如亚瑟王之复活般希望渺茫
一旦成了风气，
主子只好当奴才。
6 既然她对我不义，
我脱离她的管辖，
不在她附近走动，
从此不再跟她说话。
可是，有人跟我说起她，
我又挺喜欢他的话，

热心快乐地听，
直到心花怒放。

7 愿上帝赐恶运给
恶意中伤的人，
要是没人挑拨是非，
我仍会享受爱情之乐。
蠢人才和主上争吵，
要是她原谅我，我也原谅她，
全是那些扯淡的家伙
教唆我对她口出谰言。

8 柯蓉娜，替我把这首诗
带给纳博讷我夫人，
因为她一切都很完美，
没人能对她口出谰言。

**BV 43** Can vei la lauzeta mover (70, 43)[①]

版本：同上，20 抄本，诗阕秩序依抄本 AGLPS，Appel 本秩序是 12467358

诗格：8a 8b 8a 8b 8c 8d 8c 8d，7 阕加叠句，乐谱在抄本 GRW

1 当我看见云雀振翼
快乐地迎向阳光，
因涌入内心的喜悦
而浑然忘我下坠，
唉咦！我多么嫉羡
眼前快乐的人们，
我的心没被欲望
融化掉才奇怪呢！

2 哀哉！我以为精通
爱情，却所知有限，
因为我情不自禁，
爱上不爱我的女人。
她拥有我和我的心，
拥有全世界却
夺走一切，只给我留下
欲念和渴望的心。

3 我对所有女人绝望，
永远不再信任她们，
以前怎样抬举她们，

① 本诗即“云雀诗”。

现在照样贬低她们，
因为不见一个帮手
阻止她消灭摧毁我。
我怀疑害怕所有女人，
认为她们全都一样。

4 同情心真已消失，
我不知它是什么，
连最应该有同情心的人
都冷酷，我到哪里去找？
唉！你看她多么残酷，
明知我渴求得可怜，
没有她就永无幸福，
她却见死不救。

5 既然我主对恳求、同情
和我的权利全然不顾，
也不高兴让我爱她，
我从此绝口不提她，
就此放弃，与她分手。
她要我死，我就死给她看，
她不留我，我就离开她，
凄凉、放逐到天涯海角。

6 自从我凝视她的双眼，
那面我最喜欢的镜子，
我就失去自制的能力，
从那刻起我身不由己。
镜子！自从照见了自己，

我常叹息，几乎死去，
像英俊的那喀索斯自杀
于清泉边，害死自己。

7 这件事情上，我全怪
夫人做事像一般女人，
不爱做她该做的，
却专做不该做的事。
我和她闹翻失宠，
办事有如傻子过桥， 不懂得下马，不识相
我不懂怎会如此，
也许我太过高攀了。

8 特里斯坦，我与你诀别了，
就此离去，放逐海角天涯，
我从此捐弃诗歌，
与喜乐、爱情告别。

# 兰波特·德·奥然迦

（Raimbaut d'Aurenga，1144 年生，1173 年卒）

## ◎ 小传

兰波特·德·奥然迦是奥然迦、科提森和许多城堡的主人，练达博学，口才无碍，是个优秀的武装骑士。他很喜欢和高尚妇女交往，对她们献殷勤。他作得一手好诗，最拿手的是押险韵和隐晦的韵。

他长期爱一位来自普罗旺斯的贵妇，名叫玛利亚·德·维特菲尔夫人，在诗里称她为“歌手”。他们彼此相爱很久，他为她作了多首好诗，做了其他好事。

后来他爱上了乌吉尔伯爵夫人，她是伦巴第人，布斯卡侯爵的女儿，在所有乌吉尔的贵妇中，她最受尊敬与爱戴。兰波特没见过她，只听说她的美誉就爱上她，她也爱他。他为她作诗，派一个名叫“夜莺”的歌手把诗送给她，其中一首这么说：

夜莺好友，
你虽然很悲伤，
为我的爱情开怀吧！
把一首轻快小诗当礼物，
即刻给我带去
乌吉尔那里，
交给高贵的伯爵夫人。（无编号）

他和伯爵夫人相爱甚久，却从没见过她，也没勇气去见她。我听她说过，要是他去了，她会让他用手背抚摸她的光腿，叫他开心。

兰波特这样爱她，死时没有子嗣，奥然迦城传给两个女儿。[下略]（B/S，第 441-442 页）

◎ 简介

兰波特·德·奥然迦是首位出自普罗旺斯的大诗人，以作诗技巧创新闻名，小传已经提到。除了发明各种新颖的诗格之外，兰波特喜做高难度的试验，如在全诗每阕同一行用同一个韵字（RA 32, 38），全诗每行都用同一个字（RA 36），或每两阕里每行都用同一个字（RA 35），全诗每阕使用同样 8 个韵字（RA 39）。他虽然是南方的大贵族，却入不敷出，经常典当家产，29 岁去世时，几乎一文不名。他的诗风上接基廉九世与马克布鲁，特立独行，文字晦涩，后来受基柔特·德·伯尔内尔的影响，也作清淡平易的诗。他在形式上的创新，如诗格与韵组的变化，开启了后来阿诺特·但尼尔的浓丽、晦涩风格。他留下了 39 首诗，另有 2 首归于他名下，抄录在 15 部主要抄本里。

**RA 27** Non chant per auzel ni per flor (389, 32)

版本：Pattison 本，2 抄本，底本 A

诗格：8a 7'b 8a 7'b 8c 7'd 8c 7'd，6 阕加叠句

1 我不为花和鸟歌唱，
也不为冰雪或寒霜，
甚至不为天冷天热，
不为草地重新青绿，
现在将来都不歌唱，
不为任何其他喜乐，
只为我热爱的夫人，

因为她是绝世佳人。

2 如今我离开了生平
遇见的最坏的女人，
爱上世界上最美丽、
最受人尊敬的夫人，
只要我还活着一天，
就再没有别的情人，
因为，依在下的看法，
她对我也颇有好感。

3 夫人，我会倍感荣幸，
如果你肯赐我特权，
让我在被褥下赤裸
搂抱住你，因为你比
百位佳人还要可贵，
我并没有过分夸张，
光这么想，我心里就
比当皇帝还要快乐。

4 无论命运如何安排，
我奉她为主上夫人，
因为饮了爱情秘药，
只能永远秘密爱你；
当温柔美丽的伊索尔特
给特里斯坦爱情，他爱得
身不由己，我也一样
爱我夫人，永不放弃。

5 我的福气胜过一切，

要是伊索尔特给情人
的内衣也能送给我，
因为从来没人穿过；
特里斯坦，你珍惜的礼物
也是我梦寐以求的，
如果我的爱人肯给我，
我才不羡慕你，好兄弟。
6 夫人，你看上帝怎样
帮助享受爱情的女人，
伊索尔特当时非常害怕，
后来很快得到援助，
结果让她丈夫相信
从没让生自母胎的人
碰过她身体，现在
你也可以如法炮制。
7 咖莉斯蒂，从我夫人
所在的地方给我
带来喜乐，她给我的
喜乐是无法形容的。

**RA 31** Ara·m platz, Giraut de Borneill (389, 10a)[①]

版本：同上，4 抄本，底本 Da

诗格：8a 8b 8b 4c 4c 8d 8d，8 阕加 2 叠句

1 基柔特·德·伯尔内尔，
我想知道你到处批评
朦胧诗，道理何在？
　　请告诉我，
　　你尽吹捧
一些通俗流行的东西，
难道优劣全都一样吗？

2 林奥尔大人，我不反对
各人凭自己爱好作诗，
不过，这是我的看法：
　　诗会更受人
　　热爱尊敬，
如果人人都能够欣赏，
请不要误会我的意思。

3 基柔特，我不要把诗弄得
好坏不分，更不要大人、
小人、好人的一致好评，
　　绝对不要
　　愚夫称赞，
他们不识货、也不关心
最珍贵有价值的东西。

① 本诗为争论作诗难易的辩论诗。

4 林奥尔，如果我为此失眠，
把赏心乐事变成苦差事，
好像我怕得到好评似的，
　　作诗干吗？
　　如果不要
人人一听见就立刻能懂，
诗歌还有什么其他价值？
5 基柔特，只要能精心制作、
拿出、吟诵最好的诗歌，
我不在乎它不普及流传，
　　俗不可耐，
　　毫无价值，
就像金子比盐更加贵重，
一切诗歌也都应该如此。
6 林奥尔，你是辩论高手，
专爱抬杠的纯情爱人，
说得我越发不开心，
　　我的高调
　　给粗鲁歌手
乱唱一通糟蹋掉算了，
既然上流人士不屑一顾！ 原文为付财产税的人
7 基柔特，有上天与太阳
普照大地的日光为证！
我不知道我们吵什么，
　　我连身世
　　都弄糊涂，

专心只想一件自然的乐事，
别的事情就全没放在心上。
8 林奥尔，要是我追求的人
用盾牌红的一面对着我， 与我为敌
我就要大叫“上帝救我！”
　　真是蠢材，
　　胡思乱想
令我怀疑她对我不忠，
还记得她任用过我吗？
9 基柔特，真可惜，圣马修的！
你圣诞节时得离开这里。
10 林奥尔，我要到一个
富贵王朝那里去。

**RA 39** Ar resplan la flors enversa (389, 16)

版本：同上，11 抄本，底本 C

诗格：7'a 7'b 7'c 7'd 7'e 7'e 8f 8f，6 阕加 2 叠句，每阕用秩序相同的 8 个韵字，韵字有两种文法词类，每隔一阕使用一种。此外，阕间另有内韵相连。

1 啊！灿烂的花朵倒悬
于危崖峭壁与丘陵间，
什么花朵？只是冰雪
和割刺伤人的寒霜。
我见枝干树叶之间

吱喳啼叫歌声寂灭，
喜悦令我长青快乐，
如今眼见恶人枯萎。

2 我把一切倒转过来，
丘陵好像大好平原，
又把冰霜当作花朵，
只见热气渗入冷气，
打雷乍听有如歌声，
枝上看来长满叶子，
我的喜悦如此牢靠，
看不出有任何不妥，

3 唯有那些在丘陵间
长大，颠三倒四的人
比寒霜更能伤害我，
人人用利舌刺割人，
窃窃私语、说人闲话；
鞭打棍捶、出言威胁
全都没用，他们尽管
做大逆不道的恶事。

4 如今我倒过来吻你，
夫人，无论丘陵、平原、
冰霜都阻止不了我，
可惜无能打断我为 阳痿
夫人你的歌唱啼叫；
你的妙目是条鞭子
策励我快乐地奔跑，

叫我不敢心术不正。

5 我像倒过来的狂人，
搜遍山崖深谷、丘陵，
痛苦得像个被寒霜
冰冻折磨割伤的人，
歌唱啼叫哪能说服我，
鞭子都管不了笨学生，
如今赞美神，喜乐收容我，
不理恶人挑拨是非。

6 我的诗几经颠倒之后，
森林丘陵都挡不住它，
去那个不觉得有冰霜、
寒冷不能伤人的地方，
向我主朗声歌唱啼叫，
让诗在她心里长出根茎；
只有快乐的人才能歌唱，
低劣的歌手并没这本领。

7 亲爱的夫人，让爱情与喜乐
撮合我们，别理会那些坏蛋。

8 歌手，我的欢乐实在太少！
因为不见你，我满脸愁容。

# 阿泽蕾·德·泊茄拉格

（Azalais de Porcairagues，约 1173 年）

## ◎ 小传

阿泽蕾·德·泊茄拉格来自蒙彼利埃地区，是位有教养的贵妇。她爱上贵·果尔杰大人——基廉·德·蒙彼利埃的弟弟。她擅长作诗，为他作了许多好诗。（B/S，第 341 页）

## ◎ 简介

少数有小传的女诗人之一，只留下一首诗，因诗中提及奥然迦，学者认为她和诗人兰波特有诗歌上的来往。其诗录在 7 部抄本。

**W 27** Ar em al freit temps vengut (43, 1)

版本：Rieger，6 抄本，底本 CDIK

诗格：7a 7’b 7a 7’b 7c 7c 7’d 7’d，6 阕加叠句

1 如今寒冷天气降临，
到处是冰雪与泥泞，
小鸟儿全闷不吭声，
没有一只试着歌唱，
矮树丛的枝干枯干，
上头没有花和叶子，
五月里唤醒我灵魂
的夜莺也不再啼鸣。

2 我心里头一片迷惘，
因此与所有人疏远，
我知道得来不易的
东西也很快会失去；
我竟哑口无言，因为
来自奥然迦的悲伤
令我惊慌失措，几乎
失去我一切的慰藉。

3 和位高于小领主的
富人打交道的女人
把爱情放错了地方，
那样做得愚蠢之至。
维雷的人有个说法：
爱不能和金钱交混。
女人要是以此出名，
我觉得她丢尽了脸。

4 我有个尊贵的朋友，
地位凌驾所有贵族，
他对我没欺诈之心，
诚心把爱情交给我，
我的爱也全在他身上。
谁胡说我话不真实，
愿上帝赐给他霉运，
我对此非常有把握。

5 亲爱的朋友，我诚心
答应永远归属于你，

彬彬有礼，笑脸相迎，
只要你不过分要求，
我们很快可以一试，
我把自己交你处置，
你已答应过我，不会
要求我做不贞的事。
6　愿上帝保佑贝尔佳，
尤其照顾奥然迦城，
格洛利塔城和城堡，
和普罗旺斯的领主，
和所有祝福我的人，
和雕满战功的凯旋门。
我失去终身的爱人，
将会永远为他悲伤。
7　满心快乐的歌手，
把我作完的歌儿
带去纳博讷交给
青春喜乐的佳人。

# 蒂雅伯爵夫人

（La Comtessa de Dia，12、13 世纪之交）

## ◎ 小传

蒂雅伯爵夫人是基廉 · 德 · 沛投大人的妻子，一位美丽善良的好夫人。她爱上了兰波特 · 德 · 奥然迦大人，为他作了多首情诗。（B/S，第 445 页）

## ◎ 简介

蒂雅伯爵夫人生平不可考，诗中主动、坦白的爱情备受现代读者欢迎。留下 4 首诗，录于 15 部抄本。

**W 36** Estat ai en greu cossirier (46, 4)

版本：同上，5 抄本，底本 A

诗格：8a 8b 8b 8a 7'c 8d 8d 7'c，3 阕不全？

1 从前我有一位骑士，
我为了他忧心忡忡，
我要大家明确知道，
我爱他爱到无以复加。
如今发现我自欺欺人，
因为我没给他我的爱；
我在床上和衣而睡，
不禁感到无限的悲伤。

2 我好想整夜光着身
双臂搂抱我的骑士，
即使把我当作枕头，
都会令他欣喜欲狂，
弗罗利装扮白兰花 罗曼史里著名的爱情故事主角
都没他打扮我那么漂亮，
我把心肝、爱情、理智、
眼睛、生命全给了他。

3 英俊潇洒的好朋友，
我何日才能占有你，
和你整夜一起睡觉，
热情地给你一个吻？
我真的好希望你能
取代我丈夫的位置，
只要你应承替我做
一切我想要做的事。

# 卡斯特罗萨夫人

（Na Castelloza，13 世纪初）

## ◎ 小传

卡斯特罗萨夫人来自阿尔文涅，是位贵妇，是图尔克·德·麦隆纳的妻子。她爱阿尔曼·德·布利昂大人，为他作情诗。她是位很快活、有教养和漂亮的夫人。以下抄录的是她的诗。（B/S，第 333 页）

## ◎ 简介

女诗人生平不详，与达尔菲·德·阿尔文涅宫廷有关系，留下 4 首类似弃妇吟的情诗，其中一首在抄本上没有作者姓名。其诗录在 5 部抄本。

**W 31** Mout avetz faich lonc estatge (109, 3)

版本：同上，6 抄本，底本 A

诗格：7’a 7b 7’a 7b 7’c 7d 7d 7’c 7’e 7’e，5 阕

1 你出走以后，朋友，
我已很久没见到你，
你对我实在太残忍。
你跟我海誓山盟过，
有生之年，除我之外
你不会要别的情妇。
要是你爱别的女人，

就等于出卖害死我，
因为我还存着希望，
你毫无疑问会爱我。
2 好朋友，因为喜欢你，
我以真诚之心爱你。
我知道这样做很笨，
使你更加与我疏远。
我可从没欺骗过你，
即使你对我恩将仇报，
我仍然爱你，毫无怨言。
爱情使我不知所措，
没有你的爱，我不信
我这辈子能够幸福。
3 对其他有情夫的女人
我做了很坏的榜样，
因为通常只有男人寄
文绉绉的情书给情人。
朋友，凭信心发誓，
我向你求爱从未得到
满足，可是身不由己。
最高贵的女人都会
为得到你的亲吻或
友情感到万分荣幸。
4 诅咒我，如果我变心
或者对你不忠！
无论对方出身如何，

我从没想过要情夫。
你忘记我们的爱情,
我心里才悲伤疼痛,
你再不给我点快乐,
我很快就要命丧黄泉,
女人会死于小病,
如果不给她施针放血。
5 因为你与我疏远,
我忍受一切伤痛。
我全家都欢迎你,
尤其是我的丈夫!
既使你对不起我,
我也诚心原谅你,
只求你到我这里
来听听我这首诗。
我可以跟你保证,
有张笑脸等着你。

# 基柔特·德·伯尔内尔

（Giraut de Bornelh，1162—1199 年）

## ◎ 简介

小传与笺注见第六章。小传称他为行吟诗人中的大师，但丁封他为正义诗人，他在中世纪的地位很高，诗歌数量在 20 多部抄本里高居首位，小传数量也多名列前茅。留下 75 首诗，加上几首归他名下但作者身份不明的诗。基柔特多才多艺，各种诗体风格都有佳作，在诗歌结构上屡有创新，如增加每阕的行数，减少每句的字数，并发明了情诗—讽喻诗的混合体。诗歌内容虽以爱情主题居多，也有不少讽喻诗。

**GBo 5** Ailas, co muer! —qe as, amis? (242, 3)

版本：Sharman 本，6 抄本，底本 a

诗格：8a 4a 4b 8b 8c 8c 2d 8d 4e 8e 8f 8f，5 阕 2 叠句

1 ——哎呀！ 我死啦！——朋友，怎么？
——我被出卖了！
——为什么呢？
——因为有天我爱上一个
向我抛媚眼的女人。
——你就为此忧心？
——是呀！
——你对她爱情专一吗？

——我爱得不得了！
——你爱得要死吗？
——是呀，一言难尽！
——为什么这样死法？
2 ——因为我太害羞老实。
——没求过她什么？
——我？上帝！没有！
——你干吗紧张兮兮的，
连她有意无意都不知道？
——大人，我害怕得很呢！
——害怕什么？
——爱她的心叫我害怕。
——你大错特错了，
你以为她会主动找你？
——不，可是我没勇气。
——那你有苦头可吃了。
3 ——大人，你有什么主意？
——又好又斯文的！
——说给我听听！
——赶快到她面前去
向她求爱！
——不会太冒昧吗？
——没关系！
——要是她大发脾气呢？
——耐心点，
好耐性终究会成功！

——要是妒夫发现了呢？
——那你们就得谨慎些。
4 ——我们？——当然！——除非她肯！
——一定肯！——怎会？——信不信由你！
——我当然信！
——你的快乐一定会加倍，
只要你别怕，放胆说话。
——大人，我觉得愁苦
得要命，
——我们有苦就得同当。
愿你保持
现在的决心和勇气。
——是的，还有我的大好希望。
——千万要好好说服她。
5 ——我不懂得怎样说服她。
——你说，为什么？
——我只会盯着她。
——你不会跟她说话？
怎会如此失魂落魄？
——是的，只要在她面前。
——你就昏了头？
——是呀，全都糊涂了。
——爱昏了头的人
个个都像你这般模样。
——是的，我得镇静我心。
——快去，别再拖拉了！

6 爱情教我一件
众人皆知的事：
贪恋得要死的人难度日，
我怎能不怪我的心？
7 及时行乐吧，
朋友，趁没人知道，
免得失去你的宝贝，
时机稍纵即逝。

**GBo 25** Ges de sobrevoler no·m tuoill (242, 37)

版本：同上，10 抄本，底本 K

诗格： 8a 8b 8b 8c 4c 8d 4d 8e 8f，7 阕 2 叠句

1 我摆脱不了无边欲望，
在满树花叶茂盛的季节，
夜莺在矮树丛间歌唱，
我的欲望随着春天高涨，
喜乐因此远逸。
热烈追求非分之想的人
难免会把
中庸之道取得的赢利
变成对己不利的亏损。
2 每逢新叶出现的时分，
我都鼓起双倍的勇气。
如今我不得爱情恩宠，

清新的天空和嫩草都
令我心寒。
她一直吸引我去追求
不可得的，
我每次往前跨进一步
就会反而落后两步。

3 既然命运不帮我忙，
何不放弃这股欲望？
——因为从未见过纯情爱人
有能力放弃爱情的，
我已奋力
奔上无人理睬的道路，
天黑以前
我的欲望已涨了双倍，
没这份情事该有多好。

4 要是我抱怨他羞辱我，
只奖赏狡猾的骗子，
不理我纯朴老实人，
岂非对爱神大不敬？
别多说了！
我该万分感激他才是，
他让我爱上
如此佳人，光是向往她
已给我一千年的荣幸。

5 我却不谢他，她不欢迎我，
不让我做她的追求者，

上帝，我实在有点怕她，
她虽然随和，悠闲自在，
偏偏欺负我，
事实越来越明显，也越
令我绝望，
她言辞优雅，和颜悦色
只对我苛刻严峻，目空一切。
6　要是我回到艾瑟堆尔，
情况只会越来越糟，
她不会看任何大爷贵妇
的面子减轻我一分负担，
反要生气，
一旦知道她应该帮我忙，
我真担心
她帮倒忙，破坏我的名誉，
因为她已诋毁过我的诗。
7　不过，目前这首诗模仿
行吟诗人林奥尔作法，
不要以为我王婆卖瓜，
如果我出口妙语如珠！
“藤茎”①，
她的诗歌见识吸引我，
因此希望，
如果我说实话而自夸，
诗中道理能帮我辩解。

① 是诗人对情人的昵称（senhal），本诗阙奉承情人精通诗艺，懂得诗人情意。

8　我那边碰钉子，这边受折磨，
　不知怎样做个快乐的情人。
9　我倒非常希望弗兰度国王
　和阿方索国王垂听我的诗。

**GBo 33** A penas sai comenssar(242, 11)

版本：同上，6 抄本，底本 B

诗格：7a 7b 7b 7c 7d 7a 7a，7 阕加叠句

1　我想作首浅易的诗
　却不知该怎样开头，
　从昨天我就在思考
　怎样作一首内容
　人人都能听得懂
　而且容易唱的诗，
　我纯粹为娱乐作诗。
2　我当然能作晦涩诗，
　可是，诗不能雅俗共享
　怎能算得上完美，
　不管谁高不高兴，我爱
　大家用沙哑或嘹亮的
　声音争相传颂我的诗，
　听见歌被带到水泉边。
3　我几时想作朦胧诗，
　相信都不会有对手，

因此，我更有必要
作一首浅易的诗，
因为我想，主题明显
和用字严谨一样
需要极高的才智。

4 可是我已心不在焉，
我爱上却不追求她，
因为光是用心想她，
我知道已经冒犯她。
我该怎么办？ 勇气来
叫我去向她陈情，
恐惧叫我打消念头。

5 如果能找到信差，
我很想给她送个信，
可是我怕她责怪我
差别人去跟她说话，
因为让外人传带出
有个人隐私的信息
并不是有教养的事。

6 我的心那么向往
她的绝世天姿，
我得努力克制自己
不催马赶去她那里。
恐惧随之令我彷徨，
弄得我束手无措，
一下子勇气全消。

7 我永远忘不了她，
她多么令我心醉，
谁劝我另谋出路，
让他倒霉倒到家。
我一心只想念她，
谁都最好别管我，
让我独自去想她。
8 想念她能救我的命，
自从见到她，我再不能
爱或珍惜其他东西。

# 基廉 · 德 · 伯贵达

（Guillem de Berguedan，约 1138—1192 年）

## ◎ 小传

基廉 · 德 · 伯贵达是加泰罗尼亚的贵族、伯贵达子爵、马多纳和利耶克城主、英勇善战的骑士。

他和比他富强的雷蒙·福克·德·喀多纳打仗，有一天他巧遇雷蒙，以不正当的手段杀了雷蒙。由于雷蒙大人之死，他失去家产。他的亲友长期接济他，但后来全都撒手不理他，因为他侮辱他们和他们的妻女姊妹。再没人肯跟他来往，除了当地的大贵族阿诺特 · 德 · 卡斯特本大人。

他作得一手好讽喻诗，用来诽谤或恭维别人，对所有让他求爱的女人高谈阔论。他在战场上与情场上都有得意和不得意之处，后来被一个步兵杀死。（B/S，第 527 页）

## ◎ 简介

这位加泰罗尼亚小贵族的诗里充斥着猥亵残暴的意象，有骑士的专横霸道气派。诗人的个性相当突出，只举最平凡的一句为例，在 GBe2 结束时，诗人说他的“情妇是纯金，她丈夫是粪便”。留下 31 首诗，抄录在将近 20 部主要抄本里。

**GBe 25** Arondeta, de ton chantar m’azir (210, 2a)

版本：Riquer 本，2 抄本，底本 a1

诗格：10a 10a 10’b 10’b 10’c 10’c，6 阕

1 小燕子，你的歌令我心烦，
你想要什么，不让我睡觉？
你吵我，我不知怎么回答，
渡基荣达河之后我一直不舒服，
你也没带来“好希望”的问候
或信息，我听不懂你的话。
2 大人老友，你的情妇催促
我来，因为她很想念你，
恨不得像我一样是只燕子，
你离开她床边已有两个月，
因为她人地生疏不认得路，
所以派我来打听你的心意。
3 小燕子，我应该客气欢迎你，
更加尊敬、爱护、接待你，
愿怀抱世界的上帝救赎你，
他创造了天地和海洋、深渊，
要是我对你说过不敬的话，
请你原谅，千万不要责怪我。
4 大人老友，你的情妇叫我
来你这里，要我发誓应承
提醒你千万注意隐藏好
那枚外套饰针和金戒指，
她当时把这些厚礼加上
亲吻作为恩待你的信物。
5 小燕子，我不能离开国王，
必须跟随他到图卢兹去，

我向你保证，无论谁不高兴，
我要在基荣达河边的草原上
把蒙佐丹挑落到绿草地上，
我不觉得自大或出言不逊。

6 大人老友，愿上帝祝你成功，
万事如意，你没欠我什么，
我走时，没人剥我皮拔我毛，
……[缺行]
等她知道心上人又去他乡，
她的心情会沉重、难受、郁悒。

## 福尔克·德·马赛

（Folquet de Marselha，1179—1195 年）

### ◎ 简介

小传与笺注见第六章。诗人父亲从商，家境富裕。诗人作诗成名，与南方诸侯及其他诗人交往密切。其诗词与音乐都是一等的，每首诗的形式都不一样。为最受欢迎的大诗人之一，是唯一置身于但丁的《天堂篇》的噢西坦诗人。后来放弃作诗，加入修道院，成为院长，人称图卢兹主教，镇压南方异端，帮助多米尼克成立门派，创办图卢兹大学。

留下 18 或 19 首诗，抄录在大多数抄本里。

**FM 5**　En chantan m'aven a membrar (155, 8)

版本：Stronski 本，20 部抄本

诗格：8a 8a 10b 4b 8c 10c 4c 8c 10d 10d，5 阕 2 叠句

1　唱歌有时令我回想起
想以歌唱忘却的往事，
把爱情的辛酸痛苦都
唱到全淡忘，
可是越唱回想起越多。
嘴里再没别的话可说，
只求你施恩，
因为看来这是千真万确，

夫人，你的肖像在我心里
一直督促我爱情要专一。
2 既然爱神这般厚待我
让我心里挂着你的像，
求你施恩，别让它着火，
我为你倒
比为自己还要担心害怕。
因为，夫人，我心中有你，
我心受苦，
你在里头也被连累遭殃。
我的身体就任凭你处置，
只要你把我的心当作家。
3 我一心尽管爱护你，
把身体理性都弄丢，
心机聪明才智全失，
除了错误，
没给身体留下任何心智。
弄得经常有人跟我说话
和打招呼，
我都毫无知觉，充耳不闻，
问候我的人可不要怪我，
要是我没办法和他寒暄。
4 不过身体也不该责怪
心灵给它造成的损害，
它得投靠最受尊敬的
主人，脱离

那个尔虞我诈的地方，
正义终于回到主人家。
我却不信，
除非恩慈帮我，她肯屈尊
进入我的心，不用重礼而
肯垂听我真诚的诗歌。
5 要是你肯垂听我的歌，
夫人，我定会得到怜恤。
不过，我得忘记她的富贵
和我从前
为她所作的赞美佳言，
因为赞美带给我苦难
甚于幸福，
使我的热情增长复燃，
像火给煽动就烧个不停，
不煽动很快就会熄灭。
6 我可以安心死去，
“磁铁君”，毫无怨尤，
即使我的痛苦像棋盘上
的方格子一个个地倍增。
7 歌儿，快点儿
去蒙彼利埃替我
对基廉大人说，如果一切顺利，
祝他声誉日隆，请他原谅我。

**FM 11** Sitot me soi a tart aperceubutz (155, 21)

版本：同上，21 抄本，底本 A

诗格：10a 10’b 10’b 10a 10’c 10’c 10d 10’e，5 阕 2 叠句

1 虽然我觉悟已经太晚，
像输得精光的人发誓
不再赌博，我仍旧庆幸，
因为我终于看穿爱情
给我设下的大骗局：
他以慈颜悦色迷惑我
十几年，像赖账的人
满嘴答应，却从不还钱。
2 虚伪的爱以慈眉善目
吸引勾搭愚蠢的情人，
像灿烂光芒引得天性
愚昧的飞蛾扑入火中。 原文为蝴蝶
我只好放弃，另谋出路，
待遇太差，不得不离开，
学甘心受苦的乖模样，
怨气冲天，却低声下气。
3 我虽然愤然作诗宣泄
我的怒气，他却不认为
我说话样子毫无节制，
明知我已不受他控制，
仍想有天能笼络住我，
因此他任我为所欲为，

免得像价值连城的马
被过分鞭策反而受伤。
4 我虽然怨愤，还懂得自制，
任性而为的人总会做出
极蠢的事，如果遇到对手，
不巧还会给人家打败，
输给弱者就更加可耻，
因此我不能过分自大。
不过，谨慎也得维护尊严，
谨慎而受辱岂不更愚蠢。
5 爱神，我就此向你辞职，
从此再不管你的事情，
就像从远方观赏丑画，
走近了发现不值一顾，
以前不认识你才敬重、
宠爱你，如今已受够了，
就像那个想要使一切
触手成金的笨人一样。
6 “磁铁君”，如果爱情折磨你
和“永恒君”，请听我的劝告，
千万记住我受的苦难和
得到的好处，千万别理他。
7 “最忠诚君”，但愿我的眼睛
像我的心那样常望见你，
我说的话可能还有价值，
我求教过你，也给你提点意见。

**FM 15** Tostemps, si vos sabetz d'amor (155, 24)

版本：同上，2 抄本，底本 R

诗格：8a 8b 8b 8a 7'c 8d 8e 8d 8e 7'c，6 阕 2 叠句

1 “永恒君”，如果你精通爱情，
两个选择我让你先选一：
假设你是情人，情妇对你
忠贞不二，没有别的情夫，
可是她从不向你表明
爱意，也不和你玩乐；
或者，另有情妇同样爱你，
却有一两个其他情夫，
不过，她会跟你做一切
纯情爱人该做的乐事。

2 福尔克，你弄得我好尴尬，
把我夹在中间两面为难，
那两个都有问题和麻烦，
不过，我还是挑个最好的：
老实对你说，我一点也
不稀罕朝三暮四的女人，
即使她对我公开表态，
我宁可她私底下爱我，
也不要她存欺骗之心，
笑容满面打算出卖我。

3 “永恒君”，你的胃口真小，
只满足于这么点爱情，

有女人肯和你搂抱，
何必把它当作丑事？
老实说，即使她爹是国王，
你也不会尊敬、赞许她，
何不让她敬畏、巴结你，
对你做出怜爱的模样？
虽然你不在家的时候，
会有其他人去追求她。

4 福尔克，你说得太荒唐，
出卖情人的女人从来
没有真实的好名誉，
那张骗子的嘴脸也
无法隐藏一丝一毫
沾上就洗不清的耻辱。
可是，我知道好女人
的礼物是最尊贵的，
只要她真心爱我，
不对我示意也无所谓。

5 “永恒君”，蠢人送礼
把好礼物变成坏礼物，
一脸不高兴看起来
像是送得并不情愿。
她对我态度那么傲慢，
我又怎能送她好礼物？
我宁可痛快上个当，
至少让她骗得高明，

多少人碰上都不介意，
我想你跟他们是一伙。
6 福尔克，收容我的主人
并没招我做她的同伴，
看她现在急着找别人，
我就此和她分道扬镳。
不过，你是个纯情爱人，
以为可以用这种谬论
来掩饰你的情场失意，
或者以这种糊涂诗歌
与别人分享你的烦恼，
我不懂你为什么唱诗。
7 “永恒君”，我能把非说成是，
所以喜欢这种辩论诗，
我赢了，你也很开心，
因为有伙伴一同吃苦，
我爱向我投怀送抱的
女人，可不要什么伙伴。
8 福尔克，你老爱吹牛皮，
这场辩论需要个裁判，
我想去找高森玛夫人，
即使我爱个大众情人，
也不怕到她那里去，
我相信她是个好裁判。

# 阿诺特·但尼尔

（Arnaut Daniel，1180—1195 年）

## ◎ 简介

其小传与笺注见第六章。从但丁到庞德的诗人都认为阿诺特把噢西坦诗歌的艺术发展到极致，用字和韵组都非常突出。留下 18 或 19 首诗，录于 30 多部抄本。由于他的语言技巧高超，他的诗也特别难翻译。

**AD 10** En cest sonnet coind'e leri (29，10)[①]

版本：Toja 本，14 抄本，底本 A

诗格：7'a 7'b 7c 7'd 7'e 7f 7'g，6 阕加叠句

1 在这首优美欣喜的小诗里
我刨刮、琢磨、锤炼字句，
只要刨子在上文溜滑过，
每个字就变得整齐、准确，
因为我的诗歌发自把它
镀金、磨刨光亮的爱情，
他培养、统领一切美德。

2 我每天都在力求上进，
因为服侍崇拜世上最
高贵的女人，坦白地说，

① 本诗为雕章镂句的“骑牛赶兔”诗。

我从头到脚都属于她，
尽管外面在刮着寒风，
爱情在心里淋我一身
暖烘烘的，即使在严冬。
3 我凝听、供奉千次弥撒，
点亮无数香烛和油灯，
我的盾牌抵挡不住她，
求上帝赐我美好结果。
每次我注视她的金发
和她青春焕发的身体，
爱她甚于送我鲁色纳城的人。
4 我那么全心爱她求她，
唯恐太爱她而失去她，
要是真爱会造成坏事。
她的心使我的心完全
泡汤，而水势永不消退；
她放的高利贷苛刻到
足够赚回店面和工人。
5 我可不要罗马的帝国，
也不要人封我为使徒， 教皇
对她我已经义无反顾，
我心因她给烧成粉碎，
要是新年以前她还不
以香吻舒解我的苦难，
我死了，她可得下地狱。
6 我从未因为痛苦煎熬

而倒戈背弃善良之爱，
即使他令我孤苦伶仃，
我仍会以之作诗押韵。
我比耕田佬爱得更辛苦，
蒙克利君爱奥第纳夫人
并不比我爱得多一点儿。　　原文为“多一粒蛋”

7　我是阿诺特，囤积清风，
骑着牛赶兔子，
逆着浪潮游泳。

**AD 18**　Lo ferm voler q’el cor m’intra (29, 14)

版本：同上，23 抄本，底本 A，乐谱在 G

诗格：7’a 10’b 10’c 10’d 10’e 10’f 10’d 10’e 10’f，6 阕加叠句。本诗为著名的六韵诗，6 个韵字在 6 阕中循环使用。这六韵为：intra（进入）、ongla（指甲）、arma（灵魂）、verga（棍子）、oncle（叔父）、cambra（卧房）。

1　坚定的意志进入我的心，
造谣的人用尖喙和指甲
也撬不动，反而失去灵魂。
既然我不敢用棍子打他，
至少趁叔父不在时偷偷
在果园或卧房里享下福。

2　每逢我回想起那间卧房，

就知道倒霉，没人能进入，
她对我比兄弟叔父还凶，
我全身连指甲都在发抖，
好像小孩子在棍子面前，
害怕我的灵魂够不上她。

3 但愿她肯不将我的灵魂
而是把身体藏在卧房里。
仆人之身进不去她那里，
心里觉得比挨棍打还痛。
我和她永如皮肤与指甲，
不理朋友和叔父的责骂。

4 我爱叔父的姊妹绝对
不如我爱她，凭我的灵魂！
如果她愿意，我想像指甲
和手指那样挨紧她卧房。
进入我心的爱情驾驭我
比壮汉使软棍子更容易。

5 自从枯干的树枝开花， 圣母生子
亚当传下的侄儿叔父，
从来没灵肉之身有过
进入我心的那种纯情。
无论在广场或卧房里，
我不会离她远过一片指甲。

6 我和她的身体给指甲紧扣
得像树皮和树干那么紧密，
她是我喜乐的楼房、宫殿、卧房，

我爱她甚于兄弟父母和叔父，
我的灵魂将有双份喜乐，
如果爱得纯真就能进天堂。

阿诺特寄上“叔父与指甲”的诗
让拿棍子管他灵魂的人高兴，　　或让给他棍子当武器的人高兴
“他所欲望”的名声已进入卧房。　　伯特兰·德·伯恩的昵称

# 伯特兰 · 德 · 伯恩

（Bertran de Born，1181—1196 年）

## ◎ 简介

笺注、小传见第六章。伯特兰诗如其人，有传奇性的经历和高超的技巧，与当代主要历史人物密切交往，也和主要诗人唱酬，如以同样六个韵字仿作阿诺特 · 但尼尔的六韵诗。他的作品大部分是与时事有关的讽喻诗，以好战闻名（如 BB 38），一首名为《拼凑的情妇》的诗（BB 7）却是中世纪极有名的情诗。留下 47 首诗，其中 11 首作者未能确定。其诗抄录在 19 部抄本。

**BB 7**　Dompna, puois de mi no·us cal (80, 12)[①]

版本：Paden, Sankovitch, Stäblein 本，6 抄本，底本 A

诗格：7a 7b 7b 5’c 3d 7d 7e 7e 7’f 7’f，7 阕加叠句

1　夫人，既然你不理我，
并且毫无理由地
打发我离开你，
我不知哪里才找得到
那份再也
不可收回的无边快乐。
要是我找不到一位
像你那样合我心意

① 即“拼凑情妇诗”。

又能取代你的女人，
我从此再也不要情妇。
2 既然找不到同样女人
和你一般美丽高贵，
身体一样可爱、丰盈，
仪表一样优雅、
一样快活，
崇高的声誉一样真实，
在与你重修旧好以前，
我得四处寻访收集，
向每位夫人借类似优点，
好拼凑成一个情妇。
3 美丽的“黑貂”，我向你
借天生丽质的肤色
和脉脉含情的眼神，
如果遗漏了什么
就很失敬，
因为你美得毫无欠缺。
我向艾莉斯夫人借
她风趣的如珠妙语，
给我的情妇帮个忙，
免得她痴呆、哑口无言。
4 我要妩莉子爵夫人
立刻把她的胸脯
和双手都交给我。
然后我得继续上路，

不偏不倚
飞奔到洛克蜀亚，
安妮夫人有礼相赠。
人人称赞的伊索尔特，
特里斯坦的情妇，
公认都没她漂亮。
5 虽然奥蒂雅夫人讨厌我，
我要她给我她的身段。
她衣服穿得合身，
人长得完美无瑕，
她的爱情
从不中断或朝三暮四。
向我的“比好更好”我借
她敏捷的青春玉体，
只要让你瞧她一眼，
就想要赤身搂抱她。
6 向法蒂妲夫人我同样
要她的皓齿作礼物，
还有她的热心迎客和
在她家里经常进行的
高雅交谈。
我要“我的美镜”给我
她的和气和匀停体态，
因为大家一致认为
她的举止适当得体，
从不变心或移情别恋。

7　好主上，我别无所求，
只求我渴望这“情妇”
能像我渴望你那样，
因为我心里冒起一股
爱情色欲，
令我的身体无法忍受。
我宁愿向你乞求也不
不要和别的女人睡觉。
夫人还为什么拒绝我，
既然知道我那么爱她？

8　帕彼噢，用这首诗
去告诉我的“磁铁”：
爱情已经一落千丈，
在这里默默无名了。

**BB 24** Belh m'es quan vey camjar lo senhoratge (80, 7)[①]
版本：同上，2 抄本，底本 CM
诗格：10'a 10b 10'a 10b 10c 10c 10d 10d，5 阕加叠句

1　我喜欢看见改朝换代，
老人留房子给年轻人，
每人给家族多添子孙，
将来总有个会有出息。
世界如此更新，比花开

① 即“老少讽喻诗”。

和鸟叫更加令我开心。
能够以少主少妇取代
老一辈的就都该翻新。
2 我认为女人皮皱就老了，
手下不收养骑士也老了，
需要两个情夫才能满足，
和下等人干那事也老了，
她老了才会爱堡内用人，
需要用春药的女人老了，
女人老了才会讨厌歌手，
老了才会整天喋喋不休。
3 年轻女人懂得尊敬贵族，
多行善事的女人才年轻，
心旷神怡令她青春永驻，
不用下流手段争取地位，
保养美好身体使她年轻，
行为端正的女人才年轻。
年轻的女人不说人闲话，
小心避免得罪少年才俊。
4 典当家产的人算年轻，
真正贫穷的人也年轻。
年轻人花大钱做东道，
年轻人送奢侈的礼物，
年轻人焚烧橱柜宝箱、
参加比武、竞技和搏斗，
爱追求女人的人年轻，

歌手最爱的人也年轻。

5 不典当东西的是老人，
他多的是麦、酒和火腿，
我认为他老，如果食肉
的日子他请吃蛋和奶酪。
老人才在大衣上加披肩，
老人的马任凭别人使唤，
哪天不爱追女人就老了，
老人不必使计就能脱身。

6 歌手阿诺特，把我的老少
讽喻诗带去指点理查，
叫他不要囤积老财富，
要用新财富争取地位。

**BB 38** Miez sirventes vueilh far dels reis amdos (80, 25)

版本：同上，抄本 M

诗格：10a 10b 10a 10b 10b 10’c 10’c 10b，3 阕 2 叠句

1 我要作半首诗数说两位国王，
我们很快就会看见更多
英勇卡斯蒂尔王阿方索的骑士，
听说他来此地招兵买马。
理查已花了车载斗量的
金银，他以花钱送礼为乐，
不肯和对方缔结和约，

比鹰爱鹌鹑更热爱战争。
2 要是两位国王都英勇善战，
我们很快就会看见战场上遍撒
头盔、盾牌、刀剑、鞍鞯的碎片，
从胸口到腰间劈开的躯体。
我们会看见战马到处乱跑，
无数长矛刺透胸膛和肚肠，
喜乐与泪水，悲伤与舒畅，
损失会很大，收获会更大。
3 喇叭，锣鼓，大纛、旌旗招展，
黑色、白色的战马到处奔腾，
我们很快就会看见大千世界，
人人抢劫放高利贷人的钱财，
赶骡大白天上路也不会安全，
来自法兰西的生意人和
城里人，没有人不提心吊胆，
倒是纵情打劫的人发横财。
4 国王驾临，凭我对上帝的信心，
我除非命大不死，否则粉身碎骨。
5 能够活着，我的运气可真好，
要是死去，也就彻底解脱了。

## 高森·法以第

（Gaucelm Faidit，1172—1203 年）

### ◎ 简介

小传、笺注见第六章。小传、笺注里的浪漫人物，留下 65 首诗，加上 10 首作者未定，抄录在大多数抄本里，是中世纪最受欢迎的诗人之一。以下为一首哀悼狮心理查的挽歌。

**GFa 50** Fortz chausa es que tot lo major dan (167, 22)

版本：Mouzat 本，14 抄本

诗格：10a 10b 10a 10’c 10’c 10b 10b 10d 10d，6 阕加叠句

1 我非歌唱细说倾诉不可，
哀哉！ 我前所未有的创伤
与悲哀，永远为他流泪
哀悼，多么令人难过的事呀！
他是尊贵之父和领袖，
英勇强壮的理查，英王已死，
唉，上帝！ 多么惨重的损失！
多么残忍的话！ 多么难听入耳！
只有硬心肠才忍受得了……

2 国王死矣，过去一千年
从未见过这么高贵的人，
从没人能与他相比拟，

他多慷慨、强壮、勇敢、大方，
我不信亚历山大，征服大流士
之王，送礼赠财有他慷慨，
查理曼和亚瑟都不会更高贵，
说实话，他令世界所有人，
既畏惧他，又敬爱他。

3 令我讶异，虚伪欺骗的世界
能出现如此贤明知礼的人，
因为美言与善行已不值钱，
哪里会有人肯抬根手指？
如今死亡向我们炫耀本领，
突然攫取世上至尊和
一切光荣、快乐与幸福；
众所周知，万物难逃一死，
人岂非更不应该怕死？

4 唉！尊贵君王和主上，此后
哪还会有精彩的比武赛会、
盛大宫廷和堆积如山的礼物？
既然你已不再当领袖，
为你服务的人该咋办？
他们还在等你的赏赐，
难道只剩苦难的报酬？
听闻你的威信来追随你
的人咋办？难道他们该死？

5 长期悲苦过可怜的日子，
永远悲伤，是他们的命运。

萨拉森、土耳其、波斯人，异教徒
怕你甚于任何出自母胎的人，
这下可以神气、大张旗鼓，
光复圣墓会越来越困难。
可是上帝旨意如此，不然，
诸位大人都有实地经验，
怎会从叙利亚逃窜回来？

6 从此以后，君王、诸侯
再没希望收复圣地了。
不过，你的接班人应该
记住你多么爱惜名誉，
还有你两位高贵兄弟，
少王和斯文的杰弗里伯爵。
你的继承人必须秉承
你们三位的雄心壮志，
努力行善，热心助人。

7 唉！上帝，赦免罪人的真主，
真神，真人，真命，求你施恩！
他需要宽恕，原谅他吧！
天主，别只看他的罪过，
记住他怎样为你效劳。

## 兰波特 · 德 · 瓦克拉斯

（Raimbaut de Vaqueiras，1180—1201 年）

### ◎ 简介

笺注见第六章。最富于传奇性的诗人，文武全才，除了作诗还替主人卜尼法斯 · 德 · 蒙特弗拉——十字军第四次东征军的统帅——打下一片江山，终于封官拜爵。兰波特创新力极强，许多罕见的诗体都出自他手，如“史诗信”、舞诗、“不谐诗”（descort）、多种语言和参与者的辩论诗等。留下 33 首诗，其中 7 首作者无法确定，抄录于所有主要抄本。

**RV 3**　Domna, tant vos ai preiada (392, 7)

版本：Linskill 本，4 抄本，底本 D

诗格：7’a 7b 7b 7’a 7b 7b 7’c 7b 7b 7b 7b 4d，6 阕。这首辩论诗中，歌手以高档的噢西坦语，热那亚女人以低档的北部意大利语对话。

1　夫人，我诚心恳求你
爱我，如果你愿意，
我就是你的臣民，
因为你高贵贤惠，
你的美誉传遍各地，
你的友谊令我心仪。
由于你彬彬有礼，

我的心对你比对任何
热那亚女人都要忠诚，
你如爱我，我真感激，
即使热那亚整个城
和它所有的财富
都归于我，也不如
我将得到的报酬。
2 歌手，你真没规矩，
这样子跟我调情，
我可不跟你打交道，
巴不得你上断头台！
我不会做你的情人，
真的，我会宰了你，
倒霉的普罗旺斯人！
跟你说句扫兴话：
龌龊、光头、笨囚徒！
我无论如何不爱你，
我的丈夫长得可
比你帅，我当然识货！
走开，小弟，我和他
日子过得顶快活的！
3 尊贵、显赫、可爱、
优秀、聪明的夫人，
请你对我客气点儿！
因为青春、喜乐、礼节、
美德、智慧指导你

和一切淑女的行为，
我才坦诚、谦卑、
毫无保留地请求
做你的忠实情人。
我被你的爱扣紧，
只对你心悦诚服，
要是你肯让我做
你的信徒和朋友，
那就功德无量了。

4 歌手，我看你疯了，
这样子胡说八道，
叫你来去都倒霉！
连猫脑袋都没有，
真是讨厌到极点！
看来是个大坏蛋，
你就是个王子，
我也不要你这家伙。
你以为我也疯啦？
老天，我没你的分！
要是你发誓爱我，
今年就要冻死你！
普罗旺斯人没规矩，
讨厌死了！

5 夫人，别对我那么残忍，
既不应该又失身份。
你应该——如果你允许——

让我真心追求你，
诚心疼爱你，
既然我是你的臣下，
你该免除我的痛苦。
我凝视你有如五月
初开玫瑰的姿色，
眼见、心知、深信
世上没有更美的女人。
我现在将来都爱你，
如果诚心反而害我，
那才是罪过！

6　歌手，这番普罗旺斯话，
给我拿来耍一下，
也不值一分热那亚钱，
比德语、撒丁岛语、
柏柏尔语还要难懂，
我对你没兴趣。
你要跟我拉拉扯扯？
我丈夫知道了，
你准会吃场好官司。
好先生，老实告诉你，
我不爱听你的废话，
小弟，我跟你担保，
普罗旺斯人，穷小子滚开！
让我清静！

7　夫人，你折腾得我

心烦意乱、痛苦万分。
不过，我仍旧求你，
让我跟你试试看，
普罗旺斯人骑上去时
怎么个干法。

8　歌手，我才不和你干，
你别老跟我瞎缠，
倒不如趁圣马修节
去噢比奇大人那里，
他也许会给你匹骡子，
既然你是歌手。

**RV 15**　Kalenda maia (392, 9)[①]

版本：同上，5 抄本，底本 MC，乐谱在 R

诗格：4’a 4’a 8’a 4’a 4’a 8’a 8’a 8’a 2’a 2’a 6’a 2’a 2’a 6’a，6 阕。长句有内韵。

1　五月佳节
剑兰叶子
鸟儿歌声　剑兰花儿
都不令我开怀，
快活的贵夫人，
除非从你　美艳之身
派来勤快　使者，告以

① 本诗配有用胡琴伴奏的舞曲，见小传、笺注选译部分。

爱情喜乐　带给我
新鲜乐趣，
叫我前往
你的住所，真诚的夫人，
嫉妒我的人
在我去之前
可要摔跤　跌坏身体。

2　我的美人儿，
愿上帝别让
嫉妒我的人　幸灾乐祸，
他的嫉妒
代价昂贵，
要是我俩情侣　就此拆散，
从此以后　我再不会快乐，
没有你，快乐　对我无益，
我要独自
彳亍小径，
从此再不　让人看见，
我失去你
的那一天，
夫人，　就会死去。

3　我怎会失去
夫人，再和她
修好，如果　她从不是我的？
光凭空想可
成不了情侣，

追求者　变成了情人，
他的光荣　才随着增长，
她笑脸相迎　他名声大振，
我从来
没赤裸裸
搂抱过你，　更遑论其他，
我想要你，
我相信你
即使　没其他报酬。

4　我哪能快乐，
要是惨兮兮
与你分手，　“美骑士”？
心无旁骛，
我的欲望
不为所动，　我别无所求。
我知道长舌　的人会高兴，
夫人，既然　我没得治了，
这些人看见、
感觉到
我在受苦，　都要感谢你，
羡慕你，
放肆地
贪图你，　令我心叹息。

5　贝德丽姿夫人，
你的美德
出类拔萃，　始而高贵，

与日俱增，
凭我信心，
你的地位　有美妙言辞
与美德陪衬，毫无瑕疵。
你是一切　喜乐的泉源，
你兼备
知识、
同情心　　　与眼界，
你的身价
无可比拟，
你穿着　仁慈的衣装。
6　仁慈的夫人，
人人称颂
你的美德，　令人欣喜，
忘记你的人，
生命毫无价值，
我崇拜你，尊贵的夫人，
我选中你，　你有最高尚、
最善良、　最完美的品德。
我追求你
为你服务，
比艾利克　对恩妮德还周到，　　克蕾蒂安罗曼史中的男女主角
我作的
舞曲，
恩格斯大人，　到此结束。

**RV 16** Eras quan vey verdeyar (392, 4)

版本：同上，8 抄本，底本 C

诗格：7a 7’b 7a 7’b 7a 7’b 7a 7’b，5 阕加叠句。每阕一种语言，依次为噢西坦语、意大利语、古法语、加斯科尼语与加利西 – 葡萄牙语。每阕应有不同的乐曲，乐谱失传，是一首最早和最有名的“不谐诗”（descort）。叠句十行，每两行用一种不同的语言。

1 如今我见草地、果园、
树林一片青绿，
想作首爱情不谐诗，
因为我心烦意乱。
有位夫人一向爱我，
如今她移情别恋，
因此我作的诗句、
曲调、语言都不和谐。

2 我可太没福气了，
无论四月、五月，
永远不会有幸福，
除非来自我夫人。
即使用她的话语都
不能描述她的美色，
比剑兰花还要鲜艳，

我当然不会离开她。

3 甜美亲爱的夫人，
我投靠归属于你，
永远尝不到极乐，
除非我有你、你也有我。
你会是最坏的敌人，
如果让诚心人死去，
不过，我无论如何都
不会违背你的旨意。

4 夫人，我向你输诚了，
你永远是世上最美丽、
仁慈、快活、可敬的女人，
只要别对我那么残酷。
你有最美艳的容貌，
皮肤色泽青春焕发，
我是你的，只要有你，
我就什么都不缺乏。

5 可是，我真怕你生气，
因此感到完全绝望，
为你忍受辛酸折磨，
我的身体痛苦难当。
夜晚我在床上躺着，
好多次给惊醒起来，
觉得从没得到好处，
我的一片心意落空。

6 “美骑士”，你的尊贵

地位多么值得珍惜，
令我每天死去活来，
唉，哀哉，我该咋办？
如果我最亲爱的人
不知何故要害死我。
夫人，凭我对你的信心
和圣基德利亚的头，
你引诱了我的心，
甜言蜜语把它拐走。

# 沛尔·维达尔

（Peire Vidal，1183—1204 年）

### ◎ 简介

小传、笺注见第六章。被中世纪人认为最狂妄的诗人，诗中呈现的诗人个性可说是众多性格奇特的诗人中最突出的。他的诗常将公事和私事混合，把历史事件和人物插入情诗里，多首诗以爱情开始，却以十字军出征结束，或者反过来，以讽喻开头，以爱情收场。留下 45 首诗，另有 4 首归他名下但作者身份未能确定，抄录在所有主要抄本里。

**PV 6**　A per pauc de chantar no·m lais (364, 35)

版本：Avalle 本，9 抄本，诗阕秩序依抄本 CR

诗格：8a 8b 8a 8b 8c 8c 8d 8d，7 阕

1　我差点儿放弃作诗，
眼见青春英勇已逝，
名誉也找不到滋养，
人人都拒绝排斥他。
又见邪恶专横霸道，
征服统治了全世界，
几乎没有一个地方，
人头不落他的圈套。

2　罗马教皇和冒牌的
博士弄得神圣教会

乌烟瘴气，令神生气。
他们愚蠢、罪恶深重，
造成异端邪说横行，
既然他们率先犯罪，
人人也都无可奈何，
我绝不为他们辩护。
3　法兰西是罪魁祸首，
过去一向为民表率，
如今国王对名誉和　法国国王腓力二世
天主都不忠贞不渝，
他抛弃耶稣的圣墓，
做起买卖，讨价还价
和市井之徒一样，
法兰西人都引以为耻。
4　全世界都走入歧途，
昨日不好，今天更坏。
自从他不守上帝规令，
再没听说皇帝的　日耳曼皇帝亨利六世
名誉美德长进过，
不过，如果他把理查
关在牢里，不闻不问，
英国人都要藐视他。
5　西班牙诸王令我心焦，
因为他们只顾内战，
把灰色、栗色的战马
惶恐地送给摩尔人，

使敌人的骄傲倍增，
反来征服统治自己，
他们如肯和平相处、
守法信神就太好了。

6 可是，不要以为我向
日趋堕落的权势低头，
真正喜悦指引滋育我，
我正在甜蜜中享乐，
因为我沉醉于心上人
的纯真友谊中，
如果想知道她是谁，
可到喀加西打听去。

7 她从不欺骗或出卖
情人，也从不施脂粉，
她用不着，天生肤色
鲜艳有如春天的玫瑰。
她的姿色举世无双，
年纪轻却显得老成，
谦谦君子都喜欢她，
争相传颂她的高贵美德。

**PV 21** Ben'aventura don Dieus als Pizas (364, 14)

版本：同上，10 抄本

诗格：10a 10b 10b 10a 10'c 10d 10d 10'c，5 阕加叠句。这首诗的背景是号召伦巴第人团结起来，抵抗日耳曼皇帝亨利六世入侵西西里。

1 上帝赐比萨人好运道，
因为他们勇敢武力强，
大灭热那亚人的威风，
教他们丢脸、垂头丧气，
我要比萨永远拔头筹，
因为她扑灭滔天傲气。
只有下流骗子的挑拨
剐剁、捶击、绞碎我的心。
2 日耳曼人太粗野下贱，
有的还装出一派斯文，
像挨烤刑难受得要死，
他们说的话好像狗吠，
我才不当弗里西亚头领，
成天听那些蛮夷饶舌，
宁愿和快乐伦巴第人一起，
靠近皮肤皓白、丰满、可爱的夫人。
3 既然蒙弗拉和米兰属于我，
我瞧不起日耳曼和条顿人，
要是英格兰理查王相信我，
帕勒莫和里乔的政权 西西里王国
早就转移到他的手里，
光凭赎金就收买得到。
要不是看侯爵的面子， 卜尼法斯·德·蒙特弗拉
奖赏的破内衣不值五马克。

4　上帝与圣朱利安如今让我
在坎那夫的乐土定居，
我再也不回去普罗旺斯，
兰耳利与艾兰欢迎我，
如果我能赢得心上人，
让高贵的阿方索王在彼方，
我在此地为被人追求过
最漂亮的女人作诗唱歌。

5　既然米兰地位高高在上，
我希望她和帕维亚修好，
伦巴第人应该团结自卫，
防备流氓地痞、强盗劫匪。
伦巴第，记住阿普利亚如何
被征服，贵妇与高贵诸侯
怎样被下等兵玩弄掌中，
别让外人弄得四分五裂。

6　唉！阿拉瑟夫人，我一直追求你，
如今你我对此都有点厌倦，
我会留下，只要你给我礼物，
你到底是被追求过最美的女人。

**PV 29**　Drogoman senher, s'ieu agues bon destrier (364, 18)

版本：同上，12 抄本

诗格：10a 10a 10b 10a 10a 10b，7 阕加叠句

1 “通译”大人，我如有骏马，
我的敌人疯了才敢出战，
只要提起我的名字，他们
就惊慌得像鹌鹑怕老鹰，
吓得以为性命分文不值，
知道我多凶猛、毒辣、可怕。

2 当我披上双重坚硬盔甲，
佩上贵依大人赐我的剑，
我踩踏的土地轰然震动，
我的敌人，无论多么傲慢，
急忙给我让开大道小路，
我的脚步声令他们震惊。

3 我英勇有如罗兰和噢立维，
追求女人像伯拉·德·蒙德第，
我的英名远播，备受赞扬，
带着金戒指和黑白丝带
的使者川流不息地来到，
那些情书令我心花怒放。

4 无论如何，我是名副其实
的骑士，精通爱情之道
与一切男女间的诀窍，
没人在房中比我更讨人爱，
在战场上比我更凶恶恐怖，
没听说过我的人都敬畏我。

5 如果我有惯战的快马，
巴拉基一带定会平静，

国王也可以高枕无忧，
我平定普罗旺斯和蒙彼利埃，
小偷和万恶盗贼绝迹，
不打劫奥塔夫和克劳。
6　如果国王出征图卢兹，
伯爵率领他的残兵败将
不停高呼“阿斯帕和噢扫”，　巴斯克人作战的口号
我夺下海口，将身先士卒
把他们打得双双逃窜，
穷追到紧闭的城门下。
7　要是我抓住嫉妒造谣、
散播谣言破坏他人公开
或秘密乐趣与好事的人，
他们准要挨我痛打一顿，
即使有钢铁打造的身体
也如孔雀毛般经不起打。
8　维尔娜夫人，感谢蒙彼利埃，
你在此爱上出征的骑士，
令我喜乐日增，赞美上帝！

**PV 40**　Pus tornatz sui em Proensa (364, 37)
版本：同上，21 抄本，有多种诗阕秩序
诗格：7’a 7b 7b 7’a 7c 7d 7d 7c 7c，7 阕

1 既然得到夫人允许，
回到普罗旺斯，
我起码得作首快乐
诗歌当作见面礼。
人得到恩主的恩赏、
尊重，且被赋予重任，
必然尊敬、伺候他，
为他办事、争取荣誉，
我也为此勉力效劳。

2 抱怨等待过久的人
犯了天大的过错，
连不列颠人都仍旧
对亚瑟王笃信不疑。
我长期盼望之后，
终于赢得极大艳福；
从前被爱情压力驱使，
我偷吻了我的夫人，
如今她自愿赐我香吻。

3 既然我从未对她不忠，
看来我的前景大好，
所受苦难终成福气，
从此万事一帆风顺。
所有其他的情人都
可以因我得到鼓励，
因为经过一番努力，
我从冰雪取得烈火，

从海洋取到了鲜水。
4 没犯罪，我苦行赎罪，
没过错，我求她赦免，
从一无所有到获重礼，
我从愤怒获得善意。
哭泣转为完美的喜乐，
从苦涩尝到甘美滋味，
我从恐惧变为勇敢，
投降之际，转败为胜。
5 我除此已无可救药，
她早知道我已臣服，
夫人深思熟虑之后，
要臣服的人征服她，
因此我必须以谦卑
降服她的崇高地位，
既然我找不到贵人
能够帮我向她求情，
只好祷告求她施恩。
6 既然我如今已完全
投身接受她的庇护，
她再也不会对我说不，
我身已属于她，随她
赠送拍卖，毫不忌讳。
叫我移情别恋的人
可就太鲁莽不智了，
我宁可为她一败涂地，

好过从他人处赢得快乐。

7 “好任尼尔”，老实说，
我不知谁能比得上你，
所有高贵诸侯的
身价都远在你之下，
上帝造你举世无双，
把我赐给你当臣仆，
我要以赞扬和其他
方法尽力服侍你才是，
“好任尼尔”，有请了！

## 爱美利克·德·裴基兰

（Americ de Peguilhan，1190—1221 年）

### ◎ 简介

小传、笺注见第六章。以明易风格的情诗极受欢迎，他的辩论诗和挽诗也相当出色，在此各译一首。诗人留下 49 首诗，其中 10 首作者未确定。其诗收录于所有主要抄本。

**AP 6** Amics Albertz, tenzos soven (10, 6)①

版本：Shepard & Chambers 本，4 抄本，底本 a1

诗格：8a 8b 8b 8a 8c 8c 8d 8d 8e，6 阕 2 叠句

1 老友阿尔伯特，
诗人都爱作辩论诗，
任意讨论爱情和
其他类似的题目。
我要作首前所未有的
子虚乌有辩论诗，
你想回答我的问题，
我要你无从作答，
诗的题目叫作“无”。

2 爱美利克君，既然你要
我给子虚乌有作答，
我就不跟别人、只跟

① 本诗为仿子虚主题的辩论诗。

自己辩论。依我看来，
这题目最好的回答
是不做任何答复，
以乌有来应对子虚。
否则你何必找我来，
要我怎么回答？不说了。
3 阿尔伯特，我想不作答
的回答不能算数。
哑巴并没回答主人，
他真话假话都没说。
你不说话，怎么回答？
我开口向你讨教，
题目是空无，你已接口，
愿不愿意都得说话，
否则你好歹并没作答。
4 爱美利克君，听你说话
强词夺理，错误百出，
对疯子就该说疯话，
对聪明人说聪明话，
我回答“什么都不知道”，
像人把头放水桶上方，
只见自己的脸和眼睛，
出声只听见自己的回音，
其他什么都看不见。
5 阿尔伯特，我真是个
只看见自己的脸、

只听见自己声音的人。
我先对你喊话，
却好像没有回音。
这种答复，请别生气，
等于说你不是东西。
要是你这样子辩论，
只有傻瓜才服输。
6 爱美利克君，你好狡辩，
人人赞你真有一手，
虽然多数不理解你，
看来你自己也不懂，
把自己都说糊涂了。
恕我不奉陪，你生气，
尽管跟自己过不去，
无论你怎样纠缠我，
我已作答，再没话可说。
7 阿尔伯特，跟你老实说，
眼见的一切都是虚幻，
你从桥上注意看流水，
你的眼睛会说你在动，
而流动的水静止不动。
8 爱美利克君，你我辩论
的题目无所谓好与坏，
也搞不出什么名堂来，
至多像磨坊边的轮子
转来转去，仍在原地。

**AP 10** Era par ben que Valors se desfai(10, 10)

版本：同上，9 抄本，底本 C

诗格：10a 10b 10b 10a 10’c 10’c 10a 10d 10d，5 阕加叠句

1 如今功德显然已经陨落，
你可以清楚察觉、认识到，
因为那位最热心于维持
社交礼节、诚心求爱、慷慨、
节制与理智、知识与友谊、
谦卑、高傲而不卑鄙、
行善事极有分寸的
基廉・马拉斯平那侯爵已死，
他是众善的宝鉴与表率。

2 我知道他行善举世无匹，
我看亚历山大都不如
他那么慷慨设宴施财，
从不对求他的人说不，
高文的武艺不如他高强，
伊凡没有他那么懂礼貌，
特里斯坦的爱情没他的曲折，
从今以后，过失没人指责、
纠正，因为宝鉴荡然无存。

3 他引人入胜的话语，
令他人事迹黯然失色
的丰功伟业如今何在？

唉，上帝！照耀托斯卡纳和
伦巴第的光辉已经黯淡！
行人往日都受他的光芒
保护，毫无疑虑和恐惧，
他彬彬有礼，像星辰引领
三王那样做荣誉的向导。

4 远方的佣兵为谁来这里？
前来见他的著名歌手呢？
他比海内外所有君王都
懂得尊敬他们，爱惜他们。
很多人没本领、不懂歌艺
来讨礼物，他都来者不拒，
他赠送得最多的是灰、棕、
栗色的马匹和其他行头，
比我认识的诸侯更多礼。

5 珍贵的好主人，没有你，
我咋办？怎能留下来？
你的言行那么引人入胜，
令其他喜乐黯然失色。
以前因你尊敬欢迎我的人
将会视若无睹地疏远我，
我再找不到替代你的人，
也不信有人能补偿我
因失去你所受的损失。

6 愿三位一体的主上
按你的需求帮助你！

**AP 12** Atressi·m pren quom fai al joguador (10, 12)

版本：同上，19 抄本，底本 C

诗格：10a 10b 10b 10a 10’c 10’c 10d 10d，5 阕 2 叠句

1 我的经历有如赌徒，
开头赌得非常谨慎，
只下小注，输了钱心急
就拼命抬高赌注，
我也这样步步为营，
自以为爱得很谨慎，
可以随时洗手不干，
却已投入过深、不能自拔。

2 有次我从爱神的监牢里
逃出来，现在又给他逮着，
他的手法如此高明，我在
宫廷里受苦还自以为乐，
他用绳套箍勒我的脖子，
叫我不肯自愿松解开，
没有其他受绑的人会
不祈望别人替他松绑的。

3 我从未遇见过绑人只用
一点绳子就绑得这么牢，
那绳套只不过是香吻，
我却到处找不到解绳人。
受困已深，即使想要

解开绳套已无能为力，
上次捆绑过我的爱神
这次用三条绳捆紧我。
4 就好像磁铁吸引铁块，
不必推送就自然凑合，
爱神不用推拉就把我
吸引住，拉拢我的是
最好的女人，要是有
更好的，我当然会爱她，
不过，我不信有更好的，
且看最好之中我投靠谁。
5 玉体夫人，比花儿还美，
请你对我发点善心，
我贪恋、渴望你快发疯，
我的脸色可以证实，
我一见你就黯然神伤。
要是你肯谦卑屈尊，
对这位失去一切幸福
的受难者有点同情心，
就是一桩风雅善事。
6 基廉·马拉斯平那侯爵令我心悦诚服，
他赢得美誉，美誉也赢得他。
7 贝德丽姿·德·艾斯第夫人，
你的美德超群出众。

# 雷蒙·德·米拉瓦

（Raimon de Miraval，1185—1213 年）

## ◎ 简介

小传、笺注见上章。和沛尔·维达尔一样，是以浪漫史与诗风平易近人而极受欢迎的诗人，留下 44 首诗，另有 7 首归他名下但作者身份未明，抄录于所有主要抄本。比较特殊的是，37 首情诗中 22 首有乐谱。

**RM 32** Cel que no vol auzir chanssos (406, 20)

版本：Topsfield 本，19 抄本，底本 A，乐谱在 GR，7 抄本有不同诗阕秩序

诗格：8a 8b 8b 8a 8c 8c 8d 8d，6 阕 2 叠句

1 不爱听歌曲的人
退席离开我们吧！
我唱歌自得其乐，
有时与友朋唱和，
我的歌曲尤其
讨夫人的欢心，
我不为其他乐趣或
出风头而非唱不可。

2 我渴望拥抱亲吻我心
向往的美人，和她

睡觉，窃玉偷香之余，
收下她的衣袖和银带，
求她赐我至大恩惠，
因为珠宝和传信已
不能令我完全满足，
除非我能如愿以偿。

3 人不努力真没出息，
不爱惜最珍贵之物，
不追求爱情的人
根本不能英勇有为，
因为喜乐幸福来自爱情，
爱情令人彬彬有礼，
爱情给人艺术技巧，
维持作诗的优秀传统。

4 批评情人愚蠢的人
只有小孩子的头脑，
因为四平八稳的人
不能当称职的情人，
只有专做笨事的人
才能通晓爱情真谛，
我不懂得装模作样，
也没兴趣向人请教。

5 祝福最先生嫉妒心、
懂得风雅之事的人，
因为嫉妒教我提防
说闲话、讨人厌的人，

从嫉妒，我学会怎样
全心全力只为一个
女人服务，不理别人，
也不会去追求她们。

6 被人出卖也很值得，
只要无损于名誉，
胜过羡慕别人的好运，
上帝如有意撮合两人。
奉劝女人要有信心，
千万不要走极端，
严密监视我的行踪，
既然我已唯她命是从。

7 奥第亚大人，跟你我学到
对所有人都有礼貌，
我只关心一个女人，为她歌唱，
从她领到米拉瓦封地。

8 你找人上爱情课可难了，
因为连我都跟你学习。

**RM 33** Ben aia·l messagiers (406, 15)

版本：同上，14 抄本，底本 D，乐谱在 R，第 5、6 阕秩序可颠倒

诗格：6a 6b 6b 6a 8a 8b 10c 10c，6 阕 2 叠句

1 祝福使者和差遣他

送信给我的夫人，
要是喜悦重新回来，
我向她道一千个谢。
可是，我久经忧患，
给折磨得心神错乱，
难以相信夫人会以
慈善爱心赐给我荣幸。
2 因为我已多次为她
殷勤服务，赢得足够
的快乐，令我以为
有资格做她的情人，
没料到荣华富贵与
名满天下会伤害我。
要是我看中的女人
只有下等姿色和家产，
3 就不会有搬弄是非的人
从中挑拨、离间我们。
由于我以前掉以轻心，
爱情多次被人破坏。
当时我以为帝国都
阻隔不了我和夫人，
因此做了许多蠢事，
也多次得到快乐幸福。
4 为此缘故，我宁愿
事事落在众人之后，

让罗兰和噢利维都
不会要抢我的位置，
欧利斯坦与奥基尔
也不会想沾我的光。
不料人家认为我最识货，
我要的就是最好的。

5 我实在相信夫人
当时和现在不一样，
以为她永远会记住
我们第一次的欢乐。
她却存坏心眼骗我，
到头来要自食其果，
愿神戳穿她的虚名，
她蹂躏我忠诚的心。

6 她先待我有如战马，
后来变成她的坐骑，
那鞍具越来越沉重，
实在让我无法承受。
既然报酬逐渐减少，
痛苦看来只会增加，
我可不愿当她下人，
愿上帝为我另谋出路。

7 名誉败坏、受谴责的女人
不可拥有米拉瓦的城楼。

8 愿上帝保佑我的奥第亚和他的领地，
因为他的英名为全世界增光。

# 蒙陶顿修士

（Lo Monge de Montaudon，1193—1210 年）

## ◎ 小传

蒙陶顿修士来自阿尔文涅，噢利拉克附近一个名叫维克的城堡。出身贵族，在噢利拉克修道院出家。院长给他蒙陶顿分院，他在那里致力为修道院办善事，在修道院里作短诗和讽喻诗，流传于当地。有骑士和贵族邀他出修道院，十分推崇他，给他任何他喜欢或要求的东西，他全都带回蒙陶顿分院。

他的教堂因此兴隆，他依旧穿着修士服。他回到噢利拉克，向院长报告他改善蒙陶顿的成绩，请住持批准让他顺从阿拉贡国王阿方索的旨意，得到院长准许。国王命令他吃肉、追求女人、唱歌作诗，他都照办。后来，他当选为普依圣玛利亚诗社社长，赢得雀鹰奖。

他领导诗社很久，直到诗社解散为止。后来他去西班牙，受到所有国王和贵族的推崇。噢利拉克修道院的院长把西班牙一所名叫维拉弗朗克的分院交给他，他把分院办得很兴隆，老死在当地。（B/S，第 307-308 页）

## ◎ 简介

蒙陶顿修士留下 19 首诗，另有 2 首归他名下但作者身份未明，抄录在所有主要抄本。大多数是情诗，比较出色的是一些爱憎诗、“诗人榜”诗和与上帝辩论的讽喻诗。

**MM 11** Be m'enueia, so auzes dire? (305, 10)[①]

版本：Routledge 本，5 抄本，底本 C

诗格：8'a 8'a 8'a 8'a 8b 8b 8b 8b 8b，9 阕

1 我最讨厌什么？且听我说：
爱吹牛的下贱奴才，
我讨厌动辄想杀人
的人和不听话的马，
上帝保佑我，我讨厌
年轻人未经战事，
却提着盾牌到处招摇，
教士和长胡子的修士，
搬弄是非人的利嘴。

2 我认为贫穷而骄傲
的女人顶讨人厌；
丈夫过分疼爱妻子，
即使她是图卢兹贵妇。
我也讨厌到外头
耀武扬威的骑士，
在家里没事可干，
只管凑近火炉边
捣碎臼里的辣椒。

3 我特别讨厌
摇旗呐喊的懦夫，
杂种老鹰在河边，

① 本诗为以爱憎为题的讽喻诗。

大锅里没几丁肉，
凭圣马丁，我讨厌
少量酒里掺大量水，
大早出门遇见瘸子、
瞎子都一样讨我厌，
跟他们上路真倒霉！
4 我讨厌等了半天
肉没烧熟又嚼不动，
教士撒谎发假誓，
妓女老当益壮，
凭圣达玛，我讨厌
贱人活得太舒服，
跑路时地上结冰，
全身披挂，骑马逃窜，
掷骰子时有人诅咒。
5 凭着永生，我讨厌
严冬吃饭炉子没火，
夜间睡觉刮西北风，
吹来客栈里的臭味。
我讨厌，最不能忍受
求用人替我洗尿壶，
我讨厌野蛮的丈夫，
碰见他漂亮的老婆，
不准她给我点什么。
6 凭圣萨瓦，我讨厌
坏琴师在好宫廷里，

小地方有太多弟兄，
好赌局有个穷搭档。
凭圣马歇，我讨厌
一件外套用两种皮料，
一座城堡有太多继承人，
有钱人不讲究排场，
竞技时短少弓箭刀枪。
7 愿上帝帮我，我讨厌
长饭桌铺条短桌布，
切肉的人满手生癣，
破铜烂铁的沉重盔甲。
倾盆大雨、坏天气时
我讨厌站在大门口，
朋友之间的争吵也
令我厌恶，尤其要命，
明知吵架双方都有错。
8 我还有更讨厌的事：
老妓女还浓妆艳抹，
穷娼家爱搔首弄姿，
小姑娘抛出条大腿。
凭圣艾房，我讨厌
有窄鸡巴的胖女人，
和过分剥削的主人，
世上最令我讨厌的是
打瞌睡却睡不着觉。
9 还有些令我讨厌的事：

下雨天骑马没戴帽子，
发现猪在我的马槽里
把马的饲料吃得精光。
我讨厌马鞍的鞍架
无端端地突然坍塌，
讨厌没扣针的扣子，
不喜欢坏人在家里
满口脏话、无恶不作。

**MM 13** L’autrier fuy en Paradis (305, 12)[①]
版本：同上，8 抄本，底本 C
诗格：7a 7b 7b 7a 7’c 7a 7b 7’c，6 阕

1 有一回我上天堂，
心里充满着喜悦，
陆地、海洋、高山、低谷——
万物都服从的上帝
很友善地对我说：
“修士，你来有事吗？
蒙陶顿一切还好吧？
那里你多的是朋友。”
2 “天主，我已经投身
于修道院一两年了，
从此与诸侯断绝音信，

① 本诗为和上帝辩论的辩论诗。

全因为我爱你、服侍你，
他们已和我情分疏远。
兰顿大人，巴黎之主，
他从不作假欺骗我，
我相信他深感遗憾。”

3 “修士，我也很不满意
你藏身在修道院里
心谋不轨、兴风作浪，
为了争夺产业成天
跟所有邻居打官司。
我宁可你嬉笑歌唱，
给世界增添点乐趣，
也给蒙陶顿赚点收入。”

4 “天主，我怕犯罪，
如果我作诗编曲，
明知故犯地撒谎
会不得你的欢心，
我早已不干那行。
与其入世作践自己，
不如回去读经文，
放弃西班牙之旅。”

5 “修士，你大错特错了，
还不赶紧前去拜见
统治噢勒罗的国王， 英国国王理查
他是你要好的朋友，
也难怪他和你绝交，

唉！他乐意花大把
银钱买礼物送给你，
从泥坑里提拔过你。”

6　“天主，要不是你犯错，
让他给人关在牢里，
我早就去拜见他了。
至于萨拉森人的船舰，
你忘了他们通航无阻？
一旦进入阿克利城，
土耳其匪徒就更嚣张，
疯子才跟你去打仗呢！”

**MM 14**　Autra vetz fuy a parlamen (305, 7)①

版本：同上，4 抄本，底本 C

诗格：8a 7’b 7’b 8a 8c 8d 8d 8c，7 阕 4 叠句

1　又有一回，我运气真好，
出席了天上一场会议，
会中圣徒的雕像发牢骚，
抱怨搽脂抹粉的女人，
我听见他们向上帝控告
女人抬高了脂粉的价钱，
拿修饰圣像的胭脂
来打扮得容光焕发。

① 本诗为与上帝辩论女人是否应搽胭脂的辩论诗。

2 于是上帝很庄严地说：
“修士，圣像的权利
被侵犯实在不应该，
为了爱我，你快下去
叫女人停用胭脂，
因为我不爱听诉讼，
要是她们不肯停用，
我会去把她们抹干净。”

3 “上帝，”我说，“你该对
女人仁慈、温柔些，
因为她们天生就
爱打扮得花枝招展，
你何必生她们的气？
圣像也不应该告状，
否则，我认为，女人
再也不肯供奉他们。”

4 “修士，”上帝说，“你说的
大错特错，毫无道理。
我的造物未经我的
准许居然擅自化妆，
这样子她们岂不就
和我一样长生不老，
如果使用胭脂化妆
能够令人青春永驻。”

5 “天主，你说话太霸道，
自以为高高在上，

女人绝不会停用
胭脂，除非你保证，
直到她们死之前，
美容永不衰退，
不然就废除胭脂，
世上谁都不准用。”
6 “修士，女人不应该
用胭脂打扮漂亮，
你替她们如此狡辩，
做得实在太没分寸。
就算你爱夸奖她们，
难道不考虑化妆品
对她们皮肤有损害，
何况撒泡尿就没了。”
7 “天主，好胭脂销路好，
因此她们挖空心思
调制出厚硬的成品，
尿水也不轻易溶化。
既然你不肯美化她们
她们自己美容，你何必
动气，倒该感谢她们
没劳你驾就打扮漂亮。”
8 “修士，胭脂和化妆品
害她们下体频频挨整，
你以为她们不会气恼，
成天为男人弯腰折背？”

9 “天主，让火烧尽她们！
我可填不满她们的坑，
每次以为游到了岸边，
总还得用力再游下去。”

10 “修士，她们全该停用，
既然撒尿能消除胭脂，
我就让她们生一种病，
成天不停地在撒尿。”

11 “天主，无论你让谁撒尿，
千万对蒙特弗的艾莉斯
夫人留情，她从不爱打扮，
没被圣像和祭坛抱怨过。”

# 裴柔尔

（Peirol，1188—1222 年）

## ◎ 小传

裴柔尔是阿尔文涅的一个穷骑士，来自名叫裴柔尔的城堡，在达尔非的领地的罗克福山脚。他斯文有礼，相貌堂堂，达尔非·德·阿尔文涅收留他，供给他衣物、马匹和盔甲。

达尔非大人有个妹妹名叫赛儿·德·克劳斯特拉，美丽善良，很受人尊敬。她是伯劳·德·美库尔大人的妻子，他是阿尔文涅的大贵族。裴柔尔大人真心爱上她，达尔非帮他追求她，还非常喜欢裴柔尔为妹妹作的情诗。裴柔尔以这些诗讨好达尔非的妹妹，夫人终于也喜欢他，与他相爱，得到达尔非的默许。

夫人和裴柔尔打得火热，达尔非嫉妒她，认为她行为不检。他放逐裴柔尔，不给他衣物、盔甲。裴柔尔因此无法维持骑士身份，改行做歌手，周游各宫廷，从贵族那里领到衣物、金钱和马匹。（B/S，第 303 页）

## ◎ 简介

裴柔尔是当时最受欢迎的诗人之一，留下 34 首诗，其中 19 首有乐谱，抄录于 31 部抄本。

Pr 31　Quant amors trobet partit (366, 29)

版本：Aston 本，14 抄本，底本 C，乐谱在 G，8 部抄本多出一阕

诗格：7a 7b 7a 7b 7b 7c 7c 7d 7d，5 阕 2 叠句

1 爱神发现我的心
不再关心他的事，
以辩论诗攻击我，
且听他怎么进行：
“朋友裴柔尔，你真坏，
居然离开我远去，
既然你不再对我
和诗歌专心致意，
你说你还值几分钱？”
2 “爱情，我殷勤服侍你，
你从没同情过我，
你明白我尝到的
快乐多么稀少。
我从没向你抱怨过，
只要你今后让我
安宁，我别无他求，
再没有任何其他奖赏
能让我更开心的了。”
3 “裴柔尔，难道你忘了
那位高贵的好夫人？
全是因为我的命令，
她才会那么有礼貌、
那么亲热地接待你。
你的心太易变了！

你从没这样子过，
你的诗总是那么
开心地歌颂爱情。”
4 “爱情，我从没犯错，
如今错得并不得已，
求上帝、耶稣指引我，
早日为诸位国王
排解纠纷，达成协议，
因为后援耽搁已久，
那高贵英勇的侯爵 康拉·德·蒙特弗拉
目前情况万分火急，
需要更多人马接济。”
5 “裴柔尔，土耳其和阿拉伯人
不会因为你参战而
放弃大卫王的城楼。
我给你忠实劝告，
殷勤歌颂爱情吧！
君王都不去，你还去？
你看他们互相残杀，
再看那些诸侯，人人
找借口想逃避责任。”
6 “爱情，如果国王不去，
我跟你说，至少达尔非
不会为了怕战争和你
退缩不前，他高贵极了！”
7 “裴柔尔，许多情人都要

流泪与情妇告别了，
要不是为了萨拉丁，
他们都宁愿留在这里。”

# 基廉·德·蒙坦那格

（Guillem de Montanhagol，1233—1268 年）

## ◎ 小传

基廉·德·蒙坦那格是普罗旺斯的一位骑士，是个好诗人和大情人。他爱上伦内尔城堡的姚瑟兰妲夫人，为她作了许多优美情诗。（B/S，第 518 页）

## ◎ 简介

反对北方政教侵略与振兴南方文化的诗人，作诗批评过教会的异教裁判所（GM 1）和南方诸侯不支持图卢兹伯爵带领的反抗战争（GM 4），为歌颂爱情辩护，声称贞节出自爱情（GM 12）。留下 14 首诗，抄录在 20 多部抄本里。此处选译一首论作诗与爱情的诗为代表。

**GM 8**　Non an tan dig li primier trobador (225, 7)

版本：Ricketts 本，13 抄本，底本 C

诗格：10a 4a 6b 10a 4a 6b 10’c 10d 10d 10’c，6 阕加叠句

1　早期诗人作诗的时代
虽然辉煌，
却没把所有情诗作完，
使得后来的人作不出
有价值、
美好而真实的新诗，

因此还可以言所未言。
诗人如果不能更新内容，
以新技巧作出新颖、快活、
优美的诗歌，就不算一流。
2 虽然肇始诗人已多方
谈论爱情，
要创新的确万分困难，
不过只要行家能唱出
以前没人
吟过的诗就算是创新，
说出没听过的就是新，
说人没说过的也是新，
因为爱情如此循循善诱，
即使没人作诗我也要作。
3 我爱唱歌，当我想到爱情
赐的殊荣
和我为他所做的努力，
因为被我诗歌赞扬的是
芸芸众生
佳丽之中的一朵名花。
老实跟你说，我真相信
她的艳丽从天上掉下来，
和天堂的艺术品没两样，
可爱得没有一点人间气。
4 女人有件事做得太愚蠢，
她们办起

爱情的事总是婆婆妈妈，
见到完美无瑕的情人
都不免
要犯吹毛求疵的毛病，
男人可不像以往命长，
这种叫人久等的坏习惯
应该取消，如能享受爱情，
我不信男人会那么早死。
5 自视过高的女人也害自己，
有人向她
求爱，她却爱理不理，
宁愿让求爱的人吃苦头，
自己绝对
不肯犯丝毫严重过错。
说来真令人难以置信，
有些女人做事不合情理，
令她们的爱情名声扫地，
还误以为自己奇货可居。
6 我爱纯真无邪的夫人，
为她效劳，
我永远不会也不应该
离弃她，因为她以至善
至美闻名，
她的爱情一直吸引着我。
不求上进的情人真愚蠢，
爱得下贱的人自取其辱，

人必须向至善俯首称臣，
她集恩典、尊贵、礼节于一身。

7 艾克拉蒙妲夫人，古雅夫人，
真是人如其名，光耀世界，
你们的名字多么珍贵优美，
令赞不绝口的人永无病痛。

# 索代罗

（Sordello，1220 年生，1269 年卒）

## ◎ 小传

索代罗来自曼托瓦一座名叫古以投的城堡，是位高贵的堡主。[ 抄本 IK 说他是个贫穷骑士的儿子 ] 人长得英俊潇洒，是个好歌手和诗人，也是个大情人。可是他对女人和贵族都不老实。

他爱上库尼萨夫人——艾彩利诺大人和阿尔伯利克・达・罗马诺大人的妹妹、圣卜尼法斯伯爵的妻子。他住在他们家里。他受艾彩利诺大人之命，诱拐库尼萨夫人，带她高飞远走。

不久之后，他前往坎内第，到属于艾斯特拉家族的亨利大人、基廉大人和瓦泊廷大人的城堡。他们都是他的好朋友，他和他们的妹妹秘密结婚，她名叫噢妲。然后他前往威尼托。艾斯特拉家长发现了，想谋害他，圣卜尼法斯伯爵也一样。因此他全副武装留在艾彩利诺大人家里，在陆地旅行时，总骑强壮战马，有大批骑士陪同。

因为害怕人家谋害他，他前往普罗旺斯，投靠普罗旺斯伯爵。他爱上一位美丽的普罗旺斯贵妇，在他为她作的诗里称她为“可爱的敌人”，他为这位夫人作了许多美好的情诗。[ 抄本 Aa]（B/S，第 566 页）

## ◎ 简介

索代罗留下 42 首诗和一首 1327 行的诲谕诗，收录在十几部抄本里。其诗大部分是情诗，还有相当数量与当代诗人唱和的辩论诗，最著名的是以下选译的这首挽诗，因它，但丁在《炼狱篇》里让索代罗扮演了一个相当重要的角色。

**Sd 26** Planher vuelh En Blacatz en aquest leugier so (437, 24)

版本：Wilhelm 本，9 抄本，底本 C，有线无谱在 R，诗成于 1237 年

诗格：12a 12a 12a 12a 12a 12a 12a 12a，5 阕 2 叠句

1 我要以轻快的调子和悲伤痛苦之心
哀悼布拉卡大人，我有很好的理由：
他的逝世令我痛失明主与挚友，
一切尊贵美德随他死亡而消失，
损失多么惨重，我已不存希望
能再恢复盛况，除非如此这般：
把他的心挖出来给下列君王吃，
对这些没心肝的懦夫大有补益。

2 第一个得吃心肝的是罗马皇帝， 弗雷德里克二世
他挺有需要，如果他想用武力
征服米兰人，他们觉得他没出息，
条顿人头领还挣不到产业维生。
跟在他后头吃的是法兰西国王， 路易九世
他想收复糊涂失去的卡斯蒂尔，
不过，如果他想起母亲就不会吃，
他虽爱面子，却不敢公然冒犯她。

3 我希望胆小如鼠的英格兰国王 亨利三世
大口吃块心肝，使他勇敢英明，
收复法兰西国王欺负他无能
夺去的土地，免得含垢忍辱度日。

卡斯蒂尔国王更应该吃双份，　　斐迪南三世
拥有两个王国却管不了一个，　　卡斯蒂尔与莱昂
不过，如果他想吃就得偷偷地吃，
免得母亲知道，打得他遍体鳞伤。

4　我要阿拉贡国王也吃点心肝，　　海梅一世
帮助他洗清因失去马赛和
米姚而受到的耻辱，除此以外，
他再没其他办法恢复名誉。
接下来我要那瓦尔国王吃心肝，　　诗人、香槟伯爵提奥巴尔多
听说他当伯爵比当国王称职，
上帝不该提拔人升官发财，
然后让他勇气全消，名誉扫地。

5　图卢兹伯爵也需要吃一口，　　雷蒙七世
如果他比较领地的今昔，
要是不借那颗心收复失地，
我看凭自己的心他绝对办不到。
普罗旺斯伯爵也得吃，如果他　　雷蒙·贝伦加尔四世
记住倾家荡产的人一文不值，
虽然他已尽全力保护自己，
仍得吃心肝才能承当重担。

6　我说实话，君王都要诅咒我，
别瞧不起我，我才瞧不起他们。

7　好“复原者”，我只能从你处得恩宠，
我瞧不起不把我当朋友的人。

# 沛尔 · 卡典纳

（Peire Cardenal，1204—1278 年）

## ◎ 小传

沛尔 · 卡典纳来自维勒的普依 · 诺特丹城，出身贵族，是骑士与贵妇之子。年幼时，双亲送他去普依最大的教堂当教士，学拉丁文，擅长阅读歌唱。

成人之后，因为性格开朗，年轻英俊，热爱俗世虚荣，作了很多优美诗文和曲调。他只作少数情诗，讽喻诗作得相当多，而且都很精妙。他的讽喻诗有很好的主题，举出了很好的例子，值得细心玩读，他强烈谴责世间的愚蠢和伪善的教士。他带着歌手周游各君王诸侯的宫廷，演唱他的讽喻诗，受到好客的阿拉贡国王海梅一世与诸侯的礼遇与尊敬。

我——抄录人米皆尔 · 德 · 拉托尔师傅——声明，沛尔 · 卡典纳大人将近一百岁才去世。我——上述的米皆尔——在尼姆城抄录他的讽喻诗。以下就是抄下来的讽喻诗。（B/S，第 335 页）

## ◎ 简介

沛尔 · 卡典纳经历过噢西坦诗歌的盛衰史，对南方文化被摧毁极其愤怒，作了大批攻击社会、政治和宗教腐败的讽喻诗。留下 96 首诗，另有 8 首归他名下但作者身份未明，抄录在十几部抄本。

**PC 34** Un estribot farai, que er mot maistratz (335, 64)[①]

版本：Lavaud 本，抄本 R

诗格：不分阕，一韵到底，每句 12 音节，末句 6 音节。这诗体的格律近似史诗，中世纪仅存两首，这是其中之一。

我要作首“一驳诗”，无论新词、
神学和其他什么我都精通。
——因为我信上帝出自母胎，
为了救世，由圣女出生。
他是父、子、圣灵三位一体，
他在三格之中合而为一。
我信他开辟了天上穹苍，
把犯罪的天使打下地狱。
我信圣约翰，在他走近时，
抱着他在河水里施洗礼。
他出生以前已得到印证，
在母胎里，他的胎位右转。
我信罗马和圣彼得受命
听忏悔、辨别智慧与愚蠢。
——可是撒谎的教士不信这些，
慷他人之慨却啬于行善，
金玉其外，却败絮其中，
禁止别人做自己爱做的事，
不做晨祷，却巧立名目，
和妓女一直睡到日上三竿，

① 本诗为“一驳诗”。

高唱民谣，把圣诗当作儿戏，
该亚法、彼拉多都比他们早得神恩。 害死耶稣的人
——修士一向关在修道院里，
在神像面前崇拜天主，
如今来到城里作威作福，
只要你有漂亮老婆或情妇，
高不高兴，都要做你的床盖，
他们在上面，把鸡巴全封上，
圆滚滚的肉球悬在枪干下，
像盖信印那样把洞塞满。
从此生出的异端邪教子孙，
爱诅咒、叛教、用三颗骰子赌钱，
这就是黑衣修士表现的“爱心”。
——我的一驳诗完了，作得蛮工整，
因为我使用文学和神学材料。
如果说得难听，请大家原谅，
我替上帝说话，教人更爱他，
也为了好好“一驳”
那些教士。

**PC 56** Las amairitz, qui encolpar las vol (335, 30)
版本：同上，11 抄本，多种诗阕秩序
诗格：10a 10b 10a 10b 10’c 10b 10’c 10b，5 阕加叠句

1 偷汉子的女人受指责时

列那狐故事里的狼

常用易桑格兰的理由强辩：
一个偷汉子为了贪家产，
另一个被贫穷逼迫；
一个因为老夫少妻，
另一个为了女高男矮；
一个少件棕色大衣，
另一个有两件也照偷不误。
2 领地上有女人，战事近矣，
枕边有女人，战事更紧迫。
夫妻不和，争吵起来比
和邻居打架还要厉害。
我认得个人，他去陀利都，
他老婆和堂表亲戚
没人会说：“愿他早日归来！”
他不在时，嬉笑多过忧伤。
3 穷人只偷了条床单，
就得低头让人骂他做贼，
富人偷了库府银钱，
却受康士坦丁宫廷嘉奖。
只偷条马缰绳的穷人
反而被偷马的人吊死，
富贼吊死穷贼的道理
比笔直的箭竿还要直。
4 偷牛宰羊的人可以
花不义之财大摆宴席，
我认得这种人烹煮满锅

圣诞宴席，姑隐其名。
这种肉不只不洁净，
不义之肉也违反教义，
想这样庆祝圣诞的人
比吃奶的婴孩还弱智。

5 我只管自己吹笛唱歌，
因为再没人懂我的话，
我歌里的话对一般人
比夜莺之歌更加难懂。
何况我不会弗里西亚和不列颠语，
也不说佛兰德话和安茹话，
邪恶把他们搞糊涂了，
全分辨不出是非真假。

6 我何必介意恶人不懂
我的诗歌，既然全是笨猪？

**PC 74** Tartarassa ni voutor (335, 55)

版本：同上，5 抄本，R 有乐谱

诗格：7a 7b 7a 7b 7c 7c 7d 7d，5 阕

1 没有秃鹰或山雕
对腐肉的嗅觉
会比教士和传教士
闻有钱人的更敏锐：
立刻跟他做好朋友，

一旦他疾病缠身
就叫他立遗嘱捐献，
不留给家属分文。
2 法兰西人和教士
干坏事恶名昭彰，
放高利贷的人和
骗子拥有全世界，
他们撒谎行骗，
蒙混住所有人，
没有什么修道院宗派
不学会他们的教规。
3 可知道这些不义
之财的下落如何？
有更厉害的强盗会
来把他们抢劫一空，
那就是死亡的沉重
打击，用四尺裹尸布
把他们送到阴间，
在那里受更多的苦。
4 人类，怎么尽做
触犯上帝戒律的
蠢事？他是从空无
创造你的天主。
人反抗上帝有如
赶母猪上市场，
会受到邪恶犹大 出卖耶稣的人

所得同样的报应。

5 充满慈悲的真神，
天主，愿你保佑我们，
庇护罪人免受
地狱的痛苦与刑罚，
把他们从罪恶的
束缚中释放出来，
他们诚心忏悔后，
千万赦免他们。

**PC 80** Una ciutatz fo, no sai cals

版本：同上，5 抄本

诗格：寓言诗，17 阕加叠句，每阕 4 句，由 2 联句组成

1 从前有座城，不知何许，
下了一场大雨，
城里的人，被淋着的
全都变成疯子。
2 人人发疯，只有一个，
再没别人，逃过大难，
因为事情发生之时
他恰巧在家里睡觉。
3 等他睡醒起来，
已经停止下雨，
他到外头看见

人人都在发神经。

4 有的只穿内衣，有的赤身裸体，
一个朝上吐痰，
有的扔石头，有的捽木条，
一个撕裂长袍。

5 有的打人，有的推人一把，
一个自以为是大王，
双手神气地叉着腰，
又有人跳到柜台上。

6 有的恐吓人，有的诅咒人，
有的在发誓，有的在狂笑，
有的说话语无伦次，
有的一直在做鬼脸。

7 那个神志清醒的人
看见别人那么疯癫
觉得万分惊讶。
他上下左右张望，

8 想找一个清醒的人，
却一个也找不到。
他们令他十分惊讶，
他们对他更加好奇，

9 看见他那么平静，
不见他做同样的事，
都认为他理性全失。
显然人人都以为

10 自己很清醒、有理性，

认为他在发神经。
有人刮他耳光，有人捶他的颈，
他身不由己，跌倒地上。
11 这个推他一把，那个踢他一脚，
他想躲避这帮暴徒，
有人扯住他，有人拖他回来，
他挨揍，爬起来又倒下去。
12 跌倒又爬起，他拼命奔跑，
逃到家里去避难，
满身泥泞，给打得半死，
他很庆幸终于脱险。
13 寓言说的是人世间，
跟世上的人一样，
人世间就是那座城，
里面住满了疯子。
14 人拥有的至高理性
就是爱神、敬畏上帝，
遵守他的诫命，
如今这理性已经丧失。
15 下的那场大雨是
贪婪之心带来的
骄傲和万恶心肠，
感染了所有人。
16 要是上帝保佑某人
别人就以为他发疯，
把他抛扔到半空中，

只因他的想法不同，
17 把神的智慧当作疯癫。
上帝的朋友在那里
就知道他们在发疯，
因为全都神志不清。
18 他抛弃了凡俗心思，
反被人家当作疯子。

# 基柔特 · 利基叶

（Guiraut Riquier，1258—1292 年）

## ◎ 简介

虽然在他以后仍有诗人作噢西坦抒情诗，但基柔特•利基叶以“生不逢辰”的感叹和诗歌被保存的特殊情况，被称为“最后的行吟诗人”，却也当之无愧。

他的一百多首诗保存于抄本 CR，C 本的诗每首都有诗人取的标题，除了成诗日期，有的还说明作诗的场合。其中有 15 或 16 首几百行长的诗信，包括对阿方索十世的陈情诗和对卡斯蒂尔国王的答复。而最有名的是 6 首牧女诗，描写诗人和牧羊女 22 年间 6 次邂逅的不同心境。此处选译他名为《生不逢辰》的名诗作为本书的结束。

**GR 10** Be·m degra de chantar tener (248, 17)
版本：Mahn/Pfaff 本，抄本 CR，作于 1292 年
诗格：8a 8b 8b 8a 8c 8c 8d 8d，5 阕 2 叠句

1 我不应该继续歌唱，
因为开心才能唱歌，
而我心被忧思困扰，
痛苦来自四面八方，
回想过去艰苦日子，
再看眼前困难情况，
从长思量前途茫茫，

不禁令我热泪盈眶。
2 我的歌已淡然无味，
因为对我毫无乐趣，
上帝却赐我这本领
让我用歌如实记载
我的愚蠢、聪明、快乐、
痛苦、损失，以及收获，
此外还有什么好说，
可惜我来得太晚了！
3 如今宫廷里最不受人
欢迎的莫过于作诗
这个行业，那里的人
只爱观听打诨骂俏，
粗声吆喝、寡廉鲜耻，
一切应受称赞的事
如今都已完全遗忘，
世上到处都是骗子。
4 由于所谓基督徒的
骄傲与邪恶，背离了
爱情和上帝的诫命，
我们被逐出了圣地，
经历多少其他挫折。
如此看来，上帝因为
我们的无边欲望和
滥用职权惩罚我们。
5 我们应该畏惧面临

双重死亡的大灾难：
萨拉森人征服我们
和被上帝弃置不顾。
由于勇于内斗，我们
很快就会全军覆灭，
我看我们的领袖们
完全没慎重思虑过。
6 愿我们信仰的唯一
全能、全智、至善之神
发光彰显他的功业，
洗净罪人的污秽。
7 慈爱的主上、圣母，
求你通过你儿子
的怜悯为我们取得
神恩、赦免与神爱。

# 引用书目

## 一、欧洲诗歌的新开始：凯尔特诗歌与日尔曼诗歌

### 1. 中文书目

但丁 . 新生 [M]. 王独清，译 . 上海：光明书局，1934.

冯象 . 玻璃岛——亚瑟与我三千年 [M]. 北京：生活・读书・新知三联书店，2003.

廖炳惠 . 关键词 200：文学与批评研究的通用辞汇编 [M]. 台北：麦田出版社，2003.

李耀宗 . 汉译欧洲中古文学的回顾与展望 [J]. 国外文学，2003（1）：23-33.

李耀宗 . 理解中世纪与女人 [J]. 当代，2003（189），90-119.

李耀宗 . 重新开始：纪念赛义德 [J]. 国外文学，2004（1）：21-23.

李耀宗 . 欧洲诗歌的新开始 [J]. 国外文学，2005（1）：21-38.

李耀宗 . 欧洲诗歌的新开始 [J]. 国外文学，2005（2）：17-29.

李耀宗 .“从史诗到罗曼斯”与欧洲叙事诗的新开始 [J]. 国外文学，2012（2）：31-41.

李耀宗 .“宫廷爱情”与欧洲中世纪研究的现代性 [J]. 外国文学评论，2012（3）：5-18.

佚名 . 埃达 [M]. 石琴娥，斯文，译 . 南京：译林出版社，2000.

佚名 . 贝奥武甫：古英语史诗 [M]. 冯象，译 . 北京：生活・读书・新知三联书店，1992.

## 2. 诗歌

### 古威尔士诗歌

Jackson, Kenneth Hurlstone. *The Gododdin: The Oldest Scottish Poem*. Edinburgh: Edinburgh Univ. Press, 1969.

Jarman, A. O. H., ed. *Aneirin: Y Gododdin*. Llandysul: Gomer Press, 1990.

Koch, John Thomas, ed. *The Gododdin of Aneirin: Text and Context from Dark-Age North Britain*. Cardiff: Univ. of Wales Press, 1997.

Williams, Ifor, ed. *The Poems of Taliesin*. English Version by J. E. Caerwyn Williams. Dublin: The Dublin Institute for Advanced Studies, 1975.

### 古爱尔兰诗歌

Clancy, Thomas Owen, and Gilbert Márkus. *Iona: The Earliest Poetry of a Celtic Monastery*. Edinburgh: Edinburgh Univ. Press, 1995.

Mac Mathúna, Séamus. *Immram Brain: Bran's Journey to the Land of the Women*. Tübingen: Max Niemeyer, 1985.

McCone, Kim. *Echtrae Chonnlai and the Beginnings of Vernacular Narrative Writing in Ireland: A Critical Edition*. Maynooth: National Univ. of Ireland, 2000.

Murphy, Gerard, ed. *Early Irish Lyrics, Eighth to Twelfth Century*. Oxford: Clarendon Press, 1956.

Oskamp, H. P. A. *The Voyage of Máel Dúin: A Study in Early Irish Voyage Literature*. Groningen: Wolters-Noordhoff, 1970.

## 古高地德语诗歌

Braune, Wilhelm, ed. *Althochdeutsches Lesebuch*. 15. Auflag. Túbingen: Max Niemeyer, 1969.

Schlosser, Horst Dieter, ed. *Althochdeutsche Literatur*. Berlin: Erich Schmidt, 1998.

## 古英语诗歌

Chickering, Howell D., Jr., ed. & trans. *Beowulf: A Dual-Language Edition*. Garden City: Anchor/Doubleday, 1977.

Klaeber, Fr., ed. *Beowulf and the Fight at Finnsburg*. 3rd ed. Boston: D. C. Heath, 1950.

Krapp, George Philip, and Elliott Van Kirk Dobbie, eds. *The Anglo-Saxon Poetic Records*. New York: Columbia Univ. Press, 1931-1942.

I. Krapp, George Philip, ed. *The Junius Manuscript*. 1931.

II. Krapp, George Philip, ed. *The Vercelli Book*. 1932.

III. Krapp, George Philip, and Elliott Van Kirk Dobbie, eds. *The Exeter Book*. 1936.

IV. Dobbie, Elliott Van Kirk, ed. *Beowulf and Judith*. 1953.

V. Krapp, George Philip, ed. *The Paris Psalter and the Meters of Boethius*. 1932.

VI. Dobbie, Elliott Van Kirk, ed. *The Anglo-Saxon Minor Poems*. 1942.

Mitchell, Bruce, and Fred C. Robinson, eds. *Beowulf: An Edition with Relevant Shorter Texts*. Oxford: Blackwell, 1998.

Pope, John C., ed. *Seven Old English Poems*. Indianapolis: Bobbs-Merrill, 1966.

Wrenn, C. L., ed. *Beowulf with the Finnesburg Fragment*. Rev. ed. London: Harrap, 1958.

**古北欧诗歌**

Frank, Roberta. *Old Norse Court Poetry: the Drottkvætt Stanza*. Ithaca: Cornell Univ. Press, 1978.

Neckel, Gustav, ed. *Edda: Die Lieder des Codex Regius nebst verwandten Denkmälern, I. Text*, rev. Hans Kuhn. 4th ed. Heidelberg: Carl Winter, 1962.

Turville-Petre, E. O. G. *Scaldic Poetry*. Oxford: Clarendon Press, 1976.

3. **其他有关作品与翻译**

Barron, W. R. J., and Glyn S. Burgess, eds. *The Voyage of St Brendan*: *Representative Versions of the Legend in English Translation*. Exeter: Univ. of Exeter Press, 2002.

Bede. *A History of the English Church and People*. Trans. Leo Shirley-Price. Harmondsworth: Penguin Classics, 1955.

Bieler, Ludwig, ed. *The Patrician Texts in* The Book of Armagh. Dublin: The Dublin Institute for Advanced Studies, 1979.

Byock, Jesse L., trans. *The Saga of the Volsungs*: *The Norse Epic of Sigurd the Dragon Slayer*. Berkeley: Univ. of California Press, 1990.

Clancy, Joseph P. *Medieval Welsh Poems*. Dublin: Four Courts Press, 2003.

Connolly, S., and J.-M. Picard, trans. "Cogitosus: *Life of Saint Brigit*". *Journal of the Royal Society of Antiquaries of Ireland*, 117 (1987): 11-27.

Faulkes, Anthony, trans. *Edda: Snorri Sturluson*. London: Dent, 1995.

Gildas. *The Ruin of Britain and Other Works*. Ed. & trans. Michael Winterbottor. London: Phillimore, 1980.

Gregory of Tours. *The History of the Franks*. Trans. Lewis Thrope. Harmondsworth:

Penguin Books, 1974.

Haug, Walter. *Vernacular Literary Theory in the Middle Ages: The German Tradition, 800-1300*. Cambridge: Cambridge Univ. Press, 1997.

Hoare, F. R. *The Western Fathers*. London: Sheed and Ward, 1954.

Hollander, Lee M., trans. *Heimskringla: A History of the Kings of Norway by Snorri Sturluson*. Austin: Univ. of Texas Press, 1964.

---, trans. *The Poetic Edda*. 2nd rev. ed. Austin: Univ. of Texas Press, 1962.

---, trans. *The Skalds: A Selection of Their Poems, With Introductions and Notes*. Ann Arbor: Univ. of Michigan Press, 1968.

Hood, A. B. E., ed. & trans. *St. Patrick, His Writings and Muirchu's Life*. London: Phillimore, 1978.

Kinsella, Thomas. *The Táin*. Oxford: Oxford Univ. Press, 1969.

Kratz, Dennis M., ed. & trans. *Waltharius and Ruodlieb*. New York: Garland, 1984.

Larrington, Carolyne, trans. *The Poetic Edda*. Oxford: Oxford Univ. Press, 1996.

Nagy, Joseph Falaky. *The Wisdom of the Outlaw: the Boyhood Deads of Finn in Gaelic Narrativ Tradition*. Berkeley: Univ. of California Press, 1985.

Nennius. *British History and the Welsh Annals*. Ed. & trans. John Morris. London: Phillimore, 1980.

O'Rahilly, Cecile, ed. *Táin Bó Cúalnge from the* Book of Leinster. Dublin: The Dublin Institute for Advanced Studies, 1967.

---, ed. *Táin Bó Cúalnge: Recension I*. Dublin: The Dublin Institute for Advanced Studies, 1976.

Saxo Grammaticus. *The History of the Danes*. Trans. Peter Fisher. Ed. Hilda Ellis Davidson. Vol. 2. Cambridge: Brewer, 1979, 1980.

Sharpe, Richard, trans. *Life of St. Columba by Adomnán of Iona*. Harmondsworth: Penguin Classics, 1995.

Short, Ian, and Brian Merrilees, eds. *The Anglo-Norman Voyage of St. Brendan by Benedeit*. Manchester: Manchester Univ. Press, 1979.

Talbot, C. H. *The Anglo-Saxon Missionaries in Germany*. London: Sheed and Ward, 1954.

Wright, Neil, ed. *The Historia Regum Britannie of Geoffrey of Monmouth, I. Bern, Burgerbibliothek, MS. 568*. Cambridge: D. S. Brewer, 1985.

---, ed. *The Historia Regum Britannie of Geoffrey of Monmouth, II. The First Variant Version: A Critical Edition*. Cambridge: D. S. Brewer, 1988.

## 4. 现代研究

Acker, Paul. *Revising Oral Theory: Formulaic Composition in Old English and Old Icelandic Verse*. New York: Garland, 1998.

Baker, Peter S., ed. *Beowulf: Basic Readings*. New York: Garland, 1995.

Best, R. I., and Osborn Bergin, eds. *Lebor na hUidre: Book of the Dun Cow*. Dublin: Royal Irish Academy, 1929.

Bostock, J. Knight. *A Handbook on Old High German Literature*. 2nd ed., revised by K. C. King and D. R. McLintock. Oxford: Clarendon Press, 1976.

Breatnach, Liam. "Poets and Poetry". In *Progress in Medieval Irish Studies*. Ed. Kim McCone and Katharine Simms. 65-77.

Brown, Peter. *The Rise of Western Christendom: Triumph and Diversity, A. D. 200-1000*. 2nd ed. Malden & Oxford: Wiley-Blackwell, 2003.

Brown, Raymond Edward. *An Introduction to the New Testament*. New York: Doubleday, 1997.

Byrne, Francis J. *Irish Kings and High-Kings*. Dublin: Four Courts Press, 1973, 2001.

Chapman, Malcolm. *The Celts: The Construction of a Myth*. New York: St. Martin's Press,

1992.

Charles-Edwards, T. M. *Early Christian Ireland*. Cambridge: Cambridge Univ. Press, 2000.

Chase, Colin, ed. *The Dating of* Beowulf. Toronto: Toronto Univ. Press, 1981, 1997.

Clunies Ross, Margaret. *Prolonged Echoes: Old Norse Myths in Medieval Northern Society*. 2 vols. Odense: Odense Univ. Press, 1994, 1998.

Christiansen, Eric. *The Norsemen in the Viking Age*. Malden and Oxford: Wiley-Blackwell, 2002, 2006.

Davidson, H. R. Ellis. *Gods and Myths of Northern Europe*. Harmondsworth: Penguin, 1964.

Doniger, Wendy. *The Hindus: An Alternative History*. New York: Penguin, 2009.

Dumézil, Georges. *Gods of the Ancient Northmen*. Berkeley: Univ. of California Press, 1973.

Dumville, David. "Early Welsh Poetry: Problems of Historicity". In *Early Welsh Poetry: Studies in the* Book of Aneirin. Ed. Brynley F. Roberts. Aberystwyth: National Library of Wales, 1988. 1-16.

Edel, Doris. *The Celtic West and Europe: Studies in Celtic Literature and the Early Irish Church*. Dublin: Four Courts Press, 2001.

Edwards, Cyril. *The Beginnings of German Literature: Comparative and Interdisciplinary Approaches to Old High German*. Rochester and Woodbridge: Camden House, 2002.

Elliott, Ralph W. V. *Runes: An Introduction*. 2nd ed. New York: St. Martin's Press, 1989.

Ellis, Peter Berresford. *Celt and Roman: The Celts in Italy*. New York: St. Martin's Press, 1998.

Fidjestøl, Bjarne. *The Dating of Eddic Poetry: A Historical Survey and Methodological Investigation*. Ed. Odd Einar Haugen. Copenhagen: Reitzel, 1999.

Fletcher, Richard. *The Barbarian Conversion from Paganism to Christianity*. New York: Henry Holt, 1997.

Flint, Valerie I. J. *The Rise of Magic in Early Medieval Europe*. Princeton: Princeton Univ. Press, 1991.

Flower, Robin. *The Irish Tradition*. Oxford: Clarendon Press, 1947.

Frank, Roberta. "Skaldic Verse and the Date of *Beowulf*". In *Beowulf: Basic Readings*. Ed. Peter S. Baker. New York: Garland, 1995. 155-180.

Franklin, Simon, and Jonathan Shepard. *The Emergence of Rus*, *750-1200*. London: Longman, 1996.

Friis-Jensen, Karsten. *Saxo Grammaticus as Latin Poet: Studies in the Verse Passages of the Gesta Danorum*. Rome: L'Erma di Bretschneider, 1987.

Geary, Patrick J. "Barbarians and Ethnicity". In *Late Antiquity: A Guide to the Postclassical World*. Ed. G. W. Bowersock, Peter Brown and Oleg Grabar. Cambridge: Harvard Univ. Press, 1999. 107-129.

Goffart, A. Walter. *Barbarians and Romans, A.D. 418-584: The Techniques of Accommodation*. Princeton: Princeton Univ. Press, 1980.

Hanning, Robert W. "*Beowulf* as Heroic History". *Medievalia et Humanistica*, N. S. 5 (1974): 77-102.

---. *The Vision of History in Early Britain*. New York: Columbia Univ. Press, 1966.

Harris, Joseph, and Karl Reichl, eds. *Prosimetrum, Crosscultural Perspectives on Narrative in Prose and Verse*. Cambridge: Brewer, 1997.

Harris, Joseph. "Eddic Poetry". In *Old Norse-Icelandic Literature*: *A Critical Guide*. Ed. Carol J. Clover and John Lindow. Ithaca: Cornell Univ. Press, 1985, 2005. 68-156.

Haycock, Marged. "Metrical Models for the Poems in the *Book of Taliesin*". In *Early Welsh Poetry: Studies in the* Book of Aneirin. Ed. Brynley F. Roberts. Aberystwyth: National Library of Wales, 1988. 155-177.

Herrin, Judith. *The Formation of Christendom*. Princeton: Princeton Univ. Press, 1987.

Hillgarth, J. N. H. *Christianity and Paganism, 350-750: the Conversion of Western Europe*. Philadelphia: Univ. of Pennsylvania Press, 1986.

Howlett, D. R. *The English Origins of Old French Literature*. Dublin: Four Courts Press, 1996.

Huws, Daniel. *Medieval Welsh Manuscripts*. Cardiff: Univ. of Wales Press and National Library of Wales, 2000.

Jackson, Kenneth. *Language and History in Early Britain*: *A Chronological Survey of the Brittonic Languages: First to Twelfth Century A. D.* Edinburgh: Edinburgh Univ. Press, 1953.

Jesch, Judith. *Ships and Men in the Late Viking Age: The Vocabulary of Runic Inscriptions and Skaldic Verse*. Woodbridge: Boydell Press, 2001.

Kelly, Fergus. *A Guide to Early Irish Law*. Dublin: The Dublin Institute for Advanced Studies, 1988.

---. "Tiughraind Bhécáin". *Ériu*, 26 (1975): 66-98.

Kiernan, Kevin S. Beowulf *and the* Beowulf *Manuscript*. New Brunswick: Rutgers Univ. Press, 1981.

---. "The Eleventh-Century Origin of *Beowulf* and the *Beowulf* Manuscript". In *The Dating of* Beowulf. Ed. Colin Chase. Toronto: Toronto Univ. Press, 1981. 9-22.

---. "The Legacy of Wiglaf: Saving a Wounded Beowulf". In *Beowulf: Basic Readings*. Ed. Peter S. Baker. New York: Garland, 1995. 195-218.

Koch, John T. "The Cynfeirdd Poetry and the Language of the Sixth Century". In *Early Welsh Poetry*: *Studies in the* Book of Aneirin. Ed. Brynley F. Roberts. Aberystwyth: National Library of Wales, 1988. 17-41.

Lane Fox, Robin. *Pagans and Christians*. New York: Knopf, 1987.

Le Goff, Jacques. *The Birth of Purgatory*. Trans. Arthur Goldhammer. Chicago: Univ. of

Chicago Press, 1986.

Lindow, John. *Handbook of Norse Mythology*. Santa Barbara: ABC Clio, 2001.

---. "Mythology and Mythography". In *Old Norse-Icelandic Literature*: *A Critical Guide*. Ed. Carol J. Clover and John Lindow. Ithaca: Cornell Univ. Press, 1985, 2005. 21-67.

MacCana, Proinsias. *Celtic Mythology*. New York: Peter Bedrick, 1985.

---. "Prosimetrum in Insular Celtic Literature". In *Prosimetrum*: *Cross Cultural Perspectives on Narrative in Prose and Verse*. Ed. Joseph Harris and Karl Reichl. Cambridge: Brewer, 1997. 99-130.

McCone, Kim. *Pagan Past and Christian Present in Early Irish Literature*. Maynooth: An Sagart, 1990.

McCone, Kim, and Katharine Simms. *Progress in Medieval Irish Studies*. Maynooth: National Univ. of Ireland, 1996.

McManus, Damian. *A Guide to Ogam*. Maynooth: An Sagart, 1997.

Magnus, Bente. "The Firebed of the Serpent: Myth and Religion in the Migration Period Mirrored through Some Golden Objects". In *The Transformation of the Roman World*. Ed. Leslie Webster and Michelle Brown. Berkeley: Univ. of California Press, 1997. 194-207.

Nicholson, Lewis E., ed. *An Anthology of* Beowulf *Criticism*. Notre Dame: Univ. of Notre Dame Press, 1963.

Nock, A. D. *Conversion: The Old and the New in Religion from Alexander the Great to Augustine of Hippo*. Oxford: Oxford Univ. Press, 1933.

Nordal, Guðrún. *Tools of Literacy: The Role of Skaldic Verse in Icelandic Textual Culture of the Twelfth and Thirteenth Centuries*. Toronto: Univ. of Toronto Press, 2001.

Ó Cathasaigh, Tomás. "Early Irish Narrative Literature". In *Progress in Medieval Irish Studies*. Ed. Kim McCone and Katharine Simms. 55-64.

O'Connor, Frank. *A Short History of Irish Literature: A Backward Look*. New York: Putnam, 1967.

O Hehir, Brendan. "What is the *Gododdin*?" In *Early Welsh Poetry: Studies in the* Book of Aneirin. Ed. Brynley F. Roberts. Aberystwyth: National Library of Wales, 1988. 57-95.

O'Keeffe, Katherine O'Brien. "Orality and the Developing Text of Caedmon's *Hymn*". *Speculum*, 62 (1987): 1-20.

O'Loughlin, Thomas. "The Latin Sources of Medieval Irish Culture: A Partial *Status quaestionis*". In *Progress in Medieval Irish Studies*. Ed. Kim McCone and Katharine Simms. 91-105.

Ong, Walter J. *Orality and Literacy: The Technologizing of the Word*. London: Methuen, 1982.

Opland, Jeff. *Anglo-Saxon Oral Poetry: A Study of the Traditions*. New Haven: Yale Univ. Press, 1980.

O'Rahilly, Thomas F. *Early Irish History and Mythology*. Dublin: The Dublin Institute for Advanced Studies, 1946.

---. *The Two Patricks: A Lecture on the History of Christianity in the Fifth-Century Ireland*. Dublin: The Dublin Institute for Advanced Studies, 1942.

Orchard, Andy. *Pride and Prodigies*: *Studies in the Monsters of the* Beowulf *Manuscript*. Cambridge: Brewer, 1995.

Page, R. I. *Runes and Runic Inscription: Collected Essays on Anglo-Saxon and Viking Runes*. Woodbridge: Boydell Press, 1995.

---. *Runes: Reading the Past*. London: The British Museum, 1987.

Robinson, Fred C. Beowulf *and the Appositive Style*. Knoxville: Univ. of Tennessee Press, 1985.

Roymans, N. *Tribal Societies in Northern Gaul: An Anthropological Perspective*.

Amsterdam: Univ. of Amsterdam Press, 1990.

Said, Edward W. *The World, the Text, and the Critic*. Cambridge: Harvard Univ. Press, 1983.

Salway, Peter. *The Oxford Illustrated History of Roman Britain*. New York: Oxford Univ. Press, 1993.

Schapiro, Meyer. "The Religious Meaning of the Ruthwell Cross". In *Late Antique, Early Christian and Mediaeval Art: Selected Papers*, New York: Braziller, 1979. 150-176.

Seznec, Jean. *The Survival of the Pagan Gods: The Mythological Tradition and Its Place in Renaissance Humanism and Art*. Princeton: Princeton Univ. Press, 1953.

Sigurðsson, Gísli. *Gaelic Influence in Iceland: Historical and Literary Contacts: A Survey of Research*. 2nd ed. Reykjavik: Univ. of Iceland Press, 2000.

Sims-Williams, Patrick. "Gildas and Vernacular Poetry". In *Gildas: New Perspectives*. Ed. Michael Lapidge and David Dumville. Woodbridge: Boydell, 1984. 169-190.

Staver, Ruth Johnston. *A Companion to* Beowulf. Westport: Greenwood Press, 2005.

Sweetser, Eve E. "Line-Structure and Rhan-Structure: The Metrical Units of the *Gododdin* corpus". In *Early Welsh Poetry*: *Studies in the* Book of Aneirin. Ed. Brynley F. Roberts. Aberystwyth: National Library of Wales, 1988. 139-154.

Tolkien, J. R. R. "*Beowulf*: The Monsters and the Critics". In *An Anthology of* Beowulf *Criticism*. Ed. Lewis E. Nicholson. Notre Dame: Univ. of Notre Dame Press, 1963. 51-103.

Valantasis, Richard, ed. *Religions of Late Antiquity in Practice*. Princeton: Princeton Univ. Press, 2000.

Wells, Peter S. *The Barbarians Speak: How the Conquered Peoples Shaped Roman Europe*. Princeton: Princeton Univ. Press, 1999.

Williams, Ifor. *The Beginnings of Welsh Poetry*. Ed. Rachel Bromwich. Cardiff: Univ. of Wales Press, 1972.

Wood, Ian. "Transmission of Ideas". In *The Transformation of the Roman World*. Ed. Leslie Webster and Michelle Brown. Berkeley: Univ. of California Press, 1997. 111-127.

Wooding, Jonathan M., ed. *The Otherworld Voyage in Early Irish Literature: An Anthology of Criticism*. Dublin: Four Courts Press, 2000.

Wright, Roger. *Late Latin and Early Romance in Spain and Carolingian France*. Liverpool: Francis Cairns, 1982.

## 二、噢西坦抒情诗研究

### 1. 诗人（代号）与所据版本（如有多项，以首项为准）

Americ de Peguilhan (AP). Shepard, William P., and Frank M. Chambers, eds. *The Poems of Aimeric de Peguilhan*. Evanston: Northwestern Univ. Press, 1950.

Arnaut Daniel (AD). Toja, Gianluigi, ed. *Arnaut Daniel: Canzoni*. Florence: Sansoni, 1960. Wilhelm, James J., ed. *The Poetry of Arnaut Daniel*. New York: Garland, 1981.

Araut de Marueill (AM). Johnston, Ronald C., ed. *Les Poésies lyriques du Arnaut de Marueill*. Paris: Droz, 1935.

Bernart Marti (BM). Beggiato, Fabrizio, ed. *Il trovatore Bernart Marti*. Modena: Mucchi, 1984. Hoepffner, Ernest, ed. *Les Poésies de Bernart Marti*. CFMA. Paris: Champion, 1929.

Bertran de Born (BB). Paden, William D., Tilde Sankovitch, and Patricia H. Stäblein, eds. *The Poems of the Troubadour Bertran de Born*. Berkeley and Los Angeles: Univ. of California Press, 1986.

Bernart de Ventadorn (BV). Appel, Carl, ed. *Bernart von Ventadorn: Seine Lieder*. Halle: Niemeyer, 1915. Nichols, Stephen G., John A. Galm, A. Bartlett Giamatti, Roger J. Porter, Seth L. Wolitz, and Claudette M. Charbonneau, eds. *The Songs of Bernart de Ventadorn*. Chapel Hill: Univ. of North Carolina Press, 1962. Lazar, Moshe, ed. *Bernart de Ventadorn, troubadour du XIIe siècle: Chansons d'amour*. Paris: Klincksieck, 1966.

Cerverí de Girona (CG). Riquer, Martín de, ed. *Obras completas del trovador Cerverí de Girona*. Barcelona: Instituto Español de Estudios Mediterréneos, 1947.

Cercamon (Cm). Wolf, George, and Roy Rosenstein, eds. *The Poetry of Cercamon and Jaufre Rudel*. New York: Garland, 1983. Jeanroy, Alfred, ed. *Les Poésies de Cercamon*. CFMA. Paris: Champion, 1922.

Elias and Gui d'Uisel (EU, GU). Audiau, Jean, ed. *Les Poésies des quatres troubadours d'Ussel*. Paris: Delagrave, 1922.

Folquet de Marseilla (FM). Stronski, Stanislaw, ed. *Le Troubadour Folquet de Marseille*. Cracow: Spolka Widawnicza Polska, 1910.

Gaucelm Faidit (GFa). Mouzat, Jean, ed. *Les Poèmes de Gaucelm Faidit: Troubadour du XIIe siècle*. Paris: Nizet, 1965.

Giraut de Bornelh (GBo). Sharman, Ruth, ed. *The Cansos and Sirventes of the Troubadour Giraut de Borneil: A Critical Edition*. Cambridge: Cambridge Univ. Press, 1989. Kolsen, Adolf, ed. *Sämtliche Lieder des Trobadors Guiraut de Bornelh*. 2 vols. Halle: Niemeyer, 1910-1935.

Guillem IX (GIX). Pasero, Nicolò, ed. *Guglielmo IX d'Aquitania: Poesie*. Rome and Modena: Mucchi, 1973. Bond, Gerald A., ed. *The Poetry of William VII, Count of Poitiers, IX Duke of Aquitaine*. New York: Garland, 1982. Jeanroy, Alfred, ed. *Les Chansons de Guillaume IX, duc d'Aquitaine (1071-1127)*. CFMA. Paris: Champion, 1913.

Guillem de Berguedan (GBe). Riquer, Martín de, ed. *Les poesies del trobador Guillem de Berguedà*. Barcelona: Quarderns Crema, 1996.

Guillem de Cabestanh (GC). Längfors, Arthur, ed. *Les Chansons de Guillem de Cabestanh*. CFMA. Paris: Champion, 1924.

Guillem de Montanhagol (GM). Ricketts, Peter T., ed. *Les Poésies de Guillem de Montanhagol*. Toronto: Pontifical Institute of Medieval Studies, 1964.

Guilhem de Saint-Disdier (GS). Sakari, Aimo, ed. *Poésies du troubadour Guilhem de Saint-Didier*. Helsinki: Société Néophilologique, 1956.

Guilhem Figueira (GFi). Levy, Emil, ed. *Guilhem Gigueira, ein provenzalischer Troubadour*. Berlin: Liebrecht, 1880.

Guiraut Riquier (GR). Mölk, Ulrich. *Guiraut Riquier: Las Cansos, Kristischer Text und Kommentar*. Heidelberg: Carl Winter, 1962. Pfaff, S. I., ed. *Guiraut Riquier*. Vol. 4 of Mahn, Carl A. *Die Werke der Troubadours in provenzalischer Sprache*. Berlin: Dümmler; Paris: Klincksieck, 1853. Linskill, Joseph, ed. *Les épîtres de Guiraut Riquier, troubadour du XIIIe siécle, Edition critique avec traduction et notes*. London: AIEO, 1985.

Jaufre Rudel (JR). Pickens, Rupert T., ed. *The Songs of Jaufré Rudel*. Toronto: Pontifical Institute of Medieval Studies, 1978. Jeanroy, Alfred, ed. *Les Chansons de Jaufre Rudel*. CFMA. Paris: Champion, 1915; 2nd rev. ed. 1924. Wolf, George, and Roy Rosenstein, eds. *The Poetry of Cercamon and Jaufre Rudel*. New York: Garland, 1983.

Lanfranc Cigala (LC). Branciforti, Francesco, ed. *Il canzoniere di Lanfranco Cigala*. Florence: Olschki, 1954.

Marcabru (Mb). Gaunt, Simon, Ruth Harvey and Linda Paterson, eds. *Marcabru, A Critical Edition*. Cambridge: D. S. Brewer, 2000. Dejeanne, J.-M.-L., ed. *Poésies complètes du troubadour Marcabru*. Toulouse: Privat, 1909.

Lo Monge de Montaudon (MM). Routledge, Michael J., ed. *Les Poésies du Moine de Montaudon*. Montpellier: Centre d'Etudes Occitanes, Université Paul Valéry, 1977.

Peire d'Alvernhe (PA). Del Monte, Alberto, ed. *Peire d'Alvernha: Liriche*. Turin: Loescher-Chiantore, 1955.

Peire Cardenal (PC). Lavaud, René, ed. *Poésies complètes du troubadour Peire Cardenal (1180-1278)*. Toulouse: Privat, 1957.

Peire Raimon de Toulouse (PRT). Cavaliere, Alfredo, ed. *Le poesie di Peire Raimon de Tolosa*. Florence: Olschki, 1935.

Peire Rogier (PR). Nicholson, Derek E. T, ed. *The Poems of the Troubadour Peire Rogier*. Manchester: Manchester Univ. Press; New York: Barnes and Nobles, 1976.

Peire Vidal (PV). Avalle, D'Arco Silvio, ed. *Peire Vidal: Poesie*. 2 vols. Milan and Naples: Riccardo Ricciardi, 1960.

Peirol (Pr). Aston, Stanley C, ed. *Peirol, Troubadour of Auvergne*. Cambridge: Cambridge Univ. Press, 1953.

Raimbaut d'Aurenga (RA). Pattison, Walter T., ed. *The Life and Works of the Troubadour Raimbaut d'Orange*. Minneapolis: Univ. of Minnesota Press, 1952.

Raimbaut de Vaqueiras (RV). Linskill, Joseph, ed. *The Poems of the Troubadour Raimbaut de Vaquerias*. The Hague: Mouton, 1964.

Raimon de Miraval (RM). Topsfield, Leslie T., ed. *Les Poésies du troubadour Raimon de Miraval*. Paris: Nizet, 1971. Switten, Margaret Louise. *The Cansos of Raimon de Miraval: A Study of Poems and Melodies*. Cambridge, MA: Medieval Academy of America, 1985.

Richart [Rigaut] de Berbezilh (RB). Vàrvaro, Alberto, ed. *Rigaut de Berbezilh: Liriche*. Bari: Adriatica, 1960.

Sordello (Sd). Wilhelm, James J., ed. *The Poetry of Sordello*. New York: Garland, 1987.

Tomier e Palaizi (T-P). Frank, Istvan. "Tomier et Palaizi, troubadours tarasconnais (1199-

1226)". *Romania*, 78 (1957): 46-85.

Uc de Saint-Circ (USC). Jeanroy, Alfred, and Jean-Jacques Salverda de Grave, eds. *Poésies de Uc de Saint-Circ*. Toulouse: Privat, 1913.

Trobairitz (W). Rieger, Angelica. *Trobairitz, Der Beitrag der Frau in der altokzitanischen höfischen Lyrik, Edition des Gesamtkorpus*. Tübingen: Max Niemeyer, 1991. Bruckner, Matilda Tomaryn, Laurie Shepard and Sarah White, eds. *Songs of the Women Troubadours*. New York and London: Garland, 1995.

Riquer, Martín de. *Los trovadores: Historia literaria y textos*. 3 vols. Barcelona: Planeta, 1975.

## 2. 古噢西坦传记、笺注与其他作品

Anglade, Joseph, ed. *Les leys d'amors*: *Manuscrit d'amors de l'académie des jeux floraux*. 4 vols. Toulouse: Privat, 1920.

Boutiere, Jean, and A.-H. Schutz (B/S). *Biographies des troubadours: Texts provencaux des XIIIe et XIVe siècles*, rev. ed. With L.-M. Cluzel. Paris: Nizet, 1964.

Burgwinkle, William E., trans. *Razos and Troubadour Songs*. New York & London: Garland, 1990.

Egan, Margarita, trans. *The Vidas of the Troubadours*. New York & London: Garland, 1984.

Marshall, J. H., ed. *The Donatz Proensals of Uc Faidit*. London: Oxford University Press, 1969.

---, ed. *The Razos de Trobar of Raimon Vidal and Associated Texts*. London, New York & Toronto: Oxford Univ. Press, 1972.

Pirot, François. *Recherches sur les connaissances littéraires des troubadours occitans et catalans des XII^e et XIII^e siècles. Les "sirventes-ensenhamens" de Guerau de Cabrera, Guiraut de Calanson et Bertrand de Paris*. Barcelona: Real Academia de Buenas Litras, 1972.

Raimon Vidal. W. H. W. Field, ed. *Poetry and Prose*. Vol. II. *Abril Issa*. Chapel Hill: University of North Carolina Press, 1971.

Ricketts, Peter T., ed. *Le breviari d'armor de Matfre Ermengaud*. Vol. V. Leiden: E. J. Brill, 1976.

## 3. 其他中古文献

de Grocheo, Johannes. *Concerning Music (De musica)*. Trans. Albert Seay. Colorado Springs: Colorado College Music Press, 1973, c. 1974.

Eichmann, Raymond, and John DuVal, eds. *The French Fabliau: B. N. Ms. 837*. New York and London: Garland, 1984.

Fischer, Carl, Hugo Kuhn, and Günter Bernt, trans. Hilka, A., O. Schumann, and B. Bischoff, eds. *Carmina Burana*. München: Deutshcer Taschenbuch Verlag, 1991. (CB)

Huygens, R.B.C., ed. *Accessus ad auctores. Bernard d'Utrecht. Conrad d'Hirsau. Dialgus super auctores*. Leiden: E.J. Brill, 1970.

Petrarca, Francesco. *Trionfi, rime estravaganti, codice degli Abbozzi*. Ed. Vinicio Pacca and Laura Paolino. Milano: Mondadori, 1996.

Ziolkowski, Jan M., ed. & trans. *The Cambridge Songs (Carmina Cantabrigiensia)*. New York and London: Garland, 1994. (CC)

## 4. 现代研究

Akehurst, F. R. P. "Words and Acts in the Troubadours". In *Poetics of Love in the Middle Ages: Texts and Contexts*. Ed. Moshe Lazar and Norris J. Lacy. 17-28.

Akehurst, F. R. P., and Judith M. Davis, eds. *A Handbook of the Troubadours*. Berkeley: Univ. of California Press, 1995.

Arrowsmith, William, and Roger Shattuck, eds. *The Craft and Context of Translation: A Critical Symposium*. Garden City: Anchor Books, 1964.

Aubrey, Elizabeth. *The Music of the Troubadours*. Bloomington: Indiana Univ. Press, 1996.

Auerbach, Erich. *Literary Language and Its Public in Late Latin Antiquity and in the Middle Ages*. Trans. Ralph Manheim. New York: Pantheon Books, 1965.

Avalle, D'Arco Silvio. *La Letteratura medievale in lingua d'oc nella sua tradizione manoscritta*. Torino: Einaudi, 1961.

Barolini, Teodolinda. *Dante's Poets: Textuality and Truth in the* Comedy. Princeton: Princeton Univ. Press, 1984.

Bartlett, Robert. *The Making of Europe: Conquest, Colonization and Cultural Change 950-1350*. Princeton: Princeton Univ. Press, 1993.

Bartsch, Karl. *Grundriss zur Geschichte der provenzalen Literatur*. Eberfeld: Friderichs, 1872.

Bec, Pierre. *Burlesque et obscénité chez les troubadours: Pour une approache du contre-texte médiéval*. Paris: Stock, 1984.

---. *La langue occitane*. 2nd ed. Paris: Presses Universitaires du France, 1967.

Bédier, Joseph. *Le lai de l'ombre*. Paris: Firmin-Didot, 1913.

Benjamin, Walter. "Die Aufgabe des Übersetzers". *Illuminationen*. Frankfurt am Main: Suhrkamp Taschenbuch, 1977. 50-62.

Benson, Robert L., and Giles Constable, eds. *Renaissance and Renewal in the Twelfth*

*Century*, with Carol D. Lanham. 1982, rpt. Toronto: Univ. of Toronto Press, 1991.

Benton, John F. "The Court of Champagne as a Literary Center". *Speculum*, 36 (1961): 551-591.

Berschin, Walter. *Greek Letters and Latin Middle Ages: From Jerome to Nicholas of Cusa*. Trans. Jerold C. Frakes. Revised and Expanded Edition. Washington, D. C.: Catholic Univ. of America Press, 1989.

Bezzola, Reto. R. "Guillaume IX et les origins de l'amour courtois". *Romania*, 66 (1940): 145-237.

---. *Les Origines et la formation de la literature courtoise en occident (500-1200)*. 5 vols. Paris: Champion, 1958-1963.

Bloch, R. Howard. "The First Document and the Birth of Medieval Studies". In *A New History of French Literature*. Ed. Denis Hollier. Cambridge: Harvard Univ. Press, 1989. 6-13.

---. "New Philology and Old French". *Speculum*, 65 (1990): 38-58.

Boase, Roger. *The Origin and Meaning of Courtly Love: A Critical Study of European Scholarship*. Manchester: Manchester Univ. Press, 1977.

Brower, Reuben A., ed. *On Translation*. Cambridge: Harvard Univ. Press, 1959.

Brown, Giles. "Introduction: The Carolingian Renaissance". In *Carolingian Culture: Emulation and Innovation*. Ed. Rosamond McKitterick. Cambridge: Cambridge Univ. Press, 1993. 1-51.

Brownlee, Marina S., Kevin Brownlee, and Stephen G. Nichols, eds. *The New Medievalism*. Baltimore and London: Johns Hopkins Univ. Press, 1991.

Brunel, Clovis. *Bibliographie des manuscripts littéraires en ancien provençal*. Paris: Droz, 1935.

Buhler, Curt F. "The Phillipps Manuscript of Provençal Poetry Now Ms. 819 of the Pierpont Morgan Library". *Speculum*, 22 (1947): 68-74.

Burgwinkle, William E. "The *chansonniers* as books". In *The Troubadours: An*

*Introduction*. Ed. Simon Gaunt and Sarah Kay. 246-262.

---. *Love for Sale: Materialist Readings of the Troubadour Razo Corpus*. London and New York: Garland, 1997.

Cabré, Miriam. "Italian and Catalan Troubadours". In *The Troubadours: An Introduction*. Ed. Simon Gaunt and Sarah Kay. 127-140.

Cahoon, Leslie. "The Anxieties of Influence: Ovid's Reception by the Early Troubadours". *Mediaevalia*, 13 (1987): 119-155.

Cerquiglini, Bernard. *Éloge de la variante: Histoire critique de la philology*. Paris: Seuil, 1989.

Chambers, Frank M. *An Introduction to Old Provençal Versification*. Philadelphia: American Philosophical Society, 1985.

---. "Versification". In *A Handbook of the Troubadours*. Ed. F. R. P. Akehurst and Judith M. Davis.101-120.

Colish, Marcia. *Medieval Foundations of the Western Intellectual Tradition, 400-1400*. New Haven: Yale Univ. Press, 1997.

Collins, Roger. *Early Medieval Europe 300-1000*. New York: St. Martin's Press, 1999.

Cropp, Glynnis M. *Le Vocabulaire courtois des troubadours de l'époque classique*. Genève: Droz, 1975.

Curtius, Ernst Robert. *European Literature and the Latin Middle Ages*. Trans. Willard R. Trask. New York: Pantheon Books, 1953.

Dean, Ruth J. ed. *Anglo-Norman Literature: A Guide to Texts and Manuscripts*. London: Anglo-Norman Text Society, 1999.

Denomy, Alexander J. "Courtly Love and Courtliness". *Speculum*, 28 (1952): 44-63.

Derrida, Jacques. "Des Tours de Babel". In *Difference in Translation*. Ed. Joseph F. Graham. Ithaca & London: Cornell Univ. Press, 1985. 209-248.

Dimmick, Jeremy. "Ovid in the Middle Ages: Authority and Poetry". In *The Cambridge*

*Companion to Ovid*. Ed. Philil Hardie. Cambridge: Cambridge Univ. Press. 264-287.

Donaldson, E. Talbot. "The Myth of Courtly Love". *Ventures*, 5 (1965): 16-23. [*Speaking of Chaucer*. New York: Norton, 1970. 154-163.]

Dronke, Peter. *Medieval Latin and the Rise of European Love Lyric*. 2 vols. 2nd ed. Oxford: Clarendon, 1968.

---. *The Medieval Lyric*. New York: Harper & Row, 1968.

---. *Poetic Individuality in the Middle Ages: New Departures in Poetry 1000-1150*. Oxford: Clarendon, 1970.

Dumitrescu, Maria. "Èble II de Ventadorn et Guillaume IX d'Aquitaine". *Cahiers de Civilisation Médiévale*, 11 (1968): 379-412.

Everett, Nicholas. *Literacy in Lombard Italy, c. 568-774*. Cambridge: Cambridge Univ. Press, 2003.

Ferrante, Joan M. "*Cortes' Amor* in Medieval Texts". *Speculum*, 55 (1980): 686-695.

Fleischman, Suzanne. "The Non-lyric Texts". In *A Handbook of the Troubadours*. Ed. Akehurst and Davis. 167-184.

---. "Philology, Linguistics, and the Discourse of the Medieval Text". *Speculum*, 65 (1990): 19-37.

Foulet, Alfred, and Mary Blakely Speer. *On Editing Old French Texts*. Lawrence: Regents Press of Kansas, 1979.

Frank, István. "The Art of Editing Lyric Texts". In *Medieval Manuscripts and Textual Criticism*. Ed. Christopher Kleinhenz. 123-138.

---. *Répertoire métrique de la poésie des troubadours*. 2 vols. Paris: Champion, 1953-1957.

Gaunt, Simon. "Discourse Desired: Desire, Subjectivity, and *mouvance* in *Can vei la lauzeta mouver*". In *Desiring Discourse: The Literature of Love, Ovid through Chaucer*. Ed. James J. Paxson and Cynthia A. Gravlee. Selinsgrove: Susquehanna Univ. Press, 1998. 89-110.

---. “Orality and Writing: The Text of the Troubadour Poem”. In *The Troubadours: An Introduction*. Ed. Simon Gaunt and Sarah Kay. Cambridge: Cambridge Univ. Press, 1999. 228-245.

---. *Troubadours and Irony*. Cambridge: Cambridge Univ. Press, 1989.

Gaunt, Simon, and Sarah Kay, eds. *The Troubadours: An Introduction*. Cambridge: Cambridge Univ. Press, 1999.

Ghil, Eliza Miruna. *L'Age de parage, Essai sur le poétique et le politique en Occitanie aux XIIIe siècle*. New York and Paris: Peter Lang, 1989.

---. “Imagery and Vocabulary”. In *A Handbook of the Troubadours*. Ed. F. R. P. Akehurst and Judith M. Davis. 441-466.

Godman, Peter, ed. *Poetry of the Carolingian Renaissance*. Norman: Univ. of Oklahoma Press, 1985.

Goffart, Walter. *The Narrators of Barbarian History (A.D. 550-800): Jordanes, Gregory of Tours, Bede and Paul the Deacon*. Princeton: Princeton Univ. Press, 1988.

Gossman, Lionel. *Medievalism and the Ideologies of the Enlightment: The World and the Work of La Curne de Sainte-Palaye*. Baltimore: Johns Hopkins Univ. Press, 1968.

Graham, John M. “National Identity and the Politics of Publishing the Troubadours”. In *Medievalism and the Modernist Temper*. Ed. R. Howard Bloch and Stephen G. Nichols. Baltimore and London: Johns Hopkins Univ. Press, 1995. 57-94.

Grier, James. “A New Voice in the Monastery: Tropes and *Versus* from Eleventh and Twelfth Century Aquitaine”. *Speculum*, 69 (1994): 1023-1069.

Gröber, Gustav. “Liedersammlungen der Troubadours”. *Romanische Studien*, 2 (1875-77): 337-670.

Gruber, Jorn. *Die Dialektik des Trobar: Untersuchungen zur Struktur und Ehtwicklung des occitanishen und französischen Minnesangs des 12. Jahrhunderts*. Tübingen: Max Niemeyer, 1983.

Gumbrecht, Hans Ulrich. "'Un Souffle d'Allemagne ayant passé': Friedrich Diez, Gaston Pris, and the Genesis of National Philologies". *Romance Philology*, 40 (1986): 1-37.

Hanning, Robert W. *The Individual in Twelfth-Century Romance*. New Haven: Yale Univ. Press, 1977.

Hardie, Philip, ed. *The Cambridge Companion to Ovid*. Cambridge: Cambridge Univ. Press, 2002.

---. "Ovid and Early Imperial Literature". In *The Cambridge Companion to Ovid*. Ed. Philip Hardie. 34-43.

Harvey, Ruth E. "The Troubadour Marcabru and His Public". *Reading Medieval Studies*, 14 (1988): 47-76.

---. *The Troubadour Marcabru and Love*. London: Westfield College, Univ. of London, 1989.

Haskins, Charles Homer. *The Renaissance of the Twelfth Century*. Cambridge: Harvard Univ. Press, 1927.

Herren, Michael W., and Shirley Ann Brown, eds. *The Sacred Nectar of the Greeks: The Study of Greek in the West in the Early Middle Ages*. London: King's College London Medieval Studies II, 1988.

Huchet, Jean-Charles. *L'Amour discourtois: La "Fin'Amors" chez les premiers troubadours*. Toulouse: Privat, 1987.

Hult, David F. "Reading It Right: The Ideology of Text Editing". In *The New Medievalism*. Ed. Marina S. Brownlee, Kevin Brownlee, and Stephen G. Nichols. 113-130.

Jaeger, C. Stephen. *The Origins of Courtliness, Civilizing Trends and the Formation of Courtly Ideals, 939-1210*. Philadelphia: Univ. of Pennsylvania Press, 1985.

Jeanroy, Alfred. *Bibliographie sommaire des chansonniers provençaux (manuscripts et editions)*. Paris: Champion, 1916.

---. *La poésie lyrique des troubadours*. 2 vols. Toulouse/Paris: Privat/Didier, 1934.

Kay, Sarah. *Courtly Contradictions: The Emergence of the Literary Object in the Twelfth Century*. Stanford: Stanford Univ. Press, 2001.

---. *Subjectivity in Troubadour Poetry*. Cambridge: Cambridge Univ. Press, 1990.

Kendrick, Laura. *The Game of Love*: *Troubadour Wordplay*. Berkeley: Univ. of California Press, 1988.

---. "The Science of Imposture". In *Medievalism and the Modernist Temper*. Ed. R. Howard Bloch and Stephen G. Nichols. 95-126.

Kleinhenz, Christopher, ed. *Medieval Manuscripts and Textual Criticism*. Chapel Hill: U. N. C. Department of Romance Languages, 1976.

Köhler, Erich. "Observations historiques et sociologiques sur la poésie des troubadours". *Cahiers de Civilisation Médiévale*, 7 (1964): 27-51.

Kuhn, Thomas S. *The Structure of Scientific Revolutions*. 2nd ed. Chicago: Univ. of Chicago Press, 1970.

Lazar, Moshe. "Fin'amor". In *A Handbook of the Troubadours*. Ed. Akehurst and Davis. 61-100.

Lazar, Moshe, and Norris J. Lacy, eds. *Poetics of Love in the Middle Ages*: *Texts and Contexts*. Fairfax: George Mason Univ. Press, 1989.

Leclercq, Jean. *The Love of Learning and the Desire for God*: *A Study of Monastic Culture*. Trans. Catharine Misrahi. New York: Fordham Univ. Press, 1961.

Léglu, Catherine. "Moral and Satirical Poetry". In *The Troubadours*: *An Introduction*. Ed. Simon Gaunt and Sarah Kay. 47-65.

Lejeune, Rita. "L'Extraordinaire insolence du troubadour Guillaume IX d'Aquitaine". In *Mélanges de langue et de littérature médiévale offerts à Pierre Le Gentil*. Paris: S.E.D.E.S., 1973. 485-503.

Lewis, C. S. *The Allegory of Love*. Oxford: The Clarendon Press, 1936.

Lord, Albert B. *The Singer of Tales*. Cambridge: Harvard Univ. Press, 1960.

Mantello, F.A.C., and A.G. Rigg, eds. *Medieval Latin: An Introduction and Bibliographical Guide*. Washington D. C.: The Catholic Univ. of American Press, 1996.

Marrou, H.I. *The History of Education in Antiquity*. Trans. George Lamb. New York: Sheed and Ward, 1956.

Marshall, J.H. *The Transmission of Troubadour Poetry*. London: Westfield College, 1975.

MacMullen, Ramsay. *Christianizing the Roman Empire (AD 100-400)*. New Haven and London: Yale Univ. Press, 1984.

McKitterick, Rosamond, ed. *Carolingian Culture: Emulation and Innovation*. New York: Cambridge Univ. Press, 1994.

Meneghetti, Maria Luisa. *Il pubblico dei trovatori: ricezione e riuso dei testi lirici cortesi fino al XIV secolo*. Modena: Mucchi, 1984.

Menocal, María Rosa. *The Arabic Role in Medieval Literary History: A Forgotten Heritage*. Philadelphia: Univ. of Pennsylvania Press, 1987.

---. *The Ornament of the World: How Muslims, Jews, and Christians Created a Culture of Tolerance in Medieval Spain*. Boston: Little, Brown, 2002.

---. *Shards of Love: Exile and the Origins of the Lyric*. Durham: Duke Univ. Press, 1994.

Nichols, Stephen G. "Introduction: Philology in a Manuscript Culture". *Speculum*, 65 (1990): 1-10.

Nostredame, Jehan de. *Les vies des plus célèbres et anciens poètes provençaux*. Ed. Camille Chabaneau and Joseph Anglade. Paris: Champion, 1913.

Paden, William D., ed. *An Introduction to Old Occitan*. New York: MLA, 1998.

---. "Manuscripts". In *A Handbook of the Troubadours*. Ed. F. R. P. Akehurst and Judith M. Davis. 307-333.

---. *Medieval Lyric: Genres in Historical Context*. Urbana: Univ. of Illinois Press, 2000.

---. "The System of Genres in Troubadour Lyric". In *Medieval Lyric*. Ed. William D. Paden.21-67.

---. "The Troubadours and the Albigensian Crusade: A Long View". *Romance Philology*, 49 (1995): 168-191.

---. *The Voice of the Trobairitz: Perspectives on the Women Troubadours*. Philadelphia: Univ. of Pennsylvania Press, 1989.

Page, Christopher. *Voices and Instruments of the Middle Ages: Instrumental Practice and Songs in France, 1100-1300*. London: J. M. Dent, 1987.

Paris, Gaston. "Études sur les romans de la table ronde". *Romania*, 10 (1881): 465-496.

---. "Études sur les romans de la table ronde, Lancelot du Lac". *Romania*, 12 (1883): 459-534.

Paterson, Linda M. *Troubadours and Eloquence*. Oxford: Clarendon Press, 1975.

---. *The World of the Troubadours: Medieval Occitan Society, c. 1100-1300*. Cambridge: Cambridge Univ. Press, 1993.

Pillet, Alfred, and Henry Carstens. *Bibliographie der Troubadours*. Halle: Niemeyer, 1933.

Poe, Elizabeth Wilson. "'Cobleiarai, car mi platz': The Role of *Cobla* in the Occitan Lyric Tradition". In *Medieval Lyric: Genres in Historical Context*. Ed. William D. Paden. 68-94.

---. *From Poetry to Prose in Old Provençal: The Emergence of the Vidas, the Razos, and the Razos de trobar*. Birmingham: Summa, 1984.

---. "*L'autr' escrit* of Uc de Saint Circ: the *Razos* for Bertrand de Born". *Romance Philology*, 44 (1990): 123-136.

Pollina, Vincent. "Obscure Styles: The Early Troubadours". *Mediaevalia,* 19 (1996): 171-202.

---. *Si cum Marcabrus declina. Studies in the Poetics of the Troubadour Marcabru*. Modena: Mucchi, 1991.

Reynolds, L. D., and N. G. Wilson. *Scribes and Scholars: A Guide to the Transmission of Greek and Latin Literature*. 3rd ed. Oxford: Clarendon Press, 1991.

Riché, Pierre. *Education and Culture in the Barbarian West from the Sixth through the Eighth Centuries*. Trans. John Contreni. Columbia: Univ. of South Carolina Press, 1976.

Rieger, Angelica. "Ins e.l cor port, dona, vostra faisso' Image et imaginaire de la femme à travers l'enluminure dans les chansonniers de troubadours". *Cahiers de Civilisation Médiévale*, 28 (1985): 385-415.

Riquer, Martín de. "La littérature provençale à la cour d'Alphonse II d'Aragon". *Cahiers de Civilisation Médiévale*, 2 (1959): 177-201.

Robertson, D. W., Jr. "The Concept of Courtly Love as an Impediment to the Understanding of Medieval Texts". In *The Meaning of Courtly Love*. Ed. F. X. Newman. Albany: State Univ. of New York Press, 1968. 1-18.

Rosenberg, Samuel, Margaret Switten, and Gérard Le Vot, eds. *Songs of the Troubadours and Touvères: An Anthology of Poems and Melodies*. New York: Garland, 1998.

Saegen, Paul. "Silent Reading: Its Impact on Late Medieval Script and Society". *Viator*, 13 (1982): 367-414.

Said, Edward W. *Beginnings: Intention and Method*. New York: Basic Books, 1975.

Sankovitch, Tilde. "The *trobairitz*". In *The Troubadours: An Introduction*. Ed. Simon Gaunt and Sarah Kay. 113-126.

Shapiro, Marianne. *De Vulgari Eloquentia: Dante's Book of Exile*. Lincoln: Univ. of Nebraska Press, 1990.

Southern, R. W. *The Making of the Middle Ages*. New Haven: Yale Univ. Press, 1953.

Spargo, John Webster. *Virgil the Necromancer: Studies in Virgilian Legends*. Cambridge: Harvard Univ. Press, 1934.

Speer, Mary B. "Editing Old French Texts in the Eighties: Theory and Practice". *Romance Philology*, 45 (1991): 7-43.

Spence, Sarah. "Rhetoric and Hermeneutics". In *The Troubadours: An Introduction*. Ed.

Simon Gaunt and Sarah Kay. 164-180.

Spiegel, Gabrielle M. "History, Historicism, and the Social Logic of the Text in the Middle Ages". *Speculum*, 65 (1990): 59-86.

---. *Romancing the Past*: *The Rise of Vernacular Prose Historiography in Thirteenth-Century France*. Berkeley: Univ. of California Press, 1993.

Steiner, George. *After Babel*: *Aspects of Languages & Translation*. 2nd ed. Oxford & New York: Oxford Univ. Press, 1992.

Stern, Samuel Miklos. *Hispano-Arabic Strophic Poetry*: *Studies by Samuel Miklos Stern*. Ed. L. P. Harvey. Oxford: Oxford Univ. Press, 1974.

Stevens, John. *Words and Music in the Middle Ages*: *Songs, Narrative, Dance and Drama, 1050-1350*. Cambridge: Cambridge Univ. Press, 1986.

Stock, Brian. *The Implications of Literacy, Written Language and Models of Interpretation in the Eleventh and Twelfth Centuries*. Princeton: Princeton Univ. Press, 1983.

---. *Listening for the Text: On the Uses of the Past*. Baltimore: Johns Hopkins Univ. Press, 1990.

Switten, Margaret L. *The Cansos of Raimon de Miraval*: *A Study of Poems and Melodies*. Cambridge: Medieval Academy of America, 1985.

---. *Music and Poetry in the Middle Ages: A Guide to Research on French and Occitan Song, 1100-1400*. New York: Garland, 1995.

---. "Music and Words: Methodologies and Sample Analysis". In *Songs of the Troubadours and Trouvères: An Anthology of Poems and Melodies*. Ed. Samuel N. Rosenberg, Margaret Switten, and Gérard Le Vot. New York: Garland, 1998.14-28.

Timpanaro, Sebastiano. *La genesi del metodo del Lachmann*. Firenze: Le Monnier, 1963.

Topsfield, L. T. *Troubadours and Love*. Cambridge: Cambridge Univ. Press, 1975.

Van Vleck, Amelia E. *Memory and Re-Creation in Troubadour Lyric*. Berkeley: Univ. of California Press, 1991.

Veyne, Paul. *Roman Erotic Elegy: Love, Poetry, and the West*. Trans. David Pellauer. Chicago: Univ. of Chicago Press, 1988.

Vinaver, Eugène. "Principles of Textual Emendation". In *Medieval Manuscripts and Textual Criticism*. Ed. Christopher Kleinhenz. Chapel Hill: U. N. C. Dept. of Romance Language, 1976. 139-166.

Wallace-Hadrill, J.M. *The Long-Haired Kings*. 1962; rpt. Toronto: Univ. of Toronto Press, 1982.

Van der Werf, Hendrik. *The Chansons of Troubadours and Trouvères*: *A Study of the Melodies and their Relation to the Poems*. Utrecht: A. Oosthoek, 1972.

---. "Music". In *A Handbook of the Troubadours*. Ed. Akehurst and Davis, 1995. 121-164.

Wilhelm, James J., ed. *Latin and Romance Languages in the Early Middle Ages*. London and New York: Routledge, 1991.

---, ed. *Lyrics of the Middle Ages: An Anthology*. New York: Garland, 1990.

Ziolkowski, Jan M. "Towards a History of Medieval Latin Literature". In *Medieval Latin*. Ed. Mantello and Rigg. 505-536.

Zufferey, François. *Recherches linguistiques sur les chansonniers provençaux*. Geneva: Droz, 1987.

Zumthor, Paul. *Essai de poétique médiévale*. Paris: Seuil, 1972.

图书在版编目(CIP)数据

噢西坦抒情诗:欧洲诗歌的新开始 / 李耀宗著译.
— 杭州：浙江大学出版社，2019.4
（中世纪与文艺复兴译丛）
ISBN 978-7-308-18611-7

Ⅰ. ①噢… Ⅱ. ①李… Ⅲ. ①诗歌研究－欧洲－中世纪 Ⅳ. ①I500.72

中国版本图书馆CIP数据核字(2018)第207999号

中華譯學館 莫言題

**噢西坦抒情诗：欧洲诗歌的新开始**
李耀宗　著译

策　　划　包灵灵
责任编辑　田　慧
责任校对　包灵灵
封面设计　杭州林智广告有限公司
出版发行　浙江大学出版社
（杭州市天目山路148号　邮政编码　310007）
（网址：http://www.zjupress.com）
排　　版　杭州林智广告有限公司
印　　刷　浙江省邮电印刷股份有限公司
开　　本　710mm×1000mm　1/16
印　　张　34.5
字　　数　416千
版 印 次　2019年4月第1版　2019年4月第1次印刷
书　　号　ISBN 978-7-308-18611-7
定　　价　98.00元